Die Braut des Nebelkönigs

RHONA MACKINNON

ISBN: 1541011929
ISBN-13: 978-1541011922

ÜBER DIESES BUCH:

Ein Märchen.
Ein Herz auf der Suche
Eine Legende von Rache und Magie.

Schottland, im Jahr 1136 nach Christus.

Jahr für Jahr erzittern die Inseln vor der Küste unter den Angriffen feindlicher Nordmänner.

Eine Prophezeiung besagt, dass Ravna, die Bastard-Tochter des Königs von Dublin, eines Tages des Erben gebären wird, der die Inseln in den Frieden führt und die keltischen und nordischen Stämme eint.
Doch der Tod ihrer Mutter ruft magische Kräfte auf den Plan, die die Vorsehung um jeden Preis verhindern wollen.

Als Ravna gegen ihren Willen an einen greisen Verbündeten ihres Vaters verheiratet werden soll, nimmt sie ihr Schicksal selbst in die Hand und flieht übers Meer ins Ungewisse. Doch ein Sturm treibt sie an den Hof von Somerled, dem undurchsichtigen Mormaer des kleinen Reiches Kinelvadon.

Nicht ahnend, wie nah sie ihrem Schicksal in Wahrheit ist, muss Ravna von nun an darum kämpfen, am rauen Hof des kriegerischen Fürsten Fuß zu fassen und ihre wahre Bestimmung zu finden.

***

Dieser Roman basiert teils auf dem Märchen “Brüderchen und Schwesterchen” und teils auf der wahren Geschichte von Somerled, dem ersten “Lord of the Isles”, und seiner Frau Ragnhild.

KINELVADON

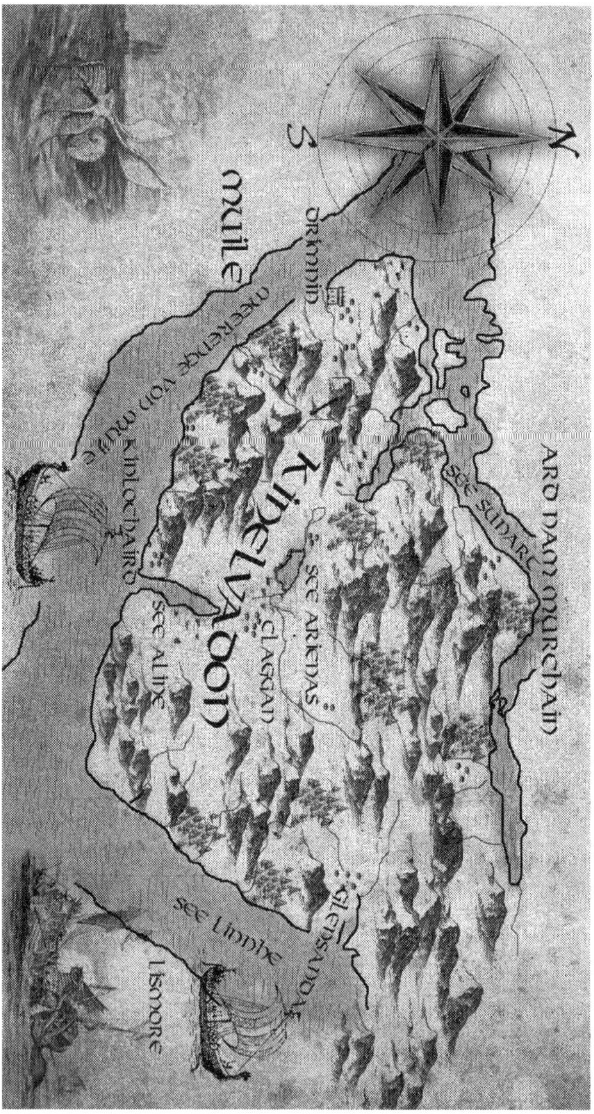
N
S
Ard Daon Murchain
See Sunart
Kinelvadon
See Ariedas
Claggan
See Aline
Kinlochaird
Muile
See Linnhe
Lismore
Glensanda

DIE INSELWELT

DRAMATIS PERSONAE

Ragnhild Olavesdatter, genannt Ravna (gesprochen: Rauna)	Tochter des Königs von Dublin Später Herrin von Kinelvadon und Königin von Argyll
Somhairle MacGillebride (auch Somerled Gillebridesson) (gesprochen: Sorley)	Mormaer von Kinelvadon, König von Argyll
Olave Crobhan Gudredsson Genannt der Rote oder der Winzling	König von Dublin, Vannin und den Inseln
Gita, Prinzessin von Connacht	Ravnas Mutter, Olaves Mätresse
Fiadh Olavesson (gesprochen: Fieh)	Ravnas jüngerer Bruder
Affraic von Galloway (gesprochen: Affraik)	Tochter von Fergus von Galloway, Königin von Dublin
Hildgur	Ravnas und Fiadhs Kinderfrau
Fionngula Olavesdatter (gesprochen: Finngulla)	Tochter von Olave und Affraic
Gudred Olavesson (gesprochen: Guhred)	Sohn von Olave und Affraic
Loki Thorsteinsson	Kindheitsfreund von Ravna, Schiffbauer

Seisyll (gesprochen: Seesell)	Vertrauter von Somhairle, Ehemaliger Mönch
Kenneth	Knappe am Hof von Somhairle
Aonghas (gesprochen: Angus)	Engster Freund und Vertrauter von Somhairle
Ingrid	Wikingersklavin am Hof von Somhairle
Muireann (gesprochen: Muhrann)	Mätresse von Somhairle, Mutter von Callum
Domhnall (gesprochen: Donall)	Krieger in Drimnin
Callum MacShomhairle	Somhairles Sohn
Eoin (gesprochen: Owin)	Werftmeister
Editha	Aonghas' Ehefrau
Ruairidh (gesprochen: Ruari)	Gutsverwalter auf Claggan
Mhairi (gesprochen: Vahri)	Ruairidhs Ehefrau
Flòraidh (gesprochen: Flora)	Hebamme
Dougal MacShomhairle	Ravna und Somhairles Sohn
Kolbeinn Snoresson, Sverre und Haakon Erlendsson, Thorfinn Ottarsson	Wikingerfürsten, "Nachbarn" von Somhairle

PROLOG

„Mutter, zeigst du mir das Land Cybi?“

Gita schmunzelte. Ravna fand ihre Mutter so schön, wenn sie lächelte. Dafür allein war jedes Mittel recht, etwas zu tun, das Gita erfreute.

Im Hof des Schlosses herrschte Tumult. Ravna blickte hinab auf das Treiben. Wie es aussah, hatte ein Küchenjunge ein Brathühnchen gestohlen. Richtig erkennen konnte sie es nicht. Sie war zu weit weg vom Geschehen, hier oben in Gitas Turm.

Trotzdem mochte es Ravna im Turm. Sie waren für sich allein, die Mutter und sie, hatten den großen, hellen Raum nur für sich, das Bett, das mit Pelzen belegt war, die Fenster mit golddurchwirkten Vorhängen. Die Tische und Stühle aus dunklem Holz und die Truhen, in denen Gitas Schätze lagen. All die schönen Kleider, die der Mutter jetzt nicht passten, und der Schmuck, den Olave der Rote, den Ravna Vater nennen sollte und der doch so weit weg und fremd erschien, Gita über die Jahre geschenkt hatte. Auch Ravna machte er manchmal Geschenke. Ließ ihr Bänder und Spitzen aus fernen Ländern bringen. Einmal hatte er ihr sogar eine Kugel aus Gold geschenkt, in der sich ihr Gesicht spiegelte, wenn sie die Oberfläche polierte.

Ravna legte das Kinn auf das steinerne Fenstersims und blickte hinaus aufs Meer. Ein Sturm zog auf von Osten, wie so oft im Frühjahr. Bald würden sie die Läden schließen müssen, damit der Eiswind nicht hereinfuhr und die Möbel verrückte. Trotzdem war es, als würde eine Stimme sie nach draußen rufen. In die weite Welt, die voller Abenteuer und Geheimnisse war. Früher, ehe die andere Frau ins Schloss gezogen und Gita und Ravna in den Turm gesperrt worden waren, hatte Ravna ihre Mutter oft bedrängt, mit ihr hinaufzugehen in die Berge. Dort hatte Gita den alten Göttern Opfer gebracht. Die Mutter glaubte an das Kommen und Gehen der Zeiten, an die Weisheit der Vögel und daran, dass ein kluger

Mensch aus Träumen die Wirklichkeit lesen konnte. Auf der heiligen Lichtung am Berg stand eine alte Esche. Von deren Wipfel aus hatte Gita Ravna das erste Mal Cybi gezeigt. Das Land auf der anderen Seite des Meeres, in dem Ravnas Schicksal seinen Anfang nehmen sollte. Jetzt durften sie den Turm nicht mehr verlassen, um den alten Göttern zu huldigen, aber von diesem Fenster aus, wenn das Wetter klar war und die See ruhig, konnte man Cybi sehen.

Ravna wusste, wo Cybi war. Sie suchte nach der Einkerbung im Fenstersims, beugte sich ein wenig tiefer, bis ihre Augen auf gleicher Höhe mit der Steinplatte waren, und blickte durch die Rille im Stein. Dort war Cybi, auf der anderen Seite des Meeres. Dort, wo die Sturmwolken herkamen. Dort, wo jetzt nur Grau und Schwarz regierten, war ein Land, in dem ein schöner, junger Prinz lebte. Er war gerecht und klug, gebildet und nobel. Auch wenn ihr die Mutter nie von einem Schloss erzählt hatte, meinte Ravna manchmal weiße Zinnen am Ende des Horizonts zu sehen, sieben stattliche Türme und Fenster aus schimmernden, bunten Glas. Dort, irgendwo in all dem Grau und Schwarz, lebte jemand, der Ravnas Schicksal besiegeln sollte.

„Mach das Fenster zu, Liebling“, sagte Gita müde und riss sie aus ihrer Tagträumerei. Ravna seufzte, griff nach dem Strick, mit dem man die Läden heranziehen konnte, und verriegelte alles. Dann wandte sie sich zu ihrer Mutter um.

Gita saß auf dem Bett. Das Kinderhemdchen, an dem sie stickte, war in ihren Schoß gesunken. Sie war bleich, aber sie lächelte Ravna an und klopfte auf den freien Platz neben sich. Gitas Bett war so riesig, dass neben Ravna und Gita auch das Baby Platz darin finden würde. Ravna hüpfte auf die Matratze, die unter ihrem leichten Gewicht federte. Sie lebten im Turm, aber sie waren keine Gefangenen und keine Dienstboten. Gefangene schliefen auf dem Boden, das wusste Ravna, und die Mägde schliefen auf Strohsäcken im Stall. Ravna und Gita hatten eine Matratze, die mit Pferdehaar und Gänsefedern bis zum Bersten gestopft war, und die Kammerfrau, die ihnen im Alltag half, nannte Ravna *Prinzessin.*

„Und du weißt nicht mal seinen Namen?", fragte Ravna verträumt und nahm das Kinderhemdchen in die Hand.

„Von deinem kleinen Bruder? Doch, er heißt Fiadh."

Ravna lachte. „Aber du weißt doch, dass ich nicht Fiadh meine. Der Prinz, Mutter. Der Prinz von Cybi."

„Niemand weiß seinen Namen", sagte Gita ernst. Wohlig schnurrend schloss Ravna die Augen, als ihre Mutter ihr mit den Fingern das Haar kämmte. „Es wäre zu einfach, wenn wir seinen Namen wüssten, nicht wahr?"

„Aber gerecht ist es nicht, dass ich jemanden heiraten soll, dessen Namen ich nicht kenne", beklagte sich Ravna.

Gita ließ sich zurück ins Kissen sinken. Ravna schmiegte sich an sie und streichelte das Baby im Bauch ihrer Mutter.

„Schau", sagte Gita. „Das passiert, wenn es zu einfach ist. Wenn ein König kommt und eine Frau sich in ihn verliebt und er sich in sie verliebt und er sie auf sein Schloss aus weißem Stein mit all den prunkvollen Tischen und Stühlen und Fenstern mitnimmt, ohne, dass sie füreinander kämpfen mussten. Es kommt der Tag, an dem andere Dinge wichtiger sind als ihre Liebe. Etwas, um das man nicht kämpfen muss, schenkt man zu leicht her, weil man glaubt, dass man es ebenso leicht wiederbekommen kann."

„Aber dich kann der König nicht so leicht wiederbekommen", sagte Ravna. „Er hat sich für die andere entschieden."

Gita schwieg, und als Ravna den Kopf hob, sah sie in den Augen ihrer Mutter die Antwort. *Wenn er mich wiederhaben will, Kind, werde ich zu ihm rennen wie das junge Mädchen, das ich einst war. Denn auch das ist die Natur der Liebe. Verzeihen können und Hoffen, Warten und Verstehen.*

„Erzähl mir von dem Prinzen", verlangte Ravna. „Er und ich, wir werden umeinander kämpfen müssen?"

„Er wird ein großer König sein, Kind. Und du wirst ihn noch größer machen. Gemeinsam werdet ihr das Licht auf die Inseln bringen und Herr und Herrin eines neuen Königreichs sein."

Ravna lächelte. Es war ihre Lieblingsgeschichte. Nicht oft genug konnte sie hören, wie der kleine Prinz mit den goldenen Locken auf der Insel Cybi von einem alten, blinden Einsiedler aufgezogen wurde und zu einem großen König heranwuchs. Zu einem stattlichen Mann mit breiten Schultern und ernsten Augen. Zu einem Mann, den die Nornen und die Walküren gleichermaßen schützten und dessen magisches Schwert für die Schwachen kämpfte und die Bösen erkannte und zerschlug.

„Warum sind seine Augen ernst, Mutter?", fragte sie an dieser Stelle jedes Mal, und Gita lachte gehorsam.

„Ich lache doch gern, warum hast du mich nicht einem Mann versprochen, der auch gern lacht?"

„Ernste Augen sind wichtig, Kind, denn sie sehen die Welt, wie sie ist, und nicht, wie sie sie sehen wollen. Er wird mit dir lachen und er wird mit dir glücklich sein und du mit ihm, aber er wird die Welt mit ernsten Augen sehen, denn er ist ein König, kein Hofnarr."

Ravna dachte an ihren Vater, weit weg unten in seiner Halle auf seinem Thron, mit Königin Affraic an seiner Seite. König Olaves Augen waren niemals ernst, wenn Ravna ihn sah, aber in ihren Tiefen schimmerte Unehrlichkeit und Wankelmut. Er war ein Hofnarr.

„Vater will mich mit einem anderen Mann verheiraten", sagte sie traurig. Sie hatte ihn noch nie gesehen, aber sie wollte keinen anderen als den Zauberprinzen, der ihr versprochen war. Sie wollte mehr sein als ein Gut, das weggesperrt wurde, in einem Turm. Ein bisschen so wie früher, bevor Affraic gekommen war.

Gita streichelte ihr tröstend die Wange, als hätte sie ihren Kummer laut ausgesprochen. „Olave kann versuchen, dein Leben zu ändern, Liebling, aber die Fäden, die das Schicksal spinnt, sind stärker als das, was wir Menschen daraus machen. Die andere Welt, die wir nicht sehen, ist immer da, und wir armen Seelen auf dieser Seite haben nichts gegen ihre Macht in der Hand. Vor allem nicht diejenigen von uns, die nicht glauben wollen, dass es diese andere Welt gibt."

Ravna liebte die Weisheiten, die aus dem Mund ihrer Mutter kamen. Nie verfehlten sie ihre Wirkung, immer trafen sie mitten ins Herz. „Warum bist du nie mehr zu dem blinden Mann und dem Prinzen zurückgereist?“, fragte sie neugierig.

„Weil dein Vater es mir verboten hat. Aber das brauchen wir auch nicht, du und ich. Was beschlossen ist, ist beschlossen. Dein Prinz wird dich erkennen, und du wirst ihn erkennen.“ Gita wandte sich ab, und Bitterkeit schlich sich in ihre Stimme. „Gemeinsam werdet ihr die Inseln am Rand der Welt von einem Hofnarren und seiner Hexe befreien, Kind.“

KAPITEL 1

Fünf Winter später

Ravna stand am Fenster und starrte hinaus. Gedankenverloren grub sie die Fingerspitze durch die Rille im Stein, durch die sie als Mädchen Cybi gesehen hatte, selbst wenn Wolken und Stürme die Sicht versperrten. Die kalte Winterluft biss ihr in die Wangen. Ihr Rücken brannte, so hoch loderten die Flammen im Kamin des Turmzimmers. Nebel erhob sich über der Küste, wo Gischt und Eis sich zu einer sturmgrauen Masse vereinten. Wie unter einem Leichentuch duckte sich das Schloss unter dem Frost. Armdicke Eiszapfen wuchsen von Zinnen und Türmen. Kein Vogel zwitscherte mehr, kein atmendes Wesen hielt es länger als nötig draußen aus. Es war der eisigste Winter seit Menschengedenken.

Ravna atmete tief und begrüßte die Kälte. Heute würden die Männer nicht kommen. Keine Menschenseele reiste bei solch einem Wetter. Auch dann nicht, wenn Olave der Große rief, und schon gar nicht, wenn es um eine so unbedeutende politische Allianz ging wie die, die ihre Hand versprach.

„Wartest du so ungeduldig auf deinen Freier, dass du die Arbeit vergisst, Kindchen?“

Ohne dass sie es bemerkt hatte, war Hildgur in die Kammer getreten. In der Stimme der alten Kinderfrau klang sanfter Spott. Hildgur wusste ebenso gut wie alle anderen am Hof, wie sehr Ravna den Gedanken an die bevorstehende Vermählung verabscheute. Doch was half es schon? Hildgur hatte sie an das erinnert, was wirklich wichtig war.

Ravna riss sich von dem Anblick der Küste und griff nach dem leeren Weidenkorb, der unter dem Fenster stand. Sie musste Holz holen. Sie musste den Kamin in der Kammer der Königin schüren und die Asche fortbringen. Affraic würde nicht zimperlich sein, wenn in ihrer Kammer die Scheite ausgingen.

Trotzdem wandte sich Ravna noch einmal an Hildgur. „Der, den du meinen Freier nennst, ist dreimal so alt wie ich, hat keine Zähne und kaum mehr Haare. Ich kann mich sehr gut an seinen letzten Besuch in Dublin erinnern." Arvid hatte sieben Söhne gezeugt und vier Ehefrauen unter die Erde gebracht. Ravna sollte die fünfte werden. Der Frost, der durch ihre Adern zitterte, hatte nichts mit dem Wetter zu tun. Sie strebte zur Tür.

„So schlimm wird es schon nicht werden", sagte Hildgur, während sie Leinentücher faltete und ins Regal über der Feuerstelle legte. „Der Herr Arvid nennt ein gutes Stück Land sein eigen. Du wirst in einem schönen Haus leben und Herrin über eine eigene Halle sein." Sie nickte zu dem Korb in Ravnas Händen. „Dann hast du Mägde, die dir das Holz holen, und musst die Arbeit nicht mehr selbst erledigen. Als ob das ein Grund wäre, so ein Gesicht zu ziehen."

Den strengen Worten zum Trotz sah sie Mitleid im Blick ihrer Kinderfrau. Auch Hildgur würde sie verlieren, wenn sie dem Bräutigam in die Ferne folgte. Was halfen Ravna ein geheiztes Haus, Bedienstete und Essen im Überfluss, wenn alles, was ihr im Leben etwas bedeutete, zurückbleiben musste? Nicht einmal der Gedanke, dann auch Affraic und die Stiefgeschwister los zu sein, konnte sie trösten.

„Ich will ihn aber nicht", sagte sie trotzig und stampfte mit dem Fuß auf. Sie verhielt sich wie ein Kind, nicht wie eine junge Frau, die ihren sechzehnten Winter erlebte. Womöglich hoffte sie tief in ihrem Inneren, dass sie, wenn man sie für ein Kind hielt, auch nicht verschachert werden konnte wie ein Stück Vieh. Natürlich kam sie bei Hildgur damit nicht durch. Viel zu gut kannte die Alte sie.

„Nun komm wieder zu Vernunft und hör auf, dich zu benehmen wie ein Trotzgör. Du bist eine Frau. Und eine Frau kann nur eines Mannes Tochter sein, oder eines Mannes Weib. So war es immer und so wird es immer bleiben."

„Und was bist dann du?"

Hildgur ließ sich nicht provozieren. Vielleicht kam diese Fähigkeit mit dem Alter. Ravna selbst hatte oft das Gefühl, schon bei der kleinsten Ungerechtigkeit aus er Haut fahren zu müssen. Wer so viel Ungerechtigkeit mit ansehen musste wie sie, verlor irgendwann die Überzeugung, noch in der eigenen Haut zu stecken. Weggehen, dachte sie. Flügel bekommen wie die Möwen oder die Flussreiher, die sich majestätisch in den grauwolkigen Himmel erhoben. Wegfliegen. Frei sein. Gita im Herzen tragen und die Lieder, die sie ihr mitgegeben hatte, damals, als es ihr noch besser ging an diesem Hof.

„Ich bin eine alte Vettel, die niemand haben will. Das zählt nicht.“ Hildgur hatte ihre Tücher weggeräumt und schob Ravna jetzt geschäftig zur Tür hinaus. „Ich bin ein Teil dieses Hauses, bin es gewesen, seit ich so alt war wie dein Bruder. Betrachte mich als ein Möbelstück, dessen Holz unansehnlich und angelaufen ist. Das kann man nicht mal verschenken, ohne einen Krieg heraufzubeschwören.“

Ravna wusste, dass Hildgur Recht hatte. Es ging auch gar nicht darum, dass sie heiraten musste. Es ging um das Wen. Und um das Wie.

„Ein Eheversprechen ist bindend“, versuchte sie es erneut. Ruhiger diesmal, vernünftiger. „Wie kann Vater mich an Arvid verkaufen? Mutter hat mich einem anderen versprochen. Es war ihr letzter Wunsch an ihn. Es war ihr einziger Wunsch. Der einzige Wunsch, den sie jemals an ihn hatte, in all der Zeit, die sie in diesem Turm verbringen musste, weil eine andere plötzlich besser war als sie. Hat er jeden Schwur vergessen, den er geleistet hat, bevor Affraic kam? Es gab eine Zeit, da war Mutter ihm wichtig.“

Seit Gita bei Fiadhs Geburt gestorben war, hatte Ravna viel gesehen und gelernt. Mir ihrer Mutter waren auch ihre Träume gestorben. Manchmal hoffte sie, dass sie gemeinsam mit Gita auf der anderen Seite des Schleiers auf sie warteten. Die Lieder, die Gita sie gelehrt hatte, klangen zu oft nur noch leise in ihren Ohren. Der Tod ihrer Mutter hatte sie gezwungen, aufzuwachen und erwachsen zu werden. Denn der König, der ihr Vater war, schien die Geliebte, die ihm erst Ravna und dann Fiadh geschenkt hatte, vergessen zu haben, kaum dass das brennende Schiff mit Gitas Leichnam am Horizont verschwunden war. Geschenke hatte Ravna schon lange nicht mehr gesehen. Doch das war nicht das Schlimme. Das Schlimme war, was geblieben war. Affraic, von der es hieß, dass sie bei den Hexen in den Bergen das Zauberhandwerk gelernt hatte. Die gemein war und gefährlich, nicht nur für das Andenken von Gita. Die Königin mit dem bösen Blick und den noch viel bösartigeren Fäusten, die zuschlagen konnten, schlimmer als die Hände eines jeden ehrhaften Mannes.

„Das war in einem anderen Leben, Kind, und jetzt sei ruhig. Sicher ist der Prinz auf deiner Insel schon längst verheiratet. Niemand erinnert sich mehr an die alten Geschichten. Und du hast zu tun."

Niemand. Nur Ravna. Fast meinte sie, die Stimme der Mutter zu hören, die das Lied ihres Lebens sang. Ein Bräutigam auf der Insel Cybi. Der Mann, der das Licht auf die Inseln bringen würde. Der Mann, dem sie das Schwert in die Hand legen würde, damit er König über die Länder im Nebel wurde, vielleicht sogar über Olave. Und Affraic. Auch wenn es keinen Sinn hatte, mit Hildgur zu diskutieren, hatte Ravna das Lied ihres Lebens niemals vergessen. In diesem Lied hatte Arvid, der Greis, den sie heiraten sollte, keinen Platz.

Zetern und Schreien von weit unter ihr am Fuß des Turmes ließ sie auffahren.

„Hört das denn nie auf?", schimpfte Hildgur. „Können sie ihn niemals in Ruhe lassen?" Es tat gut, dass Hildgur auf ihrer Seite stand, zumindest in dieser Sache. Sonst hatte sie niemanden mehr. Aber wenigstens Hildgur verabscheute es ebenso wie sie, wie die Stiefgeschwister Ravna und Fiadh auch noch das letzte nahmen, was sie hatten. Der Turm, in dem sie lebten, war der einzige Teil des Schlosses, in dem sie sich frei bewegen durften, doch nicht einmal hier hatten sie Ruhe von dem Gezeter von Affraics Brut. Aber Hildgur war eine alte Magd. Es zu verabscheuen, war das eine. Dagegen tun konnte die Kinderfrau nichts.

Sie fand Fiadh auf der Treppe, die zur Kammer hinauf führte. Er kauerte auf dem Boden, sein kleiner, stämmiger Körper zu einem Ball gerollt. Mit den Händen schützte er seinen Kopf. Er wimmerte und jaulte erbärmlich, was Fionngula nur anzustacheln schien. Obwohl die Stiefschwester erst dreizehn Sommer zählte, war sie fast so groß wie die Frau, von der sie abstammte. Ihre Knochen waren grob und bullig, ihr breites Gesicht mit der Pferdestirn jetzt verzerrt zu einer geifernden Fratze.

„Du kleines Miststück!", zeterte sie, grub die Hände in Fiadhs kurze Locken, zerrte und zog daran. „Du widerlicher Teufelsbraten, gib mir das Band zurück!"

„I ... ich ... nicht." Wenn Fiadh aufgeregt war, fiel ihm das Sprechen schwer. Dann kam nur Lallen und Brabbeln aus seinem Mund, was Fionngula noch wütender machte.

In wenigen Schritten war Ravna bei den beiden Streithähnen. Sie ließ den Holzkorb fallen. Eben noch gelang es ihr, die Faust der Stiefschwester abzufangen, ehe sie erneut Fiadh büschelweise das Haar ausriss.

„Wirst du ihn endlich in Frieden lassen? Ist das dein Mut? Dich auf die zu stürzen, die kleiner und schwächer sind als du?"

Wut funkelte in Fionngulas Augen, als sie sich zu Ravna herumdrehte.

„Er hat mir mein neues Band gestohlen. Das Seidenband, das mir Vater aus dem Frankenreich mitgebracht hat."

„Du weißt so gut wie ich, dass Fiadh so etwas niemals tun würde."

„Aha? Und was ist dann das?" Die Stiefschwester riss ihren Arm aus Ravnas Griff. Noch ehe Ravna reagieren konnte, begann sie erneut an Fiadh zu zerren und zu rütteln. Mit der Kraft der Verzweiflung stieß Ravna die Stiefschwester beiseite und kniete sich zu ihrem Bruder.

„Hast du das Band von Lady Fionngula genommen, mein Schatz?" Sie streichelte über den kleinen, bebenden Körper und sah die Tränen, die Fiadh aus den rehbraunen Augen liefen. Schluchzend schüttelte er den Kopf.

„Gudred hat es mir gegeben. Er sagte, sie will es nicht mehr. Ich wollte es dir schenken. Zu deiner Hochzeit." Nur Ravna konnte verstehen, was Fiadh sagte, wenn er in diesem

Zustand war. Ihr Herz zog sich zusammen. Das sah dem Stiefbruder ähnlich. Fiadh in eine Falle zu locken. Gudred war an Jahren kaum älter als Fiadh, aber natürlich lebte sein Geist nicht in der Anderswelt, und das nutzte er aus. Sein Verstand war dem von Fiadh um Jahre voraus, er war gemein und unberechenbar. Sie konnte sich bildlich vorstellen, wie er Fiadh gelockt und verführt hatte. Fiadh fehlte der Scharfsinn, um die Tücke zu durchschauen.

„Ich werde es Mutter sagen!“, zischte Fionngula, während Ravna den Bruder auf den Schoß zog und begann, ihn langsam zu wiegen, damit er sich beruhigte. Ein dünner Faden Blut lief ihm über die Schläfe, wo Fionngulas Fingernägel sich in seine Haut gegraben hatten.

„Mutter wird den kleinen Dieb bestrafen. Dann wirst du ihn nicht mehr retten können, wenn ihre Rute über sein Hinterteil tanzt. Vielleicht stirbt er daran, die nichtsnutzige Made. Ein gefräßiges Maul weniger zu stopfen. Außer Ärger macht er ja nichts. Wird Zeit, dass du endlich mit deinem greisen Bräutigam in die Ferne ziehst, dann steht niemand mehr zwischen der Gerechtigkeit und dem Wurm.“ Mit diesem verheerenden Urteil wollte Fionngula sich abwenden, aber dann fiel ihr Blick auf den Korb. Sie gab dem Weidengeflecht einen Tritt, dass es an die gegenüberliegende Wand flog und gefährlich ächzte. „Und Mutter wird dir schon zeigen, was es heißt, wenn du deine Aufgaben nicht rechtzeitig erledigst. In ihrem Gemach ist es eiskalt, und das ist deine Schuld!“ Sie warf den Kopf in den Nacken und stapfte davon.

Ravna begann auf der kalten Treppe zu frieren. Aber vielleicht waren der Grund für ihr Frösteln auch die Worte, die Fionngula ihr ins Gesicht geschleudert hatte. Wenn Arvid kam und sie als seine Frau in die Fremde führte, gäbe es niemanden mehr, der Fiadh schützte. Die Wahrheit schloss sich kälter um Ravnas Herz, als es Frost und Schnee jemals könnten. Dabei hatte sie der Mutter ein Versprechen gegeben. Sie erinnerte sich daran, als sei es gestern gewesen. Auf Gitas Totenbett hatte sie der Mutter geschworen, sich um Fiadh zu kümmern. Gita war es auch gewesen, die ihr erklärt hatte, dass der Geist des Brüderchens für immer in der Anderswelt zuhause sein würde. Er würde wachsen wie andere Kinder, aber er wäre ein Wunder, nicht zu erklären an den Maßstäben von Menschen wie Affraic oder Fionngula. Ravna würde begreifen, hatte Gita ihr versprochen, und sie ihrerseits hatte das Versprechen gegeben, dafür zu sorgen, dass Fiadh niemals etwas zustieß. Ravna Olavesdatter hatte in ihrem Leben noch keinen Schwur gebrochen. Aber sie bezweifelte, dass König Olave ihr erlauben würde, Fiadh mit in Arvids Land zu nehmen.

Sie nahm das Tuch von den Schultern und hüllte den Bruder darin ein. Hildgur hob den Korb auf. Einer der Henkel war abgebrochen. Taumelnd und immer noch heulend kam Fiadh auf die Füße. Seine Wangen waren verklebt von Tränen und Rotz. Ravna nahm Hildgur den Korb ab und schob dafür Fiadh in die Arme der Kinderfrau.

„Ich kann für dich das Holz holen", sagte Hildgur halbherzig, aber Ravna schüttelte den Kopf.

„Das ändert ja nichts. Ich hole das Holz. Bring Fiadh hinauf und sorg dafür, dass er es warm hat."

Hildgur tat gar nicht so, als wolle sie ihren eigenen Kopf durchsetzen. So schnell es ging, führte sie Fiadh nach oben, ganz offensichtlich froh, nicht in die Halle gehen zu müssen. Jeder in diesem Schloss wusste, dass es besser war, unsichtbar zu sein, wenn Affraics Brut wütend wurde.

Ravna verließ den Königshof und machte sich auf den Weg zu der Hütte, in der die Holzfäller in Olaves Diensten das Brennholz lagerten. Plötzlich stand die Wahrheit klar und deutlich vor ihr. Sie konnte nicht hier bleiben und auf Arvid warten. Sie hatte einen Schwur geleistet. Sie hatte versprochen, auf den Bruder zu achten. Durch Wind und Sturm bis in alle Ewigkeit. Es war so kalt, dass ihr selbst unter dem Dach der zugigen Hütte die Hände taub wurden. Mehr als einmal riss sie sich die Finger an den grob behauenen Scheiten wund. Als die mit dem gefüllten Korb, die Linke irgendwie ins Weidengeflecht gekrallt, weil der Henkel abgerissen war, vor die Hütte trat, fiel ihr Blick auf die Werft.

War das Loki, der da auf dem umgedrehten Rumpf der neuen Galeere stand und winkte? Sie winkte nicht zurück. Wenn Affraic sah, dass sie Loki zuwinkte, wäre sie außer sich vor Wut. Dann würde es noch mehr Schläge geben als schon wegen des Streits zwischen Fionngula und Fiadh. Ravna war eine Königstochter, Loki der Sohn eines Zimmermannes und doch der Einzige, den sie an diesem Hof als ihren Freund bezeichnen konnte.

Ich kann hier nicht bleiben, dachte sie erneut und starrte auf die Holzscheite. Ich kann nicht. Ich kann nicht, ich kann nicht mit Arvid gehen und Fiadh zurücklassen.

Doch wohin sollte sie gehen? An wen konnte sie sich wenden? Die Männer von Dublin hörten auf König Olave. Hier war sein Wort Gesetz, oder vielmehr das Wort von Affraic, dem Weib hinter dem Thron, mit ihrer bösen Zunge und den noch viel boshafteren Händen, die zuschlugen, so fest wie ein Hammer. Aber auch niemand in Ulster, dem feindlichen Land im Norden, dessen Krieger Olaves Männer töteten, wann immer sie ihnen begegneten, würde ihr Asyl gewähren. Eher würden sie die Kinder von König Olave als Geiseln nehmen und sie quälen, bis der Vater sie auslöste. Wenn sie daran dachte, dass es Affraic sein würde, die darüber entschied, ob Ravna und Fiadh befreit würden, wenn sie in die Hände der Männer von Ulster gerieten, wurde ihr noch kälter. Affraic würde keinen Finger für sie rühren.

Blieben die Klöster. Doch nicht einmal dort könnte Ravna um Hilfe bitten, denn in einem Konvent wäre Fiadh ebenso wenig willkommen wie hier in Dublin. Oder irgendwo sonst auf dieser Welt.

Sie hob den Kopf. Der Zimmermann auf dem Schiffsrumpf winkte nicht mehr, aber stand immer noch dort. Loki. Ein so guter Freund.

Mit einem Seufzen machte sie sich daran, ihre Last ins Schloss zu schleppen.

Die Nacht fiel durchs Fenster, als Ravna endlich unter die Felle schlüpfte. Ihre Finger waren wund, ihr Rücken schmerzte vom schweren Tragen und ihr Kopf war müde vom vielen Grübeln. Auf ihrer Wange brannten noch immer die Abdrücke von Affraics Fingern, auch wenn die Schläge schon Stunden zurücklagen. Vier Körbe Holz hatte die Königin sie holen lassen. König Olave hatte auf seinem Thron gesessen, mit seinen Militärberatern geredet und sich nicht darum geschert, dass Ravna beim vierten Korb kaum mehr aufrecht gehen konnte.

Sie wollte nicht schlafen, doch die Ruhe, die unten im Hof eingekehrt war, die Wärme des Feuers und ihre immer gleichen Gedanken machten es ihr schwer, die Augen offen zu halten. Ihr Prinz auf der Insel Cybi. In dem Land zwischen Wachen und Träumen spukte ihr der Gedanke durch den Kopf. Es war die Stimme der Mutter, die ihn ihr einzuflüstern schien. Ein Prinz auf der Insel Cybi. Der Bräutigam, den die Vorsehung für sie ausgewählt hatte. Mit einem Mal hatte Ravna nicht nur einen Plan, sondern auch ein Ziel. Wenn es wirklich ihr Schicksal war, dem Herrn auf der Insel zu gehören, würde er ihr sein Ohr schenken und ihr helfen. Er würde Fiadh beschützen. Cybi war weit weg im Osten, auf der anderen Seite des Meeres, weit weg von König Olave und Königin Affraic, und nah genug an ihren Träumen.

Morgen, sagte sie sich. Morgen Nacht, wenn die Sonne untergeht. Wenn das Schicksal sie an der Seite des Herrn auf der Insel wissen wollte, würde es Arvid weiter aufhalten. Dann würden Kälte, Schnee und Eis König Olaves Verbündeten von Dublin fernhalten, so lange, bis sie sich mit Fiadh auf den Weg übers Meer gemacht hatte. Sie würde zu Loki gehen, morgen, und ihn fragen. Loki verstand. Sie brauchte ein Boot. Der Wind würde sie nach Cybi tragen. Ein Tag Vorbereitung musste reichen. Ein wenig Wasser und etwas zu essen. Ein paar Schichten Kleider übereinander und das Glück und Fiadh an ihrer Seite.

Zufrieden, eine Lösung gefunden zu haben, schlief sie ein. Das Letzte, was sie hörte, war Fiadhs Stimme, der sich in ihren Arm kuschelte und murmelte: „Ich hab dich lieb, Ravna.“

Loki war älter als Ravna. Nicht viel, nur zwei oder drei Winter. Sein Vater hatte das Totenboot gezimmert, auf dem der Leichnam von Gita verbrannt worden war. So hatten sie einander kennengelernt. Ravna und der Junge, der mit seinen feinen, langen Händen und dem klugen Kopf besser Klosterschreiber und nicht Zimmermann geworden wäre. Stundenlang hatte er neben ihr gesessen, oben auf den Klippen. Gemeinsam hatten sie dem brennenden Boot hinterhergeschaut, das zwischen Dublin und Cybi im Meer versank. Loki hatte Ravnas Tränen weder getrocknet noch weggewischt, aber er hatte ihre Hand gehalten und war bei ihr geblieben. Später hatte er sie Schnitzen gelehrt und dann sogar Reiten. Er war ihr bester Freund, ihr einziger Freund. Der einzige Mensch in Dublin, dem sie vertraute. Sie würde ihn nie vergessen und wünschte sich von Herzen, ihm seine Güte eines Tages vergelten zu können.

Die Werft war so groß, dass der Zimmermeister, Lokis Vater Thorstein, zu jeder Zeit vier Galeeren und eine nicht überschaubare Anzahl kleinerer Boote in Arbeit hatte. Ravna konnte nicht zählen, wieviele Männer zwischen den Schiffen umherrannten, Planken vom Sägeplatz herüberschleppten oder Pech kochten. Über allem lag das ständige Singen der Hämmer, mit denen Nägel ins Holz getrieben wurden, und der faszinierende Duft frischer Sägespäne und erkalteter Pechfeuer, der sich mit dem Salzgeschmack des Meeres vermischte.

Schließlich war es nicht sie, die Loki fand, sondern Loki, der sie fand. Er tauchte hinter ihr auf, während sie hilflos inmitten des Trubels stand und das Gefühl hatte, jedem im Weg zu sein.

„Bist du sicher, dass du hier sein solltest, Prinzessin?“ Seine Stimme verriet Misstrauen. Sie war oft in der Werft gewesen, aber nie während der Hauptarbeitszeit, mitten am Tag, wenn das Licht am besten war. Bisher hatte sie ihren Freund immer abends besucht, wenn die Geschäftigkeit abklang und die Pechfackeln aufloderten. Wenn Thorstein seinem Sohn nicht mehr bei jedem Handgriff auf die Finger schaute und ihm jede Minute, die er nicht in der Sägegrube verbrachte, vorrechnete.

„Hast du Zeit?“, fragte sie.

Loki blickte sich um. Thorstein stritt sich mit einem seiner erfahrensten Arbeiter um eine Veränderung in der Form des Bugs einer der neuen Galeeren. Er war beschäftigt.

Loki griff nach Ravnas Arm und rief, sodass die Männer in ihrer Nähe es hörten: „Nein, Prinzessin, wir haben im Moment keine freien Arbeiter, aber ich kann gern mit Euch kommen und mir das Problem ansehen. Ihr solltet hier nicht sein, es kann zu leicht zu einem Unfall kommen.“ Er lenkte sie so aus dem Gewirr aus Leibern und Holzbalken heraus, dass mehrmals schwer beladene Arbeiter um ein Haar über sie stolperten. An der Bauhütte führte er sie vorbei und auf der anderen Seite der Werft den Trampelpfad zu den Klippen hinauf.

Oben ließ er sich ins gefrorene Gras fallen und zog sie neben sich. Sorgfältig wickelte er sein Fladenbrot aus einem Stück Leinen, brach es in der Mitte durch und reichte ihr die Hälfte. Es war mit Hühnchenfleisch und Streifen von kaltem Kohl gefüllt. „Iss“, sagte er.

„Ich kann nicht“, flüsterte sie.

„Dann rede. Ich weiß, dass du etwas von mir willst.“

Sie schluckte. Jetzt oder nie. Sie wusste, dass, wenn Loki sie verriet und weitersagte, um was sie ihn bat, die Schläge der Hexe das wenigste waren, das ihr Sorgen machen musste. Sie nahm all ihren Mut zusammen und schaffte es doch nicht, geradeheraus zu sprechen. „Willst du nicht auch manchmal weg?“, fragte sie stattdessen.

Er lachte und beschrieb mit der Hand, in der er sein Essen hielt, einen weiten Bogen. „Von hier? Das ist das Paradies, Ravna, warum sollte ich wegwollen?“ Der Streit zwischen dem Zimmermeister und dem Arbeiter wurde so heftig, dass einzelne Wortsetzen bis zu ihnen herauf drangen. Loki schnaubte verächtlich. „Er ist so dumm.“

„Der Arbeiter?“

„Den kenne ich nicht. Nein. Thorstein."

„Dein Vater?" Ravna mochte ihren Vater auch nicht. Obwohl, das war nicht richtig. Sie kannte ihn zu wenig, um ihn nicht zu mögen. Aber sie wäre nie auf die Idee gekommen, ihn als dumm zu bezeichnen. Da gab es eine Barriere, und die hieß Respekt.

„Schimpft sich Meister, aber hat keine Ahnung. Wenn er den Kahn da bauen lässt, wie er es aufgemalt hat, wird die Galeere beim ersten Wellengang absaufen." Er biss von seinem Brot ab und sprach mit vollem Mund weiter. „Werde mir das Schiff merken und zusehen, dass ich nicht darauf zugeteilt werde."

„Zugeteilt? Was meinst du damit?"

„Ich gehe zu den Kriegern des Königs. Im Frühling soll es wieder losgehen, nach Norden, bis hinauf nach Orkney. Dann will ich dabeisein. Ja, Ravna, ich will auch weg, und nicht nur manchmal. Das hier ist ein Verlies. Ich will hier nicht bleiben. So, wie sie die Menschen hier behandeln, so behandeln sie nicht einmal die Hunde."

Sie blickte auf das Fladenbrot in ihrer Hand, und weil er seins verspeist hatte, gab sie es ihm zurück. „Ich brauche ein Boot, Loki. Heute Nacht."

Er blickte sie an. „Es ist Winter, Rabenmädchen. Warte bis zum Frühling."

Tränen traten in ihre Augen. „Das kann ich nicht. Selbst wenn Arvid erst im Frühling kommen würde, aber Fionngula und Gudred hätten Fiadh bis dahin schon totgeschlagen. Ich muss hier weg, und Fiadh muss hier weg, aber wenn wir in die Berge gehen, kommen wir nicht weit."

„Wenn ihr in ein Boot geht, nur ihr zwei, kommt ihr auch nicht weit", gab er zu bedenken. „Nicht bei diesem Wetter. Jeden zweiten Tag tobt ein Sturm."

Sie wischte sich mit dem Handrücken über die Wangen und wies auf das Meer, ins Weite, in die scheinbare Unendlichkeit, die nur deshalb unendlich schien, weil die Wolken die andere Küste verbargen. „Nur bis nach Cybi."

„Aber das ist doch ein Märchen“, flüsterte er, Nachsicht in der Stimme. „Irgendwann musst du aufhören, dich daran festzukrallen.“

„Dann hab ich gar nichts mehr. Besorgst du mir ein Boot?“

„Ravna ...“

„Heute Nacht, Loki. Irgendwie. Ich warte nicht länger. Sobald die Dunkelheit hereinbricht. Sonst ist Fiadh bald tot, und ich auch. Wenn du mir kein Boot besorgst, nehme ich irgendeines. An den Wachleuten auf der Werft komme ich vorbei.“ Hoffnungsvoll blickte sie an ihm hinauf. „Aber wenn du mir eines besorgst, fühle ich mich sicherer, weil ich darauf vertrauen kann, dass es unterwegs nicht zerbrechen wird.“

KAPITEL 2

Die Sonne ging auf.

Ein roter Feucrball über den schneebedeckten Bergen auf der anderen Seite des Meeres, die so nah wirkten und doch so fern. Ravna schob die Stierhaut beiseite, unter der sie sich mit Fiadh verkrochen hatte. Vom Sturm der vergangenen Nacht war nur ein leiser Wind geblieben, der Eiskristalle von der Küste zu ihnen herübertrug. Staubkörnchengroße Diamanten tanzten schwerelos in der Luft und glühten rotglimmend auf, wo das Sonnenlicht sie traf.

Schaudernd stellte sie fest, dass der Wind aus der Richtung kam, in die sie reisen mussten. Er trieb sie von Cybi weg. Sie wollte weinen, aber fühlte sich nicht mehr dazu in der Lage.

Das Boot aus grob behauenem Erlenholz schaukelte leicht auf den kleinen Wellen. Die Luft war eisig. Das Wasser, das höher am Rumpf des Bootes anschlug, gefror erst zu Schlieren und dann zu Eis, das sich in der löchrigen Außenwand festsetzte. Der Sturm peitschte die Wellen so hoch, dass Wasser ins Boot schwappte. Dazu war beißender Eisregen gekommen. Ravna schaufelte mit bloßen Händen so viel Wasser wie möglich aus dem Rumpf, während Fiadh jammervoll weinte. Trotz der beiden Wolldecken und der Stierhaut, unter denen der erschöpfte Junge immer noch schlief, hatte sich am Boden des Bootes eine Eisschicht gebildet.

Ravna blickte auf ihre Hände, die rot und rissig waren und aus bluteten. Der Kampf gegen scharfkantiges Eis hatte Spuren hinterlassen, wo die Holzscheite ihre Haut noch verschont hatten. Sie trennte zwei Streifen Leinen aus ihrem Unterrock und wickelte sie sich um die Hände. Ihre Finger fühlten sich taub an. Sie hielt das Gesicht dem Feuerball entgegen, um wenigstens eine Spur Wärme aufzufangen. Aber die Sonne war zu weit weg und der Wind zu kalt.

Der Sturm hatte ihnen noch in der Nacht beide Ruder entrissen. Machtlos trieb das Boot dahin. Nach Nordwesten. Ravna hatte nach Osten gewollt, direkt nach Osten, der Sonne entgegen, nach Wales. Denn in Wales gab es keine Affraic und keine Fionngula. Keinen Gudred. Vor Wales lag die große Insel Anglesey, von der einige von Gitas schönsten Liedern sangen. Und vor Anglesey lag Cybi.

Die Küste von Wales war weit weg. So weit weg wie Dublin. Der vor Kälte langsame Wind aus Südost trieb das kleine Boot nach Nordwesten. Doch die Strömung vor der irischen Küste schaukelte sie zurück in die Wasserrinne. Es gab keinen Weg, rettendes Land zu erreichen. Wo waren sie? Weit weg lagen schneebedeckte Berge unter der Sonne, die kurz zu sehen war und dann hinter Wolken verschwand. War das noch Wales? Oder schon das Reich des grausamen englischen Königs? Ein dunklerer Streifen streckte sich vor der gebirgigen Küste aus. Hügel, auf denen kein Schnee lag. Sie war nie zur Schule gegangen. Die Mutter hatte sie Lesen und Schreiben gelehrt, doch die Dinge, die Ravna wusste, wusste sie aus Liedern. Den Liedern der Barden, die durch die bekannte Welt wanderten und an König Olaves Hof kamen, um die langen Winternächte mit ihren Geschichten zu verkürzen. Aber mehr noch aus Gitas Liedern, die farbenprächtig und voller Wärme in Ravna lebten.

Der dunkle Streifen Land vor der Küste war die Insel Vannin, vermutete sie, aber ihr Kopf war zu vernebelt, um sicher zu sein. Wohin es sie trieb, lag in den Händen von Mächten, die niemand beherrschen konnte. Niemand außer Affraic und den anderen Cailleach, von denen die Königin das Hexenwerk gelernt hatte.

Die Tränen auf Ravnas Wangen gefroren zu glitzernden Edelsteinen. Sie kroch unter die Stierhaut und die Wolldecken, zog die Beine unter ihren Körper und versteckte sie unter ihrem Rock. Sie zitterte.

Fiadh rührte sich. Seine riesigen braunen Augen blickten sie verwirrt an. Er war fünf Jahre alt. Unter seinem groben Leinenhemd verbargen sich unzählige Blutergüsse von Gudreds Fußtritten und Schrammen von Fionngulas Fingernägeln. Ravna legte ihre Arme um Fiadhs Körper und zog ihn an sich. Sie wärmten einander.

Irgendwann schloss Fiadh mit einem seligen Lächeln auf den blaugefrorenen Lippen die Augen. Ravna sang Gitas Lieder für ihren Bruder und fragte sich, ob auch er das ebenholzfarbene Haar und die seeblauen Augen seiner Mutter sah, wenn er die Augen schloss.

Zweimal wachte Ravna auf und schöpfte Hoffnung, weil eine Küste zum Greifen nah schien. Zweimal starb sie fast vor Angst, dass Vasallen ihres Vaters sie und Fiadh auflesen und nach Dublin zurückbringen würden. Zweimal ergriff im letzten Moment eine Welle das Boot und zog es zurück aufs Meer, sodass die Küste in weitere und weitere Ferne rückte. Sie wusste nicht, ob sie darüber froh oder traurig sein sollte. Die heilige Insel Cybi war ihr Ziel gewesen. Jetzt war das kleine Eiland so weit fort, wie in einem anderen Leben. In Ravnas Kopf summte noch immer das Lied ihrer Mutter. Ein Bräutigam auf der Insel Cybi. Sie würde ihn niemals finden.

Einmal hatte sie geglaubt, die Rückenflosse eines riesigen Fisches im Wasser zu sehen, der das kleine Boot lenkte und führte. Aber ihr Kopf tat weh, sie hatte Durst und Fieber. Auf den Wellen, die höher wurden, je näher die Küste kam, tanzten Schaumkronen. Das war keine Rückenflosse, nur eine weitere Schaumkrone. Sie rollte sich an Fiadhs Seite zusammen und schlang die Arme um ihren kleinen Bruder. Er hatte seit einem ganzen Tag kein Wort mehr gesprochen. Teilnahmslos lag er in ihrem Arm und wäre ohne sie erfroren. Sie weinte leise. Das Lied der Wellen und das Heulen des Windes verklangen. Regentropfen trommelten auf die Stierhaut.

Kein Ziel mehr. Kein Land mehr. Kein Wasservorrat mehr und nichts mehr zu essen. Das ewige Schaukeln des Bootes, dessen Ruder längst verloren waren. Die Sonne war untergegangen. Zum vierten Mal, seit sie Fiadh in Dublin in das Boot gesetzt hatte, das Loki ihnen besorgt hatte. Wenn die Sonne das nächste Mal aufging, würden Fiadh und sie es nicht mehr sehen. Sie war sicher. Sie hatte keine Kraft mehr. Sie dachte an ihre Mutter. Würde Gita auf der anderen Seite des Schleiers auf sie warten? Würde sie stolz sein, weil Ravna sich nicht dem Schicksal ergeben hatte, das Affraic für sie ausgedacht hatte? Weil sie ihren Schwur gehalten und Fiadh beschützt hatte, auch wenn es sie das Leben kostete? Was war schon das kleine, irdische Leben? Es war kurz und verging. Am Ende blieb nicht einmal Erinnerung. Nur Staub.

Sie schloss die Augen.

Ein sanftes Scharren weckte sie. Das Schaukeln war anders als vorher. Das kleine Boot driftete seitlich, hob sich zweimal aus dem Wasser, als würde eine helfende Hand sanft von unten dagegen drücken. Dann ein drittes Mal das Scharren, und diesmal glitt das Boot nicht wieder zurück. Es kippte ein wenig auf die Seite und blieb still liegen.

Ravna kroch unter der Stierhaut und den Decken hervor und blinzelte. Es war noch dunkel. Eistropfen, dick und rund wie die kleinen Kirschen im Garten des Dubliner Klosters, fielen vom Himmel. Leises Knacken rings um sie her, wo die Wellen das dünne Eis am Ufer anhoben.

Am Ufer.

Sie richtete sich auf und glaubte ihren Augen nicht zu trauen. Land. Steine, zwischen denen Gischtschaum waberte und langsam gefror. Bäume, riesige, dunkelgrüne Bäume, die sich im Wind bogen. Verkrusteter Schnee am Boden zwischen den Bäumen. Nebel, der zwischen den Baumstämmen waberte. Berge hinter den Bäumen. Schneebedeckte Kuppeln, von tiefen Furchen durchzogen. Schwarze Wälder, die sich an den Flanken der Berge bis zur Hälfte hinaufzogen, und wo die Wälder aufhörten, begannen Kuppeln aus Schnee.

„Fiadh!“, rief sie, leise, denn plötzlich ergriff sie Angst. Wo es Wald gab, da gab es Wölfe. Wölfe, die im Winter hungrig waren. Nicht mal ein Ruder war ihr geblieben, um sich zu wehren, wenn etwas oder jemand sie angriff. Sie zerrte an der Stierhaut. „Fiadh!“

Benommen kroch der kleine Bruder aus dem Boot. Seine Glieder gehorchten ihm noch weniger als Ravna die ihren.

Sie griff nach seiner Hand. „Wir sind nicht mehr im Meer, Fiadh“, sagte sie ihm ernst ins blasse Gesicht. Seine Augen wurden noch größer, starrten um sich. Er lallte etwas. Selbst an guten Tagen konnte er nicht gut sprechen. Jetzt, wo sie so lange ohne Trinkwasser ausgeharrt hatten, klebte ihm die Zunge am Gaumen, genau wie ihr.

„Wir finden Wasser." Sie umklammerte sein Handgelenk. „Wir finden Wasser, Fiadh, und ich verspreche dir, dass ich so etwas Dummes nie wieder tue. Ich werde dich nie wieder aufs Meer ziehen. Bis wir Wasser finden, können wir am Schnee lecken und dann finden wir Wasser und etwas zu essen und danach einen Unterschlupf, in dem wir Feuer machen können, damit wir es endlich wieder warm haben." Sie strich mit der Hand durch sein zerzaustes Haar. Fiadh runzelte die Stirn, murrte etwas, drehte sich um und stapfte voran.

Sie folgte ihm. Nach wenigen Metern vereisten Strandes begann der Wald. Die Schneekruste barst unter ihren Schritten. Das einzige Geräusch war das Heulen des Windes in den Kronen der riesigen Tannen. Sie rannte Fiadh hinterher. „Tritt nicht auf Zweige, kleiner Bruder!", wisperte sie eilig, aber er hörte sie nicht und stürmte weiter. Der Durst, der auch sie plagte, schien ihm Flügel zu verleihen, doch sein ganz eigener Blick auf die Welt verhinderte, dass er das Offensichtlichste tat und den schlimmsten Durst an Schnee und Eis stillte. Ravna fühlte tausend Augen auf sich. Manchmal glaubte sie sogar, durch das Dunkel zwischen den Baumstämmen das gelbe Stieren eines Wolfes blitzen zu sehen.

Sie schauderte und rannte, ihr Durst musste warten.

„Fiadh, langsam!" Sie verlor ihn in der Finsternis des Waldes aus den Augen. Das Rauschen der Baumkronen verschluckte das Geräusch seiner Schritte. „Fiadh, nicht!" Oh Himmel, wohin war er gegangen? Die Schneekruste hatte aufgehört, hier unter den dichten Baumkronen kam kein Schnee mehr bis zum Boden, sie konnte seine Fußspuren nicht sehen.

„Fiadh!" Sie blieb stehen, spürte, wie ihr der Schweiß ausbrach, drehte sich im Kreis, verlor die Orientierung. Von irgendwoher konnte sie ein Rauschen hören. Nicht die Baumkronen. Wasser. Da rauschte ein Bach ganz in der Nähe. Sie stellte sich tiefdunkles Wasser vor, in dem Forellen sprangen wie daheim in Dublin. Sie stellte sich die Eisränder des Ufers vor. Ihr Blick verschwamm. Wasser. Da war Wasser. Das musste sein, wohin Fiadh rannte, ohne etwas anderes wahrzunehmen. Dort würde sie ihn wiederfinden.

Sie stand ganz still und lauschte. Es war so nah. Ganz nah. Sie machte einen Schritt. Noch einen.

Goldene Augen funkelten zwischen den Bäumen. Kamen näher. Nach dem ersten Schreck holte sie Luft, um zu schreien.

Doch kein Wolf auf der Welt trug ein weißsilbernes Kleid aus feinstem Brokat und hatte schwarzes Haar, das über zarte Schultern strich. Kein Wolf auf der Welt trug dieses Lächeln.

„Ravna, mein liebes Kind."

Sie fiel auf die Knie. So lange hatte sie sich danach gesehnt, noch einmal diese Stimme zu hören. Seit dem Tag, als diese schlanken Hände ihr Fiadh in den Arm gelegt hatten. Die goldenen Augen gehörten zu ihrer Mutter. Zu Gita, die zu Lebzeiten Augen von der Farbe des Meeres im Sommer gehabt hatte. Gita, die seit vielen Jahren tot war. Ravna brachte kein Wort heraus, konnte nur starren. Auf diese Frau, die so schön war wie damals. Die sie anlächelte, voller Stolz und Sorge und Freude, und die doch nicht da sein konnte.

„Du musst Fiadh finden", sagte ihre Mutter. So zart. „Du hast gelobt, auf ihn achtzugeben."

„Er hat Durst, er ist zu schnell für mich", erwiderte sie und weinte. Hol du ihn, Mutter, wollte sie sagen. Du bist schneller als ich, du hast nicht vier Tage lang mit bloßen Händen Eiswasser aus einer undichten Nussschale geschöpft. Hol ihn zurück zu mir. Wenn du mir jetzt hilfst, lass ich ihn nie mehr aus den Augen.

„Du musst ihn finden. Keiner von euch darf aus dem Bach trinken. Affraic hat bemerkt, dass du geflohen bist. Sie hat die Quellen in diesem Land verzaubert." Das passte zu der Königin, die eine Hexe war. Die Cailleach waren dafür bekannt, über Quellen und Wasser bestimmen zu können.

„Was ist das für ein Land, Mutter?" Ravna zitterte. Wie

konnte sie Fiadh davon überzeugen, dass er das Wasser nicht trinken durfte? Sie beide waren halb wahnsinnig vor Durst.

„Dieses Land heißt Kinelvadon. Es ist ein gutes Land, in dem gute, standhafte Männer leben. Königin Affraic kann euch hier nicht sehen, aber sie hat einen Zauber gewirkt. Überall um euch herum sind die Quellen vergiftet. Wer dieses Wasser trinkt, wird in einen Keiler verwandelt.“ Die Stimme entfernte sich. Wurde leiser. „Sie konnte das daheim in Dublin nicht tun, Ravna, denn dann hätte sie den ganzen Hof und auch ihre Kinder vergiftet. Aber ihr seid nicht mehr in Dublin.“ Noch weiter weg, immer weiter weg. „Ihr seid nicht mehr in Dublin. Du bist nah, Ravna, so nah.“ Entsetzt streckte Ravna die Arme aus, um die Erscheinung festzuhalten, aber die Gestalt im silberweißen Kleid wurde immer durchsichtiger und löste sich schließlich in einem Regen aus goldenen Funken auf, die in sanftem, schwerelosem Flug hinauf zu den Baumkronen stiegen. Ravna wollte schreien und weinen, aber sie hörte wieder das Rauschen des Wassers und wusste, dass Fiadh dort war. Sie raffte ihre zerschlissenen Röcke und rannte.

KAPITEL 3

Somhairle richtete sich auf, als ein Pfiff von den Zinnen der Burg herunter in den Hof wehte. Seisyll, der die Morgenwache hielt, wies wortlos zum Tor. Ohne besondere Eile, aber doch auf eine Weise, die besagte, dass draußen et-was vor sich ging, das den Herrn von Drimnin interessieren dürfte.

Die Axt in der Hand, bahnte Somhairle sich einen Pfad durch den kniehohen Schnee, den der Sturm der letzten Nacht in das Land Kinelvadon und auch nach Drimnin gebracht hatte. Der zweistöckige Wohnturm aus fünf Fuß dicken Steinwänden hatte dem Anheulen des Windes getrotzt, wenn auch zwei der eilig gegen die Fensteröffnungen genagelten Läden weggeflogen waren und in den Räumen dahinter Schnee über Bettstätten und Tische gewirbelt war. Die Mauern, die den Hof der Festung einfassten, standen noch. Lediglich ein hölzerner Zaun an der Nordwand war dem Sturm zum Opfer gefallen. Seit Sonnenaufgang hetzten die Söhne des Stallmeisters hinter drei entlaufenen Schweinen her. Im Augenblick kamen die Rufe der beiden Jungen von weit unter ihnen, aus der Nähe der Klippen.

Der Stiel der Axt war nass vom Schweiß seiner Hände. Seit Sonnenaufgang war Somhairle mit den anderen Männern zusammen damit beschäftigt, den beschädigten Hühnerverschlag zu zerlegen. Er würde einen der Zimmerleute von der Werft in Acharn kommen lassen, um einen neuen Unterschlupf fürs Federvieh zu bauen. Aus dem alten wurde Brennholz für die Halle. Vor mehr als sechs Jahren hatte Somhairle sich an dieser Küste niedergelassen, aber einen Sturm wie den von vergangener Nacht hatte er noch nie erlebt.

Als er durch das weit offene Tor hinaustrat, sah er den Jungen, der im Laufschritt den Hügel heraufkam. Kenneth hieß der, einer der Halbwüchsigen, die zwischen Drimnin und Claggan die Küste bewachen sollten. Atemlos kam Kenneth bei seinem Burgherrn an.

„Somhairle MacGillebride“, schnaufte er ehrerbietig. Kenneth war vierzehn, zu jung, um auf Somhairles Langschiffen mit hinauszufahren, wenn sie auf den Nachbarinseln plünderten. Diese Jungen, aufgewachsen in seinem Schatten, blickten sehnsüchtig zu ihm auf und würden alles dafür tun, mitfahren zu dürfen.

„Spar dir deinen Atem für die wichtigen Dinge“, brummte Somhairle. Leicht fiel es nicht, angesichts so offener Verehrung mürrisch auf Kenneth zu sein. Doch die Zerstörung, die sich hier draußen zeigte, die abgeknickten Buchen am Waldrand und der über die Ufer getretene Bach, all das machte ihn unleidlich. Er würde Aedan in die Dörfer schicken, um nach dem Rechten zu sehen.

„Nordmänner.“ Kenneth presste sich eine Hand in die Seite und schnappte nach Luft. „Bei Kinlochaird. Wilderer.“

Unwillkürlich wechselte Somhairle die Axt von der Linken in die Rechte und stand etwas gerader. „Wie viele Schiffe?“

„Keine Schiffe, Mormaer“, keuchte Kenneth. „Sie sind zu Fuß. Sechs oder sieben von ihnen. Verlauste Gestalten. Sigurd sagt, das sind welche aus dem Norden, aus Liddesdale.“

Somhairle spuckte zur Seite aus. Es wurde Zeit, dass er sich dieser Parasiten entledigte. Kinelvadon gehörte ihm. Vor acht Jahren war er hergekommen, um sich wiederzuholen, was die Nordmänner seinem Vater entrissen hatten. Seit sechs Jahren gehörte dieses Land wieder ihm. Aber im Norden, an der Küste des Sunart, auf dessen anderer Seite das Land Ard Nam Murchain fest in der Hand eines Jarls aus Dänemark lag, gab es noch immer ein paar Wikingersiedlungen. Es war ein Fehler, sie dort siedeln zu lassen. Vielleicht würde er den Frühling abwarten, aber dann würde er sich dieser Laus in seinem Pelz endgültig entledigen. Er hatte die Wilderei satt. Sollten die Nordmänner über den Sunart See hinübersetzen und den dänischen Jarl in Ard Nam Murchain piesacken, indem sie ihm die Hirsche wegschossen. Immer wieder drang das Lumpenpack nach Süden vor. Kinlochaird, ein Fischerdorf an der Mündung des Aline Sees, war in diesen sechs Jahren dreimal geplündert worden. Es reichte.

„Geh rein, wärm dich auf und lass dir von Ingrid Bier und was zu essen geben“, sagte er. Kenneths grüne Augen leuchteten, er schien auf irgendwas zu warten, aber Somhairle war keiner, der lobte.

Er hörte Schritte hinter sich und sah über die Schulter zurück. Aonghas. Als Kenneth an dem drahtigen Krieger vorbeistolperte, fuhr dieser dem Jungen mit der Hand durchs Haar. Gut gemacht, hieß das, eine Geste, die niemand vom Burgherrn bekam.

„Schon wieder?“, fragte Aonghas. Sie blickten über den Drimnin Bach hinweg auf die dunkelgrünen Wälder. Der Blick ging vorbei an den majestätischen Klippen der Küste von Kinelvadon auf das unter dem aufklarenden Himmel tiefblau schimmernde Meer mit den Silberkrönchen auf den Wellen. Hinüber zur Insel Muile, die sie im vergangenen Frühjahr den Wikingern abgejagt und somit Somhairles Einflussbereich bedeutend erweitert hatten.

„Lass uns losreiten. Keine Zeit verlieren“, fügte Aonghas hinzu.

„Wenn die aus Liddesdale sind, entkommen sie uns nicht.“ Somhairle schob sich die Axt in den Gürtel. Bei Gegnern, die es wert waren, hätte er sich mit der Kriegsaxt bewaffnet, die zweischneidig und doppelt so groß war. Aber für diese abgerissenen Würmer würde er die wertvolle Waffe nicht beschmutzen. „Hol Seisyll vom Turm, stell jemand anders auf die Zinnen. Ihr begleitet mich. Du, Aedan und Seisyll. Niemand sonst.“ Er würde diesen Nordmännern nicht mit einer größeren Gruppe entgegenzutreten. Sie waren es nicht wert.

Während Aonghas seinen Befehl ausführte, sattelte Somhairle seinen Rappen und hängte die Armbrust und den Köcher mit Bolzen in die vorgesehene Schlaufe. Als Seisyll ihm beim Aufsitzen wenig später wortlos das Schultergehenk mit seinem Schwert reichte, lehnte er es nicht ab. Kommentarlos schnallte er sich die Waffe auf den Rücken und setzte sein Pferd mit einem Zungenschnalzen in Bewegung.

Dies war sein Land. All das hier gehörte ihm. Nicht, weil irgendein längst vergessener Vorfahr es aufgebaut und ihm hinterlassen hatte. Es gehörte ihm, weil er es sich erkämpft hatte. Bis zum letzten Tropfen seines Blutes, in dem sich gälische Traditionen und nordische Kampfeswut mischten, würde er verteidigen, was ihm gehörte.

Jetzt schäumte es, dieses Gemisch in seinen Adern. Es brodelte. Es war heiß und dünnflüssig und brannte auf einen Kampf. Er wollte sich beweisen, wieder und wieder. Ihnen zeigen, wer er war. Jenen, die ihm die Treue geschworen hatten, aber auch jenen, die glaubten, ihn besiegen zu können. Sie alle mussten eines lernen. Er war hier, und er würde bleiben.

Mormaer von Kinelvadon. König von Argyll. Sein Name war Somhairle Mor MacGillebride, und der Mann, der ihn besiegen konnte, war noch nicht geboren.

Ravna achtete nicht mehr auf das Knacken der Zweige. Wenn es in der Nacht Wölfe gab, würden sie Ravna und Fiadh finden, ganz egal, ob sie Krach machte oder nicht. An einem Strick zerrte sie die zusammengerollte Stierhaut hinter sich her. Dornen und Steine bohrten sich durch die dünnen Sohlen ihrer Lederschuhe. Sie fühlte es, aber kein Schmerz drang zu ihr durch. Schon lange hatte die Kälte jedes Gefühl aus ihren Füßen getrieben.

„Fiadh! Dich wird ein *Crodh Mara* fressen, wenn du aus dieser Quelle trinkst. Es wird dich im Ganzen verschlingen und herunterschlucken und du wirst erst wieder in seinem Bauch aufwachen, wo es kein Licht gibt, niemals mehr." Sie schrie die Worte in den Wind und hasste sich dafür. Fiadh fürchtete sich vor Kühen und Pferden und allem Getier auf vier Beinen. Eher würde er verdursten, bevor er riskierte, das rote Wasserkalb mit den messerscharfen Hörnern und Zähnen zu beschwören, das in verzauberten Gewässern hauste, um unvorsichtige Wanderer zu jagen.

Sie schloss die Augen und horchte. Wo war die Quelle? Sie hatte das Plätschern gehört, es war so nah gewesen, als die Mutter aus dem Totenreich zu ihr gesprochen hatte. Jetzt war sie weg. Immer tiefer lief Ravna bei ihrer Suche in den Wald.

Endlich. Da hockte er. Er war auf die Fersen gesunken, seine Fußspitzen ragten ins Wasser des kleinen Baches vor ihm. Bis hierher meinte sie, die Tränen auf seinen speckigen Wangen zu sehen. So schnell sie vermochte, eilte sie an seine Seite und ließ sich neben ihm nieder.

„Fiadh“, sagte sie wieder, legte die Arme um ihn und zog ihn nah an ihren Körper. „Ich habe dir gesagt, dass du nicht davonlaufen darfst.“

„Wolltest du deshalb, dass mich das *Crodh Mara* frisst?“ Seine Stimme klang leise und traurig.

„Aber nein.“ Das schlechte Gewissen packte und beutelte sie. Wie hatte sie dem Kind solche Angst machen können? „Es tut mir leid.“

„Ich habe Durst, Ravna“, jammerte er. Sie war froh, dass er jammerte. Besser er jammerte, als dass er wieder so ruhig wurde wie im Boot.

„Ich auch“, gab sie zu. „Ich auch. Aber aus diesem Bach dürfen wir nicht trinken. Das Wasser ist vergiftet.“

Fiadh schmiegte seinen Kopf an ihre Brust und weinte leise. Sie wusste, dass er nicht verstand, was sie ihm zu sagen versuchte. Sie musste anders mit ihm reden.

„Wer davon trinkt, wird ein Keiler. Du hättest nicht gewusst, wer ich bin, und mich gefressen. Willst du das?“

Heftig schüttelte ihr Bruder den Kopf. Sie fragte sich, woher er die Kraft für diese Bewegung nahm. Sie selbst konnte sich kaum mehr aufrecht halten.

„Ich hab dich doch lieb, Ravna. Ich will dich nicht fressen.“

„Dann müssen wir fort von hier.“ Die letzte Kraft zusammennehmend, zog sie Fiadh vom Bach fort. Weg von dem leisen Gurgeln und Rauschen, das mit den gespaltenen Zungen der Hexen nach ihnen zu rufen schien. *Trink mich*, schien das Wasser zu singen. *Trink mich, ich stille deinen Durst.* Fiadh weinte, weil seine Füße schmerzten. Sie brach einen gefrorenen Ast vom nächsten Baum und schob ihm den zwischen die Finger.

„Lutsch daran, das wird helfen.“

Auch sich selbst brach sie einen Zweig ab. Die dünne Eisschicht auf dem Holz schmeckte nach Erde und Harz. Kaum berührten die winzigen Eiskristalle auf dem Stöckchen ihren Mund, schon verglühte das bisschen Nässe auf ihren fieberheißen Lippen. So ging es also mit ihnen zu Ende. Das Schicksal hatte sie an diese Küste gespült, trotzdem würden sie nicht überleben. Das Bündel aus Stierhaut und Wolldecken wurde immer schwerer, blieb an Wurzeln und moosbewachsenen toten Ästen am Boden hängen. Während die Kälte ihr mehr und mehr unter die Haut kroch, wurde die Hitze in ihrem Inneren immer schlimmer.

Als Fiadh sich auf den Boden fallen ließ, hatte sie nicht die Kraft, ihn zum Aufstehen aufzufordern. Sie setzte sich neben ihn, zog die Stierhaut über ihn und sich und wartete. In den Spuren, die sie im Waldboden hinterlassen hatten, sammelten sich winzige Eiskörnchen und Schnee, der von den Bäumen rieselte. Vor ihren Zehenspitzen, wo ihre Körperwärme unter der Stierhaut den Schnee schmolz, wuchs eine kleine Pfütze. Trinken, dachte sie. Das vor ihnen war keine Quelle. Dieses Wasser konnte Königin Affraic nicht mit ihrem Zauber vergiftet haben. Fiadh schlief, aber als sie die Hand ausstreckte, um etwas von dem Tauwasser zu schöpfen, wachte er auf.

„Ravna?“ In dem Laut, der über seine Lippen kroch, war ihr Name kaum zu erkennen.

„Sei still, *mo chridhe*“, flüsterte sie, strich ihm über den Scheitel und beugte sich nach vorn, näher an die Pfütze, näher ans Wasser. In ihrem Kopf schwamm und sang es. *Tu es nicht, mein Kind. Tu es nicht. Affraics Atem reicht weit, es ist ihr Odem, der dieses Wasser spendet.*

Es war ihr egal. Das war nicht die Stimme der Mutter, die sie warnte. Die Mutter war schon lange tot. Es war das Fieber, das ihr etwas vorgaukelte. Auch Affraic war nicht allmächtig. Die Cailleach, die Wasserhexen von Galloway, konnten mit ihrem Atem Flüsse und Bäche verzaubern, weil ihre Meisterin tief in der Erde lebte und alles Wasser, das aus der Erde kam, beherrschte. Schnee und Regen und Eis kamen nicht aus der Erde, sie kamen aus dem Himmel. So sagte man. Und wenn es nicht stimmte, dann würden sie eben zu wilden Tieren werden. Den wilden Schweinen in diesem Wald ging es besser als ihnen. Sie hatten ein Fell, das sie wärmte. *Tu es nicht, tu es nicht, tu es nicht.* Drängender und drängender wurde die Stimme in ihrem Kopf. Sie hielt sich die Ohren zu, wollte ans Wasser.

Das Geräusch von Männerstimmen war es, das die Warnung übertönte, sodass sie nicht mehr bis an Ravnas Ohren drang. Sie redeten laut, in der Sprache der Dänen, die auch an Olaves Hof Gang und Gäbe war.

„Zwei magere Hasen", beschwerte sich der eine. „Dafür hat sich der Weg kaum gelohnt."

„Was richtig Saftiges wäre mir auch lieber." Eine zweite Stimme meldete sich zu Wort. „Etwas, das ordentlich Münzen in die Tasche treibt."

„Was es dem guten Mormaer wohl wert wäre, die ärmlichen Hütten am Strand zu schützen?"

„Dummkopf!", fiel jetzt der erste wieder ein. „Wir sind zu wenige. Die Anweisungen vom Jarl waren eindeutig. Wir sollen etwas zurückbringen, das die Bäuche der Kinder füllt, und sehen, wie die Dinge hier stehen. Mehr nicht."

Nur langsam formte sich Erkennen in Ravnas Geist. Die, die hier durch den Wald streiften, waren Wikinger, und sie waren in diesen Wäldern, um zu wildern, was ihnen nicht gehörte. Sie gehörten nicht zu den guten Männern, die in diesem Land lebten. Wahrscheinlich dachten sie an einen stattlichen Hirsch, wenn sie von einer guten Beute redeten, doch was würde ihnen mehr Geld in die Taschen spielen als die entlaufene Prinzessin von Olaves Hof? Egal, wie wenig Wert sie für ihren Vater und die Hexe hatte, sie war immer noch ein Kind von königlichem Geblüt und damit eine wertvolle Geisel.

„Fiadh". Sie rüttelte an der Schulter des Bruders, zerrte und schob. „Fiadh, komm, wir müssen fliehen."

„Hast du zu trinken?"

„Nein!" Ihr war nach Schreien und Heulen, doch sie zwang sich zu einem Flüstern. Sie war nicht den ganzen Weg übers Meer geflohen, um sich jetzt von Verbündeten ihres Vaters einfangen zu lassen. „Nein, hab ich nicht, aber jetzt komm doch. Und sei ruhig. Du darfst keinen Laut von dir geben.“ Das Geräusch knackender Äste kam näher. In den Nebelschatten der Bäume meinte sie, die Männer zu sehen. Schwarze Gestalten in schwarzen Schatten. Mit eisigen Fingern strich ihr die Angst über den Nacken, aber Fiadh ließ sich nicht bewegen.

„Ich geh nicht mit“, trotzte er. „Ich bleibe hier. Ich gehe erst, wenn ich was getrunken habe.“

„Dann trink doch!“ Wütend zerrte sie an der Stierhaut, dass die Pfütze aus geschmolzenem Schnee im Boden versickerte. Sie wies in die Richtung, in der die Quelle plätscherte. Die Angst machte sie ungeduldig und ungerecht. „Dann werde eine wilde Bestie. Erinnerst du dich nicht an das Grunzen und Schnauben? An ihre kleinen, bösen Augen?“ Tatsächlich war es ihr, als ruhten tausend Augen auf ihr, tausend Blicke von Wesen, die ihr Böses meinten, die nur darauf warteten, dass sie einen Fehler machte. Um nichts im Leben wollte sie Fiadh zurücklassen, aber sie war mit ihrer Weisheit am Ende. Er konnte doch nichts dafür, dass er nicht verstand. Sie hatte geschworen, ihn zu schützen. Aber sie konnte nicht mehr klar denken und nicht mehr reden. Nicht mehr kämpfen. Nicht mehr siegen. Sie war nur ein Mädchen, und sie hatte keine Kraft mehr. Sie wandte sich ab, um Fiadh seinem Schicksal zu überlassen. Vielleicht war es besser so.

Die Nüstern der Pferde stießen weiße Wolken aus. Tief pflügten sich die Hufe durch den Schnee. Bei den Klippen begegneten den Reitern die Söhne des Stallmeisters. Der jüngere von ihnen hatte ein Schwein am Strick, der ältere zwei. Somhairle beachtete die Jungen nicht, die sehnsüchtig auf ihn und seine Gefährten starrten.

Nur seine treuesten Vertrauten begleiteten den Mormaer zu Pferd. Einer von ihnen war Aonghas, der an seiner Seite stand, seit Somhairle an die Küste Kinelvadons gekommen war. Ein wendiger Mann, nicht besonders groß, aber unglaublich agil und vom Siegen besessen. Obwohl Aonghas der Sohn eines Fischers war, litt er an Seekrankheit. Die Aussicht, einem Leben im Boot zu entgehen, hatte ihm Kräfte verliehen, die niemand ihm zugetraut hatte.

Auf einem gemächlich dahintrabenden Braunen bildete Aedan das Schlusslicht ihres kleinen Trupps. Ein Mann, der aus seiner Heimat Ulster vertrieben worden war und seither für Somhairle die Drecksarbeit erledigte. Der rothaarige Hüne war so riesig, dass seine Füße an den Seiten des Pferdes fast auf dem Boden schleiften. Da ihm das linke Auge fehlte, sah er mit dem rechten umso besser. Vor Aedan ritt Seisyll, ein ehemaliger Mönch, den Somhairle auf seinem Weg nach Norden aufgelesen und mit nach Kinelvadon genommen hatte. Schweigsam, genügsam, unbeugsam. Seisyll hatte seinen Glauben an Gott vor vielen Jahren verloren und lebte von einem Tag zum nächsten, ohne dabei auch nur einen einzigen Kampf auszulassen. Nur durch die Hilfe dieser drei Männer, die ihm näher standen als Brüder, hatte Somhairle seinen Machtbereich über die Grenzen hinaus erweitern können, die das Land seines Vaters einst abgesteckt hatten.

Ein Wolf heulte in der Ferne. Somhairle meinte, die Blicke von tausend Augen in seinem Nacken zu spüren. Das lauter werdende Rauschen der Wellen und die langgezogenen Schreie der Möwen zeigten die Nähe der Küste an. Es wurde heller, die Bewaldung lichtete sich. Eine Wildschweinrotte hatte eine breite Spur durch den Boden gezogen. Aufgewühlte Erde, zertrampelte Flecken von Schnee. Die Pferde blieben ruhig. Kein Keiler in unmittelbarer Nähe. Somhairle und seine Begleiter durchbrachen das letzte Stück Wald und hielten die Reittiere an.

Am Ufer lag ein Boot. Ganz sicher war es keines der Fischerboote, wie die Menschen aus Claggan oder Kinlochaird sie benutzten, Gerippe aus Holzspanten, die mit Leder bezogen waren. Die Fischer waren auf ihre Arbeitsmittel angewiesen und hegten und pflegten sie besser als ihre eigenen Kinder. Dieses Boot hier war ganz aus Holz gebaut und sah aus, als wäre es in vier aufeinanderfolgende Stürme geraten.

Außerdem hatte es eine seltsame Form, schmaler als an diesen Küsten üblich. Ein paar Planken waren gerissen und gesplittert. Somhairle ritt näher heran und stieg vom Pferd. Er fand rostbraune Spuren an der zerfledderten Oberkante des Bootsrumpfes, wie von Händen, die sich festgeklammert hatten, auch wenn sie sich bis aufs Blut dabei verletzten.

„Das ist ein irisches Boot“, knurrte Aedan, der sein Pferd im Schatten der letzten Bäume angehalten hatte. „Schau dir die Form an, Somhairle.“

Er nickte. Aedan hatte Recht. Das Boot, wenn auch klein und insignifikant, hatte die schlanke Form mit dem nicht sehr weit hochgezogenen Bug wie die Wikingerschiffe, die im Königreich Dublin gebaut wurden. Doch Dublin war mindestens zwei Tagesreisen von Kinelvadon entfernt, selbst wenn man ein Langschiff voll Ruderer zur Verfügung hatte. In den vergangenen Tagen war ein Sturm nach dem anderen über die See gefegt. Unvorstellbar, dass so eine Nussschale das überlebte. Somhairle fing den Blick von Seisyll, der am vergangenen Abend die Küste hinuntergeritten war, um in Claggan nach dem Rechten zu sehen. Der ehemalige Mönch schüttelte den glattrasierten Kopf.

„Das war gestern noch nicht hier.“

„Für eine Invasion des Roten ist das aber reichlich ärmlich“, meinte Aonghas und grinste breit.

In der Tat. Außerdem hatte Olave der Rote, König von Dublin, den Mormaer von Kinelvadon bisher immer in Ruhe gelassen. Es gab keinen Grund, dass sich das plötzlich ändern sollte. Was hatte das Boot dann zu bedeuten? Händler kamen im Sommer, und keinesfalls in Nussschalen.

Im Boot fand Somhairle einen Lederschlauch, wie sie mit Wasser oder Wein befüllt wurden, um auf Reisen Stärkung zu bieten. Der Schlauch war leer. Zurückgelassen. Die Ruder, die zu dem kleinen Boot gehört haben mussten - er fand zerfledderte Löcher im Rand der obersten Planke, durch die Ruder geschoben wurden - waren verschwunden. Das hier sah nicht aus, als würde jemand nur etwas zu Lande erledigen und dann zu seinem Boot zurückkehren.

Er richtete sich auf. „Halten wir die Augen offen." Sein Misstrauen verbarg er. Was hatte er zu befürchten? Von einem mickrigen Boot? Mit einer einzigen Bewegung schwang er sich auf den Pferderücken. Der Rappe tänzelte und biss auf das Eisen im Maul. Somhairle musste den Zügel kürzer nehmen. Die Unruhe des Tieres übertrug sich auf die anderen Pferde. Aedans Brauner, der noch unter den Bäumen stand, machte einen Satz auf den Strand herunter. Im gleichen Augenblick brach im Wald die Hölle los.

Gemessen am Lärm erwartete Somhairle eine Wildschweinrotte von mindestens zwanzig Tieren, aber es waren nur drei, die aus dem Wald herausbrachen und sich auf Aedans Pferd stürzten. Der Braune heulte jammervoll auf, als wuchtige Hauer sich in seinem Hinterbein vergruben und ihn zu Fall brachten. Beim Sturz prallte Aedan mit dem Kopf auf einen Stein und rollte sich von seinem Pferd weg, zu benommen, um sofort nach seinen Waffen zu greifen. Knochen splitterten. Somhairle hatte nie zuvor einen Keiler von dieser Größe gesehen. Er riss die Armbrust aus der Halterung am Widerrist seines Rappen und zielte. Das Pferd bäumte sich und scheute. Somhairle bekam keine Ruhe in den Waffenarm und machte einen Schritt weg vom Pferd. Die dünne Eisschicht am Ufer knackte und zerbrach unter seinen Stiefeln, dann stand er mit beiden Beinen bis fast zu den Knien im eisigen Wasser. Der Rappe galoppierte davon. Die anderen Männer taten es Somhairle nach und verjagten die Pferde, die es zu schützen galt. Schlimm genug, wenn sie Aedans Braunen verloren, nur, weil sie nicht aufgepasst hatten. Aonghas und Seisyll waren mit kurzen Bögen bewaffnet. Aedan kämpfte sich auf die Füße und hatte schon sein langes Jagdmesser in der Hand, das er mit einem wütenden Aufschrei dem Keiler in den Nacken rammte, der dem Braunen das Bein gebrochen hatte.

Somhairle richtete die Armbrust auf die Bache, die sich an die Verfolgung der fliehenden Pferde machte. Er zielte gründlich. Der Schlagbolzen grub sich tief in die linke Flanke des Tieres, das sich viermal überschlug, ehe es im gefrorenen

Sand liegenblieb. Das dritte Wildschwein war ebenfalls ein Keiler, aber viel jünger als der, auf dessen Nacken Aedan immer wieder mit seinem armlangen Messer einstach. Das rabenschwarze Tier schlug auf der anderen Seite des kleinen Bootes einen Haken und fasste Somhairle ins Auge. Ein tiefes, furchterregendes Brummen ging von ihm aus, unterbrochen von hohen Kreischlauten. Somhairle legte einen Bolzen auf die Armbrust, aber das Tier war schneller. Somhairle hatte die Waffe noch nicht ausgerichtet, als der Keiler an dem Boot vorbeischoss und sich auf ihn stürzte.

Er spürte den Moment, als sich die nadelspitzen Hauer in seinen Unterschenkel fraßen. Aber nicht so deutlich wie den Moment, als das Vieh sie wieder herauszog. Es fühlte sich an, als würde sein Bein auseinandergerissen, und doch begriff er sofort, wieviel Glück er hatte. Das Wildschwein erwischte nur sein Fleisch, nicht den Knochen. Unter Aufbietung aller Willenskraft blieb er stehen. Hellrot schäumte das Wasser auf. Der Keiler wich zurück, aber nur, um erneut Anlauf zu nehmen. Somhairle warf die Armbrust weg, riss das lange Jagdmesser aus seinem Gürtel. Als das rasende Wildschwein sich erneut in seine Richtung warf, ging er in die Knie und hieb dem Tier die Klinge in die Brust. Einen Augenblick lang, der sich wie eine Ewigkeit anfühlte, schien das tödlich verletzte Tier an der Klinge zu zappeln, kreischend und sterbend. In seinen Augen lag ein fast menschlich wirkender Schmerz.

Somhairle riss die Waffe heraus und stolperte, halb auf den Knien, ein paar Schritte zurück. Der Keiler röchelte und kippte auf die Seite. Seelenruhig kam Aonghas heran, sein reich verziertes Wikingerschwert in der Hand. Er packte das Tier um die Schnauze, riss ihm den Kopf in den Nacken und schnitt ihm die Kehle durch.

Somhairle gab Seisyll ein Zeichen. „Fang die Pferde ein." Er schwankte ein wenig, krallte seine Finger um den Griff seines Messers und zwang sich, tief und ruhig zu atmen. Der Waliser nickte wortlos und machte sich auf den Weg.

Vorsichtig belastete er das Bein. Nicht gebrochen. Aber er spürte, wie sein Blut pulsierend aus der tiefen Wunde schoss.

Aedan sah aus wie der Hölle entstiegen. Das Blut des riesenhaften alten Keilers bedeckte ihn von Kopf bis Fuß. Sein Pferd, der gutmütige Braune, den er selbst aus Ulster mitgebracht hatte, kämpfte, um auf die Hufe zu kommen, aber sein Hinterbein war gebrochen. Somhairle, immer noch schwankend und gegen die Schwärze vor seinen Augen kämpfend, hob die Armbrust aus dem Wasser, in dem sich schäumend sein eigenes Blut mit dem des Wildschweins mischte, und legte einen neuen Bolzen ein. Weniges in seinem Land war so wertvoll wie Pferde. Sie waren so wertvoll wie die Menschen, aber manchmal war es unmöglich, sie zu retten.

„Nicht“, knurrte Aedan. Blut tropfte ihm vom Kinn. Sein helles Auge stach aus dem Gesicht, das aussah, als habe ihm jemand die Haut abgezogen, die Höhle des verlorenen Auges war mit Blut gefüllt.

„Es ist zwecklos, Mann“, murmelte Aonghas, den Somhairle selten so gesehen hatte, das Gesicht im Kummer um das Pferd verzogen.

Aedan umklammerte sein Messer. „Ich hab ihn hergebracht. Er gehört mir.“ Mit taumelnden Schritten ging er zu seinem treuen Gefährten. Für einen Augenblick legte der große, tödliche Mann seine Stirn gegen den bebenden Hals des Braunen. Die Welt schien stillzustehen. Somhairle spürte seine eigenen Knie zittern, die schwarzen Flecken vor seinen Augen wurden mehr und größer. Das verletzte Pferd wurde ganz ruhig. Sauber und weich zog Aedan ihm die Klinge über die Kehle und hielt ihn, bis das Zucken aufhörte.

Als Aedan den Kopf hob, hatten Tränen Furchen in sein blutverschmiertes Gesicht gefressen.

Seisyll kehrte mit den anderen drei Pferden zurück, sprang aus dem Sattel des einen und drückte Aonghas die Zügel in die Hand, ehe er sich neben Somhairle ins Wasser kniete. Die beißende Kälte hielt den ehemaligen Mönch nicht davon ab, sein Hemd abzustreifen und zu einer festen Rolle zu drehen, die er um Somhairles zerrissenen Unterschenkel wickelte.

„Lass uns keine Zeit verlieren“, murmelte der Mönch. „Ingrid soll sich das ansehen.“

Somhairle kämpfte die Übelkeit nieder, die der Blutverlust in ihm auslöste. Sein Kopf schwamm, er stützte sich mit einer Hand auf Seisylls Schulter, bis er das Gleichgewicht wiederfand. „Hilf den anderen, die Kadaver aufzuladen", brummte er. „Wir lassen kein Fleisch zurück. Außerdem haben wir uns noch nicht um die gekümmert, wegen derer wir gekommen sind."

„Wir sollten keine Zeit verlieren, du …", begann Seisyll, doch als er aufschaute, brachte Somhairle ihn mit einem scharfen Blick zum Verstummen.

KAPITEL 4

„Ravna, bleib." Keine fünf Schritte weit kam sie, da hielt Fiadhs Ruf sie zurück. Für die Dauer eines Herzschlags überlegte sie, sein Rufen zu überhören. Ihn hinter sich zu lassen, damit sein Schicksal ihn einholte, wie es auch aussehen mochte. Aber dann hörte sie wieder die Schritte der Wilderer und brachte es nicht übers Herz. Fiadh besaß nicht den Scharfsinn, um zu unterscheiden, wer Freund und wer Feind war. Er würde freudestrahlend auf die Fremden zulaufen, sie um Hilfe bitten und mit seiner Sorglosigkeit beschenken. Ehe er sich versah, wäre er in ihrer Gewalt. Sie müssten ihn nicht einmal jagen. Ein falsches Versprechen, und er würde ihnen freiwillig folgen.

So schnell ihre Füße sie trugen, eilte sie zurück zu ihrem Bruder, packte seine Hand und zerrte ihn weiter. Immer näher kamen die Geräusche.

„Auf den Baum!" Sie drückte Fiadh in die Zweige einer Tanne. Mit ein wenig Glück waren die Wilderer so sehr in ihr Gespräch und die Suche nach Beute vertieft, dass sie nicht in die Baumkronen blickten. Sie befahl dem Bruder, sich an die Äste zu hängen und hochzuziehen. Es gab weniges, worin Fiadh gut war, aber Klettern gehörte dazu. Seine Fluchten vor Gudred hatten ihn das gelehrt. Sie folgte ihm in den Baum. Die Nadeln stachen in ihre Handflächen. Verbissen kletterte sie weiter.

Kaum saß sie sicher neben Fiadh auf einem Ast, sah sie die Männer. Es waren sieben an der Zahl. Obwohl sie Dänisch sprachen, waren sie nicht gekleidet wie die Krieger, die sie vom Hof ihres Vaters kannte. Sie trugen weite, zerfledderte Umhänge aus Fell, dazu vor Dreck starrende Lederbeinlinge. Ihre Haare waren strähnig vor Schlamm und Schweiß. Ravna schauderte. Sie mochte sich nicht ausmalen, was passiert wäre, wenn diese Männer sie erwischt hätten. Dass die sie und Fiadh gefangen und für Lösegeld an Olave verschachert hätten, wäre da noch das geringste Übel gewesen.

„Gib mir was zu essen", jammerte Fiadh, kaum, dass die Gestalten wieder im Dunkel des Waldes verschwanden. Ravna brach einen Zweig vom Ast, damit er darauf herumkauen konnte. Schlimmer als der Hunger waren die Ungewissheit und der Durst. Die Angst, dass die Wilderer zurückkehren könnten. Etwas Gelbes leuchtete durch die Bäume des Waldes. Wolfsaugen, vielleicht. Oder Grausigeres. Besser, sie blieben hier oben.

Aber dann würden sie verhungern und verdursten.

Sie wiegte sich. Es begann wieder zu schneien. Winzige Flocken wisperten durch das dichte Dach aus Baumkronen, setzten sich auf Fiadhs schwarzes Haar und Ravnas nackte Beine. Eisiger Nebel stieg aus dem Boden unter ihnen auf. Sie zerrte an ihren Röcken, um ihre Knöchel zu bedecken, und fiel in einen leichten Dämmerschlaf.

Plötzlich war Fiadh weg. Einfach so sprang er vom Ast hinunter auf den Waldboden. „Es ist mir egal!", schrie er zu ihr herauf und kümmerte sich nicht darum, dass sie ihn bat, leise zu sein. „Es ist mir egal, was ich werde! Es ist mir egal! Ich habe Durst!"

„Fiadh!" Sie wagte nicht, hinunterzuspringen, hangelte sich am Stamm hinab. Inzwischen war ihr Bruder längst zwischen den Bäumen verschwunden. „Fiadh!" Sie rannte ihm nach. „Leck dir den Schnee von der Haut! Fang Flocken mit deiner Zunge, das hilft!" Die goldenen Punkte näherten sich. Kein Wolf. Der Geist. Die Frau, die das Gesicht und die Stimme ihrer Mutter trug. Die Erscheinung sah traurig aus. Tränen aus winzigen Eisperlen liefen über ihr Gesicht.

„Wenn er aus dieser Quelle trinkt, wird er sich in ein Reh verwandeln", flüsterte sie in einem Singsang, der klang wie ein Trauerlied. „Mein Junge wird ein Reh. Jede Quelle ist verhext. Jede Quelle birgt ein anderes Geheimnis."

Ravna wischte sich Schneeflocken aus den Augen. „Ein Reh?" Als ob das einen Unterschied machte. Ein Tier war ein Tier. Aber zumindest konnte er sie als Reh nicht verletzen.

„Oh, Ravna." Die Gestalt löste sich auf, verwandelte sich in feinen silbernen Nebel. „Ravna, bleib bei ihm, was auch geschieht. Versprich es mir. Du darfst ihn nicht allein lassen. Denk an das, was ich dir gesagt habe." Die letzten Worte versanken in einem klagenden Summen, die goldenen Augen zersprangen in einem Funkenregen.

Ravna rannte. Sie rannte dem Klang des Wassers nach. Sie fand Fiadh, auf den Knien, der aus den hohlen Händen trank. Schöpfte und trank. Er lachte. Sein Lachen klang wie das Klingeln eines Glöckchens. Als Ravna ihn erreichte und ihre Arme um ihn schloss, fühlte sie das warme Fell eines Rehs unter ihren Händen und ihrer Wange. Das Lachen des Brüderchens versiegte. Sie weinte, als sie die fragenden Augen ihres Bruders im Gesicht des Rehs erkannte.

Sich losmachend, berührte sie mit den Fingerspitzen das goldbraune Fell, tastete über die weißen Flecken auf seinem Rücken und den Latz auf der schmalen Brust. Darin klopfte das Herz, leise und fröhlich. Auf langen, staksigen Beinen machte das Kitz ein paar Schritte rückwärts, sah um sich herum, bestaunte sich selbst. Dann sprang es mit allen Vieren in die Luft und begann, die leise zu Boden wispernden Schneeflocken zu jagen.

Ravna ließ sich gegen einen Baumstamm sinken und sah ihm zu. Wann war Fiadh zum letzten Mal so fröhlich gewesen? Es war eine Freude, ihm zuzusehen. Er sah glücklich aus, trank aus der Quelle und nagte von den Tannenzweigen. Immer wieder kam er zu ihr und stupste sie mit der Schnauze ins Gesicht, bis sie endlich wagte, sich mit ihm zu freuen.

Er musste keinen Hunger mehr leiden. Im Wald gab es Geäst, Tannenzapfen und Gras vom vergangenen Herbst, das vergilbt war, aber für den Magen eines Rehs Nahrung bot. Sie würde ihn niemals aus den Augen lassen. Sie würde ihn pflegen und großziehen, bei ihm bleiben und zusehen, wie glücklich er war. Was gab es sonst noch für sie zu tun? Sie hatte nichts und niemanden mehr auf dieser Welt, und Cybi war unerreichbar fern. Alles, was ihr geblieben war, war ihr Brüderchen, das jetzt ein Rehkitz war.

Sie streichelte seinen Rücken und seinen Kopf und weinte um den Bruder, den sie verloren hatte.

Die weiche Schnauze pflückte ihr die Tränen von den Wangen. Ravna sah auf. Aus runden braunen Augen sah Fiadh sie an.

„Ich bin ja nicht mehr traurig“, log sie und streichelte über seine Schnauze. Das Fell dort war glatt und seidenweich, warm strich sein Atem über ihre Hand. In ihren Fingern kribbelte es, als Gefühl in die gefrorenen Glieder zurückkehrte. Wie tausend Nadelstiche, die sie daran erinnerten, dass Fiadh und sie noch am Leben waren. Alles war anders jetzt, aber sie lebten. Auch ihre zweite Hand hielt sie an seine Schnauze, ließ sich wärmen und trösten. Geschickter als sie erwartet hatte, gelang es ihr, einen Streifen Wolle aus ihrem Rock zu trennen, den sie ihm um den Hals band. Fiadh schüttelte den Kopf, rieb sich an ihren Händen, als wolle er das Band loswerden.

„Damit jeder sieht, dass du jemandem gehörst“, sagte sie zufrieden, nachdem sie ihr Werk vollendet hatte. Die Empörung in seinen Augen brachte sie zum Lachen. „Nun schau nicht so. Es ist zu deinem Besten. Spring schon, und sieh dir den Wald an. Ich ruh mich ein wenig aus.“

Er legte den Kopf schief, als könnte er nicht glauben, was sie sagte.

„Ja, ich meine es ernst. Du kannst dir Tannennadeln und Wintergras suchen und sie essen, aber mein Bauch ist immer noch leer. Ich kann so etwas nicht essen.“ Wie wäre es wohl, wenn sie selbst auch von der Quelle trinken und sich in ein Reh verwandeln würde? Sie wären wieder gleich, könnten zusammen spielen und miteinander reden. Redeten Rehe miteinander? Aber dann würde sie ihn nicht beschützen können. Sie beide wären Freiwild und würden auf den Tischen des Herrn landen, dem dieser Wald und jedes Reh darin gehörte. Oder auf dem Tisch der Wilderer, denen sie nur mit Not entkommen waren. Seufzend schloss sie die Augen. „Mir wird schon einfallen, wie es weitergeht, aber erst später, ja? Lass mir ein wenig Ruhe.“

Sie ließ ihren Kopf auf die Knie sinken, spürte das warme Streicheln von Fiadhs Atem in ihrem Haar und dann das

Knacken der Zweige, als er davonsprang. Im Land zwischen Wachen und Träumen schmiedete sie Pläne für eine Zukunft, die weit entfernt lag. Sie würde sich und Fiadh ein Häuschen bauen, hier im Wald, wo die guten Männer von Kinelvadon lebten. Den Namen dieses Landes hatte sie noch nie gehört, aber es war kein dänisches Wort, sondern ein gälisches. Die Worte der Mutter hatten Hoffnung gemacht. Gemeinsam mit ihrem Brüderchen würde sie von der Hand in den Mund leben, im Sommer im Meer Fische fangen und im Wald Eier aus Nestern stehlen, ehe daraus Vögelchen schlüpften. Sie würde Kraft sammeln und noch ein wenig älter werden, und dann würde sie sich erneut auf die Reise begeben. Nach Cybi, wo der Bräutigam auf sie wartete. Ihr Rehlein würde sie auf dem Weg in den Süden begleiten, und wenn der Freier sie sah, wurde er ihr erst die Welt zu Füßen legen und dann sein Reich. Gemeinsam würden sie Affraic zurück in die Berge schicken, wo die Hexen hingehörten, und die Welt wäre eine friedlichere mit Ravna an der Seite ihres Gemahls. Sie neigte nicht zu Träumereien, aber manchmal half das Träumen, die Wirklichkeit zu ertragen.

Immer weiter entfernt klang das Knacken der Zweige unter Fiadhs Hufen. Schlaf griff nach ihrem Geist, legte sich wie eine schwere Decke um ihren Körper. Wieder knackte es im Gehölz. Fiadh, der von seinen Erkundungen zurückkam.

„Na, was haben wir denn hier für ein Vögelchen? Welcher Wind hat dich in diesen Wald geweht?“ Noch ehe sie wirklich begriff, was geschah, packte eine feste Hand sie an der Schulter, riss sie in die Höhe. Sie öffnete die Augen, blankes Entsetzen fuhr ihr mit eisigen Zapfen in den Leib. Die Wilderer waren zurück. Sie hatten sie gefunden.

Die Frauen in Kinlochaird hatten dem großen Keiler das Fell abgezogen, während die Männer zwei junge Kiefern gefällt und die Äste abgehackt hatten. Zwischen die Stangen aus den Kiefernstämmen wurde das Wildschweinfell gespannt. Über dem Rücken von Seisylls Pferd waren die Stangen zusammengebunden, die Enden der Baumstämme schleiften hinter dem

Reittier am Boden. Auf dem Fell lagen die getötete Bache und das Fleisch des Keilers. Den jüngeren Keiler hatte Somhairle dem Dorf überlassen. Das Fleisch würde die siebzehn Menschen, die dort wohnten, wochenlang ernähren.

Eine alte Frau wickelte den Verband um Somhairles Unterschenkel ab, wusch die Wunde aus und verband das Bein neu. Es würde heilen, versicherte sie ihm, wenn er es eine Weile nicht belastete.

„Wir müssen weiter", knurrte er und schob sie zur Seite. Er hinkte zu seinem Pferd und griff in die Satteltasche, nahm zwei Münzen heraus und drückte sie der Frau in die Hand. „Hier sind Wilderer aus dem Norden gesehen worden."

Die Frau biss auf eine der Münzen und winkte gleichzeitig ab. „Die sind ständig hier."

„Ständig?"

„Treiben sich in der Gegend herum. Solange sie das Dorf in Ruhe lassen …" Sie zuckte mit den Schultern. „Hier ist nichts zu holen, Fisch haben die am Sunart selber. Wir sehen sie manchmal in der Dämmerung am Waldrand entlangschleichen. Sollen wir Euch jedes Mal alarmieren, Mormaer?"

Er sah, wie Aonghas sich ein Grinsen verkniff. Seisyll war klug genug, sich wegzudrehen, aber Somhairle sah die Schultern des Mönchs vor unterdrücktem Lachen beben. „Das wäre eine gute Idee", sagte er zu der Kräuterfrau.

„Die Männer hier sind Fischer, keine Späher", belehrte sie ihn mit der Respektlosigkeit, die nur alte Menschen aufbringen können, denen es keine Sorge mehr macht, einem viel jüngeren Lehnsherrn die Meinung zu sagen. „Wer sollte fischen gehen, wenn unsere Leute ständig zu Euch unterwegs sind? Ihr solltet auf eine alte Vettel hören und Euer Bein schonen, sonst habt Ihr bald nur noch eins, Herr."

Somhairle hatte genug gehört. Umständlicher als sonst und mit zusammengebissenen Zähnen stieg er auf den Rappen und gab seinen beiden Begleitern ein Zeichen zum Aufbruch.

Damit sie in Zukunft besser vorgewarnt wären, würde er Seisyll ab sofort täglich auf Erkundungsritte entlang der Küste schicken. Der Waliser war ein schweigsamer Mann, der keinen Wert auf Geselligkeit mit den anderen Kriegern bei Hof legte. Die Ausritte ohne Begleiter waren für ihn keine Strafe. Aonghas oder Aedan hätten das anders empfunden, aber Seisyll riss sich nicht darum, jeden Tag in der Burg zu verbringen. Er fühlte sich in den Mauern, die zu errichten er geholfen hatte, eingesperrt. So wie früher im Kloster.

Der Schnee fiel dichter, als sie Kinlochaird verließen und wieder in den Wald eintauchten. In der Nähe des Strandes trafen sie auf Aedan, der, an den Stamm einer Tanne gelehnt, auf sie wartete. Der Tag neigte sich dem Ende zu. Die Winterabende kamen früh und schienen unendlich. Der ewige Nebel setzte sich in der Kleidung fest und trieb Kälteschauer über ungeschützte Haut. Somhairle freute sich auf das Kaminfeuer in seiner Halle, auf Honigwein, Brot und Lieder und darauf, das verdammte Bein, in dem es brannte und pochte, hochlegen zu können. Das Wildschweinfleisch würden sie heute nicht zwischen die Zähne bekommen, das musste erst abhängen. Salzfisch aus dem Vorratskeller würde es auch tun. Der Gedanke schmeckte nicht. Vielleicht fanden sie auf dem Heimweg ein frisches, junges Stück Wildbret, das nicht nur den Magen füllte, sondern zart und saftig auf der Zunge zerging. Dazu brauchten sie nur der Spur der Wilderer zu folgen, dachte er grimmig und trieb den Rappen in den Wald hinein.

Aedan saß hinter Aonghas auf dem Falben auf. Während Somhairle mit Aonghas und Seisyll den Menschen in Kinlochaird Mut zugesprochen und das Wildschweinfleisch zum Transport vorbereitet hatte, war Aedan am Strand geblieben und hatte stundenlang eine Grube ausgehoben, in die er ohne Hilfe sein Pferd gezerrt hatte. Somhairle hatte nicht widersprochen. Die Bauern und Fischer würden den Kadaver, wenn sie ihn rechtzeitig fanden, wieder ausgraben. Es war Fleisch. Fleisch machte satt in diesem harten Winter, der noch lange nicht zu Ende war. Aber für den Augenblick brauchte Aedan das Gefühl, das Tier, das ihm über viele Jahre ein Gefährte gewesen war, in die Erde zu legen, um Abschied zu nehmen.

Niemand sprach. Jeder hing seinen Gedanken nach, während sie in den Wald hinein lauschten. Somhairle führte den Trupp an, der Rappe fand den Weg auch in schwärzester Nacht durch unwegsamstes Gelände, ohne zu stolpern. Sein Reiter hätte das nicht mehr gekonnt. Immer wieder fielen Somhairle die Augen zu. Das Brennen in seinem Unterschenkel zog sich hoch in seinen Leib, weiter hinter die Brust, seinen Nacken hinauf. Sein Kopf dröhnte. Seine Stirn war heiß. Er riss sich zusammen. Sie waren nur zu viert, und er würde nicht zulassen, dass sie umsonst losgeritten waren. Wenn Seisyll merkte, wie es seinem Mormaer ging, würde der Mönch die Aktion abbrechen und sie alle zurück zur Burg scheuchen.

Beinahe hätte er das Reh nicht gesehen. Aedan, dem sonst nie etwas entging, hatte anderes zu tun, als nach Jagdwild Ausschau zu halten. Das Reh stand auf einer Lichtung, das Gesicht zum Himmel gerichtet. Schneeflocken rieselten von den Tannenzweigen und fielen ihm in die Nüstern, sodass es nieste. Es war allein. Kein Rudel in der Nähe, ganz gleich wie sehr Somhairle sich anstrengte, er konnte keine weiteren Tiere sehen. Weder trank das Kitz aus der nahen Quelle, noch nagte es an Zweigen. Es stand starr zwischen den Bäumen und blickte die vier Männer auf den Pferden an. Als habe es vor nichts Angst. Erstaunt bemerkte Somhairle, dass um den Hals des Kitzes ein Band aus hellem Stoff lag.

Ein junges Tier. Eines, dessen Fleisch nicht würde abhängen müssen, sondern das noch in dieser Nacht am Spieß über dem Kamin in der Halle gedreht werden konnte. Brot mit frischem Rehfleisch war tausendmal schmackhafter als Brot mit in Milch eingelegtem Salzfisch. Somhairle lief das Wasser im Mund zusammen. Seit dem Frühstück hatte er nichts gegessen, das Angebot der Frauen in Kinlochaird, an ihrem Tisch zu speisen, hatte er ausgeschlagen. Den Wilderern waren sie nicht näher als am Morgen, doch sein Magen knurrte vernehmlich, und sein Körper schrie nach Nahrung, die Kraft gab. Mit einem Handzeichen gebot Somhairle seinen Begleitern, die Pferde anzuhalten, und wies auf das Kitz. Das Reh rührte sich nicht.

„Verdammt will ich sein“, brummte Aonghas.

Seisyll, obgleich er seit Jahren keine Kirche mehr von innen gesehen hatte, warf dem Krieger einen bösen Blick zu.

„Läuft da ein Reh am Spieß herum?“

„Genau mein Gedanke“, murmelte Somhairle und nahm die Armbrust aus der Halterung. Hoffentlich sahen die anderen nicht, wie seine Hand zitterte. „Seisyll, dein Pferd wird doch sicher noch dieses Leichtgewicht ziehen können, oder?“ Das Reh machte drei Schritte zurück und blieb erneut stehen. Warum floh es nicht?

„Wenn es das nicht kann, leg ich mir den Rotrock über die Schulter und laufe nebenher“, sagte Seisyll und nahm seinen kurzen Bogen von der Schulter. „Lass mich das übernehmen.“

Erleichtert hängte Somhairle die Waffe zurück und lenkte seinen Rappen zur Seite. Er hätte nicht getroffen und sich zum Gespött gemacht. „Viel Vergnügen, Jäger.“

„Danke.“

Knirschend spannte Seisyll den Bogen. Das Reh witterte, drehte die Ohren. Im gleichen Augenblick, als Seisyll die Sehne losließ, machte das Tier einen Satz. Statt sich hinter dem Blatt ins Herz zu bohren, riss der Pfeil eine Furche in die Hinterhand des Tieres. Ein erbarmenswerter Aufschrei durchpflügte die Nacht. Für zwei Herzschläge brach das Jungtier ein, rappelte sich wieder auf und hinkte davon, ins Dickicht hinein. Noch ehe es aus dem Blickfeld der Männer verschwunden war, blieb es erneut stehen.

„Verdammt“, entfuhr es Seisyll. Aonghas schnaubte amüsiert. Es kam nicht oft vor, dass Seisyll eine Beute verfehlte. Der Waliser glitt vom Pferd. „Ich hole es. Das kommt nicht weit.“

Auch Somhairle saß ab, um ihn zu begleiten. Er warf Aonghas den Zügel des Rappen zu. „Zu Fuß sind wir schneller im Unterholz. Bleib mit Aedan hier.“ Es wäre ein Jammer, die Wildschweinkadaver an ein Rudel Wölfe zu verlieren, weil sie einem winzigen Reh nachjagten. Und wenn er einen der anderen mit Seisyll schickte, während er selbst auf die Pferde achtgab, würde die Untätigkeit ihn einschläfern und er dem Verlangen seines Körpers nach Ruhe nachgeben. Dann wäre er selbst leichte Beute für die Räuber des Waldes.

Das Reh zog eine Blutspur hinter sich her, an Blättern und Zweigen glänzte frisches Rot. Immer wieder blieb es stehen, sah sich um, ließ sie näher kommen, lief ein Stück weiter. Fast war es, als wollte das Kitz, dass sie ihm folgten. Seisyll zog sein Jagdmesser. Ein Jaulen in ihrem Rücken verriet, dass sie nicht die Einzigen waren, die die Witterung des verletzten Tieres aufgenommen hatten. Er hörte deutlich das Surren eines Pfeiles, das Einschlagen der Spitze in Fell und Fleisch, ein winselndes Aufheulen und das Krachen, mit dem ein schwerer Körper ins Unterholz stürzte. Aedan hatte seinen Jagdwillen wiedergefunden und den Wolf, der sich auf ihre Fährte gesetzt hatte, erledigt.

Das Reh hinkte einen Quell entlang. Somhairle hinkte hinterher. Ein paarmal brach es in die Knie, stand aber störrisch wieder auf, um sich weiterzukämpfen. Verrückt. Kein Muttertier, das ihm zu Hilfe eilte. Jedes verwaiste Jungtier, das Somhairle jemals erlebt hatte, war nach einem Pfeilschuss irgendwann liegengeblieben und hatte sich in sein Schicksal ergeben. Dieses hier hatte mehr Mut als Verstand.

Plötzlich blieb Seisyll stehen, so ruckartig, dass Somhairle beinahe gegen ihn prallte. „Hörst du das?“

Stimmen. Durch das Summen und Rauschen des Blutes in seinen Ohren vernahm er eindeutig Stimmen. Lachen. Zotige Melodien. Somhairle machte ein paar Schritte in die Richtung, aus der die Stimmen kamen. Als er den Kopf drehte, sah er, dass das Reh verschwunden war. Er ging weiter.

Dänische Worte. Flüche.

Dann ein Schrei. Der Angstschrei einer Frau. Nordmänner nahmen keine Frauen auf ihre Jagdzüge mit.

Er rannte los, so schnell das verletzte Bein es erlaubte. Hinter ihm schnaufte Seisyll durchs Unterholz. „So viel zum Rehbraten“, maulte der Mönch.

Noch ein Schrei, hoch, gellend. Somhairle zog das Schwert aus der Scheide, die auf seinen Rücken geschnallt war. Verflucht, er war zu langsam. Die Frau schrie, als ginge es um ihr Leben, und wenn sie eine von seinen Untertanen und allein einer Gruppe Nordmänner in die Hände gefallen war, hatte sie allen Grund dazu.

„Jetzt bring sie zum Schweigen!", röhrte ein Mann.

„Lass uns Spaß mit ihr haben", feixte ein anderer. „Danach wird sie schon still sein."

„Das sieht dir ähnlich, du Trottel. Hast immer deinen Kopf im Schwanz, statt auf dem Hals."

Stoff riss. Das Schreien wurde zu einem langgezogenen Klagelaut. Krachend brach Somhairle durch die letzten Eibensträucher auf die Lichtung am Ufer eines Baches, wo seine Jäger seit vielen Jahren einen Unterstand hatten. Im nächsten Augenblick hielt er einem der Wilderer die Klinge an die Kehle.

„Verschwindet." Nur das eine Wort. Er war so außer Atem, dass es zu mehr nicht gereicht hätte.

Einem Moment der Überraschung folgte das zu erwartende Grinsen der abgerissenen Dänen. Er war allein. Sie waren sieben. Und zwischen sich hatten sie die Frau, die eigentlich noch ein Mädchen war, vielleicht sechzehn, vielleicht siebzehn Jahre alt. Sie zitterte und starrte ihn an, bewegungslos im unnachgiebigen Griff von verdreckten Händen. Ihr Mund stand halb offen, aber sie schrie nicht mehr. Ihre Wangen waren nass und gerötet wie von Schlägen, das rabenschwarze Haar zerzaust.

„Lasst sie los", verlangte Somhairle grollend. Vor seinen Augen drehte sich das Geschehen, er raffte sein letztes bisschen Kraft zusammen.

„Schätze, du wirst zuerst meinen Freund loslassen", sagte ein Bär von einem Mann mit verfilzten blonden Haaren und speckiger Léine. „Und uns bitten, dich gehen zu lassen."

„Schätze, damit liegst du falsch." Somhairle imitierte den Tonfall des anderen. Die Sprache der Nordmänner kannte er wie seine eigene. Seine Mutter war eine von ihnen gewesen.

Er hörte, wie Seisyll neben ihn trat, warf ihm aus dem Augenwinkel einen Blick zu und sah den Jagdbogen, den der

Waliser im Anschlag hielt. Das Mädchen blutete aus einem Riss in der Wange. Auch aus ihrer zerbissenen Lippe tropfte Blut hinab auf den Surcot, der an der Seite bis zur Hüfte aufgerissen war. Sie trug nordische Kleidung, aber ihr dunkles Haar und die hohen Wangenknochen waren keltisch. Er hatte sie noch nie gesehen.

„Zwei gegen sieben?", höhnte der Anführer der Horde.

Im nächsten Augenblick sang ein Pfeil durch die Nacht, zwischen Bäumen und Unterholz hindurch, und bohrte sich in den Stamm einer Eiche, gleich hinter dem Anführer. Ehe dieser begriff, was passierte, trat das gefangene Mädchen nach hinten aus. Sie erwischte den Kerl, der sie hielt, mit der Ferse am Schienbein und entwand sich ihm, als er erstaunt zurücktaumelte. Sie machte zwei Schritte, kam zu Fall, rappelte sich auf die Knie und hielt plötzlich ein Messer in der Hand. Somhairle zog seine Klinge dem Mann, den er in seiner Gewalt hatte, über die Kehle. Dänisches Blut spritze ihm ins Gesicht, auf die Lippen. Seisyll ließ die Bogensehne zurückschnellen. Auf die kurze Entfernung traf der Mönch immer, und bei allem Respekt, den er für das Leben hatte, er hatte keinen Respekt vor wildernden Mädchenschändern.

Der Pfeil riss einem Blondschopf ein Loch dort, wo einmal die Weichteile gewesen waren. Der Kerl kippte wie ein gefällter Baum und brüllte den Wald zusammen.

Somhairle vergaß die Hitze hinter seiner Stirn, das Feuer in seinem Kopf. Kälte ergriff Besitz von ihm, die kühle Überlegung, welcher der vor ihm Stehenden am gefährlichsten war. Seisyll sprang vor, schlug die Hand des Mädchens zur Seite, damit sie ihn nicht mit dem Messer verletzte, und warf sie hinter sich ins Unterholz hinein, aus dem Weg. Krachend stürmte Aonghas an Somhairle vorbei, und ein weiterer Däne fiel, sein Blut im nächsten Augenblick eine breite Lache, die in den Bach floss.

Somhairle umklammerte sein Schwert. Der riesige Mann, der das Mädchen gehalten hatte, spie zur Seite aus. Seine Augen funkelten listig wie die eines Bären. Der Bär warf das Fell ab, das er sich zum Schutz gegen die Kälte um die Schultern gelegt hatte. Wie aus dem Nichts hielt auch er plötzlich ein Schwert in der Hand.

Himmel, dachte Somhairle, das Rauschen in seinem Kopf ohrenbetäubend. Hitze, überall. Das Bein, das sich wie gebrochen anfühlte. Er schloss beide Hände um den Schwertgriff und parierte den rasanten Angriff des anderen. Die Wucht des Aufpralls von Stahl auf Stahl schickte ihn in die Knie. Er zwang sich hoch, stieß den Dänen zurück. Das Aufheulen, das sich dabei aus seiner Kehle rang, war so ehrlich wie selten etwas zuvor.

Der Bär war wendig und schnell, aber Somhairle hielt mit der Kraft eines Mannes dagegen, der wusste, dass er starb, sobald er auf seinen Körper hörte und sich zurückfallen ließ. Blut lief ihm in die Augen. Seines oder das des Mannes, dem er die Kehle durchgeschnitten hatte. Er trat auf etwas Weiches, rutschte, eine Leiche. Ein Blick, keiner seiner Männer. Er hackte, schlug, parierte. Spürte, wie der Andere erlahmte, roch den Gebrannten in dessen Atem. Ein Hochgefühl gesellte sich zu der Hitze in ihm. Ein letztes Mal ausholen. Das Schwert erheben. Das Funkeln in den Augen des Anderen sehen. Die Klinge hören, die singend die Luft zerschnitt. Den Aufprall. Stahl auf Haut. Auf Blut. Auf Knochen.

Der Däne brach in die Knie. Klirrend fiel ihm die Waffe aus der Hand, prallte auf Stein. Somhairle zog seine Klinge aus dem Hals des Mannes. Mit der Wucht seines eigenen Zusammenbrechens trieb er die Spitze der Waffe in dessen Kehle.

Er kippte zur Seite. Seine Lungen wollten platzen Er schmeckte Blut, blickte durch Baumkronen in einen dunklen, sternübersäten Himmel. Hörte verebbendes Stöhnen, Ächzen, einen Schrei, das Singen eines Pfeiles. Er inhalierte den süchtigmachenden Geruch von Blut und Tod. Da war auch etwas anderes. Der schnappende, erstickte Atem einer Frau.

Er drehte den Kopf.

Sie saß keine zwei Armlängen von ihm entfernt zwischen Eibenbüschen, die Hände auf den Mund gepresst.

Hinter ihr stand das verletzte Reh. Er schloss die Augen.

Bei allen Göttern, bei der Heiligen Jungfrau Maria, den Nornen des Schicksals und Jesus Christus, dem eingeborenen Sohn. Ihr war schlecht. Was Ravna sah, verwirbelte vor ihren Augen zu einem einzigen Bild aus Blut und Entsetzen. Sie war froh gewesen, als dieser Mann plötzlich aufgetaucht war. Wie ein Rachegott war er aus dem Nichts erschienen, um sie aus den Händen der furchteinflößenden Dänen zu befreien. Jetzt wusste sie nicht mehr, ob das ein Glück gewesen war. Waren die Dänen wirklich so furchteinflößend gewesen? Im Vergleich zu dem Mann, der jetzt vor ihr stand, wirkten sie wie verlauste Betteljungen.

Zitternd presste sie die Hand vor den Mund. Ihr Magen krampfte, doch da war nichts mehr, was ihr Körper nach oben befördern konnte. Überall war Blut. Zwei der Wikinger lebten noch, gaben gurgelnde Laute von sich. Einer der Überlebenden, ein felsgroßer Mann mit roten Haaren und einem fehlenden Auge, reinigte in aller Seelenruhe seine Axt im feuchten Waldboden.

Weg hier. Sie musste weg, ehe die Mörder sich an sie erinnerten. Mit ein wenig Glück könnte sie mit dem Unterholz verschmelzen, niemand würde sie finden. Doch ihre Glieder gehorchten ihr nicht. Leuchtende Punkte schwammen vor ihrem Blick, sie zitterte so stark, dass die vertrockneten Blätter an den Zweigen des Busches, unter dem sie hockte, raschelten. Hektisch suchte sie mit den Augen nach Fiadh. Hoffentlich war er weggelaufen und in Sicherheit. Gleichzeitig wünschte sie sich nichts sehnlicher, als ihre Hände auf sein seidiges Fell zu legen und eine Spur Trost zu finden.

Als sie sich anschickte, tiefer ins Unterholz zu kriechen, packte eine Hand sie an der Schulter und zog sie auf die Beine.

„Na, na, na, da will doch nicht etwa jemand das Weite suchen?“ Vor ihr stand der hagere Mann, der zwei der Wilderer mit dem Bogen niedergestreckt hatte. Ein Schrei entwich Ravnas Kehle, so grausig sah er aus. Wie eine Ausgeburt der

Hölle. Eingefallene Wangen, wirres Haar, das aussah wie eine verwahrloste Mönchstonsur. Hungrig glühende Augen und ein struppiger Bart. Blut an seinen Fingern.

Ohne sich um ihren Schrei zu kümmern, zerrte er sie weiter. Ihre Füße verfingen sich im Unterholz, sie stolperte, doch er nahm keine Rücksicht auf sie. Unerbittlich schleifte er sie weiter. Vor dem größten der Krieger gab er ihr einen Stoß, dass sie mit den Knien auf den feuchten Waldgrund prallte. „Hilf ihm. Sein Bein ist verletzt."

„Ich … was soll ich tun?" Wenngleich die Mutter schon Jahre tot war, Gitas Sprache hatte Ravna nie vergessen. Diese Menschen sprachen etwas, das entfernt daran erinnerte, sie konnte Worte verstehen, aber der harte Klang tat ihr in den Ohren weh. Sie antwortete in Gitas sanftem Singsang, und er zog die Brauen hoch. Gut. Zeit. Sie brauchte Zeit und das Messer, das er ihr vorhin aus der Hand geschlagen hatte. Dann könnte sie wieder an Flucht denken.

Der Krieger schnaubte. „Was auch immer ihr Weiber macht, um eine Wunde zu versorgen. Er muss reiten können. Du schuldest es ihm, das ist dir klar, oder?"

Erst jetzt wagte sie einen Blick auf den Mann, den sie versorgen sollte. Vorhin war er dicht vor ihrem Versteck zusammengebrochen und hatte kurz das Bewusstsein verloren. Inzwischen saß er auf einem umgestürzten Baumstamm, stützte die Stirn in die Hand und beobachtete von unten herauf jede ihrer Regungen. Er schwankte ein wenig, sein Atem rasselte. Fieber, vielleicht. Oder die Lust am Töten. Womöglich beides. Hinter Ravnas Schläfen pochten Furcht und Erschöpfung. Unter einem gefütterten Lederwams trug er ein Hemd aus dichtgewebter Wolle. Selbst im Dunkel des Waldes erkannte sie, dass der Stoff von Blut getränkt war. Er stank nach Schweiß und Schlimmeren. Seine Haare, die er sich mit einem Lederband aus dem Gesicht gebunden hatte, glänzten feucht und strähnig. An seinem Unterschenkel klaffte ein weites, zerfranstes Loch in seiner Lederhose. Der Verband, den er dort trug, hatte sich während des Kampfes teilweise gelöst, Stofffetzen hingen blutig und stinkend an seiner Wade. Sie wollte zurückweichen, doch der, der sie aus dem Unterholz gepflückt hatte, hielt sie mit schwerer Hand im Nacken.

„Wird's bald, Mädchen? Oder willst du, dass wir hier festwachsen?"

„Seisyll!" Zwischen zusammengebissenen Zähnen wies der Verletzte den Anderen zurecht. Dann richtete sein Blick sich direkt auf sie. Sie konnte in der Nacht die Farbe seiner Augen nicht erkennen, aber sie wirkten so kalt wie der Winter selbst. Aus einem Meer an Blut und Dreck blickte er ihr entgegen. In seinem kurzen Bart hingen geronnene, rostbraune Klümpchen. Er musste ein Monster sein. Ein Berserker, wie es sie nur in den Liedern der Barden gab. Allein war er gekommen, um sich gegen eine siebenfache Übermacht zu stellen, verletzt, und dennoch hatte er gewonnen. Wäre er nicht angeschlagen gewesen, hätte er die sieben Nordmänner sicher auch ohne Hilfe seiner Kameraden erledigt. Seine Lippen formten einen Strich, die Augen ein Funkeln in der Nacht. Angst machte ihr die Kehle eng und legte sich wie ein eisernes Band um die Brust. Wenn das ihr Ende war, wäre sie lieber auf der Reise ertrunken.

„Weißt du, wer ich bin?", fragte er sie. Obwohl sie sicher war, dass er zuvor Dänisch gesprochen hatte, sprach er jetzt Gälisch, ebenfalls mit diesem seltsamen Akzent. Die Laute kamen rau und abgehackt aus seiner Kehle.

Sie schüttelte den Kopf.

„Ich bin der Mormaer von Kinelvadon." Da war ein Unterton in seiner Stimme, als ob ihr das etwas sagen sollte. Doch das Wort, das er wie einen Titel aussprach, hatte sie noch nie gehört. „Wie ist dein Name?"

„Ravna." Sie fühlte die Augen seiner Mitstreiter auf sich, meinte das Zischen von Stahl auf Holz zu hören, wie wenn einer ein Schwert zog. Die Dänen hatten erkannt, wer sie war, und waren sofort zu dem Schluss gekommen, sie eintauschen zu wollen. Diese hier wirkten nicht, als würden sie es anders handhaben. Abgerissene, wütende Männer, die jede Gelegenheit nutzten, einen Handel zu machen. Sie war sich sicher, dass sie für Gold ihre eigene Großmutter verkauft hätten. Sie sah an sich hinab, auf den Saum ihres Kleides, doch in den Schatten war das Emblem von Dublin nicht zu erkennen. Um ein Haar hätte sie erleichtert aufgeseufzt.

„Ravna. Und weiter?“ Mittlerweile standen auch die Begleiter des Verletzten um sie herum. Blicke bohrten sich wie Schwertklingen in ihren Rücken. Trocken schluckte sie gegen die Übelkeit. Es war der bärengleiche Krieger mit dem fehlenden Auge, der ihr die Frage stellte.

„Nur Ravna.“ Unter Aufbietung all ihrer Willenskraft zwang sie sich, die Wunde des Verletzten in Augenschein zu nehmen. Wenn sie tat, was der Mann namens Seisyll befohlen hatte, hörten vielleicht die Fragen auf, die sie nicht beantworten wollte. Sie konnte nicht mehr. Aufregung, Durst und Schwäche zerrten an ihr. Sie schwankte.

„Ich … ich brauche Moos. Für die Wunde.“ An ihrer vom Durst ausgedörrten Kehle zerbrachen die Worte zu einem heiseren Flüstern. Sie rutschte an den Verletzten heran und riss einen Streifen Stoff aus ihrem Unterkleid. Mit zitternden Fingern nahm sie die Reste des alten Verbandes ab. Zwei der anderen Krieger schlugen sich ins Unterholz, um das Gewünschte zu suchen. Nur der Mönch blieb.

„Habt Ihr mein Reh gesehen?“ Sie zwang sich, die Frage zu stellen. Fiadh, dachte sie. Bitte, Herr im Himmel, lass ihn davongekommen sein.

„Wir haben ein Reh gesehen.“ Ein Stöhnen kroch aus der Kehle des verwundeten Kriegers, als sich die letzten Fetzen des Verbandes aus der Wunde lösten. Ravna spürte, wie Schwärze an ihrem Bewusstsein zog, als sie die Zerstörung darunter sah. Die Haut und das Fleisch waren zerfetzt, der Knochen sichtbar. Mit wem hatte er sich geschlagen, ehe er hier auf die Dänen gestoßen war? Verdiente er mit Rauferei sein Geld? Was war ein Mormaer? Wie oft hatte sie gefleht, zuhören zu dürfen, wenn der Priester in Dublin ihrem Halbbruder Gudred Unterricht erteilte. Sie war sicher, Gudred wusste, was ein Mormaer war. Sie schloss die Augen und atmete tief, während sie mit dem frischen Streifen Stoff die Wundränder notdürftig reinigte.

„Habt ihr es geschossen? Das Reh?“ Bitte nicht, betete sie im Stillen. Bitte, bitte nicht.

„Nein.“

Erleichterung schlug über ihr zusammen, brachte noch tiefere, noch gähnendere Schwärze mit sich, nur ein kleiner Streifen Bewusstsein trennte sie vom Abgrund. Jemand legte ihr das Moos in die Hände, nach dem sie verlangt hatte. Vorsichtig drückte sie die Wundränder zusammen, presste den Moosballen darauf und fixierte das winterfeuchte Grün mit dem Stoffstreifen aus ihrem Kleid. Noch ehe sie alles verknotet hatte, stand der Krieger auf.

„Wir nehmen sie mit“, sagte er zu seinen Gefährten.

„Du weißt nicht einmal, wer sie ist.“

„Sie wird es uns sagen, wenn sie so weit ist.“

Ravna konnte nicht aufstehen. Sie konnte sich nicht mehr wehren. Nur am Rande bekam sie mit, wie die Männer über sie sprachen, als wäre sie nicht da. „Tut ihm nichts“, flehte sie, mehr zu sich selbst als zu den fremden Männern. „Dem Reh. Er gehört zu mir. Bitte“, fügte sie mit dem letzten bisschen Kraft hinzu.

Wieder wurde sie auf die Füße gezogen. Ihre Knie sackten unter ihr weg, ihr Kopf fiel in den Nacken. In den Schlieren aus Schwärze sah sie die Toten auf dem Waldboden.

„Was ist … die Gefallenen. Was ist mit den Gefallenen?“ Plötzlich befand sie sich in den Armen eines der Männer. Winteraugen, die auf sie herabsahen. Kalt. Unendlich kalt.

„Das ist der Krieg, Rabenmädchen. Die Sieger bestatten ihre Toten. Die Leichen der Verlierer bleiben zurück, um zu verrotten.“

Sie hatte verloren. Fiadh war weg. Cybi lag fern wie in einem Traum, und sie hatte verloren. Während sie in Bewusstlosigkeit driftete, fragte sie sich, wo ihre Leiche verrotten würde.

KAPITEL 5

Die junge Frau in seinem Arm war so leicht, dass Somhairle manchmal auf dem nicht enden wollenden Ritt durch die Nacht glaubte, sie sei ihm entglitten. Jedes Mal schreckte er dann aus seiner Fieberschwäche, krampfte seine Hand in ihren Oberarm und riss die Augen auf, um sich zu versichern, dass er sie noch hielt. Blutverlust und Schmerzen begannen, ihren Tribut zu fordern. Doch ganz gleich, wie oft er sie zurechtrückte und ihre Stirn gegen seine Schulter bettete, ihr Kopf sackte immer wieder zurück.

Es hörte auf zu schneien. Sie verließen den Wald und ritten über das tückische Moorland hinter den Klippen. Der Mond ging auf. Das fahle Licht brachte die Haut der Frau zum Schimmern. Ihr Gesicht, ihr Hals, der Ansatz ihrer Schultern, alles schillerte in einem blassen Weiß.

Somhairle schnalzte mit der Zunge, das Zeichen zum Anhalten. Ständig hielt er seine Freunde auf. Das war der Grund, weshalb sie so langsam vorankamen. Er nutzte die kurzen Rasten, um aus seinem Wasservorrat zu trinken und das Mädchen zurechtzurücken. Einmal sahen sie das Reh auf den Klippen stehen. Die Silhouette nur ein Schatten gegen das im Mondlicht silbrig funkelnde Meer.

„Wir sollten ihm die Kehle durchschneiden", knurrte Aedan. „Es wird nicht überleben. Gibt einen guten Braten."

Somhairle sagte nichts. Sie alle hatten seit einem Tag und einer Nacht nichts gegessen und waren die ganze Zeit unterwegs gewesen. Es war schwer, an etwas anderes als an Essen zu denken. Nur das Pochen und Brennen in seinem Bein und die quälende Frage, wer das Mädchen sei, durchbrachen seinen Hunger. Er blickte in den Himmel hinauf und prüfte den Stand des Mondes. Vermutlich würde die Nacht noch nicht vorbei sein, wenn sie die Burg erreichten.

Sie ritten weiter. Das Mädchen in seinem Arm rührte sich. Er packte fester zu, damit sie ihm nicht entglitt, wenn sie erwachte. Aber sie seufzte nur und schlief weiter. Wäre es hell, könnte er bereits die Zinnen und den Mast sehen, an dem die Standarte von Gillebride wehte. Zu ihrer Linken, unterhalb der Klippen, wusste er die Überreste von Caisteal nan Con, der Festung der wilden Hunde. Der Ort, an dem Somhairle geboren und sein Vater gefallen war. Hier vermischte sich der Sand des Küstenstreifens mit der Asche seiner Familie und dem Holz der verbrannten Halle, die als Kind sein Zuhause gewesen war.

Somhairle reckte die Schultern. Er hatte die Nordmänner vertrieben. Wenn er musste, sprach er ihre Sprache, er kleidete sich wie sie, sah aus wie sie. Aber er hasste sie bis aufs Blut. Seine Mutter hatte ihm den Namen eines Wikingers gegeben. Er ließ sich bei einem anderen Namen rufen. Er war keiner von ihnen. Sie hatten nicht nur seinen Vater getötet und verbrannt. Sie hatten auch seine Mutter, die Tochter des Jarls von Orkney, geschändet und getötet. Sie waren Barbaren.

Somhairle hatte sich einen Namen von Dalriata gegeben und die Nordmänner aus dem Land seines Vaters vertrieben. Mit seinen eigenen Händen hatte er Steine aufeinander geschichtet, gerade siebzehn Jahre alt, um seinem Volk, den Menschen, die ihm folgen wollten, eine Heimstatt zu geben. Eine Festung, ein zweistöckiger Turm aus Stein, den niemand herabbrennen konnte. Seisyll, der in Wales Klostermauern errichtet hatte, hatte ihm gezeigt, wie es ging. Trutzig und uneinnehmbar stand Drimnin an der Küste, sodass jeder sehen konnte, dass hier ein Mormaer herrschte, der wusste, was er wollte.

Seit sechs Wintern hielt er das Land. Es war sein Land. Das Herzland seiner Familie. Wenn ein Drachenschiff in dieses Wasser eindrang, floss Wikingerblut.

Jedes Mal, wenn er an Caisteal nan Con vorbeikam, überfielen ihn Erinnerungen. Sein Hass auf die Eindringlinge, die die Inseln bevölkerten und das Volk der Gälen unterdrückten. Sein unbändiger Wunsch, sie alle zu verjagen. Sie auf die Inseln im hohen Norden zurückzudrängen, die er nie gesehen hatte, die wie ein Märchenland erschienen. Von dort war seine Mutter gekommen. Dort konnten sie bleiben. Nicht hier.

Nicht in seinem Land. Er war dreiundzwanzig Jahre alt. Bevor er starb, würde er ihnen seine Inselwelt endgültig entreißen. Wann immer er die Reste des Caisteals sah, erneuerte er seinen Schwur.

Als sie in den Hof von Drimnin einritten, herrschte helle Aufregung. Die Nacht hing noch immer wie ein schwarzer Mantel über der Festung. Die Wachmänner, erfahrene Seeleute, die im Winter zum Nichtstun verdammt waren, hatten die Besatzung von der Ankunft des Mormaer unterrichtet. Grob behauene Steinwände warfen das flackernde Licht hunderter Fackeln zurück. Somhairle sah sich um, aber er konnte Muireann nirgends entdecken. Besser so. Er rief eine der Küchenmägde zu sich und ließ das besinnungslose fremde Mädchen in deren Arme gleiten. „Bring sie ans Feuer in der Halle. Ingrid soll nach ihr sehen."

„Jawohl, Herr." Die Magd nickte eifrig, rief ein zweites Mädchen heran. Gemeinsam schafften sie die Fremde nach drinnen. Somhairle saß ab, bemüht, das verletzte Bein nicht zu belasten. Vor seinem Blick drehten sich Sterne. Eine Gruppe gelangweilter Männer half dem Kellermeister, die Wildschweinkadaver zu bergen. Als einer von ihnen einen überraschten Ruf ausstieß, wandten alle, auch Somhairle, den Blick zum weit offenstehenden Tor.

Dort stand das Reh und drehte die Ohren.

„Was machen wir mit ihm?", fragte Seisyll.

„Wenn er in den Hof will, lasst ihn ein. Niemand schießt ihn."

„Er ist ein verdammtes Reh."

„Und du bist ein verdammter Mönch, trotzdem bist du hier."

Jemand hatte einen Bogen aufgetrieben. Das Reh rührte sich nicht, stellte die Ohren auf. Das Holz des Bogens knarzte, als die Sehne gespannt wurde.

Somhairle legte eine Hand auf den Pfeil. „Er wird nicht angerührt."

Verständnislosigkeit, gepaart mit ein bisschen unterdrücktem Gespött, schlug ihm aus den Augen des Schützen entgegen. Somhairle trat auf das Reh zu, klatschte in die Hände, trieb es davon. Wenn es morgen wiederkam, würde es mutig genug sein, in den Hof zu laufen.

„Wer dieses Reh schießt, verliert eine Hand", verkündete er, laut genug, dass jeder im Hof ihn hören konnte.

„Eine Frau und ein Reh. Kommt dir das nicht ein bisschen seltsam vor? Was, wenn sie eine Hexe ist?" Seisyll nahm seinem Pferd den Sattel ab.

Somhairle hatte keine Lust und keine Kraft für dieses Gespräch. Müdigkeit breitete sich in seinen Knochen aus, das Bein fühlte sich an, als sei es halb taub und halb verbrannt. „Wenn sie eine Hexe ist, werden wir es herausfinden, Seisyll. Lass mich vorbei."

Der Mönch grinste und hängte den Sattel über die Stange vor dem Pferdestall. „Es ist dein Begräbnis, mein Freund. Muireann wird dir das Fell über die Ohren ziehen, wenn du die Fremde in der Burg behältst."

Das wird sie ohnehin tun, dachte Somhairle und hinkte die Treppe hinauf, die an der Mauer des Turmhauses zur Halle führte. Am östlichen Horizont hinter den Bergketten von Argyll zeigte sich ein erster Streifen orangefarbenen Lichts. Eiseskälte fiel vom jetzt wolkenlosen Himmel herunter.

Dabei hatte der Winter gerade erst begonnen.

Die Schwestern und Brüder riefen nach ihr. Tausend Stimmen in der Weite des Meeres. In diesen Nächten, wenn das Singen in ihren Gedanken laut und sehnsuchtsvoll klang, vermisste sie die anderen. Das ewige Gleiten der Anderswelt, das Wissen, mit allen vereint zu sein, die vor ihr gewesen waren, und allen, die kommen würden. Sie sah auf das Bündel Mensch am Kamin. Vergänglichkeit umwaberte es wie Fackelschein. Sie wollte ihre Hände um die dürre Kehle schließen und zupacken, bis der letzte Rest Leben aus der Kleinen herausfloss. Ihr eigenes Leben war in dem Moment vergangen, als sie sich hatte täuschen lassen und ihr Fell gegen ein kleines Stück vergängliches Glück getauscht hatte. Glück in der Welt der Menschen kam und ging. Das wusste sie jetzt.

Oh ja, sie hatte ihn gehabt, ihren stolzen Krieger, der ihr den Kopf verdreht und ihr Herz zerquetscht hatte. Sie hatte ihm ihr Wertvollstes geschenkt. War es das wert gewesen? Vielleicht. Sie hatte den Kopf ihres Kriegers in ihrem Schoß gehalten und seine Wünsche gehört. Sie musste sie ihm erfüllen. Auch sie war an das Schicksal gebunden. Sie würde ihn verlieren. Es war schon geschehen. Nur, dass er noch nichts davon wusste. Aber sie wusste es, konnte es sehen, wenn sie die Augen schloss, und ein Schmerz erfasste sie, der mit nichts vergleichbar war, das die Wesen in der Anderswelt erfahren mussten. Sie könnte das Mädchen töten. Es wäre einfach. Doch so war es nicht gedacht. Denn sein Herz würde sie nicht gewinnen, indem sie etwas tötete, das er am Leben lassen wollte. Sie seufzte und wandte sich vom Fenster ab. Was half es , vom Meer zu träumen?

Das Fieber rüttelte an Ravnas Gliedern. Die Welt versank in Schemen und Schlieren aus Schwarz und Gold. Feuerzungen tanzten über ihren bebenden, zitternden Leib. Wo kam das Feuer her? Was war die Hitze der Krankheit, was die gemütliche Wärme einer Halle? Sie konnte es nicht sagen.

Hände zerrten an ihrer Kleidung, entblößten sie und wickelten ihren Körper in dampfende Tücher. Kräuterdampf stieg ihr in die Nase. Jemand streifte ihr den Surcot wieder über den Kopf.

„Das arme Ding ist vollkommen ausgetrocknet“, sagte eine Stimme. Ravna konnte nicht sagen, ob es eine Frau war oder ein Mann.

„Seht Ihr das“, fuhr die Stimme fort. Ein kurzer, leiser Schmerz fuhr ihr in den Unterarm, als jemand sie kniff. „Sie muss seit Tagen nichts getrunken haben. Die Haut bleibt stehen, wenn man sie anhebt. Sie ist so gut wie tot.“

„In meiner Halle stirbt sie nicht.“ Diese Stimme gehörte einem Mann. Sie war brüchig und müde, klang nach Fieber und Erschöpfung. Lass mich dir helfen, dachte Ravna. Lass uns gemeinsam krank sein, dann bin ich nicht so allein.

Sie nahm alle Kraft zusammen und zwang ihre Augen auf. Die Lider wogen mehr als zwei Mehlsäcke.

Blaue Augen sahen auf sie herunter. In einem Meer aus wabernden Schlieren sah sie nur diese Augen, die bis auf den Grund ihrer Seele blickten. Eine ganze Welt lag in diesem

Blick. Augen von der Farbe des Winterhimmels an einem klaren Tag. Winzige silberfarbene Sprenkel waren die Wolken, die über das Winterblau flogen, schwarze, unendlich tiefe Pupillen zwei fischreiche Seen im Nebel. Sie würde ertrinken in diesem Blick. Wenn sie nicht verdurstete oder am Fieber einging, wären es diese Augen, die ihren Untergang bedeuteten.

„Wo ist Fiadh?“ Kaum ein Krächzen brachte sie aus der schmerzenden Kehle.

„Da ist sie ja.“ Die Augen wurden eine Spur wärmer, nicht ganz ein Lächeln. „Ich wusste, dass du mir nicht stirbst. Jetzt trink was, damit du mich nicht zum Lügner machst. Warmer Kräutersud wird dir gut tun.“ Ein starker Arm griff unter ihre Schultern, hob ihren Oberkörper an, ehe ihr eine Tonschale mit wohlriechender Flüssigkeit an die Lippen gehalten wurde.

„Nein.“ Sie schüttelte den Kopf, presste die Lippen aufeinander. Ihr Körper schrie nach dem Gebräu, nach der Wärme, die von der Schale aufstieg, nach dem bitteren Geschmack der Kräuter. Aber sie durfte nicht trinken. Alle Quellen, hörte sie die Stimme der Mutter in ihrem Kopf. Königin Affraic hat alle Quellen verhext. Der Druck auf ihren Lippen verstärkte sich, genau wie der Griff um ihre Schultern. Sie fühlte die ersten Tropfen der Flüssigkeit auf ihren Lippen. Nein. Nein! Sie schüttelte den Kopf, schlug mit der Hand nach der Schale. Das Gefäß zerbarst am Boden.

„Kein Wasser“, brachte sie hervor, zitternd und außer Atem. Eine einzige Bewegung hatte ihr die gesamte Kraft geraubt. „Gib mir Wein.“ Wein wurde aus Trauben gemacht, Wein war sicher, weil in Wein kein Wasser war, das Affraic verhext haben konnte.

Vielstimmiges Männerlachen vermischte sich mit dem Knistern des Feuers. Spöttisches Lallen.

„Denkst du, wir sind bei Hofe in Roxburgh oder gar bei dem Normannenpack im Süden?“

„Das Vögelchen, das du gefangen hast, Mormaer, hält sich für eine feine Dame.“

„Wasser ist nicht gut für mich, Herr“, sagte eine zu einem hohen Fiepen verstellte Stimme. „Ich brauch schon Wein.“

Das Lachen tat ihr in den Ohren weh.

Die Winteraugen blieben ernst.

„Aonghas", sagte er nach einer Weile. Diesmal war sie sicher, dass der Mann, der sie hielt, der war, der die Worte sprach. „Bring uns eine Schale Milch." Dann, weicher und leiser, direkt zu ihr: „Der Wein muss warten, *neamhnaid dubh*." Seine Stimme klang wie ein Lied voller Versprechen. Sie ließ sich zurück in seinen Arm sinken und schloss die Augen. Ihre Wangen glühten, doch ihr war kalt. Die feuchten Wickel, in die man sie unter Bergen von Fellen und Häuten eingehüllt hatte, klebten klamm und heiß auf ihrer Haut. Sie wollte schlafen, aber konnte nicht. Wie hatte das Winterauge sie genannt? *Neamhnaid dubh*, schwarzes Kleinod, als wäre sie etwas Kostbares, Wertvolles. In der Sprache ihrer Mutter, aber härter und kühler gesprochen. Nicht in dem abgehackten Klang, der den Worten in der Sprache ihres Vaters eigen war.

„Wo ist mein Reh?", fragte sie mit geschlossenen Augen.

„Er treibt sich vor den Toren der Burg herum. Niemand wird ihn anrühren. Wenn er den Mut findet, wird er hereinkommen. Dann soll er dir bleiben, solange du lebst."

Erleichterung zog sie tiefer in die Schwärze. Fiadh ging es gut. Fiadh war nah. Er durfte bei ihr bleiben, solange sie lebte. Sie seufzte. Das Land Kinelvadon, sang ihre Mutter in ihren Gedanken, ein Land, in dem gute, standhafte Männer leben. Gut genug, um ihr den Bruder zu lassen.

Sie tastete, zaghaft, bis sich fremde Finger um ihre Hand schlossen. Fremde Finger, die trocken und heiß waren. Sie klammerte sich daran. „Ihr habt Fieber, Herr", flüsterte sie an der Pforte zur Dunkelheit. „Ihr braucht einen Heiler."

„Ich hab es doch gesagt!" Das Schimpfen einer Frau schnitt in den Nebel, der sie umwaberte, zerfetzte das Dunkel. „Wenn sogar das halbtote Kind es merkt. Kann ich mich jetzt endlich um Euch kümmern, Mormaer? Sonst muss bald Aedan kommen und Euer Bein absägen, weil niemand es mehr retten kann."

Die fieberheißen Finger zogen sich aus Ravnas Griff zurück. Das Lachen in der Tiefe der Halle verstummte. Weiches

Stroh fing Ravnas Kopf auf, als starke Hände sie betteten. Die Dunkelheit übermannte sie.

Mit beiden Händen umklammerte Somhairle den Becher mit warmem Wein und rückte ans Feuer heran. Ein Verband umschloss die Verwundung, die er sich zum ersten Mal richtig angesehen hatte. Er hatte Schlimmeres überlebt. Fleisch, das von den brutalen Hauern eines Keilers zerfetzt wurde, schmerzte stärker als die glatte Wunde einer Pfeilspitze oder Schwertklinge, und es heilte langsamer. Aber es würde heilen. Zusammen mit Aedan hatte Ingrid eine Schiene angelegt, die es ihm unmöglich machte, Knie oder Fuß zu bewegen. Das Bein lag auf einem Schemel und tat nicht mehr weh.

Hinter ihm an der Tafel saßen seine drei Jagdgefährten. Aonghas und Aedan hatten ihre Frauen auf den Knien. Seisyll saß ein bisschen abseits. Auf seinen Knien stand die größte Schüssel Porridge, die Somhairle je gesehen hatte. Ingrid hatte Speckstreifen und Zwiebeln in den Brei geschnitten und sorgte aufmerksam dafür, dass es Seisyll an nichts fehlte. Dass sich die runde Frau mit den blonden Zöpfen für den wortkargen Waliser interessierte, war nicht neu. Sie war eine Sklavin, die Somhairle vor Jahren bei der Vertreibung des Jarls von Glensanda mit nach Drimnin genommen hatte.

Die Nacht war zu Ende. Vor den Fenstern in der Wand hinter dem Kamin stieg Helligkeit auf. Weder Somhairle noch seine Freunde hatten Lust, sich zu den Männern, Frauen und Kindern zu gesellen, die auf aufgeschüttetem Stroh an der gegenüberliegenden Wand schliefen. Mit leiser Stimme riss Aonghas zotige Witze. Aedan ließ sich von seiner Frau heil küssen und vergaß für diese Stunden in der Halle das Pferd. Somhairle wunderte sich, dass Muireann noch nicht aufgetaucht war. Vermutlich lag sie in seiner Kammer und erwartete ihn, um ihm zu geben, wonach sich ein Mann wie er nach einer durchrittenen Nacht, einem Bad in Keilerblut und sieben zur Strecke gebrachten Wilderern sehnen sollte. Somhairle war überzeugt, dass auch Aonghas und Aedan bald die Halle verlassen würden, um sich irgendwo eine verschwiegene Ecke zu suchen. Vielleicht nahm Seisyll endlich die fröhliche Ingrid mit auf seinen Strohsack.

Er sah an sich hinunter. Das blutbespritzte Hemd hatte er zwar ausgezogen und durch ein frisches ersetzt, aber an dem Hosenbein, das nicht übers Knie hochgerollt war, klebten Schlamm und Blut. Seine Finger und vermutlich sein Gesicht starrten vor Dreck. Der Gedanke, die Halle auf den Krücken, die Seisyll aus seiner Kammer herangeschafft hatte, zu verlassen, ließ Somhairle frösteln. So wichtig war das Bad in dem eisigen Bach, der an der Außenmauer Richtung Küste hinabfloss, auch wieder nicht. Er grinste freudlos, als er sich vorstellte, wie er Muireann aufforderte, ihm einen heißen Zuber zu richten, statt sich zu ihr zu legen. Sie würde streiten. Das tat sie in solchen Situationen immer. Sie war keine Sklavin.

Aber sie war auch nicht seine Frau. Sie hatte ihm einen Sohn geboren und sich damit gewisse Privilegien verdient. Für gewöhnlich war er über ihre Anwesenheit froh. Dass sie da war, bedeutete, dass er nicht unter den Sklavinnen wüten musste, wenn ihn die Lust überkam.

Er drehte den Becher zwischen den Händen und blickte hinab auf das magere, halb verdurstete Rätsel, das zusammengerollt auf einem mit Decken belegten Strohhaufen beim Feuer schlief.

Er erinnerte sich an die lichtblauen Augen des Mädchens, zwei funkelnde Edelsteine, die Glanz in seine Halle brachten, selbst wenn ein Fieberschleier sie trübte. Sie sah aus wie die Keltinnen in Ulster und auf den südlichen Inseln. Feingliedrig, zart und dunkelhaarig. Ihr Surcot war verdreckt und zerfranst, doch noch immer konnte er erkennen, dass er nach nordischer Art gearbeitet und reich bestickt war. Keine Frau aus dem Volk besaß einen Surcot aus dicht gewebter und aufwändig gefärbter Wolle, mit Seidenfäden bestickt und mit Fuchsfell gefüttert.

Seisyll vermutete, dass sie eine Hexe war. Das war Unsinn. Hexen waren Wesen aus den Liedern der Barden. Es gab sie nicht. Sie tauchte an seiner Küste auf und ließ sich nicht zuordnen. Würde eine Hexe sich weigern, das klare Wasser aus dem Drimnin Bach zu trinken? Wovor sollte eine Hexe sich fürchten? Dazu das Reh. In keinem der Lieder gab es eine Hexe, die ein Reh als Zaubertier besaß. Manche umgaben sich mit Wölfen. Am Nordufer des Sunart-Sees sollte eine leben, die auf einem wahrhaftigen Bären ritt. Auch Bären lebten nur noch in den Legenden der Barden, und trotzdem wollten schon einige Reisende die Hexe mit ih-rem Bären gesehen haben. Dann fiel ihm Aedan ein, und er stellte sich vor, dass die angebliche Sunart-Hexe einfach einen Liebhaber gefunden hatte, der gebaut war wie sein treuer Ulstermann.

Somhairle MacGillebride glaubte an die Gezeiten und daran, dass im Frühjahr die Herren des Nordens ihre Schiffe schickten. Er glaubte an seine Flotte aus dreiundzwanzig eroberten Wikingerschiffen, die im See Aline vor Anker lag. Er glaubte an die Kraft seiner Arme und seines Kopfes und er glaubte daran, dass er die Nordmänner vertreiben würde. Obwohl er schon viel erreicht hatte, lag ein Leben vor ihm.

Woran er nicht glaubte, waren Dinge, die man nicht erklären konnte. Harald hatte ihn gelehrt, dass es für alles eine Erklärung gab. Zauberwesen existierten nur in der Fantasie der Menschen. Mit Sicherheit gab es auch für das Rätsel an seinem Feuer eine Erklärung.

Das Mädchen hörte auf zu zittern. Als die Wärme ihren Körper durchdrang, entspannte sich ihr Gesicht. Die Hände, vor ihrem Mund zu kleinen Fäusten geballt, blieben verkrampft. Ihr Körper wirkte steif. Als schliefe sie nicht wirklich. Als sei ein Teil von ihr hellwach.

Er erinnerte sich an ihre Stimme, als sie das Wasser abgelehnt und nach Wein verlangt hatte. Sie sprach in seiner eigenen Sprache, aber mit dem fließenden Akzent, der den Menschen auf den südlichen Inseln zu eigen war. Nicht hart wie die Waliser oder nachlässig wie die Händler aus Vannin, die im Sommer in Kinelvadon Halt machten. Sie sprach akzentuiert, aber weich. Eine Mischung, die er selten gehört hatte und die neugierig machte.

Er schreckte auf, als sich eine Hand auf seine Schulter legte. Er hatte niemanden kommen gehört. So tief war er in seinen Gedanken gewesen, dass nicht einmal die Gespräche der Männer noch zu ihm durchgedrungen waren. Er blinzelte.

Muireann stand vor ihm, in einem knöchellangen Hemd, das sich durchsichtig an ihre Kurven schmiegte. Sie war keine verführerische Frau, aber als er ein junger Kerl gewesen war, hatten ihre kraftvollen Arme und Beine ihn gereizt, ebenso wie ihre üppigen Brüste. Er war keine zwanzig gewesen, wer konnte da etwas anderes erwarten? Eines Morgens war sie nackt und mittellos in Kinelvadon aufgetaucht und hatte als Magd in Somhairles Festung Anstellung gefunden.

Er hatte nie von ihr verlangt, ihm zu sagen, woher sie kam oder wer sie war. Er verlangte Treue. Gleich auf dem ersten Schiff, das er von den Wikin-gern erobert hatte, griff Muireann nach einem Ruder und legte sich in die Riemen wie ein Kerl. Danach hatte er erst recht nicht mehr gefragt. Sie hatte sich bewiesen, sie konnte rudern und tötete Wikinger, ohne mit der Wimper zu zucken. Natürlich hatte er sie gewollt. Ihre Brüste hatten seinen Sohn genährt. Aber als er jetzt an ihr hinaufsah, regte sich nichts bei ihm.

„Du solltest ausruhen, Herr", sagte sie und strich mit den Fingern über seinen kurzen Bart. Misstrauisch blickte sie auf den Verband an seinem Bein. „Hast du gegessen?"

„Richte mir ein Bad", erwiderte er und nickte an sich hinab. „Ich muss mir den Dreck abwaschen."

„Ich habe nichts gegen den Dreck, der mir zeigt, dass du ein Held bist, Mormaer."

Sie hatte sich mit ihm in Schlammlöchern gesuhlt, neben den Kadavern von Wildschweinen, wenn sie beide überdreht von der Hitze der Jagd wie Tiere übereinander hergefallen waren. Damals hatte er der Herausforderung, eine Frau wie sie mit der Kraft seines Körpers zu bezwingen, nicht widerstehen können. Heute musste er nichts mehr beweisen.

Er beobachtete, wie ihr Blick auf das schlafende Bündel Frau beim Feuer fiel.

Sie runzelte die Stirn. „Eine Prinzessin aus Dublin?" Die Worte troffen vor Unglauben. „Wie kommt sie hierher?"

Er starrte. Dublin? Eine Tochter von Olave dem Roten? Nie und nimmer. Aber es gab keine anderen Prinzessinnen von Dublin, Olave herrschte dort seit dreißig Jahren, und er hatte nur zwei Töchter. Und Muireann irrte nie, das wusste er. Sie sprach ihre Gedanken erst aus, wenn sie sicher war.

„Woher willst du das wissen?“, fragte er trotzdem und stand auf. Die Gespräche an der Tafel verstummten. Er gab Aonghas ein Zeichen mit dem Kopf, und der Freund scheuchte die Gefährten und ihre Frauen aus der Halle. Im Hintergrund, bei den schlafenden Bündeln, begannen sich Leiber zu rühren. Der Tag auf Drimnin begann.

Muireann wies auf ein eingesticktes Muster am Saum des rostroten Surcots der Fremden. Somhairle trat näher. Ein kreisrundes Symbol, in Goldfäden gestickt. Es sagte ihm nichts, aber Muireann schien sicher zu sein. „Es sei denn, sie hat das Kleid gestohlen und die echte Prinzessin verrottet auf dem Meeresgrund“, sagte sie giftig. Mit hoch erhobenem Kopf drehte sie sich um und stapfte aus der Halle.

KAPITEL 6

Waren es Stunden oder Tage, die sie im Delirium verbrachte? Zeit verlor ihre Bedeutung, wenn nur das Überleben zählte. Sie trank warme Milch aus Schalen, die die Frau mit dem dicken blonden Zopf ihr reichte. Beim dritten oder vierten Aufwachen schob die Frau ihr ein paar Löffel Brei zwischen die Lippen. Ganz langsam, wie bei einem Dachs nach der Winterruhe, kehrten Ravnas Lebensgeister zurück. Irgendwann schmeckte sie auch die Kräuter im Brei, Butter und Sahne, die die Grütze samtig und köstlich machten, und die getrockneten Beeren.

„Wo bin ich?", fragte sie, nachdem sie geschluckt und den Bissen mit Milch heruntergespült hatte.

Ohne ihr Zutun suchte ihr Blick nach dem blutigen Krieger mit den winterkalten Augen. An einer langen Tafel in der Mitte des Raumes saßen Männer und Frauen. Düstere Krieger in zottigen Pelzen. Grobknochige Frauen in einfachen Wollhemden. Sie schauderte. Das Winterauge konnte sie nirgends entdecken. Vor den verrammelten Fenstern heulte der Sturm. Ob es das Greinen der Hexe war, die nach ihr und dem Brüderchen suchte? Was wollte Affraic von ihr? Warum war sie nicht froh, dass die ungeliebte Stieftochter verschwunden war? Lag ihr so viel an der Hochzeit mit Arvid? Ravnas Augenlider flatterten, wollten sich schließen.

„Nichts da, Prinzessin, genug geschlafen. Es ist an der Zeit, auf die Beine zu kommen." Eine Hand, rau von jahrelanger Arbeit, traf Ravna an der Wange. Nicht nur einmal.

Sie zwang die Lider auf. Es war die blonde Frau, die neben ihrem Lager kniete. Sie hatte ein freundliches, rundes Gesicht, von Sommersprossen gesprenkelt wie das Firmament von Sternen in einer klaren Nacht.

„Ich heiße Ingrid", sagte die Frau. „Und wie lautet dein Name, Prinzessin?"

„Ravna. Ravna Olav...", sie biss sich auf die Zunge und schluckte den Rest ihres Namens herunter. Was wusste sie schon vom Verhältnis dieser raubeinigen Krieger zum König in Dublin? Doch es war zu spät. Ingrids Lachen verriet, dass Ravna schon mehr gesagt hatte, als weise gewesen wäre.

„Sprich nur weiter, Prinzessin. Olavesdatter wolltest du sagen. Also hatte Muireann Recht. Seit Tagen liegt sie dem Mormaer in den Ohren, dass du ein Balg des Roten bist. Na, immer noch besser als ein Selkie oder eine Hexe, wie manch anderer hier behauptet. Was treibt dich nach Kinelvadon?"

„Der Sturm", antwortete Ravna knapp. Freundlichkeit war oft nur der Mantel über einer List. Ein Selkie, eine Hexe? Besser, sie blieb auf der Hut. „Wie geht es meinem Reh?"

„Deinem Reh geht es besser als dir. Das springt durch die Halle und stiftet Unruhe, seit es wieder laufen kann. Die Wunde an der Hinterhand ist so gut wie verheilt. Steh auf, dann kannst du dich selbst davon überzeugen."

Wie von ihren Worten beschworen, stakste Fiadh auf sie zu. Er leckte ihr Gesicht, stupste sie am Kinn. Es tat gut, die Hände in seinen seidigen Pelz zu graben und zu fühlen, dass in der schmalen Brust ein Herz schlug, fest und gleichmäßig.

Ingrid schüttelte gnädig den Kopf, als sie sah, wie Ravna das Rehlein herzte, und griff nach der geleerten Breischüssel.

„Steh auf, Königstochter, wer zu lange müßig liegt, dem kriecht der Frost in die Glieder und der kommt gar nicht mehr auf die Beine. Der Mormaer wird mit dir reden wollen, wenn er wieder da ist."

„Was ist ein Mormaer?", fragte Ravna. Sie erinnerte sich daran, wie der Mann mit den kalten Augen sich ihr vorgestellt hatte. Am Hof ihres Vaters wurde dieser Titel nicht gebraucht. Sie erinnerte sich an ein dreckverschmiertes Gesicht, zerraufte Haare und blutbespritzte Kleidung. Sie erinnerte sich an fieberheiße Finger, die sich um ihre schlossen. Und auch an die grausamen Worte, mit denen er die Getöteten im Dreck liegen ließ. Ihr Atem zitterte vor Verunsicherung.

„Er ist der Herr über dieses Land. Jeder Bauer, jeder Krieger und jede Maus in Kinelvadon hört auf ihn. Besser, du stellst dich gut mit ihm."

„Wo finde ich ihn? Den Mormaer?", hielt sie Ingrid zurück, die sich abwandte. Als hätte die Frau verstanden, dass

Ravna nicht allein unter all den Fremden sein wollte, drehte sie sich mit einem Seufzen noch einmal um.

„Du bist ein seltsames Vögelchen, Prinzessin“, sagte sie lächelnd. „Er ist auf der Jagd, aber er kommt bald wieder. Soll ich dir beim Aufstehen helfen? Schaffst du es nicht allein?“

Auf der Jagd? Sie erinnerte sich an die schauderhafte Verletzung seines Beines. Hatte sie so lange unnütz herumgelegen, dass er schon wieder jagen gehen konnte? Kein Wunder, wenn die Menschen in der Halle sie für schwach hielten.

„Ich schaffe es.“ Sie musste es schaffen. Allein war sie den ganzen Weg von Dublin in dieses fremde Land gekommen. Geschoben von einem Sturm. Vielleicht war es Affraic gewesen, die den Wind gelenkt hatte, damit Ravna und Fiadh, die Ungeliebten, Ungewollten, hier den Tod von der Hand eines winterkalten Mormaer fanden. Wer konnte das schon wissen? Was auch immer sie an diesen Ort gebracht hatte, sie würde jetzt nicht aufgeben.

„Aber“, schob sie nach, weil Ingrid Anstalten machte, sich von ihr zu entfernen. „Es wäre nett, wenn du mir hilfst.“

Lachend stellte Ingrid die Schale auf einen Tisch und kam zurück zum Lager. „Na, war das so schwer, um Hilfe zu bitten? Ist dir die Zunge abgefallen?“ Mit flinken Händen schlug die runde Frau die Felle zurück, unter denen Ravna gebettet war, und schob ihr einen Arm unter die Schultern. Schwindel bestrafte Ravnas Bemühungen aufzustehen, doch sie biss die Zähne zusammen und rang die Übelkeit nieder. Fiadh neben ihr beobachtete sie mit großen Augen. Sie schnaufte wie ein alter Kessel, als sie es endlich auf die Beine geschafft hatte. Nach Tagen im Fieber fühlte sie sich so schwach, dass es unmöglich war, sich diese Schwäche nicht anmerken zu lassen. Noch immer trug sie das Kleid, das sie bei ihrer Flucht getragen hatte. Die edle Wolle hatte ihren Glanz verloren, war steif von Seewasser und juckte auf der Haut. Ravnas Knie drohten unter ihr nachzugeben. Keiner der Männer in der Halle schenkte ihr Aufmerksamkeit, und doch fühlte sie, dass den misstrauischen Augen nichts entging. Sie legte eine Hand in den Nacken ihres Rehs, suchte Vertrautes in all der Fremde.

Ingrid schob ihr eine Schulter unter den freien Arm, um sie zu stützen. „Dann mal los, Prinzessin. Wollen wir sehen, ob wir warmes Wasser zum Waschen finden und ein frisches Kleid. Dein schöner Surcot nützt dir hier nichts."

„Danke, aber ... ich kann allein gehen." Hoffentlich versprach sie nicht zuviel. Ravna blickte auf Fiadh hinunter und runzelte die Stirn.

„Keine Sorge", sagte Ingrid fröhlich und watschelte auf eine der vielen Türen zu, die von der Halle abgingen. „Niemand wird dein Reh entführen. Der Mormaer hat strikt verboten, dass es angerührt wird."

„Hat er ... das Reh, hat es getrunken?"

„Natürlich hat es das. Warum fragst du?"

Sie zuckte zusammen. „Woher ... ich meine, das Wasser, woher kam es?"

Ingrid blieb an der Tür stehen und drehte sich um. „Wie meinst du das, woher kam das Wasser? Ist das nicht gleichgültig? Es kam aus dem Drimninbach, der fließt gleich neben der Burg hinunter ins Meer."

„Die Grütze, die ihr mir eingeflößt habt, woher kam das Wasser dafür?"

Ingrids Gesicht zeigte deutlich, dass ihr noch nie zuvor jemand solche Fragen gestellt hatte. Aber Ravna ließ nicht locker. Sie musste es wissen.

„Die war mit Milch angerührt." Die Wikingerfrau machte keinen Hehl aus ihrer Ansicht, dass sie das für Verschwendung hielt. Milch war kostbar, vor allem im Winter, wenn Kühe und Ziegen kein frisches Gras fanden, die Jungtiere erwachsen waren und die Mütter kaum noch Milch gaben.

„Danke", flüsterte Ravna.

„Bedanke dich beim Herrn, wenn er wieder da ist." Ingrid stieß die Tür schwungvoll auf. „Jetzt komm schon, sonst wird das Wasser kalt, das ich für dich heiß gemacht habe. Ich hab noch nie ein Wesen gesehen, das so viel fragen muss."

Dabei hatte sie noch nicht mal die Hälfte der Fragen gestellt, die ihr durch den Kopf spukten. War das Wasser auch giftig, wenn die Kuh es trank und daraus Milch wurde? Warum verwandelte sich Fiadh nicht in etwas anderes, wenn er aus einer anderen Quelle trank? Wie weit war es von diesem Land bis nach Cybi? Besaß der Mormaer ein Schiff, das sie dorthin bringen könnte? Wie hoch würde der Preis sein, den er dafür verlangte, sie nach Cybi zu bringen? Hatte Ingrid schon einmal eine Hexe gesehen?

Sie folgte der Wikingerin einen kahlen Gang hinunter, der an einer Treppe endete, die sich ins Untergeschoss drehte. Sie klammerte sich an den dicken Strick, der als Handlauf diente, und bewunderte Ingrid, die ihren voluminösen Körper behände nach unten schwang. Die Treppe führte in die Küche, einen großen Raum mit niedriger Decke, in dem die Luft dick vom Rauch des Kaminfeuers stand. Es duftete nach frisch gebackenem Brot. Eine Magd hockte neben dem Kamin und rupfte eine Gans. Zwei weitere tote Vögel lagen neben ihr auf einer Bank. Ein Junge, vielleicht ein paar Jahre älter als Fiadh, rührte in einem Kessel. Ingrid steckte ihren Finger in die Grütze und probierte, dann verscheuchte sie den Küchenjungen und wuchtete den Kessel vom Feuer herunter. „Schneid Zwiebeln!“, befahl sie dem Jungen, der angewidert das Gesicht verzog. Dafür kassierte er ein kräftiges Ziehen an seinem Ohr. „Schneid Zwiebeln und wirf sie in die Butterpfanne. Dann gehst du raus und sagst dem Uileam, er soll die Wachmannschaften ablösen, damit die Morgenwache zum Essen kommt.“ Sie holte einen Leinensack mit Zwiebeln aus einem Regal herunter. „Wird Zeit, dass der Herr von der Jagd zurückkehrt“, murmelte sie dabei zu niemandem im Bestimmten. „Drei Vögel für die ganze Burg, da kann jeder ein Knöchelchen abnagen.“ Sie schnalzte mit der Zunge.

Dann erst schien sie sich an Ravna zu erinnern, die still am Fuß der Treppe stand und die Hände hinter dem Rücken versteckte. Der Duft des Brotes rief ihr ins Bewusstsein, wie hungrig sie war, aber sie schämte sich, das zuzugeben.

„Na komm her, Kind“, sagte Ingrid und winkte. „Hier in die Ecke.“

Ravna fand eine Schüssel mit dampfendem Wasser und saubere Leinentücher. Auf der Bank neben der Wasserschüssel lag ein Kleid aus grober dunkelblauer Wolle. Sehnsüchtig sah sie an sich hinunter und vermisste schon ihren hübschen rostroten Surcot, den Hildgur genäht und sie selbst bestickt hatte. Ingrid stemmte die Hände in die Hüften.

„Kindchen, du bekommst dein Kleid ja wieder. Es muss gewaschen werden." Sie winkte, dass Ravna sich beeilen sollte. „Ich wüsste nur zu gern, warum du hier bist. Wenn du eine Olavesdatter bist, was machst du allein so weit im Norden?" Mit einer fahrigen Handbewegung unterbrach sie sich. „Aber ach je, ich darf dich das nicht fragen, und wenn ich es tue, wirst du mir nicht antworten."

Ravna blickte auf ihre Füße, die in dicken Wollstrümpfen steckten, und schüttelte den Kopf. Sie nahm einen tiefen Atemzug und hob die Arme, damit Ingrid ihr den Surcot über den Kopf ziehen konnte. Obwohl es in der Küche alles andere als kalt war, schauderte sie. Die Wikingerin betrachtete verwundert das Unterkleid aus feinstem Leinen, dessen Saum zerfranst war von den Streifen, die sie auf ihrer Reise herausgerissen hatte.

„Sowas tragen Prinzessinnen heutzutage?"

Ravna dachte daran, dass sie zuhause kaum mehr als eine bessere Magd gewesen war und Fionngula noch viel edlere Kleidung trug. Fionngula bestand für ihre Kleider auf die edelsten Stoffe, die sie sich von fingerfertigen Sklavinnen besticken ließ. Im Vergleich dazu war Ravnas Unterkleid kaum mehr als ein Fetzen Leinen. Alles war eine Frage der Perspektive.

Sie wusste nicht, was sie sagen sollte, und blickte an der wuchtigen Frau vorbei in die Küche, wo der Junge über dem Zwiebeltopf den Hals reckte. Ingrid runzelte die Stirn, watschelte zu dem Jungen und gab ihm eine Ohrfeige. Als sie zurückkehrte, zog sie den wollenen Vorhang vor der Waschecke zu. Erleichtert aufatmend entledigte Ravna sich des Unterkleides und begann, sich schnell aber gründlich zu waschen. Argwöhnisch betrachtete sie die Haut, über die das nasse Leinentuch glitt, aber sie bekam von dem Wasser weder Ausschlag noch ein Fell.

Die dunkelblaue Wolle kratzte auf der Haut. Das Kleid war zu groß und schleppte über den Boden. Mit flinken Handgriffen steckte Ingrid es über ihrer Körpermitte hoch und gürtete es mit einem gelben Strick. Das Kleid sah aus, als gehörte es einer Bäuerin, aber am Bodensaum, an den Ärmeln und am Halsausschnitt war es mit hübscher gelber Borte verziert. Trotzdem hoffte Ravna, dass der Herr dieser Burg sich mit seiner Rückkehr von der Jagd Zeit ließ, bis ihre eigenen Sachen gereinigt und wieder trocken waren. Sie wollte ihm nicht als Magd gegenübertreten. Er musste sehen und begreifen, dass sie mehr war. Nur so würde sie eine Möglichkeit bekommen, ihm begreiflich zu machen, dass er ihr helfen musste. Sicher würde er ihre Wünsche nur erfüllen, wenn sie ihm etwas dafür bieten konnte. Sie wünschte, sie könnte herausfinden, wie er zu König Olave stand. War er ein Verbündeter? Ein Feind? Wenn er befürchtete, Probleme zu bekommen, falls er ihr half, würde er sich ihr verweigern. Sie musste diplomatisch vorgehen, wenn sie seine Hilfe erbat, aber sie hatte keine Ahnung von Diplomatie.

Erstaunlich behutsam kämmte Ingrid mit einem Knochenkamm Stroh und Dreck aus Ravnas Haaren.

„Olave ist ein König aus dem Norden“, sinnierte sie. „Doch du hast keltisches Haar.“

„Meine Mutter ist Irin“, sagte sie. Gita stammte aus dem windzerzausten Connacht, das Olave nichts genützt hatte. Wusste man hier, dass Olaves Frau, Königin Affraic, eine Tochter aus Galloway war? Wusste man, dass der Rote eine andere geliebt hatte, ehe Affraic ihr Gift in sein Herz gepflanzt hatte? Brachte Ravna sich in Schwierigkeiten, wenn sie sich als Bastardkind entlarvte? Doch Bastard hin oder her, sie blieb eine Königstochter. Sie musste mehr erfahren.

„Warum bist du hier, Ingrid?“, fragte sie aus dem Gedanken heraus. „Hat dieser Mor... Mormaer ...“ Das Wort kam ihr immer noch schwer über die Lippen. „Hat er Nordmänner auf seiner Burg?“

„Der Herr Somhairle?“ Flinke Finger teilten Ravnas Haare in drei Stränge und begannen, einen festen Zopf zu flechten.

„Für den Herrn Somhairle ist ein Tag nur dann ein guter Tag, wenn er das Blut mindestens eines Dänen vergossen hat. Er treibt die Nordmänner aus diesem Land. Er kann sie nicht ausstehen. Er macht Jagd auf sie, wie auf bösartige Geister, wo immer er sie aufspürt. Deswegen ist er im Winter so unleidlich.“ Sie kicherte. „Da bleiben sie Kinelvadon nämlich fern, hocken in ihren Burgen hoch im Norden und zwingen ihn dazu, untätig herumzusitzen.“

Ravna runzelte die Stirn. „Aber du bist eine von ihnen. Du gehörst zu den Nordmännern. Warum kannst du darüber lachen? Bist du eine Sklavin?“

Ingrid seufzte. „Ich bin auf Bearnaraigh geboren, das ist eine Insel weit draußen im Westen, mehr Wasser als Land. Dann habe ich einen Mann geheiratet, der hier in Kinelvadon lebte, in einem Dorf namens Glensanda. Es war das Machtzentrum von Geirstein dem Großen. Ich weiß noch, wie plötzlich alles unruhig um uns herum wurde, weil die Siedlungen der Nordmänner verschwanden. Manchmal sahen wir eine Rauchsäule aufsteigen, aber wenn unsere Männer sie erreichten, waren schon alle tot. Dann kamen unsere Männer nicht mehr zurück von ihren Erkundungstouren. Manchmal schwammen Stücke von ihnen den See Linnhe herab. Ein Arm mit Hand, an deren Finger noch der Familienring steckte, ein Rumpf, ein loser Kopf, der Mund erstarrt in einem letzten Schrei. Wir bekamen es mit der Angst zu tun, das kannst du mir glauben. Ganze Schiffe voller Männer verschwanden. Das ist sechs Jahre her. Eines Tages war unser Dorf an der Reihe. Er griff uns einfach an. Er war noch unbekannt, tauchte hier auf wie aus dem Nichts, niemand wusste, mit wem wir es zu tun hatten. Heute wissen sie es.“

„Er? Ein einzelner Mann?“

Die dicke blonde Frau seufzte. „Es hätte genauso gut nur er sein können. Dabei war er damals selbst noch ein halbes Kind, kaum der Mutterbrust entwachsen.“ Ingrid schnalzte mit der Zunge. „Na gut, das ist übertrieben. Aber ich glaube, in seinem Bauch steckte genug Wut, dass er Glensanda auch ohne Hilfe dem Erdboden gleich gemacht hätte. Wenn Somhairle MacGillebride nur einen Tropfen Wikingerblut riecht, das schwöre ich dir, wird er zu einem Dämon, dessen Kraft direkt aus der Hölle kommt. In Glensanda blieb kein Stein auf dem anderen, keine Planke unverbrannt. Er tötete die Männer, er nahm die Frauen und die Kinder als Sklaven, er zerriss das, was Glensanda gewesen war, bis nicht einmal genug für eine Erinnerung blieb. Es heißt, den Leichnam von Geirstein ließ er im Wald liegen, bis die Tiere alles abgenagt hatten. Dann kehrte er zurück, sammelte die Knochen ein und bewahrt sie in einer Truhe in seinem Gemach auf. Ob das stimmt, weiß ich nicht, hab die Truhe noch nie geöffnet."

Ravna schauderte. Das klang nicht nach einem Mann. Das klang nach einem Monster. „Also bist du eine Sklavin?"

„Ich kam als Sklavin hierher, weil ich dem Herrn Somhairle glaubhaft versichern konnte, dass ich noch aus klarem Wasser ein Festmahl bereite." Wieder kicherte sie. „Jetzt bin ich keine Sklavin mehr, sondern die Küchenmeisterin." Sie warf sich in die Brust. „Und im Sommer werde ich den Herrn Seisyll heiraten. Ich glaube, die Herren haben vergessen, dass ich zu den Nordmännern gehöre."

„Wer ist der Herr Seisyll?"

„Der Herr Seisyll ist der Freund des Mormaer. Nur der Herr Aonghas steht dem Herrn noch näher", erklärte Ingrid wichtig. „Aber wenn ich dich dabei erwische, dass du ausplauderst, dass ich Seisyll heiraten werde, reiße ich dir die Zunge heraus, haben wir uns verstanden?"

„Warum?"

„Weil es noch keine Menschenseele weiß, du Dummchen." Ingrid zog den Strick um Ravnas Leibesmitte etwas enger und zupfte das Kleid zurecht. „Komm, hilf mir, deine Sachen zu waschen. Wird dauern, bis alles trocken ist."

„Aber der Herr Seisyll weiß es doch bestimmt?", fragte Ravna und griff nach dem Unterkleid, um es ins lauwarme Wasser in der Schüssel zu tauchen.

Ingrid lachte."Natürlich nicht."

KAPITEL 7

Somhairle rieb sich den Schlaf aus den Augen und stemmte sich auf die Ellenbogen. Sein Bein juckte. Er hatte die erste Nachthälfte bei der Beute gewacht und heißen Wein aus dem Kessel über dem Lagerfeuer getrunken. Nach Mitternacht war Aonghas gekommen, um ihn abzulösen, und Somhairle hatte sich zu den anderen Männern in dem kümmerlichen Unterstand verkrochen. Jetzt hingen in seinen Haaren Eiskristalle.

Jeden Winter folgten auf eine Zeit mit mehreren aufeinanderfolgenden Stürmen einige Tage, an denen der Himmel klar und das Meer trügerisch glatt war. Diese Zeit galt es zu nutzen, ganz gleich, ob Ingrid wegen des Beines mit ihm geschimpft hatte. Die Vorratskammern auf Burg Drimnin waren bis auf wenig Korn und Mehl leer. Zwei Wildschweine ernährten die Besatzung einen Tag lang. Die Ruhezeit des Wetters war keinen Tag zu spät angebrochen. Mit zehn seiner besten Jäger war er auf die Insel Muile übergesetzt, wo das Wild an den Nordflanken der Berge bis in die Täler kam und leichter zu erlegen war als in Kinelvadon. Sie konnten mehrere Tage bleiben und die Beute, die sich in der klirrenden Kälte frisch hielt, später auf einem Boot nach Drimnin bringen.

Er fuhr sich mit der Hand übers Kinn. Sein Bart war der beste Beweis, dass bereits der vierte Tag auf der Insel anbrach. Somhairle betrachtete seine schlafenden Gefährten, deren Atem weiße Wolken in die Luft stieß. Vor dem Unterstand aufgereiht lagen im flackernden Licht der Fackeln die Kadaver ihrer bisherigen Beute.

Aonghas, der beim Lagerfeuer hockte, blickte auf, als Somhairle zu ihm hinkte. Er zog den Spieß aus den Flammen, an dem ein saftiges Stück Keule röstete. Dankbar riss Somhairle einen Streifen aus dem zweimal faustgroßen Stück, schob es sich zwischen die Zähne und sah sich um. Ein Streifen rotgoldenen Lichtes über Argyll zeigte den nahenden Sonnenaufgang an.

„Was haben wir heute vor?“, fragte Aonghas, leise genug, um die anderen nicht zu wecken.

Somhairle kratzte sich im Nacken. Er blickte nach Norden. Der Himmel war klar, keine einzige Wolke trübte den Blick auf die Sterne, die wie ein Vorhang aus Kristallen über ihm blinkten. Von hier aus, einer Insel im Hochmoor, konnte er über einen im Mondlicht rabenschwarzen Streifen Wald auf den Meeresarm hinunterschauen, der Muile von Kinelvadon trennte. Das Wasser glitzerte silbern mit einzelnen Funken Gold, die der beginnende Sonnenaufgang darüber streute. Dahinter hoben sich die Berge seines Heimatlandes in den Himmel, deren Kuppen unter Schnee versanken.

Muile war nur einen Steinwurf von Kinelvadon entfernt, doch das dort drüben, das war das Land, das ihn geboren hatte. Sein Land.

„Wir gehen nach Kilninian und Achleck und sehen dort nach dem Rechten.“ Erst im vorletzten Sommer war es ihm gelungen, Muile aus dem Klammergriff der Nordmänner zu befreien. Fast fünf Jahre hatte er um Muile gekämpft. „Danach wird es Zeit, nach Drimnin zurückzukehren.“

Aonghas weckte die anderen und erklärte ihnen, was der Tag bringen würde. Somhairle ließ sich das goldene Licht des Sonnenaufgangs aufs Gesicht scheinen. Die Eiskristalle in seinen Bartstoppeln schmolzen und sickerten als Wasser über sein Kinn.

Sie machten sich auf den Weg um die Bergkette herum nach Süden. Gegen Mittag zogen Wolken auf, es wurde wärmer. Leichter Regen setzte ein. Hinter der Finsternis eines der weitläufigen Waldstriche der Insel wusste Somhairle das Dorf Kilninian. Vor einem Jahr hatten ihm die zehn Fischerfamilien, die dort lebten, die Treue geschworen. Im Gegenzug dazu stand der Weiler seither unter seinem Schutz. Eher würde er dabei sterben, die Menschen dort zu verteidigen, als dass er sein Versprechen als Lehnsherr brach. In diesem Dorf war Aonghas aufgewachsen.

Der Wald hörte so abrupt auf, wie er begonnen hatte. Die Wintersonne stand im Südwesten direkt über dem Horizont.

Das grauschwarze Wasser unter ihnen glitzerte mit goldenen Funken.

Im Wasser schwammen Schiffe. Zwei waren auf die Sandbank gezogen worden. Somhairle wusste im gleichen Moment, dass die Besatzungen dieser beiden an Land gegangen waren. Dreizehn Schiffe, einschließlich der beiden im Sand. Flachbodige, langgezogene Snekkas mit gerafften Segeln. Er spürte Aonghas' schockierten Blick auf sich, hörte das schnappende Luftholen der anderen. Konzentriert kniff er die Augen zusammen. Sein Verstand arbeitete im Laufschritt.

Kein Jarl aus dem Norden griff im Winter an. Stürme machten die See unberechenbar, sodass sie für zu viele Seeleute zu einem feuchten Grab wurde.

Diese Schiffe waren von Süden gekommen. Ihre Segel trugen das Emblem der weißen Hand.

Sie kamen aus Dublin. Es waren mittelgroße Schiffe, dreißig Ruderer auf jedem von ihnen. Ein paar Vierziger. Olave der Rote war gekommen.

Olave, zu dessen Haushalt die kleine schwarzhaarige Prinzessin gehörte, die in Somhairles Halle auf einem Strohhaufen schlief, die Arme um ein Rehkitz geschlungen. Das rätselhafte Wesen, das ihn in Gedanken bei jedem Schritt begleitete, seit er den ersten Blick auf sie geworfen hatte. Warum war sie gekommen?

Mit vor Wut schäumendem Blut erinnerte er sich an seinen ersten und einzigen Besuch an Olaves Hof. Kurz nachdem er Geirstein, dem letzten Wikingerhäuptling in Kinelvadon, den Garaus gemacht hatte, war er mit dessen Schiffen nach Dublin gerudert. Er hatte die Braut eingefordert, die ihm versprochen war. Olave hatte ihn ausgelacht und davongejagt. Versprechen galten nichts mehr, wenn Menschen starben. Die versprochene Braut war damals kaum älter als zwölf Winter gewesen und Somhairle in Olaves Augen nur ein neunzehnjähriger Emporkömmling, der glaubte, die Welt besiegen zu können.

Niemand durfte dem Sohn von Gillebride so etwas ins Gesicht sagen. Es gab kaum einen Nordmann, gegen den

Somhairle einen Groll hegte, der sich mit seinem Zorn auf Olave messen konnte.

Olave von Dublin und Vannin war größenwahnsinnig, ihn jetzt so offen zu provozieren. Nach dem Gesetz der Inseln konnte der rote König nicht gewinnen. Nicht im Winter. Nicht, wenn Somhairle all die Schiffe, die er den Nordmännern über die Jahre abgejagt hatte, innerhalb kürzester Zeit zusammenziehen und die Wasserstraßen rund um Kinelvadon abriegeln konnte. Eine Invasion Olaves an diesen Küsten, vor allem mit nur dreizehn Schiffen, hatte nur dann Aussicht auf Erfolg, wenn Somhairle anderswo unterwegs war, um zu plündern. Dass Olave die Jahreszeit ignorierte, machte Somhairle misstrauisch. Was für ein Spiel spielte der Rote mit ihm? Erst das Mädchen, jetzt die Provokation?

Somhairle konnte nur vermuten, dass König Olave für seine Tochter kam. Für die Rabenprinzessin mit dem Reh, und plötzlich war sich Somhairle sicher, wer sie war.

Die Prinzessin an seinem Feuer war Ragnhild.

Die versprochene Braut, für die der König ihn ausgelacht hatte, als er sie hatte holen wollen. Der Wind über den Inseln hatte sie geradewegs in seinen Schoß geweht.

Doch jetzt waren es die Menschen von Kilninian, die seine Hilfe brauchten. Über Ravna und Olaves Motive konnte er später nachdenken.

Zu Jagden auf Muile trug Somhairle nicht nur die Axt im Gürtel, um in schwerem Gelände den Weg freihauen zu können. Über seine Schulter lief ein Waffengürtel, der sowohl seine Armbrust hielt als auch das Schwert mit breiter Doppelklinge. Selbst wenn es unwahrscheinlich war, auf Muile einem Wikinger zu begegnen, er ließ sich ungern überraschen und verlangte von jedem seiner Begleiter, ebenfalls voll ausgerüstet zu sein.

Er nahm das Schwert aus der mit Schilfblättern umwickelten Lederscheide im Rücken, prüfte den Griff und gab Aonghas mit dem Kopf ein Zeichen. Quer über das Moor setzten sie sich in Bewegung. Lautlos, zehn Männer, bis an die Zähne bewaffnet und das Blut erlegten Wildes an den Händen.

Kilninian, das sich hinter einem Streifen Wald in eine Senke duckte, befand sich außerhalb ihres Gesichtsfeldes. Doch je näher sie kamen, desto deutlicher hörten sie Schreie, desto durchdringender sättigte Rauch die Atemluft. Auf der Zunge spürte Somhairle den Geschmack brennenden Fleisches. Er warf sich nach vorn, sein Blut sprudelte heiß, er spürte das Klopfen in seinem Bein, aber keinen Schmerz.

Als er seinen Kampfschrei ausstieß, zögerten die anderen nicht, einzufallen. Aonghas überholte ihn. Das war sein Dorf, seine Cousins, die dort starben. Sein Blut.

Kilninian brannte.

Keine einzige der zwölf niedrigen Fischerhütten stand nicht in Flammen.

Wutentbrannt brachte Somhairle die letzten Schritte hinter sich, bis er den Bach im Norden des Dorfes durchquerte. Ein junger Wikingerkrieger bemerkte das Herannahen der Gefahr und stellte sich ihm entgegen. Somhairle traf ihn mit dem Griff seines Schwertes so hart an der Schläfe, dass dem Jungen der Helm wegflog. Somhairle holte aus und spaltete dem Blondschopf den Schädel. Aus dem Augenwinkel sah er, wie Aonghas einem, der dabei war, eine junge Frau zu schänden, dieselbe Medizin angedeihen ließ. Das Mädchen schrie wie am Spieß, als das Blut des Nordmanns in ihr Gesicht spritzte.

Im nächsten Moment sah Somhairle sich umringt von vier Gegnern. „Aedan!“, brüllte er in der Sprache seines Vaters, die die Nordmänner nicht verstanden. „Runter zur Küste! Setz die verfluchten Snekkas in Brand, keiner von diesen Barbaren wird Muile lebend verlassen!“ Er hatte keine Zeit, sich zu vergewissern, dass Aedan den Auftrag ausführte, denn vier Langschwerter drangen auf ihn ein. Rauch biss ihm in die Augen. Die Eiseskälte des Wintermorgens war vergessen.

Er duckte sich unter einem Schlag, nahm den Schwung mit, um sich um die eigene Achse zu drehen, riss seine Klinge hoch und spürte voll Genugtuung, wie sich der geschliffene Stahl durch Leder und Fleisch fraß.

In Bewegung bleiben. Immer in Bewegung, ihnen keinen Anhaltspunkt geben. Glitschig sein wie ein Otter, wie ein

Fisch. Sie trugen alle ihre verdammten Eisenhelme, sein eigener Kopf war ungeschützt, sodass er ständig ausweichen musste. Schmerzensschreie und das entsetzte Gebrüll sterbender Männer flogen durch seinen Geist. Immer wieder krachte sein Schwert auf die hölzernen Schilde, die seine Gegner trugen. Verfluchte Feiglinge, griffen ein wehrloses Dorf an und wappneten sich gegen Fischer, die sich mit Küchenmessern zu wehren versuchten.

Er trug keinen Schild. Mit der freien Hand riss er die Kriegsaxt aus dem Gürtel und hieb die stumpfe Seite einem dunkelhaarigen Mann mitten ins Gesicht.

Wie gern hätte er einen von ihnen am Leben gelassen. Ihm Nase und Ohren abgeschnitten und ihn zu Olave zurückgeschickt. Er konnte nicht. Keiner von ihnen sollte leben. Er stolperte uber Kinderleichen. Über eine Frau, die mit hochgezogenen Röcken durch den gefrorenen Schlamm kroch, eine Blutspur hinter sich herziehend. Keiner von denen sollte am Leben bleiben. Keiner.

Er wich vor dem Schlag einer gegnerischen Axt zurück, holte aus, links, rechts. Er brachte Schwert und Axt vor seinem Körper zusammen, wo ein Mann stand, der ihm bis zur Schulter reichte, und ungläubig erkannte, was geschah. Die Axt traf zuerst, fraß sich in zartes Fleisch zwischen dem Rand des Helms und der Schulter. Somhairle hörte, wie das Genick brach. Dann traf die Schwertklinge und enthauptete den Mann. Er trat den Toten von sich weg. Im Rückschwung bohrte sich die Klinge seiner Axt in den Bauch des letzten der vier Männer, die sich auf ihn gestürzt hatten.

Blut lief ihm in die Augen. Der Rauch, der über allem stand, war so dick, dass er kaum noch atmen konnte. Er taumelte auf dem verletzten Bein, schwankte, fing sich. Irgendwie half er der geschändeten Frau auf die Füße und zerrte sie von den brennenden Hütten weg zu einem Unterstand, wo Fische trockneten. Sie sackte ihm aus den Armen. Noch immer erfüllten Schreie und Weinen die Luft.

Somhairle überließ die Frau sich selbst und kehrte zurück zu den Hütten. Er sah, wie die erste der Snekkas am Ufer in

Flammen aufging. Als er Aonghas von einem lästigen Wikinger befreite, flammte der Bug des zweiten Langbootes auf. Ein Dubliner versuchte, zur Küste zu entkommen. Somhairle schleuderte die Axt. Es war eine gute Waffe. Eine erbeutete Waffe, und er war Wikinger genug, um genau zu wissen, wie er sie werfen musste. Der Mann starb sauber und schnell.

Plötzlich ging ein Ruck durch ihn. Er brach in die Knie. Erst danach hörte er sich vor Schmerz aufheulen. Er sah an sich hinunter. Ein Pfeil hatte den Verband um sein verletztes Bein durchschlagen. Als er das Geschoss aus dem Fleisch riss, spritzte Blut in solcher Menge, dass nicht einmal das dick aufgebrachte Leinen es aufsaugen konnte. Er wollte sich aufrichten, konnte nicht. Er starrte hinunter an die Küste, wo Aedan mit zwei seiner Leute von den brennenden Snekkas zurückkehrte. Von den Männern, die über Kilninian hergefallen waren, standen nur noch drei. Zwei, die im Nahkampf mit zwei von Somhairles Jägern rangen, und der dritte, der eben den Bogen sinken ließ. Fast noch ein Kind. Trotz im blutverschmierten Gesicht. Aonghas stellte sich über Somhairle und legte einen Bolzen in die eigene Armbrust ein.

„Nimm ihn mit“, hörte Somhairle sich ächzen. „Er ist jung.“

„Er gehört zu Olaves Leuten.“ Aonghas kniff die Augen zusammen, zielte. Der Junge stand bewegungslos.

„Nicht mehr.“ Vor Somhairles Augen glitt ein schwarzer Vorhang. „Nicht mehr.“ Er sackte zurück, rang nach Luft. „Zündet Feuer auf den Hügeln entlang der Küste an. Schiebt die brennenden Boote hinaus aufs Meer. Olave soll denken ...“ Er verschluckte sich, hustete, fing sich, wenn er auch nichts mehr sehen konnte. „Lass ihn denken, hier haben hundert Krieger seinem Vorstoß den Garaus gemacht. Brüllt, so laut ihr könnt. Vielleicht kehrt er um.“

Olave der Rote was kein Krieger, er war Diplomat. Der Verlust von zwei Schiffen und ihrer Besatzung brachte ihn vielleicht dazu, abzudrehen.

Olave der Rote war dumm, so dumm. Oder zehnmal mächtiger, als Somhairle es sich vorstellen konnte. Seine

Schiffe drehten ab, wendeten, ruderten in westlicher Richtung davon. „Wir rudern mit den Fischerbooten heim“, stöhnte er. „Nimm den Jungen mit. Als Geisel. Und alle Überlebenden.“

Sich als Fremde an einem Hof, an dem erwartet wurde, dass jeder sich nützlich machte, nicht überflüssig zu fühlen, war nicht einfach. Ravna klammerte ihre Hände um die dampfende Schüssel. Der Geruch geronnenen Blutes stieg daraus auf und machte sie schwindelig. Sie schloss kurz die Augen. Es sind nur Hunde, sagte sie sich. Keine Bestien. Auch wenn sie riesig waren. Vier Stück an der Zahl, das Fell an ihren Lefzen verklebt von Speichel und Gier. Selbst der Kleinste von ihnen reichte ihr bis zur Hüfte. Das Knurren und Geifern, das aus ihren Kehlen aufstieg, schien direkt aus der Hölle zu kommen. *Reiß dich zusammen, Olavesdatter.* Sie konnte das. Das, wonach die Hunde gierten, war kein Menschenfleisch, sondern der Inhalt der Schüssel. Ingrid hatte ihr das Gefäß in die Hand gedrückt und sie zu der eingefriedeten Ecke im Hof geschickt, wo die Hunde auf ihr Futter warteten. Die Narbe an Ravnas linker Wade juckte und schien sie zu verhöhnen, aber sie hörte nicht hin. Je näher sie den Bestien kam, desto aufgeregter schlug ihr Herz. Hunde, ausgerechnet Hunde. Doch Ingrid zu erklären, dass sie sich vor Hunden fürchtete, wäre eine Schwäche gewesen. Sie wollte keine Schwäche zeigen. Durfte nicht. Schlimm genug, dass sie nichts konnte. Auch noch Angst, die sie noch unnützer machte? Ihr blieb nichts anderes übrig, als die Hunde zu füttern.

Die Tiere verloren die Geduld, der Geruch nach dem halb verfaulten Fleisch in Ravnas Schüssel machte sie toll. Sie sprangen am hölzernen Gatter hoch, bellten und jaulten, dass ihr die Ohren klingelten. Etwas hielt sie zurück, die Hand auszustrecken und den Inhalt ihrer Schüssel im Zwinger auszuschütten. Die Angst um ihre Hand, vielleicht. Eine schöne Kriegerin bist du, spottete sie im Stillen.

Sie nahm einen tiefen Atemzug und riss sich zusammen. Es war nur eine einzige Bewegung. Die Hunde konnten nicht aus ihrem Gefängnis ausbrechen. Ein einziges Drehen ihrer

Handgelenke, und Pansen, Darm und Mageninhalt eines Wildschweins würde den Hunden Freude bereiten. Auf drei, sagte sie sich. Auf drei. Eins. Ihr Herz klopfte bis zum Hals. Zwei. Der größte der Hunde stemmte sich am Gatter hoch, schnappte in ihre Richtung, erwischte den Ärmel ihres Wollkleides. Gerade eben schaffte sie es, sich loszureißen. Drei.

Ohne sich einen weiteren Augenblick des Zögerns zu gönnen, streckte sie die Arme aus und kippte den Schüsselinhalt in den Zwinger. Der Aufschrei der Hunde war ohrenbetäubend. Knurren, Jaulen, Bellen, als sie begannen, sich um die Beute zu prügeln.

Ravna taumelte rückwärts. Das Blut, das den Tieren von den Lefzen tropfte, das gurgelnde Schlucken und Reißen bereiteten ihr Übelkeit. Aber sie hatte es geschafft. Sie hatte sich überwunden und ihre Angst besiegt.

Den Blick auf ihre Füße gerichtet, wollte sie fliehen, weg von der reißenden Meute und dem malzigen Geruch nach Tod. Keine drei Schritte weit kam sie, da hielten Schreie vom Tor her sie auf.

Geschäftigkeit brach aus. Wachen stürmten zu den Palisaden, rissen das Tor auf. Der Gestank nach Rauch und Blut flog den Heimkehrern voraus. Instinktiv folgte Ravna der Menge. Auch aus der Burg eilten Menschen. Frauen, Kinder. Im nächsten Augenblick wurde der Matsch im Innenhof der Feste von zahllosen Stiefeln aufgewühlt. Die Schüssel, mit der Ravna die Hunde gefüttert hatte, fiel zu Boden. Ihr Kopf weigerte sich zu begreifen, was ihre Augen sahen.

Die Jäger kehrten zurück, doch statt Rot- und Schwarzwild brachten sie Menschen. Frauen, Kinder, wenige Männer. Zwei der Krieger stützten einen riesenhaften Mann in lederner Kleidung. Seine Haare mochten unter anderen Umständen die Farbe von nassem Sand haben, doch jetzt starrten sie von halbgetrocknetem Blut. Bei jedem Schritt, den er tat, verzerrte sich seine Miene. Auch die anderen Krieger strotzten vor Blut, doch ihre Kleidung war größtenteils intakt.

Anders bei den Menschen, die sie in die Burg brachten. Da war eine Frau, eigentlich noch ein Mädchen, deren Kleid so zerrissen war, dass sie Mühe hatte, ihre Brüste zu bedecken. Sie presste einen Arm gegen ihren Bauch und stützte sich mit dem anderen auf eine Ältere, deren Röcke schwarz von Asche waren. Stöhnen und Ächzen mischte sich unter die aufgeregten Rufe im Hof, einzelne Wortfetzen drangen zu Ravna durch.

„Überfall“, verstand sie.

„Kilninian.“

„Olave der Rote.“

Ravna wurde schwarz vor Augen. Olave der Rote. Ihr Vater war gekommen, und mit sich brachte er Tod und Verwüstung. Sie spürte die Blicke, die sich auf sie richteten. Anklagend. Verurteilend. Sie wollte fliehen. Wollte Fiadh finden und laufen, soweit ihre Beine sie trugen. Doch sie konnte nicht, denn den Tod, der mit den Jägern in Drimnin Einzug gehalten hatte, hatte sie gebracht.

Sie schluckte ihre Angst, straffte die Schultern und trat auf den Mann im Lederwams zu, in dem sie den Mormaer erkannte. Den Winterblick suchte sie vergeblich, zwischen Dreck und Blut glühten seine Augen vor Zorn.

„Lasst mich nach Eurer Wunde sehen.“

Der Krieger an seiner Rechten schnaubte verächtlich. „Damit du vollenden kannst, was dein Vater nicht geschafft hat, Olavesdatter?“

Sie zwang sich, den Hass der Männer auszuhalten und auf das zerfetzte Hosenbein des Mormaer zu blicken. Der Verband um die Wunde, die sie schon einmal versorgt hatte, war aufgerissen. Ein Pfeil? Nur notdürftig war alles wieder umwickelt, löste sich bereits. Er musste unvorstellbar viel Blut verloren haben. „Ihr solltet so schnell wie möglich viel trinken, Herr.“

Die Hand des Kriegers, der sie zuvor verhöhnt hatte, wanderte zum Knauf des Schwerts an seiner Seite. „Genau das haben wir vor, aber vorher wirst du …“

„Lass sie!“ Der Mormaer befreite sich aus dem stützenden Griff seiner Gefolgsmänner und richtete sich zu voller Größe vor ihr auf. Obgleich er schreckliche Schmerzen haben musste, waren seine Augen klar. Noch immer glühte Wut in den Tiefen seines Blicks, aber darunter meinte sie eine andere Regung zu sehen. Entschlossenheit und eine Spur Neugier.

Augen wie der Himmel an einem klaren Wintertag. Eisig. Ingrids Geschichten gingen ihr durch den Kopf. Er tötet wie der Teufel. Er kämpft wie ein Gott. Die Männer stehen hinter ihm, als wäre seine Streitmacht ein einziger Mann. Keinen ließen sie am Leben. Er hebt die Gebeine seiner Feinde auf, um sich zu jeder Zeit an ihrer Niederlage weiden zu können. Wenn Ingrid den Namen aussprach, klang er wie Somerled. In der Sprache ihres Vaters bedeutete das *Sommerreisender*. Doch an diesem Mann war nichts warm und licht wie der Sommer. Er war der Winter selbst.

„Sie ist eine Spionin!“, fauchte der Riese. „Sie hat ihren Vater hierher ...“

„Sei still!“, fuhr der Mormaer den anderen an. „Solange wir das nicht sicher wissen, rührt niemand sie an. Wenn Olave hier ist, um sie zurückzuholen, nützt sie uns unversehrt mehr.“ Er trat näher auf sie zu, der Geruch nach dem Blut, das in seinen Kleidern klebte, drehte ihr den Magen um. „Das ist doch so, nicht wahr, Rabenmädchen?“

Sie schluckte. Wenn sie jemals dieses Land mit seinen rauen Männern verlassen wollte, um den vorherbestimmten Bräutigam zu finden, brauchte sie die Hilfe dieses Mannes. Doch Olave der Rote hatte Tod und Leid über sein Land gebracht. Welchen Grund hatte er, ihr zu vertrauen?

„Lasst mich Euch helfen, Herr“, flüsterte sie.

Wie eine Wand ragte er über ihr auf. Er roch nach Dreck und Tod, nach verbranntem Leder und ungewaschenem Mann. Als er sich zu ihr herabbeugte, um ihr direkt in die Augen zu sehen, kostete es sie alles an Willen, was sie aufbringen konnte, nicht vor ihm zurückzuweichen.

„Ingrid wird sich darum kümmern. Es gibt etwas Wichtigeres, das du tun kannst. Sag mir, ist es dein Leben, an dem dir nichts liegt, dass du an meinen Hof kommst, oder das meine, das du beendet sehen willst? Warum bringst du den Krieg an meine Küste, Olavesdatter?“

„Ich wusste nicht, dass er mir folgen würde, Herr. Ich wusste nicht, dass es Euch gibt."

Schnaubend lachte er. Ein Ton, der von Verachtung sprach. „Dein Vater weiß sehr gut, dass es mich gibt, Rabenmädchen. Bist du wirklich seine Tochter? Hat er nie von mir gesprochen?" Er spuckte ihr die Worte vor die Füße. Er war ein Monster, das zum Dämon wurde, wenn es nur einen Tropfen Wikingerblut roch. In ihren Adern floss Olaves Blut genauso wie das von Gita. Er würde sie töten. Er würde herausfinden, wie wenig sie ihrem Vater bedeutete. Sobald er verstand, wie wertlos sie war, würde er sich ihrer entledigen.

Tränen brannten hinter ihren Augen, aber sie blinzelte sie weg. „Ich hole meine Sachen und finde Euch in der Halle", wiederholte sie, weil sie sich so hilflos fühlte. „Ich werde Ingrid zur Hand gehen. Wenn die Wunde an Eurem Bein nicht versorgt wird, verliert Ihr es." Ohne auf seine Antwort zu warten, eilte sie davon. Halb rechnete sie damit, von einem Pfeil getroffen zu werden, aber sie erreichte unbeschadet den Wohnturm und verschwand im Inneren.

KAPITEL 8

Er betrachtete nicht sie, sondern seinen Schenkel, als sie mit zitternden Fingern das Hosenbein ablöste, das Aonghas notdürftig um die Verletzung gewickelt hatte. Der Stoff war getränkt von seinem Blut und klebte in der Wunde. Fest biss Somhairle die Zähne zusammen.

„Hier, Prinzessin." Schnaufend stellte Ingrid einen Zuber mit dampfendem Wasser auf einen Schemel. „Die Mägde bringen gleich noch mehr." Der dicke Zopf der Küchenmeisterin fiel über ihre Schulter, als sie sich vorbeugte und Ravnas Arbeit begutachtete. Erstaunt bemerkte Somhairle, dass Ingrid dem Mädchen anerkennend die Schuler klopfte.

Im gleichen Moment, als Ravna einen Blick in sein Gesicht warf, sah auch er auf. Ihre Blicke trafen sich. Ravna senkte sofort den Kopf auf ihre Arbeit. Während Ingrid aus einem Kessel über dem Kaminfeuer heißen Wein in einen Becher schöpfte, betrachtete Somhairle die Irin aufmerksam. Dass er sie nervös machte, merkte er. Auch gut. Womöglich brachte sie das zum Reden.

Ingrid reichte ihm den Becher. „Brauchst du noch etwas?", fragte sie, an die Prinzessin gewandt, die Hände in die Hüften gestemmt.

Vorsichtig löste Ravna die letzten Streifen Leder und Leinen aus der Wunde und ließ sie in die Schüssel fallen, die neben ihr am Boden stand. „Kannst du das hier zum Waschen bringen?", fragte sie in ihrem weichen Akzent.

„Könnte ich, aber ich glaube, das ist eher ein Fall fürs Feuer." Zungenschnalzend hob Ingrid die Schale auf und watschelte davon.

„Du hast dich mit Ingrid angefreundet", stellte Somhairle fest und nippte am Wein.

„Sie gibt mir Dinge zu tun", erwiderte sie.

Interessant. Von einer wohlgeborenen Königstochter hätte er erwartet, dass sie ihre Ruhe haben wollte und Forderungen stellte. Sie tauchte einen Leinenlappen in den Wasserzuber, wrang ihn aus und tupfte vorsichtig das Blut von den Wundrändern an seinem Bein.

„Du musst nicht so behutsam sein", wies er sie an. „Wir haben anderes zu tun, als hier zu hocken."

„Was meint Ihr damit?"

Ihre Finger bebten, sie wagte nicht, ihm ins Gesicht zu sehen, aber ihm eine Frage zu stellen, das traute sie sich. Sie beließ es auch nicht bei einer Frage, sie schob eine zweite nach. „Seid Ihr sicher, dass die Krieger, mit denen Ihr Euch geschlagen habt, Männer meines Vaters waren?"

„Ich kenne nur einen, der mit einer weißen Hand auf dem Segel in diesen Wassern unterwegs ist", sagte er schroff und hielt dabei den Blick fest auf ihr Gesicht gerichtet, um ihre Reaktion zu prüfen. Er erkannte ihr Zusammenzucken, wie für einen Augenblick ihre Hand stockte, doch dann setzte sie ihre Arbeit fort.

„Es tut mir leid", sagte sie, Röte schoss in ihre Wangen. Sie hatte zarte Haut und Augen von der Farbe des Meeres an einem klaren Sommertag. Somhairle streckte eine Hand aus und nahm eine ihrer rabenschwarzen Haarsträhnen zwischen Daumen und Zeigefinger. Weich wie Seide.

„Warum kommt dein Vater, Olavesdatter, wenn nicht um dich zu holen?", fragte er und verbiss sich ein Zischen, als sie ein in Kräutersud getränktes Leinenpäckchen auf die Wunde legte. „Er war seit vielen Monaten nicht mehr in diesem Land."

Sie schluckte, das Blut stürzte aus ihrem Gesicht. Sie fasste nach den Stoffstreifen, um das Päckchen zu befestigen, dabei streifte ihr Blick sein Gesicht. Er legte einen Finger unter ihr Kinn und hielt den verängstigten Blick fest.

Zitternd sah sie ihn an. Dass sie überhaupt wagte, ihm ins Gesicht zu sehen, imponierte ihm. Der Halsausschnitt des Kleides gab den Blick frei auf den Ansatz zartweißer Schultern, auf die kleine Vertiefung ihrer Halsgrube, wo das Blut rasend schnell durch bläuliche Adern schoss. Sie war so zart. Zerbrechlich. Er könnte sie mit einem einzigen Griff seiner Hand oder einem Fußtritt zermalmen.

Etwas rührte sich in ihm, ein seltsames Drücken hinter der Brust, und er wusste, dass er es nicht tun würde.

„Ich habe nicht gewusst, dass er mir folgen würde“, flüsterte sie. In diesem Singsang, der ihm das Herz öffnete. „Ich habe gehofft, dass er froh ist, mich loszuwerden. Er und ... Affraic.“

Königin Affraic. Die Tochter von Fergus, dem Herrn von Galloway. Ein notorisches Weibsbild. Sie und Olave hatten einander verdient. Doch offenbar litten andere unter dieser Verbindung, die nicht darum gebeten hatten.

„Du bist davongelaufen?“

Sie holte Luft, schluckte und nickte. Jetzt wich sie seinem Blick aus, aber erneut hob er mit einem Finger ihr Gesicht zu sich. „Warum hierher? Warum nach Kinelvadon?“

Ihre Lider zuckten. „Ich wollte nach ... ich wollte nicht hierher. Ich war ... Ich wollte auf die Insel Cybi.“

Cybi. Ein Wort, das sein bereits weit offenes Herz endgültig zerriss. Die Erinnerung an Harald, den blinden Alten, der seine Hand über das Kind hielt, das ans Ufer seiner Insel gespült worden war. An die Geschichten, mit denen Harald ihn großgezogen hatte. Erinnerungen, die Harald ihn nicht vergessen ließ. Die Erinnerung an Gillebride und Agatha, die im Angesicht der herannahenden Nordmänner gemeinsam ein Boot für ihre Kinder bauten, in dessen Planken Agatha eine Inschrift schnitzte. Nur für den Fall. Die schlimmsten Befürchtungen seiner Eltern waren harmlos gewesen im Vergleich zur Wirklichkeit. Er erinnerte sich an die aufgerissenen Hände eines Vierjährigen, zurückgelassen in einem Meer aus Blut. Erinnerte sich, wie er das kleine Boot mit der letzten Kraft ins Wasser schubste, vorbei an den toten Leibern seiner Familie. Die Schwestern hatten nicht überlebt, was die Wikinger mit ihnen getan hatten. Er war allein zurückgeblieben. Er schloss die Augen. Sein Finger tastete sacht in die Vertiefung zwischen Ravnas Schlüsselbeinen, ohne dass er hinsah.

„Was ist in Cybi, Olavesdatter?“, fragte er, die Stimme rau. Er wollte es hören. Musste es hören. Wusste die Königstochter von dem Prinzen, dem sie versprochen war?

„Mein ... mein Verlobter. Der Mann, dem ich versprochen bin. Meine Mutter ...“ Als sie das Wort sagte, reckte sie die Schultern, als fiele die Unsicherheit von ihr ab wie ein Mantel, als würde sie wachsen. Erneut griff sie nach den Stoffstreifen, um ihre Arbeit fortzusetzen. Sie holte tief Luft. „Meine Mutter war eine Prinzessin aus Connacht. Eine Keltin. Sie versprach mich einem Mann, der auf Cybi lebt. Doch meine Mutter ist tot, und mein Vater ehrt die Abmachung nicht. Er will mich einem anderen verheiraten, einem Mann, dessen Krieger die geschicktesten Seefahrer Irlands sind.“ Sie begann, die Streifen fest um sein Bein zu wickeln, und wich seinem Blick aus.

„Und du willst ihn nicht, diesen anderen?“ Die Vorstellung, dass ein anderer die Frau als Braut heimführen würde, die Somhairle MacGillebride versprochen war, entfachte ein neues Feuer in ihm. Mein, dachte er. Sie gehört mir, und jedem, der sie anfasst, schlage ich die Hand ab. In all den Jahren hatte er nur deshalb an sie gedacht, weil Harald und später Seisyll von Vorsehung gesprochen hatten. Jetzt, ihr dunkles Haar zwischen seinen Fingern, ihre heilenden Hände auf seiner Haut, wollte er sie mit einem Brennen, das er nie für möglich gehalten hatte.

Ich werde Kriege für dich führen, Olavesdatter, dachte er. Ich werde die Welt aus den Angeln heben und nach meinem Willen neugestalten, um dich zu behalten.

Ihre Nasenflügel bebten, sie schüttelte den Kopf. „Meine Mutter hat mir den Prinzen von Cybi ausgesucht. Die Söhne, die ich ihm schenken werde, sollen die Herren der Inseln werden. Das ist ...“

„Ein Märchen, Prinzessin“, zwang er sich zu sagen. Denn mit dem Brennen in seinem Inneren kam etwas Neues. Etwas, das ihn noch mehr aus dem Gleichgewicht zu bringen drohte als die Erkenntnis, wer sie war. Er wollte, dass sie sich für ihn entschied. Nicht wegen irgendeiner Vorsehung. Sondern weil sie ihn wollte. Nicht das Goldlöckchen mit dem blinden Aufpasser. Sondern ihn, Somhairle, Mormaer von Kinelvadon, den König von Argyll. „Nur ein Märchen. Kein

Mensch kann in die Zukunft sehen. Wir wünschten, wir könnten es, aber wir können es nicht."

In ihren Augen standen Tränen. „Bringt mich nach Cybi, Herr. Ich möchte einen Ort für mich und mein Reh finden. Einen Ort, an den wir gehören und wo wir geliebt werden. Die Stürme haben mir die Ruder entrissen und mich nach Norden getrieben. Ich muss sehen, ob der Mann dort noch immer auf mich wartet. Der Prinz, den die Vorsehung für mich bestimmt hat. Er ist ein guter Mann, hat meine Mutter mir versichert. Klug und besonnen. Ich muss daran glauben, dass er die Abmachung ehrt, die einst für uns geschlossen wurde. Wenn es ihn nicht gibt, werde ich an den Hof meines Vaters zurückkehren und Arvid heiraten. Ich will Euch nicht zur Last fallen, Mormaer, das wollte ich nie."

Er lehnte sich zurück und wies auf sein Bein. Ihre Worte berührten ihn, doch er durfte sich nichts anmerken lassen. Natürlich träumte sie von Vorsehungen und Liebe. Natürlich sah sie in ihm einen Berserker, den keine Frau in ihrem Bett haben wollte. Sie sprach es nicht aus, aber die Wahrheit klang deutlich zwischen ihren Worten.

„Mach das fertig, ich muss wieder raus, die Schiffe fertig machen. Wir haben versucht, deinen Vater in die Irre zu führen, aber der König von der weißen Hand wäre nicht der, der er ist, wenn ihn das lange zurückhält. Ich muss herausfinden, wo er jetzt ist."

Er konnte sehen, wie ihr Herz stolperte. Ihre Augen weiteten sich, strahlend blaue Seen, und er sah Angst. Pure, unverschleierte Angst, die die Angst, die sie vor ihm, dem skrupellosen Mormaer von Kinelvadon hatte, noch übertraf.

„Er bringt den Tod an meine Küste", sagte er.

„Eher sterbe ich, als dass ich zurück nach Dublin gehe", sagte sie.

Noch immer klingelten diese Worte in seinen Ohren, als er die Außentreppe hinunterhinkte und nach Aonghas und Aedan brüllte.

Eher sterbe ich, als dass ich zurück nach Dublin gehe.

Die Hände im Schoß zusammengelegt, saß Ravna bei Ingrid in der Küche der Burg. Es war ein weitläufiger Kellerraum, in dem viele gemauerte Säulen den Fußboden der Halle stützten. Der Halle, in der jetzt der Mormaer von Kinelvadon mit seinen Männern beriet, was zu tun war. Auch über ihr Schicksal wurde dort bestimmt.

Ingrid stellte einen dampfenden Eimer neben Ravna auf die Bank. Eine kopflose Gans lag darin, heißes Wasser perlte von den silbernen Federn.

„Rupf die", befahl Ingrid und stemmte die Hände in die Hüften. „Damit du nicht auf dumme Gedanken kommst. Was hast du ihm gesagt?"

Ja, was hatte sie ihm gesagt? Dass er sie nach Cybi bringen sollte. Wofur hielt sie sich? Vielleicht sollte sie tun, was dem Mormaer wahrscheinlich am liebsten war. Sich auf Olaves Drachenschiff begeben, damit der rote König zufrieden das Land verließ. Vielleicht konnte sie Olave umstimmen, solange Affraic weit weg war. Ihm sagen, wie sie sich fühlte. Ihn bitten, den Wunsch von Gita zu ehren.

Doch als Fiadh sie mit seiner feuchten Nase am Ellenbogen anstupste, wusste sie, dass die Hoffnung eitel war. Warum sollte Olave sich an sein Versprechen erinnern, nur weil Affraic weit weg war? Er war der König, er hätte all die Jahre Zeit gehabt, den Wunsch ihrer Mutter zu erfüllen. Aber ihm war Affraic wichtiger als das Glück von Ravna. Und Fiadh? Fiadh war niemandem wichtig. Niemandem außer ihr. Eher würde sie sterben, als ihn im Stich zu lassen.

„Ich sollte weglaufen", murmelte sie, als sie die Gans aus dem Eimer auf ihre Knie hob. Sie verbrühte sich die Hände dabei. Fiadh sprang zur Seite, als heiße Tropfen ihn trafen.

„Im Winter? Wohin? Du kannst gerade erst wieder gehen, Olavesdatter", schalt Ingrid. „Wenn du bis zum Waldrand kommen würdest, wäre das ein Wunder. Ein Mädchen mit einem Reh im Schlepp, was denkst du dir?" Die Wikingerin wirkte, als könnte sie sich nicht entscheiden, ob sie lachen oder den Kopf über so viel Dummheit schütteln sollte.

„Er wird mich ausliefern, nicht wahr? An Olave?“ Sie blickte zu Ingrid. Im Kopf schmiedete sie bereits einen Plan, wie sie ihrem Vater entkommen könnte. Und wenn sie in die Fluten springen würde. Sie würde nicht zurück nach Dublin gehen, ehe sie wusste, dass es Fiadh für immer gut ging.

Ingrid winkte ab. „Ich kann nicht sagen, was er machen wird. Er macht, was er will. Wahrscheinlich wird er uns alle überraschen. Sieh mich an, bin ich nicht der Beweis?“

„Er ist ein Mörder“, flüsterte Ravna.

„Das ist dein Vater auch.“

„Aber er …“ Weiter kam sie nicht. Die schwere Eichenholztür sprang auf. Der Mormaer stand im Rahmen, wuchtig und wütend. Er hob einen Arm und machte eine Handbewegung, die ihr bedeutete, ihm zu folgen.

Sehr langsam ließ sie die Gans zurück in den Eimer gleiten. Federn und Blut blieben an ihrem Rock hängen, als sie aufstand, sich die Hände am Leinen abwischte und ihm folgte. Der Augenblick der Wahrheit war gekommen.

„Hilf mir, Olave den Roten an die Leine zu legen und zu verhindern, dass er Kinelvadon zerschlägt. Dann werde ich dir helfen, deinen Prinzen zu suchen. Ist das ein Handel, der dich interessiert?“

In seinem Hinterkopf drehten sich die Gedanken. Er hatte nie an Schicksal geglaubt. Er glaubte an die Kraft seiner Hände. Als Vierjähriger hatte er drei Tage in drückender Sommerhitze in einem halb zerstörten Boot überlebt, bis Harald ihn herauszog. Als Sechzehnjähriger hatte er die Mörder seines Vaters getötet und sein Land zurückerobert. Er glaubte an sich selbst.

Als Ravna in dem Raum hinter seiner Halle ihre silberblauen Augen zu ihm aufschlug, begann er, an Vorsehung zu glauben. Die Halle war vollgestopft mit Männern, die ihr Böses wollten, weil sie den Roten hierher gebracht hatte. Sie verging fast vor Angst, aber durch diese Angst schimmerte ein Anflug von Hoffnung, wie ein Sonnenstrahl nach einem verheerenden Sturm.

Die dreizehn Schiffe vor Muile waren nur ein Teil der Flotte, die Olave auf Kinelvadon führte. Zehn weitere kamen an der Ostküste von Muile, an den Uferns Argylls, herauf. Wenn die vier Drachenschiffe, die vor Ard Nam Murchain lagen, sich rechtzeitig mit dem Rest von Olaves Streitmacht verbanden, würde es unmöglich sein, Kinelvadon zu halten.

„Was muss ich tun, Herr?", fragte sie, die Stimme fest vor Entschlossenheit.

„Heirate mich." Er ließ sie nicht aus den Augen. Der Vorschlag war so abwegig, so lächerlich, dass er ihm kaum über die Lippen kam. Doch die Beratung mit den Kriegern hatte ihm bewusst gemacht, dass es die einzige Lösung war. Nur so konnte er verhindern, dass Olave Drimnin zerschlug. Nur so konnte er ihr gleichzeitig die Zuflucht geben, um die sie ihn bat. „Dann kann er mich nicht angreifen, denn er würde seine eigene Tochter angreifen. Heirate mich, und meine es ernst."

Die Meeresaugen weiteten sich. Sie begann, den Kopf zu schütteln, hielt sich gerade noch davon ab. „Der Prinz ..."

„Ich werde dir helfen, deinen Prinzen zu finden. Ich habe Männer in meinem Gefolge, die eine Ehe schließen können, und solche, die keine Skrupel haben, eine Ehe wieder aufzulösen. Das lass meine Sorge sein. Ich brauche deine Hilfe gegen deinen Vater. Ich brauche deine Hand." Und deinen Körper, der zierlicher ist und liebreizender als alles, was ich je angefasst habe, fügte er in Gedanken hinzu.

In ihrem blassen Gesicht sah er, dass es ihr den Atem verschlagen hatte. Er griff nach ihrer Hand. „Komm, Königstochter. Ich will dir etwas zeigen." Er stieß die Holztür auf und zog sie auf die Treppe nach oben. Sie musste begreifen.

Die Treppe wand sich in einem Rundturm, der nach oben immer schmaler wurde. Einen Handlauf gab es nicht. Somhairle umklammerte ihre Hand. Daran, wie steif ihr Gelenk war, erkannte er, wie gern sie fliehen wollte.

„Wo gehen wir hin?"

„Auf die Zinnen. Ich will dir zeigen, was es ist, das König Olave zerstören wird, wenn er seine Streitmacht auf meine unvorbereiteten Männer loslässt."

Der Wind pfiff ihr um die Ohren, während Somhairle sie an die hüfthohe Steinmauer drängte. Warm fühlte sie seinen Körper an ihrem Rücken, doch in ihr war es kalt. Wie konnte er das von ihr verlangen? Er sprach über die Ehe, als wäre sie nichts. Schnell geschlossen, schnell geschieden. Vielleicht war sie nichts. Für einen Mann wie ihn. Ihr würde eine Ehe mit ihm das Einzige nehmen, das sie einem Bräutigam zum Geschenk machen konnte. Er würde ihr helfen, ihren Freier zu finden, hatte er gesagt. Das Unausgesprochene stand zwischen ihnen. Wenn er dich dann noch will. Benutzt und befleckt.

„Was tun wir hier?", fragte sie und zog die Schultern zu den Ohren, damit der Wind ihr nicht so harsch in die Haut biss. Unter ihnen fiel das Land ins Meer. Nebel stieg aus der dunklen Wasserstraße auf. Bis hier herauf drang das Rufen und Schreien der Männer, das Gezeter der Frauen. Die gesamte Besatzung eilte sich, um sich gegen den Feind zu verteidigen. Den Feind, den Ravna in dieses Land geführt hatte. „Ich sehe keine Schiffe", sagte sie schließlich.

„Nein. Nicht hier." Er hob den Arm neben ihrer Schulter und deutete auf die Landmasse jenseits des Wassers. „Das Land auf der anderen Seite ist die Insel Muile. Dort leben Fischer und Bauern, anständige Menschen. Oder sollte ich sagen, lebten dort. Ein Dorf, das es gestern noch auf Muile gegeben hat, ist heute nur noch Asche. Die, die das Glück hatten, ihre Haut zu retten, hast du mit uns in den Burghof kommen sehen. Mehr waren nicht übrig. Sie wären alle tot gewesen, wenn ich nicht mit den Jägern auf der Insel gewesen wäre. Siehst du das?" Er zeigte nach rechts, drehte ihren Körper mit seinem Blick. Sein ausgestreckter Zeigefinger deutete auf eine Ansammlung von Hütten, kaum einen Steinwurf entfernt von der Umfriedung der Feste. „Das ist Drimnin. Ein Dorf, das es vor fünf Sommern noch nicht gab. Ein Dorf wie das, welches dein Vater heute verbrannt hat. Jetzt leben dort zwanzig Familien. Sie bestellen ihre Felder, sie mästen ihre Schweine, sie ehren den Christengott und pflegen die alten

Bräuche. Sie tun das, weil sie wieder an eine Zukunft glauben. Deshalb fahren die Väter und Söhne dieser Familien mit mir hinaus aufs Meer. Sie wollen, was ich will. Sie wollen, dass diese Inseln wieder denen gehören, denen sie seit Menschengedenken gehört haben. Solange die Wikinger hier herrschten, war das Leben für sie nichts, das sie behalten wollten."

Kinder spielten lachend zwischen den Katen am Hang. Ein Knabe hielt ein Schwein am Strick. Schwarzer Rauch stieg aus den Schornsteinen auf, wo Frauen sicherlich ein Mahl bereiteten, damit ihre Männer für das gekräftigt waren, was ihnen bevorstand.

„Drimnin wird nicht mehr stehen, wenn du nicht tust, was ich sage. Sie werden zuerst die Kinder erschlagen, dann die Männer und am Schluss werden sie die Frauen und Mädchen zu Tode schänden. Du hast die Menschen gesehen, die ich aus Kilninian mitgebracht habe. Aber hast du schon mal gehört, wie der Krieg klingt? Hast du jemals das Schreien eines Mädchens gehört, das noch nicht bereit ist, einen Mann in sich aufzunehmen, wenn eine Horde Berserker über sie herfällt? Schlage mein Angebot aus, und du wirst es hören. Der Wind steht gut. Er wird jedes Jammern zu dir tragen, auch wenn du dir die Ohren zuhältst. Jedes Schreien, jedes Weinen eines Säuglings, der von der Brust der Mutter gerissen wird."

Er drängte sich an ihren Rücken, als wollte er ihr einen Vorgeschmack auf das geben, was mit Frauen im Krieg geschah. So nah, dass sie den Geruch seines Körpers wahrnehmen konnte. Er roch nach Leder und nasser Wolle, nach Met und Zibet und Mann. Ein Duft, der Stärke versprach, doch was er sagte, war grausam. Nicht nur die Worte, der ganze Mann war grausam. Er bewahrte die Knochen eines Feindes in seiner Schlafkammer auf. Wie viele Kinder von Nordmännern hatten geschrien, wenn seine Horde in Siedlungen einfiel und jeden tötete, der ihnen im Weg stand? Wie viele Wikingerfrauen hatte dieser Mann geschändet? Sie wollte weg von ihm, aber er kesselte sie mit seinem Körper ein und nahm ihr die Luft zum Atmen. Das durfte nicht geschehen. Ihr Verstand war das Einzige, was sie und Fiadh noch retten konnte.

„Was ist mit Euch? Ingrid hat mir gesagt, wer Ihr seid. Ihr tötet wie der Teufel persönlich. Ihr seid kein wohlgesonnener Mann."

„Und doch ist Ingrid am Leben, nicht wahr?"

„Ihr wollt mir sagen, dass Ihr besser seid als mein Vater? Wie vielen Kindern habt Ihr den Vater genommen, wie vielen Müttern den Sohn? Wie viele Frauen habt Ihr geschändet?" Er antwortete nicht, und das war Antwort genug. Die Angst, die sie im Griff hielt, drohte sie zu übermannen. Das Dorf zu ihren Füßen, die nebelgeküssten Hügel und Berge, das tiefe Schwarz des Meeres. Eine Schönheit, die in ihrer Schroffheit den Augen wehtat. Sein Lockmittel, um zu bekommen, was er wollte. Der Herr von Cybi hätte es sein sollen, der dieses Geschenk bekam, um ein neues Geschlecht mit ihr zu begründen. Nicht der grimmige Krieger in ihrem Rücken.

Ein Mann und eine Frau traten aus einer der Katen im Dorf. Der Mann zog die Frau in seine Arme, küsste und herzte sie. Selbst auf die Entfernung konnte sie die Tränen sehen, die über die Wangen der Frau liefen. Sie glitzerten im gebrochenen Sonnenlicht. Ihr Leib war rund, auf dem Arm hielt sie ein pausbäckiges Kleinkind.

Eine eiserne Hand griff nach Ravnas Eingeweiden, quetschte sie zusammen bei dem Gedanken, dass das ein Abschied für immer sein könnte. Die Bilder der halb verbrannten, verletzten Menschen im Hof standen ihr klar vor den Augen.

„Ich bin nicht besser als dein Vater", antwortete Somhairle, als hätte er sich Zeit gelassen, damit wirken konnte, was sie sah. „Du hast Recht. Wenn Olave nicht mit seinen Schiffen abzieht und zerstört, was ich mühsam aufgebaut habe, werde ich mich rächen. Ich werde töten und brandschatzen und zerstören. Ich habe es nicht nötig, mir eine Frau mit Gewalt zu nehmen, aber ich werde meinen Männern nicht verbieten, wenn sie sich holen, was das Recht der Eroberer ist. Dein Wort rettet Kinder hier wie dort. Es ist ein Brautlaken und ein gültiger Ehevertrag, den ich Olave als Gruß schicken kann. Oder zweihundert Männer, die alles aufbringen, was sie haben, um sich und die Ihren zu verteidigen. Was soll es sein, Prinzessin?“

Der Knoten in ihrem Bauch wanderte in ihre Kehle. „Das könnt Ihr nicht von mir verlangen. Es ist nicht gerecht, dass ich das Schicksal so vieler mit meinem bezahlen soll.“ Sie hasste sich dafür, dass ihre Stimme zittrig klang. Sie wollte diesen Krieger nicht. Sie wollte diese Verantwortung nicht und auch nicht eine Hochzeit mit einem Fremden, der sie in sein Bett führte, ehe sie einander kannten.

Würde der Herr von Cybi sie noch wollen, wenn er wusste, dass sie bei dem Mormaer von Kinelvadon gelegen hatte? Als hätte er ihre Gedanken erraten, drehte er sie in seinem Griff um. Unter seinen Händen kribbelte ihre Haut trotz der Kälte auf den Zinnen. Wie beiläufig er sie handhabte, wie einfach er sie zerquetschen könnte. In seinem Griff war sie nicht mehr als ein vertrocknetes Blatt. Zwar schön anzusehen mit den feinen Adern unter der filigranen Haut, aber unendlich zerbrechlich.

„Es ist doch nur ein einziges Mal, Prinzessin. Ein einziges Mal genügt, um dem Roten zu beweisen, dass deine Ehe mit mir rechtens ist. Wenn der Verlobte, für den du dich aufhebst, deine Treue wert ist, wird er es verstehen.“

Als hatte jemals ein Mann für die Gründe einer Frau Verständnis. Es war, wie Hildgur gesagt hatte. Eine Frau war entweder eines Mannes Tochter oder eines Mannes Weib. Ihre Entscheidungen gehörten niemals ihr selbst. In diesem Moment auf den Zinnen war Ravna ein Niemand. Nur deshalb konnte Somhairle sie unter Druck setzen.

„Ihr nehmt Euch keine Frau mit Gewalt, habt Ihr gesagt. Ist das, was Ihr von mir verlangt, weniger ein Zwang, nur weil Ihr mit Worten trefft, statt mit Fäusten?“

Als hätte er ihren schneidenden Tonfall nicht bemerkt, nahm er ihren Kopf zwischen die Hände, hob ihren Blick dem seinen entgegen. Die Welt schien vor ihnen zurückzuweichen. „Rabenmädchen, du darfst eines dabei nicht vergessen. Es ist auch meine einzige Möglichkeit, dir Zuflucht zu geben.“

Ihr Herz stolperte. Da war kein Hass mehr, der das Blau seiner Augen kalt und frostig wirken ließ, keine Wut, nur echtes Mitgefühl. Als bereue er wirklich, was er von ihr verlangte. Doch sie machte sich nichts vor. Eine einzige sanfte Regung machte aus einem Kampfhund noch lange kein Schoßtierchen.

„Dir wird es an nichts mangeln, solange du an meiner Seite bist, Prinzessin. Sei mutig, Ragnhild von Dublin, mach diene Mutter stolz. Es ist dein Schicksal, das du in die Hand nimmst." Sacht streichelte sein Atem über ihr Gesicht, während er zu ihr sprach. Das einzig Warme in einer Welt, die nur noch aus Betrug und Kälte zu bestehen schien.

„Was ist mit meinem Reh?" Sie hatte geschworen, alles für ihr Brüderchen zu tun. Niemand hatte ihr versprochen, dass es leicht sein würde.

„Ihm soll an nichts mangeln. So wenig wie dir."

So wenig wie dir. Ein Winter voller Entbehrungen stand ihnen bevor, ein Winter voller Krieg, wenn sie nicht tat, was er verlangte. Würde er sie von seinem Hof verjagen, damit Olave wieder abzog? Würde er sie ausliefern, wenn sie seiner Forderung nicht nachkam? Oder würde er sie direkt töten? Als Rache für die Menschen unter seinem Schutz, die ihr Vater getötet hatte. Sie wollte nicht nach Dublin zurück. Vor ihr stand ein Mann, der ihr seinen Schutz anbot, einen sicheren Hafen für die Zeit der Stürme. Und er hatte ihr sein Wort gegeben, sie im Frühling nach Cybi zu bringen. Ihr blieb keine Wahl.

„Dann sei es so", flüsterte sie, so leise, dass sie nicht glaubte, er würde sie hören. Doch er hörte sie. Die Art, wie er seinen Kopf senkte, um ihr einen flüchtigen Kuss auf die Stirn zu hauchen, verriet es ihr. Die Berührung war sanft, doch seine Lippen waren kratzig und kalt.

KAPITEL 9

Er lauschte auf ihre Schritte auf der Steintreppe, als sie ihm folgte. Vor allem Frauen, Kinder und Greise waren in der Halle versammelt. Die waffenfähigen Männer waren draußen. Sie bemannten die Palisaden oder machten die Langschiffe flott, die den Winter über im See Aline lagen, von wo aus sie Seisyll in diesem Augenblick nach Drimnin brachte.

Aonghas stand am Kamin und sah Somhairle entgegen. Nach und nach wandten sich auch alle anderen Anwesenden zu ihm. Sie vertrauten darauf, dass er wusste, was zu tun war. Die Blicke wurden kalt, als sie Ravna sahen. Innerlich fluchte er. Dass die Fremde aus dem Hause Dublin kam, hatte sich längst herumgesprochen. Die Menschen vermuteten zu Recht, dass sie der Grund für das Auftauchen des Roten war.

Er zog Ravna an seine Seite, damit niemand auf die Idee kam, dem Mädchen etwas zu tun. Mit ihr zusammen bahnte er sich einen Weg zu Aonghas, der ihm mit zusammengepressten Lippen entgegensah.

Jeder wusste, was Somhairle Ravna auf den Zinnen klarzumachen versucht hatte. Er konnte die Streitmacht, die Olave ins Land brachte, nicht besiegen. Das Einzige, was ihm blieb, war, den König zu überlisten. Ihm tat der Magen weh, als sein Blick auf Ravna fiel. Was er von ihr verlangte, war grausam und hässlich. Sie hielt sich nah bei ihm, ohne ihn zu berühren. Die Augen gesenkt, um nicht die Menschen zu sehen, die sie in offener Missgunst musterten.

Sie war unglaublich tapfer. Ihr war anzusehen, wie sehr sie mit sich kämpfte, um nicht auf dem Absatz kehrtzumachen und vor ihm zu fliehen. Vielleicht wäre es einfacher gewesen, wenn er ihr die Schiffe ihres Vaters hätte zeigen können, wie sie am westlichen Eingang zur Wasserstraße Aufstellung nahmen und sich von Osten her unter schnellen Ruderschlägen näherten. Doch Olave hielt sich im Schatten von Muile. Somhairle konnte nur vermuten, warum der König zögerte. Der Rote musste ahnen, dass die Kunde von der Größe seiner

Streitmacht zum Herrn von Kinelvadon durchgedrungen war. Vielleicht wollte er mit Einbruch der Dunkelheit angreifen.

Oder nicht. Immerhin bestand die Möglichkeit, dass der Angriff auf Kilninian nur eine Warnung gewesen war. Vielleicht gab er Somhairle die Gelegenheit, seine Schiffe flottzumachen, um dann, wenn sie kampfbereit waren, seine Tochter zurückzufordern. Oder er gab ihm die Zeit, Ravna aus eigenem Antrieb herzugeben. Das würde niemals geschehen!

Als er sich an Aonghas wenden wollte, um nach dem Stand der Vorbereitungen zu fragen, stürmte Aedan in die Halle.

„Ein einzelnes Schiff", brüllte er gegen das Murmeln und Raunen im Raum an. „Trägt die weiße Hand von Dublin. Biegt in die Meerenge ein."

„Olave?", fragte Somhairle zurück und registrierte, wie Ravna sich noch etwas näher an ihn schob. Er widerstand dem Drang, schützend einen Arm um ihre Schultern zu legen.

„Nicht das Schiff des Königs. Vermutlich ein Bote."

Somhairle nickte. „Schickt ihm eine unserer Snekkas entgegen. Lasst ihn nicht weiter als auf einen Steinwurf an die Burg herankommen. Er soll sagen, was er will, und zurückkehren. Wo ist Seisyll? Ist er wieder da?"

Aedan brummte etwas Unflätiges und drehte sich um.

„Schick mir Seisyll!", rief Somhairle ihm nach.

„Was willst du mit dem verfluchten Mönch?" Aonghas sah ihn bei der Frage nicht an, sondern heftete seinen Blick auf Ingrids Hinterteil, als die Wikingerin Holz auf das Kaminfeuer nachlegte.

„Kennst du jemand anderen hier, der eine Eheverbindung aussprechen kann?" Somhairle stellte die Frage leise genug, dass nur Aonghas und Ravna ihn hörten. Seisyll mochte seiner Kirche den Rücken gekehrt haben, aber hier auf Burg Drimnin, wohin sich noch kein Geistlicher verirrt hatte, war er es, der Menschen miteinander verheiratete.

„Das ist dein Plan?" Unglaube trat auf das Gesicht seines Freundes. „Du willst den Zankapfel heiraten? Himmel, Somhairle, das war ein Scherz in der Beratung."

„Aber du hattest Recht: Wir können ihn nicht schlagen. Wir müssen ihn austricksen."

„Das ist eine jämmerliche Idee, Mann."

„Hast du eine bessere?"

Aonghas grunzte etwas Unverständliches. Er hatte keine bessere Idee und war lange genug an Somhairles Seite, um zu wissen, dass dessen Entscheidung gefallen war. Trotzdem versuchte er es mit Argumenten.

„Wann willst du es verkünden? Wann vollziehen? Der Rote wird Beweise haben wollen, dass es rechtmäßig ist. Mit etwas Pech weiß er, dass Seisylls Wort und Bezeugung genau so viel oder so wenig wert sind wie meine oder die von einem Hund."

„Seisyll wird einen Vertrag aufsetzen."

„Er ist ebenso wenig ein Gesetzessprecher, wie er ein Mönch ist."

„Nein, aber er kann schreiben, sodass andere das, was er kritzelt, lesen können. Kannst du das?"

Wieder schnaufte Aonghas etwas, das keiner verstand. Somhairle legte ihm die Hand auf die Schulter und drückte zu. „Ich werde mir anhören, was sein Bote zu sagen hat. Dann werde ich entscheiden." Ihm entging nicht der Blick, den Ravna ihm zuwarf. Ein Fünkchen Hoffnung.

Zu allem Überfluss tauchte wie aus dem Nichts Muireann auf und stand plötzlich vor ihm. Die kräftig gebaute Frau, die mehr als einen Mann im Seekampf getötet hatte, trug den zweieinhalb Jahre alten Callum auf dem Arm. Wie eine Anklage. Gerade so, als hätte sie vorher gewusst, was hier geschehen würde. Sie teilten seit mehr als drei Jahren Tisch und Bett. Für Muireann war die Lage klar. In ihren Augen war Somhairle gebunden. An sie, und sie hatte das Kind als Beweis. Offenbar hielt sie den Augenblick für geeignet, ihn an seine Pflichten zu erinnern.

„Ich möchte mit Euch sprechen, Herr", sagte sie mit ungewohnter Förmlichkeit.

„Ich habe zu tun", entgegnete er. „Bring den Jungen nach oben in die Kammer. Falls es zum Äußersten kommt, ist er dort sicherer als in der Halle.“ Die großen blauen Augen und flachsblonden Locken des Kindes ließen keinen Zweifel, wer sein Vater war, und innerlich stöhnte Somhairle auf. Es wäre nicht nötig gewesen, Ravna ausgerechnet jetzt auch noch mit dieser Wahrheit zu konfrontieren. Trotzdem stand das Rabenmädchen immer noch an seiner Seite.

Er blickte durch das schmale Fenster neben dem Kamin hinaus in den Hof. Männer trugen an Waffen zusammen, was sie finden konnten. Auch Mistgabeln und Dreschflegel wurden als brauchbar eingeschätzt und in die Schiffe gebracht, die am Ufer auf der Sandbank lagen. Er erkannte Seisylls brandrotes Halstuch unter den Männern, die dort beschäftigt waren. Mehr Boote kamen aus Richtung des Sees herauf, die Segel eingerollt, getrieben nur von der Kraft der Ruderer.

Aus der anderen Richtung näherte sich das Schiff des Roten. Eine kleine Snekka, wunderschön, elegant.

Eines seiner Schiffe löste sich vom Ufer. Die Männer an Bord legten sich in die Riemen. Der Seebär, der das Kommando hatte, entrollte das Segel mit Somhairles eigenem Emblem, der Faust mit dem erhobenen Schwert. Die meisten der zwanzig Sitze im Schiff waren leer. Für die kurze Strecke über die Wasserstraße reichten acht Ruderer. Auf diese Weise wirkten sie weniger angriffslustig. Somhairle erkannte auch auf die Entfernung, dass seine Männer einen Eimer an Bord genommen hatten, in dem ein Feuer brannte. Vermutlich hatten sie in aller Eile Pfeile präpariert, um Brandsätze abzuschießen, falls die Snekka mehr als nur den Boten brachte.

Er beobachtete, wie Aedan seine massige Gestalt zu Seisyll bewegte und auf ihn einredete. Somhairle kehrte in die Halle zurück und winkte nach Ingrid. Er bat die fröhliche Wikingerfrau, sich um Ravna zu kümmern, sie zu waschen, ihr Haar zu frisieren und festliche Kleidung für sie zu finden. Wenn das Mädchen schon Hals über Kopf an einen Krieger verheiratet werden musste, sollte sie sich wenigstens wie eine Frau fühlen. Nach kurzem Nachdenken schickte er einen älteren Ruderer hinter ihnen her. Er traute Muireann nicht, die mit Callum nach oben verschwunden war.

„Du siehst auch nicht wie ein Bräutigam aus“, bemerkte Aonghas grinsend und betrachtete ihn von Kopf bis Fuß. „Ein Bad täte dir nicht schlecht. Ich kann mir nicht vorstellen, dass die Kleine gern die Beine für einen spreizt, der nach Rauch und Wikingerblut stinkt.“

„Ich sagte doch, ich höre mir erst an, was der Bote zu sagen hat.“

„Ich kann dir sagen, was der Bote zu sagen hat. Gib uns die Olavesdatter, oder verliere die Hälfte deiner waffenfähigen Männer. Schau dabei zu, wie deine Schiffe eines nach dem anderen in Flammen aufgehen. Findest du es nicht müßig ...“

„Der Rote schickt den Boten. Ich werde das Angebot zum Reden nicht ausschlagen. Wir sind zivilisierte Männer, die auch im Krieg ihre Ehre behalten. Es wird Zeit, dass wir ihn das sehen lassen. Und jetzt entschuldige mich.“ Es hatte keinen Zweck, Aonghas vorspielen zu wollen, dass er die Ruhe in Person sei. Also versuchte er es gar nicht erst.

Seisyll betrat endlich die Halle. Somhairle nahm ihn Mann zur Seite, um ihm die Lage zu erklären.

Hildgur hatte deutlich sanftere Hände als Ingrid. Es zippelte fürchterlich, während die Wikingerin Ravna die Haare kämmte und flocht. Das Ergebnis konnte sich sehen lassen. In einer Spiegelscherbe betrachtete Ravna sich. An den Seiten und über ihrer Stirn war ihr taillenlanges Haar zu einem komplizierten Muster geflochten, in das Ingrid Mistelzweige und leuchtend rote Stechpalmenbeeren gesteckt hatte. Ravnas Wangen waren rosig von der Aufregung, durch ihre Lippen pulsierte das Blut. Nichts deutete darauf hin, dass sie noch vor einem Tag krank darniedergelegen hatte. Die Blässe ihrer Haut wurde auf vornehme Art durch das tiefe Mitternachtsblau des Kleides betont, das Ingrid ausgewählt hatte. Warum hatte sie in Dublin immer Rot getragen? Die blauen Farben, die Ingrid ihr aufschwatzte, passten viel besser zu ihr.

Das Kleid hatte einen viereckigen Ausschnitt und war an den Seiten gerafft, sodass darunter das Unterkleid aus feinem weißen Leinen zu sehen war. An den Säumen verlief eine silberfarbene Spitzenborte. Aus demselben Band war der Gürtel gearbeitet, der unter der Brust gebunden wurde und nicht die Taille, sondern ihre Brüste betonte. Die Zipfel der weit geschnittenen Ärmel reichten über Ravnas Handrücken fast bis zum Boden, während sie an der Unterseite nicht einmal den Ellenbogen bedeckten. Auch sie waren reich geschmückt. Wo auch immer Ingrid dieses Gewand aufgetrieben hatte, es war das Kleid einer Königin. Zu Widerwillen und Angst in Ravnas Innerem gesellte sich zum ersten Mal eine Spur Aufregung. Das im Spiegel war eine Braut. Eine hübsche Braut, die in eine gütige Zukunft blickte. Das im Spiegel war sie. Ravna Olavesdatter, die Braut des Somhairle MacGillebride.

„Fertig, Prinzessin. So gefällst du mir. Wenn du jetzt auch noch ein freundliches Gesicht machst, könnte man dir fast glauben, dass du dich auf deinen Bräutigam freust."

Gequält verzog Ravna die Lippen, und Ingrid lachte. Es war gemein, dass sie, die ihr in den Stunden hier am Hof am ehesten eine Vertraute geworden war, noch lachen konnte.

Ravnas Blick huschte zur Küchentür. Verschlossen. Niemand kam, um zu berichten, ob der Bote etwas gesagt hatte, was das Schwert noch einmal von ihrer Kehle hob.

„Nun komm schon, Kindchen. Du machst ein Gesicht, als würde man dich aufs Schafott führen, nicht ins Ehebett. So schlecht ist unser Herr Somhairle beileibe nicht." Die Ältere tätschelte ihr aufmunternd die Wange. „Wirst sehen, wenn du ihn gut behandelst und ihm Freude machst, wird aus dem knurrigen Wolf bald ein braves Hündchen. In dieser Hinsicht sind die Männer alle gleich."

Der Mormaer, ein Hündchen? Im Leben nicht. Zu gut erinnerte sie sich an seine Worte. *Blut wird fließen, hier wie dort. Auch ich werde töten und brandschatzen und zerstören, wenn du nicht ja sagst.* Wie sollte sie die Welt retten, wenn sie noch nicht einmal wusste, wie sie selbst die nächsten Stunden überstehen sollte? Sie kannte seine Vorzüge nicht, wenn er überhaupt welche hatte. Wie sollte sie ihn dazu bringen, gut zu ihr zu sein, wenn sie nicht wusste, wie sie ihm gefällig sein konnte?

Ingrid zupfte an ihrem Ärmel, um sie zu erinnern, dass es Zeit war zu gehen. Sicher warteten in der Halle bereits der Bräutigam und seine Zeugen. Ravna stemmte ihre Hacken in den Boden und hielt Ingrid am Unterarm zurück.

„Warte, bitte." Hitze stieg ihr in die Wangen bei dem Gedanken an das, was sie fragen musste. Aber wen sollte sie sonst um Rat bitten? Ingrid war die Einzige hier, die sie kannte.

„Was denn noch?" Ächzend drehte Ingrid sich zu ihr um.

„Du sagst, ich soll ihm Freude machen. Wie?", fragte sie, so schnell, dass ihr nicht die Zeit blieb, es sich noch einmal zu überlegen.

„Wie was?" Ingrid stemmte die Fäuste in die Hüften und sah sie kopfschüttelnd an.

„Na, ich meine, wie, was …" Oh, bei allen Heiligen im Himmel, bei der gütigen Mutter und allen Feen, warum war es nur so schwer, es auszusprechen? „Was muss ich tun, damit ich ihm eine Freude bin? Im ... im Brautbett. Du machst Seisyll glücklich. Das ist, was du mir gestern sagen wolltest, oder nicht? Dass du ihm so viel Freude bereitest, dass er dich früher oder später heiraten wird. Sag mir, was ich tun muss, damit der Mormaer zufrieden mit mir ist."

Ingrids Augen wurden groß vor Staunen, und in die Belustigung in ihrem Blick mischte sich Sorge. „Das weißt du nicht? Hat niemand je mit dir geredet? Keine Mutter, keine Schwester? Niemand?"

Trotzig schob Ravna die Unterlippe vor. „Ich weiß, wie es geht", schnappte sie. „Wir haben Kühe und Schweine in Dublin. Man sagte mir, bei Menschen sei es nicht anders."

Für die Dauer eines Herzschlags klappte Ingrids Mund auf, dann schloss sie ihn und schüttelte den Kopf. „Der arme Herr Somhairle", murmelte sie. „Das hat er nicht verdient." Als sie jetzt Ravnas Wange tätschelte, war es eine fast verächtliche Geste. „Weißt du was, Prinzessin, vergiss das mit der Freude. Dafür haben wir keine Zeit. Versuch einfach, nicht zu laut zu schreien. Nicht, dass die Männer vor der Schlacht nicht ein bisschen Unterhaltung verdient hätten, aber Muireann gönn ich die Genugtuung nicht. Komm.“ Immer noch grimmig den Kopf schüttelnd, stapfte Ingrid voran.

Ravna war zum Weinen zumute. Schreien? In ihrem Bauch war ein Knoten, der mehr wog als ein Felsblock. In ihrer Kehle wuchs ein Frosch. Da halfen auch das hübsche Kleid und die schöne Frisur nicht. Das, was ihr bevorstand, würde schrecklich werden, aber sie weigerte sich, den Kopf zu senken. Sie war bis hierher gekommen. Sie hatte mit bloßen Händen Wasser aus einem viel zu kleinen Boot geschöpft und sich die Haut blutig gerissen, um im Sturm nicht unterzugehen. Sie würde auch das hier schaffen.

Als sie hinter Ingrid die Halle betrat, konnte sie aus dem Augenwinkel erkennen, dass die Tafeln zur Seite geschoben worden waren, um einen freien Fleck vor dem Kamin zu schaffen. An den Wänden drängten sich die Bewohner der Feste. Hauptsächlich Frauen, Kinder und Greise. Die Männer hatten Besseres zu tun, als eine eilige Hochzeit zu bezeugen. Sie wachten darüber, dass der Brautvater nicht die Zeremonie sprengte, indem er den Bräutigam und seine Vertrauten niedermetzelte. Kein Blumenschmuck auf den Tafeln, keine Kränze über Kamin und Tür. Wo war die Kirche, vor deren Portal ihre Hand in die ihres Freiers gelegt werden sollte, wo der Gottesmann, der den Segen sprach? Alles, was sie bekam, war ein Saal voller Missgunst und das Wissen, dass sie geraderücken musste, was sie mit ihrer Flucht verbrochen hatte.

„Da habt Ihr sie, Mormaer. Mehr war in der Kürze der Zeit nicht zu erreichen.“ Ingrid packte Ravna an den Schultern und drehte sie nach rechts.

„Ich danke dir, Ingrid. Du kannst gehen.“ Die Stimme des Herrn von Kinelvadon war kalt. Nun senkte Ravna doch den Kopf. Aus Angst, er könnte sehen, wie es ihr ging. Die spöttischen Worte von Ingrid hatten sie beunruhigt, sein Spott würde sie zu Fall bringen.

Etwas Warmes berührte sie am Oberschenkel, und sie zuckte zusammen. Erst im zweiten Moment erkannte sie, dass es Fiadh war, der sich an ihre Seite drängte. Sie war also doch nicht allein. Sie legte eine Hand auf seinen Rücken, fühlte seidiges Fell und warmes Leben. Sie hatte das Richtige getan, als sie aus Dublin fortging. Für ihn. Hätte sie Fiadh bei der Hexe und ihrer Brut zurückgelassen, hätten sie ihn getötet. Für Fiadh lohnte sich jedes Opfer, auch das, welches sie im Begriff war zu bringen.

„Ravna", sagte Somhairle. Seine Stimme liebkoste ihren Namen. Die Zärtlichkeit darin stand in einem unbegreiflichen Gegensatz zu dem Mann, den sie kennengelernt hatte. „Sieh mich an, *neamhnaid*."

Sie vermochte es nicht. „Hat der Bote gute Nachrichten gebracht, Herr?", fragte sie stattdessen ihre Füße. Vielleicht gab es noch einen anderen Weg. Der Strohhalm, an den sie sich klammerte, war dünn und rissig, aber es war der einzige, den sie besaß.

Ein Finger legte sich unter ihr Kinn, hob es an, bis sie ihrem Bräutigam in die Augen sah. In seinem Blick, in dem sie die Kälte und Härte erwartet hatte, die sie schon kannte, spiegelten sich Mitgefühl und Bedauern. Sie wusste, was er sagen würde, bevor er es aussprach.

„Nein, Prinzessin. Keine guten Nachrichten. In drei Stunden, bei Sonnenuntergang, erwartet der Rote dich auf seinem Schiff, oder sie werden angreifen."

„Drei Stunden?", keuchte sie. „So wenig Zeit?" Woher wusste der Vater überhaupt, dass sie hier war? Hexenwerk, Affraics Werk, aber niemand würde ihr das glauben. Die Menschen sahen die Botin des Bösen in Ravna.

„Wir müssen uns beeilen, wenn ich nicht dich, sondern den Beweis für die Rechtmäßigkeit und den Vollzug unserer Ehe überbringen soll. Auch der Weg kostet Zeit. Bist du dir immer noch sicher, dass es das ist, was du willst?"

Wie durch einen Nebel sickerten Dinge in ihr Bewusstsein, die sie zuvor nicht wahrgenommen hatte. Da hingen kümmerliche Mistelzweige über den Türstöcken, die am Vormittag noch nicht dort gewesen waren. Auf den Tischen standen Krüge mit Bier, der Boden der Halle war notdürftig gekehrt. Zumindest unter ihren Füßen knisterte sauberes Stroh, unter das Kräuter gemischt worden waren. Schwer hing der würzige

Duft von getrockneter Kamille, Arnika und Scharfgabe im Raum. Der Herr ihr gegenüber hatte nur milde Ähnlichkeit mit dem nach Blut und Schweiß stinkenden Krieger, dessen Verletzung sie ein paar Stunden zuvor behandelt hatte. Er hatte sich gewaschen. Im Licht der vielen Fackeln an der Wand glänzten seine Haare dunkel vor Feuchtigkeit. Statt Lederharnisch und Waffengürtel trug er eine wadenlange Léine in weichem, hellem Gelb, die seine kräftige Brust und die breiten Schultern betonte. Sein wollener Mantel leuchtete in demselben Mitternachtsblau wie ihr Kleid und war am Kragen und den Ärmeln mit weißem Fell verbrämt. Eine goldene Kette, die in einer aufwändig gearbeiteten Wappenfibel endete, hielt den Mantel über seiner rechten Schulter. Am Heft des Schwerts an seiner Seite glitzerten Edelsteine. Fibel und Schwert waren offensichtlich Beutestücke, nach nordischer Art gearbeitet. Das Leder der Schwertscheide war mit Muschelschalen und kunstvollen Goldstickereien geschmückt.

Er hatte sich den Bart gestutzt und trug die Haare offen, was einzelne, in der Nähe des Kaminfeuers bereits getrocknete Strähnen weich und rotgolden an seine Wangen schmiegte. Er sah jung aus, fand sie.

Hinter ihren Augen begann es zu brennen, weil sie begriff, was er mit diesem Aufzug bezweckte. Von Ingrid hatte sie sich Verständnis und Aufmunterung versprochen. Dinge, die sie nun von diesem Krieger bekam. Ihrem Bräutigam. Er wollte es ihr leichter machen, weil er verstand, dass das, was er von ihr verlangte, sie bis ins Mark erschütterte.

Sie hätte sich gewünscht, dass es anders wäre, aber einfacher wurde ihre Rolle in diesem Spiel durch seinen Aufzug nicht. Zu drückend lag die Last des drohenden Krieges auf ihrer Brust. Zu beklemmend ihre eigene Unsicherheit und Nervosität.

Mit tauben Lippen zwang sie sich zu einem Lächeln, sah ihm in die Augen und bot ihm ihre Hand. „Fangen wir an.“

KAPITEL 10

Er wünschte sich, dass es anders gewesen wäre. Dass sie nicht neben ihm stehen müsste wie ein Eichhörnchen, das bei der Suche nach einer vergrabenen Haselnuss vom Weg abgekommen war und nun in die Augen eines Wolfes blickte. Das Eichhörnchen wusste, dass es verloren hatte. Es gab keinen Ausweg mehr. Der Wolf würde es verschlingen.

Sie sah hübsch aus. Mit dem wenigen, das ihr zur Verfügung stand, hatte Ingrid in der kurzen Zeit beinahe ein Wunder vollbracht. Ravna sah aus wie eine Braut. Die hellroten Beeren in ihrem Haar schimmerten. Sie hielt den Rücken gerade, und auf ihren Wangen lag eine feine Röte.

Somhairle kannte nicht wenige Krieger, die mit ebendieser Mischung aus Entschlossenheit und Furcht in den Augen in die Schlacht gingen. Kampfesmut hatte ihn schon immer beeindruckt. Ja, sie war ein zartes Wesen und wollte nicht hier sein. Aber sie bewies Mut, indem sie ihren Teil der Verantwortung für das Auftauchen des Roten annahm und dem Lösungsvorschlag zustimmte. Sie riss sich zusammen, drängte ihre Angst zurück und stellte sich ihrem Schicksal.

Er hätte es sich und ihr einfach machen können. Er hätte ihr sagen können, dass die vergrabene Haselnuss näher war, als sie glaubte. Aber etwas in ihm wollte diese Frau nicht wegen einer Abmachung zwischen Menschen, die nicht mehr lebten, vor vollendete Tatsachen stellen. Er erinnerte sich, wie er vor fünf Sommern nach Dublin gesegelt war, um genau das zu tun. Seither war er erwachsen geworden. Er wollte diese Frau gewinnen, sie davon überzeugen, dass das, was sie tat, richtig war. Ihre Mutter hatte ihr erzählt, dass sie den Fürstensohn auf Cybi heiraten würde. Dass ihre Söhne die Wikinger endgültig vertreiben und für immer über die Inseln herrschen würden. Somhairle glaubte nicht an Prophezeiungen. Er glaubte daran, dass Menschen sich das, was ihnen gehörte, erarbeiten mussten. Was nützte eine Verbindung, die auf den Worten einer toten irischen Prinzessin gründete, wenn die Verbindung schwach war und keine Früchte trug?

Seine Verbindung mit Ravna sollte stark sein. Er wollte die Prinzessin verdienen, und sie sollte ihn verdienen. Er wollte, dass sie gemeinsam durch das Feuer gingen, das sie zusammenschmiedete. Er wollte sie gewinnen. Nur dann würde ihre Ehe stark genug sein, um der Härte der Zeit zu widerstehen. Vorsehung reichte nicht.

Jetzt stand sie zitternd an seiner Seite und starrte mit ihm gemeinsam auf Seisyll hinab. Der Mönch saß an einem Eichentisch und setzte auf einem vielfach abgeschabten Bogen Pergament den Text auf, der ihr Schicksal besiegeln würde. Die Angst, die Eile und die Ungewissheit waren nicht, was er für sich und sie wollte. Aber ihr Vater ließ ihm keine Wahl. Zum zweiten Mal brüskierte Olave ihn, wenn es um Ravna ging. Er schwor sich, dass es das letzte Mal wäre. Er würde Olave ein Schnippchen schlagen. Der Vater hatte ihm die Braut nicht geben wollen? Es war gleichgültig. Die Braut war zu ihm gekommen. Der Wind hatte sie ihm in die Arme geweht. Niemand konnte gegen die Macht des Windes gewinnen.

Kein Mensch konnte lesen, was Seisyll krakelte. Als er endlich aufstand und das Pergament erhob, verdrehte Somhairle die Augen.

„Liest du es vor?“, fragte Seisyll.

„Wer soll deine Krähenfüße lesen können?“

„Prinzessin?“ Der Waliser hob die Augen. Ravna schüttelte heftig den Kopf.

„Jetzt mach schon“, knurrte Somhairle. „Wir sind nur ein paar Gestalten, es ist unwichtig.“

„Wenn es rechtens sein soll, dann ist es auch wichtig“, belehrte Seisyll ihn.

Aonghas hinter Somhairle schnaubte. „Rechtens? Dafür reicht das Brautlaken. Wenn unser Mormaer seine Sache gut macht, wird danach niemand anzweifeln, dass sie seine Frau ist. Jetzt komm in die Hufe, du Heiliger, sonst stehen wir morgen noch hier.“

„Ein Brautlaken kann man fälschen." Seisyll breitete das Pergament aus und reichte Somhairle die Schreibfeder. Somhairle hatte von Seisyll lesen und schreiben gelernt, doch sein Interesse daran hielt sich in Grenzen. Ungelenk malte er seinen Namen unter das Schriftstück. Er hatte keine Ahnung, woher Seisyll das Datum kannte. Einen Kalender zu führen, gehörte zu den Geheimnissen des Walisers.

„Ihr auch, Prinzessin", sagte Seisyll kühl und schob das Schriftstück unter Ravnas bebende Hand.

Somhairle hielt ihr die Schreibfeder hin. Ein Tropfen Tinte fiel aufs Pergament. Seisyll runzelte missbilligend die Stirn, dabei hatte er selbst mit Flecken nicht gegeizt.

Sie sah zu Somhairle auf. „Ihr denkt an das, was Ihr mir versprochen habt, Mormaer? Wenn der Winter vorbei ist, bringt Ihr mich und mein Reh nach Cybi?" Nicht viel mehr als ein Hauchen.

„Ich halte meine Versprechen in Ehren. Kannst du schreiben?"

Sie befeuchtete ihre Lippen mit der Zunge und nickte. „Ja, das kann ich."

Er konnte sehen, wie sie sich einen Ruck gab. Sie krampfte die Finger um die Schreibfeder, beugte sich über das Pergament. Ihre Schrift war gleichmäßig und rund. Harald und Seisyll hatten behauptet, dass Frauen nirgendwo auf der Welt schreiben konnten. Sie hatten Unrecht. Ravna konnte es erheblich besser als der Mönch.

Vorsichtig legte sie die Feder quer über das Schriftstück und wagte nicht, den Kopf zu heben.

„Jetzt sind wir Mann und Frau", bemerkte er ruhig.

Aedan kicherte, ein Geräusch, das nicht zu dem riesenhaften Mann passen wollte. „Nicht ganz", feixte er.

Ravna zuckte zusammen.

„Ich wollte nur feststellen, dass es schon dunkel wird", warf Aonghas ein. „Also ich meine, wenn der Rote seine Schiffe bei Dunkelheit hier reinlenken will, kommt er bald."

„Vermutlich schneller als du, Mormaer", ergänzte Aedan. Aonghas' Mund zuckte vor unterdrücktem Feixen. Somhairle biss die Zähne aufeinander und legte seinen Arm um Ravnas Mitte.

„Komm, Prinzessin, gehen wir nach oben. Kein Grund zu warten. Umso schneller hast du es hinter dir." Wie sehr er den Gedanken an das, was vor ihm lag, hasste, würde er ihr nicht sagen. Sie hatten beide keine Wahl.

Pfeifend schloss Aonghas sich ihnen auf der schmalen Treppe, die im Turm nach oben führte, an. Kaum wurde Ravna sich der Gegenwart des Kriegers gewahr, blieb sie stehen, als habe sie einen Pfeil zwischen die Rippen bekommen.

„Ich kann nicht ...", flüsterte sie.

„Das macht nichts", sagte Aonghas fröhlich. „Der Mormaer kann. Ich hab's gesehen."

„Würdest du jetzt bitte deinen Mund halten!", fuhr Somhairle ihn an.

„Wenn diese Männer zuschauen, kann ich nicht ..." Ihre Augen waren riesig, ein flehender Ausdruck lag darin.

„Wir brauchen Zeugen", redete Somhairle ihr zu.

„Kommt schon, Olavesdatter", röhrte Aedan. Der Einzige, der schweigend wartete, war der Mönch. „Sagt nicht, dass das in Dublin nicht Gang und Gäbe ist. Zeugen fürs Brautbett sind Pflicht."

Sie kniff die Lider zusammen, verzog das Gesicht. Somhairle legte eine Hand an ihre Wange, spürte, wie kalt sie war.

„Doch schon", sagte sie. „Aber reicht es nicht, wenn der Herr Seisyll … Die anderen sind …" Ihre Stimme versagte.

„Drei Zeugen", sagte Somhairle. „So ist es seit Alters her festgeschrieben. Ich will nicht riskieren, dass dein Vater die Rechtmäßigkeit unserer Verbindung anzweifelt." Wenn er könnte, hätte er selbst Aedan und Aonghas die Treppe hinuntergetreten und Zeugen bestimmt, die das Brautbett nicht zum Anlass für ein Freudenfest nahmen. Aber es gab keine Männer mehr auf der Burg, die infrage kamen. Wer nicht auf einem Schiff war, bemannte die Zinnen und Palisaden der Burg.

„Macht Euch keinen Kopf, Prinzessin", gluckste Aonghas. „Es seid nicht Ihr, die unter Zugzwang steht. Es ist Euer

Herr Gemahl."

Wie recht der Freund damit hatte!

Die Vorhänge des Bettes waren zurückgebunden, aber das konnte man ändern. Ravna war dankbar dafür. Vor dem Bett, das mit weißem Leinen bezogen und mit getrockneten Kamillenblüten bestreut war, blieb Somhairle stehen. Ravna war auf der Treppe aufgefallen, dass er hinkte, und eine unerwartete Anwandlung von Sorge übermannte sie. Hatte er Schmerzen, oder war es nur Erschöpfung?

Mit einer Handbewegung verbannte er die Zeugen in eine Ecke des Zimmers. Sie hörten auf, ihre Zoten zu reißen, stattdessen flüsterten sie untereinander, ihr Wispern unterbrochen von Lachen. Der Knoten in Ravnas Bauch fühlte sich kälter an als während ihrer Zeit in den Wäldern. Fragend sah sie zu ihrem Ehemann auf.

Er öffnete die Fibel an seinem Mantel. Zum ersten Mal fiel ihr auf, wie langgliedrig seine Finger waren. Kräftig, aber elegant. So, als gehörten sie zu einem Schreiber, nicht zu einem grobschlächtigen Krieger, der sich mithilfe von Zwirn und edlem Faden in etwas verwandelt hatte, das er nicht war. Sofort war der einäugige Krieger, den sie Aedan nannten, zur Hand, um dem Mormaer das Kleidungsstück abzunehmen. Er half dem Herrn von Kinelvadon, seinen Gürtel zu lösen und die Léine über den Kopf zu streifen. Nur in Unterzeug stand Ravnas Gemahl vor ihr. Obwohl sie zur Seite blickte, erkannte sie aus dem Augenwinkel die gekräuselten dunklen Haare auf seiner Brust. Zahlreiche Narben leuchteten im Kerzenlicht weiß auf seiner Haut, Beweise für Tapferkeit in der Schlacht. Nur mit Mühe konnte Ravna sich vom Weglaufen abhalten. Er würde sie einholen, trotz des Verbands an seinem Bein.

„Jetzt du, *neamhnaid*. Heb die Arme an, damit ich dir helfen kann."

Dagegen, dass ihr Blick in die Ecke mit den Zeugen huschte, konnte sie nichts tun. Dann fiel ihr die Dunkelheit auf, die die Ritzen der Fensterläden verklebte. Olave würde die Festung stürmen und die Menschen töten. War er schon unterwegs? Sie fasste sich ein Herz und hob die Arme. Mit sicheren Fingern löste Somhairle ihr Gürtelband. Leise rauschend fiel der Stoffstreifen zu Boden. Danach machte er kurzen Prozess. Kleid und Unterkleid streifte er ihr in einem vom Körper, sodass sie im Gewand ihrer Geburt vor ihm stand. Trotz des brennenden Kaminfeuers und der beiden Glutschalen im Gemach strich die Luft kalt über ihre Haut, weil durch die Läden der Wind pfiff. Die Spitzen ihrer Brüste zogen sich zusammen. Am liebsten wollte sie sich bedecken. Nur mit Mühe widerstand sie dem Drang, ihre Hände vor die Brüste zu heben, und ballte sie an den Seiten zu Fäusten. Sie ertrug die Kälte, ertrug die Blicke der vier Männer.

Seisyll ergriff als erstes das Wort. „Ragnhild Olavesdatter, ist das der Mann, den du zum Gemahl nimmst? Ist er deinen Augen wohlgefällig und nimmst du ihn, wie du ihn siehst?"

Sie nickte. Sie hatte Angst, ihre Stimme würde brechen, wenn sie zu sprechen versuchte.

„Du musst es schon sagen, Prinzessin." In der Stimme des Mönchs klang Güte, das machte es einfacher.

„Ja, Herr."

„Und du, Somhairle MacGillebride? Ist das die Frau, die du zum Weib nimmst? Ist sie deinen Augen wohlgefällig und nimmst du sie, wie du sie siehst?"

„Wenn nicht, nehm ich sie!", klang es aus der Ecke. Der Stimme nach war es Aonghas, der das sagte. Ravnas Bauch krampfte sich zusammen, schlimmer als wenn sie blutete.

„Das ist die Frau, die ich zum Weib nehme", sagte Somhairle, lauter als Aonghas und mit einer deutlichen Betonung auf dem Wort *ich*. Ein Hauch Wut lag in seiner Stimme, aber sie glaubte nicht, dass sich sein Zorn gegen sie richtete. Er griff nach ihrer Hand und drückte ihre Finger.

Seisyll besprenkelte zuerst sie beide, dann das Schlaflager mit Weihwasser aus einem Gefäß, das er vom Kaminsims nahm. Anschließend schlug er die Felle auf der Bettstatt zurück.

Ravna fühlte sich wie versteinert. Ihr Blick fiel auf die Truhe unter dem Fenster. Die Truhe, von der Ingrid gesprochen hatte? Entsetzen packte sie. Sie konnte sich nicht rühren.

Somhairle legte ihr die Hand in den Rücken, direkt oberhalb ihres Gesäßes, und führte sie mit sanftem Druck. Das Bett war hüfthoch. Sie musste sich auf die Arme stemmen, um unter die Felle zu schlüpfen, und der Gedanke, wie sie ihr Hinterteil präsentierte, machte sie schwindelig. Eilig drehte sie sich auf den Rücken. Gemeinsam mit einem breit grinsenden Aonghas und Seisyll schloss ihr Gemahl die Vorhänge. Es wurde dunkel um sie herum.

Mehr fühlte sie das Absenken des Strohsackes, als dass sie Somhairle sah, wie er zu ihr unter die Decke kroch. Jeder Muskel in ihrem Körper schmerzte, so sehr verkrampfte sie sich. Lieber Gott, lass es schnell vorbei sein, betete sie. Vergib mir, dass ich den Falschen heirate.

Sie schwor sich, die Zähne zusammenzubeißen. Trotzdem zuckte sie zusammen, als der Mormaer sie um die Taille packte und zu sich herumdrehte, sodass sie ihn ansehen musste. Im Zwielicht hinter den Vorhängen waren seine Augen das einzig Helle.

Er hob die Hand, um ihr die Wange zu streicheln.

„Hab keine Angst“, flüsterte er. „Auch der Körper einer Frau ist für die Liebe gemacht.“ Langsam ließ er die Hand von ihrer Wange ihren Hals hinabgleiten. Streichelte ihre Schulter, ihre Schlüsselbeine. Seine Finger blieben in der Vertiefung unter ihrer Kehle liegen. Ein Schauer rann über ihren Nacken, doch diesmal war ihr warm, nicht kalt. Die Spitzen ihrer Brüste wurden noch härter, begannen zu brennen und fühlten sich schwer und geschwollen an.

„Siehst du“, sagte er und strich mit dem Daumen über eine der aufgerichteten Knospen. Der Geist eines Lächelns zupfte an seinem Mundwinkel, und ihr Herz machte einen Satz. Eine andere Art von Wildheit wohnte in seinen Augen, wenn er lächelte. „Es kann ganz leicht sein.“

Ihr Atem klang zu laut in der geschützten Nische. Sein kurzer Bart schabte über ihre empfindliche Haut, als er einen

Kuss auf ihre Kehle hauchte. Ein wenig der Anspannung fiel von ihr ab, kehrte aber zurück, als er an sie heranrückte und sie unter seinem Unterzeug etwas Hartes spürte. Sie zuckte so heftig zusammen, dass die Matratze bebte. Ihr Kopf ruckte in Richtung der Ecke, wo sie die Zeugen wusste. Und diese entsetzliche Truhe. Er fluchte, zog sich zurück. Was immer sie für einen Augenblick in ihm zu sehen geglaubt hatte, war nicht mehr da. Auf seiner Brust schimmerte ein dünner Schweißfilm. Seine Miene wurde starr, seine Lippen spannten sich zu einem harten Strich, als Aonghas' Stimme in die Illusion von Abgeschiedenheit drang.

„Dein Locken muss warten, mein Freund. Der Mond steht schon über ..."

Ravna kniff die Augen zu, blendete alles aus, was sie wahrnahm. Die Zeit war zu knapp für Vorbehalte. „Tut es, Herr."

Die Zeit stand still für die Augenblicke, die er ihr ins Gesicht starrte. In der Brust trommelte ihr Herz, ihr wurde schlecht, so wild schlug der Puls an ihrer Kehle. Wenn ein Mann zauderte, der tötete und brandschatzte, ohne zu bereuen, musste das, was sie gesagt hatte, ungeheuerlich sein. Er nickte, der Moment des Zögerns war vorbei. Unter der Decke nestelte er an seinem Unterzeug, dann rollte er sich über sie. Sie konnte seinen Herzschlag an ihrer Brust spüren. Seine Hüften teilten ihre Schenkel. Sie ächzte unter seinem Gewicht. Etwas berührte ihren Schoß. Sie hielt den Atem an und machte sich steif wie ein Brett. Mit der Rechten hielt er ihre Hände über dem Kopf, seine Linke drückte ihr Becken in die Matratze, dann stieß er zu.

Rotglühend fuhr Schmerz in ihren Leib. Sie schrie auf. Er ließ ihre Handgelenke los, presste seine Handfläche auf ihren Mund und begann, sich in ihr zu bewegen. Jeder Stoß seiner Hüften trieb den Schmerz tiefer in ihren Leib, Tränen schossen in ihre Augen. Ihr Wimmern erstickte an der Hand über ihrem Mund.

Instinktiv versuchte sie, seinem Angriff zu entkommen, doch er war zu schwer, presste sie unnachgiebig in den Strohsack. Er stemmte sich auf die Knie, zwang ihre Schenkel weiter auseinander. Sie fühlte sich wie eine Feste im Belagerungszustand, deren Tor unablässig mit einem Rammbock bearbeitet wurde.

Das Reißen in ihrem Inneren wurde schlimmer. Ihr Atem zischte über seine Finger, brannte in ihrer Kehle. Er keuchte, wurde schneller. Alles war nur noch Brennen und Reißen und Schmerz. Wie bei den Schweinen?, dachte sie bitter. Was für eine Lüge. Bei den Schweinen dauerte das Stoßen und Rammen nicht einmal zwei Atemzüge lang. Das hier dauerte eine Ewigkeit.

Heiße Tränen rannen ihr über die Wangen. Sie drehte ihr Gesicht zur Seite und schloss die Lider. Sie ertrug es nicht länger, ihn anzusehen. Der Schweiß, der von seiner Stirn auf ihre Brust tropfte, ekelte sie. Seine Kiefer mahlten, während er über und in ihr tobte und wütete. Doch auch mit geschlossenen Augen hörte sie seinen Atem, der im Rhythmus seiner Stöße hechelte und in einem atemlosen Grunzen einen Höhepunkt fand. Tief presste er sich in sie und verharrte.

In der Stille, die folgte, spürte sie das Brennen unter ihren Lidern. Sie schaffte es nicht, die Tränen aufzuhalten, und hoffte, dass er sie nicht sah.

Ihr Schoß brannte erbärmlich, jeder Herzschlag trieb den Schmerz durch ihren Körper, als er sich von ihr rollte. Sie fühlte sich zerschlagen und beschmutzt, in ihrem Bauch wühlte Übelkeit.

Auch die Zeugen schwiegen jetzt. Beinah hoffte sie, dass es anders wäre. Wenigstens würde dann ihre Scham nicht so laut durch die Luft brüllen, wenn Aonghas oder Aedan Unflätigkeiten von sich gaben. Ihre Finger waren taub, so fest hielt sie sie zu Fäusten geballt.

„Ist es vorbei?“, wagte sie zu fragen, weil die betretene Stille im Gemach schlimmer war, als die Tränen in ihrer Stimme preiszugeben.

„Ja, *neamhnaid*, es ist vorbei.“ Trotz ihrer Unerfahrenheit begriff sie, dass dies nicht die Worte eines zufriedenen Mannes waren. Sie hörte es an seinem erschöpften Ton.

Sie rollte sich auf die Seite, kugelte sich zu einem Ball und legte die Arme um ihre Knie. In dieser Haltung war der Schmerz erträglicher. Das Gefühl von Schmutz und Verlegenheit konnte sie jedoch nicht besiegen. Die Tränen liefen weiter.

Er tätschelte ihre Wange, dann fühlte sie, wie er aus dem Bett stieg. Stoff raschelte. Wahrscheinlich zog er sich an. Es war ihr egal. Nie wieder wollte sie ihn ansehen. Nie wieder daran erinnert werden, wie es sich anfühlte, wenn man innerlich zerriss.

Schritte umrundeten das Bett, Worte wurden gewechselt. Sie weinte und fragte sich, wo all die Tränen herkamen.

Eine Hand legte sich auf ihren Scheitel, streichelte sie mit unerwarteter Zärtlichkeit. Unter sich fühlte sie, wie jemand am Laken zog.

„Das brauch ich, *neamhnaid*. Verzeih mir."

Sie biss sich auf die Unterlippe, barg das Gesicht in ihren Händen. Warum ging er nicht? Eben hatte er es eilig gehabt. Sie stemmte sich hoch, damit er das Laken unter ihrem Körper hervorziehen konnte. Das alles war unendlich beschämend. Was tat ihm leid? Sie zu demütigen? Ihr gestohlen zu haben, was sie nie wieder würde geben können?

Wieder raschelte Stoff. Sie hörte freundschaftliches Schulterklopfen und gewisperte Worte, dann spürte sie ihn erneut in ihrer Nähe. Es war der Geruch seines Körpers, der ihn verriet. Nicht unangenehm, nach Quellwasser und frischem Schweiß, und doch meinte sie, sich übergeben zu müssen. Er kniete neben dem Bett, an ihrer Seite.

Sie wollte, dass er ging. Den Gefallen tat er ihr nicht. Stattdessen griff er unter die Decke, wo sie ihre Nacktheit und Verletzlichkeit dank dieser Geste hundertfach deutlicher fühlte.

„Lass mich ... Ravna, spreiz die Beine noch einmal für mich." Er befahl nicht, er bat, trotzdem trafen sie die Worte wie ein Tritt in den Bauch. Sie zog die Hände vom Gesicht und sah ihn kaum, weil Tränen ihren Blick verschleierten. Sie biss sich auf die Zunge, um ihn nicht anzuflehen, es nicht noch einmal zu tun. Sie waren Weib und Mann. Er durfte tun, was er wollte. Zitternd öffnete sie die Schenkel für ihn.

Statt ihr erneut wehzutun, presste er die Hand, in der er das Leinen hielt, in ihren Schoß.

„Dein Vater soll nicht zweifeln können. Du hast kaum geblutet." Mehrmals rieb er mit dem Laken in seiner Hand über ihren Schoß, fuhr ihre Schenkel entlang, dann war es vorbei. Kaum geblutet? Er hatte ihr Inneres zerfetzt, und auf dem Laken war kaum etwas zu sehen? Sie hatte nicht gewusst, dass Gott sie hasste.

Seine Trophäe im Griff, stand Somhairle auf. Ravna rollte sich noch fester ein und schloss die Augen. Schritte klangen, dann knarrte die Tür.

„Ich schick dir Ingrid. Sie wird dir etwas gegen die Schmerzen geben."

Ein gutes Eheweib hätte ihm Erfolg bei seinen Verhandlungen gewünscht, Glück in der Schlacht oder Ruhm mit seinen Männern. Sie war kein gutes Eheweib. Sie zählte im Stillen die Herzschläge, die es dauerte, bis ihr Gemahl und seine Zeugen sie allein ließen.

KAPITEL 11

Als Somhairle in die Halle hinkte, loderte das Kaminfeuer hell und warm. Ingrid hängte einen Kessel darüber, aus dem es verführerisch nach Wein duftete. Der Wein, der seinen Weg bis nach Drimnin fand, schmeckte gewöhnlich nach einer Mischung aus drei Jahre altem Stroh und einem Schuss Essig. Aber die Wikingerin gab Kräuter, Honig und Gewürze hinein und erhitzte das Gebräu, bis es mit den schweren Weinen des Südens mithalten konnte.

Abgesehen davon wäre ihm in diesem Moment auch die Strohmischung recht gewesen.

„Ingrid, kümmere dich um Ravna“, knurrte er. Die blonde Frau sah ihn an und setzte zu einem ihrer oftmals nicht schmeichelhaften Sprüche an. Doch etwas an ihm hielt ihre Reaktion zurück. Sie wischte sich die Hände am Rock ab.

„Jawohl, Herr“, murmelte sie ungewohnt unterwürfig und winkte eine blutjunge Magd heran, um auf den Kessel achtzugeben. Der Wein musste vom Feuer genommen werden, ehe er zu sieden begann. Mit gesenktem Kopf schlurfte Ingrid an Somhairle vorbei.

Er blickte auf das Laken in seiner Hand. Ihm tat der Kopf weh.

„Immerhin ist sie hübsch anzusehen. Aber sie ist nun mal ein verzärteltes Prinzesschen, da war wohl nichts anderes zu erwarten.“ Aonghas‘ Versuch, sich für seine Sprüche im Brautgemach zu rechtfertigen, hätte Somhairle ihm am liebsten in die Kehle zurückgestopft. Der Freund sollte sich bei Ravna entschuldigen, statt ihm mit weiteren Beleidigungen den Wein zu vergällen. Er konnte mit den derben Scherzen seiner Kumpane umgehen. Für Ravna hatten sie alles noch schwerer gemacht.

Somhairle beschloss, den anderen zu ignorieren. Er wollte seinen Freund behalten, aber in diesem Moment lief er Gefahr, ihm die Eingeweide aus dem Leib zu reißen. Ein einziges weiteres Wort von Aonghas über Ravna oder das, was gerade geschehen war, würde reichen.

In der Tür wartete Domhnall, einer seiner alten Krieger, im Lederharnisch, mit allen Waffen, die er im Laufe der Jahre erobert hatte.

„Liegt das Schiff bereit?“, fragte Somhairle den grauhaarigen Mann, über dessen Stirn eine Narbe lief.

„Deine Sneide ist beim letzten Sturm beschädigt worden“, sagte Domhnall. „Wir haben das Drachenschiff flottgemacht. Sie lag die letzten Wochen in der Werft in Acharn.“

Somhairle verdrehte die Augen. Er besaß ein einziges Drachenschiff. Den Vierzigsitzer hatte er vor drei Sommern dem Jarl abgenommen, der über den Sunart See geherrscht hatte. Der Jarl lag tot am Grund des Sees. Das Drachenschiff im See Aline. Somhairle hatte es nie benutzen wollen.

„Ich will dem Roten nicht die Ehre erweisen, ihm in einem Drachenschiff entgegen zu segeln“, sagte er scharf.

„Sie ist das größte Schiff, das wir haben, Mormaer“, gab Aedan zu bedenken. „Es ist ein Unterschied, ob du zwanzig Männer mitnehmen kannst, die dir den Rücken decken, oder vierzig.“

„Sie ist schwerfällig. Außerdem gebe ich Olave damit Grund zu glauben, dass ich ihn als König respektiere. Das tue ich nicht.“ Somhairle wusste, dass er um des Streitens willen stritt. Die Argumente seiner Männer waren die besseren. Wenn er einem Mann wie dem Roten auf Augenhöhe begegnen und sein Recht auf die Hand der Olavesdatter untermauern wollte, musste er wie ein König auftreten.

Seisyll, der zurückbleiben würde, um auf die Frauen achtzugeben, hielt Somhairle auf dem Weg zur Tür an der Schulter fest. „Vielleicht wäre es eine gute Idee, die Olavesdatter mitzunehmen. Du hast ein Papier, du hast das Laken. Was dir fehlt, ist die Bestätigung der Frau an deiner Seite. Olave wird es aus ihrem Mund hören wollen.“

„Olave wird lernen müssen, dass die Zeiten vorbei sind, in denen er alles bekam, was er wollte“, zischte Somhairle. Es brauchte nur diese paar Worte von Seisyll, um seinen Hass auf den Roten anzustacheln, bis er siedend heiß unter seiner Haut brannte. Olave hatte ihn gezwungen, Ravna etwas anzutun, das er keiner Frau hatte antun wollen. Als Kind hatte er mitangesehen, wie seine Mutter und zwei Schwestern unter den hämmernden Leibern von Männern zerbrachen. Seither hatte er es viele weitere Male gesehen, ausgeführt von Freunden wie Feinden. Niemals hatte der Anblick seinen Schrecken verloren. Es war gut, dass er unbewaffnet sein würde, wenn er dem König von Dublin gegenüber trat. Hätte er auch nur ein kurzes Gemüsemesser im Gürtel, würde es genügen, um Olave die Kehle durchzuschneiden. Er fühlte sich zornig genug, es zumindest zu versuchen.

Von der Sonne war nur ein Streifen Gold am südwestlichen Horizont geblieben. Die Laternen am Bug von Somhairles Schiffen, die Drimnin und Kinelvadon bewachten, fleckten das schwarze Wasser des Meeresarms. Es waren wenige und es sah aus, als wären sie ziellos hinausgerudert, aber das täuschte. Er und seine Männer wussten, was sie taten. In zahlreichen Schlachten hatten sie bewiesen, dass sie in der Lage waren, die Nordmänner zu durchschauen, ihnen immer einen Schritt voraus zu sein. Die Nacht war gekommen, in der Olave das zu spüren bekommen würde.

Aedan und Aonghas halfen ihm, den Ringpanzer anzulegen und den mit schimmerndem Silber abgesetzten ledernen Harnisch darüberzustreifen. Er beobachtete Domhnall, der den Booten auf dem Wasser Zeichen mit einer Laterne gab. Das vorderste der Schiffe, als einziges voll besetzt, antwortete und setzte sich in Bewegung, auf die Bucht zu, in der Olave seine Flotte zusammengezogen hatte. Aonghas zog die Schnallen des Harnischs fest. Aedan kam mit Somhairles Helm, den ein Schmied auf Muile für ihn gearbeitet hatte. Geformt war er wie die Helme, die die Wikinger ins Land gebracht hatten, doch die Verzierungen waren gälisch.

Somhairle winkte ab. Er wollte Olave in die Augen sehen können. Die goldenen Oberarmreifen, Beutestücke, die Status und Reichtum symbolisierten, legte er an.

„Nimm den Helm wenigstens mit“, brummte Aedan unwirsch.

„Nimm du ihn für mich.“ Die Sorge seiner treuesten Kampfgefährten rührte ihn. Diese Männer waren seine Freunde. Sie teilten seinen Traum, Männer wie Olave aus diesen Gewässern zu vertreiben. Einen Traum, für den sie sterben würden, wenn es sein musste, aber für den sie leben wollten, um ihn erfüllt zu sehen. Zu wissen, dass Aedan und Aonghas ihn zu der Begegnung mit dem Roten begleiteten, beruhigte sein Herz.

Aonghas kontrollierte Somhairles Waffen, die Domhnalls Sohn heranschaffte. Somhairle selbst würde nicht bewaffnet sein. Aber Aonghas würde all diese Waffen ins Schiff mitnehmen und dafür sorgen, dass sie einsatzbereit waren, sollte es notwendig werden.

Während Aonghas die Schärfe des Zweihänders mit drei Fingern prüfte, fragte er wie nebenbei: „Warum nimmst du sie nicht mit?“

Nur weil Aonghas als Frage verpackte, was der Mönch als Rat ausgesprochen hatte, brachte es Somhairles Wut nicht weniger in Wallung. „Sie ist meine Frau“, sagte er mit mehr Nachdruck als nötig. „Ich werde Olave keine Gelegenheit bieten, sie zu entführen.“

Aonghas nickte versonnen. Niemand kannte ihn besser als der Sohn eines Fischers, der in all den Jahren an Somhairles Seite mehr ein Bruder geworden war als ein Kampfgefährte. „Du weißt, dass wir nicht zulassen würden, dass er sie dir wegnimmt.“

„Ich weiß.“ Der Ringpanzer klirrte, als Somhairle sich mit der Handfläche über die Stirn strich. Er musste sich beruhigen. Aufgebracht wäre er ein leichtes Opfer für den Roten. Ruhiger sprach er weiter. „Sie hat für einen Tag genug Aufregung durchgemacht. Ich habe den Eindruck, dass sie keinen Wert darauf legt, ihrem Vater ins Gesicht zu sehen und ihm zu bestätigen, dass das brutale Monster von Kinelvadon ihr die Jungfräulichkeit genommen hat.“ Die Worte schmeckten bitter, weil sie wahr waren.

„Du bist kein Monster“, meinte Aedan. Der hünenhafte Mann wusste die eine oder andere Sache über Brutalität. „Sie wird merken, dass sie es mit dir gut getroffen hat.“

Das vorausgeschickte Schiff hatte die Biegung im Meeresarm erreicht. Es würde Olave die Nachricht bringen, dass der Mormaer von Kinelvadon bereit sei, ihm entgegenzusegeln, und mit ihm zu reden wünschte. Nur eine Frage von Wimpernschlägen, bis das Schiff des Roten von Drimnin aus zu sehen sein würde.

„Gehen wir.“

Sie stand am Fenster und starrte auf das feuergolden glänzende Wasser. Sie hatte bessere Augen als gewöhnliche Frauen. Die Hände hingen an ihren Seiten herab. Sie lauschte auf den schnaufenden Atem ihres Sohnes, den eine leichte Erkältung plagte.

Sie hatte auch bessere Ohren als gewöhnliche Frauen. Sie hatte das Wimmern des Menschenmädchens gehört, so wie die zotigen Worte der sogenannten Freunde. Was für ein barbarischer Brauch, den die Menschen hatten, etwas unter Zeugen zu tun, das nur einem Mann und einer Frau vorbehalten sein sollte.

In Momenten wie diesen sehnte sie sich nach ihrem Zuhause. Aber sie liebte ihr Kind und sie liebte den Mann, von dem sie es empfangen hatte. Sie würde beide nicht verlassen. Auch nicht für die irische Prinzessin, die den Mann zu einem Verbündeten seiner Feinde machte. Wer wollte Somhairle MacGillebride zähmen und warum?

Sie liebte ihn für den, der er war. Er besaß ihr Fell. Er hatte sie in sein Bett genommen. Er hatte sie mit derselben Leidenschaft und Wildheit geliebt, mit der er kämpfte. Dieser Teil von ihm würde immer ihr gehören, der Frau aus dem Meer.

Sie wandte sich ab, als die beiden Drachenschiffe sich begegneten, legte sich neben ihren Sohn unter die Wolfsfelle und sang ihm Lieder aus dem Meer.

Fast lautlos tauchten die Ruder ins Wasser. Vierzig Ruderer brachten eine Menge Geschwindigkeit auf, ein Grund mehr, weshalb die Entscheidung für das Drachenschiff richtig gewesen war. Obwohl auch Olave ihm nur in einem einzigen

Schiff entgegenkam und die anderen sich in respektvoller Entfernung hielten, wollte Somhairle den Roten nicht näher an Drimnin sehen als notwendig.

Somhairle stand im Bug des Schiffes und hielt sich mit einer Hand an dem geschnitzten Drachenkopf fest, der dem Gefährt seinen Namen gab. Brennende Fackeln steckten in der Reling des Schiffes.

Olaves Drachenschiff war auf die gleiche Weise beleuchtet. Auch er stand im Bug, seine Haltung ein Spiegelbild von der, die Somhairle eingenommen hatte. Je mehr sie sich einander näherten, desto mehr Einzelheiten nahm Somhairle wahr. Olave war unbewaffnet. So, wie er sich hielt, trug er nicht einmal einen Ringpanzer. Das flammend rote Haar, dem er seinen Beinamen verdankte, flatterte im Wind. Er trug einen knielangen Rock aus Leder, der über der Brust mit dem Emblem der weißen Hand verziert war. Ein hochgewachsener, stämmiger Mann. Manch einer seiner Gegner nannte ihn Olave den Winzling. Es war reiner Hohn und spielte darauf an, dass er als jüngster von fünf Brüdern geboren war. Doch er war auch der Ruchloseste. Nur deshalb stand er jetzt an der Spitze des Hauses Dublin, und Somhairle würde ihn nicht unterschätzen.

An diesem Abend zwischen Drimnin und Muile trafen zwei Könige aufeinander.

Die Ruderer zogen die Riemen ein. Mitten auf dem Wasser liefen die beiden Boote Seite an Seite aus. Somhairle spürte, wie Aonghas hinter ihm aufstand. Die Seekrankheit, an der sein Freund litt, bekämpfte dieser in solchen Augenblicken mit Anspannung. Somhairle hatte Aonghas nie zu seinem Leibwächter ernannt. Es war eine Rolle, die sein bester Freund von sich aus eingenommen hatte.

„Ich komme nicht, um zu kämpfen“, sagte Olave in demselben Singsang, mit dem Ravna sprach. Er hatte dieselben silberblauen Augen. Somhairle überlegte, ob er in einer anderen Welt mit diesem Mann, der nun sein Schwiegervater war, befreundet sein würde.

„Das höre ich gern, Godredsson. Doch warum bringst du dann neunzehn Kriegsschiffe voll mit bewaffneten Männern in meine Gewässer und brandschatzt meine Dörfer?“

„Dörfer auf Inseln, die du meinen Vettern gestohlen hast, Gillebridesson. Deine Mutter war eine von uns. Sie hat dir den stolzen Namen eines Wikingers gegeben. Somerled, der Enkel von Jarl Erlend von Orkney.“

„Inseln, die deine Vorfahren meinen Vorfahren stahlen, um die Menschen, die dort lebten, zu versklaven. Ich gebe ihnen die Freiheit zurück. Ich befreie sie von dem Joch, unter das die Schwestermörder, die meine Mutter schändeten, sie gezwungen haben.“

Ein Windstoß hob das schulterlange Haar des Wikingerkönigs. Sein Gesicht war gerötet von Kälte und Wut. Die flackernden Flammen der Fackeln warfen huschende Schatten über seine Gestalt. „Gib mir meine Tochter zurück, Somerled“, fauchte er. Offenbar hatte er von der Einleitung genug und kam zur Sache. „Ich weiß, dass sie hier ist. Sie ist vor Dublin in einen Sturm gekommen, der sie nach Norden getrieben hat. Ich bin dem Weg gefolgt, den ihr Boot genommen haben muss, doch auf keiner der Inseln wurde sie gesehen. Mein Bote bestätigt, dass du sie hast.“

Somhairle legte den Kopf schräg. „Hat nicht deine in jeder Hinsicht zauberhafte Gemahlin Affraic ihren Brunnen befragt, um zu sehen, wo das Stieftöchterchen ist?“

„Dummes Geschwätz. Affraic besitzt keine Zauberkräfte. Sie ist die Tochter von Fergus, dem Lord von Galloway. Wer behauptet, sie sei eine Hexe, ist zerfressen von Eifersucht, dass die Tochter eines so mächtigen Fürsten in meinem Haushalt lebt und nicht in seinem.“

Einen Augenblick lang war Somhairle wie gelähmt von dieser Aussage, dann lachte er aus vollem Hals. Natürlich glaubte er nicht, dass Königin Affraic eine Hexe war, trotzdem waren Olaves Worte absurd. Was wollte Somhairle mit einer missgünstigen Fürstentochter aus Galloway, wenn er die bezaubernde Prinzessin von Dublin in seinem Bett haben konnte?

„Deine Tochter ist hier“, gab er zu. „Sie hat in meiner Burg Zuflucht gefunden. Sie hat mich um Schutz gebeten.“

„Gib sie mir zurück. Dein Haus war nicht ihr Ziel. Sie kam vom Weg ab. Ich hole sie zurück in den Schoß ihrer Familie, um sie dem Mann zu geben, den ich für sie ausgewählt habe.“

Vor unterdrückter Wut kniff Somhairle die Lider zusammen. Aonghas trat einen Schritt vor, die Hand am Schwertgriff. Somhairle hielt ihn auf und sprach weiter. „Nein, Kinelvadon war nicht ihr Ziel“, sagte er, lauernd, jede Silbe einzeln betonend. „Das ist richtig. Ihr Ziel war Cybi, die Insel vor Anglesey, wo der Mann leben soll, dem sie versprochen wurde, ehe du die Vereinbarung brachst. Mit dem sie Söhne zeugen soll, die die Herrschaft der Nordmänner auf unseren Inseln endgültig zerschlagen werden. Du erinnerst dich, nicht wahr? Du hast deinem Bruder versprochen, dass diese Verbindung zustande kommen wird. Du hast dein Wort gebrochen, sobald dein Bruder im Grab lag. Du hast es erneut gebrochen, als deine geliebte Keltenprinzessin starb. Du hast es ein drittes Mal gebrochen, als ich an deinen Hof kam, um meine Braut einzufordern.“

Alle Farbe wich aus den Wangen des Wikingers. Die Schatten der Fackeln tanzten über Augen, in denen purer Zorn glühte.

Somhairle neigte sich über den geschnitzten Drachenkopf nach vorn, bis das Gewicht des Ringpanzers ihn beinahe über die Reling zog. „Ich werde dir nicht erlauben, dein Wort noch einmal zu brechen, Olave, den sie den Winzling nennen. Eine Frau ist entweder die Tochter eines Mannes oder seine Gemahlin. Ravna Olavesdatter ist nicht länger die Tochter ihres Vaters. Sie ist die Gemahlin von Somhairle MacGillebride.“

Mit einem Wolfslächeln entrollte er den Vertrag, den Seisyll aufgesetzt hatte und der Ravnas Unterschrift trug. Im flackernden Fackellicht mit zusammengekniffenen Augen las Olave das Schriftstück.

Somhairle hob das Laken aus dem Rumpf seines Schiffes, faltete es auseinander und ließ es im Wind flattern. Ihm war schlecht dabei, weil er an Ravnas Gesicht dachte, an ihre ängstlichen Augen, an ihren zarten Körper, der sich unter ihm in Schmerzen verkrampfte. An ihre tränenerstickte Tapferkeit und ihr unterdrücktes Weinen. „Siehst du das, König von Dublin? Ravna steht unter meinem Schutz. Ich werde sie mit meinem Leib und Leben beschützen. Sie hat sich entschieden."

Olave schloss die Augen und atmete tief. Sein ganzer Körper verriet Anspannung. Er wusste, dass in diesem Augenblick die Anzahl der Schiffe, die vor Drimnin im Wasser lagen und auf die Entfernung wie Glühwürmchen schaukelten, ebenso hoch war wie die Anzahl derer, die er selbst mitgebracht hatte. Vielleicht ahnte er, dass Somhairle Männer fehlten, um seine Schiffe zu besetzen. Vielleicht auch nicht. Somhairle ging das Risiko ein. Kein Mensch zettelte im tiefsten Winter einen Krieg an.

„Hier ist das letzte Wort noch nicht gesprochen", schnaufte der Wikinger.

Somhairle richtete sich zu voller Größe auf und lächelte. „Nein. Ich werde dir einen Boten schicken, wenn Ravnas erstes Kind geboren ist, und ich dich zum Großvater gemacht habe, Olave Godredsson."

Somhairle gab Olave nicht die Gelegenheit, etwas zu erwidern. Er steckte die Pergamentrolle in seinen Gürtel und ließ das Laken auf die Planken seines Schiffes fallen. Er wollte es niemals wieder sehen. An der barschen Handbewegung, mit der der König von Dublin seinen Ruderern das Zeichen zum Abdrehen gab, erkannte er, dass Olave für den Moment die Tatsachen akzeptiert hatte. Das Drachenschiff war eine imposante Erscheinung, wie es sich elegant neigte, um zu den anderen Booten aus Olaves Verbund zurückzukehren.

„Puh", sagte Aonghas und nahm die Hand vom Schwertgriff. „Das war einfach."

Nein, dachte Somhairle, einfach war das ganz sicher nicht.

Die Tür ging auf. Es konnte nicht viel Zeit vergangen sein, seit die Männer Ravna zurückgelassen hatten, um dem König von Dublin entgegenzutreten. Sie hob nicht den Kopf. Wer auch immer das war, er oder sie sollte wieder gehen. Sicher war es bereits Nacht. Alles, was sie wollte, war schlafen und vergessen. In ihrem Unterleib tobten Krämpfe. Wenn sie schlafen könnte, würde sie vielleicht aufwachen und feststellen, dass alles nur ein Albtraum gewesen war. Andere Frauen waren gern verheiratet. Wenn das, was sie mit dem Mormaer erlebt hatte, normal war, hätte sie davon gehört. Keine Mutter würde ihre Tochter unter diesen Umständen gern an einen Bräutigam geben.

Schritte in der Kammer verrieten, dass der Eindringling zum Fenster ging. Ein kurzes Knirschen an den Läden und eisige Luft drang ein. Mit einem Ruck wurden die Bettvorhänge an ihrer Seite zurückgerissen.

„So, Kindchen, genug des Selbstmitleids. Frische Luft weckt die Lebensgeister. Steh auf und lass dich anschauen. Ich möchte die neue Herrin von Drimnin sehen.“ Es war Ingrids Stimme, die einem Wirbelwind gleich über sie hinwegfegte.

Ravna rollte sich fester unter den Fellen zusammen, damit die kalte Luft ihr nichts anhaben konnte. „Eine Herrin von Drimnin gibt es hier nicht.“ Ihre Tränen waren versiegt. Dafür war ihre Nase jetzt so geschwollen, dass sie klang, als würde sie immer noch weinen. „Nur eine Trophäe, die der Mormaer Olave vorführen kann, damit der ihn in Ruhe lässt.“ Während sie sprach, begann ihre Nase erneut zu laufen. Geräuschvoll zog sie den Rotz hoch und kroch nun doch ein Stück unter ihren Decken hervor. Die Bewegung reichte, um die Schmerzen erneut auflodern zu lassen. Sie kippte nach vorn, presste die Schenkel zusammen und biss sich auf die Unterlippe, um nicht aufzujammern. Zwei Atemzüge später fühlte sie sich bereit, die Tränen aus ihren Augen zu blinzeln. Zaghaft wagte sie einen Blick auf Ingrid.

In einer Hand balancierte die feiste Frau eine Schüssel, aus der es dampfte. Unterm Arm trug sie ein Bündel Leinenwickel und in der anderen Hand hielt sie einen kleinen Schwamm und mehrere frische Lappen. Ingrids Blick wurde weich, als sie in Ravnas verquollenes Gesicht sah. Die Wikingerin stellte die Utensilien auf den Boden und setzte sich ächzend zu Ravna auf den Bettrand.

„So schlimm, Prinzessin? Na komm, jetzt bist du eine Frau. Lass dich in den Arm nehmen.“ Ehe Ravna etwas erwidern konnte, befand sie sich an Ingrids wallendem Busen. Die Ältere drückte Ravnas Gesicht gegen ihre Brust, streichelte ihr den Rücken. Der Duft nach gedünsteten Zwiebeln, frisch gebackenem Brot und heißem Wein, der Ingrid umgab wie eine zweite Haut, umhüllte Ravna und legte sich tröstend um ihre Seele. Nach einer Weile hörte sie auf, sich gegen die Umarmung zu wehren. Stattdessen sackte sie in der Freundlichkeit zusammen. In ihrer Kehle zuckten unterdrückte Schluchzer.

„Schsch, Kleines. Ist schon gut. Wein raus, was drinnen Ärger macht.“ Unaufhaltsam redete Ingrid in der Sprache ihres Vaters auf sie ein, streichelte ihr Haar, rieb ihren Rücken. Es tat gut, den Worten zu lauschen, ohne ihnen einen Sinn abringen zu müssen. „Das musste ja so enden. Du bist so ein zartes Wesen, und der Mormaer, nun ja …“ Ingrid drückte Ravna ein wenig von sich, neigte den Kopf, um ihr ins Gesicht sehen zu können, und zwinkerte ihr zu. „Er ist ein stattlicher Mann, dein Herr Gemahl. Ich will wetten, das betrifft nicht nur seine Körpergröße. Ich hab sie sagen hören …“ Verschwörerisch senkte Ingrid ihren Ton zu einem Flüstern, doch in ihrem Blick funkelten freche Sterne. „… dass er ausgestattet ist wie ein Hengst. Hat man sowas schon gehört? Ein Hengst im Bett! Als ob sich das eine vernünftige Frau wünschen würde. Klein und dick: Frauenglück. Ich sag’s immer wieder.“

Plötzlich war Ravna beinah zum Lachen. Noch nie hatte jemand so mit ihr geredet. Lag es an Ingrid, oder daran, dass Ravna jetzt zu den Frauen gehörte, die Bescheid wussten? Sie war kein Mädchen mehr, das man vor der Wahrheit schützen musste, sondern eine Ehefrau. Mit dem Handballen wischte sie sich über die Augen, dann putzte sie sich die Nase. „Nichts am Mormaer ist klein“, sagte sie und brachte es nicht fertig, Ingrid anzuschauen. Sie fühlte, wie ihr das Blut in die

Wangen stieg, weil man so etwas für sich behalten sollte, und sprach schnell weiter. „Und es hat entsetzlich wehgetan." Allein die Erinnerung genügte, um einen neuen Krampf durch ihren Unterleib fahren zu lassen. „Ich hab gedacht, es hört nie auf. Ich kann das nicht noch einmal tun, Ingrid. Ich …"

„Ach, papperlapapp." Mit einer Geste wischte die Wikingerin Ravnas Einwand beiseite. Frau Ruppig war zurück. „Das haben schon ganz andere geschafft. Sei froh, dass es nur einer war, ein anständiger Kerl dazu. Vielen Frauen ist dieses Glück nicht vergönnt. In der Halle hab ich zwei bedauernswerte Wesen sitzen, die in Kilninian überfallen worden sind. Denen geht es viel schlechter als dir, Kindchen. Glaub mir, dein Herrgott hat Mann und Frau so geschaffen, dass ineinander passt, was ineinander gehört. Ich hab dir einen Nelkensud gekocht. Der betäubt das wunde Fleisch. Nimm das Schwämmchen, tränk es in dem Sud und tu es dort hinein, wo dein Gemahl gewütet hat. Die Wickel sind für Umschläge von außen. Halt den Sud warm, aber nicht heiß, und wiederhol die Behandlung alle paar Stunden. In einigen Tagen bist du wie neu." Sich mit den Händen auf die gewaltigen Schenkel klopfend, stand Ingrid auf. „Nun schau mich nicht an wie das verwunschene Reh in meiner Halle und mach schon, Prinzessin. Ich hole dir ein frisches Unterkleid zum Schlafen und eine heiße Milch mit Honig. Wirst sehen, morgen Früh ist die Welt wieder ein besserer Ort."

Ravna lauschte den watschelnden Schritten auf der Treppe, die schnell verklangen und sie mit dem knisternden Kaminfeuer allein ließen. Sie betrachtete die Dinge, die Ingrid ihr mitgebracht hatte. Linderung. Sie schloss die Augen und versuchte sich vorzustellen, wo Somhairle jetzt war. Was er von ihr dachte. Die Erkenntnis, dass sie von nun an auf Gedeih und Verderb an ihn gebunden war, traf sie wie ein Fausthieb. Nur er konnte die Verbindung lösen lassen, zu der er sie überredet hatte. Jetzt war es zu spät für Bedenken, und sie musste darauf vertrauen, dass er zu seinem Wort stand. Ein Mann, von dem sie nichts wusste. Wer sagte ihr, dass er zu einem Versprechen nicht genauso stand wie ihr Vater?

Schnell gegeben, schnell gebrochen. Bisher hatte sie mit Männern und ihren Versprechen nur die schlechtesten Erfahrungen gesammelt.

Aber da war auch Loki, dachte sie, als sie die dampfende Schale zu sich heranzog und der schwere Duft des Nelkensuds in ihre Nase drang. Der hatte sein Wort gehalten, hatte das Boot beschafft, das Ravna hierher getragen hatte, ohne im Sturm zu zerbrechen.

Ihre Wangen brannten, als sie das Schwämmchen im Sud tränkte und so einführte, wie Ingrid es gesagt hatte. Die Haut dort unten war wund. Haut, die niemanden außer ihr selbst, ihre Mutter und ihre Hebamme etwas anging. Jetzt gehörte dieser persönlichste Teil von ihr nicht mehr nur ihr, sondern auch dem Mormaer von Kinelvadon.

Als sie einen der Lappen im Sud einweichte und auswrang, sah sie Funken, die in den Wassertropfen glitzerten. Das Feuer? Sie blickte genauer hin. Es sah nicht aus wie Spiegelungen der Flammen. Es sah aus wie ... Sterne. Doch sie glitten nicht mit den herabfallenden Tropfen zurück in die Schale, sie stiegen aus der Schale auf, wurden mehr, tanzten. Gebannt starrte Ravna auf das Funkenspiel, bis ihr Kopf sich drehte und die Gedanken aufhörten. Jeder Gedanke.

Hinter dem Sternenregen formte sich eine Gestalt. Zuerst nur ein heller Schatten, dann ein Schleier, der immer mehr Kontur annahm. Sie starrte in goldene Augen, und als sie Gita erkannte, quetschte der Anblick ihr das Herz zusammen. Ausgerechnet hier. Ausgerechnet jetzt. In dem Moment, in dem sie sie am meisten brauchte, erschien der Geist ihrer Mutter. Ravna ließ den Lappen fallen und streckte die Hände aus.

Anders als im Wald ließ der Geist sich dieses Mal berühren. Ravna spürte keine Haut, sondern nur eine Kälte, an der nichts Bedrohliches war. Sie weinte, als Gita eine Hand hob und die Kühle ihrer Erscheinung über die Wange der Tochter fuhr und sich in ihrem Haar verfing.

„Du warst nicht bereit, mein Liebling“, sang Gita. „Er weiß es auch, aber er hatte keine Wahl. So wenig wie du.“

„Der Prinz, Mutter." Sie wischte sich Tränen von den Wangen. „Wird er mich jetzt noch wollen, selbst wenn ich ihn finde?"

Gita lachte glockenhell. „Glaub mir, mein Liebling, dein Prinz wird dich wollen, solange du um ihn kämpfst."

„Wartet er auf mich?"

„Sorg dich nicht, Ravna. Das Schicksal findet seinen Weg. Du hast Mut bewiesen und den wichtigsten Schritt getan. Du hast dich dem Zugriff des Königs und der Königin entzogen. Affraic ist stark, aber über die Quellen in diesem Land besitzt sie keine Macht mehr."

Ein flammendes Glücksgefühl drohte Ravnas Brust zu sprengen. Aller Schmerz vergessen. „Dann ist Fiadh ..."

Gitas Miene schien sich zu verdunkeln, aber dann erkannte Ravna, dass es die Gestalt war, die sich in dem Funkenregen verlor. Ravna sprang auf, doch der Schmerz in ihrem Unterleib flackerte hoch und warf sie aufs Bett zurück. Sie stöhnte, wollte Gita festhalten, aber kam nicht einmal bis zu ihr hin. „Mutter!"

„Fiadh musst du erlösen, mein Liebling. Niemand anders kann es tun."

„Wie, Mutter? Wie kann ich ihn erlösen? Ich würde alles für ihn tun!"

„Ravna, mein Liebling, Ravna. Finde die Schafe, die nicht größer werden als ein neugeborenes Kind. Ihre Wolle ist so zart wie Seidenfäden. Finde die Schafe, die sie töten, weil sie nutzlos sind." Ihre Stimme klang immer ferner.

Halb aus Unbeholfenheit, halb aus Wut über den kurzen Besuch, stieß Ravna die Schüssel um. Der Sud ergoss sich über dem Deckel der schrecklichen Truhe. Als die stinkende Flüssigkeit von dem Möbelstück tropfte, erinnerte Ravna sich daran, was für ein Monster sie geheiratet hatte. Es war seine Schuld. Dass sie die Erscheinung nicht festhalten konnte, dass Gita sie verließ. Sie schrie, aber nicht aus Schmerz, sondern über die Ungerechtigkeit ihrer Welt. Der Funkenregen verglomm. Gitas Gestalt verschwand, aber ihre Stimme hing noch im Raum. „Finde die winzigen Schafe, mein Liebling."

KAPITEL 12

Ein Hahnenschrei weckte Ravna am frühen Morgen. Sie hatte nicht schlafen wollen, hatte gehofft, Gita noch einmal zu sehen, die Nähe der Mutter zu spüren, wenn sie wach blieb. Doch ihr Körper schrie nach Erholung. Nicht einmal zwei Tage war es her, seit sie aufgestanden war, nachdem das Fieber sie für Tage niedergestreckt hatte. Die Aufregungen ihres Hochzeitstages und die heiße Milch mit Honig und Salbei, die Ingrid bei ihrem zweiten Besuch gebracht hatte, hatten ihr den Rest gegeben und den Schlaf unaufhaltsam über sie hereinbrechen lassen. In der Nacht waren die feuchten Wickel kalt und unangenehm auf ihrer Haut geworden. Ravna hatte sie abgenommen und neben das Bett geworfen. Ein paar Mal hatte sie gemeint, jemanden ins Zimmer kommen zu hören, aber ehe sie die Geräusche einordnen konnte, war sie wieder eingeschlafen.

Sie hatte Durst und Hunger, ihre Knochen schmerzten, ihr ganzer Leib. Die Worte der Mutter gingen ihr nicht aus dem Kopf. Sie sollte Schafe finden, die niemand brauchte. Die Aufgabe war so abstrus, dass Ravna jetzt, im Licht des anbrechenden Tages, fast meinte, Gitas Erscheinen nur geträumt zu haben.

Wieder schrie der Hahn. Als wolle er die Bewohner der Feste verhöhnen, dass sie im Schlaf lagen, wo über den Hügeln bereits der Tag graute. Ravna schlug die Felle zurück und schwang die Beine über die Bettkante. Dort, wo ihr Nachtkleid nach oben rutschte und die Schenkel entblößte, biss kalte Luft in ihre Haut. Über Nacht war das Feuer im Kamin heruntergebrannt und der Inhalt der Kohleschalen verglüht. Sie rieb sich über die nackte Haut und riss sich zusammen. Neben dem Kamin waren Scheite aufgestapelt. Wenn sie Feuerstein und Zunder fand, konnte sie Feuer machen. Sie gab sich einen Ruck und stand auf.

In der Ecke rechts des Kamins, dort, wo am Abend zuvor die Zeugen gewartet hatten, lag ein Haufen Mensch unter einer groben Wolldecke. An dem blonden Gestrüpp, das unter der Decke hervorlugte, erkannte sie ihren Gemahl. Ihr Herz machte einen Satz. Ein Teil von ihr wollte sich zurück ins Bett verkriechen und so tun, als ob sie schliefe. Doch der Teil, der in der Nacht die tröstende Berührung der Mutter gespürt hatte, sah eine Aufgabe vor sich. Es musste ihr gelingen, Fiadh von dem Fluch zu befreien und die Hexe zu besiegen, dann würde sie ihren Prinzen gewinnen. Davon, dass sie sich verkroch, wurde nichts besser.

Der Deckenberg in der Ecke regte sich. Blinzelnd tauchte Somhairle daraus hervor. Seine Bewegungen wirkten steif und ungelenk. Ganz anders als bei dem Mann, den sie gestern kennengelernt hatte.

„Ravna?“ Schlaf färbte seine Stimme tief und rau. Der Klang erinnerte sie an die Geräusche, die er gestern gemacht hatte, als … Instinktiv wich sie zurück.

„Du bist wach.“ Er schlug die Decke zurück und kam auf die Beine. Hoch ragte er neben dem Kamin auf. Er trug immer noch die bestickte Léine, in der er sie geheiratet hatte. Sie presste ihre Schenkel aneinander, damit er nicht sah, wie sie zitterte. Trotzdem wanderte sein Blick an ihrem Körper hinab, von ihrem Mund über ihre Brust und den Bauch zu den Knöcheln und zurück. Seine Lippen verjüngten sich zu einem dünnen Strich, und er fluchte.

Instinktiv wich sie weiter von ihm zurück. Als er das erkannte, blinzelte er. Einmal, dann noch einmal, dann hatte er sich im Griff. Seine Miene wurde zu einer reglosen Maske.

„Konnte Ingrid nicht helfen? Ich dachte, von Frau zu Frau …“ Er ließ den Rest des Satzes im Raum schweben und blickte zu Boden, als wäre es ihm unangenehm, über diese Dinge zu sprechen.

„Es geht schon.“ Sie straffte die Schultern, drückte ihre Knie durch und ignorierte das Stechen im Unterleib. „Ich wollte Feuer machen“, sagte sie und hörte den Trotz in ihrer Stimme. Sollte er denken, was er wollte, aber sie war nicht schwach. Es brauchte mehr als einen grobschlächtigen Kerl und seinen … seine … und eine Hochzeitsnacht, um sie in die Knie zu zwingen. Darüber hinaus fror sie, und dagegen half ein Feuer.

„Warte“, unterbrach er sie. Auf einmal hatte er es sehr eilig. Er nahm ein Kästchen vom Fensterbrett und zog einen der beiden Stühle zurück, die an einem wuchtigen Tisch an der Fensterseite des Raums standen. Gleich neben der Truhe. Ravna schauderte. Sie war nicht schwach, aber die Gesellschaft abgenagter Feindesknochen ließ sie nicht kalt.

„Setz dich einen Augenblick zu mir. Brauchst du eine Decke? Hier.“ Er legte die Decke, unter der er auf den blanken Dielen geschlafen hatte, über den zurückgeschobenen Stuhl. „Setz dich.“

Sie konnte den Blick nicht von der Truhe wenden. Er folgte ihrem Blick mit den Augen und seufzte.

„Es sind nur Geschichten, Ravna.“ Er streckte die Hand nach ihr aus und stellte das Kästchen zurück ins Fenster. „Komm her.“ Mit der anderen Hand griff er nach dem Riegel der Truhe.

„Es geht mich nichts an …“, begann sie.

„Du bist meine Frau. Natürlich geht es dich was an. Komm her und besieg deine Angst.“ Er öffnete den Deckel, fasste nach ihrer Hand und zog sie zu sich. Sie schauderte bei der Berührung, aber schließlich siegte ihre Neugier.

Die Truhe enthielt saubere Stoffbahnen, unter anderem den waldgrünen, mit Gold bestickten Mantel eines Wikingers. Auch den roten Surcot, den sie auf ihrer Flucht aus Dublin getragen hatte, erkannte sie.

Somhairle zog ein Wollkleid aus dem Stoffwust und hielt es vor Ravnas Brust. „Blau ist deine Farbe, Rabenmädchen. Willst du es haben? Ich schenke es dir. Ich habe es erbeutet, als wir Geirstein besiegt haben. Seitdem liegt es in der Truhe und wartet auf eine neue Besitzerin.“

Er drückte ihr das Kleid in die Hand und schloss die Truhe. Erneut griff er nach dem Kästchen im Fenster. „Komm, setz dich an den Tisch.“

Ihr Herz schlug bis zum Hals, als sie die kurze Distanz zum Tisch überwand und sich setzte. Die Decke schlug sie um ihre nur mit dem dünnen Nachtkleid bedeckten Schultern. Die Wärme seines Körpers hing in der Wolle und spendete ein unerwartetes Gefühl von Sicherheit. Um nicht ihn ansehen zu müssen, starrte sie auf ihre Finger, die unablässig den feinen Wollstoff des Wikingerkleides kneteten. Sie wollte das nicht. Seine Geduld, seine Bemühung um sie, dieses Kleid. Das alles verwirrte und verängstigte sie noch mehr als die überstürzte Hochzeit. Nichts passte zusammen. Sie sehnte sich nach Fiadh und einem Leben, in dem Gut und Böse sauber voneinander getrennt waren. Sie dachte an Gitas Geist und an ihre Worte. Er hatte keine Wahl, genau wie du. Aber er war ein Monster, oder nicht? Ein Dämon, der zum Teufel wurde, sobald er einen Tropfen Wikingerblut roch. Wie sollte sie sich noch zurechtfinden?

„Ravna", begann er. „Ich wünschte, es hätte zwischen uns anders angefangen. Aber es ist, wie es ist. Ich möchte dir das geben." Er schob das Kästchen über die Tischplatte in ihre Richtung.

Unter gesenkten Lidern warf sie einen Blick auf die Schatulle. Sie war aus matt rot schimmerndem Holz gearbeitet, mit hellen Intarsien verziert, die keltische Zauberzeichen zeigten, wie sie sie von Schmuck ihrer Mutter kannte. Eine Morgengabe. Sie schloss die Augen, schluckte an dem dicken Kloß in ihrer Kehle, um Worte daran vorbei zu zwingen.

„Das wird nicht nötig sein, Herr. Unsere Ehe ist ja nicht von Dauer."

„Öffne es trotzdem. Ich will, dass alles seine Richtigkeit hat."

Kurz zauderte sie noch. Doch nicht zum ersten Mal an diesem Morgen siegte ihre Neugier. Vorsichtig, damit ihr die Decke nicht von den Schultern glitt, griff sie nach dem Kästchen und öffnete es.

Darin, gebettet auf purpurfarbenen Samt, lagen drei Dinge. Ein von beiden Enden zusammengerolltes und versiegeltes Stück Pergament, daneben eine Mantelfibel in der Form einer zusammengerollten Schlange mit einem Körper und Schädel aus fein ziseliertem Silber und Augen aus winzigen

Edelsteinen. Den Körper der Schlange zierten drei geschlossene Rosenknospen. Dem Mann, der dieses Kunstwerk geschmiedet hatte, war es gelungen, die Blüten so echt aussehen zu lassen, als warteten sie auf den Sonnenstrahl, der sie zum Erblühen brachte. Ein Schmuckstück für eine Königin. Der dritte Gegenstand war ein eiserner Ring mit mehreren langbärtigen Schlüsseln daran.

„Die Fibel ist das Einzige, was mir von meinen Eltern geblieben ist. Ich habe sie über all die Jahre aufbewahrt. Selbst als ich vor Armut kaum zu essen hatte, habe ich sie nicht verkauft, damit sie einmal meiner Braut gehört. Jetzt ist sie dein."

Wie gebannt starrte Ravna auf den Schlüsselring und die Fibel. Die winzigen Schlangenaugen schienen zurückzustarren und sie zu verhöhnen. Es ist nicht Recht, zischelte die Schlange in ihrem Kopf, ich gehöre nicht dir, ich gehöre einer Frau, die ihn lieben kann. Ravna wusste, dass sie das niemals können würde, denn auf sie wartete ein anderer. Trotzdem war die Fibel das schönste Schmuckstück, das sie je gesehen hatte. Um die Schlange nicht weiter zu verärgern, griff sie als erstes nach dem Pergament.

„Es ist eine Schenkungsurkunde", erklärte Somhairle, während sie das Siegel brach. „Du weißt, wie Seisyll schreibt. Kein Mensch kann es lesen."

Er hatte Recht, es war unmöglich, die bis zur Unkenntlichkeit verschnörkelten Buchstaben zu entziffern. „Sagt Ihr mir, was dort steht, Mormaer", bat sie.

„Die Urkunde weist dich als Besitzerin über Claggan aus. Es ist ein Gut am See Aline. Ein hübsches kleines Dorf gehört zu dem Gut. Die Felder sind fruchtbar, ein Fluss, reich an Forellen, mündet gleich neben dem Haus des Verwalters in den See. Noch leben in Claggan erst acht Familien, aber das Dorf wächst jeden Sommer. Wenn mir etwas geschieht, während wir verheiratet sind, soll es dir an nichts fehlen. Du hast jetzt einen Ort, an den du fliehen kannst. Ein Ort, der dir gehört, an dem du Zuflucht finden kannst. Auch vor mir, wenn du es brauchst."

Sie hörte auf, Seisylls Buchstaben entziffern zu wollen, und starrte stattdessen ihren Mann an. Zuflucht vor ihm? Meinte er das ernst, oder erlaubte er sich einen Scherz? Stand ihr so deutlich ins Gesicht geschrieben, wie sehr er sie einschüchterte, mit seinen Narben, dem groben, breitschultrigen Körper und seiner unverhohlenen Kraft? Ohne eine Miene zu verziehen, griff er nach dem Schlüsselbund und legte ihn ihr in die Hand.

„Du bist jetzt die Herrin von Drimnin. Dieser Schlüssel gehört dir."

Das Eisen fühlte sich kalt und fremd in ihrer Hand an. Als sie ihre Finger um die Schlüssel legte, klirrten sie leise aneinander. Unsicher fuhr sie mit dem Daumen an dem Ring entlang. „Ich weiß nicht, wie man einen Hof wie Euren führt, Herr."

Jetzt lachte er. Es war ein unerwartet warmes Geräusch, das tief aus seiner Brust kam. Nicht rau wie seine Sprache, auch nicht kratzig wie sein Atem, als er sie zu seiner Frau gemacht hatte. Sondern … schön.

Als hätte sie sich an dem Schlüsselring verbrannt, ließ sie ihn zurück auf die Tischplatte fallen und legte beide Hände um das Pergament.

„Gemeinsam mit Ingrid wirst du dieses Boot schon rudern, Ravna, Frau des Somhairle. Es wird Zeit, dass Anstand und Ordnung in diese Räuberbande kommt, die ich meinen Hof nenne. Ich will wetten, dass du genau die Richtige für diese Aufgabe bist, Prinzessin von Dublin." Mit diesen Worten ließ er sie allein.

Die Luft im Treppenturm strich eisig um seine nackten Füße und Waden, als er im Hemd nach unten stieg. Der Verband war verrutscht, und er musste pissen. Der Wein, den er nach der Begegnung mit dem Roten kannenweise in sich hineingeschüttet hatte, drängte nach draußen. Nach vier Stufen vermisste er bereits die Wärme im Schlafgemach, ganz gleich, wie wenig davon unter seiner Decke auf den Dielen angekommen war.

Im unbeleuchteten Korridor hinter der Halle stand Muireann. Die Arme vor der Brust verschränkt, im schwachen Licht des beginnenden Morgens nur ein Schatten an der Wand. Somhairle blieb stehen, rieb sich mit den Händen übers Gesicht und ächzte. Diese Konfrontation wartete so oder so auf ihn, dann konnte er sie auch gleich hinter sich bringen.

„Du hast auf mich gewartet", murmelte er.

„Ich habe drei Jahre darauf gewartet, dass du mir diese Schlüssel in die Hand legst, MacGillebride." Ihre Stimme war frostiger als der Morgen. Ihre Augen schimmerten wie Perlmutt, wie immer, wenn Muireann verärgert war. Sie war gefährlich, aber das galt auch für ihn. Sie beide verband genug Zügellosigkeit und Wildheit, dass er diese Frau nicht fürchten musste.

„Ich habe nie versprochen, dass ich das tun werde."

„Ich hatte den Eindruck, dass wir ein stilles Einverständnis haben. Ich habe diese Burg geführt, seit du mich auf deinen Raubzügen nicht mehr mitgenommen hast. Weil ich deinen Balg erst im Bauch und dann an der Brust hatte, wenn du dich erinnern möchtest."

„Ich erinnere mich sehr gut daran, dass ich einen Sohn habe und dass du …" Verdammt, wie sollte er es ausdrücken, ohne dass sie ihm die Nägel übers Gesicht zog? Wenn es jemanden gab, der alles hier in seiner Abwesenheit unter Kontrolle hielt, war das Ingrid. Es war absolut undenkbar, dass Muireann die Herrin der Halle sein könnte. Die Kriegerin konnte Furcht und Schrecken verbreiten. Wer Wärme oder Geborgenheit suchte, war bei ihr an der falschen Stelle. Doch um aus einem Haus ein Heim zu machen, benötigte eine Frau beides. Durchsetzungskraft und Güte, die Fähigkeit, anzupacken, und Wärme. Er wusste, wovon er redete, denn er hatte oft Zerstreuung und Wildheit bei Muireann gefunden, aber niemals Ruhe.

Die Kriegerin hatte Kräfte wie ein Mann, sie konnte auf dem Schiffsdeck zupacken und war sich nicht zu fein, sich ins Schlachtgetümmel zu stürzen. Für ihn, einen jungen Kerl, dem Kriegskunst über alles ging, war sie die offensichtliche Wahl gewesen. Er hatte eine Frau gewollt, die zwischen den Laken so gut austeilen konnte wie er. Er hatte sich die Hörner abstoßen müssen, und Muireann hatte ihm jede erdenkliche Reibungsfläche geboten.

Doch er war älter geworden, sie hatte ihren Reiz auf ihn verloren. Nicht, weil sie sich geändert hätte, sondern weil sie dieselbe geblieben war. Er war es, der sich verändert hatte. Immer öfter vermisste er einen warmen Ort, an den er zurückkehren konnte, wenn er auszog, um sein Reich zu vergrößern. Sehnte er sich nach etwas, für das es sich zu kämpfen lohnte, etwas, das über den brüllenden Blutdurst seiner Rache hinausging. Wärme und Geborgenheit konnte Muireann ihm nicht schenken. Sie war kalt wie das Meer. Als Mutter seines Sohnes galt sie etwas, daran würde sich nie etwas ändern. Aber das reichte ihm nicht mehr.

Bis zu Ravnas Ankunft hatte er mit ihr das Bett geteilt. Ein Mann hatte Bedürfnisse, und Muireann war leidenschaftlich und unersättlich, wenn es darum ging, ihre Schenkel um seine Hüften zu schlingen und ihn in sich zu ziehen. Jetzt bereute er, wie sehr er ihr damit in die Hände gespielt hatte.

„Und dass ich …?“ Sie nahm seine letzte Frage auf. Als sie sich drehte, fiel das kalte Licht der aufgehenden Sonne auf ihr Gesicht. Er begriff, wie gefährlich diese Frau war, wenn man als Gegner ihren Weg kreuzte. Durch seine Heirat mit der Olavesdatter hatte er die Geliebte zur Feindin gemacht.

„Muireann“, sagte er. „Ich muss verdammt nochmal pissen. Können wir das ein anderes Mal klären?“

„Nein. Ich möchte es jetzt klären“, erwiderte sie süßlich. Sie genoss das Foltermittel, ihm die Erleichterung zu verwehren.

„Wenn es sein muss: Ich hatte nie die Absicht, dich zu heiraten, und die Ehe mit der Olavesdatter hält den König von Dublin auf Distanz zu uns. Er wird es sich dreimal überlegen, ehe er mich angreift.“

„Und du? Überlegst du auch dreimal, ehe du ihn piesackst? Wird der wilde Sommerreisende jetzt zahm wie ein

Lämmchen, weil ihm die Tochter des Mannes, dem er die Inseln abjagen wollte, nun die Füße unterm Laken wärmt? Gillebride, der Thane von Argyll, dreht sich im Grabe um, wenn er das erfährt."

„Kein Mann dreht sich im Grab um, wenn er einmal drin liegt. Die Olavesdatter steht unter meinem Schutz. Krümmst du ihr auch nur ein Haar, wirst du es bereuen."

„Ihr?" Muireann lachte, ein scharrendes Geräusch. „Sie kann nichts dafür, das arme Ding. Ich wette, dass sie es nicht gewollt hat, nicht wahr? So ein Blümchen, verzärtelt am Hof in Dublin. Und dann kommst du mit deinem vernarbten Gesicht und deinem Gestank nach Pferdepisse und verrottetem Fisch und drängst dich ihr auf. Ihr werde ich nichts tun, sie hat genug bezahlt." Sie trat nah auf ihn zu. „Aber dir, Somerled Gillebridesson, der du neuerdings mit Nordmännern unter einer Decke steckst und die Ziele verrätst, für die ich mit dir zusammen aufs Meer gefahren bin. Dir werde ich deinen verdammten Schwanz abschneiden, wenn sich die Gelegenheit ergibt."

Brüsk drehte sie sich um, lief den Korridor hinunter und verschwand aus seinem Blickfeld, als sie die äußere Treppe in den Hof hinab erreichte.

Der Schlüsselbund an Ravnas Gürtel klingelte bei jedem Schritt, den sie die Treppe hinunter ging. Sie hatte gehofft, der Mormaer würde zurückkommen, um sie dem Hof offiziell als Herrin vorzustellen. Doch offenbar ließ ihr Gemahl sie allein, und die Schlüssel waren alles, was sie hatte, um ihren Anspruch zu untermauern.

Aus der Halle im Donjon sickerten Essensgerüche die Treppe herauf. Ob das bereits das Mittagsmahl war, oder noch das Frühstück? In dem Kleid aus grober grüner Wolle, das Ingrid ihr in der Nacht gebracht hatte, fühlte sie sich schäbig und unsicher. Es hielt angenehm warm, aber es hätte genauso gut das Gewand einer Magd sein können. Hätte sie doch das blaue anziehen sollen, das der Mormaer ihr geschenkt hatte? Aber das wäre ein Zugeständnis an Somhairle gewesen, und dazu war sie nicht bereit. Sie straffte die Schultern und trat in die Halle.

Kopf hoch, Prinzessin, klang die Stimme der Mutter in ihren Ohren. Wenn du selbst zu dir aufsiehst, tun es andere auch. Tatsächlich war es unnötig, das zu tun, denn die Menschen, die in der Halle über ihren Breischüsseln saßen, blickten nicht einmal in ihre Richtung.

Ravnas Magen knurrte und erinnerte sie daran, dass sie seit dem vergangenen Morgen nichts mehr gegessen hatte. Zu schnell waren die Ereignisse über sie hereingebrochen. Unsicher sah sie sich um. Die Tafeln waren zurück in die Mitte der Halle gerückt worden. Bei Tageslicht war zu erkennen, dass die aufgebockten Holzbretter, die als Esstische dienten, von Fett und vergossenem Bier speckig glänzten. Stärker noch als nach dem Brei roch es in der Halle nach Schlamm und Schweiß. Ihr drehte sich der Magen um, der Hunger vergessen. Bevor sie in dieser Halle etwas essen könnte, müsste erst einmal für Sauberkeit gesorgt werden. Zahlreiche Stiefel, feucht vom Seewasser und schlammig vom Matsch im Hof, hatten in der Nacht das bisschen Ordnung zunichte gemacht, für das der Mormaer in aller Eile vor ihrer Hochzeit gesorgt hatte. Sie erinnerte sich an seine Worte. *Das ist deine erste Aufgabe, Prinzessin.* Da sie ohnehin nicht gewusst hätte, wo sie anfangen sollte, konnte sie genauso gut hier beginnen.

Ein Sklavenjunge, acht, vielleicht zehn Jahre alt, huschte an ihr vorbei, zwei dampfende Krüge Met in den Händen. Sie hielt ihn auf.

„Wie heißt du?“

„Seh ich aus, als ob ich Lust habe, ein Schwätzchen zu halten?“ Die randgefüllten Krüge in seinem Griff klirrten aneinander, weil sie so schwer waren, dass seine dünnen Oberarme zitterten. Sie verstand seine Ungeduld, trotzdem beschleunigte sich ihr Puls bei seinen respektlosen Worten. Sie fühlte, wie ihr vor Ärger Röte ins Gesicht schoss. Niemand in Dublin hätte gewagt, so mit Affraic, der Herrin von Olaves Halle, zu sprechen. Ravna war die Herrin von Somhairles Halle. Wie sollte sie sich Respekt unter den Leuten von Drimnin verschaffen, wenn nicht einmal ein Sklavenjunge sie ernst nahm? Sie verstärkte ihren Griff so, dass sie ihm half, die Arme zu stützen, er ihr aber auch nicht entwischen konnte.

„Das tust du nicht. Ich wollte dich nicht von der Arbeit abhalten. Sag mir deinen Namen und du kannst gehen."

„Und wer will das wissen? Die heilige Jungfrau? Wer so spricht wie du, gehört nicht hierher."

Nein, dachte sie bitter. Eine Jungfrau war sie nicht mehr, aber dass sie nicht hierher gehörte, damit hatte er Recht. Sie schluckte die Unsicherheit herunter und antwortete erst, als sie sicher war, dass ihre Stimme sie nicht betrügen würde.

„Deinen Namen, Junge. Und den Namen des Hallenwartes, der dafür sorgen soll, dass hier alles rechtens ist."

„Hallenwart?" Der Kleine schnaubte belustigt. „Wenn du wissen willst, für wen der Met ist, dann ist das der Herr Domhnall. Ich bin Kellan. Lässt du mich endlich los? Wenn der Met kalt ist, ehe ich ihn an den Tisch bringe, handel ich mir Prügel ein."

Verstört über so viel Unverfrorenheit ließ sie den Jungen los. Er eilte an einen der Tische, wo drei finstere Gestalten Brei in ihre Münder schaufelten. Kellan stellte die Krüge ab und schob sie in die Mitte des Tisches. Zwar hörte Ravna nicht, was er zu den Männern sagte, aber sie sah, wie sie auf seine Worte hin lachten, sich schwungvoll von dem heißen Gebräu einschenkten und grölend zuprosteten. Sie sah den Met in ihren Bärten glänzen, als sie sich ihr zuwandten und noch lauter johlten.

Das Herz schlug ihr bis in die Kehle, als sie auf die Männer zuging.

„Das Bodenstroh muss ausgekehrt und erneuert werden", sagte sie mit so viel Autorität in der Stimme, wie sie aufbringen konnte. „Ich gestehe euch zu, euer Mahl zu beenden, aber dann werden zwei von euch mit der Arbeit beginnen. Wenn ihr euch nicht einig werdet, bestimme ich."

Einer der drei, ein zweigdürrer Geselle mit struppigem blonden Haar und einer Falkennase, kicherte in sein Bier. Ein zweiter, der in der Mitte saß, ließ langsam seinen Löffel in die

Schüssel sinken und sah sie aus rot geränderten Augen an. Seine Wangen waren über und über gefleckt mit Narben, sein langer, zotteliger Bart von Motten zerfressen. Um den linken Arm trug er einen Verband, der ihn aber nicht daran hinderte, den Metkrug zu stemmen.

„Du willst, dass die Halle gefegt wird, Prinzesschen?“ Er sprach mit dem kratzigen Ton der Männer dieses Landes. „Dann geh in den Hof. Dort findest du Rechen und Besen. Husch, husch. Tu dir keinen Zwang an.“

Hinter ihrem Rücken ballte sie die Hände zu Fäusten. Sie drehte sich so, dass der Feuerschein aus dem Kamin auf den Schlüsselbund an ihrem Gürtel fiel. Keiner der drei beachtete den Anblick.

„Nein“, sagte sie fest und drückte den Rücken durch. „Du wirst es tun. Ich befehle es dir. Dein Verband sagt mir, dass du verwundet bist und zur Zeit als Krieger nutzlos. Aber deine Verletzung ist nicht schwer genug, um dich von der Arbeit im Haushalt abzuhalten. Du wirst dich im Hof nützlich machen.“

Dem Mann fiel der Löffel aus der Hand, er starrte sie an, entrüstet über ihre Worte.

Doch ehe er etwas erwidern konnte, meldete sich der Dritte zu Wort. „Vielleicht ist es im feinen Dublin üblich, dass ein Weibsbild so mit ehrlichen Männern spricht. Aber uns ist es herzlich egal, wer du bist und woher du kommst. Du bist die, die den Roten an unsere Küste gerufen hat. Daran ändert sich nichts, nur weil der Mormaer dein Büchschen geöffnet und dir einen rostigen Schlüsselbund an den Gürtel gehängt hat. Wer dem Herrn die Laken wärmt, ist hier bei uns genauso einerlei wie dein Name, Wikingermädchen. Was bei uns zählt, ist, wie eine anpacken kann. Muireann ist ein Teufelsweib. Die hat manchem Nordmann das Fürchten gelehrt. Wenn eine hier den Namen Herrin verdient, dann sie.“

Zustimmend brummten die anderen beiden in ihren Met. Muireann. Muireann. Ravna erinnerte sich an die Frau mit dem blonden Kind im Arm. Die hatte Schultern wie ein Ruderer und Oberarme, kräftiger als Ravnas Schenkel. Wie sollte sie mit einer solchen Frau mithalten können? Hinter ihrem Rücken grub sie die Finger in ihre Handflächen, ließ wieder locker. Sie biss sich in die Innenseite ihrer Wange. So lang und so fest, dass der Schmerz das Brennen hinter ihren Augen betäubte.

Wollte der Mormaer das Teufelsweib Muireann und hatte Ravna nur genommen, weil sie eine gute Partie war? Wollte er die Kriegerin mehr als das verzärtelte Mädchen aus Dublin? Und sollte es sie nicht freuen, wenn es so wäre? Es freute sie nicht. Das Gefühl, das der Gedanke bei ihr auslöste, war vollkommen ungewohnt. Sie konnte es nicht einordnen.

Dreimal setzte sie an, noch etwas zu sagen. Dreimal versiegten ihre Gedanken, ehe sie Gestalt annahmen.

Sie würde den verfluchten Tränen nicht erlauben, über ihre Wangen zu laufen, und den Männern Genugtuung verschaffen. Sie hatte genug geweint. Somhairle MacGillebride hatte sie zur Herrin über Drimnin gemacht. Es wurde Zeit, dass sie sich wie eine solche benahm.

Fest entschlossen raffte sie ihre Röcke und lief nach draußen. Im Hof fand sie Rechen und Besen. Sie packte beides, stürmte zurück in die Halle und warf die Geräte neben den Männern auf den Boden. Das nasse Stroh verhinderte, dass es schepperte.

„Hier“, sagte sie, ohne die Männer anzusehen. „Sucht euch aus, wer womit arbeitet. Genießt Grütze und Met, denn ehe diese Halle nicht sauber ist, gibt es für keinen von euch noch einmal etwas zu essen. Dafür sorge ich. Wer sich nicht nützlich macht, wird nicht durchgefüttert.“ Es war ihr egal, wenn sie Dinge verlangte und sagte, die dem Mormaer missfielen. Er hatte sie nicht wissen lassen, wie ausgerechnet sie Ordnung in seinen Haufen bringen sollte. Er hatte ihr einen Schlüsselbund in die Hand gedrückt und sie allein gelassen. Jetzt würde er damit leben müssen, dass sie tat, was sie für richtig hielt. Aus Fehlern würde sie lernen, aber dazu musste sie erst welche machen.

Ehe die Männer aufbrausen konnten, wandte sie sich ab und schritt mit erhobenem Kopf zur Tür nach draußen.

Obwohl es ein sonniger Tag war, stach die Winterkälte auf ihren überhitzten Wangen. Aber die frische Luft tat ihr gut. Sie verschränkte die Arme vor der Brust, lauschte auf das Klingeln des Schlüsselbundes und betrachtete das Reh, das in einer Ecke des Hofes an ein paar Halmen Heu nagte. Neben Fiadh, halb auf seinen Rücken gestützt, stand ein kleiner Junge. Die Léine reichte dem Knaben fast bis an die Knöchel. Der Größe nach zu urteilen, mochte er zwei oder drei Winter zählen, seine flachsblonden Locken stießen fast auf die Schultern. Der Junge lachte fröhlich, als Fiadh ihn mit der Nase anstupste. Ihr Herz zog sich bei dem Anblick zusammen. Sie hatte den Kleinen am vergangenen Tag auf dem Arm der Frau namens Muireann gesehen. Das Bastardkind des Mormaer. Die Ähnlichkeit war so frappierend, dass es keine Fragen benötigte, wer der Junge war. In ihr regte sich ein Anflug Eifersucht. Wie war es Fiadh so schnell gelungen, einen Freund zu finden? Hatte der Herrgott die Liebe des Mormaer zu Muireann mit diesem bezaubernden goldlockigen Knaben gesegnet, weil sie die bessere Verbindung war?

Ravna lief die Treppe hinab zu dem Reh und dem Knaben. Der Junge konnte nichts dafür, dass sein Vater ihn gezeugt hatte, bevor er eine legitime Braut fand. Wenn das Leben mit Affraic sie eines gelehrt hatte, dann dass es niemals die Schuld der Kinder war.

Vorsichtig ging sie neben dem Jungen in die Hocke. „Hallo“, sagte sie und bemühte sich um ein Lächeln. „Dein neuer Freund heißt Fiadh.“ Sie kraulte ihrem Reh die Stirn, was Fiadh mit einem lustigen Ohrenschütteln quittierte. „Und ich bin Ravna. Verrätst du mir deinen Namen?“

Aus großen blauen Augen sah der Junge sie an, dann erschien eine Falte zwischen seinen dünnen Brauen. „Ich bin Callum MacShomhairle. Mein Vater ist der Herr von Kinelvadon“, sagte er mit stolzgeschwellter Brust.

„Das dachte ich mir. Du siehst ihm sehr ähnlich.“ Während sie redete, streichelte sie das Reh. Fiadh schmiegte sich in ihre Liebkosungen, ließ seinen Spielkameraden stehen und drückte sich an ihre Seite. Der Sohn des Mormaer beobachtete sie mit Argusaugen.

„Gehört das Reh dir, wie dem Herrn Domhnall die Hunde gehören?“, wollte er nach einer Weile wissen.

„Ich mag keine Hunde“, gestand sie ihm augenzwinkernd. „Als ich so alt war wie du, hat mich einer gebissen. Siehst du?“ Sie raffte ihren Rock und zeigte ihm die hässliche Narbe an ihrer Wade. „Fiadh gehört niemandem. Er gehört sich selbst. Aber wenn du willst, kannst du mit ihm spielen. Er ist nicht gern allein.“

Callum betrachtete eingehend ihre Narbe, dann das Reh, dann wieder sie. Er legte den Kopf schief, als müsse er über ihre Worte nachdenken. Wieder erschien diese entzückende Falte zwischen seinen Augenbrauen, mit der er seinem Vater noch ähnlicher sah.

„Warum bist du nett zu mir?“, fragte er schließlich.

„Warum sollte ich nicht nett sein?“ Offenbar überforderte die Gegenfrage Callum, denn er begann auf seiner Unterlippe zu kauen.

Als das nicht half, schüttelte er den Kopf. „Ich weiß nicht. Mutter sagt, du hasst mich. Und der Herr Aedan und der Herr Domhnall sagen das auch.“

„Dann weißt du es jetzt besser. Fiadh und ich können jeden Vertrauten auf der Burg gebrauchen, weil wir noch niemanden kennen. Es wäre schön, den tapferen Sohn des Mormaer einen Freund nennen zu können.“ Sie zwinkerte ihm zu und reichte ihm über Fiadhs Rücken hinweg die Hand.

Callum wuchs sichtlich bei ihren schmeichelnden Worten. In seiner Miene war abzulesen, dass er sich bemühte, würdevoll und überlegen auszusehen. Sie wartete ab. Als der Kleine seine Hand in ihre legte, machten sie beide ein feierliches Gesicht.

„Freunde“, sagte Callum.

„Freunde“, bestätigte sie und stand auf. Sie hatte noch nichts gegessen und vermutete, dass ihr Auftritt bei den Männern in der Halle ein Nachspiel haben würde. Aber immerhin hatte sie jetzt einen Freund. Der Tag war nicht verdorben.

KAPITEL 13

Die beiden Kinder versteckten sich hinter den Röcken ihrer Mutter, doch die war selbst in fürchterlicher Verfassung. Somhairle konnte der Frau vom kummervollen Gesicht ablesen, dass sie kurz davor stand, vor ihm auf die Knie zu fallen.

Der Angriff des Roten auf Kilninan hatte Lilas nicGowan zur Witwe gemacht. Ihr Mann hatte bei dem Überfall ein Bein und nun auch den Kampf um sein Leben verloren. Damit hatte jeder gerechnet, aber natürlich hatte Lilas gehofft, gebetet und alle christlichen Heiligen ebenso angerufen wie die alten keltischen Götter. Sie war noch nicht alt, aber sah verbraucht aus. Das Leben als Frau eines Fischers war nicht leicht. Zusätzlich zu dem Jungen und dem Mädchen, die an ihren Röcken hingen, hatte sie vermutlich drei oder vier Kinder verloren. Was die Männer aus Dublin ihr angetan hatten, daran wollte Somhairle gar nicht erst denken.

Über Lilas‘ Schulter hinweg fiel sein Blick auf Callum, der mitten im Hof stand und mit dem Reh spielte. Fiadh nannte Ravna das Reh. Somhairle hatte nicht mitbekommen, dass Callum und Fiadh Freunde geworden waren, aber das Kitz verhielt sich dem tollpatschigen Kind gegenüber zutraulicher als bei den meisten Erwachsenen.

Lilas‘ Stimme holte ihn zurück ins Hier und Jetzt. „Herr, schickt mich nicht weg. Ich kann meine Kinder nicht ernähren. Ich wüsste nicht einmal, wohin ich gehen kann. Bitte, Mormaer, gebt mir Arbeit auf Eurer Burg. Ihr werdet meine Kinder nicht merken.“

Er kannte das. Den Familien von Männern, die auf seinen Kriegszügen fielen, gewährte er in Drimnin Obdach, es sei denn, sie hatten ein Auskommen. Früher oder später fand sich für die meisten der Witwen ein Mann, der mit ihnen in eines der Dörfer zog. Kein Krieger wollte ewig in der Burg bleiben, wo es für niemanden ein Privatleben gab.

Nicht einmal für den Mormaer, dachte er bitter, als sein Blick auf Ravna fiel. Sie trug eine weite tönerne Schale unter dem linken Arm. Getrocknete Kräuter. Er musste lächeln. Er hatte sie beobachtet, wie sie den Männern Beine gemacht hatte. Jetzt, wo der Boden der Halle mit frischem Stroh bedeckt war, kümmerte sie sich selbst darum, Kräuter darüber zu streuen, damit diese ihren Duft verbreiteten. Plötzlich freute er sich auf den Abend. Es würde heimelig sein an seinem Feuer, so angenehm wie lange nicht mehr.

Nur widerwillig lenkte er seine Konzentration zurück auf die Frau, die vor ihm stand und flehte. Er konnte sie nicht wegschicken, aber wenn sie in der Burg unterkriechen wollte, musste sie etwas tun.

Ingrid tauchte oben auf der Treppe zur Halle auf, die Hände in die Hüften gestützt. Somhairle gab der Wikingerin ein Zeichen. Sofort eilte sie zu ihm herab.

„Ingrid, das ist Lilas. Sie hat ihren Mann verloren. Gib ihr Arbeit und den Kindern zu Essen. Auf dem Dachboden über dem neuen Hühnerstall ist Platz zum Schlafen. Kümmere dich darum."

Lilas heulte auf und ergriff seine Hand. Vor Dankbarkeit warf sie sich auf die Knie. Im nächsten Augenblick schrie eines der Kinder auf. Somhairle erkannte Domhnall, den alten Seebären, der mit seinen drei Wolfshunden das Tor durchschritt und sich nichts daraus machte, dass alle zurückwichen.

„Bring sie nur zum Fressen", knurrte er, als er Somhairles Blick spürte. „Sie sind gleich wieder weg."

Ingrid scheuchte Lilas und die Kinder an Somhairle vorbei zu den Hühnerställen. Im Weggehen hörte er, wie die Wikingerin etwas von Fischeputzen und Kesselschrubben zeterte. Die Antwort von Lilas war zu leise, um etwas zu verstehen.

Einer von Domhnalls Hunden schlug an. Ein Chaos aus Bellen und wütendem Knurren folgte. Ein Scheppern, brechendes Tongut. Der hohe Schrei, der ihm unter die Haut schoss, kam von Ravna. Er fuhr herum. Seine Frau lag auf den Knien im matschigen Hof, die Schale zerbrochen, die

Kräuter verstreut. Die Wolfshunde zerrten an den Leinen und gebärdeten sich wie wild.

Wegen des Rehs.

Ravna hatte die Arme um das Kitz geschlungen. Und um Callum. Erneut schrie sie. Keine Worte. Nur Panik. Sie trat. Nicht ziellos. Sie trat mit einem Fuß nach der Brust eines der Hunde, rutschte aus, ihre Hände glitten von dem Reh und dem Kind. Erneut holte sie Schwung und trat mit beiden Beinen zu. Der getroffene Wolfshund jaulte, wich zurück, aber nur, um wieder anzugreifen. Statt ihren Kopf mit den Armen zu schützen, wie es vernünftig gewesen wäre, warf sie sich aufs Neue über das Kitz und Callum. Geifernde Fänge bekamen ihre Wade zu fassen.

Domhnall unternahm nichts, um seinen Hunden Einhalt zu gebieten.

Im Laufschritt überbrückte Somhairle die kurze Strecke. Auch Zuschauer fanden sich, aber niemand griff ein. Der Respekt vor den Hunden war größer als der Wille, sich für die neue Herrin von Drimnin in Gefahr zu begeben.

Somhairle riss Domhnall zwei der drei Leinen aus der Hand und zerrte die Tiere von Ravna weg. Noch weiter zurück, bis zum Tor. Dem größten der Hunde trat er direkt ins Maul. Der Hund jaulte und zog den Schwanz ein. Den anderen strangulierte er fast mit der Leine. Domhnall schaffte es kaum, das dritte Tier unter Kontrolle zu bringen.

Vor dem Tor band Somhairle die Leinen an einem in die Wand eingemauerten Eisenring fest. Dann wandte er sich um und wartete, bis Domhnall den dritten Hund angebunden hatte. Mit beiden Händen packte er den Krieger am Hemd und schleuderte ihn gegen die Wand. Domhnall ächzte und ging in die Knie.

„Sie ist die Herrin von Drimnin!“, schrie Somhairle ihn an. „Es mag dir nicht gefallen, aber du wirst sie respektieren. Du wirst dich bei ihr für das Verhalten der Hunde entschuldigen. Und wenn ich noch einmal erlebe, dass deine Biester meine Frau oder mein Kind angreifen oder dem Kitz ein Haar krümmen, verlierst du eine Hand. Verstanden?“

Mit gerunzelter Stirn sah der Alte zu ihm auf. „Du hast dich verändert, Mormaer“, stieß er hervor.

„Ich lasse das nicht durchgehen. Sie ist deine Herrin. Sie verdient Respekt, denn sie hätte nicht tun müssen, was sie getan hat. Sie hätte sich weigern können, diesen Handel einzugehen. Sie hat mit ihrem Blut bezahlt, um euch alle hier vor den Kriegern des Roten zu schützen!“

„Sie gehört hier nicht her. Du hättest sie mit Olave wegschicken sollen. Hast du dir nie überlegt, dass ihre Anwesenheit Unglück bringen könnte? Woher willst du wissen, was sich die Nornen dabei denken, sie in einem Sturm von Dublin bis an unsere Küste zu wehen? Ich sag dir, das geht nicht mit rechten Dingen zu. Wir brauchen sie hier nicht.“

Somhairle stieß den Alten so heftig von sich, dass Domhnalls Körper nochmals gegen die Mauer krachte. Nur mühsam kam der Krieger wieder auf die Beine.

„Wer hier gebraucht wird und wer nicht, entscheide ich. Ich will deine Höllenhunde nicht noch einmal im Burghof sehen. Füttere sie in Zukunft draußen.“

Als er in den Hof zurückkehrte, sah er Ravna. Sie ruinierte sich das Kleid, als sie im Matsch hockte und Callum an ihre Brust drückte. Der Kinderkörper zitterte und zuckte. Neben den beiden stand Fiadh und schnupperte an Callums Kittel.

Somhairle trat an die kleine Gruppe heran. Ein scharfer Blick von ihm, und die Zuschauer trollten sich an ihre Arbeit. Er hockte sich zu Ravna. „Lass mich dein Bein sehen.“

Sie zuckte vor seiner Hand weg und sah zu ihm auf, als sei er ein Dämon. Verwirrung glitt über ihr Gesicht, sie blinzelte. Sie hatte wunderschöne Augen, fand er, die Weite des Meeres gefangen in einem einzigen Blick.

Dann bedeckte sie ihr Bein und rührte sich. „Das geht schon.“

„Lass mich dein Bein sehen“, wiederholte er mit Nachdruck. „Der Hund hat dich gebissen.“

Callum kämpfte sich aus ihrer Umarmung frei und baute sich neben ihm auf. „Sie hat gesagt, dass schon einmal ein Hund sie gebissen hat.“ Munter sprang das Reh um ihn herum. Das Tier schien sich am schnellsten vom Angriff der Hunde erholt zu haben.

„Ist das wahr?“ Somhairle sah Ravna in die Meeresaugen. Rabenhaar und Meeresaugen. Sie mochte die Tochter eines verbrecherischen Wikingers sein, aber sie war eine Keltin.

„Ich trag dich rein. Wenn du mir dein Bein nicht zeigen willst, wirst du es Ingrid zeigen. Sie verbindet es.“ Wut glomm in seinem Bauch auf, als er sah, wie sich der Stoff des Kleides, dort, wo es an ihrem Bein auflag, dunkel verfärbte. Sie blutete.

Sie zog die Beine unter ihren Körper und richtete sich unter größter Vorsicht auf. „Ich kann allein gehen, Mormaer. Ihr solltet Euer Bein nicht belasten.“

„Das mag sein, aber ich möchte nicht, dass du allein gehst.“ Er fuhr dem Kind mit der Hand durch die Locken. „Geh und sag Ingrid Bescheid, dass wir sie in der Halle brauchen.“

„Ich möchte mit dem Reh spielen!“, begehrte Callum auf.

„Das kannst du anschließend tun. Hol Ingrid. Sie ist in den Hühnerstall …“

Ein wütender Schrei unterbrach ihn. Mit wehenden Haaren stürmte Muireann die Außentreppe des Turms herab. Wieder spritzte Schlamm auf, dieses Mal unter den kräftigen Schritten seiner ehemaligen Mätresse. Sie packte Callum am Handgelenk und riss ihn aus Ravnas Reichweite. Überrumpelt landete Ravna erneut auf dem Hintern im Dreck.

„Die Wikingerhexe soll ihn nicht anrühren!“, keifte Muireann. „Er ist mein Sohn!“

Somhairle richtete sich auf. Muireann war eine große Frau, kaum eine Hand breit kleiner als er, und im Gegensatz zu Ravna alles andere als zierlich.

„Callum ist dein Sohn“, gestand er ihr zu. „Aber auch meiner.“

„Er ist der Erbe von Kinelvadon!“, fauchte Muireann. „Deine Wikingerdirne befleckt ihn!“

Er griff unter Ravnas Achsel und zog sie auf die Füße. Sie achtete auf Abstand und wich Muireanns flammendem Blick aus. Das Letzte, worauf Somhairle Lust hatte, war eine Auseinandersetzung mit Muireann. Er seufzte und verdrehte die Augen. „Bring den Jungen in deine Kammer. Am besten bleibst du auch dort. Ich will dich heute nicht mehr sehen, Muireann. Wir klären das ein anderes Mal."

„Du schmiedest schon Pläne, wie du mich loswirst, nicht wahr?" Ihre Augen glühten.

„Nein, das tue ich nicht, denn bis Ravna mir einen Sohn gebären wird, bist du die Mutter des Erben. Jetzt geh mir aus den Augen." Auffordernd sah er zu Ravna hinab. „Kommt, Prinzessin, Ihr müsst Euch ausruhen."

Eine Falte grub sich zwischen die Augenbrauen seiner Gemahlin, als sie die förmliche Anrede bemerkte. Dann nickte sie, machte einen Schritt an seine Seite und schob ihre kleine Hand in seinen dargebotenen Ellenbogen.

Hinter sich hörte er Muireanns empörtes Schnauben.

Am Fuß der Außentreppe blieb er stehen, packte Ravna um die Schultern und schob den anderen Arm unter ihre Knie. Sie stieß einen überraschten Schrei aus und hielt sich an seinem Hemd fest, als er sie hinauftrug. Das Brennen in seinem Bein ignorierte er.

„Wenn Ihr Pech habt, Herr, dann seid Ihre Eure kleine Wikingerin schneller wieder los, als ihr Ravna Olavesdatter sagen könnt. Hundebisse sind gefährlich." Unaufhaltsam zeterte und murrte Ingrid, während sie heiße Wickel in einen nach Arnika und Nelken duftenden Sud tunkte.

„Wo warst du, als Ravna auf den Hof gegangen ist?", zischte Somhairle zurück. „Ich hatte dir gesagt, du sollst dich um sie kümmern."

„Wenn Ihr Eure Braut nicht vergessen hättet, kaum, dass sie ihren Zweck erfüllt hat, wäre das nicht nötig gewesen. Habt Ihr Euch einmal überlegt, wie es ihr geht? Und dann lasst Ihr sie schuften. Die Männer in dieser Halle zu etwas bewegen zu wollen, was weder mit Krieg noch mit Met zu tun hat, ist Schwerstarbeit." Ingrid war nicht bereit, sich die Butter vom Brot nehmen zu lassen.

„Niemand hat von Ravna verlangt, sich mit den Männern anzulegen."

„Und was hätte sie tun sollen? Selber fegen und sich zum Gespött machen?"

Ravna blendete das Gezeter aus und griff nach einem der Wickel. Nelken schienen das Allheilmittel der Wikingerin zu sein. Sie halfen gegen grobe Ehemänner, wütende Hunde und pochendes Zahnfleisch. Nur gegen erregte Gemüter war offenbar kein Kraut gewachsen.

„Es ist kein richtiger Biss", versuchte sie die Wogen zu glätten. „Seht Ihr, kaum Blut." Demonstrativ hob sie den Lappen hoch. Die Zähne der Bestie waren abgerutscht, hatten die Haut zwar gekratzt, aber nicht durchdrungen. Das war eine Schramme, aus der etwas Blut lief, kein Biss.

„Nicht so wie gestern Abend, nicht wahr, Mormaer?" Den Titel ihres Herrn spuckte Ingrid aus wie eine Beleidigung. „War der Rote wenigstens zufrieden mit Euren Beweisen? Eins sag ich Euch: Ich hab schon einiges erlebt, aber ein Mädchen, das nach der Hochzeitsnacht so zugerichtet war wie Eure Braut, habe ich noch nie gesehen. Und dann lasst Ihr auch noch zu, dass Muireann ihre Zähne in sie schlägt. Drückt der Herrin den Schlüssel in die Hand und überlasst sie ihrem Schicksal. Wo wart Ihr, Mormaer, als Eure Frau Euch gebraucht hat?"

Peinlich berührt rutschte Ravna auf der Bank herum. Ingrid baute sich auf wie eine Glucke über ihrem Küken. Ihr Bauch bebte bei jeder Attacke. Gestern Abend hatte das noch anders geklungen. Da hatte Ingrid sie glauben lassen, alles sei halb so wild und Ravnas tränenreiche Reaktion übertrieben.

Ravna ließ den Lappen zurück in die Schüssel fallen. Aus dem Augenwinkel sah sie, wie die Muskeln in den Wangen des Mormaer zuckten. Jeden Augenblick erwartete sie seinen Ausbruch, doch nichts geschah. Ingrid verdiente eine Rüge. Natürlich tat es Ravna nach der Aufregung des Morgens gut, wie die Wikingerin sich für sie einsetzte. Trotzdem war Ingrids Tonfall eine Frechheit ihrem Herrn gegenüber und taugte dazu, sich Schläge einzuhandeln.

Ravna wagte nicht, ihren Gemahl anzusehen, als sie das Wort ergriff. Sie starrte auf ihre Finger, die schon gelb waren vom Nelkensud. „So darfst du nicht mit deinem Herrn reden, Ingrid." Sie zwang sich, der Älteren ins Gesicht zu sehen. Sie hoffte, dass ihre Stimme nicht die Erinnerung an die Schrecken der letzten Nacht verriet. „Alles, was geschehen ist, war rechtens. Er hat sich genommen, was ihm gehört. Geh in die Küche und sieh nach dem Abendessen. Niemand will verbranntes Fleisch."

Das Muskelzucken in Somhairles Wangen hörte auf. Stattdessen sah er Ravna erstaunt an.

Murrend kam Ingrid auf die Beine und raffte die nassen Tücher zusammen. „Ingrid, mach dies. Ingrid, mach jenes. Als ob ich überall zur selben Zeit sein könnte. Wie wäre es, wenn die feinen Herrschaften selbst die Hufe schwingen", brummte sie vor sich hin, als sie sich auf den Weg machte. Dennoch meinte Ravna zu sehen, wie die Wikingerin dem Mormaer verschmitzt zuzwinkerte. Sie verstand gar nichts mehr.

Stille legte sich zwischen sie und Somhairle, nur unterbrochen vom Knacken der Scheite im Kamin und einem Rascheln im Stroh, wo wohl eine Maus auf ein vergessenes Körnchen in den Halmen hoffte. Als das Schweigen zu lang dauerte, machte Ravna sich daran, aufzustehen.

„Ich werde wieder an die Arbeit gehen", sagte sie. Mitten in der Bewegung stockte sie. Über die Aufregung mit den Hunden hatte sie den Schmerz im Unterleib vergessen. Jetzt aber forderte die körperliche Anstrengung und auch die Nähe ihres Gemahls und die damit verbundene Erinnerung ihren Tribut. Es pochte und brannte. Instinktiv sog sie die Luft ein und presste sich eine Hand auf den Bauch. Wahrscheinlich war es an der Zeit, das Schwämmchen zu wechseln.

„Ravna?" Unbehaglich sah Somhairle sie an. „Ist es das Bein, oder …" Er sprach den Satz nicht zu Ende. Zu dem Missfallen in seinem Blick mischte sich eine Regung, die sie nicht deuten konnte. Wut, vielleicht? Oder Reue? Nein, sicher keine Reue. Sie hatte die Wahrheit gesprochen, als sie Ingrid zurechtgewiesen hatte. Er hatte sich nichts genommen, dem sie nicht zugestimmt hatte.

Ohne ihm in die Augen zu sehen, schüttelte sie den Kopf. „Es ist nichts. Ich muss mich an die Arbeit machen."

„Bleib." An ihrem Ärmel hielt er sie zurück. Eiskalt fühlte sich seine Hand durch den Stoff ihres Kleides an, obwohl sie wusste, dass das nicht sein konnte. Das Feuer im Kamin loderte, es war warm in der Halle und es duftete angenehm, seit Ingrid die getrockneten Kräuter im Stroh verteilt hatte. Trotzdem verspannten sich Ravnas Muskeln unter Somhairles Berührung, ihr Herz machte einen Satz. Auch das entging ihm nicht. Augenblicklich ließ er sie los.

„Meinst du nicht, es ist an der Zeit, dass wir einander kennenlernen? Wir werden es eine Weile miteinander aushalten müssen." Seine Stimme klang beinahe sanft. Trotzdem wollte sie ihn nicht ansehen. „Der Winter ist lang, wer weiß, wann das Wetter gut genug ist, um nach Süden aufzubrechen.

„Wie Ihr wünscht, Herr", murmelte sie zu ihren Füßen. Nach Süden. Nach Cybi. Stocksteif blieb sie stehen. Kurz schloss sie die Augen, um sich zu sammeln. Sie fühlte sich unbehaglich. Noch nie hatte sie erlebt, dass ein Mann mit einer Frau reden wollte, als wäre von Belang, was sie sagte.

„Setz dich zu mir." Er rutschte zur Seite, damit sie Platz neben ihm auf der Bank fand. In ihrer Brust beschleunigte sich der Herzschlag.

„Herr, wenn es darum geht, wie ich den Hof führe …" Endgültig verwirrt war sie, als er zu lachen begann. Ein Klang, der durch ihren Körper summte und ihr gefiel. Ein Lachen, das nicht zu dem derben Krieger passen wollte.

„Du hast ja noch nicht richtig angefangen, aber du hältst dich wacker. Ich habe gehört, wie du Domhnall und Niall in die Pflicht genommen hast. Die ganze Feste spricht davon. Aber das ist nicht, worum es mir geht. Ich will mit dir über dich sprechen. Ich will, dass du mir sagst, warum sie dich Ravna nennen, obwohl dein Vater ein Nordmann ist. Ich will wissen, ob es stimmt, was mein Sohn sagt, und du schon einmal von einem Hund gebissen wurdest. Ich will wissen, warum dein bester Freund ein Reh ist und warum du in meinen Wäldern aufgetaucht bist. Ich weiß nichts von dir. Vielleicht hast du auch Fragen an mich. Ich will mit dir reden, *neamhnaid dubh*", fügte er hinzu, nicht mehr lachend jetzt, sondern sehr ernst. „Ob hier oder in unserer Kammer, ist mir gleich."

Für die Dauer weniger Wimpernschläge konnte sie nicht anders, als ihm fassungslos ins Gesicht zu blicken. Hatte er das wirklich gesagt? Er hatte es gesagt. Die Worte hallten in ihren Ohren. Vorsichtig, den Rücken stocksteif, setzte sie sich auf den Platz, den er ihr freigemacht hatte. Ihr Blick fiel auf seine Hände, die vielfach vernarbte Haut, die rissigen Fingernägel, unter denen sich Dreck sammelte. Hände, die brutal aussahen und viele Menschen getötet hatten. Hände, die Angst einjagten.

Aber da wohnte auch jemand anders in ihm. Ein Mensch, der reden wollte. Dessen Klugheit und Besonnenheit nicht zu leugnen waren. Etwas Nebliges haftete ihm an, so als warte ein Geheimnis darauf, freigelegt zu werden. Sie wandte den Blick von seinen Händen, sah ihm ins Gesicht, das jetzt entspannt war und auf sie zu warten schien. Sie nahm einen tiefen Atemzug, um Mut zu schöpfen. Da war er wieder. Der Duft nach Zibet und Wolle und Mann. Ein schöner Geruch, der sie an einen fürchterlichen Moment erinnerte. Ihr Magen verkrampfte sich, und sie musste sich zwingen, ruhig zu atmen.

„Mein Vater", begann sie, „hat mir zu meiner christlichen Taufe den Namen Ragnhild gegeben. Aber meine Mutter hat mich Ravna genannt, weil das Sprichwort sagt, dass in Raben Weisheit wohnt. Sie sagte, ich werde die Frau eines mächtigen Mannes sein, und jeder mächtige Mann bräuchte eine kluge Frau."

Sie sah auf ihre Hände, wusste nicht, ob sie weiterreden sollte. Das Ungesagte hing schwer zwischen ihnen. Die Vorsehung hatte bestimmt, dass sie die Frau eines großen Fürsten werden sollte, stattdessen war sie hier. In diesem kleinen Land, das es, wenn es nach König Olave ging, gar nicht geben dürfte, weil es ein Teil des Königreiches Dublin sein sollte. Sie leckte sich über die Lippen und fuhr fort. „Sie hat mir von den Cù-Sìth erzählt, von den kalbgroßen Hunden, die den Tod bringen.“ Sie machte eine fahrige Bewegung in Richtung ihrer linken Wade. „Der Jagdhund eines der Krieger meines Vaters hat mich gebissen, als ich fünf Jahre alt war. Ich habe gedacht, es sei ein Cù-Sìth, der mich in die Zwischenwelt ziehen will.“ Diesmal war es nicht schwer, sich ein Lächeln abzuringen. Die Erinnerung an die Begegnung mit dem Hund in Dublin machte ihr keine Angst mehr. „Heute weiß ich, dass es nur ein Hund war. Man kann sich gegen sie wehren.“

„Und das hast du heute getan. Du hast Callum verteidigt, dabei musst du schreckliche Angst gehabt haben.“

Wieder zuckte sie mit den Schultern. „Angst hat noch niemanden vor irgendwas bewahrt. Ich hatte auch vor Königin Affraic Angst, wenn sie mit der Rute auf mich losgegangen ist. Oder vor meinem Halbbruder Gudred, der mich bei jedem Schritt verfolgt hat, in der Hoffnung, dass er irgendwas sehen würde, womit er mich bei seiner Mutter anschwärzen konnte. Auf der Fahrt in dem kleinen Boot über das Meer habe ich befürchtet, zu ertrinken. Als Fiadh und ich solch schrecklichen Durst hatten, hatte ich Angst vor dem Sterben. Aber ich habe nicht auf die Angst gehört. So lange man Angst hat, ist man am Leben, und dann hilft es nur, die Zähne zusammenzubeißen und zu warten, bis es besser wird. Das habe ich mir auch gestern gedacht, als …“ Sie biss sich auf die Zunge.

Das hatte sie davon, wenn sie unachtsam wurde und ihm erlaubte, ihre Vorsicht zu durchbrechen, und sei es nur für einen Moment. Jetzt wusste er, dass er nur sein Recht einfordern musste, um sie zu erschrecken. Er wäre kein Krieger, wenn er einen solchen Vorteil nicht zu nutzen wüsste. Zu allem Überfluss hatte er jedes Recht, wütend auf sie zu sein. Sie hätte versuchen sollen, ihm eine gute Gemahlin zu sein, stattdessen gestand sie ihm, nur darauf gewartet zu haben, dass es vorbei war. Beschämt senkte sie den Blick. „Verzeiht, Herr. Das war gedankenlos.“

Sein Zeigefinger unter ihrem Kinn hob ihren Blick seinem entgegen. Sie fürchtete, Zorn in seinen Augen zu lesen, Enttäuschung oder Abscheu, oder gar alles auf einmal. Stattdessen war sein Blick nicht zu deuten, aber so intensiv, dass ihr Puls zu rasen begann.

„Es gibt nichts zu entschuldigen, *neamhnaid.* Hältst du mich für so kaltherzig, dass ich nicht weiß, was ich dir abverlangt habe?"

Was sollte sie darauf antworten? Sie wollte wegsehen, um diesem Blick zu entkommen, der bis auf den Grund ihrer Seele zu blicken schien. Bis dorthin, wo sie sich danach sehnte, einen Ort zu haben, an dem sie sich sicher und geborgen fühlen konnte. Schließlich entschied sie sich, die Wahrheit zu sagen. „Ich weiß nicht, Herr", gab sie zu. „Ich kenne Euch nicht. Alles, was ich über Euch weiß, sind die Geschichten, die über Euch erzählt werden."

„Wie Geirsteins Knochen in meiner Truhe?", fragte er mit einem Funkeln in den Winteraugen.

Sie biss sich auf die Lippe und nickte. „Das war töricht, nicht wahr?"

„Nein, Ravna." Er lachte leise. „Nicht töricht. Ich will, dass meine Feinde so von mir denken. Ich will, dass sie mich fürchten."

„Bin ich Eure Feindin, Somhairle MacGillebride?", wagte sie zu fragen. Ihr Herz stolperte.

Er lehnte sich zu ihr. Seine Lippen streiften ihre Stirn, nur ein leichtes Kratzen seiner Bartstoppeln, das sie als angenehm empfand. „Geirsteins Gebeine ruhen in einem Grab auf der Insel Lismore im See Linnhe. Kein wildes Tier hat an seinem Leichnam genagt, und auch nicht an denen seiner gefallenen Krieger. Du bist nicht meine Feindin."

Stockend sog sie den Atem ein und betrachtete sein Gesicht. Seine Augen waren so hell. Nicht gefährlich in diesem Moment. „Wie könnte ich nur das Geringste über Euch wissen, Herr, in den wenigen Stunden, die wir miteinander verbracht haben?"

„Das wird sich ändern, *neamhnaid*“, erwiderte er und strich sanft mit dem Finger über ihre Wange. „Wir haben einen Winter lang Zeit.“

Als sie am Abend zu Bett ging, müde von der Arbeit und erschöpft von zu vielen Eindrücken, öffnete sie das Kästchen, das Somhairle ihr geschenkt hatte. Aus der Halle drangen die Stimmen der Männer und Frauen herauf. Sie lachten und sangen. Auch Ravna hätte Lieder beizutragen gehabt, doch niemand wollte sie hören. Der Mormaer hatte sie gebeten, mit den anderen in der Halle zu bleiben, doch sie hatte sich mit Müdigkeit entschuldigt und war gegangen. Sie spürte, wenn sie nicht willkommen war, und fröstelte unter den lauernden Blicken der Burgbewohner.

Die Brosche lag auf ihrem Bett aus Samt. Ehrfurchtsvoll hob Ravna sie auf, strich über die kunstvolle Arbeit. Waren am Morgen nicht alle drei Blüten geschlossen gewesen? Jetzt erstrahlte eine der Knospen in glänzendem Rot. Winzige Rubinsplitter waren in das Silber gearbeitet, gaben der Darstellung Tiefe und Farbe.

Sie schüttelte den Kopf. Natürlich hatte sie nicht richtig hingeschaut, als Somhairle ihr das Schmuckstück gezeigt hatte. Zu überwältigend war die Situation gewesen.

Behutsam legte sie die Brosche zurück ins Kästchen. Ein Schmuckstück für Königinnen, eine Gabe, wie sie sie sich vom Prinzen von Cybi gewünscht hätte.

Kaum hatte sie das Kästchen geschlossen und an seinen Platz auf dem Fensterbrett gestellt, fiel die Temperatur im Raum merklich. Ein Windstoß rüttelte an den Läden, dass sie klapperten. Der Wind, der gegen Abend immer aufzufrischen schien, pfiff und zischte durch die Ritzen im Holz. Schützend schlang Ravna die Arme um ihre Mitte. Sie wusste, sie sollte ins Bett gehen. Unter den Fellen hätte sie es warm, doch etwas hielt sie. Ein Schauder rieselte ihren Rücken hinab, Gänsehaut blühte auf ihren nackten Armen. Da war eine Stimme im Wind. Ein grausames Wispern, und es schien direkt zu ihr zu sprechen.

„Lauf nur, mein Kind“, sang die Stimme, zu leise und doch so laut, dass es Ravna in den Ohren schmerzte. Es war die Stimme der Hexe. Die Stimme, die Ravna nie mehr hatte hören wollen. Sie klang nicht wie Wind, sondern wie Wasser, und Ravna dachte an den Brunnen im Gemach der Königin, den glatten Spiegel, von dem es hieß, dass Affraic darin die Zukunft sehen konnte. Was sah sie sonst noch im spiegelglatten Wasser?

„Lauf, so weit du kannst. Glaube nicht, was eine tote Prinzessin dir gesagt hat. Du wirst mir nicht entkommen. Niemals wirst du mich besiegen. Ich finde dich.“

Sie zwang sich, an das Gesicht der Mutter zu denken, an die kleinen Schafe, von denen Gitas Geist geredet hatte. Gita hatte Ravna Hoffnung gemacht. Daran musste sie sich festhalten. Ob Somhairle ihr helfen würde, die Schafe zu finden? Doch er wusste nicht, dass das Reh ein verzauberter Junge war, und wie sollte sie es ihm sagen, ohne sich zum Gespött zu machen? Noch nie hatte sie sich so allein gefühlt. Wie mit Nadelstichen drang die Stimme der Hexe auf sie ein.

Ravna presste die Hände auf die Ohren, wollte nicht hören, was Affraic ihr einflüsterte. Von überall schien das Lachen der Hexe zu kommen, von draußen, von drinnen, von direkt aus Ravnas Kopf.

Sie konnte nichts hören, so laut rauschte der Puls in ihren Ohren. Die Tür zur Kammer schwang auf, der Wind entriss sie der Hand, die sie geöffnet hatte. Krachend schlug das Blatt gegen die Wand. Ravnas Herz stolperte, sie schwankte.

Im Türrahmen stand Muireann. Ihr schien die Kälte nichts auszumachen, obwohl sie nur ein dünnes Hemd trug, das kaum ihre Schenkel bedeckte. Um die Taille hatte sie einen Gürtel gebunden, und an diesem Gürtel steckte ein Messer.

Ravna fand sich gefangen zwischen dem Wunsch, zurückzuweichen, und der Angst, sich dem Fenster zu nähern, dem Sturm, in dem die Stimme der Hexe tobte. „Was machst du hier?“, fragte sie. In ihrer Stimme klang ein Zittern.

„Du hast geschrien wie von Sinnen, Rabenmädchen. Ich dachte, jemand wollte dich aufspießen, und da ich den Mormaer unten in der Halle weiß, habe ich nach dem Rechten gesehen."

„Wo ist mein Reh?"

„Dein Reh?", fragte die andere spöttisch. „Ihm geht es gut. Er schläft mit Callum in meiner Kammer." Ein Funkeln trat in die schwarzen Augen von Callums Mutter, ihre Hand legte sich an das Messer an ihrem Gürtel. Ravna hatte nichts, womit sie sich verteidigen konnte. Blaugefroren von Kälte und Angst stand sie in nichts als ihrem Unterkleid vor der Kriegerin.

„Was willst du von mir? Ich habe dir nichts getan."

„Die Mächte, mit denen du spielst, sind gefährlich, Rabenmädchen. Sei gewarnt. Ich werde nicht zulassen, dass du dem Meinen Schaden bringst." Muireanns Stimme klang leise jetzt, fast nur ein Flüstern, doch Ravna verstand jedes Wort. „Was, wenn ich ihm sage, was für ein Reh das ist? Du bist mir nicht gewachsen, Rabenmädchen. Sei auf der Hut." Für die Dauer weniger Herzschläge fixierte Muireann sie noch mit ihrem Blick, dann griff die Kriegerin nach der Tür und verließ ohne ein weiteres Wort das Zimmer. Wie ein Donnerschlag hallte das Krachen des Türblatts durch die Kammer.

Es dauerte, ehe Ravna sich so weit gefasst hatte, dass sie die Fäuste lösen konnte. Fiadh geht es gut, versuchte sie sich zu beruhigen. Er hat einen Freund gefunden, der Mormaer beschützt ihn. Muireann wird ihm nichts tun, sie liebt ihren Sohn. Ich muss schlafen, morgen ist alles nur noch ein böser Traum. Affraic ist weit weg. Alles wird gut.

Mit bebenden Knien ging sie zum Bett, kroch unter die Felle und igelte sich ein. Erst später, kurz bevor der Schlaf sie übermannte, fiel ihr auf, dass Muireann *er* gesagt hatte, nicht *es*. Die furchtlose Kriegerin hatte von Fiadh gesprochen wie von einem Knaben, nicht wie von einem Reh, und plötzlich war Ravna sicher: Muireann wusste Bescheid.

KAPITEL 14

„Ist sie gesattelt?“ Somhairle schob Kenneth aus dem Weg und machte Platz, damit Ravna zur Stalltür gehen konnte. Der junge Bursche war hochrot im Gesicht und wagte kaum, die Herrin der Burg anzusehen. Ravna versuchte erfolglos, ihre Neugier zu verbergen.

„Wo gehen wir hin?“, fragte sie, die Augen ein Funkeln.

„Ich habe ein Geschenk für dich und hoffe, dass Kenneth sie ein bisschen herausgeputzt hat“, erwiderte er und warf dem Jungen einen Blick zu.

„Nicht ich“, sagte der kleinlaut. „Der Wikinger.“

Richtig. Aonghas hatte davon gesprochen, dass er den jungen Krieger aus Olaves Gefolge, den Somhairle auf Muile am Leben gelassen hatte, als Stallburschen einsetzte. Der Kerl, der kein Wort sprach, war zunächst im Keller unter der Schmiede eingesperrt gewesen. Dort hatte er zweimal Jungen zusammengeschlagen, die ihm Essen oder Wasser brachten, und versucht, das Schloss aufzubrechen. Seit er im Stall arbeitete, gab es keine Meldungen mehr, dass der Wikinger zu fliehen versucht habe.

Die fuchsbraune Stute stand im Verschlag direkt neben der Tür. Ihr Zaumzeug aus Leder und polierter Bronze schimmerte im einfallenden Licht. Freundlich blickte sie der eintretenden Ravna entgegen, das Fell gestriegelt, dass es glänzte.

„Sie ist für dich“, sagte Somhairle und fühlte sich ein wenig linkisch.

Doch Ravnas halb offenstehender Mund, als sie sich zu ihm wandte, und das Leuchten ihrer Augen waren den Moment der Unsicherheit wert. Es war das erste Mal, dass er sie lächeln sah, wurde ihm bewusst, und in seiner Brust begann ein Brennen.

„Ich hatte nie ein eigenes Pferd!“ Begeisterung vibrierte in ihrer Stimme. Im Stillen klopfte Somhairle sich auf die Schulter.

„Prinzessin Ragnhild." Den nordischen Worten folgte die Gestalt, die sich aus den Schatten im hinteren Teil des Stalles löste. Der Gefangene. Instinktiv ging Somhairles Hand an den Schwertgriff. Ravnas Arm, den sie bereits nach den Zügeln der Fuchsstute ausgestreckt hatte, fiel herab. Der hochaufgeschossene junge Mann fiel vor ihr auf die Knie und senkte den Kopf.

„Loki?" Sie klang, als könnte sie es nicht glauben. Vorsichtig trat sie auf ihn zu, legte eine Hand auf seine Schulter. Das Lächeln, das eben noch mit der Wintersonne um die Wette gestrahlt hatte, erlosch, als sie den Eisenring um den Hals des Jungen sah. Das Zeichen, dass er ein Sklave war.

Somhairle zog das Schwert ein Stück weiter aus der Scheide, aber seine Frau wandte sich ruckartig zu ihm um. „Nicht!", entfuhr es ihr. „Ich kenne ihn."

„Das überrascht mich nicht", erwiderte er trocken. Er hätte Aonghas anweisen sollen, den Gefangenen aus dem Stall zu entfernen, ehe er Ravna zu der Stute brachte. Er konnte sich nur zu gut ausmalen, was der Anblick des jungen Sklaven in Ravna auslöste. „Er ist einer der Krieger deines Vaters."

„Er ist Schiffbauer!", widersprach sie. „Kein Krieger."

„Für einen Schiffbauer erstaunlich, wie getränkt seine Kleider mit dem Blut meiner Untertanen waren, als ich ihn auf Muile verschonte." Er konnte nicht verhindern, dass Eis in seine Stimme sickerte. Gröber als beabsichtigt schob er Ravna zur Seite und packte den Wikinger im Nacken. Als er ihn auf die Füße zog, war der andere kaum kleiner als er selbst, aber hagerer. „Verschwinde", zischte er. „Oder du wirst wieder in Ketten gelegt. Willst du das?"

Ein widerspenstiger Blick aus hellgrünen Augen weigerte sich, klein beizugeben. „Es war mir ein Vergnügen, das Pferd für Eure Gemahlin zu putzen", sagte er in der Sprache der Gälen. Ein bisschen holprig, aber es war klar, dass er jedes Wort verstanden hatte.

„Lasst ihn los", bat Ravna mit sanfter Stimme. Als Somhairle sie ansah, erkannte er das Flehen in ihrem Blick. „Er ist mein Freund."

„Ein Freund, der die Kriegsaxt für Euren Herrn Vater schwingt?“, fragte Somhairle höhnisch. Es passte ihm nicht, wie sie über den Sklavenjungen sprach. Mit Wärme und Liebe. Ohne Angst, ohne die Vorsicht, die er von ihr kannte, sondern so, als würde der Junge ihr etwas bedeuten. Das lief nicht, wie er es sich vorgestellt hatte. „Sollte ich meine Überzeugung, dass es sich bei Euch, Prinzessin, nicht um eine Spionin des Roten handelt, noch einmal überdenken?“

Der Wikinger sah Ravna an. „Ich hab es dir gesagt, weißt du noch? Auf den Klippen? Dass ich Krieger werden würde.“

„So schnell ...“, wisperte sie unglücklich.

„Dein Vater hat nach Ruderern gesucht. Du warst weg, und er wollte dich wiederfinden.“

„Hat er gewusst, dass ich in Kinelvadon war?“

Somhairle spitzte die Ohren. Olave hatte behauptet, seiner Tochter auf den Spuren des Sturmes gefolgt und nur deshalb nach Kinelvadon gekommen zu sein, weil sie sonst nirgends gesehen worden war. Er konnte nicht behaupten, überrascht zu sein, als der junge Krieger etwas anderes sagte.

„Er wusste genau, wo du bist. Ich werde das Land in Asche legen, wenn er sie nicht rausgibt, hat er gesagt.“

Ravna senkte den Blick und strich abwesend der Stute über den Hals. „Affraic“, flüsterte sie.

Der junge Mann nickte. „Ich war froh, dass er mich mitgenommen hat.“

Wieder hob seine Gemahlin den Kopf. Diesmal war Somhairle klar, was es für ein Gefühl war, das durch seinen Leib schoss, als er den Blick bemerkte, mit dem Ravna den hageren Jungen ansah. Rasende Eifersucht. Dazu gemacht, zu zerstören. War es dieser Junge, wegen dem sie ihn zurückwies, an den sie gedacht hatte, als ... Er riss sich zusammen. Das war Unsinn. Ravna glaubte an die Vorsehung, an ihren Prinzen auf Cybi. Sie würde ihr Schicksal niemals für die Tändelei mit einem pickeligen Knaben riskieren.

„Aber du bist kein Krieger, Loki“, sagte sie. „Du hast zu mir gesagt, du willst mit auf des Königs Schiffe, um von Dublin wegzukommen. Nicht, um Menschen zu erschlagen.“

Somhairle schnaubte. „Wie nobel."

Erst jetzt schien Ravna sich daran zu erinnern, dass er auch da war. Die Vehemenz, mit der sie sich an ihn wandte, warf ihn fast um. Sie ließ das Pferd stehen und trat zu ihm, legte ihre Hände auf die Lederriemen, die über seine Brust liefen und das Waffengehenk auf seinem Rücken hielten. Er sah auf sie hinab, sprachlos.

„Er ist Zimmermann, Herr", sagte sie. „Er baut Schiffe, versteht Ihr? Er ist kein Krieger, das müsst Ihr mir glauben. Wenn er auf Muile Menschen angegriffen hat, dann nur, weil es ihm befohlen wurde. Sperrt ihn nicht ein, Mormaer! Nehmt dieses fürchterliche Eisen von seinem Hals. Er braucht Seewind um die Nase. Ich schwöre, er wird es Euch danken."

Dass sie ihre Furcht vergaß und ihn von sich aus berührte, drohte sein Herz aufzuweichen. Über ihren Kopf hinweg starrte er auf Loki, der sich nicht rührte. Sollte er ihr sagen, dass es Lokis Pfeil gewesen war, der seine Beinwunde wieder aufgerissen hatte? Aber wem wäre damit geholfen?

„Du meinst, ich soll ihm lieber befehlen, in meiner Werft zu arbeiten?"

Zum ersten Mal regte sich etwas in den hellgrünen Augen des Jungen, aber er hatte sich sofort wieder im Griff und machte ein Gesicht, als sei es ihm egal.

Anders als Ravna. Begeistert blickte sie zu Somhairle auf. Die Verwandlung der stillen, auf Haltung bedachten Königstochter in eine energische junge Frau war faszinierend. „Ja!", rief sie. „Ihr habt eine Werft? Ihr werdet es nicht bereuen, Mormaer! Er baut Schiffe, seit er laufen kann."

Somhairle musste daran denken, wie sie den Jungen daran erinnert hatte, dass er von Dublin weggewollt hatte. Wie wahrscheinlich war es, dass Loki versuchen würde zu fliehen und in einen Käfig zurückzukriechen, aus dem er ausgebrochen war?

Er blickte hinab auf seine Frau. „Reite mit mir aus, Rabenmädchen", sagte er leise. „Und ich denke darüber nach."

„Das ist Erpressung“, brachte sie nach einem kurzen Moment hervor.

„Da hast du Recht.“

Somhairle ritt voraus auf einem stämmigen Rappen, der sich kaum zügeln ließ, als er seine Hufe durch das dünn vereiste Uferwasser pflügte. Immer wieder versuchte er auszubrechen.

Die Fuchsstute war deutlich gelassener und gab Ravna ausreichend Gelegenheit, mit wachsender Begeisterung das Spiel von Pferd und Reiter vor ihr zu beobachten. Somhairle sah aus, als sei er im Sattel festgewachsen. Fest schlossen sich seine Schenkel um den Bauch des Tieres. Er saß kerzengerade, die Zügel locker in der Hand. Wenn er sich umwandte, um nach ihr zu sehen, klebten ihm die rotblonden Locken nebelfeucht im Gesicht.

Er war schön, fand sie.

Ihr Gemahl.

Die Begegnung mit Loki hatte sie schockiert, das grobe Eisen um den Hals des Jungen, die offensichtliche Verachtung, mit der ihr Ehemann über den Freund sprach. Aber dann wurde ihr klar, dass Somhairle Loki nichts tun würde. Ihr Freund aus Dublin war am Hof des Mormaer ein Gefangener. Ein Sklave, der mehrmals versucht hatte zu fliehen. In Dublin wäre ein solcher Gefangener getötet worden. Sie machten mehr Ärger, als sie wert waren. Somhairle hatte Loki eine Aufgabe gegeben, statt ihn zu töten.

Ihr Gemahl war ein guter Mann mit dem Ruf, ein Berserker zu sein.

Vielleicht schlummerte auch beides in ihm. Ob Berserker oder nicht, eines war er bestimmt: Ein Rohling mit einer Halle voller grobschlächtiger Krieger. Das bisschen Behaglichkeit, das Ingrid und nun auch sie versuchten, in diesen Hof zu bringen, versickerte im Bodenstroh und verrottete. Doch machte ihn das zu einem schlechten Menschen? Er tötete seine Gefangenen nicht, und er schenkte seiner Frau ein Pferd. Er nahm sich Zeit, mit ihr auszureiten und ihr die Umgebung von Drimnin zu zeigen.

Sie trieb die Stute an und schloss zu Somhairle auf, bis sie nebeneinander ritten. Er nahm die Zügel seines Rappen fester, um zu verhindern, dass der wieder ausbrach und sie in Gefahr brachte. „Du willst etwas fragen?“

„Zeigt Ihr mir die Dörfer, Mormaer?“

„Warum ausgerechnet die Dörfer?“

Wenn sie ihm sagte, dass der Geist ihrer toten Mutter sie auf die Suche nach nutzlosen winzigen Schafen geschickt hatte, würde er sie womöglich als Hexe einsperren und durch den verwahrlosten Mönch verbrennen lassen.

„Ich bin neugierig“, sagte sie deshalb ausweichend. Es war nur eine halbe Lüge.

Lachend blickte er auf sie herab. „Du bist seit Wochen in meinem Haus und warst nie neugierig.“

„Das Dorf, das Ihr mir geschenkt habt ...“, begann sie, hoffend, dass er dieses Interesse passender fand.

„Das ist zu weit“, entgegnete er, jetzt ernst. „Es ist auf der anderen Seite des See Aline. Dorthin reiten wir mehr als eine Stunde, und es ist kalt. Du würdest krank werden.“

„Ich bin gut angezogen, und ich kann stundenlang reiten.“

„Ich hatte nicht geglaubt, dass Frauen am Hof von König Olave das Reiten lernen. Erst recht nicht die Königstöchter.“

Sie schnaubte. „Fionngula würde sich eher einen Finger abhacken, als auf ein Pferd zu steigen.“

„Das ist seine andere Tochter, nicht wahr? Sie soll dem Jarl von Orkney als Braut angeboten worden sein.“

„Sie ist erst dreizehn Jahre alt!“ Erst nach ihrem Ausruf bemerkte Ravna, dass es ihr egal sein konnte. Sollten sie Fionngula doch verheiraten, an wen sie wollten. Als Ravna Arvid hatte zugeführt werden sollen, hatte auch kein Hahn nach ihr gekräht. Doch sie hatte dem Schicksal ein Schnippchen geschlagen und befand sich nun in der Obhut des siegesgewohnten Mormaer von Kinelvadon.

„Loki hat es mir beigebracht“, kam sie auf das ursprüngliche Thema zurück.

Somhairle lenkte seinen Rappen landeinwärts, an einem schmalen Bachlauf entlang. Ergeben folgte die Stute dem

Hengst. „Abends, wenn ich mit meiner Arbeit fertig war, bin ich oft zu ihm hinaus auf die Werft. Dann sind wir heimlich ausgeritten. So sind wir Freunde geworden."

„Seid ihr verwandt?" Er biss die Zähne zusammen, dass es in seinen Kiefern zuckte.

Irrte sie sich, oder schwang da eine Spur Missgunst in seiner Stimme? Gar Eifersucht?

„Nein, er ist mein bester Freund. Ihr versprecht, dass Ihr ihn nicht länger einsperren werdet, ja?"

„Herrgott noch mal, er ist seit Tagen nicht mehr eingesperrt. Er arbeitet im Pferdestall. Wenn er wollte, könnte er weggehen. Irgendjemanden, der ihm das Eisen aufschneidet, würde er schon finden in den Siedlungen auf der anderen Seite der Berge. Aber er scheint nicht zu wollen."

Sie wollte noch mehr für Loki tun, doch die plötzliche Wut in der Stimme des Mormaer hielt sie ab, die Frage direkt zu stellen. Loki war der Einzige, der ihr je geholfen hatte. Nur seinetwegen war sie noch am Leben. Sie kaute auf der Unterlippe und überlegte. Vielleicht, wenn sie sich über einen Umweg näherte …

„Wo ist Eure Werft?", fragte sie schließlich.

„Bei Claggan. Bei deinem Dorf." Seufzend wandte er sich im Sattel zu ihr um. Offensichtlich war sie durchschaut. „Ich überlege es mir, Rabenmädchen, versprochen. Schiffbauer, die etwas von ihrem Handwerk verstehen, kann ich immer gebrauchen. Wenn er gut ist ..."

„Er ist der Beste!", unterbrach sie ihn leidenschaftlich.

Er schüttelte den Kopf und schnalzte mit der Zunge. „Tu nicht, als würdest du etwas von Schiffen verstehen."

Das traf. Sie blickte auf den Wald, dem sie sich näherten und in dessen Schatten sich die Hütten eines kleinen Dorfes duckten. Baumstümpfe frischer Rodungen ragten aus dem Schnee. Ackerfurchen zeichneten sich unter der weißen Decke ab.

Sie hob eine Hand, trieb der Stute die Hacken in die Seite und galoppierte davon, hinein in die Schonung. „Eiche. Buche. Lärche." Sie rief die Worte über ihre Schulter, dass der

Wind sie ihr von den Lippen pflückte und zu ihrem Mann trug. In einem wilden Ritt durchpflügte sie das Wäldchen, zog den Kopf ein, wann immer ein Ast drohte, ihr ins Gesicht zu schlagen. Ihr Herz raste vor Aufregung. Wann hatte sie sich das letzte Mal so lebendig gefühlt? „Das Holz der Weißtanne eignet sich besser für den Kiel als Eichenholz, aber für die Planken nimmt man am besten Esche, weil es sich leichter in Form biegen lässt und die Form besser hält."

Die Hufe des Rappen donnerten auf den Boden, als Somhairle endlich eine Stelle fand, die breit genug war, um den Hengst an der Stute vorbeizujagen. Vor ihr stellte er sein Pferd quer. Die Füchsin warf den Kopf und schnaubte irritiert, als Ravna sie zügelte.

„Was?", fragte Ravna, aber sie wusste genau, was los war, und lächelte ihren Gemahl an.

Sprachlos blickte er auf sie herab.

„Sagt nie wieder, eine Frau könne nicht reiten oder hätte keine Ahnung von Schiffen, Mormaer." Ihre Wangen brannten vor Aufregung. Am liebsten hätte sie gejauchzt.

„Worauf du dich verlassen kannst, Rabenmädchen", murmelte er kopfschüttelnd, lenkte den Rappen herum und trieb ihn auf den Weg zurück zur Burg. Auf dem Rückweg sah er sich kein einziges Mal um, ob sie mit ihm Schritt halten konnte.

Somhairle legte die schweren Beine hoch. Er hatte sich seit seiner Hochzeit gehen lassen, der Ausritt mit Ravna hatte ihn eiskalt erwischt: Sein Körper war bequem geworden. Der Schemel neben dem Kamin knarzte unter seinen Füßen. Rotgoldene Schatten flackerten über nackte Haut, die Hitze der Flammen drang durch die Fußsohlen in seine Knochen und wanderte wohlig nach oben.

Er schloss die Augen.

Von Olave dem Roten war ein Bote gekommen, den Seisyll willkommen geheißen hatte, weil Somhairle mit Ravna unterwegs gewesen war. In einer unter einem weißen Schafsfell als Friedenszeichen segelnden Snekka hatte ein greisenhafter Mann, seit vielen Jahren Olaves Verhandlungsführer, Hochzeitsgeschenke gebracht. Ein Kleid in tiefblauer Seide, der Stoff und die Farbe einer Königin, für Ravna. Ein Harnisch aus Kalbsleder, mit silbernen Platten besetzt, für Somhairle. Wollte Olave Freundschaft? Womöglich hoffte der Rote, dass der Sturmwind aus dem Norden sich von der schönen Wikingertochter bändigen ließ. Dass der Sturm der Rache nicht mehr in südlicher Richtung wehte, um die Inseln, die zu Olaves Reich gehörten, zu plündern.

Als würde der Mormaer von Kinelvadon jemals damit aufhören. Wenn sein Volk hungerte, plünderte er anderswo. Wenn ihn ein Dorfältester um Hilfe gegen einen brutalen Lehnsherrn bat, schritt er ein, und wenn es ihm passte, verleibte er sich ein Stück Land oder eine Insel ein. Das war die Welt, in der Somhairle lebte, und so würde sie bleiben.

Er beobachtete Ravna, die beim Feuer kniete und das Zaumzeug ihrer Fuchsstute polierte. Ihre Augen glänzten. Aedan blieb vehement dabei, dass er ihr niemals trauen würde. Sie könnte eine Spionin sein. Ravnas Zusammenprall mit dem gefangenen Stallburschen hatte Aedans Misstrauen weiter genährt. Wann hatte man von Zimmerleuten gehört, die Königstöchter das Reiten lehrten? Ganz sicher waren die Geschenke ein Versuch, den Sturmwind einzulullen. Im Moment war es Somhairle gleichgültig. Er sah seine Frau in dem Kleid aus schimmernder Seide, erinnerte sich an ihre Begeisterung auf dem Pferderücken und wusste, dass sie keine Spionin war. Seit sie nach Drimnin gekommen war, hatte er sie nicht so glücklich gesehen. Am Feuer sitzen und Bronze putzen war sicher nicht der Ort und die Tätigkeit, ein solches Kleid zu tragen. Aber sie war eine junge Frau. Natürlich wollte sie die schönen Dinge zeigen, die sie besaß.

Der gemeinsam verbrachte Tag, draußen unter dem winterkalten Himmel, hatte ihm mehr als jeder Tag zuvor versichert, dass die Vorsehung Ravna zu ihm gebracht haben musste. Sein Körper sehnte sich nach ihr.

Ravna hob den Kopf, vermutlich hatte sie seinen Blick auf sich gefühlt. Außer ihnen saßen nur Aonghas und Seisyll im

Raum. Aonghas tändelte mit seiner hochschwangeren Frau Editha, deren Kind noch vor Anbruch der nächsten Kriegszeit geboren werden würde. Seisyll ließ sich Ingrids gutmütige Flachsereien gefallen und trank ihren heißen Wein. Manchmal wollte Somhairle den ehemaligen Mönch beiseitenehmen und ihm den Kopf im eisigen Drimnin-Bach waschen, damit er die dralle Frau endlich nahm. Es war offensichtlich, wie sehr sie ihn wollte, und Seisyll schickte sie niemals weg. Aber dann blickte er auf Ravna und wusste, dass er der Letzte war, der einem anderen Mann Ratschläge geben konnte, was Frauen betraf.

In jeder ihrer Gesten glänzten Ravnas höfische Erziehung und ihre edle Geburt. Doch auf dem Pferderücken hatte sie ihm eine andere Seite gezeigt, eine, die ihn magisch in ihren Bann zog. Sein Herz und andere Körperteile schwollen an, wenn er den eleganten Schwung ihres Halses beobachtete und an ihr wehendes Haar zurückdachte. An die Art, wie sie ihren Rücken gerade hielt, mit einer solchen Anmut, dass es niemals steif wirkte. Egal ob am Kamin oder auf dem Rücken der Stute.

Aber sie zähmte den Sturm aus dem Norden nicht. Das lag nicht daran, dass Somhairle sie nicht mehr angerührt hatte seit der misslungenen Hochzeitsnacht, die er am liebsten aus der Erinnerung löschen wollte. Aus ihrer, aber auch aus seiner. Es wäre so viel einfacher, sich ihr zu nähern, wenn diese Erfahrung nicht zwischen ihnen stünde. Er ahnte, dass das, was sie verängstigte, nicht nur sein klägliches Versagen im Brautbett war. Seine Frau hatte weit mehr durchgemacht, als er vermuten konnte. Wann immer ihre Schultern sich verkrampften, wollte er jeden kurz und klein schlagen, der ihr Schmerzen bereitet hatte. Sich selbst eingeschlossen.

Sie tasteten sich aneinander heran. Es war ein Tanz auf zersplitterten Muschelschalen. Er hatte ihr die Reste der Burg gezeigt, in der er geboren war und wo sein Vater, seine Mutter, zwei Schwestern und ein Bruder begraben lagen. Grobe Steinfundamente und verkohlte Reste von Holzwänden waren alles, was heute noch Caisteal nan Con zeugte.

„Wie alt seid Ihr gewesen?“, hatte sie ihn gefragt und traurig auf sein vergangenes Leben geblickt.

„Vier Winter.“

„Und Ihr musstet es mitansehen?“

„Ja.“ Mehr gab es dazu nicht zu sagen. Sein Ziehvater Harald hatte ihm, einem von Hass zerfressenen Heranwachsenden, erklärt, dass der Bruder des Jarl von Orkney Kinelvadon unterworfen hatte. Der Jarl von Orkney aber war der Vater von Somhairles schöner Mutter Agatha gewesen. Ketil Thorfinsson, der nach Kinelvadon kam, hatte seine Nichte und ihre Familie ausgelöscht, nur um seine Finger an die fischreichen Seen von Kinelvadon zu kriegen.

„Eure ganze Familie?“ Ravna war blass geworden bei seiner Erzählung.

„Meine älteste Schwester war schon mit dem Earl of Ross verheiratet, als es passierte. Sie lebt in Kildary, der Earl ist seit Jahren ein Gefangener des Königs von Alba. Bethoc verwaltet die Grafschaft. Sie ist eine großartige Frau.“

„Also seid Ihr nicht ganz allein.“

„Kein Mensch ist jemals ganz allein, Ravna“, hatte er gesagt und die Zügel umklammert, um nicht in Versuchung zu geraten, sie zu berühren. Sein Sehnen wuchs von Stunde zu Stunde, die er mit ihr verbrachte. Doch mit zu viel Vertraulichkeit würde er mehr zerstören als gewinnen. „Wenn wir keinen anderen Menschen haben, den wir umarmen können, umarmen wir ein Reh.“

Auch jetzt, als sie am Feuer saß, spürte er ein Lächeln auf seinem Gesicht. Die Flammen malten goldene Streifen auf ihr Rabenhaar. Obwohl Somhairle sie seit der Nacht, in der Olave gekommen war, nicht mehr angerührt hatte, hatte er sich auch keine andere genommen. Muireann kochte, dass Dampfwölkchen aus ihren Ohren zu kommen schienen, wann immer er sie sah. Aber er konnte es nicht.

Er wollte Ravna mit einer Gewalt, die ihm nachts, wenn er auf dem Boden lag und ihren ruhigen Atem hörte, den Verstand zu rauben drohte. Er musste sich in Geduld üben. Nie zuvor in seinem Leben hatte er zugelassen, dass Abwarten sein Tun regierte. Er war ein Mann der Tat. Er stürzte sich reuelos mit erhobenem Schwert und ohne Rücksicht auf Verluste in seine Schlachten. Doch dieser Kampf war ein anderer.

Leise, sanfte Töne drangen an sein Ohr. Kaum auszumachen gegen das Knistern und Knacken der Zweige und Scheite im Kamin. Eine Melodie. Er schloss die Augen. Das Gemurmel und Gekicher der beiden Paare am Eichentisch versiegte, als auch sie lauschten.

Ravna sang.

Ihre irische Sprache war jetzt schwerer, durchsetzt von vielen Worten, die er nicht gleich erkannte, aber weich wie Berge von ausgekämmter Schafwolle. Ihre Stimme gewann an Kraft, sie sang zauberhaft schön. Obgleich es ein Lied war, das er bald als die ihm verhasste Geschichte von König Orry erkannte.

Ravnas Stimme floss über Somhairle hinweg, er spürte Seisylls prüfenden Blick in seinem Rücken. König Orry war der Name, den die Waliser Godred Crobhan gegeben hatten, Godred mit der weißen Hand, einem Brudermörder, Verräter und Landdieb, der einst Dublin unterworfen hatte. Der Vater von Olave. Und von Harald, dem blinden Einsiedler, der Somhairle aufgezogen hatte. Die gälischen Völker hatten Godreds Tod bejubelt, aber die Wikinger hatten Heldenlieder über ihn geschrieben.

Doch weil Ravna es sang, brachte ihn das Lied nicht zur Weißglut. Er sperrte die Bedeutung der Worte aus, saß mit geschlossenen Augen und zurückgelehntem Kopf in seinem Lehnstuhl und ließ ihre bezaubernde Stimme kleine Strudel aus Wohlbehagen in sein Blut graben.

Als das Lied zu Ende war, hob er den Kopf und sah sie an. „Sing weiter“, sagte er. Nach einem Augenblick fügte er hinzu: „Bitte. Sing weiter, für mich.“ Am liebsten hätte er Aonghas und Seisyll aus dem Raum geworfen, aber er wusste, dass dann Ravnas Leichtigkeit mit ihnen gegangen wäre. In der Burg fühlte sie sich sicherer, wenn sie nicht allein mit ihm war.

Ihr Blick verhakte sich mit seinem. Sie lächelte viel zu selten, aber jetzt meinte er zu sehen, wie unter den Kränzen tiefschwarzer Wimpern ein Hauch Stolz in ihren Augen glänzte.

Sie sang von der Königstochter, die aufs Meer hinausruderte, mit nichts als einer Kerze im Fenster ihres Liebsten, die ihr den Weg wies. Doch die Kerze rückte in immer weitere Ferne, und ein Sturm kam auf, der ihr die Ruder entriss und ihr die Macht über das Boot nahm. Die Wogen wirbelten das Boot immer weiter und brachten es schließlich zum Kentern. Doch am Meeresgrund wartete der Liebste auf sie, der von einer bösen Hexe verzaubert worden war. Sie heilten gegenseitig ihre Wunden und kehrten zurück in die Welt der Menschen, um die Hexe zu besiegen. Zum Dank hinterließ der König dem Liebsten seiner Tochter sein Inselreich.

„Dein Boot ist nicht gekentert“, murmelte er mit geschlossenen Augen, als das Lied zu Ende war. Das Echo ihrer Stimme floss süß durch seine Adern.

„Nein“, sagte sie. Das Schaben des Putzlappens auf den Bronzeplatten war verstummt. Er öffnete die Augen und sah sie an.

„Mein Boot ist an der Küste von Kinelvadon gestrandet“, fügte sie leise hinzu.

„Warum ein Reh?“, fragte er, weil ihm Fiadh einfiel. Das Kitz saß hellwach neben dem Kamin und betrachtete Ravna mit glasklaren Augen.

„Weil er mir sehr wichtig ist“, antwortete sie.

KAPITEL 15

Als Ravna am Abend unter die Felle kroch, schwor sie sich, den Mormaer zu bitten, sich zu ihr zu legen, wenn er in die Kammer kam.

Wann hatte sie aufgehört, ihn zu fürchten? An dem Tag, als er sie nach dem Überfall der Hunde versorgt hatte? Als er einen ratsuchenden Bauern im Hof stehen ließ und stattdessen einen schweren Eimer Wasser für sie hinauf in die Halle trug? Oder als sie endlich den Mut gefunden hatte, ihn nach den Schafen zu fragen, von denen Gitas Geist ihr erzählt hatte, und Somhairle, statt sie auszulachen, tagelang mit ihr auf ihren Ausritten durch die Gegend Ausschau nach zu früh geborenen Winterlämmern gehalten hatte?

Wann hatte sie begonnen, ihn zu vermissen, wenn er nicht da war? Wann damit, seine Gestalt mit Blicken aufzusaugen? Wann hatte sie aufgehört, die Narben in seinem Gesicht und das wilde Haar zu sehen? Seit wann sah sie stattdessen den jungen Krieger, der darunter steckte, der gerecht war und ein Vorbild für seine Untertanen? Der mit harter Hand führte, aber den Sklavenkindern in Honig getunkte Brotkanten zusteckte, wenn er glaubte, dass niemand es bemerkte. Der den geschändeten Mädchen von der Insel Muile Arbeit gab, sie aber nicht unter Druck setzte, sich einen Mann zu suchen, damit der Mormaer nicht mehr die Verantwortung für sie tragen musste.

In solchen Augenblicken stellte sie fest, dass es ihr nichts ausmachte, wenn sie nicht an den Prinzen auf Cybi dachte. Cybi war weit weg, und Ravna Olavesdatter hatte einen guten Mann. Es war nicht Recht, dass ihr Gemahl jede Nacht seit ihrer Hochzeit auf den harten Dielen schlief.

Sie kroch unter die Felle und schwor sich, dass sie auf seine Rücksichtnahme vertrauen würde, wenn sie ihn ins Ehebett bat. Doch die Müdigkeit zerrte an ihr, und sie schlief ein, ehe er hinauf in die Kammer kam.

Im Schlaf fand sie keine Erholung, weil sie unruhig träumte. Sie fror und schwitzte gleichzeitig. Mit der Klugheit der Träumenden wusste sie, dass es Affraic war, deren Atem sie frösteln ließ. Die Hexe schäumte und bebte vor Wut. Sie hatte die Hochzeit des Mormaer mit der Bastard-Tochter des Roten nicht gewollt und schien zu spüren, dass sich Ravnas Einstellung zu Somhairle änderte. Kaum ein Tag verging, an dem Ravna ihr Heulen nicht vernahm.

„Ich werde dich finden“, zischelte Affraics Stimme im Traum über Ravnas Körper. „Lauf, so weit du kannst. Lauf, so lang du kannst. Mein Atem reicht weit, viel weiter als deine zarten Füßchen dich tragen können. Ich bin die Herrin von Dublin, die Königin der *Cailleach uisg*. Wo mein Atem trifft, wird niemals Frühling. Bleib, und du bringst Sturm und Tod über dieses Land.“

Also lief Ravna. Sie lief und lief. Sie hörte Gitas Stimme, die von den Schafen mit der Seidenwolle sprach. Sie musste diese Schafe finden, um Fiadh zu erlösen. Aber es war Winter. Wo sie auch gesucht hatte, sie war nicht fündig geworden. Schnee brannte unter ihren nackten Fußsohlen. Bei jedem Schritt kroch das Eis tiefer unter ihre Haut, bis es in ihren Lungen brannte, sie nicht mehr laufen konnte und sich stattdessen hinlegte.

Wärme empfing sie. Sie schmiegte sich in den Schnee, von dem sie wusste, dass er kalt sein müsste, der sich aber weich wie Lammfell anfühlte. Sie dachte an den Bräutigam in Cybi und sah dabei Somhairles Winteraugen vor sich. Die Wärme in ihrem Inneren breitete sich aus, wurde zu glühender Hitze, einer dunklen, verzehrenden, sündigen Hitze, die sich zwischen ihren Schenkeln zu einem Feuerball zusammenzog. Und wenn sie bliebe?, fragte sie sich im Traum. Wer wusste, ob es den Freier auf Cybi wirklich gab? Den Krieger Somhairle gab es. Er hatte starke Hände und breite Schultern. Er roch nach Wolle und Zibet, und wenn er lachte, klang er wie der junge Mann, der er war.

Immer heißer wurde es zwischen ihren Schenkeln, immer pochender die bittersüße Qual, die die Hitze mit sich brachte.

Eine Hand fand den Weg an die Stelle, wo sie brannte, wo noch niemand außer Somhairle sie berührt hatte. Die Empfindungen, die der Traum ihr brachte, waren andere als in ihrer Hochzeitsnacht. Ihre Finger tasteten, rieben, brachten verruchtes Zucken und entzückende Qual, und sie wusste nicht, wer ihre Hand bei dem verbotenen Spiel führte. War es die Königin Affraic, die sie durch ihren Spiegelbrunnen lenkte? Ravna konnte nicht aufhören. Ihr Körper bäumte sich auf, verlangte mehr, eine pochende Gier loderte unter ihrer Haut, der sie nichts entgegensetzen konnte. Erst Recht nicht, als sie Somhairle hörte, der ihren Namen rief.

„Ravna! Ravna, wo bist du? Ravna!“ Ihr Name aus seinem Mund klang wie der wütendste Sturm. Genauso gefährlich, genauso zerstörerisch, genauso schön in seiner verheerenden Macht.

„Ich sehe sie. Dort! Da ist sie!“ Wie ein Feuer aufloderte, wenn der Wind über Glut streifte, so fachte seine Stimme die leckenden Feuerzungen an. Sie sollte aufhören, irgendwo hinter dem Traum wusste sie, dass sie aufhören musste, aber sie konnte nicht. Sie presste ihren Schoß den Fingern entgegen, trank mit ihrem Körper das Reiben und Drücken. Somhairles Rufen in ihren Ohren mischte sich mit ihrem eigenen Stöhnen, und sie wusste, dass etwas nah war.

Jemand packte sie an der Schulter, rüttelte sie. Ihre Hand lag unter dem dünnen Nachtkleid zwischen ihren Schenkeln, drückte. Eine Welle kam und riss sie mit sich. Keuchen. Beben. Sie schlug die Augen auf und erstarrte.

Der Mond hatte den Zenit längst überschritten, als die Besprechung in der Halle ein Ende fand. Das Kaminfeuer war heruntergebrannt. Kälte durchdrang die kahlen Steinmauern und setzte sich unter die Haut. Somhairle verabschiedete die Männer aus dem Norden von Kinelvadon und vertraute sie Seisyll an, der ihnen Quartiere im Hof zuweisen würde. Der Winter ging zu Ende, Zeit, die ersten Pläne für den Frühling zu schmieden.

Bis zum Südufer des Sunart hatte Somhairle im vergangenen Sommer seinen Machtbereich ausgeweitet. Nördlich des Sees grenzte Kinelvadon an das Land Ard nam Murchain. Fruchtbare Felder zogen sich dort entlang sprudelnder Bäche zu den Bergen hinauf, und die Wälder an den Bergflanken lieferten hervorragendes Holz zum Schiffsbau. Seit drei Jahren setzte sich der Wikingerfürst, der sich dort eingenistet hatte, gegen jeden Angriff erfolgreich zur Wehr. Sicher hatte Jarl Eyvind den Winter genutzt, um weitere Schiffe zu bauen. Mit der Arbeit gälischer Sklaven, die er unterdrückte und denen er verbot, ihre eigene Sprache zu sprechen und ihre Lieder zu singen.

Wenn Somhairle daran dachte, kochte sein Blut. Er rieb sich den Nacken, leerte seinen Becher und stand auf. Als er zum Fenster trat, sah er das Licht des Mondes auf den Mooren der Insel Muile tanzen. Frischer Schnee war gefallen, doch der kam jetzt nur noch selten. Die Luft war verhangen und wurde wärmer, die Nächte kürzer. Noch ein paar Wochen, und die ersten grünen Spitzen würden durch den Boden lugen.

Er fröstelte und trat vom Fenster zurück. Er dachte an Ravnas glockenhellen Gesang. Seit jenem Abend am Kamin hatte sie oft für ihn gesungen. Mit Worten und Tönen webte sie einen Zauber um ihn, den er nicht verstand. Doch jede Nacht verbrachte er auf den harten Dielen. Bei der Tür, um sie zu beschützen.

Mit jedem Tag sehnte sich sein Körper mehr nach ihr. Auf dem Boden zu liegen und ihrem Atem zu lauschen, raubte ihm den Schlaf. Sie mussten reden. Darüber, dass sie niemanden betrog, wenn sie ihn erhörte. Dass sie mehr verband als ein aus der Not geborenes Arrangement auf Zeit.

Vielleicht redete es sich bei Mondlicht besser. Vielleicht hätte sie Erbarmen mit ihm, wenn er im dünnen Hemd und barfuß fröstelnd neben dem Bett stand, dessen Decken und Felle sie mit ihrem Körper schon gewärmt hatte.

Als er in den Korridor hinter der Halle hinaustrat, wo die Treppen nach oben und unten begannen, stand Fiadh vor ihm. Um ein Haar hätte er das Kitz umgerannt. Das Kitz, das eigentlich längst zu einem stattlichen Rehbock hätte heranwachsen müssen. Ingrid und Ravna fütterten das rotbraune Geschöpf mit Heu und Korn aus dem Speicher, doch es wuchs nicht.

„Fiadh? Was machst du hier?“ Wie verrückt war er, dass er Ravnas Angewohnheit angenommen hatte und mit einem Reh sprach? Das Kitz sah ihn aus großen Augen an und wackelte mit den Ohren. Es scharrte mit einem Huf und bewegte sich zur Treppe, die hinunter in den Hof führte. Somhairle hob eine Hand und kraulte ihm den Nacken. „Lauf nicht so weit, kleiner Kerl, es ist kalt. Und geh Domhnalls Hunden aus dem Weg.“

Das Kitz fiepte, blickte ihn an, Ratlosigkeit im Blick. Ratlosigkeit? Es war ein verdammtes Reh! Somhairle schüttelte den Kopf über sich selbst und machte sich auf den Weg, den Treppenturm hinauf in sein Ehegemach. Hinter ihm klapperten Hufe die Treppe hinauf.

Die Schlafkammer war leer.

Der Fensterladen stand einen Spalt offen, kalte Luft drang herein. Er schloss das Fenster und umrundete das Bett. Sich vergewissernd schob er eine Hand zwischen die Felle. Sie waren kalt. Ravna musste schon eine Weile fort sein.

Er drehte sich um und stellte fest, dass Fiadh an der Schwelle zur Kammer stehen geblieben war und fiepte. Somhairle betrachtete das kleine Reh.

„Du weißt, wo sie ist, nicht wahr?“ Er streichelte über die weißgefleckte Stirn. Das Fiepen wurde lauter, Fiadh machte einen Schritt rückwärts, dann noch einen. Schließlich drehte er sich um und lief zur Treppe. Vorsichtig stakste er nach unten, sah sich immer wieder nach Somhairle um.

Somhairle seufzte ergeben, setzte ihm nach und fing das Reh auf halbem Wege ab. Er hob Fiadh auf und trug ihn bis nach unten in den Hof. Zutraulich legte das Reh seinen Kopf an Somhairles Schulter.

Im Hof setzte er das Tierchen auf die Hufe. Nur die Schneeflecken auf dem Boden erhellten den Weg zum Tor.

Fiadh strebte zur unbewachten Tür zehn Schritte links des Haupttors. Das Türchen, das sonst verschlossen war, stand einen Spalt offen.

Verdammt.

Er pfiff die beiden jungen Männer zu sich, die am Tor Wache schoben.

„Kenneth, ja?“ Er gab dem Rothaarigen, der ihm bis zur Schulter reichte, eine Kopfnuss. Der andere hieß Sigurd und war bei der Niedermachung von Glensanda als Kindsklave in Somhairles Dienst gekommen. In ein, zwei Sommern würde Sigurd mit auf den Langschiffen hinausfahren. „Ihr beide begleitet mich. Wir müssen Lady Ravna finden.“

„An uns ist sie nicht vorbeigekommen“, sagte Sigurd und scharrte schuldbewusst mit einem Fuß im tauenden Schnee. Hätten die beiden nicht während ihrer Wache geschlafen, wäre Ravna ihnen nicht entwischt.

„Ich weiß. Weil sie durch diese Tür nach draußen gegangen ist. Ich weiß nicht, warum.“ Hatte sie einen Hang zur Schlafwandlerei, wenn der Vollmond in ihre Kammer schien?

In Sichtweite voneinander durchstreiften sie den Wald aus dünnen Birkenstämmchen, der entlang des Drimnin-Baches angepflanzt worden war. Somhairle hielt sich hinter Fiadh. Ein dumpfes Gefühl sagte ihm, das Reh wusste, wohin sie mussten.

Als er Ravna fand, blieb er für einen Herzschlag wie angewurzelt stehen. Der Anblick blendete ihn, so schön war sie.

Sie hatte eine Hand unter ihre Röcke geschoben und berührte sich selbst. Stille Verzückung stand ihr im zum Himmel gewandten Gesicht, der Mund halb geöffnet, der Rücken in Ekstase durchgebogen. Ihr stoßweiser Atem bildete federweiße Wolken, die die Nachtluft durchbrachen. Er glaubte, sich nie mehr rühren zu können, so heiß schoss ihm Begierde vom Rückgrat in die Lenden.

Es war das Fiepen von Fiadh, das ihn aus der Vernebelung weckte. Gerade noch rechtzeitig hielt er sich davon ab, nach Kenneth und Sigurd zu rufen, ehe er sich zu Ravna kniete. Er zog ihre Hand zwischen den Beinen heraus und schob die

Röcke des Kleides über ihre Knie nach unten. Erst dann rief er die beiden Jungen, nahm Ravna auf die Arme und stand auf. Sie wog nichts. Ihr Kopf sackte über seinen Arm zurück.

Vorsichtig trug er sie zur Burg. Fiadh trottete neben ihm her, doch die beiden Jungen hielten Abstand. Er hörte sie tuscheln. Nun war es eine Frage der Zeit, bis neue Gerüchte und Missgunst über Ravna hereinbrachen. Mondsucht war ein Zeichen von Zauber, war etwas, das Hexen taten, keine anständigen Frauen. Es würde nichts bringen, den Jungen zu verbieten, über das zu reden, was sie gesehen hatten, denn dann würden sie es erst recht tun. So wenig wie es sinnvoll war, ihnen zu erklären, dass Zauberei nicht existierte. Am liebsten würde er ihnen die Zungen abschneiden, wusste aber, dass sie nichts gemacht hatten, um solch ein Urteil zu verdienen.

Er konnte nur darauf achten, dass niemand Ravna zu nahe kam. Sie war keine Hexe. Sie war seine Frau, die Herrin von Drimnin, und sie hatte nichts falsch gemacht.

Er dachte es, blickte auf den weißfleckigen Rücken von Fiadh und wusste, dass er sich etwas vormachte.

Mit dem Erwachen kam die Kälte. Bittere, schneidende Kälte, wie Ravna sie noch nie erlebt hatte. Mondlicht verformte die Schatten der dünnen Bäume zu Fratzen und Dämonen. Sie war im Wald. Sie schwebte, getragen von starken Armen. Wie war sie hierhergekommen? Wie lange geblieben? Ihr Kopf rollte zur Seite, fand Halt. Die Kälte saugte alle Kraft aus ihren Knochen. Wo war die Wärme hin, die Hitze, das süße Vergessen? Sie konnte nur zittern und beben. Ihre Finger waren taub, ihre Zehen spürte sie nicht mehr. Dann fiel ihr der Traum ein, das sengende Verlangen zwischen den Schenkeln. Das Unaussprechliche, das sie getan hatte, und auch, dass der Mormaer sie gefunden hatte.

„Es war die Hexe“, schluchzte sie auf. Angst und Scham machten ihr die Kehle eng. Affraic hatte geschworen, sie zu töten. Sie hatte Fiadh in ein Reh verwandelt, sie konnte noch schlimmere Dinge mit ihr tun. „Sie ist im Traum zu mir gekommen. Ich wollte das nicht. Herr, bitte, Ihr müsst mir glauben. Ich wollte das nicht.“ So sehr zitterte sie, dass sie kaum ihre eigenen Worte verstand. Er drückte sie fester an seinen Körper und verlängerte seine Schritte.

„Ich glaube dir“, sagte er ruhig und trug sie durch den Burghof, wo mehr Fackeln als zu solch einer Stunde üblich brannten. Menschen mit Lichtern standen im Hof, tuschelten und gafften. Sie barg ihr Gesicht am Hals ihres Gemahls und wollte niemanden sehen. Fiadh folgte ihnen in den Wohnturm. Kaum hatten sie die ersten Stufen hinter sich gebracht, wandte er sich ab und trottete zufrieden in Richtung Halle.

In der Kammer brannten mehrere Pechschalen, Feuer prasselte im Kamin. Die Wärme prallte an ihrer Haut ab wie an einer spiegelglatten Fläche. Als wöge sie nicht mehr als ein Vögelchen, balancierte Somhairle sie auf einem Arm. Er schlug die Decken auf der Bettstatt zurück, damit er Ravna zwischen die Felle schieben konnte. Sie schlotterte und bebte. Als das Gefühl in ihre tauben Zehen und Finger zurückkehrte, stach es wie tausend Nadeln, und sie wimmerte.

„Es ist gut, *neamhnaid*, jetzt ist alles gut.“ Er trat vom Bett zurück. Ingrid tauchte in der Tür auf und reichte ihm etwas. Wenig später hielt er ihr einen Becher dampfenden Met an die Lippen. Sie trank in gierigen Zügen. Ingrid verschwand. Mit der Wärme kam die Müdigkeit. Ravna sank zurück auf die Matratze, schloss die Augen und schlief ein.

Vom Geräusch prasselnden Regens an den Läden und dem Gefühl fester Finger, die ihre Füße massierten, wachte sie auf. Blinzelnd öffnete sie die Augen. Sie setzte sich auf. Ihr Blick fiel auf die Zehen ihres linken Fußes. Die waren nicht mehr blau. Unter dem Dreck und den Schrammen, die sie von dem nächtlichen Ausflug davongetragen hatte, sahen ihre Füße rosig und gesund aus.

Der Mormaer saß auf dem Bettrand, hatte ihren nackten Fuß in seinen Händen und rieb das Gefühl zurück in die geschundenen Glieder. Scham prügelte wie mit eiserner Schlagaxt auf sie ein. Sie entzog ihm ihren Fuß. Bereitwillig ließ er los, suchte stattdessen ihren Blick.

„Siehst du“, sagte er und nickte zu ihren Füßen. „Sie sind nicht abgefroren. Du hattest Glück.“

Glück, das an ein Wunder grenzte. Sie wusste, was er meinte, auch wenn er es nicht aussprach. An ein Wunder oder Zauberei.

„Ich bin nicht mondsüchtig“, platzte es aus ihr heraus. Sie konnte nicht vergessen, was er gesehen haben musste.

Was dachte er von ihr? Würde er sie verstoßen, weil niemand etwas mit Hexenweibern zu tun haben wollte? Wahrscheinlich wäre es besser für ihn.

„Bitte, Herr, Ihr müsst mir glauben. Ich habe das noch nie getan. Das nicht und auch das andere nicht, das ihr vielleicht meint, gesehen zu haben. Es war ein Traum. Affraic hat mich gezwungen, es zu tun. Zuerst hat sie mir Fiadh genommen und jetzt will sie mir Euch nehmen. Weil Ihr mir Schutz und Hilfe bietet, um über den Winter zu kommen. Bitte …“ Kaum begann sie zu sprechen, konnte sie nicht mehr aufhören. Die Worte sprudelten aus ihr heraus wie ein unversiegbarer Quell. „Ihr seid nicht sicher, wenn Ihr mich an Eurem Hof behaltet. Sie wird über Euch kommen. Über Euch und alles, was Euch lieb ist. Dann wird großes Unheil geschehen. Ich muss gehen. Ich muss nach Cybi.“

Sie wollte nicht nach Cybi, ging es ihr auf, noch während sie sprach. Es war Gewohnheit, die diese Worte gebar. Cybi, der Ort, an den sie sich geklammert hatte, wann immer Affraics Nachstellungen unerträglich wurden. Doch Cybi war ein Traum. Ein Märchen. Kinelvadon war echt. Genau wie der Mann, der über dieses Land herrschte. Der Mann, in dessen Nähe sie sich beschützt und sicher fühlte. Die Erkenntnis traf sie hart, direkt hinter der Brust, wo ihr Herz zu rasen und zu ziehen begann. Sie achtete nicht darauf und zwang sich, weiterzusprechen.

„Auf Cybi bin ich sicher. Aber auf jeden Fall seid Ihr und die Euren sicher, wenn ich nicht mehr hier bin. Ihr kämpft für eine gute Sache, Herr, für einen guten Traum. Eure Männer brauchen Euch. Wenn Ihr sicher sein wollt, müsst Ihr mich wegschicken. Ihr müsst …“

„Ravna“, unterbrach er sie, fing ihre Wangen zwischen seinen Händen und zwang sie, ihm in die Augen zu sehen. Unendliches Blau, kalt wie der Winter. Doch in den Augenwinkeln blitzten Lachfältchen, und in den winzigen goldenen Punkten seiner Iriden funkelten Sonnensterne, die Wärme und Hoffnung auf einen neuen Sommer schenkten.

„Ravna, hör auf zu plappern. Ich schicke dich nicht weg. Ich habe versprochen, dich zu beschützen. Du bist meine Frau. Mein Zuhause ist deines. Meine Sache ist deine. Es gibt keinen Ort, an dem du sein solltest, außer an meiner Seite.“

Sie musste blinzeln, weil sie nicht glauben konnte, was sie hörte. Es klang schön, was er sagte. An einen Ort gehören. Zu einem Menschen. Sie blinzelte und glaubte, in seinem Blick zu ertrinken. Seine Narben machten ihr keine Angst mehr und auch nicht seine rauen Hände. Sie dachte nicht darüber nach, was sie tun wollte. Es geschah einfach.

Plötzlich fand sie sich in seiner Umarmung. Sie schlang ihm die Arme um den Hals und suchte seinen Mund mit ihren Lippen. Es war ein Kuss voll Angst, in dem ihre Münder sich trafen, voll Zweifel, Hoffnung und Verwirrung. Und doch schmeckte er süß und herb und köstlich. So köstlich wie nichts, was sie in ihrem Leben gekostet hatte.

Sie saß mit dem Alten am knisternden Lagerfeuer unterhalb von Caisteal nan Con und starrte in die Flammen. Einmal im Monat kam der Alte an diesen Ort. Zu den Überresten der Festung der Wilden Hunde, die einst Somhairles Vater hier erbaut hatte. Sie beide wussten, dass es mehr gab als diese Welt. Die Fundamente der Festung standen auf viel älteren Mauern, die tief ins Erdreich hinunterreichten, bis ins Land der Sidhé. Das Rauschen der Brandung lockte Muireann, aber sie widerstand. Sie widerstand seit Jahren, denn sie liebte ihren Krieger. Doch die Begegnung mit dem Alten war ihr heilig.

„Du fühlst es auch, nicht wahr?“ fragte sie ihn. Sein Mantel schimmerte in silbernem Schwarz, als er den Bierkrug hob, um einen Schluck zu nehmen. Dünne Rinnsale goldener Flüssigkeit sickerten ihm in den Bart. Er liebte Bier. Es war der einzige Tag des Monats, an dem er Bier bekam. Versonnen nickte er.

„Der Tag wird kommen, an dem du dich entscheiden musst, meine Tochter." Seine Stimme klang tief und leise. Er gab sie nie auf, obwohl sie ihn verlassen hatte, um das Glück an der Seite ihres Kriegers zu suchen. Für ihn blieb sie sein Mädchen. Als ob ihr menschlicher Körper nicht ändern würde, wer und was sie war.

„Er liebt mich nicht. Alles, was ich getan habe, war umsonst." Selbst ihr Kind verlor sie an die Rabenfrau. Der Junge liebte die andere auf eine Weise, wie er seine Mutter nie geliebt hatte. Vielleicht war es das Menschenblut, das in seinen Adern floss. Das Blut ihres Kriegers, das nach der Rabenfrau gierte. Alles hatte sie dem Kind gegeben, doch alles war nicht genug. Nicht, wenn es eine andere gab, deren Umarmung herzlicher, deren Stimme lieblicher war.

„Die Frage ist nicht, ob er dich liebt. Die Frage ist, ob deine Liebe groß genug ist, um ihn auf seinem Weg zu begleiten."

„Ich habe immer für ihn gekämpft. Ich werde es weiterhin tun. Wenn er im Frühling segelt, werde ich ihm folgen. Das Meer ruft mich." Sie musste dem Alten gegenüber nicht aussprechen, dass sie sich mehr davon versprach als die Nähe zur See. Ihre Kampfkunst hatte ihren Krieger immer beeindruckt. Die kleine Irin konnte ihm das nicht bieten. Auch wenn ihre Hoffnung nur eine Illusion war, sie klammerte sich daran.

Es gab Tage, da hasste sie die Rabenfrau mit einer Intensität, die ihr Angst machte. Ihresgleichen kannte keine Rührseligkeit. Sie kannten Leidenschaft, Ehrgeiz und Zusammengehörigkeit. Doch wenn sie sah, wie ihr Krieger das Mädchen betrachtete, wenn sie beobachtete, wie er sie beschenkte und in den Himmel hob, auch wenn sie ihm niemals gab, was eine Frau einem Mann geben sollte, dann wusste sie, dass Ihresgleichen leidenschaftlicher hassen konnte als die Rasse der Menschen.

Ein neuer Windstoß fuhr ins Feuer und ließ Funken stieben. Das Feuer konnte die Kälte dieses Winters nicht mildern. Kälte, die unter ihre Haut kroch, ihren Geist und ihre Glieder packte und schüttelte. Sie fröstelte. Da war es wieder, das Böse, näher diesmal, als hätte jemand ihm Tür und Tor geöffnet. Auch der Alte schien es zu spüren. Er rückte näher ans Feuer, streckte die Hände aus, um sich an den Flammen zu wärmen. Schatten malten Schemen aus Gold und Schwarz auf sein verlebtes Gesicht.

„Auf dem Meer kann niemand dich schlagen. Es wäre keine Prüfung, wenn dies der Ort wäre, an dem du deine Liebe beweisen musst."

Am liebsten hätte sie sich die Ohren zugehalten. Sie wollte diese Worte nicht hören. Sie wollte sich in der Hoffnung ergehen, dass es noch einen Weg für sie und ihren Krieger gab. Was würde sie alles verlieren müssen, bis sie ihre Bestimmung fand?

Ravnas Lippen waren kalt. Ihr Körper fühlte sich eisig an. Es erschreckte Somhairle. Vor allem, weil sie es nicht zu merken schien. Sie zitterte nicht, fröstelte nicht. Mit aller Kraft hängte sie sich an seinen Hals, und der Kuss von ihr, auf den er so lange gewartet hatte, schmeckte nach Frühlingsblumen und Sommersonne. Aber auch nach Eis.

„Legt Ihr euch heute zu mir?", flüsterte sie gegen seine Lippen. Ihre Wimpern warfen Schatten auf ihre Wangen.

„Ist es das, was du willst?"

Sie blinzelte und nickte verlegen. Ein Nicken, das sich in jeden Winkel seines Körpers schlich und Flämmchen entzündete, die zu ersticken er nicht in der Lage war. Es musste bald Morgen sein. Vermutlich war Ingrid schon wach.

„Ich lass dir heißen Wein bringen." Er flüsterte es gegen ihren Hals. Das Blut sprudelte unter der Haut durch ihre Adern, aber es war kalt.

„Ich möchte keinen heißen Wein." Ihre Augen flehten. Kein bisschen müde. Er wusste nicht, was er davon halten sollte. Er wollte nicht glauben, dass mit ihr etwas nicht stimmte. Er wollte sie endlich als seine Frau in den Armen halten und nicht fürchten müssen, dass etwas Schlimmes aus dieser Verbindung entstand.

Er würde einen Boten nach Dublin schicken und herausfinden, was es mit Affraic auf sich hatte. Olaves Frau war die Tochter von Fergus, dem Herrn von Galloway. Er erinnerte sich, dass Harald sich tagelang an gestohlenem Wein und Gebrannten betrunken hatte, als Nachricht von der Eheschließung zwischen ihr und Olave nach Cybi gekommen war. Harald, der sich nie hatte gehen lassen. Somhairle war zu jung gewesen, um sich Gedanken darüber zu machen, und Harald hatte nie wieder darüber gesprochen.

Somhairle würde alles tun, was notwendig war, aber das Einzige, an was er in diesem Moment denken konnte, war Ravnas Körper an seinem.

„Du bist kalt wie ein Eisblock, *neamhnaid*", murmelte er in ihr dickes, dunkles Haar. „Unter die Decke mit dir."

Sie krallte sich an seine Schultern, sodass er ihr unter die Decken folgen musste, schmiegte ihren zierlichen Leib an seinen kräftigen.

Er wünschte, er würde mehr tragen als das Hemd und den silberbesetzten Gürtel, damit sein Körper ihn nicht so jämmerlich verriet. Er streifte seine Stiefel ab und zog Decken und Felle über sie beide. Während sein eigener Körper sich innerhalb kürzester Zeit wohlig warm anfühlte, erwärmte sich ihre Haut nur langsam.

Er küsste sie. Vorsichtig. Ein sanftes Knabbern an ihren Lippen, seine Zunge umspielte ihre. Er spürte, wie ihr Herz an seiner Brust klopfte, wie seine Wärme in sie sickerte. Es fühlte sich an, als würde der böse Geist, der sie gefangen hielt, den Rückzug antreten vor Somhairle MacGillebrides Kraft.

Er schob eine Hand um ihre Brust. Klein. Zart. Die Knospe aufgerichtet. Er grub seine Finger in den Stoff ihres Hemdes und zog es sacht über der Brust auseinander. Als die Knospe frei lag, umschloss er sie mit den Lippen. Der Duft ihrer Haut hüllte ihn ein, machte ihn wahnsinnig vor Verlangen. Sie drückte sich ihm entgegen. Er stöhnte, wurde mutiger. Sein Blut kochte. Mit der freien Hand öffnete er seinen Gürtel, warf ihn beiseite und zerrte sich das Hemd zu den Hüften hinauf. Ravnas Keuchen war ein heißer Sommerwind an seinem Hals. Keine Spur mehr von Kälte.

Er erinnerte sich daran, wie er sie im Wald gefunden hatte, und musste heftig schlucken, weil die Erinnerung drohte, ihn alle Vorsicht vergessen zu lassen. Das durfte nicht geschehen, nicht noch einmal. Kurz schloss er die Augen, um sich zu sammeln. Behutsam zog er auch ihr Hemd zu den Hüften hoch, glitt mit den Fingern darunter, suchte nach ihr. Suchte nach der feuchten Hitze zwischen ihren Schenkeln, nach der er sich schon so lange sehnte.

Er hatte sein Ziel noch nicht erreicht, als er spürte, wie sie sich versteifte. Ihre Schenkel zuckten erschrocken.

Er zog seine Hand zurück. Ihr erleichtertes Aufseufzen tat weh, doch gleichzeitig war er froh, bemerkt zu haben, wie Furcht sie ergriff. Er zog ihr Hemd wieder nach unten, dann seines, und schloss sie fest in die Arme. Am Ausschnitt ließ er ihr Hemd offen, küsste den zarten Ansatz ihrer Brust. Wieder seufzte sie, doch jetzt klang es nicht mehr erleichtert, sondern enttäuscht. Enttäuscht über sich selbst.

„Nicht heute." Er brachte seinen Mund an ihr Ohr. „Wann immer du bereit bist, *neamhnaid*. Du hast mir einen großen Schrecken eingejagt, weißt du das?"

Mit der Wärme kam Müdigkeit, sie konnte kaum die Lider offen halten. „Warum?", murmelte sie gegen seine Schulter.

„Du warst eiskalt. Ich bin froh, dass ich dich wärmen konnte."

„Sie hat Angst vor dir." Es klang wie das Zirpen eines Vögelchens.

„Was hast du gesagt?"

„Affraic. Sie hat Angst vor dir." Ihre Stimme versiegte in der Schwere des Schlafes. Er hingegen konnte keine Ruhe finden. Nicht nur, weil er so erregt war. Ihre Worte hallten in ihm nach, das Geheimnis, das darin lag, ließ seine Erregung verebben, weil es ihn erschreckte und irritierte. Was meinte sie damit? Sie hat Angst vor dir. Glaubte sie wirklich, dass ihre Stiefmutter hier war? Dass sie Macht besaß, wie nur Hexen sie haben konnten?

Hexen gab es nicht. Es gab für alles, was geschah, eine Erklärung. Somhairle MacGillebride hatte sich in seinem Leben nicht mehr gefürchtet, seit er gesehen hatte, wie eine nordische Kriegsaxt den Schädel seines Vaters spaltete. Doch jetzt, als er dem Atem der Frau lauschte, die er liebte, hatte er Angst.

KAPITEL 16

Zwei Wochen waren vergangen, seit Affraic sie im Schlaf in die Wälder gelockt hatte. Zwei Wochen, in denen sie die Nächte in den Armen ihres Gemahls verbrachte. Seit jener Nacht hatte er nicht mehr versucht, ihr beizuliegen. Er hielt sie in den Armen und küsste sie atemlos. Doch sobald es in ihrem Bauch zu glühen und sie zu hoffen begann, dass er sich einen Ruck gab und über ihre Furcht hinwegsetzte, hörte er auf. Dann drehte er sie auf die Seite, zog ihren Rücken an seine Brust und flüsterte ihr so lange süße Worte ins Ohr, bis ihr Atem sich beruhigte und sie einschlief.

In den Nächten, wenn Somhairle sie hielt, war Affraics Odem fern. Tagsüber fühlte Ravna die verhasste Stiefmutter ganz nah. Somhairle hatte kaum Zeit für seine Frau. Er rüstete seine Männer und besuchte die Werft am See Arienas, von der er ihr erzählte. Sie liebte es, wenn er ihr von seinen Schiffen berichtete, wenn seine Augen glänzten und Stolz in seiner Stimme schwang. Abends hielt er Besprechungen mit seinen Beratern ab, die meist bis tief in die Nacht dauerten. Männer und Krieger kamen auf die Feste, die mehr als doppelt so alt waren als er und in vielen Schlachten gekämpft hatten. Sie beugten das Knie vor ihm, um seinen Beistand zu erbitten und sich in seinen Dienst zu stellen.

Doch es waren nicht nur die Kriegsvorbereitungen, die vom kommenden Frühling erzählten. Es waren die ersten Huflattich- und Schlehdornblüten, die die rissige Schneedecke durchbrachen. Sonnengelbe Winterlinge, die die Köpfchen gen Himmel reckten. Zwei Tage lang war Ravna mit Fiadh und Callum über die Hügel hinter der Burg gestreift, um die Huflattichblüten zu pflücken und aus der Ferne die Schafherden zu beobachten. In den Kellern der Burg gingen die Vorräte zu Neige. Oft saßen sie abends nur über einer dünnen Weizensuppe, in der man die Körner und eingeweichten

Stücke Speck suchen musste. In solch einer Zeit half Huflattichtee, hatte sie von ihrer Mutter gelernt. Er wärmte von innen und brachte den Frühling in die Bäuche der Menschen, noch ehe die Sonne die Kraft dazu fand.

Sie stand am Fenster ihrer Schlafkammer und blickte hinaus auf die Klippen, die hinab zum Meer fielen. Sie betrachtete die finster wirkenden Berge der Insel Muile auf der anderen Seite des Wassers. Immer öfter dachte sie darüber nach, wie sehr sie sich wünschte, dass Affraic sie nicht verfolgen würde. Wie schön es wäre, wenn Drimnin ihr Zuhause werden könnte. Die Blicke und Worte hinter ihrem Rücken waren nicht freundlicher geworden, aber leiser, und in Ingrid hatte sie eine treue Freundin gefunden. Auch Editha, die junge Mutter von Aonghas‘ erster Tochter, begegnete ihr mit Freundlichkeit. Am meisten jedoch verdankte sie diesen Wunsch dem Mann, der eben durch das Tor in den Hof einritt.

Beflankt von seinen treuen Gefährten Aonghas und Aedan, saß er auf seinem Rappen. Er hielt den Rücken gerade und den Kopf erhoben. Sie raffte ihre Röcke und rannte die Treppe hinunter, um ihn zu begrüßen. Kurz machte sie Halt in der Halle, wo über dem Feuer ein Kessel mit gewürztem Met hing und vor sich hin zog, ohne zu kochen. Sie füllte einen Becher und eilte ihrem Gemahl entgegen.

Sie fand ihn in der Mitte eines Menschenknäuels. Stalljungen liefen herbei, um die Pferde entgegenzunehmen. Krieger kamen, um Neuigkeiten aus den Werften zu erfahren. Ein Bauer heischte um das Gehör des Mormaer, weil er mit einem Nachbarn in Streit geraten war.

Ravna hielt den Becher in beiden Händen und suchte sich einen Weg durch den Tumult. Die Menschen wichen vor ihr zurück wie vor einer Königin. Oder einer Hexe. Zu wissen, dass die Verbindung mit ihr den Mormaer das Vertrauen seiner Männer kostete, tat ihr im Herzen weh. Aber der Tag war zu warm und zu sonnig, um darüber zu grübeln, dass es besser wäre, wenn sie ging. Besser für ihn. Die Menschen mochten sie nicht, aber sie hatten an den kurzen Wintertagen und in den nicht enden wollenden Nächten gelernt, sie zu respektieren. Sie hörten darauf, wenn Ravna einen Befehl erteilte, und führten ihre Wünsche aus. Schon lange gab es keine Diskussionen mehr, wenn es darum ging, die Halle zu fegen.

Den Augenblick, in dem der Mormaer sie sah, konnte sie genau benennen. Es war der Moment, als er seinen Blick hob, in seine Augen Wärme trat und die Falte zwischen seinen Brauen sich glättete.

Sie trat zu ihm. „Willkommen Zuhause, Herr." Mit ausgestreckten Armen bot sie ihm den Becher dar und senkte den Blick. Er ließ den Krieger stehen, mit dem er ins Gespräch vertieft war, und griff lächelnd nach dem Becher. Ihre Finger berührten sich nur für die Dauer eines halben Gedankens, und doch konnte sie die Berührung an ihrem ganzen Körper fühlen.

Somhairle leerte den Becher in einem einzigen Zug, reichte ihn einer nahestehenden Magd und umschloss Ravnas Wangen, um ihren Blick dem seinen entgegenzuheben.

„Welcher Mann würde nicht gern zu so einer Begrüßung nach Hause kommen?", fragte er und beugte sich zu ihr herab. Obwohl sie nicht allein waren, war es, als spräche er nur zu ihr. Seine Lippen waren den ihren so nah, dass sie seinen Atem schmeckte. Salz und Honig und jetzt auch der Met, den sie ihm gereicht hatte.

„Ich weiß es nicht, Herr. Sagt Ihr es mir."

„Es gibt keinen." Er flüsterte gegen ihre Stirn und streifte ihren Scheitel mit einem Kuss. „Doch ich bin nicht gekommen, um zu bleiben. Ich bin gekommen, dich zu holen."

Des Tändelns ihres Mormaer müde, trollten sich die Leute und suchten sich Beschäftigungen. Der Herr und die Herrin von Drimnin blieben allein zurück. Er schlang die Arme um ihre Mitte, sie legte den Kopf an seine Brust, wo unter dem Harnisch das Herz gleichmäßig und kräftig schlug. Das Herz eines Kriegers.

„Wo wollen wir hin?", nahm sie seine Worte auf. Wenn es nach ihr ginge, müssten sie nirgends hin. Ans Feuer in der Halle wäre ihr Recht, oder in das gemeinsame Gemach, wo sie seinen Erzählungen lauschen konnte.

„Nach Claggan“, sagte er. „Ich will, dass die Leute dort ihre Herrin kennenlernen.“

Das Gut, das er ihr als Morgengabe geschenkt hatte, das Gut und das Dorf, das dazu gehörte. Schon das eine oder andere Mal hatte sie sich gefragt, wie es dort aussah, aber jetzt, wo ihr erster Besuch bevorstand, wurde ihr vor Aufregung flau im Magen.

„Die Schiffe im See Aline sind bereit?“ Was sie eigentlich fragen wollte, wagte sie nicht auszusprechen. Wirst du schon morgen segeln, oder übermorgen? Wer wird die Kälte fern halten, die Affraics Atem bringt?

„Nicht ganz. Zwei Wochen noch, vielleicht drei, dann werden wir zum ersten Mal losfahren. So früh im Jahr wird niemand mit uns rechnen. Reiche Beute winkt. Du hast uns Glück gebracht, Prinzessin.“

Sie strich über seinen Arm. Unter dem Stoff der Léine erspürte sie einen der breiten goldenen Reifen, die er trug. Beute, in der Tat. „Glück?“, konnte sie sich nicht verkneifen zu fragen. „Weil Ihr früher wieder kämpfen, stehlen und morden könnt?“ Sie verstand nicht, warum es gut sein sollte, dass der Krieg schon so bald aus dem Winterschlaf erwachte, um Angst und Sterben nach Kinelvadon zu bringen. Warum konnte nicht alles bleiben, wie es in diesem Moment war?

Er seufzte, schob sie von sich. Augenblicklich schmerzte die Distanz, die er zwischen sich und sie brachte, in ihrer Brust. Erst als sie sah, wie ein Muskel in seiner Wange zuckte, wurde ihr bewusst, wie lange sie schon nicht mehr den grimmigen Krieger in ihm gesehen hatte.

„Glück, denn wenn wir den Jarl von Ard nam Murchain überraschen, stehen die Chancen gut, dass viele Männer lebend zurückkommen. Eine Garantie gibt es nie. Für keinen von uns. Ich will leben für ein Land ohne die Nordmänner, aber wenn es nötig ist, werde ich dafür sterben. Deshalb will ich mit dir nach Claggan reiten. Du sollst wissen, wohin du gehen kannst, wenn ich nicht wiederkomme.“

Claggan. Ihr Gut, ihr Dorf. Claggan. Es klang verheißungsvoll. Es klang anders. Es klang nach einem Anfang unter ganz anderen Vorzeichen. Sie käme nicht als die Königstochter, in der man eine Spionin sehen wollte oder wahlweise eine Hexe. Sie käme als die Herrin, als die Gemahlin des Mormaer. Etwas in ihr freute sich auf das Dorf, auf die Menschen, auf das Neue und Unbekannte, das sie dort erwartete.

Und weil sie so aufgeregt war, sickerte erst nach einigen Atemzügen in sie ein, was er gesagt hatte. Wenn er nicht wiederkäme. Konnte es das geben? Eine Welt ohne Somhairle MacGillebride?

Sie weigerte sich, dem Gedanken zuviel Raum zu schenken. Der nächste Tag war noch weit weg, wieviel weiter erst sein Aufbruch in den Krieg? Heute war jetzt, und heute würde sie ihr Dorf sehen. „Dann lasst mich schnell ein paar Sachen zusammenpacken, als Gastgeschenke für die Menschen dort, bevor wir reiten."

Die hölzerne Kante des Schwertes splitterte, als sie auf Aonghas' Übungswaffe prallte. Der junge Wikinger namens Loki, der nach eigener Aussage seinen siebzehnten Winter sah und in Dublin geboren war, fluchte blumenreich in der Sprache der Nordmänner.

Somhairle lehnte an der Tür zum Kuhstall, nagte an einem Strohhalm und grinste. „Wundert mich, dass Olave dich hat mitsegeln lassen", bemerkte er. So, wie der Junge sich mit dem Holzschwert anstellte, hätte es Somhairle nicht verblüfft, wenn Loki sich auf Muile im Blut auf dem Boden gesuhlt hatte, um furchterregender zu wirken. Kaum vorstellbar, dass einer, der so wenig traf, tatsächlich Menschen niedergemetzelt hatte. Eher hätte der Kleine sich mit einem Schwert selbst die Nase blutig geschlagen.

Loki schnaubte und warf das zerbrochene Holzschwert mit Schwung auf den benachbarten Misthaufen. „Könnt ihr nicht mal Spielzeugwaffen herstellen, die was aushalten? Ist dies das Holz von Kinelvadon? Wer reißt sich denn danach ein Bein aus?"

Somhairle griff hinter sich, wo in einem Zuber noch zehn oder zwölf weitere Übungsschwerter steckten, nahm eines heraus und warf es, ohne den Blick von Loki abzuwenden, Aonghas zu. Geschickt fing der Krieger es auf, prüfte die Schärfe der Kanten, grunzte amüsiert und händigte es Loki aus. „Hier, Bürschchen, und jetzt mit Kraft. Der Mormaer von Kinelvadon braucht keine Weicheier."

Aonghas weigerte sich, die nordische Sprache zu verwenden, auch wenn er sie verstand.

Loki verzog die Oberlippe zu einer fletschenden Grimasse und umklammerte den Schwertgriff.

„Mit dem, das du gerade zertrümmert hast, hat mein Sohn bereits bis zur Ermüdung geübt", sagte Somhairle lachend.

Loki ließ die Waffe sinken und betrachtete Somhairle einen Augenblick lang, als wollte er abschätzen, ob der schon einen schwertschwingenden Sohn haben könnte.

„Er ist zweieinhalb", sagte Somhairle, stieß sich von der Tür ab und nahm sich ebenfalls eines der Holzschwerter. „Dir, mein Junge, läuft Callum den Rang ab."

„Mit diesem Holz kein Wunder."

Seit es ihm gelungen war, seine Eifersucht niederzuringen, mochte Somhairle Loki. Er verstand, was Ravna an ihm fand. Der Junge war hell im Kopf, und es hatte nicht lange gedauert, bis er einen gesunden Sinn für Humor durchblitzen ließ. Hin und wieder sah er Loki und Ravna beim Pferdestall gemeinsam sitzen und reden. Es ärgerte ihn nicht mehr. Im Gegenteil. Er wollte, dass Loki Teil von Kinelvadon wurde. Wie Ingrid. Wie Sigurd. Wie viele andere vor Loki, die als Sklaven nach Drimnin gekommen waren, um zu Somhairles Gefährten zu werden. Es war an der Zeit, dem jungen Wikinger die Werft zu zeigen und zu sehen, ob er wirklich ein guter Zimmermann war. Vorher aber musste Loki lernen, sich zu verteidigen, für den Fall, dass die abgeschieden gelegene Werft angegriffen wurde.

Aonghas hatte den Auftrag übernommen, Loki auszubilden. Er glaubte, dass der Wikinger bei der ersten sich bietenden Gelegenheit fliehen würde. Zu oft fragte er nach dem Jarl, der auf der anderen Seite des Sunart herrschte. Somhairle aber war sicher, dass Lokis Treue seinem König gegenüber

Geschichte war. Laut Ravna war es mit dieser Treue nie weit hergewesen, und Somhairle hatte keinen Grund, seiner Frau nicht zu glauben.

Er umschlich Loki und Aonghas eine Weile, sah zu, wie sie aufeinander einschlugen, dass sich Splitter aus den Holzschwertern lösten. Loki begann zu schwitzen, aber wehrte sich mit aller Kraft. Auch wenn er längst erkannt haben dürfte, dass er nicht gewinnen konnte.

Schließlich griff Somhairle ein, glitt in den Kampf, als sei es sein eigener. Seine Bewegungen passten in perfekter Harmonie zu denen von Aonghas. Seit vielen Jahren kämpften sie Seite an Seite. Sie wussten genau, wer wann welchen Schritt machte. Gemeinsam trieben sie den Jungen zurück, ohne sich anstrengen zu müssen. So lange, bis Lokis Waden gegen die kniehohe Ummauerung des Brunnens in der Mitte des Hofes prallten und er das Gleichgewicht verlor. Wie ein Kind quiekte er auf, ruderte mit den Armen, das Holzschwert schepperte im Brunnen nach unten. Somhairle griff zu und hielt ihn, ehe der Junge hinterherstürzte. In einer einzigen Bewegung riss Somhairle Loki zurück und nahm ihn in den Würgegriff. Zeit, Nägel mit Köpfen zu machen.

„Glück gehabt, dass ich da war, Wikingerblut, nicht wahr?“, fragte er zischend. „Ich gehe davon aus, dass du mit dem Bogen besser bist als mit dem Schwert?“

Loki blinzelte. „Schlechter“, würgte er hervor. „Gratuliere, Somerled Gillebridesson, du hast Olaves schlechtesten Krieger gefangengenommen. Den einen, der es verdient hätte, dass ein Armbrustbolzen ihm die Kehle zerfetzt.“

„Du hast mein Bein unbrauchbar geschossen.“

„Das hat mich mehr verwundert als dich.“

Somhairle stieß den Jungen von sich. Wachsam um sich blickend, kam Loki auf die Füße. Aonghas pulte mit der Spitze seines Schwertes Dreck unter seinen Fingernägeln hervor und tat, als ginge ihn das alles nichts an. Oben auf der Treppe zur Halle stand Ingrid und sah zu, was im Hof vor sich ging. Von Ravna war nichts zu sehen. Sicherlich nahm sie das, was sie planten, ernst und suchte nach Geschenken für Claggan.

„Womit bist du dann gut, Loki Thorsteinson ?“, fragte Somhairle lauernd. „Warum sollte ich dich am Leben lassen, wenn du mir als Krieger nichts nützt?“

Lokis Nasenflügel bebten. Er hatte nach Ravnas Aussage seit Jahren davon geträumt, Dublin und seinen übermächtigen Vater zu verlassen und sein Glück zu suchen. Er war siebzehn Jahre alt und hatte wahrscheinlich noch nie ein Mädchen geliebt. Loki wollte leben.

„Ich bin Zimmermann“, sagte der Junge schließlich. „Das hat die Prinzessin Euch bereits gesagt.“

Somhairle nickte konzentriert. „Du baust also Schiffe?“

„Ich wollte sie anders bauen als der verknöcherte alte Sack, der für Olave baut und dem wir alle wie Hündchen hinterherlaufen müssen. Ich wollte sie mit höheren Decks bauen, damit Bogenschützen …“

„Du redest von deinem Vater.“

„Der alte Sack ...“, murmelte Loki störrisch und blickte zu Boden.

„In meinem Land bringen Jüngere Älteren Respekt entgegen. Tust du das nicht, darfst du hier nicht bleiben. Du wolltest also die Bauart der Snekkas ändern?“

Loki schluckte. Irgendwas rührte sich in dem Jungen. „Er hat keinen Respekt verdient. Die Bauart der Schiffe von Dublin ist überholt“, sagte er, vorsichtig jetzt, misstrauisch.

Sein Argwohn war unbegründet. Somhairle musste sich nicht verstellen, um Interesse zu zeigen. Wenn es etwas gab, womit er die Nordmänner besiegen konnte, waren es Schiffe, die besser waren als die, die er eroberte. Er machte eine auffordernde Handbewegung.

Loki blinzelte einmal, aber hielt tapfer seinen Grund. „Wir bauen neue Waffen, die besser sind als die alten. Warum bauen wir keine neuen Schiffe?“

Somhairle warf Aonghas einen Blick zu. Der zuckte mit den Schultern. *Deine Entscheidung*, hieß das.

„Du bist also gut mit der Axt“, sagte Somhairle zu Loki.

„Ich bin der Beste mit der Axt, aber nicht, wenn ich sie gegen einen anderen Menschen richten soll.“ Der Junge drückte das Kreuz durch. „Ich bau dir die besten Schiffe, Gillebridesson, aber ich werde keinen Mann töten, in dessen Adern dasselbe Blut fließt wie in meinen."

Somhairle schürzte die Lippen. „Solange du mir hilfst, die, in deren Adern dasselbe Blut fließt wie in deinen, aus meinem Land zu verjagen, will ich über diesen Makel hinwegsehen." Er zwinkerte dem Jungen zu. „Willst du meine Werft sehen?"

Sie verloren keine Zeit, die Pferde fertig zu machen. Loki klopfte der Stute den Hals, nachdem er den Sattel aufgelegt hatte. „Es erstaunt mich, dass du Pferde besitzt", sagte er.

„Das erstaunt viele." Somhairle führte den Rappen hinaus in den Hof. Loki folgte mit der Stute.

„Sei vorsichtig mit ihr, sie gehört meiner Frau."

„Ragnhild", sinnierte Loki. „Die Königin wird außer sich sein, dass sie noch immer hier und am Leben ist."

Somhairle wandte sich zu dem Jungen um. „Affraic?"

„Sie war es, die Ravna wiederhaben wollte." Loki nickte. „Olave wirkte unschlüssig, aber Affraic hat verlangt, dass er sie zurückholt."

Somhairle klopfte dem Rappen den Hals. Hier war seine Gelegenheit, mehr über Olaves Königin herauszufinden, ohne jemanden nach Dublin schicken zu müssen. „Die Tochter von Fergus von Galloway befiehlt dem König von Dublin? Das soll ich dir glauben?"

„Du kennst Affraic nicht. Der Hof kuscht vor ihr. Sie ist eine Hexe, und sie hasst Ravna. Als Kind ist Ravna oft vom Hof geflohen, um Affraics Schikanen und Schlägen zu entgehen. Sie hat stundenlang bei uns in der Werft gesessen und zugesehen, was wir dort trieben. Manchmal war sie grün und blau geprügelt. Von Affraic. Jeder wusste es, nur Olave hat weggeschaut."

„Ravna?" Somhairle gab sich alle Mühe, den Kommentar mit der Hexe zu ignorieren. Das war zu abwegig. Es gab keine Zauberinnen, das waren Märchen. „Sie war auf der Werft?"

Loki zuckte mit den Schultern. „Sie ist großartig, trotz allem, was Affraic ihr angetan hat. Sie war immer gut zu allen.

Sie hat den Drachenkopf auf Olaves Lieblingsschiff geschnitzt."

„Sie hat *was*?" Jetzt verstand Somhairle gar nichts mehr.

„Als sie mich bat, ihr ein Boot zu besorgen, mit dem sie übers Meer fliehen kann, war ich überzeugt, dass sie es schafft. Sonst hätte ich ihr nicht geholfen. Niemand glaubte an sie. Es gab einen Sturm, das war Affraics Werk, aber ich wusste, dass sie es schaffen würde. Sie hatte ihren Bruder dabei. Fiadh. Aber er scheint verschwunden zu sein. Vielleicht ist er ertrunken."

Was der Junge sagte, raubte Somhairle den Atem. Sprachlos starrte er Loki an. Dieser Junge wollte dem Schicksal geholfen haben, Ravna an Kinelvadons Küste zu spülen. Er sprach von Fiadh, Ravnas Bruder. Von Affraic, einer Hexe, die dem König Befehle erteilte und dem Wetter gleich mit. Und Loki, der den Namen des nordischen Gottes der Täuschung trug, erzählte das alles, als sei es normal. Entweder wurden in Dublin alle verrückt, oder … aber nein, das war unmöglich.

Somhairle MacGillebride glaubte an sich selbst. Er glaubte an seine Kraft. Er glaubte nicht an Zauberwesen. Er wollte dieses Gespräch abbrechen. Es brachte nichts, sich den Kopf über etwas zu zerbrechen, das es nicht gab.

Er warf den Zügel des Rappen Kenneth zu, der mit bewundernder Miene in der Nähe stand, und wies Loki an, sich selbst ein Pferd im Stall auszusuchen. „Du begleitest uns. Ich hole Ravna."

Jedes Mal, wenn Ravna mit Somhairle ausritt, lebte sie auf. Das Gefühl der Freiheit auf diesen Ritten war überwältigend. Der Wind, weniger kalt jetzt, da es auf den Frühling zuging, hatte zwar immer noch Biss, trug aber keine Spur des Atems der Hexe. Mit Somhairle draußen in der Natur fühlte sie sich frei.

Und heute war alles noch besser. Sie waren zwar nicht allein, aber es war Loki, der auf einem gutmütigen Braunen hinter ihnen ritt. Loki, der endlich kein Eisen mehr um den Hals trug, und der ab diesem Tag auf Somhairles Werft arbeiten würde. Ravna freute sich für ihren Freund und war glücklich.

An Ravnas Seite ritt ihr Mann, sein Rappe schnaubte und tänzelte. Es war das erste Mal, dass sie über Nacht wegbleiben würden. Für Ravna fühlte es sich an wie ein Abenteuer. Einen Tag lang nicht in der Obhut der Feste verbringen.

Somhairle wies hinunter ans Ufer, wo das kleine Boot, in dem sie gekommen war, auf der Seite lag. Sie hatten es bei einem ihrer früheren Ausritte aufgesucht, um es zu bergen, aber dann beschlossen, es liegenzulassen. Dem Mormaer nutzte es nichts, dazu war es zu klein.

Ravna sah sich zu Loki um, der nickte und grinste. Auch er erkannte das Boot. Vielleicht würde es irgendwann ein Fischer reparieren und nutzen. Der Gedanke, dass dieses Boot, das ihr so viel Kummer bereitet und am Ende Glück gebracht hatte, einem anderen Menschen helfen würde, machte sie froh.

Sie erreichten die Stelle, wo der See Aline in einem breiten Strom in die Meerenge mündete, die Kinelvadon von Muile trennte. Um auf die andere Seite der Küstenlinie zu kommen, war ein Boot nötig, oder ein langer Ritt um den See herum. Somhairle hatte wohl zweiteres im Sinn, denn er lenkte seinen Rappen nach links. Dort führte ein kaum sichtbarer Pfad im sandigen Boden zwischen dicht wachsenden Tannen und Buchen nach Norden. Schweigend blieb Ravna neben ihm und lauschte auf das Trappeln von Lokis Pferd hinter ihnen. Nach einer Weile öffnete sich der Blick auf ein Dorf und den See.

Auf dem See schwammen Schiffe. Viele Schiffe.

Scharf sog Loki hinter ihr den Atem ein. Mit aufgerissenen Augen starrte Ravna auf das, was sich vor ihr ausbreitete. Bug an Bug schaukelte Somhairles Flotte auf kleinen Wellen. Größtenteils waren es mittelgroße Snekkas mit spiralförmig ausgebildeten Spitzen am Bug. Fünfundzwanzig zählte sie. Sie wusste, dass der Mormaer weitere besaß, zum Beispiel die kleine Flotte, die die Heilige Insel Iona bewachte. Davon hatte er ihr erzählt. Sie sollten verhindern, dass Wikinger noch einmal das Kloster ausraubten. Zu viele Mönche waren dort über die Generationen getötet worden und hatten die Insel zu einem traurigen Grab gemacht.

„All die Schiffe habt Ihr den Nordmännern abgenommen?“ Ravnas Stimme war ein atemloses Hauchen. Sie hatte nicht einmal geahnt, wieviel Macht er besaß. Er nannte sich zwar König von Argyll, wenn ihm danach war, doch Drimnin war keine große Festung. Die Ausrüstung der Männer, die an seinen Hof kamen, war oft nur zusammengeschustert und die Sitten rau.

„Es sind einige davon, ja. Manche werden in den Kämpfen so stark beschädigt, dass wir sie nur noch zerlegen und als Brennholz nutzen können. Ein paar liegen weiter oben in der Werft und werden repariert.“ Gleichzeitig wandten sie sich zu Loki um, der immer noch gebannt auf die Schiffe starrte.

„Wie viele Krieger kämpfen für Euch?“ Schon immer hatten Boote sie fasziniert. „Ich hatte geglaubt, es sind die Männer in der Festung und vielleicht noch ein paar, die den Winter bei ihren Familien verbringen.“

„Ravna.“ Er lehnte sich im Sattel vor, sah ihr ins Gesicht. Ein Schauder rieselte über ihren Rücken, denn ein Gefühl verriet ihr, dass er im Begriff war, etwas Wichtiges zu sagen.

„Ich bin auf dieser Welt, um mein Volk zu befreien. Das haben viele der jungen Männer verstanden. Wenn ich rufe, kommen sie. Nicht nur aus Kinelvadon. Sie kommen in Scharen. Aus Lismore und Muile und von weiter entfernt, sie fliehen unter Lebensgefahr aus den Ländern, die die Nordmänner halten, um sich mir anzuschließen. Mehr und mehr Clanführer auf den Inseln beugen ihr Knie vor mir. Sie erbeten meinen Schutz, senden mir ihre Schiffe und Männer, die sie rudern. Weil sie wissen, dass wir nicht blind draufschlagen, sondern gelernt haben, den Nordmännern auf ihre eigene Weise entgegenzutreten. Wir erobern ihre Schiffe. Wir haben segeln gelernt und wissen, wie man auf dem Wasser siegen kann.“ Er richtete sich wieder auf, seine Miene verhärtete sich. „Zur Zeit meines Großvaters kam der Schlächter Magnus viermal in zehn Jahren, mit einer Flotte von mehr als hundertfünfzig Schiffen, und hat unsere alteingesessenen Familien vertrieben. Wie oft haben die Wikinger versucht, unser Volk zu zerschlagen? Sie haben die Zentren von Wissen und Tradition überfallen, haben Mönche auf der Heiligen Insel geköpft und Schriften, die niemals ersetzt werden können, ins Feuer geworfen.“

Wenn er so über die Wikinger sprach, fühlte es sich jedes Mal an wie ein Tritt. Hatte er vergessen, woher sie kam? „Ich wusste nicht, dass Ihr so sehr an Schriften hängt“, sagte sie schnippisch.

Er lachte. „Ich hänge sehr an Schriften, Rabentochter. Besonders an der, die du unterschrieben hast, um meine Frau zu werden.“

Sie wollte noch etwas sagen, doch ehe sie auch nur den Mund öffnen konnte, trieb er dem Hengst die Hacken in die Flanken und galoppierte davon.

Angeber!

Während sie es ihm gleichtat und ihm in fliegendem Galopp folgte, wandte er sich zu ihr um, lehnte er sich über die Schulter zurück und rief: „Komm, Ragnhild Olavesdatter, lass mich dir zeigen, was dir gehört. Es war eines der ersten Dörfer, die ich den Wikingern abgejagt habe. Einem Mann namens Flachnase, so benannt nach seinem Großvater. Der kam vor vielen Jahren als Verwalter für den dänischen König auf unsere Nebelinseln. Er fand es klug, sich dort festzusetzen, dem dänischen König abzuschwören und sein eigener Herr zu sein. Er hatte viele Söhne, die alle zurück in den Dienst des Dänenkönigs gingen. Einer von ihnen kam nach Kinelvadon und versklavte die Menschen. Weil ich lebe und kämpfe, gibt es keine Spur mehr von Flachnases Nachkommen in diesem Land.“ Wie sollte sie ihm zürnen, wenn er so sprach? Wenn seine Wangen vor Übermut glühten und seine Stimme von Stolz vibrierte?

Irgendwann fielen sie zurück in einen gemütlichen Schritt, damit Loki sie einholen konnte.

Der Ritt durch das sanft geschwungene, fruchtbare Tal, in dessen Mitte sich der See erstreckte, war angenehm. Hohe Berge hielten den Wind im Zaum. Sie erreichten den Fluss, der sich in den See ergoss. Somhairle rief Loki an seine Seite und wies den Fluss hinauf. Dort ging es wohl zur Werft.

Auf der anderen Seite des Ufers erkannte Ravna eine Ansammlung geduckter Hütten aus Torf und Holz, die sich um einen Tümpel scharten. Gänse flatterten unter Geschrei auf, als ein paar Kinder johlend zwischen sie sprangen. Unter hohen Tannen führte der Palisadenzaun zum zweistöckigen, ebenfalls hölzernen Gutshaus.

„Da müssen die Pferde rüber?" Schaudernd deutete sie auf die Furt. Aufgewühlt von Schmelzwasser aus den Bergen tobten die Wassermassen gischtschäumend über Kiesel und Felsbrocken.

„Nein", sagte Somhairle, saß ab und hielt ihr die Hand hin. „Die Pferde bleiben hier. Komm. Das Fest hat schon begonnen. Denk an deine Geschenke." Gleichzeitig sah sie, wie sich am gegenüberliegenden Ufer ein Mann mit einem Floß abstieß und sein Gefährt an einem über den Fluss gespannten Seil auf ihre Seite herüberhangelte. Erleichtert atmete sie auf.

„Ich wusste nicht, dass hier ein Fest ist. Das hast du mir nicht gesagt, Somhairle! Was, wenn ich nicht an die Geschenke gedacht hätte?"

Beinahe wäre ihm der Augenblick, als sie ihn zum ersten Mal nicht mit der höflichen Anrede bedachte, entgangen. Doch das Feuer, das sich hinter seiner Brust ausbreitete, ließ sich nicht ignorieren.

„Imbolc", sagte er und bemühte sich, sich nichts anmerken zu lassen. Es gab viele Dinge in seinem Leben, auf die er stolz war. Doch er konnte sich an keinen Sieg erinnern, der so süß geschmeckt hatte wie dieser. Er wollte wieder hören, wie sie ihn auf diese Weise ansprach. Wie sie seinen Namen sagte, in ihrem lieblichen Singsang. Aber er wusste, dass sie sich davor scheuen würde, wenn er ihren Vorstoß kommentierte. Also bewahrte er den Stolz in seinem Herzen und übte sich in Geduld. „Das erste Lamm ist in der vergangenen Nacht zur Welt gekommen." Er hob sie vom Pferderücken.

„Dein erstes Lamm, *mo neamh.* Alles, was du hier siehst, gehört nicht mir, sondern dir."

Natürlich hatten die Menschen von Claggan von ihrer Herrin gehört. Sie wussten, dass sie nicht nur eine Wikingerin, sondern auch eine Prinzessin aus dem Hause Dublin war. Wie auf Drimnin begegneten die Menschen Ravna auch in Claggan mit Reserviertheit und Misstrauen.

Doch diesmal ließ seine Gemahlin sich nicht einschüchtern. Strahlend verteilte sie ihre Geschenke. In Fett ausgebackene Honigteile für die Kinder, fein gewebte Stoffe für die Frauen, Werkzeuge aus der Schmiede von Drimnin für die Männer. Lebhaft und mit glühenden Wangen erzählte sie von ihren Eindrücken beim Ritt hier herauf.

Somhairle stand an der Seite, kaute auf einem Halm Heu herum und beobachtete sie. Sie war einzigartig. Nach und nach ließ auch das Misstrauen der Leute nach. Eine der Frauen machte den Anfang und schenkte Ravna einen Umhang aus ungefärbter Wolle. Mit begeisterter Stimme bewunderte die Königstochter das seidenweiche Material. Danach gab es kein Halten mehr. Jemand schob ihr Schlehdornblüten ins Haar, ein anderer bat sie um einen Segen für sein Haus. Eine frischgebackene Mutter hielt ihr den Säugling hin und fragte, ob sie das Mädchen nach der Herrin benennen dürfte. Im Handumdrehen schaffte Ravna es, den Argwohn dieser Menschen zu besiegen. Sie begegnete ihnen auf Augenhöhe, war wahrhaftig und wunderbar.

Loki stand neben Somhairle und schaute ebenfalls zu. „Das hat sie verdient", murmelte der junge Wikinger, als Ravna laut auflachte und sich einen frechen kleinen Jungen griff, um ihn auszukitzeln.

„Ich bringe dich morgen auf die Werft", sagte Somhairle. „Wann immer Ravna in Claggan ist, übergebe ich sie deiner Verantwortung."

Loki sah ihn an und schien zu wachsen. Vor Somhairles Augen wurde aus dem Jungen ein Mann. „Es ist mir eine Ehre, Mormaer", sagte er.

Das Gutshaus, das aus glattgehauenen Stämmen auf einem Fundament aus Bruchstein gebaut und mit einer wehrhaften Palisade umgeben war, schien Ravna nicht zu interessieren. Auch nicht die Zahlen, die der Verwalter dort in die Pergamente eintrug. Stattdessen ließ sie sich im aufkommenden Regen die Felder zeigen, die sich an der Flanke des Glaice Moire hinaufzogen. Die Bauern hatten Winterweizen ausgebracht. Ravna verdreckte sich ihren rostroten Surcot und den neuen Umhang mit dem Schlamm des Weges, der zu den Feldern führte.

Sie setzten ihr einen aus getrockneten Blumen geflochtenen Kranz auf, der für ein Mädchen bestimmt war, das zur Sommersonnenwende heiraten sollte.

„Ich brauche ihn nicht", lachte die Braut und schmiegte sich an ihren Liebsten. „Bis dahin gibt es frische Blumen. Nehmt ihn, Herrin. Er wird Euch Glück bringen."

Nach wenigen Stunden in Claggan kannte Ravna den Namen jedes einzelnen Dörflers. Somhairle trank den Becher Bier aus, den ein schüchternes Mädchen ihm gebracht hatte, und trat auf seine Frau zu.

„Ich will dir etwas zeigen, *neamhnaid*."

Ihre Augen glänzten, als sie sich von ihm mitziehen ließ, hinüber zu dem Verschlag, in dem die Schafe das Ende des Winters abwarteten.

„Du musst dein erstes Lamm taufen", sagte er ernst und stieß die Tür auf. Im Halbdunkel des Stalles, kaum sichtbar in Bergen von Heu, lagen sie.

Schafe, kaum größer als neugeborene Kinder.

Ravna starrte, unfähig zu begreifen. Somhairle umklammerte ihre Hand. „Sie gehören dir, *mo chridhe*", sagte er leise. „Es sind elf. Ich habe mit dem Verwalter gesprochen. Er sagt, diese Schafe tauchen überall in Argyll auf, aber die Leute töten sie, weil sie nutzlos sind. Ihre Wolle ist zu fein, um wärmende Kleidung daraus herzustellen."

Vorsichtig zog er Ravna tiefer in den Stall und bemerkte, dass sie kaum zu atmen wagte. Er zog sie zu dem Mutterschaf, neben dem, kaum größer als die Hand eines Mannes, ein Lamm lag und sie mit großen, klaren Augen ansah.

„Du lässt sie nicht töten, nicht wahr?“, fragte Ravna, kaum mehr als ein Hauchen.

„Dein Umhang ist aus ihrer Wolle gemacht. Die Frauen hier glauben, dass die Wolle dieser Schafe sie vor bösem Zauber beschützt, und hüten die Tiere wie Kleinode. Ich wusste es nicht einmal, sie haben sie vor mir verborgen, weil sie fürchteten, der Mormaer würde ihnen befehlen, die nutzlosen Kreaturen zu beseitigen. Nur für dich haben sie ihre Angst besiegt. Weil ich wissen wollte, woher die Wolle stammt, die du so bewundert hast.“

Sie verbrachten die Nacht aneinandergeschmiegt im oberen Stock des Gutshauses und lauschten auf den Regen, der auf das Dach prasselte. Ravna war schweigsam, aber schlief wenig. Er fühlte, dass sie an die Schafe dachte, und fragte sich nicht zum ersten Mal, warum sie ihr so wichtig waren.

Am Morgen ließ er sie im Schafstall allein zurück, während er Loki auf die Werft brachte. Auch wenn er Wert darauf legte, dass Loki und der Zimmermeister einander grün waren, gelang es ihm kaum, sich auf die beiden zu konzentrieren. So schnell es Anstand und Pflicht zuließen, verabschiedete er sich. Wenn Loki tatsächlich ein begnadeter Schiffsbauer war, würde der alte Meister ihn nicht rausprügeln.

Der Regen nahm an Kraft zu, als Somhairle allein nach Claggan zurückkehrte, um Ravna abzuholen.

Sie protestierte und wollte die Schafe nicht verlassen, aber er machte ihr klar, dass es Zeit war, nach Drimnin zurückzukehren. Aonghas würde eine Armee schicken, wenn sie nicht spätestens bei Sonnenuntergang zurück waren.

Sie verabschiedeten sich von dem Flößer, dann hielt Somhairle die Zügel der Stute, damit Ravna aufsteigen konnte. Das Rabenhaar klebte ihr in der Stirn. Sie sah gesund aus, jung und glücklich. Hatte er sie jemals so gesehen? Würde sie immer so sein, wenn er nicht derjenige wäre, der er war? Wenn er mit ihr auf einem Hof in einem abgelegenen Tal winzige Schafe züchten und Felder bestellen würde? Wenn es niemanden in ihrem Leben gab, der ihr misstraute, weil die

Leute eifersüchtig auf sie waren und dachten, mit ihr um seine Gunst buhlen zu müssen? Würde sie immer so befreit lachen, seine Hand halten und so offen bei ihm sein?

Den Menschen von Claggan mit ihrer Aufgeschlossenheit und Begeisterung war gelungen, um was er all die Monate vergeblich gekämpft hatte. Sie hatten den Schatten, der in Ravna lebte, zum Verstummen gebracht.

Das Fell der Pferde troff vor Nässe. Der Regen wurde heftiger. Als sie die Mündung des Aline erreichten, konnten sie Muile schon nicht mehr sehen, so dicht war der Tropfenvorhang. Der Himmel verdunkelte sich schlagartig. Blitze zuckten. Sie ließen Kinlochaird hinter sich und trabten an der Küste entlang. Ravnas Stute wurde immer unruhiger. Der Rappe war mehr gewohnt, aber auch ihm passte es nicht, dass der Sand, durch den er seine Hufe pflügen musste, immer schwerer wurde. Ravna hatte die Kapuze ihres neuen Umhangs über den Kopf gezogen, aber aus der Wolle rann Wasser in Strömen über ihr Gesicht.

Er hatte genug. Aonghas würde das Wetter in Betracht ziehen und vermuten, dass sie irgendwo Unterschlupf genommen hatten. Er würde sich nicht gleich mit vierzig Schwerbewaffneten auf die Suche machen. Somhairle wies auf eine Hütte unter Tannen, die sich im Sturmwind bogen. Es war ein jämmerliches Häuschen aus halb verrotteten Schiffsplanken. Fischer fanden darin Zuflucht, wenn sie von schlechtem Wetter überrascht wurden. Es war eng, und vermutlich rann Wasser an den Innenwänden hinab, aber es bot ein bisschen Schutz vor den Elementen.

Ravnas Blick folgte der Richtung, in die sein Finger wies, sie sah das Hüttchen und nickte ihm zu. Worte waren sinnlos. Der peitschende Wind und das Rauschen des Regens verschluckten jede Silbe, sobald sie die Lippen verließ.

KAPITEL 17

In der Hütte roch es nach feuchtem Holz, nasser Erde und Fisch. Dennoch hätte sich Ravna keinen schöneren Ort vorstellen können, um Unterschlupf zu finden. Sie streifte die triefnasse Kapuze von ihrem Haar und sah sich um. Ihr Kopf schwirrte vor Glück. Endlich hatte sie die Schafe gefunden. Somhairle hatte sie ihr geschenkt. Von allen Orten in diesem Land waren sie auf ihrem Gut zu finden gewesen. Sie betrachtete ihren Ehemann und war sich das erste Mal sicher, die Hexe besiegen und Fiadhs Fluch brechen zu können. Somhairle und sie. Gemeinsam waren sie unschlagbar. Seine Stärke und ihre Ausdauer. Seine Erfahrung und ihre Neugier. Das Schicksal musste sich irren, wenn es ihr einen Anderen ausersehen hatte.

Auch der Mormaer schälte sich aus seinem Mantel, warf das kostbare Kleidungsstück auf den Boden, wo ein Haufen ranziges Stroh als Bettstatt diente.

„Es ist nicht viel", sagte er entschuldigend. Seine Augen blitzten hell in der Dunkelheit, trotzdem lag etwas Dunkles in seinem Blick, etwas Hungriges, Sündiges. Sie hatte es noch nie an ihm gesehen, doch ihr Körper reagierte darauf. Ihr Herzschlag beschleunigte sich, ihr Blut wurde schwer.

„Es ist egal", antwortete sie. Die Hütte bot nicht viel Platz, um einander aus dem Weg zu gehen. Außer dem Stroh gab es nur eine Truhe. Sie konnte den Blick nicht von ihm abwenden, als er nach Decken suchte. Schwarz hob sich sein breiter Rücken in dem Lederhemd gegen das Dämmerlicht in der Hütte ab. Es war schön gewesen, mit ihm in dem Dorf. Die Leute mochten ihn, er hatte mit ihnen getrunken, gefeiert und gelacht. Aber vor allem respektierten sie ihn als ihren Herrn und König. Ein Respekt, der sie immer Abstand hatte halten lassen. Anders als mit ihr. Der König von Argyll hatte ihr den Vortritt gelassen, hatte ihr den Rücken gestärkt, sich aber nicht in den Vordergrund gedrängt. Er hatte ihr viel gegeben an diesen beiden Tagen. Sie wollte ihm etwas zurückgeben.

Ehe er sich von der Truhe umwandte, ließ sie den Mantel fallen. Hastig löste sie die Schnüre ihres Surcots, bis sie nur noch ihr Hemd trug. Draußen jaulte das Unwetter, folgte Donnergrollen unmittelbar auf das Zischen der Blitze. Die Bretterwände der Hütte klapperten und knirschten. In ihr tobte ein anderer Sturm. Trotzdem konnte sie sich nicht daran hindern, die Arme über ihre Brüste zu legen, während sie auf ihren Gemahl wartete. Das dünne Unterkleid schützte ihre Blöße kaum.

Als Somhairle sich umdrehte, stockte er mitten in der Bewegung. Seine Pupillen weiteten sich, das Schwarz trank die Winterkälte. Zurück blieb nur der dunkle Hunger, den sie zuvor erahnt hatte, nun um vieles stärker.

„Ravna?“, fragte er. Er klang, als kostete es ihn Mühe, ihren Namen auszusprechen. Seine Brust hob und senkte sich in einem Rhythmus, als käme er aus einem Kampf. Was war es für eine Schlacht, die er ausfocht? Sie hatte eine Ahnung, und ein wenig Unsicherheit kehrte zurück. Sie erinnerte sich an das Stoßen und Rammen und Keuchen und an das Gefühl, wie ihr Unterleib zerriss, aber sie wollte keine Angst mehr haben. Nicht heute, nicht in dieser Hütte, wo sie allein mit ihm war. Geschützt vor dem Unwetter, genauso wie vor Erwartungen und Gerüchten, die ihnen in Drimnin überallhin folgten. Dennoch vermochte sie nicht zu antworten. Stattdessen trat sie an das Lager am Boden. Es war nur ein Strohhaufen, über den er seinen Mantel gebreitet hatte, und doch war es ihr tausendmal lieber, als ihr Brautbett es gewesen war.

Er rührte sich nicht. Auch dann nicht, als sie sich erst auf die Knie, dann auf den Rücken sinken ließ. Sie raffte ihr Hemd bis zur Taille und spreizte die Beine. Ihre Schenkel zitterten. Das ist nur die Kälte, versuchte sie sich einzureden, doch wusste, dass sie sich belog.

„Du musst das nicht tun“, sagte er rau. Er ballte die Hände an seinen Seiten zu Fäusten, sein Körper war zum Zerreißen gespannt.

„Ich will es."

„Ich sehe deine Angst."

Sie atmete tief durch, schloss die Augen, suchte Mut und fand Entschlossenheit. „Ich will keine Angst mehr haben. Nur du kannst sie mir nehmen. Bitte", sie stockte. Obgleich sie wusste, was sie wollte, war es nicht leicht, darum zu bitten. „Komm zu mir. Lass mich nicht betteln."

Er konnte nicht widerstehen. Sein Begehren stand ihm deutlich ins Gesicht geschrieben. Sein Zögern verriet, dass er es sich so nicht ausgemalt hatte, nach all der Zeit. In einer zugigen Hütte, auf einem Lager aus dreckigem Stroh. Doch er war jung und stark und lebenshungrig von dem Fest und dem Ritt durch den Sturm. Und wenn alles andere zu Ende war, blieb er immer noch ein Mann.

Zwei lange Schritte brachten ihn zu ihr. Im Gehen warf er das Hemd von sich, dann fand sie sich in seiner Umarmung. Er küsste sie gierig und leidenschaftlich, nicht rücksichtsvoll und sanft wie in den vergangenen Nächten. Er zog sie an sich, schob die Arme unter ihre Schultern, küsste ihren Hals, ihre Schlüsselbeine, den Ansatz ihrer Brüste. Sein Bart kitzelte ihre Haut, sandte prickelnde Schauder durch ihren Leib. Ihr Hemd riss unter seinen fordernden Fingern auf, und in dem Feuer, das er entfachte, hatte Angst keine Chance. Regentropfen fielen von seinem Haar auf ihre Haut, er leckte sie weg. Trotz der feuchten Kälte im Unterstand brannte ihre Haut, wo er sie berührte. Fast war es wie im Wald, als Affraic sie zu Dingen verführt hatte, die kein Christenmädchen tun durfte. Und doch war es anders. Weil er ihr Mann war und sie seine Frau.

Wie in ihrer Hochzeitsnacht gab er Laute von sich, die an ein wildes Tier erinnerten. Doch diesmal machte es ihr nichts aus, weil sein rauer Atem ein Echo in ihrem eigenen Stöhnen fand. Sein Ächzen war nicht abstoßend, sondern erzählte davon, wie sehr er sie begehrte, und sie zerschmolz. Mit den Fingern teilte er ihren Schoß, tauchte in ihre Hitze. Er verrieb ihre Feuchtigkeit, und als er sich auf sie rollte und sie ihn heiß an ihrem Eingang spürte, fühlte sie Beklemmung. Aber nicht lange, denn diesmal gab es kein Reißen und Brennen, sondern nur einen kurzen Druck. Sie klammerte sich an seine Schultern, hielt ihn nah, und das Unwohlsein wurde fortgespült von seiner Nähe.

Sie streichelte die lange, gezackte Linie einer Narbe auf seinem Rücken nach. Er barg den Kopf an ihrer Halsbeuge, ertrank in dem, was sie ihm schenkte. Er bedeckte sie komplett, begrub sie unter seinem Körper, der sich bei jedem Stoß anspannte und nur noch Kraft war.

Er machte ihr keine Angst mehr. Denn aus einem Grund, den sie nicht benennen konnte, hatte sie trotz allem das Gefühl, dass sie es war, die ihn in der Hand hielt, während er kämpfte und rang. Sie streichelte sein Haar und seine Schultern, und bei jedem Vordringen schien er einen Schwur zu leisten. Ich pass auf dich auf, versprach er, egal wo, egal wann, egal vor wem.

Hinterher roch sie den Schweiß im Raum, ihren und seinen, und den Duft ihrer Vereinigung. Somhairle legte den Kopf auf ihre Brust und machte sich so klein, wie es einem Mann, an dem nichts klein war, möglich war.

„Du bist so zart“, murmelte er gegen ihre Haut, seine Stimme schwer, als hätte er zu viel von Ingrids Met getrunken. Dabei war sie es, an der er sich berauscht hatte.

„Winzig“, fuhr er fort, fand mit der Rechten die Spitze ihrer Brust und begann daran zu spielen. „Als könne ich dich in einer Handfläche halten. Doch der Mut, den du hast, würde für zehn Krieger reichen.“

„Du träumst“, schalt sie ihn lachend und zog ihn noch näher an sich heran. Sie vergrub die Nase in seinem nassen Haar. Hatte es wirklich eine Zeit gegeben, in der sie seinen Geruch nicht geliebt hatte?

Er lag zwischen ihren Schenkeln, und es fühlte sich richtig an.

„Vielleicht“, gab er zu und brummte wie ein zufriedener Bär, als er die Hüften ein wenig drehte, damit sie nicht sein ganzes Gewicht aushalten musste. Ihm fielen die Augen zu, noch ehe sie selbst Ruhe fand. Während sein Atem gleichmäßiger wurde und ruhig, streichelte sie mit den Fingerspitzen seine Haare, seine Wangen, seine Schultern. Alles von ihm, was sie erreichen konnte, ohne ihn zu wecken. Dann küsste sie ihn sacht auf den Scheitel. Draußen tobte der Sturm mit unverminderter Macht. Hier drin, an ihrem Zauberort voll Zweisamkeit, gab es nur noch Frieden und Ruhe.

„Schlaf gut, mein König über das Land im Nebel“, flüsterte sie in seine Haare, dann zog auch sie der Schlaf ins Vergessen.

Er wachte auf, weil etwas knarrte und splitterte. Nur für die Dauer eines Herzschlags musste er um Orientierung kämpfen. Länger konnte er sich das nicht leisten. Jahre im Krieg hatten ihn darin geübt, mit Körper und Geist innerhalb weniger Wimpernschläge hellwach zu sein.

Er lag mit Ravna in der kümmerlichen Hütte am Waldrand. Was da splitterte, war die Krone eine der Tannen, die dem Unterschlupf Schutz bieten sollten. Es war kalt und feucht hier drin. Das Geräusch von fließendem Wasser war unverkennbar. Die Bretterwände waren am Boden durchgefault, Regenwasser drang ein und lief zur Türöffnung wieder hinaus.

Er brauchte einen Moment, um die köstliche Schwere, die von seinen Knochen Besitz ergriffen hatte, abzuschütteln. Sein Kopf lag auf Ravnas Brust, ihre Hand in seinen Haaren vergraben. Die Erinnerung an die Nacht schmeckte süß und würzig wie der Honigwein von Claggan. Niemals würde er vergessen, wie sich ihre Finger auf seiner Haut angefühlt hatten. Wie es gewesen war, als sie das erste Mal willig ihre schlanken Schenkel um seine Hüften geschlungen hatte.

„*Mo neamh*“, murmelte er und richtete sich auf die Knie auf. Sie blinzelte ihn verschlafen an. Erschöpft und unwillig, sich der Wirklichkeit zu stellen. Wieder krachte es über ihnen, ein Zittern ging durch die Hütte. Er fasste nach Ravnas Surcot. „Du musst dich anziehen. Wir können hier nicht bleiben.“ Der Regen hatte bereits die Hälfte des Strohhaufens unter seinem Mantel zur Tür hinausgespült. Er nestelte seine Hosenbeine am Gürtel fest, wickelte die Lederriemen um die Unterschenkel und kam auf die Knie, um Ravna zu helfen, den Surcot anzulegen. Ihre Finger waren eisig, er musste ihr das Verschnüren der Bänder an den Seiten abnehmen.

Sie war so müde, dass sie schwankte. Er wickelte sie in den wollenen Umhang und schmiegte seine Hände um ihr Gesicht. Wassertropfen hingen in ihren Wimpern. „Ich nehme dich mit auf mein Pferd", beschloss er. „Deins führe ich nebenher."

„Ich kann reiten." Ihre Stimme war ein Schnurren, kaum hörbar gegen das Röhren des Unwetters. Er drückte seine Lippen auf ihren Scheitel.

„Natürlich kannst du das. Aber darum geht es nicht. Komm, wir dürfen nicht verweilen." Als sie nickte, legte er sich seinen Mantel um die Schultern und führte sie nach draußen. Die Pferde standen, wo er sie an einen Baumstamm gebunden hatte. Sie hatten das Gewitter bisher schadlos überstanden, doch der Untergrund verwandelte sich mit jedem Atemzug mehr in einen Fluss. Der Sand rutschte und floss unter jedem Schritt. Somhairle band zuerst die Stute los, dann den Rappen. Sofort strebte die Stute in Richtung Drimnin. Auch sein Hengst war unruhig. Er konnte mit den Hufen keinen Halt auf dem fließenden Sand finden.

Somhairle zerrte ihn am Zügel hinauf zwischen die Tannen, wo der Boden noch etwas fester war, dann hob er Ravna in den Sattel. „Halt dich gut fest, *mo nighean donn*", sagte er und klopfte dem Pferd den Hals. „Ich werde ihn führen."

„Das ist zu weit, das ist …"

Er schnalzte mit der Zunge. „Wir kommen bei diesem Wetter sowieso nur im Schritt voran", beschied er ihr. „Er ist ruhiger, wenn er mich gehen sieht. Halt dich fest."

Der Weg zog sich. Für jeden Schritt, den sie vorwärts kamen, schienen Wind und Regen sie zwei Schritte zurückzutreiben. Die beiden Wasserläufe, die sie überquerten, waren von den zahmen Bergbächlein, die er seit seiner Kindheit kannte, zu reißenden Flüssen angeschwollen. Irgendwann entglitten Somhairle die Zügel der Stute. Er ließ sie laufen, sie würde ohne seine Hilfe nach Drimnin kommen.

Als sie in der Schwärze, die nicht nur die Nacht war, die kleine Kirche in Achadhnan passierten, begann er Schlimmes zu ahnen. Der Regen fand keinen Weg mehr in die zahlreichen Wasserrinnen, sondern lief als Wasserwand an den Berghängen herab. Somhairle hielt den Rappen an, ging in die Hocke und griff eine Handvoll Schlamm. Im zuckenden Licht des Wetterleuchtens betrachtete er, was er in der Hand hielt. Ihn schauderte, als er bereits gekeimte Getreidekörner erkannte. Er blickte sich um. In einem Tal am Fuße des Bergmassivs hatten die Bauern von Minghasdhail den Wald gerodet und im vergangenen Herbst auf kleinen Feldern die Wintersaat ausgebracht. Fünfzehn Familien lebten dort. Jede dieser Familien ernährte mindestens einen seiner Ruderer. Manche hatten drei oder vier Söhne auf Somhairle MacGillebrides Schiffen. Der Regen, der ihm in den Nacken rann, fühlte sich plötzlich noch eisiger an, denn er schwemmte die Nahrungsgrundlage der Familien aus dem Boden. Ohne Nahrung keine Krieger. Ohne Krieger kein Feldzug.

Er war froh, dass sein Pferd Weg und Steg so gut kannte wie er selbst. Irgendwie schafften sie es, den Drimnin Bach zu überqueren. An einer Stelle versank der Hengst bis zum Bauch in der reißenden Flut. Geröll und Holz krachten gegen Somhairles Brust. Der Kadaver eines Hasen. Beim Klettern auf die Uferböschung rutschte der Hengst weg, doch zum Glück war das darauf folgende Knacken ein Ast, nicht ein Bein des Tieres.

Auf der Außenmauer der Festung brannten flackernd Laternen. Vermutlich war die Stute angekommen, sodass Aonghas damit rechnete, dass Somhairle und Ravna folgen würden. In weiser Voraussicht hatte er ihnen Laternen als Signalfeuer angezündet.

Gleich hinter dem Tor rutschte Ravna vom Pferderücken herunter in seine Arme. Ihre Zähne schlugen aufeinander. Er hielt sie fest, überließ das Pferd Aonghas und trug seine Frau nach oben in die Halle.

Der Sturm tobte um die Mauern. Oben, in einer der Kammern, hatte sich ein Fensterladen losgerissen und schlug mit ohrenbetäubendem Krachen gegen die Wand.

Das Kaminfeuer in der Halle loderte hoch. Ingrid half Somhairle, Ravna aus Mantel und Surcot zu schälen, und wickelte sie in ein gegerbtes Schafsfell. Die Wikingerin setzte ihre Herrin auf eine Bank beim Feuer und schob einen Becher mit heißem Wein zwischen ihre Finger. Fiadh näherte sich auf leisen Hufen und legte seine Schnauze in Ravnas Schoß. Somhairle nahm seinen durchweichten Mantel ab und ließ sich ebenfalls ein Fell geben, dankbar für die unmittelbare Wärme.

Männer drängten in die Halle. Sie hatten auf seine Rückkehr gewartet. Seisyll war da, Aedan, Aonghas, der ihm von einem Riss an der Schulter der Stute berichtete, aber sie sei versorgt und würde sich erholen. Somhairle ließ sich Bericht über erste Schäden erstatten. Domhnall war anwesend, der Kellermeister, der Schmied, dessen Werkstatt unter Wasser stand, aber auch die Ältesten aus den umliegenden Dörfern. Ackleanan war erst vor wenigen Jahren angelegt worden, um den Kriegern ein Zuhause zu geben, wo sie Familien gründen und sich selbst versorgen konnten. Die Schäden waren schwer, schon jetzt, noch während das Unwetter tobte. Vier Familien in Ackleanan hatten bereits ihre Häuser verloren und Zuflucht in der Burg gesucht. In Minghasdhail sah es etwas besser aus, die Häuser dort waren besser gebaut, nicht so schnell aus dem Boden gestampft. Wohlweislich behielt Somhairle für sich, was er bei der Kirche gesehen hatte. Wenn er an das Saatgetreide in seiner Hand dachte, schauderte ihn. Das war die Ernte. Das war Korn, das über den Frühling wachsen sollte, um im Sommer geerntet zu werden und auch seine Kornkammer zu füllen.

Der Schock, wenn am Morgen die Sonne aufging, würde gewaltig sein. Selbst wenn nur ein Teil der Felder zerstört war, würde es die Erträge genug mindern, dass es spätestens im nächsten Winter wehtun würde. Er wollte daran nicht denken. Krieger, die für seine Sache kämpften, mussten verpflegt werden. Wovon, wenn sie keine Ernte hatten?

Er blickte zu Ravna, die zitternd am Kaminfeuer saß und an ihrem Becher nippte. Er war nicht der Einzige, der zu seiner Frau blickte. Sie alle taten es, und kaum jemand mit freundlichen Augen.

Er war so glücklich gewesen, als sie sich ihm endlich hingegeben hatte. Als sie schmiegsam wurde und seine Berührungen genoss.

Er hätte es wissen müssen. Glück war immer nur von kurzer Dauer. Glück war dazu da, dass es zerbrach. Ravna und er hatten zueinander gefunden. Endlich, nach all der Zeit. Würde er sie vor dem Misstrauen, das unter seinen Leuten grassierte, schützen können?

Das Unwetter grollte die ganze Nacht. Somhairle lag neben Ravna unter den Decken in der Kammer. Sie schwieg, aber er wusste, dass sie nicht schlief. Sie beide lauschten auf den Regen, der gegen die Läden prasselte, schlossen die Augen vor den weißen Schatten, die Blitze durch Ritzen in den Läden schleuderten, zuckten zusammen vom Donner. Manchmal klang es, als würde der Sturm sich entfernen, aber das Wetter schien sich über Kinelvadon im Kreis zu drehen. Immer kam es zurück.

Als es Morgen wurde, der Himmel aber finster blieb, liebte er seine Frau, hielt sie fest und spürte, wie sie ihm entglitt. Als er aufstand, blieb sie liegen und wich seinen Blicken aus.

„Ich schicke Ingrid mit Grütze herauf", sagte er. „Möchtest du heißen Wein? Eine Milch mit Honig?"

Sie schüttelte den Kopf und sah ihn nicht an. „Ich bin nicht durstig."

Er schnallte sich den Gürtel um und streifte Stiefel an seine Füße, ehe er sich auf den Bettrand setzte. „Rabenmädchen. Sieh mich an."

Ihre Wimpern glänzten feucht.

„Du weißt, dass ich dich beschützen werde, nicht wahr?" Vor was oder wem er sie beschützen wollte, wusste er selbst nicht genau. Es war schwer, an dem Glauben festzuhalten, dass alles mit rechten Dingen zuging, wenn das Wetter selbst sich gegen sie verschworen zu haben schien.

Sie griff nach seinen Unterarmen, blinzelte Tränen aus den Augenwinkeln und nickte tapfer. „Ich weiß." Doch in ihren Augen erkannte er Zweifel. Nicht zu unrecht. Er würde hinausfahren, sobald der Frühling kam. Die Monate, die er auf dem Wasser verbringen konnte, um zu tun, wofür er geboren war, waren wenige. Er musste die Zeit nutzen. Was er tat, war gefährlich. Aber er musste es tun, denn das war seine Aufgabe im Leben. Niemand entkam seinem Schicksal. Er war in dieser Welt, um die Wikinger von den Inseln zu jagen. Sie war geboren, um ihren Prinzen zu finden.

Er sah auf ihre Finger und fragte sich, ob dies der Moment war, um mit ihr über das zu sprechen, was wichtig war. Doch dann schüttelte er den Kopf zu sich selbst und erhob sich. Ihre Hände glitten von seinen Armen.

„Ich bleibe nicht lang", versprach er. „Ehe das Wetter nicht besser wird, können wir sowieso nichts tun."

Er log sie an. Er blieb den ganzen Tag draußen. Alle Felder in Ackleanan waren zerstört, zerwühlt, das Saatgut ins Meer gespült. Tote Schafe, die es nicht rechtzeitig in die Unterstände geschafft hatten, lagen über die Felder verstreut. In Minghasdhail hatte der Sturm nur etwa ein Drittel der Felder vernichtet, aber noch war es nicht vorbei, und es gab wenig, das getan werden konnten, um weiterer Zerstörung Einhalt zu gebieten.

Zusammen mit den Bauern stand er vor dem Chaos. Wind und Regen zerrten an Wämsern und Mänteln, die Frauen rissen sich die Haare aus und klagten in hohen, schrillen Tönen. Er bot den Menschen an, in die Burg zu kommen, doch nur wenige nahmen das Angebot an. Mit blutenden Fingern hielten sie die Bretter fest, aus denen ihre Häuser gezimmert waren, damit sie nicht wegflogen.

Im Burghof hatte der Blitz in den Kuhstall eingeschlagen. Das Dach aus Stroh und Werg war in Flammen aufgegangen, doch ehe der Sturm das Feuer zerdrückt hatte, waren brennende Balken ins Innere des Stalles hinabgestürzt und hatten drei Tiere erschlagen und verbrannt. Nicht nur der Unterstand für die restlichen Kühe fehlte jetzt, sondern auch ein Schlafplatz für vierzehn junge Männer, die unter dem Dach des Stalles geschlafen hatten.

Einer von Domhnalls riesenhaften Hunden war von herumfliegendem Geröll getroffen worden und lag mit gebrochenem Bein und aus dem Maul blutend beim Tor. Niemand würde dem Tier helfen können. Die Hälfte der Hühner hatte sich davongemacht. Keiner glaubte, dass sie draußen überleben konnten. Der Schmied sammelte Regenwasser in allen Bottichen und Schüsseln, die er finden konnte. Die ganze Nacht hatte er neben seiner Schmiede gewacht, um löschen zu können, falls ein Brand ausbrach. Wasser drang in den Kornspeicher ein.

Somhairle stand mit Aonghas und Seisyll im Hof. Vermutlich war es längst wieder Abend. Es war unmöglich zu sagen. Schwer wie Blei hingen schwarze Wolken am Himmel und spuckten von Zeit zu Zeit gleißende Blitze. Die Meeresstraße brodelte. Drüben auf Muile würde es nicht viel besser aussehen als hier bei ihnen. Gab es noch einen Flecken in seinem Land, wo die Ernte nicht vernichtet war, noch ehe die ersten Triebe gesprießt hatten? Sie beobachteten Aedan, der trotz des heulenden Sturms mit einigen Männern beschäftigt war, den ausgebrannten Stall niederzureißen. Alles Material, was wiederverwendet werden konnte, schichteten sie zu Stapeln. Sie wateten knietief durch Schlamm. Außen am Schafstall angebunden standen die elf zottelig roten Kühe mit den langen Hörnern, die das Feuer überlebt hatten. Immer wenn es nicht donnerte, drang ihr erbärmliches Jammern über den Hof. Den ganzen Tag lang hatte niemand Zeit gefunden, sie zu melken.

Somhairle lief Wasser in den Nacken. Er schüttelte sich. Neben ihm betrachtete Aonghas den Himmel. „Das hört so bald nicht auf.“

„Ich habe fünfunddreißig Winter auf dieser verdammten Erde verbracht“, fluchte Seisyll. „In meinem ganzen Leben habe ich keinen Sturm wie diesen gesehen. Wenn, dann war der nach sechs Donnerschlägen vorbei."

„Wir müssen das Korn im Speicher retten", murmelte Somhairle zu sich selbst. „Wenn es vorbei ist, verteilen wir es an die Bauern. Als Saatgut, für die Sommersaat." Er mochte nicht darüber nachdenken, wovon sie leben sollten, wenn sie alles verbliebene Korn als Saatgut verwenden mussten.

Seisyll kratzte sich im Nacken und wandte sich an Aonghas. „Haben wir irgendwas von der Werft am See Aline gehört?"

„Ich hab noch keinen schicken können." Es war deutlich, dass Aonghas Mühe hatte, den anderen nicht anzuschreien. Nerven lagen blank. „Ich hab keine Ahnung, wie es den Leuten dort geht. Ob und wie es die Schiffe durch den Sturm geschafft haben. Ich weiß es nicht. Lass mich in Ruhe."

Somhairle lehnte sich an die Wand in seinem Rücken. „Wir wissen, dass du alles tust, was du kannst, Aonghas. Niemand wirft dir irgendetwas vor. Wenn ich könnte, würde ich selbst hinreiten." Und nach Claggan sehen, dachte er müde. Wo Ravna ein paar Stunden lang glücklich war. Ob die winzigen Schafe, die ihr so viel bedeuteten, überlebt hatten? Aber im Augenblick wäre es unverantwortlich gewesen, eines der wertvollen Pferde in den Sturm hinauszubringen. Er war froh, dass die Tiere halbwegs sicher in ihrem Stall standen. Der einzige Bau, abgesehen vom Wohnturm und der Schmiede, der aus Steinblöcken gebaut war.

Aonghas sah aus wie ein ersäufter Hund, als er den Blick zu ihm hob. „Wir müssen uns die Frage stellen, woher dieser Sturm kommt", sagte er finster.

Vielsagend wies Somhairle gen Himmel. „Ich hab eine Idee, wo der herkommt."

„Ach ja? Seisyll hat gesagt, nicht mal er hat so ein Wetter je erlebt. Das ist Zauberwerk."

„Seisyll ist schwerlich ein weiser alter Mann. Es wird vieles in diesem Land geben, das du und ich und er noch nicht erlebt haben."

„Verschließ doch die Augen nicht, Mann!“ Aonghas hob die Stimme. „Das ist nicht normal. Und es passiert genau dann, wenn deine Wikingerbraut hier auftaucht. Sie kommt hierher, und die Keiler greifen an. Du bietest ihr Obdach in deiner Halle, und Olave kommt, um mitten im Winter mit Krieg zu drohen. Du nimmst sie zur Frau. Alles ist gut, solange ihr beide euch nicht in die Augen sehen könnt. Aber kaum beginnt sie, dich um den Finger zu wickeln, kracht ein Sturm über uns herein, wie er nicht mal in den Liedern der Barden vorkommt. Es nimmt kein Ende.“

Zumindest fühlte Somhairle sich erleichtert, dass Aonghas Ravnas Mondsucht nicht erwähnte. Offenbar hatte sich das nicht herumgesprochen. Alles, was ihm blieb, war, sich in einen Gegenangriff zurückzuziehen. „Was willst du damit sagen?“, fragte er provozierend, obwohl er es wusste.

„Hexenwerk“, wiederholte Aonghas knapp, die Lippen schmal. „Und ehe du es abstreitest, denk nach. Sie kommt hierher, aus dem Nichts. Sie landet an deiner Küste, Somhairle MacGillebride, in einem winzigen Boot, das nicht mal die Überfahrt von Muile überleben dürfte. Aber sie sagt, sie kam damit aus Dublin. Durch drei Winterstürme hindurch. Ihr bester Freund ist ein hemdsärmeliger Junge, der mit einem Schwert nicht einmal eine Strohpuppe trifft, dem es aber gelingt, dich, den Mormaer von Kinelvadon, niederzuschießen. Das geht nicht mit rechten Dingen zu.“ Hilfesuchend wandte er sich an Seisyll. „Stimmt doch, oder? Das geht nicht mit rechten Dingen zu.“

„Hexen gibt es nicht“, sagte Seisyll müde und wenig überzeugend.

„Das sagst du nur, weil du ein verdammter Mönch bist!“ Unter einem Blitz und dem darauffolgenden Donnerschlag zuckten sie alle drei zusammen.

„Ich bin kein Mönch mehr, und du sollst nicht fluchen.“

„Du bist nicht mein verdammter Lehrmeister, und du fluchst selbst.“

„Weil ich weiß, wann und wie man das darf, du verdammter Trottel.“

Somhairle stieß sich von der Wand ab. „Ich gehe in meine Kammer. Ich muss trocken werden, sonst schält sich meine Haut ab. Ich muss auch nach meinem Sohn sehen. Ihr könnt in der Halle schlafen. Nehmt die mit, denen es am schlechtesten geht. Ich habe Ingrid befohlen, Stroh aus den Lagerräumen doppelt dick auf dem Boden zu verteilen. Packt die Halle voll, dann wird es wärmer, wenn das Feuer ausgeht."

Aonghas hielt ihn am Arm fest. „Verschließ nicht deine Augen, Somhairle. Ich bin nicht der Einzige. Alle glauben es. Auch du, Seisyll, gib es zu. Sie … es geht nicht mit rechten Dingen zu. Was muss passieren, damit du einsiehst, dass nur sie dieses Wetter geschickt haben kann? Ich lass nicht zu, dass sie dich verhext, mein Freund. Du stehst mir näher als ein Bruder. Du bist mein Herr."

Zu spät, dachte Somhairle müde. Sie hat mich schon verhext, aber nicht so, wie du denkst.

KAPITEL 18

Drei Tage lang kam Somhairle weder in die Halle noch hinauf in die Kammer. Drei Tage, in denen der Sturm immer nur lang genug nachließ, um Hoffnung zu schüren, dass der Spuk endlich vorbei war. Dann brach er mit unverminderter Gewalt erneut über sie herein. Drei Tage, in denen sich die Halle mit Verletzten und halb zu Tode Erschöpften füllte, in denen die Brunnen verschlammten und Ravna von Stunde zu Stunde schwächer wurde. Sie spürte Affraics Odem, der ihren Körper in Eis hüllte. Wenn sie befürchtete, dass ihr die Kraft ausging und sie nahe daran war, ihren Widerstand aufzugeben, nahm sie ihre Morgengabe zur Hand und streichelte die kunstvollen Intarsien ihrer Brosche. In einer Welt, in der Grau und Schwarz herrschten, gab ihr das blühende Rot der beiden glänzenden Blüten auf dem Kleinod Hoffnung.

Eines Morgens hatte sie die zweite Blüte gesehen. Dieses Mal war sie sicher, sich nicht zu täuschen. Eine Knospe, zwei Blüten, wo einmal drei Knospen gewesen waren.

Jeden Morgen raffte sie sich auf, ging hinunter in die Halle und versuchte zu helfen, wo sie helfen konnte. Sie verband blutende Wunden, tröstete weinende Kinder, reichte Tee und dünne Suppe.

Zwei Blüten. Nicht eine. Die Brosche, die Somhairles Mutter gehört hatte, trug den Atem von Magie in sich. Einen wärmenden Atem, wie Sonnenstrahlen, nicht die zerstörerische Kälte von Affraics Zauberei. Wann immer sie fürchtete, unter Affraics Zauber zu zerbrechen, hielt sie die Brosche in beiden Händen und wärmte sich daran, während ihr Rücken unter dem Hexenatem zitterte.

Jetzt stand sie in der Kammer hinter der Küche und blickte auf die Reste dessen, was einmal die stattlichen Vorräte des Mormaer gewesen waren. Wenige Säcke trockenen Getreides waren ihnen geblieben, drei Körbe mit getrockneten Äpfeln und ein paar Schinken. Diese bekamen bereits einen blauen Schimmer, weil es nirgends, nicht einmal in dem steinernen

Wohnturm, noch einen trockenen Ort gab, an dem man Lebensmittel lagern konnte.

„Wir müssen die Vorräte rationieren. Wenn wir genau aufschreiben, wie viele Menschen in der Burg sind, und festlegen, was jeder jeden Tag bekommt, können wir ausrechnen, wie lange wir durchhalten." Und wann die Männer keine Wahl mehr haben würden, als loszurudern, um in Feindesland zu plündern, ganz gleich wie gefährlich es war.

Ingrid neben ihr schnaubte. „Und wofür soll das gut sein? Alles, was wir daraus lernen, ist, wie man hübsche Zahlen schreibt. Davon ist noch kein Bauch voll geworden."

„Die Männer könnten jagen gehen. Der Sturm treibt das Wild aus den Bergen in die Täler, und die Tiere sind kraftlos. Leichte Beute." In Ravnas Schläfen hämmerten Erschöpfung und Mutlosigkeit. Es war ein dünner Strohhalm, an den sie sich klammerte, aber der einzige, der ihr blieb. Bei diesem Wetter hinauszureiten, könnte den Jägern leicht den Tod bedeuten.

„Damit wir auch sie verlieren? Ich weiß nicht, wie das in Dublin ist, aber hierzulande versteckt sich bei diesem Wetter das Wild. Wenn es nicht längst ersoffen ist. Alles, was die Jäger erreichen würden, wäre, die Pferde oder ihr eigenes Leben zu riskieren." Natürlich hatte Ingrid Recht, doch wollte Ravna nicht glauben, dass es keine andere Möglichkeit gab. Ausharren und Zusehen, wie die wenigen Vorräte, die ihnen geblieben waren, unter den Mündern und Händen des auf ein Vierfaches angewachsenen Haushalts zerrannen. Sie schauderte. Sollte es wirklich so enden, wo sie gerade begonnen hatte, an eine Zukunft in Drimnin zu glauben?

„Dann darf der Mormaer nicht noch mehr Menschen auf die Burg kommen lassen." Es zerriss ihr das Herz, die Wahrheit auszusprechen, aber sie war nahe dran, aufzugeben. „Es geht nicht. Ich kann nicht aus Nichts etwas zaubern. Die Leute werden krank vor Hunger und Schmutz. Bei der Enge in der Halle verbreiten sich Krankheiten wie ein Lauffeuer. Im Frühling haben wir nicht mehr genug Menschen, um alles wieder aufzubauen."

Dabei war die Lösung viel einfacher. Nur mit Ingrid darüber reden konnte sie nicht. Klar und deutlich stand die Wahrheit vor Ravnas Augen. Kein Mensch auf dieser Burg würde eine Zukunft haben, solange Ravna blieb. Drimnin war nicht ihr Platz. Affraic würde nicht zulassen, dass sie Frieden und ein Zuhause fand. Wenn Ravna blieb, würde mit ihr alles untergehen, wofür Somhairle gekämpft hatte. Die Hexe würde dafür sorgen.

Keine Sekunde länger hielt sie es mit Ingrid in der Küche aus. Sie raffte ihre Röcke und stürmte hinaus. Ihr Boot lag immer noch an der Küste. Es hatte sie hierher gebracht. Es würde sie auch wieder wegtragen. Sie musste es nur erreichen.

In der Tür zum Hof rannte sie gegen eine Mauer. Sie taumelte zurück, hielt sich den Kopf, Hände fassten nach ihren Oberarmen und gaben ihr Halt.

„Ravna." Somhairles Stimme klang erschöpft, weit über Müdigkeit hinaus. Wasser rann in Strömen aus seinen Haaren über sein Gesicht. Im Ärmel seines Mantels klaffte ein Loch, zwischen dessen ausgefransten Rändern sie bis auf die aufgerissene Haut sehen konnte. Auch seine Hosen hatten Risse über den Knien, die Bänder, mit denen er die Hosenbeine zu umwickeln pflegte, waren aufgelöst. Wie sie sich wünschte, sich an den Kamin zu setzen, Nadel und Katgut zur Hand zu nehmen und die Kleider ihres Gemahls zu reparieren! Sie würde es nie wieder tun. Seine schweren Lederstiefel waren verkrustet mit Schlamm, sodass es aussah, als endeten seine Beine in Hufen. Wahrscheinlich hatte er seit Tagen nichts gegessen, denn seine Wangen waren eingefallen. Er sah aus, als wäre er mit dem Teufel persönlich im Bunde.

„Wo willst du hin?"

„Raus." Sie schüttelte seine Hände ab. „Weg von hier." Keine Sekunde länger konnte sie zusehen, wie er alles verlor. Wie er darum kämpfte, wenigstens ein bisschen von dem festzuhalten, was er hart erarbeitet hatte, und zu wissen, dass es zwecklos wäre, solange Affraic mit ihnen spielte.

„Du kannst nicht raus", sagte er. „Es ist zu gefährlich.

Warum bist du nicht in der Kammer, wie ich dir gesagt habe? Du bist eiskalt“, fügte er hinzu. „Du holst dir den Tod.“

„Das ist sie!“ Ravna wusste es. Sie spürte die Kälte schon lange nicht mehr, aber die Anwesenheit der Hexe lastete so schwer auf ihr, dass ihr oft der Atem wegblieb. Jetzt rumorte und greinte Affraic in Ravnas Inneren, weil Somhairle nah war, der Einzige, vor dem sie sich zu fürchten schien. Ravna stöhnte unter Schmerzen auf.

Aus dem Augenwinkel sah sie, wie ihr Mann einen besorgten Blick zu Aonghas warf, der ihm in die relative Wärme im Inneren des Turms gefolgt war.

„Ich bring dich nach oben. Aonghas, sieh in der Küche nach, ob du etwas Warmes für die Herrin auftreiben kannst.“

Einen Augenblick lang sah es aus, als wolle Aonghas widersprechen, doch dann nickte er und drückte sich an ihr und Somhairle vorbei in Richtung Küche. Nur weil sie wusste, dass es gefährlich war, laut zu sagen, was sie zu sagen hatte, folgte sie ihrem Mann hinauf unters Dach in ihr Ehegemach. Es war eisig in der Kammer. Trockenes Feuerholz sparten sie seit Tagen für den Kamin in der Halle, damit so viele Menschen wie möglich die Wärme nutzen konnten.

Ohne sich zu ihr umzudrehen, legte Somhairle seinen Mantel ab, streifte sich das durchnässte Hemd über den Kopf und beäugte die Wunde an seinem Oberarm. Sie schien nicht tief zu sein, war aber verdreckt. Ravna sog scharf die Luft ein, als sie den Schaden sah. Wenn diese Wunde unbehandelt blieb, war es nur eine Frage der Zeit, bis sie brandig wurde.

„Ihr seid verletzt, Herr“, sagte sie und eilte zu ihm, um zu sehen, ob sie mit den Mitteln, die ihr in der Kammer zur Verfügung standen, etwas ausrichten konnte.

„Es geht schon.“ Brüsk entzog er ihr seinen Arm, ehe sie ihn berühren konnte. Seine Zurückweisung raubte ihr den Boden unter den Füßen.

„Ihr auch, Herr? Selbst Ihr glaubt, dass all das Unglück meine Schuld sei?“

Ohne sich zu ihr umzudrehen, ließ er sich auf einen Stuhl fallen und starrte ins verloschene Feuer. In diesem Augenblick sah er so verletzlich aus, wie sie ihn noch nie erlebt hatte. Seine Schultern wirkten schmaler. Unter Dreck und Schlamm, die an ihm hafteten, schimmerte ein wenig von seiner Jugend an die Oberfläche, erinnerte sie daran, dass er erst dreiundzwanzig Sommer zählte. Zu jung für einen Mann, der die Verantwortung für Tausende auf seine Schultern lud.

„Ich weiß nicht mehr, was ich glauben soll. Sag du es mir, Ragnhild Olavesdatter. Was geschieht in meinem Land?"

Kurz schloss sie die Augen. Für Mut. Dieser Moment war so gut wie jeder andere. Sie wusste, dass sie es aussprechen musste. Zu seinen Füßen ließ sie sich auf die Knie nieder, griff nach seinen Händen und bat mit ihrem Blick um Verständnis. „Ich habe es Euch schon einmal gesagt. Affraic ist mir gefolgt. Ihr Atem reicht weit. Sie will mich von hier vertreiben, weil sie weiß, dass sie gegen Euch nicht ankommt. Solange ich in Eurer Nähe bin, kann sie mir nichts tun, aber die Euren werden keine Ruhe finden. Ihr müsst mich gehen lassen, Herr." Tränen brannten in Ravnas Augen, als sie ihn ansah. Wann war er ihr so lieb geworden? Doch Liebe hatte noch nie etwas gerichtet. Olave hatte Gita geliebt. Es hatte keinem von beiden etwas genützt. Sie musste weiterreden. „Lasst mich nach Cybi gehen, ich flehe Euch an, Herr. Um Euretwillen und für die, die Euch am Herzen liegen. Ihr müsst mich gehen lassen. Lasst mich das Boot nehmen, mit dem ich gekommen bin, und folgt mir nicht. Nur so könnt Ihr das Unheil aufhalten. Das wisst Ihr so gut wie ich."

Gehen lassen. Ihr müsst mich gehen lassen. Wie könnte er das tun? Er sah auf sie hinunter, sah in ihre hellen Augen, in denen so viel Wärme lag. Der Wind heulte bereits den vierten Tag unablässig um die steinerne Burg. Regen peitschte auf Mensch und Tier, Blitze krachten ins Gehölz an den Flanken der Berghänge und brachten das Meer zum Brodeln. Das Meer, das immer weiter anstieg und Strand und Ufer längst verschluckt hatte. Auch die Wege, die zum See Aline führten, waren unter den Wassermassen verschwunden. Von den Feldern war nichts übrig. Unter Aufbringung unmenschlicher

Kräfte hatten Krieger und Bauern zusammen versucht, Sperren aus Holz und mit Lehm verschmiertem Geflecht um die Felder zu errichten. Ein letzter verzweifelter Versuch, das Wasser zu hindern, noch mehr Erde und Saat wegzuschwemmen. Doch die Wassermassen waren nicht zu bändigen. Das sanfte Bächlein Drimnin toste als reißender Fluss ins Meer, sein Wasser leckte an den Außenmauern der Burg, überschwemmte die Wiesen, wo sonst Schafe grasten. Was konnte das sein, wenn nicht das Werk einer Hexe?

Doch dann blickte er in Ravnas Augen, klar und hell wie ein Gebirgsbach im Frühling, und wusste, dass sie nicht die war, für die seine Leute sie hielten. Eine Frau, die so viel Wärme im Herzen trug, konnte anderen Menschen so etwas nicht antun. Er spürte, wie sehr sie die Verluste schmerzten, die sie alle zu erdulden hatten. Es tat ihr weh, nicht zu wissen, wie es den Leuten in Claggan und ihren Schafen ging. Der Weg dorthin war von Wassermassen versperrt.

„Ravna? Was ist mit Fiadh? Willst du ihn einfach hier zurücklassen?", fragte er müde. Wenn er dem Drängen seines Körpers nachgab, wäre er innerhalb weniger Herzschläge eingeschlafen.

Tränen liefen über ihre Wangen. „Er ist mein kleiner Bruder. Wir sind gemeinsam geflohen. Vor Affraic. Ihm muss ich helfen, das ist der Grund für alles."

„Königin Affraic", berichtigte er sie. „Willst du wirklich behaupten, dass Olaves Ehefrau eine Zauberin ist? Sie ist die Tochter von Fergus von Galloway. Ihre Geburt ist registriert, jeder kennt ihre Eltern, sie stammt nicht aus irgendeiner Anderswelt." Er sagte all das, doch zurück blieben Zweifel. War es nicht das, was Loki gesagt hatte? Somhairle tat der Kopf weh. Zu viele Gedanken in all der Müdigkeit.

„Sie ist eine Wasserhexe, in ihr wohnt das Böse. Als junges Mädchen wurde sie von den *Cailleach Uisge* entführt, und in den Bergen von Galloway hat sie deren Handwerk erlernt", flüsterte Ravna auf ihre Hände, die sie im Schoß zusammengefaltet hatte. „Sie kann Wasser und Wetter lenken." Als sie ihn diesmal anblickte, lag ein Flehen in ihren Augen. „Ich bin es, die sie hier herausschwemmen will, Herr. Ihr seid für sie nicht der Feind, und auch Eure Leute sind ihr egal. Ich bin es, für die sie dieses Unwetter geschickt hat, weil ihr Plan, mich mit dem Wasser zu vergiften, nicht gewirkt hat. Sie will mich loswerden, denn sie will die Vorsehung verhindern."

„Der Prinz von Cybi", murmelte er.

Sie nickte unglücklich. „Der Prinz von Cybi. Die Söhne, die Olave und damit auch Affraic entmachten werden. Natürlich will sie das verhindern, aber sie hat keine Macht über den Prinzen. Deshalb bin ich es, die sie beseitigen muss, um die Vorsehung zu durchkreuzen. Aber Ihr habt mich gefunden, Herr, und wart gut zu mir. Sie wird dieses Unwetter so lange über Eurem Land wüten lassen, bis Fiadh und ich …" Ihre Stimme versiegte in Tränen.

„Du glaubst wirklich daran, ja?" Es schmerzte in seiner Brust, sie so zu sehen.

„Es ist die Wahrheit. Mein Vater braucht die Allianz mit Fergus von Galloway. Er will nichts davon hören, dass er sich eine Hexe ins Haus geholt hat, damit er einen Thron besteigen konnte, der nicht für ihn gedacht war. König Olave ist so machtgierig wie Affraic. Lasst mich gehen, Herr, ich flehe Euch an. Sie wird Drimnin ins Meer schwemmen, wenn ich bleibe. Sie hat Angst, dass sie die Macht hinter dem Thron meines Vaters verliert, wenn ich meine Bestimmung finde. Gebt mir ein Boot, lasst mich gehen."

„Ich kann dich nicht gehen lassen, Ravna." Du willst das doch gar nicht, mein Rabenmädchen, dachte er. Wo willst du hin? „Du weißt nicht wohin, du würdest nirgendwo ankommen. Willst du das? Willst du, dass ich mir für den Rest meines Lebens Vorwürfe mache?"

„Dann bringt mich fort."

„Was meinst du damit, dich fortbringen? Soll ich eines meiner Schiffe, von denen ich nicht einmal weiß, ob sie noch schwimmen, riskieren und bemannen und dich inmitten dieses Sturms zurück nach Dublin bringen? Ach nein, du willst ja nicht nach Dublin." Die Müdigkeit, die im Innersten seiner Knochen steckte, machte ihn ungehalten. Der Jähzorn, der aus der Familie seiner Mutter in sein Blut übergegangen war, flammte auf. „Du willst nach Cybi. Die heilige Insel vor Wales. Wo dein Traumprinz auf dich wartet, ja? Der schöne Fürstensohn, den du heiraten wirst und dessen Söhne mit dir die Erben der Länder deines Vaters sein werden. So war die Vorsehung, habe ich das richtig verstanden?“ Er stand so heftig auf, dass der Stuhl hinter ihm krachend umfiel. Erschrocken rückte Ravna von ihm weg und beschmutzte sich das Kleid, das vor getrocknetem Schlamm starrte, zusätzlich mit kalter Asche aus dem Kamin.

„Somhairle …“, flüsterte sie entsetzt. Sie gebrauchte seinen Namen, doch dieses Mal machte es ihn nicht froh. Er biss die Zähne aufeinander.

„So ist die Welt nicht gewebt, Prinzessin!“, fuhr er sie an. Wut brodelte in seinem Bauch. „In der Welt, in der wir leben, bekommt man das, was man haben will, nicht durch eine Prophezeiung und eine Heirat. Man erkämpft es sich. Manchmal stirbt man dafür, ehe man es erreicht, aber mit dem Gedanken kann ich leben. Man sitzt nicht auf einer heiligen Insel vor Wales und wartet darauf, dass es einem in den Schoß fällt. Willst du das, Ravna? Ich bin der Mann, der dich im Schnee gefunden hat. Der dir ein Zuhause gegeben hat. Der nie mehr von dir verlangt hat, als du geben wolltest. Willst du, dass dieser Mann dich zu dem Prinzen mit den Händen im Schoß bringt? Weil dann vielleicht dieses Unwetter ein Ende hat? Was, wenn nicht? Dafür soll ich hier alles dem Untergang preisgeben? Dafür soll ich die Menschen, die mir vertrauen, mit der Verwüstung und den leeren Vorratskammern allein lassen? Weil du einen Mann willst, der auf die Verwirklichung einer Prophezeiung wartet, statt sich zu nehmen, was ihm zusteht?“

Sie presste sich an die Mauer, in die der Kamin eingelassen war, und blickte ihn an, als habe sie ihn nie zuvor gesehen. „Ihr wart gut zu mir, Mormaer“, wagte sie zu flüstern, als sie sicher war, dass er fertig gesprochen hatte. „Ich habe Euch nur Unglück gebracht. Ich kann nicht bleiben. Noch kann ich Eure Welt retten. Doch dafür muss ich gehen.“

Er lehnte sich mit beiden Händen gegen die Wand über dem Kamin, war sich bewusst, dass er über ihr aufragte wie ein Riese. Sie musste sich noch kleiner fühlen als sonst, wie sie da am Boden kauerte. „Ich warne dich, Ravna", stieß er angestrengt hervor. „Ich habe dich zur Frau genommen. Du hast mir Treue geschworen und wirst tun, was ich sage. Ich bin dein Gemahl, und ich bin dein Herr. Du bleibst in meiner Burg. Das Wetter macht, was es will. Das ist keine Hexerei. Weder von dir, noch von Affraic. Wir werden das Unwetter gemeinsam aussitzen, und wenn der Frühling kommt, werden du und ich mit den Menschen dieses Landes zusammen in der Ackerfurche knien. Wir werden das Sommergetreide ausbringen, damit wir im nächsten Winter nicht verhungern." Er stieß sich von der Wand ab und ging zur Tür. Ehe er nach draußen trat, wandte er sich noch einmal um.

„Du wirst es bereuen, wenn du nicht auf mein Wort hörst."

Dumme Menschen. Sahen nur, was sie sehen wollten. Stritten und setzten Worte als Waffe ein und sagten doch nichts von dem, was wichtig war. Sie stand am Fenster und blickte auf die Küste. Wie leicht war das Leben im Meer, wo die Wogen Schutz gaben, egal, was das Wetter brachte. Die Ihren würden nicht hungern müssen im kommenden Sommer. Im Meer würde das Leben weitergehen. Jahr um Jahr, unbeeindruckt von den Kriegen und Zwistigkeiten der Menschenwelt.

Ihr Krieger zürnte der kleinen Prinzessin und wusste nichts von der Welt, die er sich untertan machen wollte. Es war noch nicht zu Ende. Sie konnte hören, was den Menschen verborgen blieb. Die Hexe greinte und keifte und labte sich an dem Unglück, das sie brachte. Was würde noch stehen, wenn ihr Krieger begriff, dass es nur einen Weg gab, seine Sache zu schützen?

Eine Vorsehung musste erfüllt werden, nur dann hatte sie die Kraft zu schützen. Sie rangen um den falschen Preis, ihr Krieger und die Rabenfrau, machten sich die falschen Gedanken. Die Söhne des Kriegers und des Rabenmädchens würden einst die Inseln befreien, hieß es in den Liedern der Alten. Doch wie sollte ein Kind entstehen, wenn es nur Leid und Zwist gab in dieser Welt?

Sie weinte schon wieder, die Prinzessin mit dem Rabenhaar. Sie weinte viel, vor allem, wenn niemand sie sah. Der Frau am Fenster waren Tränen fremd, sie war eine Kriegerin. Doch manchmal, wenn sie das Schluchzen der Rabenfrau hörte, öffnete sich ihr Herz und ließ den Schmerz ein. Die kleine Prinzessin wollte nicht viel. Sie trug Wärme im Herzen und hielt die Hand schützend über alles, was sie liebte. Das Rabenmädchen kämpfte anders, begriff sie. Ihre Waffen waren Liebe und Herzlichkeit, Hingabe und Leidenschaft im Gewand von Zärtlichkeit. Sie kämpfte anders, aber nicht weniger mutig.

Seufzend wandte sie sich vom Blick auf die Wogen. Auf dem Boden ihrer Kammer saß ihr Kind und spielte mit dem Jungen, der ein Reh war. Seine Erkältung wurde von Tag zu Tag schlimmer. Er würde sterben, wenn der Hexe nicht bald der Atem ausging. Sie wollte Axt und Schwert nehmen, um zu verteidigen, was ihr gehörte, doch um den Kampf zu gewinnen, der um die Burg geführt wurde, brauchte es andere Waffen. Waffen, die nicht sie besaß, sondern die irische Prinzessin. Es würde ein neuer Tag kommen. Ein neuer Sommer. Noch war es nicht zu spät, sich das Herz ihres Kriegers zurückzuholen.

Ravna saß neben dem kalten Kamin. Asche beschmutzte ihr Kleid. Ihre Hände lagen im Schoß, ihr Kopf weigerte sich zu denken. Alles fühlte sich taub an. Nicht einmal Tränen waren ihr geblieben. Sie hörte, wie der Sturm an den Fensterläden zerrte, sie hörte die Schreie der Menschen im Burghof, die das Tor vor dem Eindringen der Wassermassen zu schützen versuchten, aber es gelang ihr nicht einmal, Angst zu haben.

„Ravna, mein Liebling."

Die Stimme in ihren Träumen. Sie presste sich die Fäuste auf die Ohren, aber der Stimme konnte sie nicht entkommen.

„Ravna."

Sie hob den Kopf. In einer Wolke aus Licht und Sternenglanz stand Gita. So schön wie immer. Unbeeindruckt vom Wüten der Elemente. In der Kälte, die Ravna umgab, wirkte Gitas goldenes Licht so warm, dass Ravna einen Moment lang darüber nachdachte, ihrem Leben ein Ende zu setzen. Dann könnte sie als Geist über Fiadh wachen, so wie Gita über sie.

„Denk nicht mal daran.“ Ein milder Tadel schlich sich in die gütige Stimme ihrer Mutter. „So ist die Welt nicht gemacht.“

Sie schnaubte. Hatte nicht Somhairle ihr gerade eben erst Vorhaltungen gemacht, dass die Welt nicht so sei, wie sie es sich dachte?

„Du kannst dein Brüderchen nicht mehr beschützen, wenn du tot bist, mein Liebling. Wenn du stirbst, wird er verdammt zu einem ewigen Leben im Pelz eines Rehs. Dein Gemahl hat geschworen, ihn zu schützen. Wenn er nicht mehr an deiner Seite ist, wird Fiadh die Ewigkeit damit verbringen, vor den Menschen fliehen zu müssen. Fiadh braucht dich, Ravna. Er braucht euch beide.“

„Ich kann nicht bleiben, Mutter, siehst du das nicht? Alles, was hier geschieht, ist meine Schuld. Ich bringe Unglück über Somhairle, und ich kann es nur beenden, wenn ich weggehe.“ Trotzig wischte sie sich mit dem Ärmel über die Nase. „Ich wünschte, du würdest ihm erscheinen und ihm das klarmachen. Vielleicht hört er ja auf dich. Mir glaubt er nicht einmal, dass es eine Anderswelt gibt.“

Gita lachte in einem glockenhellen Ton. „Ja, dein Mann ist etwas ganz Besonderes. Dabei ist ihm die Anderswelt näher, als er sich vorstellen kann, und nicht erst, seitdem er dich hat.“ Im Wetterleuchten, das durch die Fenster drang, flackerte die Erscheinung, und Gitas Ton wurde wieder ernst. „Aber Ravna, du darfst nicht weggehen. Ob mit oder ohne Fiadh, du kannst nicht weg. Denn nur hier, in Kinelvadon, wo Affraic den Zauber gewirkt hat, kann Fiadh erlöst werden.“

Unwillig stöhnte Ravna auf und vergrub das Gesicht in der Armbeuge, um ihre Mutter nicht ansehen zu müssen. Aber natürlich. Es wäre auch zu einfach gewesen.

„Ich hab die Schafe gefunden, Mutter. Ich habe getan, was du gesagt hast. Was noch?“ Sie wusste, dass sie undankbar klang. Gita versuchte zu helfen. Aber Ravna war am Ende ihrer Kräfte, und alles sah sinnlos aus.

„Du musst aus ihrer Wolle Fäden spinnen. Und aus den Fäden musst du ein Tuch weben."

„Wie soll ein Tuch Fiadh zu einem Menschen machen? Soll ich ihn darin einwickeln?"

Wieder lachte Gita, sie nahm es nicht übel, dass die Nerven ihrer Tochter blank lagen. „Aber nein. Ein kleines Tuch. So groß wie deine Hand. Kleine Schafe, kleine Tuche, Liebling. Du bist eine wunderbare Tochter." Der Geist streckte die Hand aus, aber als Ravna damit rechnete, dass die Finger ihrer Mutter ihr übers Haar streichen würden, spürte sie nichts als einen kühlen Luftzug. „Ich liebe dich, mein Kind."

Die Stimme begann sich zu entfernen. Panisch sprang Ravna auf, wollte zugreifen, Gita halten, ihr so vieles sagen. Aber der Sternenregen verglomm, und Ravna konnte nichts tun.

„Claggan ist weit, Mutter, und die Wege sind verwüstet, ich kann nicht ..."

„Jetzt, Ravna", sagte die Stimme wie ein fernes Echo. „Du musst jetzt gehen. Du darfst keine Zeit verlieren, denn sonst ist dieses Land eine Wüste, bevor Fiadh wieder ein Mensch ist." Weiter und weiter entfernt, nur noch ein Atemhauch auf den heulenden Winden. „Jetzt, Ravna, ehe es zu spät ist. Jetzt, mein Kind, jetzt …"

KAPITEL 19

Weitere drei Tage vergingen. Sieben Tage Unwetter. Sieben Tage Gewitterstürme und Hagel. Die Wasserstraße war gefleckt mit den Kadavern von Rotwild und Wildschweinen, die dem Ansturm der Regenmassen nicht standgehalten hatten und verendet waren. Somhairle war mit ein paar Fischern auf einem eilends zusammengebauten Floß draußen unterwegs, um die Kadaver zu bergen und zu sehen, ob sich davon noch etwas als Fleisch verwerten ließ. Sie zogen halb verweste Lämmer aus dem Wasser. Keines von den winzigen Lämmern, die Ravna in Claggan getauft hatte. Mittlerweile war er sicher, dass die handgroßen Tierchen eingegangen sein würden, wenn er das nächste Mal in Ravnas Dorf kam. Aus Fichtenholz gesägte Planken prallten gegen das Floß. Planken, die einmal Langschiffe gewesen waren. Ihm schwante Böses, wenn er an den Zustand der Flotte im See Aline dachte, und fluchte.

Sieben Tage ohne Ravna. Nach dem Streit in der Kammer hatte er sie nicht mehr aufgesucht, und sie war nicht in die Halle gekommen. Die Worte, die er ihr entgegengeschleudert hatte, mussten ihr in der Seele wehtun, aber bereuen konnte er sie nicht. Wenn er dem Getuschel seiner Männer Glauben schenkte, war er von Anfang an zu nachgiebig mit ihr gewesen. Er hatte sie verzärtelt und gehätschelt, statt ihr zu beweisen, wer der Herr der Feste war. Aber das hatte ein Ende. Er würde nicht zulassen, dass er Ravna an einen Märchenprinzen verlor, und sei es nur in ihren Gedanken. Nicht nach allem, was sie gemeinsam durchgestanden hatten. Doch er hatte die Furcht in ihren Augen gesehen, als er sie zurechtgewiesen hatte. Deshalb schlief er, wenn er sich vor Müdigkeit kaum noch rühren konnte, hier und da eine Stunde in der Schmiede oder im Pferdestall. Zu mehr war nie Zeit. Es war besser so. Der Gedanke, ihre Angst vom Anfang könnte zurückgekehrt sein und sie würde ihm ihren Körper erneut verweigern, drückte ihm das Herz ab.

Menschen starben. Zuerst zwei Kinder in Minghasdhail, dann eine alte Frau in Ackleanan. Am siebenten Tag des Unwetters zählten sie zehn Tote in der Umgebung der Burg, Kinder und Greise. Menschen, die aufgegeben hatten, wie die Rehe und die Lämmer. Sie konnten die Toten nicht begraben, sondern mussten das Ende des Sturms abwarten. Ein Teil von ihm war froh, dass Ravna sich nie blicken ließ. Die Menschen wurden zu wilden Tieren. Somhairle war sicher, dass sie die Wikingerprinzessin, die sie für all das verantwortlich machten, in der Luft zerreißen würden, wenn sich ihnen die Gelegenheit böte. Auch das Reh würde er nicht mehr schützen können, aber es schien sich zu Ravna ins Ehegemach verkrochen zu haben. Man sah und hörte nichts von ihm.

Manchmal glaube er, auch er sei schon zu einem Tier geworden. Seine Haut war dünn, seine blutigen Hände fühlten sich an wie Klauen, die er in irgendwas schlagen wollte, um seine Wut auszulassen. Ganze Häuser schwemmten mit den Fluten davon. Die Burg stand fest, aber wer konnte sagen, wie lange noch ein Stein auf dem anderen blieb?

Er trieb die Spitzhacke in den Boden an der Außenmauer der Burganlage. Zusammen mit Seisyll hatte er beschlossen, einen Graben anzulegen, um das Wasser des Drimnin Baches von der Außenmauer wegzuleiten.

Es dauerte eine Weile, bis zu ihm durchdrang, dass die Männer neben ihm nicht mehr hackten und gruben.

Er sah auf seine Hände. Trocken.

Er sah auf das nasse Gras. Es schimmerte gelb und verrottet, aber es schimmerte. Schimmerte in einem Licht, das unwirklich schien, weil er es so lange nicht gesehen hatte.

Wärme legte sich auf seinen Rücken. Er richtete sich auf. Die Mauer aus grob behauenen Felsbrocken glitzerte feucht, warf silbrig die Strahlen der Sonne zurück, mitten in sein Gesicht.

Sonne.

Sprachlos starrte er in den Himmel. Der Regen hatte aufgehört. Der Wind war abgeklungen. Von dem entsetzlichen Keuchen und Heulen, das an den Nerven zerrte, war nur ein fernes Singen geblieben. Die Wolken rissen auf, auseinandergetrieben von den Strahlen der Sonne. Das Reißen des Baches war geblieben, das jammervolle Gewimmer des Viehs im Burghof. Das Weinen eines Kindes, das auf den Rücken seiner Mutter gebunden war.

Sprachlos starrte er, so sprachlos wie die anderen. Sie sahen einander an. Es ging nicht mit rechten Dingen zu, was hier passierte. Zuerst tagelanges Unwetter, und dann war es binnen weniger Herzschläge vorbei? Sein Blick fiel auf Aedan. Dann auf Aonghas, der ein wenig zu schnell den Blick senkte.

Eine Ahnung ergriff von Somhairle Besitz. Er schleuderte die Spitzhacke von sich. Seine Stiefel waren voll Wasser, jeder Schritt patschte, als er durchs Tor in den Innenhof rannte und die Treppe zur Halle hinauf. Ingrid stand auf dem Treppenabsatz und starrte den blauen Himmel an wie das größte Wunder.

„Hast du Ravna zu essen gebracht?“, fuhr er sie noch im Laufen an.

„Ravna?“ Als hätte sie den Namen noch nie gehört. „Sie hat gesagt, sie will sich ausruhen.“

Er stieß die Wikingerin aus dem Weg, nahm immer drei Stufen der Spiraltreppe im Turm auf einmal, stieß die Tür zur Kammer auf.

Das Bett war leer.

Die Kammer war leer. Weder Ravna noch Fiadh.

„Wo ist sie?“, brüllte er die Treppe hinunter. Natürlich bekam er keine Antwort. Er lief den Korridor hinab zur zweiten Schlafkammer, dem Gemach von Muireann und Callum. Muireann hatte den Fensterladen aufgestoßen und schärfte einen kleinen Dolch. Callum lag mit geschlossenen Augen im Bett, den Daumen im Mund.

„Weck ihn nicht“, sagte Muireann kühl. „Er hat schlecht geschlafen.“

„Du weißt, wo sie ist, ja?“

„Wer? Die Prinzessin? Oh.“

Er schlug ihr den Dolch aus der Hand. „Ihr wisst alle, wo sie ist. Du und Aonghas und …“

„Du brauchst mich nicht anzuschreien“, sagte sie hoheitsvoll und hob ihre Waffe auf, als sei nichts geschehen. „Sie hat uns angefleht, ihr zu helfen. Damit sie mit dem verrückten Reh die Burg verlassen kann, ohne dass du es merkst. Sie ist die Herrin von Kinelvadon, selbstverständlich leisten wir ihrem Befehl Folge.“ Sie nickte zum Fenster hinaus. „Sieh doch selbst. Sie ist weg, und nur ein paar Stunden später ist der Sturm vorbei. Gibt dir das nicht zu denken?“

Er trat näher als notwendig auf sie zu, drängte sie mit der Präsenz seines Körpers gegen die Wand. „Sie hat hier Zuflucht gefunden. Sie hat sich mir geöffnet und wollte glücklich sein. Sie hat in Claggan mit den Menschen Imbolc gefeiert. Warum sollte sie wollen, dass all das hier zerstört wird? Aus dir spricht Neid!“

Muireann lächelte süßlich. Dass dabei Sonnenstrahlen ihr Gesicht erhellten, wollte ihm schier den Magen umdrehen.

„Mein armer Geliebter. Ich hab es von Anfang an gewusst. Sie hat dich verhext. Sonst hättest du sie niemals geheiratet.“ Sie wich ihm aus, ließ sich auf einen Stuhl sinken und rieb den Dolch über den Wetzstein, als ob dies ein ganz normaler Tag wäre. „Was das betrifft, wohin sie gegangen ist, da musst du Aonghas fragen. Ich habe nur dafür gesorgt, dass sie mit ihrem Kitz die Burg verlassen konnte, ohne von dir bemerkt zu werden. Wohin sie sich gewandt hat, weiß ich nicht.“

Er verließ die Kammer.

Er würde sie wiederfinden. Er musste. Es war an der Zeit, dass seine Frau begriff, dass es für sie keinen Märchenprinzen gab.

Mit jedem Meter, den Ravna in die Hügel stieg, fiel die Temperatur. Bald atmete sie nicht mehr Nebel, sondern Graupel, dann Schnee. Noch hatte der Winter nicht den Rückzug angetreten, noch hielt er das Land von Somhairle MacGillebride im Griff. Noch herrschte die Zeit der Hexe.

Fiadhs Hufe rutschten auf einer Eisplatte aus, sie fing das Kitz im Nacken. Beim Versuch, sich dabei an einer Felskante abzustützen, schürfte sie sich die Handflächen auf. Rauer Fels und schartiges Gestein gaben keinen guten Klettergrund.

Nach oben, sagte sie sich, immer wieder. Sie musste nach oben, auf den Rücken des Berges, nur so hatte sie eine Chance, nach Claggan zu gelangen. Wasser floss immer nach unten. Die Wege entlang der Küste waren überschwemmt und nicht passierbar. Die Täler waren mit Wasser vollgelaufen. Sie musste dem Wasser ein Schnippchen schlagen und ihren Weg über die Berge im Norden von Drimnin finden. Dann weiter, am See Arienas mit der Werft vorbei, und zurück in südlicher Richtung nach Claggan. Es würde Tage dauern. Tage, die sie womöglich nicht hatte. Aber zumindest würde niemand sie suchen.

Als es zu dämmern begann, quetschte sie sich mit Fiadh unter einen Felsüberhang und drückte den kleinen Rehkörper an sich. Sie hielten sich gegenseitig warm. Wenigstens war sie nicht allein. Ihr Brüderchen war jedes Opfer wert. Vielleicht, so hoffte sie, würde sie dann nach Cybi finden. Den Namen der kleinen Insel sagte sie sich vor wie ein Gebet. Cybi, Cybi, Cybi. Heiliges Eiland im Meer. Lange schon war es nicht mehr der Bräutigam, den sie dort zu finden hoffte. In ihren Träumen hatte er sein Gesicht verloren. Wenn sie versuchte, sich vorzustellen, wie er aussah, blickte sie in das Gesicht des Mormaer von Kinelvadon.

Aber sie ersehnte den Frieden, den sie auf Cybi zu finden hoffte. Ein Ort, an dem ihr Herz ein Zuhause fand, an den sie gehörte, wie sie noch nirgendwohin gehört hatte. Sie hatte begonnen zu hoffen, dass Drimnin dieser Ort sein könnte, doch das war vorbei. Sie hatte sich Somhairles Wort widersetzt. Er hatte von ihr verlangt zu bleiben, sie war gegangen.

Noch immer regnete es. Sie dachte an die Felder, an denen sie vorbei gekommen war, an die toten Tiere, und wusste, dass es ihre Schuld war. In ihren Ohren dröhnte Affraics Lachen. Die Hexe feierte ihren Sieg. Das Lied von Cybi, das Ravna Fiadh sang, wurde zu einem Lied über Kinelvadon.

Über Männer und Frauen, die ihre Träume lebten und eine Welt schufen, die sie verloren geglaubt hatten, bis der Sohn des Gillebride in seine Heimat zurückkehrte.

Er hatte ihr nie gesagt, wohin das Boot ihn getragen hatte, nachdem seine Familie ausgelöscht worden war. Mit Trauer im Herzen dachte sie daran, dass sie nie mehr Gelegenheit haben würde, ihn zu fragen. Absichtlich hatte sie nichts mitgenommen, das sie an ihn erinnern würde. Ob auch die dritte Rose an dem Schmuckstück seiner Mutter irgendwann erblüht wäre?

Sie schlief ein paar Stunden, dann ging sie weiter, die Haut ihrer Hände von Nässe verschrumpelt, die Füße kalt. Einen Schritt vor den anderen. Was sollte sie den Menschen von Claggan sagen, wenn sie dorthin kam? Wie konnte sie erklären, was sie antrieb?

Die Hänge wurden steiler, das Gehen anstrengender, mehr ein Klettern als ein Laufen. Im Geröll hinterließ sie keine Spuren und wusste nicht, ob sie froh oder traurig darüber sein sollte. Es schien wie ein Sinnbild für ihr Leben. Sie kam und ging, sie lebte und mühte sich, doch nichts von ihr blieb. Nicht mal ein Fußabdruck im Sand.

Gegen Mittag begann Fiadh zu jammern. Im steinigen Untergrund fand er kaum noch einen Grashalm, um daran zu knabbern. Er hatte Hunger und war müde, genau wie sie. In den Taschen ihres Kleides fand sie ein Stück durchweichtes Brot und gab es ihm. Er knabberte daran und schnaubte verächtlich. Wahrscheinlich war es besser so. Zumindest würde er keine Koliken bekommen.

Immer öfter rutschten ihre Füße ab, immer schwerer wurde es, Halt zu finden, wenn sie gleichzeitig auf Fiadh achten musste. Unter ihnen toste ein reißender Bach. Wahrscheinlich war das bis vor wenigen Tagen ein Bächlein gewesen, doch jetzt glich er einem Strom. Die Geröllzunge, der sie folgten, um den Pass zwischen zwei Bergen zu erreichen, wurde mit jedem Schritt schmaler. Sie hielt sich an aufgeweichtem Wurzelwerk fest, presste sich mit dem Bauch an die Mauer aus brüchigem Stein. Nach Osten, nach Claggan, sagte sie sich vor, während sie ihre Füße trotz aller Unbill weiter nach Norden zwang. Nach Hause, weinte ihr Herz. Nach Drimnin, zu Somhairle, während sie mit jedem Schritt mehr Abstand zwischen ihn und sich brachte.

Hinter ihren Schläfen rauschte der Puls lauter als der Fluss. Immer öfter splitterte Geröll unter ihren Füßen, fielen Gesteinsbrocken in die Gischt des schäumenden Gebirgsbaches.

Von einem Schritt auf den anderen verschwand der Pfad, und sie stand im Nichts. Es ging nicht weiter. Alles für nichts. Der Weg umsonst, die Angst umsonst. Sie suchte nach einem Ausweg, klammerte sich an den Fels. Wohin? Unter ihr und vielleicht eineinhalb Schritte nach rechts fand sie eine Stufe im Hang. Wenn sie sich reckte, könnte sie die schmale Plattform vielleicht erreichen. Und hätte sie wieder sicheren Stand, könnte Fiadh ihren Körper wie eine Brücke zum nächsten Vorsprung benutzen. Es musste gehen. Er war flink und behände.

Mit tauben Fingern griff sie um. Vorsichtig testete sie den Stand ihres linken Fußes, verlagerte ihr Gewicht, bis der rechte Fuß frei war. Ihre Muskeln zitterten vor Anstrengung. Sie tastete sich vor, fühlte Stein unter ihrem rechten Fuß. Ein Schwall Erleichterung pochte in ihrer Brust. Nur noch ein kleines Stück, ein Zoll. Gleich. Sie streckte sich.

Ihre Finger verloren den Halt, glitten an rutschigem, regennassem Fels ab. Ihr Fuß trat ins Leere, sie schrie, fiel. Haut platzte, als sie den Abhang hinunter schlitterte, sie riss sich die Stirn auf. Blut lief in ihren Mund, in ihre Augen, Steine trafen sie. Sie hörte das Rauschen des Wassers, das Splittern des Felsens und, irgendwo ganz weit weg, das Jammern von Fiadh. Er stand auf dem Vorsprung und bewegte sich keinen Zoll.

Eisig umschloss das Wasser des Gebirgsbachs ihren Körper. Sie japste, Nässe drang ihr in die Lungen, Kälte presste ihr die Brust zusammen. Sie wollte schwimmen, doch zu stark waren Strudel und Strömung. Sie hörte das Donnern eines Wasserfalls.

Aus, schrie es in ihrem Kopf. Aus und vorbei. So endete es also. Allein und verloren in einem eisigen Bach in den Bergen von Kinelvadon.

Er merkte nicht, wie schwer seine Füße waren oder wie bleiern die Müdigkeit, die seinen Kopf vernebelte. Er rannte. Im Ohr hatte er Aonghas' Worte, die letzten, die sein bester Freund gesagt hatte, ehe Somhairles Faust ihn an der Schläfe traf und niederstreckte.

„In Richtung Minghasdhail ist sie aufgebrochen. Sie wollte nach Claggan."

Hoffentlich würde Aonghas' Schädel nicht allzu lange schmerzen nach dem Fausthieb und dem Aufprall am Boden.

Er glaubte zu wissen, was Ravna plante. In Claggan würde man sie aufnehmen, sie schützen. Und dann, wenn sich eine Gelegenheit ergab, wäre es von dort nur ein Katzensprung, um auf eines der Boote im See Aline zu gelangen, mit dem sie fliehen konnte.

Sie wollte nach Cybi.

Er packte überhängende Äste, Felskanten, alles, was sich packen ließ, um sich daran hochzuziehen. Um schneller als sie auf den Bergrücken zu kommen. Er hatte keine Ahnung, wie groß ihr Vorsprung war. Sie kannte die Gegend nicht. Hatte sie den Weg auf den Pass gefunden? War sie durch die überschwemmten Täler geirrt auf der Suche nach einem Pfad? Er hoffte Letzteres, dann konnte er sie einholen. Der Weg nach Kinlochaird und Claggan, den sie kannte, war fortgespült. Sie musste über die Berge gehen. Er war oft dort hinaufgeklettert, um nach Schiffen Ausschau zu halten. Vor allem in seinen ersten Jahren zurück in Kinelvadon, als die Nordmänner noch glaubten, es mit einem dummen Jungen zu tun zu haben. Sie hatten sich eines Besseren belehren lassen müssen. Was Somhairle MacGillebride gewonnen hatte, gab er nicht mehr auf. Das galt für das Land ebenso wie für die Wikingerprinzessin, die er zu seinem Eigen gemacht hatte.

Wolken schoben sich vor die Sonne. Der Tag war noch lange nicht zu Ende, doch das Licht sprach von Nacht. Er fluchte, stürmte weiter, Stunde um Stunde, während Eisregen ihm auf den Rücken prasselte und seine Stiefel im Schlamm versanken. Verdammt. Die Rabentochter war störrisch. Zierlich und mit einem harmlosen Rehkitz im Schlepp, schien sie den Kamm erreicht zu haben, ehe er sie einholte. Immer wieder hielt er inne und lauschte. Es gab nur einen Pfad hier herauf. Er wurde selten genutzt. Links und rechts fielen die beiden Berge, zwischen denen der Pass lag, in schroffen, unwegsamen Kanten nach unten. Sie musste entlang der Geröllzunge gegangen sein, wenn sie nach Claggan wollte. An einem Felsüberhang klebten ein paar dunkle Haarsträhnen.

Störrisches, wunderbares Mädchen, das ihm den letzten Nerv raubte. Sie hatte sich unter seine Haut gegraben, nur um ihn wieder zu verlassen? Dachte sie wirklich, dass er sie gehen lassen würde?

Mittlerweile führte der Pfad über eine baumlose Höhe. Hier gab es nichts, was der Sturm hätte zerstören können. Das lange gelbe Gras war flachgedrückt. Neben einer winzigen, unter Grasbewuchs verborgenen Quelle fand er einen Fußabdruck.

Ravna. Die aus seinem Leben verschwinden wollte. Er würde sie nicht lassen. Er hatte sie verdammt nochmal geheiratet. Sie war seine Frau. Er war ihr Herr.

Sein Mut sank, als er die andere Seite des Kammes erreichte. Der Blick öffnete sich auf Tom nan Eildean. Alles war überschwemmt. Wie ein Vorhang ging der Regen um ihn herum nieder. Kaum vorstellbar, dass in Drimnin die Sonne geschienen hatte.

Bedeutete das, dass Ravna in der Nähe war? Hatten alle Recht, die ihr die Schuld gaben, allen voran sie selbst? Der Wind zerrte an seinen Haaren, er zuckte unter einem Donnerschlag zusammen. Dort, wo er den See Arienas wusste, türmte sich eine schwarzgefleckte Wand aus Nebel und Regen. Davor lag der steil abfallende Nordhang des Weißen Berges. Die einzige andere Möglichkeit war, sich am Fluss an der Nordseite des Crois Bheinn hinunterzuarbeiten. Doch das war jetzt, wo die dreifachen Wassermassen über den Felsen ins Tal donnerten, ein Todesurteil.

Er kniff die Augen zusammen und sah hinüber zum Wasserfall. Auf dem Felsvorsprung stand ein Rehkitz. Nicht irgendein Reh.

Im gleichen Augenblick, als das Tier den Kopf drehte und sich sein Blick mit dem von Somhairle verhakte, erkannte er es. Fiadh.

„Ravna!" Somhairle brüllte, als sei er angeschossen worden. Vierzig Schritte an der Kante des Steinhanges vorbei, dreißig. Seine Stiefel rutschten auf dem Geröll weg, er fing sich, rannte weiter. Zwanzig. Er konnte das verzweifelte Jammern des Rehs hören, über das Tosen des Flusses hinweg. Er bekam ein Stück Unterholz zu greifen, das am Fuß des Überhanges, auf dem Fiadh stand, krüppelig herauswuchs, und schwang sich unter dem Felsen hindurch. Aus dem sonst friedlich in der Landschaft liegenden Tosbecken schoss jetzt das Wasser mit einer Macht zurück ins Flussbett, der der stärkste Mann nichts entgegenzusetzen hatte.

Und ganz sicher nicht die zarte Frau, die sich an tiefhängende Äste krallte. Sie trug einen rostroten Surcot und einen Überwurf aus gegerbtem Schafsfell, der sie unnachgiebig in die Tiefe zog. Zurück ins Flussbett. Das Wasser würde sie ihm entreißen.

Ravna spürte eine Berührung an der Schulter. Sie durfte nicht loslassen. Mit allem, was sie hatte, klammerte sie sich ans Unterholz, gegen das die Wassermassen sie drückten. Der Druck an ihrer Schulter wurde stärker. Sie schluckte Wasser und krallte sich an den kümmerlichen Rest Leben, der ihr geblieben war.

„Ravna!" Sie hörte ihren Namen wie im Traum. Für einen Moment glaubte sie, gestorben zu sein und dass es ein Engel war, der zu ihr sprach. Dann erkannte sie die Stimme. Somhairle hielt sie am Kragen des Surcots, kämpfte gemeinsam mit ihr gegen die Gewalt des Flusses.

„Ich hab dich. Lass los. Ich halte dich."

Sie konnte nicht loslassen. Aber er war stärker als sie. Gegen das vereinte Zerren von Wasser und Mann hatte sie keine Chance. Ihre Finger glitten von den Wurzeln ab. Für die Dauer eines schrecklichen Augenblicks wurde ihr Körper von den Fluten weitergerissen, dann spürte sie den Widerstand, fühlte Somhairles Griff an ihrer Schulter, dann unter den Achseln. Er hievte sie ans Ufer, von dem nur ein Streifen Gras zwischen dem Tosbecken des Wasserfalls und der Felskante geblieben war. Sie war noch nicht zu Atem gekommen, da zerrte er ihr den Umhang vom Körper und schleuderte ihn achtlos zur Seite. Keinen Atemzug später lag sie über seiner Schulter wie ein Sack Mehl. Seine Knochen bohrten sich in ihren Bauch, sie japste nach Luft. Es gab keine Stelle an ihrem Körper, die nicht schmerzte.

Er sagte kein Wort. Entschlossen stapfte er los. Wut strahlte in gewaltigen Wogen von ihm ab.

Er ging nicht den Weg zurück, den sie gekommen war. Das merkte sie sofort. Er fand einen verborgenen Pfad, der weiter nach Osten führte, zwischen den Berggipfeln hindurch. Geröll knirschte unter seinen Stiefeln. Selbst als sie spürte, dass es leichter ging, weil er bergab lief, wagte sie nicht, etwas zu sagen oder sich gegen seinen Griff zu wehren. Sie hielt so still wie möglich, trotz der unbequemen Haltung über seiner Schulter. Erschöpfung wog tonnenschwer auf ihrem Bewusstsein. Irgendwann fasste sie sich ein Herz und brachte ein einziges Wort heraus.

„Fiadh?"

„Er ist hinter uns." Nur das, nicht mehr. Auch dann nicht, als er sie auf den Boden plumpsen ließ, sie zwischen seinen Beinen gefangen hielt und in seinen Taschen nach zwei kurzen Stricken grub. Sie schüttelte sich Regenwasser aus den Haaren und starrte zu ihm hoch.

Er sah sie nicht an, entwirrte die Stricke. Über ihnen fauchte der Sturmwind in den Tannen. Sie hatte nicht bemerkt, wie weit er die Bergflanke schon herabgestiegen war.

Mit den Bändern fesselte er ihr die Hände vor dem Bauch, dann griff er in die Schlinge und zog sie weiter. Sie stolperte über Baumwurzeln und hatte Mühe, mit seinen langen Beinen Schritt zu halten.

„Wo gehen wir hin?", wagte sie zu fragen. Verzeih mir, wollte sie sagen. Es war zu deinem Schutz. Und für Fiadh. Ich wollte dich nicht verärgern. Ich wollte nur meinen Bruder wiederhaben und dass du mich los bist. Mich und all das, was ich in dein Land gebracht habe.

Doch der Zorn, der in ihm brodelte, machte nicht nur ihn sprachlos, sondern auch sie.

Die Dämmerung lag schwer über dem nachtschwarzen See, zu dem er strebte. Ravna war müde. Hin und wieder hörte sie Fiadhs Huftritte hinter sich. Jedes Mal, wenn das Trappeln verklang, blieb ihr fast das Herz stehen.

Ihr war elend zumute, sie fror und hatte Hunger. Doch am schlimmsten plagte sie das Wissen, ihren Mann enttäuscht zu haben. Die Distanz, die ihn umgab, obwohl sie direkt hinter ihm lief, raubte ihr die Fassung.

Sie passierten ein paar Hütten, die sich an den Hang duckten, aber Somhairle blieb nicht stehen. Stur lief er weiter. Er hatte das Recht, wütend auf sie zu sein. Wenn sie nicht weiterkonnte, würde sie sich einfach fallenlassen. Dann müsste er sie bemerken. Aber sie lief ebenso stur weiter wie er, denn sie wollte nicht schwach sein.

Stunden ging das so, die genauso gut Tage hätten sein können. Dann sah sie die Schiffe, oder das, was von ihnen übrig war. Gerippe. Planken. Eine Sägegrube, halb unter Wasser stehende Stege, die in den See hinausreichten. Der Sturm hatte den Wasserspiegel hochgetrieben. Von den meisten Gebäuden und Unterständen war nur noch das Dach sichtbar. Doch Ravna erkannte, dass es eine Werft war.

Sie blieb stehen. Ungeduldig zerrte Somhairle an ihren Händen. „Komm weiter", knurrte er.

„Nach Claggan?", fragte sie. Sie spürte, wie Tränen in ihre Augen stiegen. Ausgerechnet an den Ort, den sie nicht allein hatte erreichen können, brachte Somhairle sie. Ihr Mann, ihr Geliebter.

Sie sackte in die Knie und weinte. Es dauerte einen Augenblick, dann hockte er sich zu ihr, griff in ihren Nacken, drehte ihr Gesicht, sodass sie ihm in die Winteraugen sah. Mit zwei Fingern presste er einen Riss an ihrer Stirn zusammen.

„Mach das nie wieder, Rabenmädchen." Seine Stimme grollte wie der Donner. Er fluchte. Dann packte er sie um die Schultern und unter den Knien und trug sie. Er watete durch Seewasser und Schlamm, die ihn bis zu den Knien in die Tiefe zogen. An ihrer Schulter spürte sie sein Herz, das raste und kämpfte. Auch er war erschöpft, aber er würde nicht anhalten, ehe sie Claggan erreichten und ein Dach über dem Kopf hatten. Offensichtlich waren ihm die Hütten, die den Zimmerleuten auf der Werft gehören mussten, nicht gut genug.

„Es tut mir leid", flüsterte sie, auch wenn er sie nicht hören konnte.

Ihr Kopf sackte zurück. Für eine Weile verlor sie das Bewusstsein. Als unter einem harschen Tritt eine Tür aufflog, schreckte sie hoch. Zwei Schritte, dann warf Somhairle sie auf ein Lager, das mit einem Strohsack dürftig gepolstert war. Er wandte sich ab, um die Tür zuzuwerfen. Bei dem Knall, mit dem das Blatt in den Rahmen krachte, zuckte Ravna zusammen.

„Zieh dich aus", sagte er barsch, als er sich an sie wandte und sie immer noch so auf dem Bett lag, wie er sie abgeworfen hatte. „Du starrst vor Dreck."

Ravna biss sich auf die Lippen, um nicht laut aufzujammern. Zitternd hob sie die gefesselten Hände.

„Ich kann nicht, Herr."

Er fluchte, zog sein Messer, durchtrennte die Fesseln und wandte sich zur Tür. „Ich zähle bis zwanzig, dann bist du fertig." Achtlos warf er ein frisches Hemd aufs Bett und blickte sie nicht an.

Sie sah sich um. Sie hatten hier schon einmal eine Nacht verbracht. Eine sanfte, liebevolle Nacht, nachdem er ihr die Schafe gezeigt hatte. Das Gutshaus in Claggan.

Die Schafe.

Fiadh. Sie riss sich zusammen. Sie war, wo sie sein wollte. Das war so viel besser als alles, worauf sie zu hoffen gewagt hatte.

Es war fast unmöglich, in der Eile ihr durchweichtes Kleid gegen das wollene Unterhemd zu wechseln. Ihre Finger waren steif vor Kälte. Nur eine einzelne Kerze erhellte den Raum. Der Sturm krachte gegen die hölzernen Wände.

Nicht einmal in der Hochzeitsnacht hatte sie Grund gehabt, ihren Mann so sehr zu fürchten. Damals, als sie nur von ihm gewusst hatte, dass er sein Leben damit verbrachte, Menschen zu töten. Ihr Blick suchte seinen, suchte etwas Vertrautes, etwas von dem Mann, den er ihr all die Monate in Drimnin gezeigt hatte. Alles, was sie fand, war Wut. Er drehte sich zu ihr um. Instinktiv wich sie vor ihm zurück. Einen Schritt, noch einen, bis sie die Wand in ihrem Rücken spürte.

Er stand nur da. Die Beine hüftbreit gespreizt, die waidgrüne Léine getränkt von Wasser und Schweiß und dreckig von Schlamm, der schwere Ledergürtel um seine Mitte ein Zeichen von Macht und Erhabenheit. Er hatte seinen Mantel abgelegt, an seinen Oberarmen schimmerten die breiten goldenen Reifen. Sie wusste, dass sie etwas sagen sollte, doch sie brachte kein Wort hervor.

Irgendwann sprach er. „Warum?“ Nur dieses eine Wort.

„Die Schafe“, flüsterte sie. „Es ist wegen der Schafe.“

„Das musst du mir erklären.“

Plötzlich empfand sie noch etwas anderes, neben der Furcht. Er hatte sie nach Claggan gebracht. Vielleicht verstand er. Er schien zu begreifen, dass sie nicht grundlos gehandelt hatte, und war gewillt, sich anzuhören, was sie wollte.

Sie wischte sich Regenwasser vom Gesicht. Der Riss an der Stirn blutete kaum noch. „Es geht um Fiadh.“

„Fiadh ist ein Reh und angeblich dein kleiner Bruder. Was hat er mit den Schafen zu tun?"

„Um den Fluch zu brechen ... die Schafe ..." Ihre Stimme zitterte vor Kälte. „Aus der Wolle der Schafe muss ich ein Tuch weben, um den Fluch zu brechen."

„Und das hat nicht Zeit, bis dieser gotterbärmliche Sturm ein Ende hat und die Wege wieder passierbar sind? Du musst dich und mich in Lebensgefahr bringen, um ausgerechnet jetzt Schafe zu scheren?" Er ging nicht darauf ein, wie abwegig das klingen musste. Ein Tuch, um einen Fluch zu brechen? Er hielt sich an das, was er verstand. Daran, dass ein Sturm wie dieser Menschen tötete.

„Der Sturm wird nicht aufhören, Herr", flüsterte sie kraftlos.

„Er hat bereits aufgehört. In Drimnin scheint die Sonne."

Sie zuckte zusammen. Natürlich schien in Drimnin die Sonne. Sie war ja nicht mehr dort. Affraic war eine Königin, eine Hexe und Spielerin. Sie trieb mit den Gefühlen der Menschen ihr Unwesen. Sie sah, in ihrem unseligen Spiegelbrunnen, wie sehr die Leute von Drimnin Ravna hassten, und schürte den Hass, indem sie den Sturm nur über Ravna toben ließ. Wie sehr Ravna sich wünschte, Somhairle all das auf eine Weise erklären zu können, die er verstand.

„Euer Land, Herr, wird erst Frieden finden, wenn ich es verlasse. Aber ich kann nicht nach Cybi gehen, ehe Fiadh erlöst ist."

Etwas riss in ihm. Sie sah es deutlich, auch wenn sie nicht wagte, ihm ins Gesicht zu blicken. Er griff nach einem Becher, der auf dem Kaminsims stand, und schleuderte ihn auf den Boden. Ein Rest Wein ergoss sich auf die Bodendielen. Das Gefäß aus geschlagenem Zinn blieb verbeult auf der Seite liegen.

„Zu ihm, ja? Deinem Prinzen. Du gibst einfach nicht auf."

Noch ehe sie sprach, wusste sie, dass sie nicht die richtigen Worte finden würde, um ihn zu beruhigen. „Ihr habt es mir versprochen, Mormaer", flüsterte sie. Ihre Stimme war schwach wie die einer neugeborenen Spitzmaus, aber sie musste es probieren. „Wenn ich ihn im Frühling noch will, bringt Ihr mich hin. Ihr habt es mir geschworen, als ich einwilligte, Euch zu heiraten."

„Sieht das da draußen wie Frühling aus?", polterte er. „Du bist meine Frau! Du hast mir Treue geschworen. Treue und Gehorsam. Beides hast du unterschrieben und den Worten Taten folgen lassen. Du tust, was ich sage, und ich habe dir befohlen, in der Kammer zu bleiben, weil du dort sicher bist und ich weiß, wie ich dich schützen kann. Stattdessen zwingst du mich, die Menschen, die mir vertrauen und bei denen mein Wort etwas gilt, im Stich zu lassen. Du zwingst mich, dir hinterherzujagen, bis ich dich halb tot in einem reißenden Strom finde. Das nennst du Treue und Gehorsam?"

„Es tut mir leid", sagte sie unter Tränen. „Glaubt mir, Herr, es tut mir leid. Ich will nur, dass Ihr das, was Ihr Euch erarbeitet habt, nicht meinetwegen verliert."

Sie erwartete, dass er den Gürtel nahm. Er hatte jedes Recht. Sie erwartete, dass er sie schlagen würde, bis ihre Schreie das Tosen des Sturms übertönten.

Doch er tat es nicht. Er stürzte zu ihr, kniete sich neben sie aufs Bett, nahm ihr Gesicht zwischen seine Hände. Seine Augen flackerten, aber das war kein Zorn. Es war Angst. „Und dich, Rabenmädchen? Was ist mit dir? Verdiene ich dich nicht? Warum ist es richtig, dich zu verlieren?"

Sie schnappte nach Luft, und er nutzte den Moment und presste seine Lippen auf ihre. Sie zappelte in seinem Griff, aber dann fanden ihre Hände seine Schultern, seine starken Arme, die sie hierher getragen hatten, und sie klammerte sich an ihn. Als er von ihr abließ, weil er atmen musste, flüsterte sie: „Ihr verliert alles andere, wenn Ihr mich behalten wollt, Herr."

„Ich kämpfe um die Dinge, die mir gehören", gab er zurück. „Und du, Ragnhild Olavesdatter, gehörst mir. Mir. Selbst wenn du schon auf halbem Wege nach Cybi wärst, würde ich dir mit vierzig Ruderern folgen und dich zurückholen."

„Alles hier wird untergehen ...“ Warum verstand er nicht? Warum war kein Durchkommen zu ihm? Mit wachsender Verzweiflung krallte sie sich an ihn.

„Es muss einen anderen Weg geben“, keuchte er. „Wir werden ihn finden. Web dein Tuch, Prinzessin, wenn du glaubst, dass es hilft. Ich habe keine Ahnung, was hier vor sich geht. Ich glaube nicht an Zauberei. Aber bei allem, was mir und dir heilig ist, web dein Tuch und zeig mir, dass das verrückte Reh dein Bruder ist. Wir finden einen Weg. Ich lass dich nicht gehen.“

Wieder senkte er seinen Mund auf ihren. Anders jetzt. Nicht überrumpelnd wie beim ersten Kuss. Mit einer Dringlichkeit, die ihr das Herz brach. Er atmete in sie hinein. Sie grub ihre Finger in seine triefenden Haare. Seine Hände tasteten über das fremde Unterkleid an ihrem Körper.

Sie war erschöpft und müde und hungrig, aber als sie spürte, wie sehr er sie wollte, konnte sie ihm nicht widerstehen. Sie wollte ihn auch. Sie wollte ihn mehr als Schlaf und Porridge.

Sie wollte ihn mehr als den Prinzen auf Cybi.

KAPITEL 20

Somhairle lauschte auf das Prasseln des Regens auf dem schindelgedeckten Dach des Hauses. Der Wind heulte um die Wände. Die dicken Holzbalken würden standhalten. Er hielt Ravna an sich gepresst und musste an die Familien denken, die sich in ihre Hütten kauerten, ständig in Angst, der See würde noch weiter über die Ufer treten. Vielleicht wäre es klüger, die Menschen in höhere Lagen zu bringen, ein Stück an der Flanke des Weißen Berges hinauf. Doch kein Mann ließ sein Haus im Stich, wenn alles, was er sich in seinem Leben erarbeitet hatte, wegzuschwimmen drohte.

Es war unmöglich zu sagen, ob die Nacht ihren Zenit überschritten hatte. Der Verwalter des Dorfes hatte alle Läden verrammelt. Bedrohlich zischte und pfiff der Wind zwischen den Balken, riss an den Läden, heulte, winselte. Es war, als trüge das Wetter Stimmen in sich. Das aufgebrachte Kreischen einer Frau.

Affraic?

Verflucht, was war mit ihm los? Fing er wirklich an, das zu glauben, was ihm alle einzuflüstern versuchten? Fester legte er einen Arm um Ravnas Mitte, spürte ihren schmalen und doch so zähen Körper an seinem. Ihre warme Haut. Er lauschte auf ihre Atemzüge. Sie hätte sterben können. Er kannte Frauen, mit groben Händen und wettergegerbten Gesichtern, die nicht überlebt hätten, was Ravna durchgemacht hatte. Aber sie war hier. Immer noch bei ihm. Schlafend, an ihn geschmiegt, voller Vertrauen, dass ihr an seiner Seite nichts passieren würde.

Mit den Fingern der freien Hand tastete er über ihr Gesicht, erfühlte lange Wimpern, die kleine Nase, volle Lippen. Der Gedanke, dass er sie hätte verlieren können, zerriss ihn. Er vergrub sein Gesicht in ihren Haaren, die nach Regen und Kälte rochen.

Das Jaulen und Wimmern des Windes wurde leiser. Das Donnergrollen entfernte sich und kehrte nicht zurück. Zuerst weigerte er sich zu glauben, dass es vorbei war. Dann befiel ihn Sorge um Drimnin. Was, wenn der Sturm dorthin zurückzog? Er lauschte auf das entfernte Brummen und Knurren. Regenwasser lief an den Dachschindeln herab, tropfte zu Boden, er hörte auf das Klickern von Wasser, aber der Wind kehrte nicht zurück.

Still blieb er liegen. Atemlos. Der Moment war wie die Rückkehr der Sonne nach Drimnin am vergangenen Tag, und doch anders. Weil er Ravna im Arm hielt? Was war anders? Eine unbestimmte Gewissheit nistete in seiner Brust, dass es ausgestanden war. Als ihm in Drimnin die Sonne den Rücken gewärmt hatte, war dieses Gefühl nicht dagewesen.

Licht kitzelte seine Lider. Er öffnete die Augen. Schmale Streifen Morgensonne durchbrachen die Ritzen in den Fensterläden. Fielen auf Ravnas Gesicht, auf den Ansatz ihrer Brust. Auf das Lächeln ihrer Lippen.

Als er sich halb aufrichtete und doch nicht aufstehen konnte, ohne sie noch einmal zu küssen, vertiefte sich das Lächeln. Sie wachte nicht auf, grub sich tiefer in die Felle. Ihre Hand glitt von seinem Arm herab, als er sich zur Seite schob und aufstand.

Unwillig suchte er seine verstreute Kleidung zusammen, die ihn daran erinnerte, was sie getan hatten. An die wilde Hitze ihrer Vereinigung, an Ravnas leidenschaftliche Umarmung. Er hatte sie gewollt. Sie hatte ihn gewollt. In einem Unwetter, wie es sie seit Menschengedenken nicht gegeben hatte, hatten sie auf diesem Lager unter dem Dach von Ravnas Gutshaus das Leben gefeiert wie nie zuvor.

Es wurde heller. Die Streifen auf dem Gesicht seiner Gemahlin verbreiterten sich. Als er sich endlich fertig angezogen hatte, neigte er sich ein letztes Mal zu ihr und küsste ihre Wange. Er wünschte sich, hierbleiben zu können, bei ihr, und so weiterzumachen, wie sie in der Nacht aufgehört hatten. Aber er war der Mormaer. Er musste sehen, was geblieben war. Er musste die Menschen von Claggan aufsuchen und sich versichern, dass es ihnen gut ging. Er musste nach Acharn, um die Werft zu begutachten, die in der Nacht, als er dort mit Ravna vorbeigekommen war, hoffnungslos unter Wasser gestanden hatte.

Als er die Treppe hinunterstiefelte in den großen Raum, in dem Ruairidh, der Verwalter, bereits mit seiner Frau beschäftigt war, wandten sich die beiden Menschen ruckartig zu ihm um. Ruairidh hatte Feuerholz im Arm, seine Frau rührte in einem riesigen Topf. Nach einer schlaflosen Nacht sollte jeder warme Grütze in den Bauch kriegen. Niemand im Dorf würde später noch die Muße haben, etwas Warmes auf den Tisch zu bringen.

Somhairle nickte knapp, um beiden zu versichern, dass er verstand und ihre Entscheidung guthieß. Auch Ravna würde Hunger haben. „Bring meiner Gemahlin eine Schale", befahl er.

Doch Ruairidh starrte ihn immer noch an, nur sehr langsam und ohne hinzusehen schob er mehr Feuerholz unter den Kessel.

„Was auch immer es ist", sagte Somhairle. „Ich kann sehen, dass du schlechte Nachrichten hast. Sag es mir. Ist im Dorf jemand ums Leben gekommen?"

„Nein, Herr. Niemand von den Menschen jedenfalls."

„Wer dann?"

Mhairi schniefte und rieb sich mit dem Handrücken unter der Nase entlang. „Die Schafe, Herr", sagte sie mit zitternder Stimme. Als er nicht antwortete, hob sie den Kopf. „Die kleinen Schafe, die der Herrin bei ihrem letzten Besuch so viel Freude gemacht haben."

Er schloss die Augen und stützte sich mit beiden Händen gegen den Kaminsims. Nur mit Mühe unterdrückte er ein Stöhnen. „Wie viele?", wollte er wissen, obwohl er es eigentlich nicht wissen wollte. Wo sollten sie neue Schafe dieser Art finden? Überall sonst töteten die Bauern die Tiere, weil ihre Wolle unnütz war und sie für das, was sie waren, zuviel Arbeit machten. Wenn sie selbst in Claggan, wo seit Ravnas Besuch diese Tiere wie Heiligtümer verehrt wurden, nicht vor dem Sturm hatten bewahrt werden können, würden sie überall jämmerlich ersoffen sein.

„Alle, Herr", schluchzte Mhairi. „Una war heute früh die Erste, die in den Stall gegangen ist, als das Wasser abgelaufen war. Sie war außer sich. Sie sind alle tot."

Er fluchte, und Mhairi schlug vor der Brust das Kreuz. Für wen tat sie das, dachte er bitter. Einen Gott gab es offenbar nicht. Eine einzige Sache, die Ravna am Herzen lag. Eine Sache, für die sie den Weg über die Berge auf sich nahm, wissend, dass der Sturm sie töten konnte. Sie getötet hätte, wenn er sie nicht gefunden hätte. Eine Sache, die Ravna wirklich wichtig war, und Gott spülte sie davon.

„Bring ihr zu essen", wiederholte er. „Aber lass sie nicht sehen, wie aufgeregt du bist. Sag ihr nichts. Ich werde das selbst tun."

„Ja, Herr", flüsterte Mhairi und schöpfte Grütze in eine Tonschale.

Er wandte sich an Ruairidh. „Schäden?"

„Die Hütten stehen noch, Herr." Der Verwalter stapelte das restliche Holz neben dem Kamin. „Keine Verluste, zwei eingestürzte Dächer, schnell repariert."

„Die Schiffe auf dem See?"

„Könnte schlimmer sein, denke ich." Der Verwalter kratzte sich den Hinterkopf. Ruairidh war von Iona gekommen, wo er bei den wenigen dort verbliebenen Mönchen lesen und schreiben gelernt hatte. Seine Eltern hatten ihn dorthin gebracht, unfähig, ihn durchzufüttern. Aber weil er kein Interesse daran hatte, Mönch zu werden, war er ohne zu zögern mit Somhairle gefahren, als dieser die heilige Insel befreit hatte. Ruariridhs Bildung hatte ihm den Posten als Gutsverwalter eingebracht. In Wahrheit wollte der stämmige kleine Mann mit der Halbglatze genauso sehr ein Bauer sein wie die anderen Männer hier. „Ein paar kleinere Schäden, wo sie im Sturm ineinandergekracht sind, aber sie sind gut und solide gebaut. Das ist schnell repariert. Wir hatten Glück, dass der See das meiste aufgefangen hat und der Wasserspiegel nicht zu sehr anstieg."

Somhairle dachte an Minghasdhail und Achearn, wo ganze Häuser weggeschwemmt waren, und er dachte an die verlorenen Wege entlang des Ufers zwischen Drimnin und Kinlochaird. Verdrossen nickte er. Das Aufräumen würde Wochen dauern, vielleicht den ganzen Frühling und Sommer. Und wenn der nächste Sturm kam?

Mhairi kam die Treppe herab. „Sie ist aufgewacht, Herr. Sie fragt nach Euch."

Mit stoischer Miene empfing Ravna die Nachricht vom Verlust der Schafe. Somhairle hatte sich davor gefürchtet, ihr die Hiobsbotschaft überbringen zu müssen, aber sie saß im Bett, bekleidet mit einem fremden Hemd, starrte vor sich hin und löffelte mit langsamen Bewegungen ihre Grütze. Nur ihr Gesicht wurde weiß, der Blick ihrer Augen ging ins Leere.

Er legte ihr eine Hand auf die Schulter, die steif und hart war wie ein Felsen.

„Ich will sie sehen", sagte sie endlich.

„Das ist keine gute Idee, Rabenmädchen", sagte er sanft. „Ich werde die Männer beauftragen, sie zu begraben."

„Warum?" Sie riss sich aus ihrer Starre frei und hob die Augen zu ihm. „Es sind Tiere. Ihr Fleisch ist gut, und die Kinder von Claggan müssen essen! Sie zu begraben ist Verschwendung."

Er verzog das Gesicht, weil er spürte, dass sie das nur sagte, um sich hart zu machen. In ihren Augen las er den Schmerz, das Bewusstsein, dass etwas Unwiederbringliches verloren war.

Er setzte sich neben sie, nahm ihr die halbleere Schale aus der Hand, legte ihr einen Arm um die Schultern und zog sie an seine Brust. Es dauerte einen Augenblick, doch dann fühlte er, wie ihr felsenharter Körper weich wurde und sie zu weinen begann. Sacht vergrub er die Finger seiner freien Hand in ihren Haaren und wiegte sie.

„Wir finden neue Schafe", murmelte er und wünschte, es gäbe mehr, das er tun könnte. Sie mit diesem Verlust allein zu lassen, war die größte Ungerechtigkeit von allen. „Wir finden wieder welche. Sie müssen ja irgendwoher kommen. Dort gibt es mehr."

„Ich will sie sehen, Somhairle", wiederholte sie, während ihr Körper von immer heftigeren Schluchzern geschüttelt wurde. „Bring mich hin, ja?"

Dort, wo die Sonne den aufgewühlten Boden wärmte, glänzte die Erde wie flüssiges Pech. Es war fruchtbare Erde gewesen. Dunkel und nahrhaft. Zurückgelassen hatte Affraic Matsch. Trümmer einer Existenz, in die Ravna so große Hoffnungen gesetzt hatte.

Immerhin Trümmer, dachte sie, als sie sich an ihren Gemahl klammerte und über einen Bretterhaufen im Hof des Gutshauses stieg, der bis vor wenigen Tagen noch eine Kate oder ein Schuppen gewesen war. Trümmer konnte man wiederaufbauen. Man konnte nehmen, was zerstört war, und von vorn beginnen. Ein Brett auf das nächste nageln, bis wieder ein Haus entstand. Zuerst ein Haus, und dann, irgendwann, vielleicht auch wieder ein Heim.

Das, was vom Schafstall übriggeblieben war, stand an der äußersten Ecke des Gutshofes. Ravna hörte das erstickte Weinen einer Frau, noch ehe sie den Mut fand, sich dem zu stellen, was sie im Inneren der Hütte erwarten würde. Schwer hing der Geruch von verfaultem Stroh in der Luft.

„Du musst das nicht tun, *neamhnaid*." Somhairles Schritte stockten. Der Krieger, der keine Frucht kannte, scheute den Anblick der toten Tierchen noch mehr als sie. Was war es, das er in den Tieren sah? Dass er an das glaubte, was sie ihm tags zuvor in ihrer Verzweiflung gestanden hatte, wagte sie nicht zu hoffen.

„Ich will." Ihre Stimme bebte. Ihr Atem brannte in der Brust. Gestorbene Hoffnung schmeckte bitter. Sie hatte gehofft und gekämpft, gerungen und verloren. Doch sie brauchte den Abschluss. Sie wollte um den Bruder weinen, den sie endgültig verloren hatte. Sie wollte trauern, und dann würde sie wieder aufstehen, denn diesmal war sie nicht allein. Somhairle wäre bei ihr. Mit etwas mehr Mut wandte sie sich zu ihm um. „Aber ich muss das allein tun, Herr. Geht. Ich weiß, dass Ihr viel zu tun habt. Die Leute brauchen Euch. Sie müssen sehen, dass ihr Mormaer für sie da ist.“ Eine feuchte Nase grub sich von unten in ihre Handfläche. Sie musste nicht nachsehen, um zu wissen, dass es Fiadh war, der ihr auf seine Weise zeigte, dass sie das Richtige tat.

„Ravna?“ Somhairle ließ ihre Hand los, schmiegte die Handfläche seiner Rechten stattdessen um ihre Wange. In seinem Blick lag ein Meer an Versprechen und ein Schmerz, den sie kaum ertragen konnte. Er litt für sie.

„Ja.“

„Sag meinen Namen. Ehe du dort hinein gehst, sag meinen Namen und versprich mir, dass du weißt, ich werde neue Schafe für dich finden. Ich werde das Wetter für dich besiegen und Kriege für dich führen. Du bist mein.“

Er hatte sie zu der seinen gemacht. Nur er gab ihr den Mut zu tun, was sie tun musste, auch wenn das Herz ihr dabei schwer wurde.

„Somhairle“, flüsterte sie, so leise, dass nur ihr Atem den Namen zu seinen Lippen trug. „Mein Sommerreisender mit den Winteraugen. Lass uns tun, was wir tun müssen. Ich weiß, dass du bei mir bist.“

Sie küsste ihn, trank seine Waghalsigkeit und Unerschrockenheit und hoffte, dass sie auch ihr die nötige Kraft geben würden. Sie war es, die sich als Erstes löste. Sie könnte sich in diesem Kuss verlieren, doch das war nicht, was sie zu tun hatten. Ihre Knie waren weich, als er sie aus seiner Umarmung entließ.

„Ich bin in der Werft“, sagte er. „Wenn du etwas brauchst, schick Mhairi.“

Ihr war nicht zum Lachen, aber ihre Mundwinkel verzogen sich zu seinem Lächeln. „Geh. Sei der Mormaer und spende deinen Untertanten Trost und Mut. Wer weiß, wie lange das Wetter uns in Frieden lässt.“ Sie sagte es und wusste doch, dass es vorbei war. Da lag kein Flüstern der Hexe mehr in der Luft, kein Odem des Bösen, der ihr den Atem stahl. Was auch immer in der vergangenen Nacht geschehen war, für den Augenblick wirkte es, als wäre Affraic die Puste ausgegangen.

„Bis bald, *mo cridhe.*“ Ein Kuss noch, dann wandte er sich ab, die Schultern breit in seinem waidgrünen Umhang, die Schritte sicher und ausgreifend. Sie wusste, auf sie wartete ein Jammertal. Wenn sie nach vorn blicken wollte, musste sie es allein durchschreiten. Doch sie schaffte es nicht, sich vom Anblick ihres Gemahls loszureißen.

„Herrin?“ Die Stimme, die sie ansprach, klang nach Tränen.

Mit einem Ruck wandte Ravna sich um. Aingeal stand vor ihr. Vor wenigen Tagen, an Imbolc, hatte die junge Frau mit Ravna gelacht. Im Sommer wollte sie heiraten. Sie hatte Ravna den Blütenkranz von ihrem Kopf geschenkt, weil sie meinte, dass es bis dahin viele neue Blumen geben würde. Jetzt sah es aus, als würde es nie wieder Frohsinn zwischen all der Zerstörung geben. Tiefe Schatten lagen unter den Augen der jungen Frau, ihre Wangen waren eingefallen, Schmutz klebte in ihrem Gesicht und an den Kleidern.

Ravna straffte die Schultern. Menschen wie Aingeal hatte sie in Drimnin in der letzten Woche zuhauf gesehen. Der Anblick verlor nie seinen Schrecken.

„Der Herr hat gesagt, Ihr wollt die Schafe sehen. Es …“ Ihre Stimme brach, sichtbar schluckte das junge Mädchen. „Wir konnten nichts tun, Herrin. Das müsst Ihr mir glauben. Der Mormaer hat gesagt, wie wichtig Euch die Schafe sind. Und ich habe es selbst gesehen. Aber das Wasser …“ Wieder stockte sie. Die Worte kamen nur noch blubbernd aus ihrer Kehle. Als wäre auch dort zu viel Wasser, und sie würde von innen ertrinken.

Ravna begriff. Aingeal hatte Angst. Sie fürchtete sich vor der Reaktion ihrer Herrin. Traurig schüttelte Ravna den Kopf, trat einen Schritt auf die Andere zu und nahm sie in die Arme. „Hab keine Angst“, sagte sie. „Niemand macht dich für etwas verantwortlich, für das nur das Schicksal etwas kann. Wir schaffen das gemeinsam, ja? Wir gehen jetzt rein und fangen an zu tun, was zu tun ist.“

Aingeal nickte. Sie stützten sich gegenseitig. Bis zur Mitte der Waden versanken sie in Schlamm und verschimmelten

Stroh, kaum, dass sie den Stall betraten. In einem besonders schlimmen Moment musste der Fluss über die Ufer getreten sein und eine Lawine Schlamm vor sich hergeschoben haben. Teile des Schlicks hatte Ravna im Hof bemerkt, doch im Schafstall hatte er sich gestaut. Die verdrehten Leiber der verendeten Schäfchen wirkten wie Schaumkronen auf einem Meer aus Zerstörung.

Ravna schluckte. Sie wollte nicht weinen. Sie wollte stark sein und beweisen, dass sie eine Stütze für die Menschen sein konnte, ebenso wie Somhairle es war. Doch sie konnte nicht. Neben einem der winzigen Leiber fiel sie auf die Knie, hob das kleine Geschöpf auf ihren Schoß. Trotz der Verschmutzung fühlte sich das Fell des Schäfchens an wie Wolken an einem klaren Sommertag.

„Ach, du armes Kleines“, sagte sie und wiegte das tote Tier in ihrem Arm. Es wog fast nichts. Ein Traum, der gestorben war. Eine verendete Hoffnung. „Wenn ich dich doch hätte retten können.“

Aus dem Augenwinkel sah sie, wie auch Aingeal sich duckte, wie sie ein weiteres der toten Tiere aufhob und sacht neben der Tür ablegte. Ravna rappelte sich auf, brachte ihr Schäfchen zu dem anderen. So waren sie zumindest beisammen. Aneinandergebettet und ruhig. Bei ihrem ersten Besuch in Claggan hatte sie zwanzig Schafe gezählt. Nur sieben fanden sie auf Anhieb. Sie mussten mit bloßen Händen im Schlamm wühlen, um die kleinen Leiber zu bergen, rissen sich die Finger an scharfkantigem Holz auf, das der Fluss mit dem Schlick in die Hütte gedrückt hatte. Nässe kroch vom Boden in ihre Kleider, der Gestank der Verwüstung machte sie schwindelig.

Weder Aingeal noch Ravna sagten ein Wort. Stillschweigend fanden sie die Abmachung, einem jeden der Tierchen die Augen zu schließen, ehe sie es ablegten. Jedem zeichneten sie ein Kreuz auf die Stirn, jedem schenkten sie ein letztes Streicheln über seidenweiches Fell.

Der Mittag musste nahe sein, als sie sich bis in die letzte Ecke vorgearbeitet hatten. Die Zwischendecke war dort eingestürzt, sodass es kaum ein Vordringen gab. Vorsichtig, um sich die Beine nicht zu brechen, kletterte Ravna über rutschige Balken und herabgestürzte Bretter. Als sie zum ersten Mal ein Wimmern hörte, meinte sie, ihre Sinne spielten ihr einen Streich.

Aber doch. Da war es wieder. Leise, kaum hörbar. Wie das Jammern eines Neugeborenen. Das Herz in ihrer Brust stolperte, dann raste es davon. Kein Gedanke blieb mehr an die rutschigen Balken, daran, dass sie sich verletzen könnte. Sie hievte Bretter zur Seite, grub, wühlte, wollte Aingeal rufen, tat es dann doch nicht, weil sie fürchtete, der jungen Frau unnötig Hoffnung zu machen.

Um ein Haar hätte sie das Lamm übersehen. So klein war es. So schutzlos mit den fingerdünnen Beinen und den furchtsam aufgerissenen Augen. In der hintersten Ecke lag es, geschützt unter zwei Balken, die sich über seinem Kopf verkeilt und so den Schlamm ferngehalten hatten. Die kleine rosa Zunge des Wesens vibrierte bei jedem Schrei. Kaum wagte Ravna, sich nach dem Lamm zu bücken, so winzig war es, nackt und zitternd vor Kälte. Sie hatte Angst, es mit ihren tauben Fingern zu zerquetschen. Doch es brauchte Wärme, brauchte Hilfe. Es brauchte sie.

So vorsichtig es ging, hob sie das Tierchen auf, barg es an ihrer Brust. Sie spürte jeden Knochen unter der dünnen Haut. Wieder liefen ihr Tränen über die Wangen, doch diesmal war es keine Trauer.

„Ich hab dich, kleines Ding“, flüsterte sie. „Ich hab dich, mein Schatz, jetzt wird dir nichts mehr geschehen.“

In diesem Moment leistete Ravna Olavesdatter einen Schwur. Komme, was wolle, dieses Lamm würde leben. Aus ihm würde ein starkes Schaf werden, mit Wolle so seidig und fein, wie nirgends sonst in der Welt. Sie streichelte das kleine Köpfchen, wiederholte den Schwur und gab ihm den Namen *Dùil*, was in der Sprache ihrer Mutter Hoffnung hieß.

Somhairle richtete sich im Rumpf des Schiffes auf, fuhr sich mit der Hand durch die Haare und schaute sehnsüchtig in

Richtung Claggan. Über das Geräusch hinweg, mit dem zwei der Zimmerleute von Acharn Nägel in Planken schlugen, lauschte er auf eine Amsel. Der Vogel saß auf dem Pfosten am Ufer, an dem der Flößer von Claggan sein Gefährt festzumachen pflegte. Von dem Floß waren nur ein paar Bretter geblieben, die traurig Richtung Meer dümpelten. Die Amsel trällerte begeistert über das Ende des Unwetters ihr Lied, und Somhairle fragte sich, ob Ravna ihr ebenfalls lauschte.

Er fragte sich, was Ravna mit den toten Schafen machen wollte. Er fragte sich, ob seine Frau nach diesem Erlebnis je wieder die leidenschaftliche Liebhaberin sein würde wie in der vergangenen Nacht. Oder ob sie in der Trauer um die Schafe verblühen würde.

Loki trat neben ihn. „Wir sind gleich fertig, Herr", sagte er, wie üblich ganz schamlos in der Sprache der Nordmänner. „Ihr könnt aufbrechen." Wenn er Loki anblickte, hatte Somhairle mehr als bei jedem anderen Wikinger, den er in seinen Reihen zu dulden gelernt hatte, das Gefühl, dass der Tag kommen würde, an dem sie nicht mehr zwischen Gälen und Dänen unterschieden. An dem sie etwas anderes sein würden, hier draußen an den winderzerzausten Rändern des Landes Alba. Sie würden etwas sein, das David von Alba und die Könige, die nach ihm kommen mochten, fürchten würden. Sie wären die Männer von Argyll, die das ruppige und doch gottesfürchtige Wesen der Gälen mit der Wildheit der Wikinger verbanden. Sie wären das Volk, von der die Vorsehung sprach, die Ravna nach Cybi gezogen und nach Kinelvadon gebracht hatte.

„Du segelst mit uns", sagte er, ohne Loki anzusehen. „Es gibt genug Wind, wir brauchen keine Ruderer bis Drimnin, aber ich brauche ein paar fähige Hände zum Steuern."

„Von hier nach Drimnin, gern, Herr. Um Euch und Ragnhild nach Hause zu bringen. Aber auf Eure Plünderungen komme ich nicht mit."

Er schnaubte. „Lieber verhungerst du? Die Kornkammern sind leer, und eine Ernte wird es diesen Sommer nicht geben."

„Die Wälder sind voller Wild. Ich werde nicht verhungern."

Einer der beiden Zimmerleute räusperte sich. Das Klopfen der Hämmer hatte aufgehört. „Sie ist seetüchtig, Herr, und wird Euch wohlbehalten nach Hause bringen. Braucht Ihr uns noch?"

Er winkte ab. „Geht heim und repariert eure Hütten."

Sichtlich erleichtert stopften die Männer ihre Werkzeuge in die Gürtelbänder und hangelten sich über die Reling hinüber aufs nächste Schiff. Die Stege, die einmal zwischen den schaukelnden Leibern verlegt gewesen waren, damit man sie leichter bemannen konnte, waren weggebrochen. Doch diese Männer waren Schiffsbauer, auf Schiffen schafften sie es auch ohne Stege ans Ufer.

„Wenn Ravna und ich zurück in Drimnin sind, ist es deine Aufgabe, ein neues Floß zu bauen." Somhairle nickte hinüber zum verwaisten Anleger mit der Amsel. „Ich möchte, dass Ravna diesen Ort als Rückzugsmöglichkeit hat, wenn ich unterwegs bin. Und wenn sie hier ist, übernimmst du die Verantwortung für sie."

Als Loki eine Weile nicht antwortete, wandte Somhairle sich halb zu ihm und sah, dass der junge Wikinger ihn anstarrte. „Es wird mir eine Ehre sein, Herr", sagte er schließlich.

Er unterdrückte ein Lachen. „Loki, ehrlich, so, wie ich Ravna kenne, wird es harte Arbeit werden. Wenn sie dir entwischen sollte, während du nicht hinsiehst, kann es sein, dass du sie vom höchsten Wasserfall des Landes pflücken musst."

„Keiner hat behauptet, dass das Leben leicht ist, Herr", sagte Loki. Er wies ins Wasser, das sich in kleinen Wellen zwischen den Schiffsleibern kräuselte. „Braucht Ihr Hilfe, um ans Ufer zu kommen?"

Er gab dem Jungen eine Kopfnuss. „Ich mag zwar älter sein als du, aber ich schwimme schneller als jeder verdammte Wikinger."

Sie verständigten sich mit einem Blick, dann hechteten sie gleichzeitig über die Reling ins Wasser. Loki nahm den kürzeren Weg zum Ufer, zwischen ein paar Snekkas hindurch. Somhairle schwamm zwischen seinem Drachenschiff und einer schwerfälligen Kogge hindurch direkt ins offene Wasser und umrundete die restlichen Schiffe, dann hatte er das Ufer im Auge. Das war zwar weiter, aber er vermied es, zwischen den Schiffsleibern eingequetscht zu werden. Drei Armzüge vor Loki packte er die Überreste des Anlegers und hievte sich aus dem Wasser, dann reichte er dem Jungen die Hand und zog ihn ebenfalls raus.

Nach all dem Chaos der vergangenen Tage und mit der Erinnerung an Ravnas gebrochenes Herz schien es unanständig, mit Loki zu lachen. Aber es war befreiend.

Loki klopfte ihm auf die Schulter. „Holt Ragnhild, Herr. Ich zimmere aus den Brettern hier für sie ein behelfsmäßiges Floß zurecht, damit sie nicht auch aussieht wie eine ersäufte Maus, wenn sie das Schiff erreicht." Er wies auf den Stapel Planken, die dem Flößer gehörten.

„Wer sieht hier aus wie eine ersäufte Maus?"

Vielsagend blickte Loki ihn von Kopf bis Fuß an.

„Das nennst du Respekt deinem Herrn gegenüber?"

„Bei allem Respekt, Herr." Loki deutete eine höfische Verbeugung an. „Olave der Rote würde nie mit einem abgerissenen Schiffbauer um die Wette schwimmen. Überdenkt Euer Verhalten, dann überdenke ich meinen Respekt."

„Bau ein Floß!", herrschte Somhairle ihn gutmütig an. „Ich will bei Sonnenuntergang in Drimnin sein."

Allein stapfte er hinauf zum Dorf. Vermutlich hatten Kinder sein Kommen angekündigt, denn Ravna stand vor den Hütten mit den zerrupften Dächern und wartete auf ihn. Sie trug ein hellblaues, spärlich besticktes Kleid und darüber einen Umhang, dessen tiefblaue Farbe im Sonnenlicht schimmerte. Sie hatte die Kapuze des Umhangs über ihr dunkles Haar gezogen. Eine Dörflerin näherte sich ihr und wollte ihr ein in Leinen gewickeltes Bündel aufschwatzen, aber mit nur einem Blick schickte Ravna sie weg.

Sie sah ihm entgegen, in der stolzen, unnahbaren Haltung einer Königin. Als er näher kam, erkannte er, dass sie etwas auf den Armen trug. Etwas, das die Größe eines Katzenwelpen hatte und von ihr sicher und zugleich federleicht gehalten wurde, als fürchte sie, es zu zerdrücken, wenn sie es zu hart anpackte.

Es war eines der Schafe. Ein Lamm, kaum mehr als ein paar Wochen alt, schätzte er. Er trat an seine Gemahlin heran. Die Hoffnungslosigkeit, die am Morgen ihre Augen gläsern gemacht hatte, hatte einer wilden Entschlossenheit Platz gemacht. Fiadh stupste sie am Ellenbogen an, aber sie beachtete ihn nicht, sondern blickte ihrem Mann entgegen.

„Du hast eines gerettet?“, fragte er ein bisschen dümmlich.

„Es gibt einen Gott“, erwiderte sie, und dann lächelte sie, und als er sich hinabbeugte, um sie zu küssen, erwiderte sie das sanfte Tasten seines Mundes.

„Gehen wir nach Drimnin?“, fragte sie an seinen Lippen.

„Euer Schiff erwartet Euch, Ragnhild Olavesdatter von Kinelvadon.“ In seinem Herzen brannte Leichtigkeit. Alles wegen dieses winzigen Wesens, das sie hielt wie einen Goldschatz. Er konnte alles erreichen, und mit Ravna an seiner Seite wusste er, wofür er es tat.

„Dann lass uns gehen.“

Als sie später nebeneinander im Bug der Snekka standen, hinter ihnen Fiadhs unsicheres Huftrappeln, weil das Reh ständig das Gleichgewicht verlor, nahm sie seine Hand in ihre. Das Meer lag ruhig und gelassen, als hätte es nie einen Sturm gegeben. Es wehte gerade genug Wind, um das Schiff voranzutreiben, das Loki hinten am Ruder sitzend lenkte. Sie betrachteten die zerfetzten Uferstreifen. Das Wasser hatte sich zurückgezogen und dabei ganze Abschnitte Strand mit sich gerissen. Caisteal nan Con war jetzt eine Insel, erkannte er, die Reste der Steinfundamente hatten ragten jetzt trotzig mitten aus den Wellen. Ein Seehund lag auf einem Mauerrest und ließ sich die Abendsonne auf den Pelz scheinen.

Hand in Hand, auf Ravnas Arm das verwaiste Lämmchen, sahen sie, wie Drimnin näher kam. Sie sahen, wie die Menschen in ihrer Arbeit innehielten. Ein paar Halbwüchsige stürzten sich ins Wasser und schwammen auf die Snekka zu, um zu helfen, sie vor der Burg aufzulanden. Die Menschen brachen nicht in Jubelschreie aus, aber alle versammelten sich am Wasser und erwiesen ihrem Mormaer und der Lady die Ehre. Somhairle wusste, dass einige unter ihnen waren, vielleicht die Mehrzahl, die das mit zusammengebissenen Zähnen taten. Vielleicht glaubten sie, dass mit Ravnas Rückkehr auch der Sturm zurückkehren würde.

Noch ehe sie von Bord gingen, sagte er: „Sobald genug Schiffe seetüchtig sind, werde ich mit den Männern auf Raubzug gehen."

„Ich fühle mich nicht gut dabei, Somhairle", sagte sie.

Er neigte sich zu ihr und küsste ihren Scheitel. „Ich weiß, *mo nighean donn*. Aber noch schlechter fühle ich mich bei dem Gedanken, dass du im nächsten Winter hungern müsstest."

Sie sah zu ihm auf. „Versprich mir, dass du wiederkommst."

„Immer." Er lächelte sie an.

KAPITEL 21

Das Schicksal ist wie ein Rad, dachte Ravna, als ihr Blick auf Ingrid fiel, die ihnen aus dem Inneren der Burg entgegeneilte. Glück gab es nicht auf Dauer. Was gerade noch gut gewesen war, wurde im nächsten Augenblick schlecht. Zu versuchen, die guten Zeiten festzuhalten, brachte nichts. Der Fluss des Lebens trieb das Schicksalsrad voran. Glück und Enttäuschung, Hoffnung und Zweifel, Angst und Mut. Alles kam und ging.

Ravna war glücklich gewesen. Im Bug des Schiffes ihres Gemahls, seine starken Arme um ihre Mitte, Dúil im Arm und Fiadh an ihrer Seite, fühlte sie Zuversicht und Glück. Leise rauschte das Meer, wo der Bug der Snekka das Wasser durchpflügte. Kleine Wellen kräuselten die Oberfläche. In der Luft lag der Geruch nach Salz und Frische, keine Spur mehr von Verderben. Das Leben machte neu, was zerstört worden war, es gab Hoffnung in der dunkelsten Stunde, und Ravna hatte den tapfersten Krieger von allen an ihrer Seite.

Sie hätte es besser wissen müssen. Sie hätte sich nicht dem Gefühl hingeben dürfen, dass alles gut werden könnte. Affraic war weg, Ravna hatte geglaubt, nichts könnte mehr geschehen. Sie hatte sich getäuscht. Ein Blick in Ingrids Miene, und sie wusste es.

„Herr!“, keuchte die Wikingerin. Eine Hand hatte sie in die Hüften gestemmt, mit der anderen wischte sie sich Schweiß von der Stirn. „Dem Himmel, den alten Göttern und allem, was dazwischen ist, sei Dank, Ihr seid rechtzeitig gekommen.“ Dringlichkeit bestimmte ihre Schritte, doch sie wirkte außer Atem. Ihre Wangen waren blass, ihre Augen rot gerädert, als hätte sie geweint.

Das rote Licht der Sonne, die in eben diesem Augenblick Muile und die Meerenge, die die Insel von Drimnin trennte, in Feuerglut tauchte, wirkte mit einem Mal nicht mehr wärmend, sondern bedrohlich. Es sah aus, als wäre die Wasserstraße mit Blut gefüllt. Dem Blut eines ganzen Volkes. Ravna klammerte sich an Somhairles Hand, doch er ließ sie los, machte einen großen Schritt auf Ingrid zu. Aus dem Augenwinkel sah Ravna, wie ihm alles Blut aus den Wangen stürzte.

Gleichzeitig näherten sich zahlreiche andere Menschen dem Mormaer. Männer in abgerissenen, dreckigen Kleidern, Werkzeuge in den verdreckten Händen, Erschöpfung im Gesicht. Mit einem Blick hielt er sie auf Distanz. Seine Aufmerksamkeit galt allein Ingrid.

„Was ist?“, bellte er. Seine Lippen zeichneten einen blassen Strich im hellen Rot des Bartes.

„Es ist der Junge, Herr.“ Ingrids Stimme zitterte von unterdrückten Tränen, und das mehr als alles andere presste Ravna das Herz zusammen. Ingrid weinte nicht. Ingrid packte an, was es anzupacken gab. Sie hatte gesehen, was es in der Welt zu sehen gab, und Katzenjammer war der Wikingerin fremd. Wenn sie um Fassung rang, musste es schlimm sein.

„Er hat die ganze Zeit gehustet. Gestern ist es schlimmer geworden.“ Traurig schüttelte Ingrid den Kopf. „Jetzt hustet er nicht mehr. Er glüht und zittert und spricht von Dingen, die kein Mensch versteht. Geht zu ihm, Herr, wenn ihr ihn noch einmal sehen wollt. Ich wollte jemanden auf Eure Spur schicken, doch Muireann sagte, das hätte keinen Sinn. Kein Mensch würde Euch rechtzeitig erreichen.“

Somhairle sagte nichts. Er stand da, stark wie ein Bär, und etwas änderte sich. Er verschloss sein Herz, erkannte Ravna. Der Schmerz, den die Worte der Wikingerin in seine Miene gruben, verschwand so schnell, wie er kam. Die Falten auf seiner Stirn glätteten sich. Reglos stand er neben Ravna. Keine zwei Schritte entfernt, doch sie hatte den Eindruck, zwischen ihnen lägen Welten.

Sie streckte eine Hand nach ihm aus, wollte ihn stützen. Ehe sie ihn berührte, drängte einer der umstehenden Männer auf ihn zu.

„Mormaer“, sagte er. „Gut, dass Ihr da seid. In Ackleanan ist der Bach über die Ufer getreten. Das Wasser hat die Zäune weggeschwemmt. Was sollen wir machen? Wenn wir die Weiden an derselben Stelle aufbauen …“ Er konnte nicht zu Ende sprechen, da fiel ihm ein anderer ins Wort.

„Herr, Ihr müsst nach Minghasdhail kommen. Drostan und Osgar sind in Streit geraten. Der Sturm hat ihnen die Felder weggeschwemmt und jetzt …“

„Wie sieht es in der Werft aus, Mormaer? Sind die Schiffe kaputt? Werden wir …“

„Wo kriegen wir jetzt Saatgut, Mormaer? Ich war beim Kellermeister, aber der sagt …“

Ravna war es unmöglich, die Fragen, die auf Somhairle einstürmten, auseinanderzuhalten. Kaum hatte einer den Damm gebrochen, stürmten alle auf ihn ein. Sie wollten wissen, wie groß die Schäden am See Aline waren, sie brauchten ihn, um Streits zu schlichten und Entscheidungen zu treffen. Als könnte kein Stein zur Seite geräumt werden, wenn nicht der Mormaer selbst es anordnete. Am Rand der Szenerie stand Ingrid, die Augen noch immer gerötet von Tränen, die Hände in die Hüften gestemmt, und schüttelte traurig den Kopf.

Noch einmal setzte die Wikingerin an, etwas zu sagen, doch wieder kam ihr ein anderer zuvor, drängte sich vor den Mormaer, flehte, bettelte, fragte. Kraftlos sanken die Fäuste an Ingrids Seiten herab, ließ sie den Kopf hängen und wandte sich ab.

Ravna riss sich von ihrem Mann los. Sie lief Richtung Halle, beorderte eine Magd herbei und drückte ihr Dúil in den Arm. „Hier“, sagte sie. „Pass auf das Tier auf, es ist wertvoll. Bring es in meine Kammer. Sorg dafür, dass es nicht friert, und bring ihm verdünnte Schafsmilch.“

„Aber Herrin …“, setzte die Magd zu einem Widerspruch an. Ravna brachte sie mit einem Blick zum Schweigen. Sie konnte sich vorstellen, was das Mädchen sagen wollte. Dass Milch zu rar war, um sie an ein Tier zu verfüttern. Dass es niemand dieser Tage auf der Burg warm hatte und dass trockenes Feuerholz zu kostbar sei, um damit eine Kammer für ein Lamm zu heizen. Ravna wollte nichts davon hören. „Tu, was ich sage“, bekräftigte sie ihre Anweisung, dann machte sie sich auf zu Muireanns Kammer.

Fiadh gesellte sich auf der Treppe zu ihr. Sie sehnte sich nicht nach dem Zusammentreffen mit der ehemaligen Geliebten ihres Mannes. Doch Muireann war auch dic Mutter von Somhairles Sohn. Callum litt. Womöglich starb er, das Blut ihres Nebelkönigs war nicht stark genug, um das, was er liebte, vor den Nachstellungen einer Hexe zu schützen. Es wäre so viel einfacher, die Augen zu verschließen und so zu tun, als ob es sie nichts anging. Aber es ging sie etwas an. Sie musste hinsehen. Schlimm genug, dass Somhairle es schaffte, zu verdrängen, was sich zusammenbraute. Dass er die Bestürmungen der Männer aus den Dörfern nutzte, um sich nicht dieser Sache stellen zu müssen. Eine Sache, vor der er Angst hatte. Ravna kannte ihn gut genug, um das mit einem kurzen Blick in seine Augen erkannt zu haben.

Sie musste ihm diesen Weg abnehmen. Sie musste stark sein, wenn er es nicht konnte. Wenn er dem Drang zu fliehen nachgab. Er hatte so viel für sie getan. Jetzt war sie an der Reihe.

Die Sonne ging unter, doch in Ackleanan war noch immer alles auf den Beinen, was laufen konnte. Kinder hüteten die Ziegen und die vier zotteligen rotbraunen Kühe, die zum Dorf gehörten, während die Männer aus angeschwemmten Brettern und langen Ästen einen neuen Zaun für die Weide nagelten. Warmer Wind strich um Somhairles nackte Waden. Er hatte seine Stiefel ausgezogen, weil sie ständig voll Wasser liefen und ihn mehr behinderten als stützten. Neben ihm grub Aonghas Löcher für die neuen Pfosten in den aufgeweichten Grund. Doppelt so tief wie üblich mussten die sein, weil sonst schon ein sich am Zaun schabendes Rindvieh das ganze Konstrukt zum Einsturz bringen würde.

In seinem Nacken brannte die Ahnung von Furcht. Callum, flüsterte es hinter seiner Stirn. Callum. Die Konzentration auf die Arbeit half nicht. Sie verdrängte, aber brachte keine Lösung. Er sollte nicht hier sein.

Er richtete sich auf, um Aonghas beim Einsetzen des schweren Pfostens zu helfen. Dabei blickte er hinüber Richtung Drimnin. Trotzig und gewaltig hob sich der Burgturm vom dunkelblauen Himmel ab. Die Männer, die auf den Zinnen wachten, trugen Fackeln. Im Wasser vor der Burg, das unter dem Mondlicht silbern glänzte, lag die Snekka, die ihn und Ravna hergebracht hatte.

Er lauschte auf das Lachen der Kinder, die weiter oben am Hang auf das Vieh aufpassten. Kinder waren widerstandsfähig. Sie vergaßen am schnellsten. Dass sie sich noch vor zwei Tagen an wackelnde Wände geklammert hatten, aus Angst, vom Sturm davongetragen zu werden, war heute schon nur noch ein Märchen. Sie vergaßen das Heulen in der Nacht, das Kreischen berstender Baumstämme am Hang, das jammervolle Sterben des Viehs. Sobald der Sturm vorbei war, waren sie wieder Kinder.

Würde sein eigener Sohn jemals so ausgelassen herumtollen? Mit anderen Jungen mit Holzästen aufeinander einschlagen, oder Schiffe aus Holzscheiten schnitzen? Würde Somhairle je wieder in Callums winterblaue Augen sehen und sich selbst darin erkennen?

Er erinnerte sich an den Moment, als Muireann ihm den Sohn gezeigt hatte. An ihr Gesicht, den Stolz in ihren Augen und die Hoffnung, dass sie von nun an eine richtige Familie sein würden. Er erinnerte sich an die geballten Fäuste, die kleiner waren als sein Daumen. An die Augen, zu winzigen Halbmonden zusammengekniffen.

Voll Staunen hatte er die durchscheinende Haut berührt, die winzige Nase, die zum Schrei verzerrten Lippen. Voll Staunen und voll Furcht, etwas zu zerbrechen, aber auch voll Verwunderung. Das Letzte, was er erwartet hatte, war, wie hemmungslos er sich in das Kind verlieben würde. Doch genau das war passiert.

Er konnte nicht in die Burg gehen. Er konnte nicht der Tatsache in die Augen sehen, dass er womöglich ans Bett seines Sohnes treten würde, um Abschied zu nehmen.

Er konnte nicht.

„Schief“, sagte Aonghas.

„Was?“ Somhairle riss seine Aufmerksamkeit zurück auf die Aufgabe. Aonghas steckte mit einem Arm im Loch, um den Pfosten festzuschlagen, den Somhairle hielt. Felsbrocken lagen bereit, um alles zu sichern.

„Du hältst den Pfosten schief“, knurrte Aonghas.

„Tut mir leid.“ Er fing einen Blick von Loki auf, der mit Hanfseil Zaunlatten auf Querstangen band und mit Nägeln sicherte. Der Junge würde erst im Morgengrauen mit ein paar Männern aus Ackleanan zurück zum See Aline segeln. Bis dahin half er, wo er gebraucht wurde.

„Dein Junge ist nicht das erste Mal krank“, sagte Aonghas und kam stöhnend auf die Beine. „Er wird es schaffen. Er ist dein Sohn, und außerdem ist Muireann bei ihm.“

Gemeinsam hievten sie die Blöcke um den Pfosten und traten sie im Erdreich fest, bis alles hielt.

„Und Ravna“, sagte Somhairle gedankenverloren. „Ravna ist bei ihm.“

„Na dann …“

Nebeneinander gingen sie die paar Schritte zum nächsten Pfosten, der von zwei Männern von Ackleanan eingerammt worden war, und prüften dessen Standfestigkeit. Dann erst gab Somhairle Loki das Zeigen, das Zaungeflecht zu befestigen. Loki ließ sich nicht anmerken, ob die simple Aufgabe ihn unterforderte. Er tat, was getan werden musste.

Somhairle wandte sich an Aonghas. „Warum hasst du sie so? Sie ist wieder da, aber der Sturm nicht. Du hattest Unrecht, mein Freund.“

„Sie ist noch keine zwei Stunden zurück, und so ein Sturm muss erst wieder aufziehen.“

„Warum hasst du sie so sehr, Aonghas?“ Diesmal war jedes Necken aus Somhairles Stimme verschwunden. Er meinte die Frage erst. Sehr ernst.

Der Freund blickte sich vielsagend um. „Muss ich dir das wirklich erklären?“

„Es ist nicht ihre Schuld. Warum begreifst du das nicht? Sie hat dieses Wetter nicht gemacht.“ Und selbst wenn Ravnas Behauptung, dass Königin Affraic eine Wasserhexe sei und dieses Wetter hierher geschickt hatte, stimmte, so war es dennoch nicht Ravnas Schuld. Seine Frau hatte keine magischen Fähigkeiten.

Oder vielleicht hatte sie die doch, denn ihn hatte sie verzaubert. Ganz und gar. Verzweifelt wünschte er sich, dass Aonghas sehen könnte, wie viel in Ravna steckte. Es riss an ihm, dass der Mann, von dem er mehr hielt als von jedem anderen, zum ersten Mal, seit sie einander kannten, seinen Standpunkt nicht teilte. Aonghas war ihm immer mehr ein Bruder denn ein Kamerad gewesen. Dass ausgerechnet dieser Mann nicht aufhörte, Ravna der Hexerei zu bezichtigen, tat weh. Er hoffte und betete zu Gott, dass der Tag niemals kommen würde, an dem er sich zwischen diesen beiden entscheiden musste. Genau das sollte Aonghas wissen. Er sollte …

„Mormaer!" Das war Loki.

„Was?"

„Ihr solltet heimgehen. Das hier schaffen wir allein."

Somhairle kratzte sich im Nacken. „Wenn ihr das hier allein schafft, gehe ich hinauf nach Minghasdhail. Es gibt genug zu tun. Wen nimmst du mit, wenn du zur Werft zurückfährst?"

Loki nannte ein paar Namen von jungen, starken Burschen in seinem Alter, die er bei der Arbeit in Ackleanan kennengelernt hatte.

„Das geht auch nicht mit rechten Dingen zu", knurrte Aonghas.

„Was denn noch?" Konnte Aonghas nicht endlich Ruhe geben? Wie tief ging der Riss zwischen ihnen bereits? Sie waren wie Brüder gewesen.

„Dieser Wikinger. Wie schnell er dir die Füße küsst."

Somhairle seufzte ungehalten. Er riss sich zusammen und versuchte sich nicht anmerken zu lassen, wie sehr Aonghas' Verhalten ihn verletzte. Freundschaften waren es wert, für sie über den eigenen Schatten zu springen. „Komm, zerbrich dir nicht den Kopf über all die rechten und unrechten Dinge.

Schauen wir, wie es in Minghasdhail aussieht. Vielleicht kann ich dann bei Sonnenaufgang endlich bei meinem Sohn sein."

Prüfend blickte Aonghas ihn an, dann sagte er: „Geh hin zu ihm. Ich geh nach Minghasdhail."

Die Erleichterung, gesagt zu bekommen, wozu er von selbst nicht die Kraft fand, war riesig. Aber Misstrauen hatte die Angewohnheit, sich festzusetzen. „Und das sagst du, weil Ravna bei ihm ist und du ihr nicht traust?"

„Somhairle, wir kennen uns ewig. Ravna mag bei ihm sein, aber Muireann ist das auch. Und ich sage dir eines: Auch wenn Ravna eine Hexe ist, die Wetter machen kann, und ich bin noch nicht überzeugt, dass sie es nicht ist. Muireann ist etwas viel Gefährlicheres. Du willst es nur nicht sehen." Er klopfte seinem Mormaer auf die Schulter und stapfte los, ohne zuzulassen, dass Somhairle noch etwas erwidern konnte.

Er sah zu Loki hinüber, der ihn kaum ansah, aber leicht nickte. Geht schon, hieß das. Ich kümmere mich um das hier.

Es fühlte sich an, als habe jemand Felsblöcke an seinen Füßen befestigt, so schwer war dieser Gang. Ihn allein zu gehen, war noch schwerer. Er blickte Aonghas nach, der, eine Spitzhacke auf der Schulter, auf den Wald zuging. Somhairle schluckte.

Aber die Vorstellung, dass er Callum nicht mehr rechtzeitig sehen und in die Arme schließen konnte, dass sein Junge für immer fort war und alleine auf seine letzte Reise gehen musste, drückte ihm die Luft ab. Noch mehr als die Vorstellung, nur zu ihm zu gehen, um ihn bei eben dieser Reise zu begleiten.

Als er in den Himmel blickte, sah er einen fallenden Stern.

Er rannte.

Menschen starben. Auch Kinder starben. Ravna wusste das. Vor Fiadh hatte Gita ein Kind geboren, das starb, kaum, dass es den Mutterleib verlassen hatte. Die Köchin in Dublin hatte vierzehn Kinder geboren, gelebt hatten drei. Jedes Mal wieder, wenn eines starb, jammerte und heulte sie zwei Tage lag, dann raffte sie die Röcke und sagte: „Der Herr gibt's, der

Herr nimmt's" und arbeitete weiter, als wäre nie etwas geschehen.

Doch Callum zu sehen, blass, mit fieberroten Wangen, zitternd vor Kälte und mit rasselndem Atem, war etwas anderes.

Muireann beachtete sie kaum, als Ravna die Kammer betrat. Lautlos glitt Fiadh hinter ihr ins Zimmer. Callums Mutter stand am Fenster, den Rücken gerade, die Schultern aufrecht, und starrte hinaus aufs Meer.

„Nun schickt er dich, um seinem Sohn beim Sterben zuzusehen." Nur Muireanns Worte zeigten, dass sie Ravnas Ankunft bemerkt hatte.

„Callum wird leben. Niemand schickt mich." Ravnas Blick wanderte zu dem Jungen auf dem Lager. Er schlief, zum Glück. Sie wollte sich nicht ausmalen, was passiert wäre, wenn er gehört hätte, dass seine Mutter ihn bereits aufgegeben hatte. Bis hierher konnte sie das feuchte Röcheln hören, das aus der Brust des Jungen aufstieg, und betete zu Gott, dass sie kein falsches Versprechen gab.

„Sein Geist kämpft", bestätigte Muireann. Sie wandte sich vom Fenster ab und drehte sich zu Ravna. Erst da sah sie, dass Callums Mutter nicht kaltherzig war oder gar gleichgütig. Beinah taumelte Ravna zurück, so heftig traf sie der Anblick von Trauer und unverhohlenem Schmerz auf Muireanns Miene. Keine Tränenspuren wie bei Ingrid, kein Klagen und Jammern wie bei der Köchin in Dublin. Reiner, unverstellter Schmerz hinter einer Maske aus Willenskraft und Stärke. Ravnas Herz zog sich zusammen. Nie hatte sie begriffen, was Som-hairle und diese grobe Frau zusammengetrieben hatte. Es war nicht an ihr gewesen zu urteilen, also hatte sie die Fragen verdrängt.

Jetzt schlug die Antwort nach ihr, ohne dass sie um sie gebeten hatte. Muireann und Somhairle waren gleich, begriff Ravna. Sie teilten nicht nur einen Traum, sondern auch die Fähigkeit, der Härte des Lebens mit Stärke zu begegnen. Doch Callums Krankheit hatte Risse in den Panzer gestoßen, den Muireann um ihr Herz erbaut hatte. Aus den Rissen quoll Qual. Nicht nur um den kranken Sohn, sondern um ein ganzes Leben. Auch darin waren sie und Somhairle gleich. Nur dass Muireann sich ihrer Angst und ihrem Schmerz stellte, Somhairle aber davor floh. Am Ende des Tages war Muireann immer noch eine Frau, während Somhairle ein Krieger war. Sie hatte den Jungen geboren. Ihn erschreckte die Vorstellung, einem Feind gegenüberzustehen, ohne ihn mit Schwert oder Kriegsaxt aus dem Weg schlagen zu können, bis ins Mark.

„Mach die Läden zu", befahl Ravna. Das Sprechen fiel ihr schwer, so wuchtig war der Kloß in ihrer Kehle. „Wir machen Feuer im Kamin und hängen feuchte Tücher auf."

„Als ob es in dieser verfluchten Burg nicht schon genug Feuchtigkeit gibt." Muireanns Widerstand war schwach, obgleich die Worte mürrisch klangen.

„Dampfige Luft wird ihm beim Atmen helfen. Am besten wäre Bewegung. Das lockert die Brust und hilft ihm, den Schleim abzuhusten."

„Ihr seid also auch eine Heilerin, Herrin von Drimnin?"

All die Tage während des Sturms und ihrer Flucht hatte sie an ihrer Fassung festgehalten wie an einem Strohhalm. Wie dünn das stützende Gerüst aus Haltung und Erziehung wirklich war, merkte sie jetzt, als es brach. „Ich bin eine Frau!", brüllte sie Muireann an. Niemals hätte sie sich zugetraut, die andere auf diese Art anzufahren. „Ich liebe Callum. Weil ich Somhairle liebe, natürlich, aber das ist nicht der einzige Grund. Seht Ihr denn nicht, was für einen wundervollen kleinen Jungen Ihr habt? Seht Ihr nicht seinen Sinn für Gerechtigkeit? Seinen Willen, das Richtige tun zu wollen?" Endlich gelang es ihr, ihre Stimme zu zügeln. Leiser jetzt fügte sie hinzu: „Seht Ihr nicht seine Sanftmut, wenn er sich um Fiadh kümmert? Sein gutes Herz. Seine Tapferkeit, wenn es darum geht, für seinen Freund einzustehen. Seht Ihr nicht den Mann in ihm, der er einmal werden kann, wenn wir das Richtige tun?"

Ravna rechnete nicht mit einer Antwort auf ihre Fragen. Umso mehr erstaunte es sie, als Muireann doch noch einmal das Wort ergriff. „Ich sehe in ihm den Mann, den ich verloren habe.“ An Ravna. Sie meinte nicht, dass sie Callum aufgab und den Mann, der er werden konnte. Sie meinte Somhairle. Schwer hing die Wahrheit zwischen ihnen. Muireann liebte Somhairle. Es war nie nur Leidenschaft gewesen oder Lust, die die beiden Krieger zueinander getrieben hatte. Muireanns Liebe war echt, und sie hatte verloren.

Es kostete Mut, an die Kriegerin heranzutreten und sie in die Arme zu nehmen, doch es fiel Ravna nicht schwer. Mut gehörte zu den Dingen, die sie an der Seite ihres Mormaer gelernt hatte. Muireann zu umarmen fühlte sich an, als umarme sie einen Felsblock. Doch dann, nach ein paar Atemzügen, änderte sich etwas. Die riesige Kriegerin wurde weicher, nachgiebiger. Der Panzer schmolz.

„Kümmern wir uns um deinen Jungen. Ich habe eine Idee. Ich binde ihn mir an die Brust und gehe mit ihm raus. Mein Körper wird ihn warm halten, und es ist immer noch genug Feuchtigkeit in der Luft, um seinen Atmenwegen gut zu tun. Ruh du dich aus. Du wirst die Kraft brauchen.“

Halb erwartete Ravna, dass Muireann widersprechen würde. Irgendwas war geschehen zwischen ihnen, das hieß aber nicht, dass die Kriegerin sich fortan Befehle erteilen lassen würde. Doch Müdigkeit und Erschöpfung forderten ihren Preis. Geschlagen nickte Muireann. Sie nahm eine Decke vom Bett, mit der sich Ravna den Jungen vor die Brust binden konnte. Sie umwickelten seine Füße und Hände mit wollenen Tüchern, damit keine nackte Haut mit der Kälte in Berührung kam, dann legte sich Ravna einen Mantel um die Schultern, der groß genug war, auch das Kind einzuhüllen.

Der Junge und Ravna hielten sich gegenseitig warm. Callums Zittern und Beben hörten auf, kaum, dass Ravnas Körperwärme zu ihm durchdrang. Sein kleiner Körper glühte wie ein Ofenstein. Trotzdem lag kalter Schweiß auf seiner Stirn, und seine Mundwinkel waren so aufgerissen, dass sich Blut in ihnen sammelte.

Kurz schlug er die Augen auf, während Ravna mit ihm die Treppe in den Burghof hinabstieg. „Vater?“, murmelte er, nur halb wach. Seine Augen schimmerten glasig im Mondlicht.

„Nein, *mo chridhe*. Dein Vater hat zu tun."

Runde um Runde ging sie. Sie umkreiste den Burghof am äußersten Rand, wo fleißige Arbeiter bereits einen Bretterpfad aus dem Schlamm gestampft hatten, damit die Palisaden besser zu bemannen waren. Sie blickte hinüber nach Ackleanan, sah die Männer, die im Schlamm zu wühlen schienen, und meinte, Somhairle zu erkennen. Sie tat einen Schritt vor den anderen. Nach der dritten oder vierten Runde spürte sie das Gewicht des Kindes auf den Schultern, schmerzte ihr Rücken, wurden ihre Beine taub. Sie ging weiter, passte den Takt ihrer Schritte dem Atem des Jungen an. Wenn Callum husten musste, hielt sie inne. Dann klopfte sie seinen kleinen Rücken, hielt sein Gesicht, streichelte seine Wangen. Er rang um Atem. Das ganze Kind krampfte unter dem Kampf nach Luft, seine Haut verfärbte sich blau, er riss die Augen auf.

„Atme, mein Schatz", sagte sie. „Ganz ruhig. Ein und aus. Hör auf mich." Absichtlich zwang sie ihren Atem zur Ruhe, auch wenn das Herz in ihrer Brust drohte, aus seinem Gefängnis zu springen, so groß war ihre Angst, dass der nächste Atemzug Callums letzter sein könnte.

Doch immer wieder beruhigte sich der Atem des Kindes, und sie ging weiter. Schritt für Schritt. Stunde um Stunde. Sie sah dem Mond auf seiner Reise über den Horizont zu, vergaß den Schmerz in ihren Schultern. Dankte Gott für die kleinen Gaben. Dafür, dass sie dem Sohn ihres Mormaer helfen konnte. Dafür, dass sie das Gefühl hatte, die Hitze, die Callum abstrahlte, sei nicht mehr ganz so glühend wie noch bei ihrem Aufbruch. Dafür, dass sie es jetzt dreimal um den Burghof schaffte, ehe der nächste Hustenanfall kam, während es anfangs kaum ein paar Schritte waren.

Umrisse und Formen wurden zu Schemen. Die Burg verschwamm vor ihren Augen. Sie ging weiter. Wie in Trance. Irgendwann fiel Callum in einen tiefen Schlaf. Anders als am Abend. Ruhiger. Sein Atem rasselte nicht mehr, stattdessen klang ein leises Schnarchen aus dem Tuch um Ravnas Brust.

„Genug gekämpft, Rabenmädchen." Ein Arm um ihre Mitte schreckte sie auf.

Instinktiv machte sie sich von Somhairle los. „Ihm tut die frische Luft gut."

„Er hat genug bekommen. Ich bring dich nach oben."

Sie wollte sich wehren und tat es doch nicht. Zu verlockend war die Schulter, an die sie sich lehnen konnte, zu einladend der Gedanke, Angst und Verantwortung nicht mehr allein tragen zu müssen.

Am Fuß der Treppe schob Somhairle ihr einen Arm in die Kniekehlen, den anderen um die Schultern und hob sie, gemeinsam mit dem Kind, auf. Wenn er sie trug, waren die Stufen hinauf in den Wohnturm kein Hindernis. Auf Callums Bett in Muireanns Kammer legte er sie ab.

„Hilf ihr",herrschte er Muireann an. „Sie ist die ganze Nacht mit ihm gelaufen. Ich hole heißen Wein für sie und etwas zu Essen."

„Gestern hat sie über ihn gewacht, Somhairle!", rief Ravna ihrem Mann nach, doch ihre Stimme war zu schwach, um ihn aufzuhalten.

Krachend fiel die Tür hinter ihm ins Schloss. Callum murmelte etwas im Schlaf, ließ sich bereitwillig von seiner Mutter aus den Tüchern schälen und rollte sich auf die Seite, kaum dass sein kleiner Körper die Matratze berührte. Zufrieden seufzend steckte er sich den Daumen in den Mund. Leise schmatzende Geräusche vibrierten behaglich durch die Kammer.

„Er hat Recht", sagte Muireann, während sie Ravna half, all die zusätzlichen Kleiderschichten abzulegen, in die sie sich gehüllt hatte. „Du bist die bessere Mutter als ich."

„Er ist dein Sohn", protestierte Ravna schwach. Muireann kämmte mit den Fingern Ravnas Haar, bot ihren starken Körper an, damit Ravna sich anlehnen konnte.

„Ich habe ihn ausgenutzt, um meinen Platz an Somhairles Seite zu sichern. Das ist vorbei. Jetzt wird er immer nur der Zweite bleiben. Wenn dein Sohn geboren ist, kann Callum froh sein, dass er dich hat. Du wirst ihn lehren, dass die Geburt nicht über den Menschen bestimmt."

„Welcher Sohn?“, fragte sie, zu müde, um wirklich hinzuhören, was Muireann sagte.

Mit einem freudlosen Lachen löste Muireann die Hand aus Ravnas Strähnen und legte sie stattdessen auf ihren Bauch. „Na, welchen Sohn meine ich wohl? Diesen hier natürlich. Ich bring dich nach oben. Der Mormaer hat Recht, wenn er sagt, dass du Ruhe brauchst.“

Muireanns Worte hallten nach, noch lange, nachdem Ravna in ihr eigenes Bett gekrochen war, der Bauch gewärmt von gewürztem Wein, das Herz leicht von einem Kuss ihres Mannes. Dieser hier, hatte Muireann gesagt, die Hand auf Ravnas Bauch, und Ravna glaubte ihr.

Sehnsüchtig blickte er auf sie hinab. Ravnas Züge hatten sich im Schlaf entspannt. Ihr Gesicht war rosig, das Haar ein wenig zerzaust von einem langen Tag. Er strich ihr eine Strähne aus der Stirn, berührte mit den Fingerknöcheln ihre Wange, lauschte auf ihren Atem. Dann erhob er sich, um die Läden zu schließen, damit die Morgensonne sie nicht wecken würde.

Ehe er die Läden zuzog, sah er, wie auf der Sandbank Loki und seine neuen Freunde mit der Snekka hantierten und sie zurück ins Wasser schoben. Auch das weckte Sehnsucht in ihm. Zu sehen, wie das Schiff in die Wellen glitt, wie die jungen Männer an Bord sprangen und Loki geschickt das Segel herabließ und in den schwachen Wind drehte. Es war eine andere Sehnsucht. Die Sehnsucht nach seinem Freund, nach der Brüderlichkeit, die ihn mit Aonghas verbunden hatte und die zu bröckeln begann. Aber auch die Sehnsucht nach der Freiheit, die das Leben auf dem offenen Meer bot. Wo nur der nächste Ruderschlag zählte, der nächste Kampf, der nächste Sieg.

Auf leisen Sohlen ging er zur Tür, warf noch einen Blick auf Ravna und verließ dann die Kammer. Er stieg die Treppenflucht hinab und betrat, ohne zu klopfen, Muireanns Gemach. Sie schien mit ihm gerechnet zu haben, denn sie zuckte nicht zusammen, legte nur einen Finger an ihre Lippen, als er die Tür zuzog.

Gemeinsam saßen sie schweigend am Bett ihres Sohnes, während die Burg zum Leben erwachte. In der Halle fiel polternd etwas um. Ingrid schimpfte. Somhairle lauschte auf den Atem seines Kindes. Er schwor sich, eine Kapelle in Drimnin bauen zu lassen, sobald die Aufräumarbeiten erledigt waren. Er sehnte sich nicht oft danach, mit seinem Gott ins Zwiegespräch treten zu können, doch jetzt am Bett seines Sohnes, von dem er gestern noch gefürchtet hatte, ihn nie wieder zu sehen, fühlte er Demut und Dankbarkeit.

„Wann fährst du hinaus?“, fragte Muireann endlich und schaukelte die kleine Wiege.

„Sobald wir genügend Schiffe seetauglich gemacht haben. In sechs, sieben Tagen, wenn das Wetter mitspielt.“

Sie nickte gedankenverloren. „Ich möchte mitkommen.“

„Das habe ich nicht anders erwartet“, sagte er. „Bis dahin wird es Callum besser gehen.“

„Du findest, dass er bei der Olavesdatter besser aufgehoben ist als bei mir, nicht wahr? Dir nütze ich an Bord der Schiffe mehr als hier auf der Burg. Sag mir, Somhairle MacGillebride, hast du mich je vermisst, wenn du ohne mich draußen warst?“

Er wusste nicht, was er antworten sollte. Er hatte immer genossen, wenn sie mit ihnen unterwegs gewesen war. Mitanzusehen, wie sie Schädel spaltete und Goldtruhen aus brennenden Hallen schleifte, war ein nie versiegender Quell der Erregung für ihn gewesen. Sie zu nehmen, unter den lichterloh brennenden Dachbalken der Halle eines Erzfeindes. Aber wenn sie zuhause geblieben war, hatte er nie gedacht, wie gut es gewesen wäre, sie dabeizuhaben.

„Es tut weh, *mo laoch*“, flüsterte sie.

„Es tut mir leid“, antwortete er kaum lauter. Er hatte es immer gemocht, wenn sie ihn ihren Krieger nannte.

„Es tut weh, obwohl ich immer wusste, dass du meine Liebe nicht erwiderst. Doch Wissen hat mich nicht von der Hoffnung kuriert. Ich weiß nicht, wie ich dich aufgeben soll.“

Er schwieg, weil Worte unnütz waren. Sie saßen nebeneinander, Schulter an Schulter, er spürte ihre Wärme, ihre Kraft, die ihm immer imponiert hatte. Aber er spürte auch ihre Verzweiflung. Schließlich wandte er ihr das Gesicht zu. „Wirst du in Drimnin bleiben?"

Sie zuckte mit den Schultern. „Ich weiß nicht. Ich werde sehen."

„Und Callum?"

„Er ist dein Sohn, Somhairle. Wenn ich weggehe, dann an einen Ort, an den ich ihn nicht mitnehmen kann."

Er dachte an das, was Aonghas gesagt hatte. Dass Muireann noch viel gefährlicher sei als alles, was Ravna sein könnte. Dass er, Somhairle, es einfach nur nie hatte sehen wollen. Er schob ihr rotes Haar im Nacken beiseite und betrachtete ihre Haut dort, die aussah wie perlmuttfarbene Schuppen. Er sah in ihre Augen, die von einer ebenso ungewöhnlichen Farbe waren wie ihre Haut.

Er war erschöpft, müde, und noch immer besorgt um seinen Jungen. Er konnte darüber nicht nachdenken. Vorsichtig neigte er sich zu ihr und küsste ihre Schläfe, wurde sich bewusst, dass diese Geste sanfter und zärtlicher war als alles, was sie je miteinander geteilt hatten. „Wenn du gehst, Muireann, dann wünsche ich mir, dass du Lebewohl sagst. Doch wenn du ohne Abschied gehen musst, dann möchte ich dir heute und jetzt danken. Für alles."

Ihre Augen schimmerten verdächtig. „Ich danke dir auch, Somhairle MacGillebride. Es war eine Ehre, an deiner Seite zu stehen in dieser Zeit."

KAPITEL 22

Warten bestimmte die kommenden Tage. Warten auf Somhairle, der immer irgendwo zu tun hatte. Warten darauf, dass der Sturm zurückkam, und dass es Callum besser ging. Ravna wusste, dass mit jedem Donnergrollen, das von den Bergen im Osten, wo das Land Argyll lag, herüberwehte, die Abreise ihres Gemahls näherrückte. Die Kornkammern im ganzen Land waren leer. Das Saatgut zerstört, die Tiere verendet. Überall wurden Hände gebraucht. In der Werft, auf den Äckern, in der Burg und den Dörfern. Statt eines erneuten Unwetters zog Wind auf. Stark genug, um die Regenwolken zu vertreiben und die Schiffe, die Somhairles Männer unter der Leitung des Werftmeisters Eoin eiligst ausbesserten, an fremde Küsten zu spülen, wo sie auf Beute hofften. Der Krieg würde in diesem Jahr früh kommen, und er würde Tod und Leid bringen. Noch mehr Menschen würden sterben. Hände, die nach dem Leben gegriffen hatten, würden ins Leere greifen, wo sie sich zu einem letzten Gebet fanden.

Unruhig ging sie im Zimmer auf und ab. Sie wusste, sie konnte nichts tun, und hatte doch ein schlechtes Gefühl. Somhairle musste tun, was getan werden musste, doch sagte eine Stimme in ihrem Inneren sagte, dass es keine gute Idee war. Affraic gab niemals auf, und dass sie sich zurückzog, war kein gutes Omen.

Draußen fiel die Dunkelheit über die Hügel. Die letzten Menschen im Hof legten ihre Arbeit nieder und suchten sich einen Platz für die Nacht. Ravna blieb allein.

Sie schürte das Feuer im Kamin, bis es hell aufloderte. Neben dem Kamin lag Dúil auf einem dicken Fell und schlief. Ihr Fell begann zu wachsen. Noch war es nur ein feiner Flaum, aber er wuchs jeden Tag und nährte Ravnas Hoffnung.

Sie ging ans Fenster und blickte hinaus. Schützend legte sie die Hände an ihren Bauch. Den ganzen Tag über hatte sie mitangepackt, wo ihre Hilfe gebraucht wurde. Wann immer sie sich eine Pause gönnte, hatte sie sich mit Muireann an Callums Bett abgewechselt. Dem Jungen ging es deutlich besser. Er aß und trank wieder und genoss die Gesellschaft von Fiadh. Das Kitz ließ sich nicht von seiner Seite vertreiben.

Der Mond stand bereits hoch am Himmel und ließ das Wasser der Meerenge silbern glänzen. Doch der idyllische Anblick vermochte nicht darüber hinwegzutäuschen, was der Wind an Grauen aus den Bergen und den Flüssen in die Meerenge trieb. Geröll schwamm auf den Wellen. Tierkadaver, ausgerissene Bäume und Schiffsplanken. Unmengen von Schiffsplanken. Es brach ihr das Herz. Das war der Stolz ihres Mannes. Der Kern der Macht des Mormaer. Womit sollten sie einen neuen Anfang wagen, wenn so viel zerstört war?

Müdigkeit griff nach Ravna. Sie vermisste Somhairle. Sie wollte sich in seinen Arm schmiegen und auf seine Stimme lauschen, die versprach, dass alles gut werden würde. Bei jedem Geräusch zuckte sie zusammen. Da war ein Poltern vor der Tür, hier ein Knarzen im Gebälk, dort das Knacken der Feuerscheite. Nie war es der, auf den sie wartete. Der, dem sie zutraute, das Unmögliche möglich zu machen. Der ihr Trost und Frieden spenden würde, ganz so, wie er es immer getan hatte. Als die Tür sich wirklich öffnete und jemand hereinkam, hörte sie es nicht, sondern spürte nur eine hauchzarte Berührung an der Hand.

Beinahe schrie sie vor Entsetzen auf, und war im selben Augenblick froh, den Schrei verschluckt zu haben. Es war Callum, der hinter ihr stand, der Blondschopf zerzaust, die Augen seines Vaters groß wie Knöpfe.

Er nieste und zog die Nase hoch. Ravna hockte sich zu ihm und wischte ihm mit dem Zipfel ihres Unterkleides die Nasenspitze trocken. Dabei entdeckte sie, was er in der Hand hielt: Ein kleines Schiff, aus einem Tannenholzscheit geschnitzt. Mast und Ruder waren abgebrochen.

„Darfst du schon wieder aus dem Bett?“, fragte sie.

Er biss sich auf die Unterlippe. „Mutter sagt, ich soll in der Kammer bleiben. Aber ich hab Angst vor dem Wind. Hast du gehört, dass es wieder donnert? Es klingt wie das Schnarchen einer Riesin."

Der Vergleich überraschte sie. Wie oft hatte sie in Callums Gesicht nach Ähnlichkeiten zu seiner Mutter gesucht? Sie hatte an der falschen Stelle Ausschau gehalten. Nicht in der Form seiner Augen war Ähnlichkeit zu Muireann zu sehen, oder dem Schwung seiner Lippen. All das Äußerliche war Somhairle in klein. Doch darin, dass auch Callum Dinge sah und begriff, die dem menschlichen Verstand sonst verborgen blieben, ähnelte er Muireann.

Ravna strich ihm übers Haar. „Mach dir keine Sorgen, Callum. Diese Mauern sind sehr stark."

Er hob die Hand mit dem Spielzeugschiff. „Der Sturm macht die Schiffe kaputt", jammerte er plötzlich kläglich.

„Ich habe es gesehen." Sie nahm ihn in die Arme. „Aber dein Vater tut, was er kann." Es war rührend, wie nahe dem kleinen Kerl das Schicksal der Schiffe ging. Eines Tages würde ein großartiger Seefahrer aus ihm werden. Doch das war dann, und Ravna wusste genug über Kinder, um zu ahnen, dass Callum jetzt einen Trost brauchte, nicht eine Möglichkeit in ferner Zukunft. Sie lächelte ihn aufmunternd an. „Ich mach dir ein Neues, was meinst du? Ein neues Schiff?"

Geradezu schockiert machte er sich von ihr los. „Das kannst du?" Die winterblauen Augen gingen beinahe über.

„Für dich kann ich es." Zuversichtlich nickte sie.

Mit feierlicher Miene legte er sein kaputtes Spielzeug in die Fensteröffnung, warf noch einen sehnsüchtigen Blick nach draußen und meinte dann: „Ich gehe zurück in meine Kammer. Fiadh schläft, und ich möchte nicht, dass er allein ist, wenn er wach wird."

„Das ist sehr nobel von dir, Callum MacShomhairle", sagte sie und imitierte seinen ernsthaft-feierlichen Ton.

„Gute Nacht, Ragnhild Olavesdatter. Ich freue mich auf mein neues Schiff." Er verweigerte eine weitere Umarmung, vielleicht, weil sie nicht in die Welt eines gestandenen Kriegers passte, und verließ die Kammer.

Im Mondlicht betrachtete Ravna das kleine Schiff, ohne es anzufassen, den abgebrochenen Mast, das abgesplitterte Steuerruder auf der rechten Schiffsseite. Es war aus einem Block geschnitzt, mit angedeuteten Planken und Sitzbänken. Ihr Blick glitt zu dem Korb mit Feuerholz neben dem lodernden Kamin, und sie lächelte.

Nicht einmal das Aufgrollen des Donners, das jetzt noch näher und besorgniserregender klang, konnte dieses Lächeln verhindern. Sie raffte die Röcke und kniete sich neben den Korb. Auf einem Schemel lag das kleine Messer, mit dem sie beim Essen Brot und Fleischstreifen schnitt. Es war nicht zum Schnitzen gemacht, aber sie hatte nichts anderes zur Hand. Wie lange hatte sie nicht mit Holz gearbeitet? Sie hoffte, dass Schnitzen zu den Dingen gehörte, die man nicht verlernte.

Sie nahm das Messer in die Rechte, einen Holzscheit in die Linke, und begann, dünne Streifen in Richtung der Holzfaser herauszulösen. Wenn sie zu kurz gerieten, ertappte sie sich dabei, wie sie leise fluchte. Das fahle Mondlicht erstarb, weil Wolken es verschluckten, doch das Kaminfeuer flackerte, und Ravna war viel zu beschäftigt, um davon Notiz zu nehmen. Sie glättete die dünnen Holzstreifen mit der Rückseite des Messers und platzierte sie ordentlich auf dem Schemel. Sie fand ein härteres Holzstück, das sie nicht in Streifen schnitt. Stattdessen machte sie sich daran, einen flachen, an beiden Enden steil hochgezogenen Kiel daraus zu arbeiten.

Callum würde ein Schiff bekommen, über das sogar sein Vater nur staunen konnte.

Die Nacht musste längst über ihren dunkelsten Punkt hinweggezogen sein, als Somhairle zusammen mit Aonghas den Burghof betrat. Hinter ihnen sicherten ein paar Männer die Snekka, die sie hierher gebracht hatte. Auf dem Wasser lagen vier weitere der mittelgroßen Kriegsschiffe und das Drachenschiff. Pechfackeln brannten an Bord, sodass sie auf den schaukelnden Wellen aussahen, als würden Glühwürmchen auf dem Wasser tanzen.

Alles war zum Aufbruch bereit. Nur ein paar Stunden schlafen, hatten sie beschlossen, und mit dem Aufgehen der Sonne würden sie die Schiffe endgültig bemannen, um nach Westen und dann nach Norden zu rudern. Nach Bearnaraigh, und weiter nach Hearraidh. Inseln, die fest in nordischer Hand lagen. Noch.

In der Halle trennte Aonghas sich von ihm und suchte unter denen, die im Stroh entlang der Südwand ein Nachtlager gefunden hatten, nach seiner Frau. Somhairle stieg die Treppe nach oben. Sein Herz war schwer, aber zu gehen, ohne sich von Ravna zu verabschieden, wäre noch hundertmal schwerer gewesen. Er berührte die Tür, hinter der er seinen Sohn und Muireann wusste, und stieg die letzte Treppe in den Turm hinauf.

Sehr leise betrat er das Gemach und schloss die Tür hinter sich.

Ravna.

Sie lag auf der Seite, ihm zugewandt, und schlief. Rabenschwarze Wimpern malten Halbmonde auf die blasse Haut ihrer Wangen. Ihre Lippen waren ein wenig geöffnet. Wie viele Tage und Nächte war er nicht nach Hause gekommen? Und jetzt kam er nur, um ihr zu sagen, dass er in wenigen Stunden aufbrechen würde. Er war ein furchtbarer Ehemann. Er neigte sich zu ihr und küsste ihre aufgeworfenen Lippen.

Es dauerte nicht lange, ehe sie den Kuss erwiderte. Sie schmiegte ihre Hände um seine Schultern und richtete sich halb auf, noch befangen vom Schlaf. Wie ein träumendes Vögelchen, dachte er und hätte sich selbst treten mögen für die verschwendeten Stunden, in denen er auf der Werft geschlafen hatte, frierend in eine Decke gewickelt, während seine wunderbare Frau vergeblich auf ihn wartete.

„Du schmeckst nach Meerwasser“, murmelte sie an seinen Lippen, aber es klang nicht vorwurfsvoll, sondern verliebt.

Sie half ihm, ihr Hemd zu den Hüften hinaufzuziehen, und zog ihn über sich. Er war müde und erschöpft und nur in das eheliche Gemach gekommen, um sich auszuruhen, bevor es losging. Aber wie sollte er ihr widerstehen? Sie schlang die Beine um ihn, hielt ihn fest, drängte sich ihm entgegen. Seine Frau, die einzige, die er wollte. Er ließ seine Stirn auf ihre Schulter sacken und ächzte, als er sich ergab.

Ravna streichelte Schweiß von seinen Schultern. Er rollte sich von ihr herunter, starrte an die Decke der Kammer, an das dunkle Grau, das viel zu bald hell werden würde. Ravna legte ihren Kopf auf seine Schulter. „Bist du eine Zauberin?“, fragte er.

„Nein“, antwortete sie.

Er fragte nichts weiter. Gemeinsam lauschten sie dem Pfeifen und Säuseln des Windes. Er strich über ihre Schultern, fuhr mit den Fingern durch ihr seidiges Haar. Das schwache Licht der Flammen im Kamin glitt in sanften roten Streifen über Ravnas Haut.

In ihren Haaren hingen Holzsplitter. Er tastete danach, löste die winzigen Späne aus ihrem Haar, zerrieb sie zwischen seinen Fingern. „Was hast du gemacht?“, fragte er neugierig.

Sie lächelte und richtete sich auf den Ellenbogen auf. „Dort, beim Kamin.“

Er war müde und zerschlagen. Wenn er die Augen schloss, würde er von nichts anderem als Schiffen träumen, weil er mit nichts anderem gearbeitet hatte, seit die Lage in den Dörfern unter Kontrolle war. Aber die Neugier war noch größer. Er wollte wissen, was Holz in Ravnas Haar verloren hatte.

Er schwang die Beine aus dem Bett, schürte das Feuer etwas höher und entzündete ein Talglicht auf dem Kaminsims. Dabei sah er das Messer, das auf dem Schemel neben dem Holzkorb lag. Daneben fand er einen beschnitzten Holzscheit und dünne Streifen, die sie offenbar gezielt bearbeitet hatte. Mit gerunzelter Stirn blickte er zu ihr hinüber. Ihre Augen funkelten. „Du schnitzt? Hast du Langeweile?“

Sie wies aufs Fenster. Dort lag das Spielzeug, das einer der Ruderer, die im Winter auf der Werft arbeiteten, im vergangenen Jahr für Callum geschnitzt hatte. „Dein Sohn war hier. Sein Schiff ist kaputt. Ich mache ihm ein neues.“

Somhairle hob das Schnitzzeug auf. „Ein Kiel“, sagte er.
„Die Streifen werden Planken“, erwiderte sie.
„Du baust es wie die echten Schiffe? Nur klein?“
„Es wird eine Weile dauern.“
Er drehte den winzigen Kiel hin und her, hielt ihn gegen das Licht, spürte Faszination in sich aufsteigen. „Du wirst Nägel brauchen. Für die Verplankung.“
Er hörte, wie sie aus dem Bett kletterte, und sah sie an. Ihre Verblüffung trieb ihm ein Lächeln ins Gesicht. „Was?“, fragte er.
„Ich hatte erwartet, dass du mich auslachst. Frauen können keine Schiffe bauen und all der Unsinn.“
Er fuhr mit dem Finger über den glattgeschliffenen Kiel. Seine Fingerspitze blieb an dem Teil hängen, der das Heck bilden würde. Da waren eine Einkerbung und eine Aussparung im Material.
„Wenn der Kiel nicht ganz glatt ist, wird es nicht geradeaus schwimmen“, gab er zu bedenken.
„Doch, wird es.“ In ihrem Lächeln lag Triumph. „Dort wird das Ruder angesetzt.“
Er starrte sie an. „Was?“
„Das Steuerruder. Dein Werftmeister baut es so wie die Schiffbauer in Dublin, an der rechten Seite. Aber das bringt das Gleichgewicht durcheinander, wenn man auf See schnell wenden muss.“
„Woher weißt du das?“
Sie grinste. „Ich bin die Olavesdatter, Somhairle MacGillebride, und ich bin mit Schiffen großgeworden. Du wirst sehen, wenn dieses Schiff fertig ist, wird dein Sohn gegen alle anderen Jungen im Wettkampf gewinnen. Weil das Ruder hinten ist und er schneller wenden kann.“
Somhairle war fassungslos. Behutsam legte er den Kiel zurück auf den Schemel und ging zu ihr, schob sie rückwärts auf die Bettkante und küsste sie, als habe er nie zuvor eine Frau geküsst. „Rabenmädchen“, sagte er atemlos, seine Stirn gegen ihre gedrückt. „Loki hat mir erzählt, dass du den Drachenkopf an Olaves Lieblingsschiff geschnitzt hast.“ Mit Begeiste-

rung beobachtete er, wie sich ihre Wangen kirschrot färbten. Er musste sie noch einmal küssen, noch ausgiebiger als zuvor, und stellte fest, dass sie auch nach Kirschen schmeckte.

„Aber du kannst nicht nur Drachenköpfe schnitzen. Du bist die klügste Frau, die ich kenne. Du kannst alles, Ragnhild Olavesdatter“, murmelte er an ihren Lippen, „und mein verfluchter Schmied wird Nägel machen, damit du meinem Sohn ein echtes Drachenschiff bauen kannst.“

Noch einmal klammerte sie sich an ihn wie eine Ertrinkende. Wieder landeten sie im Bett, diesmal sie über ihm, und er stöhnte leise. Er sollte schlafen, verdammt.

„Wo warst du so lange?“, klagte sie.

„Wir brauchen Schiffe, Ravna. Je mehr Hände auf der Werft sind, desto schneller haben wir die Schiffe, die wir brauchen. Wir sind bereit.“

Erschrecken trat in ihre Augen. „Bereit?“

„Ich bin gekommen, um dir Lebwohl zu sagen. Bei Sonnenaufgang setzen wir die Segel. Die Snekkas liegen vor Drimnin.“

Sie hob den Kopf und starrte zum Fenster. Er folgte ihrem Blick mit seinem. Die Nacht war nicht mehr schwarz. Die Sterne begannen zu verblassen, weil der Himmel heller wurde.

„Aber ich bin nicht bereit, Somhairle“, flüsterte sie.

Er grub seine Finger neben ihren Schläfen in ihr Haar. „Ich weiß, *mo chridhe*. Und weil du nie bereit sein wirst, liebe ich dich so sehr.“

Sie schliefen nicht noch einmal miteinander. Ravna wickelte Somhairle sorgfältig in eine Decke ein und presste sich an seine Seite. Er lauschte auf ihre Stimme, als sie davon redete, dass er es wenigstens noch die paar Stunden richtig warm haben sollte. Vielleicht schlief er für ein paar Stunden ein, denn im Traum sah er eine Armada von Hochland-Galeeren, die so wie Ravnas kleines Schiff gebaut waren. Mit hohem Bug und einem Steuer in der Mitte des Hecks.

Es war fast hell, als er sich von ihr löste. Sie schlief. Er küsste ihre Wange, so leicht, dass sie davon nicht aufwachte, und schob sich unter dem Berg von Decken hervor. Die Kälte im Raum trat nach ihm. Sorgfältig darauf bedacht, keinen Lärm zu machen, zog er seine Hosenbeine aus weichgegerbtem Leder über, die Léine mit den langen Ärmeln und darüber das Wams. Es war aus schwerem, hartem Leder gemacht und konnte auch Pfeilspitzen aufhalten, wenn der Schuss nicht aus nächster Nähe abgegeben wurde. Mit einem Blick durchs Fenster auf die zerzausten Eichen am Waldrand band er sich die schulterlangen Haare im Nacken zusammen, damit sie ihm gleich auf dem Schiff nicht im Gesicht herumflogen.

Er blickte noch einmal auf sie. Sie lächelte im Schlaf. Wovon sie wohl träumen mochte? Er griff nach seinen Stiefeln, die beim erkalteten Kamin standen, und dann, im letzten Moment, griff er nach dem fein geschnitzten kleinen Kiel.

Die Stiefel zog er erst an, als er die Kammertür hinter sich geschlossen hatte. Auf dem Weg nach unten blieb er kurz neben Muireanns Tür stehen und lauschte. Sie sang. Es war eines dieser zauberhaften Lieder, die keine Worte hatten, jedenfalls keine, die er verstand. Sie hatte keine schöne Stimme, und das Lied hatte keine schöne Melodie. Trotzdem hatte es etwas, das es zauberhaft machte, ein Geheimnis, wie aus einer anderen Welt. Sie ist gefährlicher als Ravna, hatte Aonghas gesagt. Wo lag das Land, aus dem sie stammte?

Als er Callums Stimme hörte, dann ein begeistertes Lachen seines Sohnes, wandte er sich zufrieden ab und stieg weiter hinab in die Halle, in der bereits ein Feuer im Kamin brannte. Ingrid schoss auf ihn zu, als habe sie auf ihn gewartet, und drückte ihm eine Schale mit Haferbrei in die Hand.

„Ich habe keine Zeit“, sagte er und sah sich um. Ein paar Frauen saßen am Tisch und löffelten lustlos ihr Frühstück. Frauen, denen er die Männer nahm, um mit ihnen rauszufahren. Niemand konnte wissen, wann sie wiederkommen würden. Einige vielleicht nie, man konnte es nie wissen.

„Ich weiß“, schimpfte Ingrid. „Esst das, Mormaer. Kein Mann geht mit leerem Bauch auf ein Schiff. Wessen Schuld ist es wohl, dass Ihr keine Zeit für ein vernünftiges Frühstück habt, hm? Der Herr Seisyll und die anderen sind längst satt und an Bord.“

Er ging, die Schale in der Hand, zur offenen Tür, durch die schneidig kalte Morgenluft hereinwehte. Während er im Stehen löffelte, blickte er hinaus aufs Wasser. Er konnte Aonghas erkennen, der im Bug des Drachenschiffes stand und Kommandos gab. Die kleineren Snekkas drehten bei und näherten sich, bis alle Schiffe perfekt ausgerichtet nebeneinander lagen. Am Ufer verabschiedeten sich Männer von ihren Frauen und Kindern, ehe sie ihre Bündel mit Proviant und Waffen in die Schiffe warfen und an Bord kletterten. Ruder wurden ausgerichtet. Stimmen warfen einander Grüße und Erfolgswünsche zu.

Fünf, dachte er und kratzte den letzten Rest Grütze aus der Schale. Nur fünf, aber sieh sie dir an. Sie gehören dir. Der Sturm hat ihnen kaum Schaden zugefügt. Fünf, die dich auf die äußeren Inseln tragen werden, um deine Kornkammern zu füllen. Um Reichtümer zu erbeuten, mit denen du noch mehr Lebensmittel kaufen kannst. Fünf, und an jedem Ruder sitzt ein bärenstarker Mann, der für dich und das, was du erreichen willst, sterben würde.

Seht her, dachte er, ihr Würmer, seht her, ich bin der König von Argyll. Schick einen Sturm, um mein Land zu zerfetzen, und ich komme stärker aus diesem Sturm heraus, als ich hineingegangen bin. Wer will mich besiegen? Kommt und traut euch, wenn ihr glaubt, dass ihr es könnt!

Sechs, dachte er dann mit einem Lächeln, als eine weitere Snekka aus Richtung Kinlochaird heraufgesegelt kam. Nur zwei Ruderpaare trieben sie an, das gestreifte Segel nutzte jeden Fetzen Wind. Schmal gebaut mit breitem Heck. Als sie auf Höhe der anderen fünf beidrehte und die Ruder aus dem Wasser gezogen wurden, erkannte er Loki, der im Heck stand und sich gegen das Steuer stemmte. Perfekt glitt das Boot neben die anderen.

Sechs, dachte Somhairle, und ich danke dem Himmel für diesen jungen Schiffsbauer. Er reichte Ingrid die Schüssel, und sie drückte ihm ein in Leinen gewickeltes Päckchen in die Hand. „Gebt Ihr das dem Herrn Seisyll, Herr?“, bat sie, und in ihren Augen erkannte er Sorge um den ruppigen Mönch, der kein Mönch sein wollte, aber auf seinen Gott nichts kommen ließ. Vor allem nicht eine Wikingerin, die noch an ihre alten nordischen Götter glaubte.

Er nahm das Päckchen und nickte Ingrid zu. „Leb wohl, Ingrid. Lass Ravna ausschlafen.“

Sie schnalzte mit der Zunge und lachte. Ihr Lachen klang nicht so fröhlich wie sonst. „Was habt Ihr bloß mit dem Mädchen gemacht, dass sie bei diesem Lärm schlafen kann?“

Als er die Schiffe erreichte, suchte er als Erstes Loki auf. Der schien auf ihn gewartet zu haben. Somhairle spürte misstrauische Blicke im Rücken, als er auf den Jungen zuging.

„Ich komme mit“, sagte Loki, noch ehe Somhairle zu Wort kam. An seiner Seite hing ein Schwert, nicht besonders neu, aber außer dem Mormaer war hier kaum jemand, der dem Jungen schon traute. Mit einer brauchbaren Waffe wollte niemand ihn sehen.

„Wir fahren nach Bearnaraigh“, sagte Somhairle. „Dort herrscht Olave, und sein Statthalter vor Ort ist einer, mit dem du vermutlich aufgewachsen bist, Thorfinn Ottarsson.“

Loki zog die Brauen zusammen und sah nur noch halb so unternehmungslustig aus. Somhairle packte ihn an der Schulter und sah ihn eindringlich an.

„Du bleibst hier, Loki Thorsteinsson. Einen Mann, der mit einem Schwert nicht einmal ein Hindernis trifft, das in ihn reinläuft, brauche ich nicht auf einem Raubzug. Dich brauche ich bei den Schiffen in der Werft.“ Er zog Ravnas winzigen Kiel aus den Falten seiner Tunika und drückte das Stück Holz in Lokis Hand. Eine Hand, die nicht zum Töten gemacht war, sondern zum Erschaffen.

„Was ist das?“, fragte der Junge.

„Das hat Ravna gemacht. Kannst du die Absicht dahinter erkennen?“ Er war neugierig, wollte wissen, ob Loki Ravnas Gedanken verstand.

Als Loki die Aussparung am Heckteil erkannte, hellten sich seine Augen auf. „Sie ist verrückt, nicht wahr?", fragte er grinsend.

„Sag du es mir."

Loki nickte, Begeisterung erhellte seine Züge. „Wir haben darüber geredet, Ravna und ich. Daheim in Dublin. Mein verknöcherter Vater wollte nichts davon wissen, wie man die Schiffe schneller und wendiger machen kann. Er sagte, was seit zehn Generationen funktioniert und die halbe Welt unterworfen hat, braucht kein Mensch zu ändern. Ravna und ich haben bei Ebbe am Strand gehockt und mit Zweigen im festen Sand gezeichnet. Schmale Schiffe mit hohem Bug und einem Steuer in der Mitte. Mit einem Kiel wie diesem hier."

„Kannst du das bauen?"

„Der Werftmeister wird mich auf die Sägebank fesseln und mir den nackten Arsch versohlen, Mormaer", erwiderte Loki mit blitzenden Augen und breitem Grinsen.

„Kannst du? Wirst du?"

„Wenn Ihr wiederkommt, werden in Acharn drei Schiffe liegen mit einem Steuer in der Mitte, und den Werftmeister lasst meine Sorge sein. Der hat gegenüber dem alten Sack in Dublin einen Vorteil. Man kann mit ihm reden."

Nie zuvor hatte Somhairle sich schon vor Antritt eines Beutezuges aufs Nachhausekommen gefreut. Auf Ravna. Auf seine neuen Schiffe, schnellere Schiffe. Auf Loki, den jungen, begeisterten Dänen mit dem Kopf voller Hirngespinste.

Der Winter hatte Sturm gebracht, Blut und Hunger. Aber er hatte aus Drimnin auch ein Zuhause gemacht.

Er tippte gegen den Kiel in Lokis Hand. „Ehe du zurückkehrst nach Acharn, bring Ravna das zurück. Ich habe es ihr weggenommen, während sie schlief."

KAPITEL 23

Die Spindel surrte, so schnell drehte sie sich. Unaufhörlich angetrieben vom Spinnrad. Zwei Wochen waren vergangen, seit Somhairle losgesegelt war. Zwei Wochen ohne Nachricht von ihrem Gemahl. Er hatte ihr nicht gesagt, wie lange diese Streifzüge auf die Inseln dauerten. Jeder einzelne Tag war für sie ein Tag zu lang. Eine seltsame Unruhe nistete in ihren Gliedern, machte es schwer, den dünnen Faden nicht zu zerreißen. Ein Tuch so groß wie deine Hand, hatte die Mutter gesagt. Es musste gelingen.

Dúil hatte Wolle angesetzt, genug, damit Ravna das kleine Lamm ein erstes Mal scheren konnte. Kein gewöhnliches Lamm setzte schon in seinem ersten Frühling Wolle an, die Kleine musste ein Zauberschaf sein. Dennoch war es kaum eine Handvoll Wolle, die Ravna gewonnen hatte. Lichtdünne Fasern, die so fein waren, dass Ravna sie kaum ansehen musste, schon riss der Faden. Es wäre an einem guten Tag eine nervtötende Angelegenheit gewesen. Mit Händen, die vor Sorge bebten, mit einer Unruhe, die sie von innen her zerfraß, war es nahezu unmöglich.

Seufzend stemmte sich Ravna eine Hand in den Rücken und ließ das Spinnrad auslaufen. Es würde nie gelingen. Es war zu wenig Wolle, das Rad zu groß, die Spindel zu grob, ihre Hände zu ungeschickt. Sie war keine begnadete Spinnerin, noch nie gewesen. Sie konnte Schnitzen und Wunden verbinden und Feuer schüren, aber für die filigraneren Arbeiten, die in einem Haushalt anfielen, hatte sie wenig Geduld.

„Was soll daraus nur werden?", fragte sie das kleine Schaf, das neugierig schnüffelnd von seiner Decke neben dem Kamin auf sie zustakste. „Ich brauche genug Garn, um ein Tuch zu weben. Ein Tuch, das so groß ist wie meine Hand. Und sieh her: dein bisschen Wolle füllt kaum die Spindel. Der Faden wird zu kurz, er reicht nicht einmal um das Spinnrad. Kein Wunder, dass er ständig reißt." Oder vielleicht war sie auch einfach zu ungeduldig. Zaubertier hin oder her, vielleicht musste Ravna die Wolle einfach nur länger wachsen lassen. Aber sie hasste es, untätig herumzusitzen, und unten in der Halle hatte Ingrid alles im Griff. Erst recht jetzt, wo gut die Hälfte der Männer fort waren und die anderen auf den Dörfern arbeiteten, um immer noch Schäden zu beheben.

„Mähhh", machte Dúil wenig zauberhaft und ließ sich neben Ravna auf den Boden sinken. Ihr Köpfchen bettete sie auf Ravnas Fuß. So war an Spinnen nicht mehr zu denken.

„Nun gut", seufzte sie. „Dann gönnen wir uns eine Pause. Ich will sehen, ob ich für dich ein bisschen Milch auftreiben kann, was meinst du?" Das Lämmchen meinte gar nichts mehr. Es schlief bereits. Außerdem hatte es heute schon zweimal gut getrunken. Sogar ein wenig Heu hatte es geknabbert. Im Gegensatz zu ihr. Wenn sie nur an Essen dachte, wurde ihr übel.

Kein Morgen verging, an dem Ingrid sie nicht wissend ansah. Ravna zweifelte nicht mehr daran, dass Muireann mit ihrer Andeutung Recht hatte und Ravna guter Hoffnung war. Nicht mehr lange, und der ganze Hof würde Bescheid wissen. Der ganze Hof, nur nicht der Vater des Kindes.

Der Gedanke machte sie traurig, also konzentrierte sie sich zurück auf ihre Aufgabe. Sie brauchte das Tuch. Also brauchte sie Garn aus Dúils Wolle. Vielleicht, wenn sie einen Wollkamm fand, könnte sie von Hand spinnen. Der Faden würde dann zwar nicht so gleichmäßig werden wie mit einem Rad, aber Gitas Geist hatte nichts darüber gesagt, dass das Tuch schön werden musste. Weich sollte es werden und handtellergroß. Von mehr war nie die Rede gewesen.

Also ein Wollkamm. Vielleicht in Somhairles riesiger Truhe. Ravna lächelte bei der Erinnerung daran, welche Angst ihr das klobige Teil am Anfang ihrer Ehe eingejagt hatte. Jetzt hatte sie keine Angst mehr davor.

Nun, Respekt vielleicht. Zwar wusste sie, dass an der Geschichte mit den Gebeinen nichts dran war, aber es war Somhairles Truhe. Der Ort, an dem er seine Geheimnisse aufbewahrte. Ravna hatte darin nichts zu suchen.

Aber es half nichts. Sie gab sich einen Ruck, hob den Deckel und fand wie erwartet Kleider und Stoffe. Ein paar Kästchen aus poliertem Holz. Dort würde sie wohl am ehesten einen Kamm finden, aber sie schreckte davor zurück. Es kam ihr vor, als würde sie in etwas vordringen, was ihr nicht gehörte. Also suchte sie weiter, fand Tuche, die noch nicht zu Kleidern verarbeitet waren, kostbar besticke Beutestücke, die darauf warteten, umgearbeitet zu werden. Mehr und mehr von den goldenen Reifen, die Somhairle um die Oberarme trug, manche simpel geschmiedet und poliert, andere mit herrlichen Mustern verziert. Achtlos in die Truhe geworfen. Münzen, Halsketten, Broschen. Ein Goldschatz zwischen Wolltuchen.

Eins nach dem anderen nahm sie die Kostbarkeiten aus der Truhe und stapelte sie vorsichtig auf dem Bett. Längst schon war aus ihrer Suche zuerst der Wunsch nach Ordnung geworden, ehe auch dieser reiner Neugier wich. Noch nie hatte sie sich den Inhalt dieser Truhe genau angesehen.

Ein silberfarbenes Schimmern, fast am Boden, zog ihren Blick an. Sie griff danach. Ihre Finger ertasteten etwas Weiches, Kühles. Ein Griff, ein Ruck und sie hatte das gewünschte Stück in der Hand.

Es war ein Fell. Ein Seehundfell. Obwohl es weiß Gott wie alt war, glänzte es noch immer, als würden Wassertropfen zwischen den einzelnen Haaren spielen. Das allein war ungewöhnlich, doch das Seltsamste an dem Fell war seine Form. Nicht aufgeschnitten und flach, wie die Felle, die sie kannte, von erlegten und gehäuteten Robben. Gewöhnliche Felle wurden auf einer Seite zu Leder gegerbt, damit sie nicht verdarben, und dann zu Umhängen oder Decken weiterverarbeitet. Das Fell aus Somhairles Truhe wirkte, als hätte das Tier es sich abgestreift, auf dieselbe Art und Weise, wie eine Schlange sich häutete. Ohne die Haut zu versehren. Die Form des Kopfes war noch zu erkennen, der kräftige, gedrungene Körper, die Schwanzflosse.

Je länger Ravna das Fell streichelte und ansah, desto weniger konnte sie sich von ihm lösen. Der Raum um sie versank, bis es nur noch sie gab und dieses Fell. Magie lag in der Luft. Sie hatte keinen Zweifel. Es war dasselbe Summen, das sie jedes Mal wahrnahm, bevor Gita zu ihr sprach. Dasselbe Summen, das sie in den Wald gelockt hatte, um von ihrer eigenen Hand Lust zu empfangen, nur ohne den Hauch des Bösen.

Sie wusste, was sie in Händen hielt. In dem Zustand zwischen Wachen und Träumen, in den das Streicheln des Fells sie versetzt hatte, war sie ganz sicher. Es war ein Selkiefell. Die Haut eines Seehundes, der nun verdammt war, als Mensch zu leben. Und ohne zu überlegen, kam Ravna auch die Antwort auf eine Frage, die sie gar nicht gesellt hatte.

Muireann ist die Antwort, wisperte es in ihrem Kopf.

Somhairle hielt sich am Drachenkopf seines größten Schiffes fest und starrte in den Nebel, der sich wie eine Wand vor ihnen aus dem Wasser hob. Der gefürchtete Seenebel des Frühjahrs. Manche nannte ihn den Schleier des Todes. Dicke weiße Schwaden, die über dem Meer aufstiegen, als würden die Wellen selbst sie ausspucken.

Sgalpaigh musste direkt vor ihnen liegen. Wissen konnten sie es nicht. Wenn Somhairle den Arm vor seinem Körper ausstreckte, sah er seine Finger nicht mehr. Das Gefühl, dass genug Zeit vergangen war, seit sie von Bearnaraigh nach Norden aufgebrochen waren, war sein einziger Anhaltspunkt, sein Wissen über diese Inseln.

Er hatte es satt. Ihre Waffen waren in den vergangenen zwei Wochen kaum dreckig geworden. Die Schiffe lagen nicht viel tiefer im Wasser als bei ihrem Aufbruch von Drimnin. Er hätte nach spätestens einer Woche wieder zuhause sein wollen, aber mit so wenig Beute lohnte es nicht mal, überhaupt aufgebrochen zu sein.

Es war zum Verzweifeln. Als würde jeder Anführer, der auf den Inseln oder an den Küsten des nördlichen Festlandes lebte, wissen, dass der Sturmwind nach Beute suchte. Sie hatten sich ins Landesinnere verzogen und ihre Vorräte auf eine Weise gesichert, dass es Somhairle nur unter großen Verlusten gelungen wäre, an sie heranzukommen. Schon auf Bearnaraigh, der Insel von Ottarsson, hatte sich das abgezeichnet, und nun setzte es sich fort.

Wenn auch Sgalpaigh nichts hergab, würde er alles, was er hatte, gegen Kolbeinn Snorresson werfen. Den alten Haudegen, den sie auch Kriegszahn nannten. Kolbeinn regierte seit vierzig Jahren mit harter Hand auf der größten Insel vor der Küste, und er hatte unermesslichen Reichtum angehäuft. Sie würden viele Männer verlieren, wenn sie ihn anpackten, aber nicht mit leeren Händen nach Hause zurückkehren.

Somhairle blickte sich um. Kein bisschen Wind verwirrte den Nebel, das Segel des Drachenschiffs hing schlaff herunter. Angespannt wie Bogensehnen, saßen die Männer an den Rudern. Niemand ruderte gern, wenn man nichts sah. Zu viele Gefahren, die der Nebel verbergen konnte, der Schleier des Todes.

Muireann saß in der ersten Reihe. Somhairles Blick kreuzte sich mit ihrem. Sie nickte kaum merklich. Er hatte nie herausgefunden, woran es lag, aber sie schien zu spüren, wann Felsen oder Feinde nahten. Im Moment ist der Weg frei, sagten ihre Augen. Er war froh, sie bei sich zu haben. Vor allem jetzt.

Sanft landeten die Schiffe auf einer Sandbank vor Sgalpaigh an. Die Männer griffen nach ihren Waffen. Somhairle packte seine Kriegsaxt mit beiden Händen. An seiner rechten Seite stand Aonghas, auch er mit einer Axt bewaffnet. Links von ihm hatte Muireann mit dem Schwert in der Hand Position genommen. Mehr Männer schlossen auf, in einer breiten Reihe, dicht an dicht, drangen sie in das vernebelte Innere der Insel vor. Der Tag war schon mehrere Stunden alt, doch die unheimliche Stille fühlte sich wie ein früher Morgen an. Tryggve, ein jüngerer Sohn des alten Kolbeinn, herrschte auf Sgalpaigh. Seine Halle war ein palisadenumzäunter hölzerner Bau unweit von dem Strand, an dem sie aufgelandet waren.

Rufe ließen Somhairle herumfahren. Rufe, nicht von vor, sondern von hinter ihnen. Er umklammerte die Axt. Sie standen wie in einem Kessel voll Milch. Sollte Tryggve mit ihnen gerechnet haben und ihnen in den Rücken fallen?

Doch das waren nicht Tryggves Leute, die da schrien. Die Rufe in nordischer Sprache waren Wikinger in Somhairles Diensten, deren Worte sich mit denen der Gälen mischten. Muireann blickte ihn an. Im selben Augenblick, als ein Windzug durch den Nebel fuhr und die Suppe vor ihnen sich lichtete. Die Umrisse von Tryggves Halle schälten sich dunkel und unheilvoll aus dem Nebel. Doch das Geschrei hinter ihnen hörte nicht auf.

„Verflucht", knurrte er und fing einen bösen Blick von Seisyll auf. „Zurück!", schrie er seine Krieger an. „Zurück zu den Schiffen!"

Sie kamen gerade noch rechtzeitig, um zu erkennen, dass zehn oder zwölf auf einer Linie fahrender Snekkas auf Somhairles eigene Flotte zuhielten. Snekkas unter dem Banner von Kolbeinn, einem schwarzen Fuß auf rotem Stoff. Sie waren nicht größer als Somhairles Schiffe, aber es waren doppelt so viele, und auch wenn er selbst diese Küsten kannte, sie kannten sie besser.

Somhairle sprang an Bord des Drachenschiffs und verscheuchte Kenneth, der das Steuerruder umklammerte. Muireann schrie Kommandos an die Ruderer, und selbst Aonghas, der eines der Ruder ergriff, gehorchte ihr. Sie stießen das schlanke Schiff von der Sandbank zurück ins offene Wasser, Somhairle drückte das Steuer herum. Die Snekkas folgten dem Manöver.

Zu langsam.

Mit einem Krampf im Magen hörte Somhairle das Einschlagen von Wurfhaken in Schiffsplanken. Nicht sein Drachenschiff, eine der Snekkas. Seine Männer brüllten, als die Nordmänner sie an eines der feindlichen Schiffe heranzogen. Feindliche Ruderer machten sich zum Entern bereit.

Immer noch schrie Muireann, was, konnte kein Mensch verstehen. Das Drachenschiff nahm Fahrt auf, Somhairle riss das Steuer herum und entging im letzten Augenblick drei Wurfhaken. Sie waren zu wenige, um selbst einen Enterversuch zu starten.

Sein Herz raste. Seine Handflächen schwitzten, er spürte das Singen seines Blutes. Er wollte sich in den Kampf stürzen, verteidigen, was ihm gehörte, aber das wäre Selbstmord gewesen.

Er hatte eine Verantwortung.

Er umfuhr die feindliche Snekka an seiner Seite. Die Wikinger an Bord brüllten ihre Wut zu ihm herüber, während er auf das Gefecht zuhielt. Schwerter klirrten aufeinander, Äxte gruben sich in Holz, in Leder, in Fleisch. Männer schrien. Die geenterte Snekka schwankte gefährlich unter dem Angriff, an dem nun auch ein zweites Schiff beteiligt war. Somhairle presste die Lider zusammen und hielt drauf. Das Drachenschiff war größer, robuster, es würde einen Aufprall aushalten. Hoffentlich.

Er rammte den Bug aus voller Fahrt in die Seite einer der Snekkas unter dem schwarzen Fuß. Planken splitterten. Der Bug des Drachenschiffs schabte an der Flanke der Snekka entlang. Knirschend brachen Vernagelungen auf, die Snekka schwankte gefährlich. Ihre Krieger mussten zurück an die Ruder, um ihr Schiff zu retten, und konnten sich nicht in das Gefecht einmischen.

Als Somhairle das Schiff anging, von dem aus Männer geentert hatten, hörte er Muireanns Schrei. Er blickte sich um. Noch ehe er verarbeiten konnte, was er sah, spürte er den Aufprall eines feindlichen Schiffes, der ihm um ein Haar das Steuer aus der Hand riss. Nur um wenige Handbreit hatte der Bug das Steuer des Drachenschiffes verfehlt. Seine Ruderer brauchten keine Anweisung, um sofort in die andere Richtung zu treiben. Wie aus dem Nichts tauchten Seehunde auf, eine ganze Schule. Es war, als würden sie mit ihren Leibern helfen, das Drachenschiff, das viel zu schwerfällig war, in die richtige Richtung zu treiben. Somhairle schüttelte den Gedanken ab, konzentrierte sich auf das Wichtige. Sein Flaggschiff war nicht nennenswert beschädigt, aber die Erkenntnis, wie leicht es steuerlos hätte inmitten des Kampfes treiben können, jagte ihm den Herzschlag in die Kehle. Eisiges Meerwasser durchnässte ihn von Kopf bis Fuß. Zwischen den Schiffen kochte das Meer.

Er hatte verloren. Die geenterte Snekka und die Männer an Bord. Kein Weg mehr, sie zu retten. Er fluchte ungebremst, und dieses Mal ließ Scisyll ihn. Dann rief er auch die anderen Schiffe zum Rückzug.

Immer noch begleitet von den Seehunden fanden sie einen Weg aus dem Getümmel heraus. Kein weiteres Schiff wurde Opfer des Feindes. Offenbar war Kolbeinn zufrieden damit, ihn von der Küste seines Sohnes abzudrängen. Die Ruderer legten sich in die Riemen. Das Drachenschiff schoss schlank und schnell ins offene Meer, gefolgt von vier Snekkas, die nicht ganz diese Geschwindigkeit aufbrachten.

Als klar wurde, dass Kolbeinns Schiffe sie nicht verfolgten, sondern in der Nebelwand zurückblieben, ließ Somhairle die Ruder einziehen und gab das Steuer zurück an Kenneth. Er prügelte auf die Planken des Schiffes ein, verfluchte Gott und die Welt. Nicht nur keine Beute. Ein ganzes Schiff verloren. Zwanzig Männer, tot oder versklavt. Die Niederlage war bitter und hart. Sollen sie weiterfahren, es an anderen Küsten probieren?

Alles in ihm schrie danach, diese Scharte sofort auszuwetzen. Doch sein Verstand sagte nein. Nach Hause, gebrochene Planken reparieren, Wunden verbinden und in einigen Wochen mit doppelt so vielen Schiffen losfahren. Dann nicht nach Westen und Norden, sondern nach Süden. Wo Olave herrschte. Ottarsson, Olaves Vasall, hatte Bearnaraigh für seinen König gehalten. Vielleicht war es Wahnsinn, stattdessen den nächsten Plünderungszug in Olaves Herzland zu führen. Somhairle fletschte die Zähne. Olave oder Fergus. Einen von beiden würde er angreifen, um seinen Feinden zu zeigen, dass er seinen Biss nicht verloren hatte. Somhairle ließ keinen Verlust auf sich sitzen. Von Anfang an nicht, und er würde jetzt nicht damit anfangen. Wenn man ihn für schwach hielt, war alles verloren. Sie würden sich gegen ihn verbünden und Kinelvadon ausradieren.

Erwartungsvoll sahen seine Männer ihn an. Er stöhnte. Kein Kratzer an ihm, aber ein Schiff verloren. Sie waren zu schwerfällig. Ganz einfach. Wenn sie Ravnas Schiffe mit dem Steuer im Heck hätten, hätte das Drachenschiff die Snekka retten können. Dann hätte er ... Es hatte keinen Sinn, darüber nachzudenken. Noch hatte er Ravnas Schiffe nicht. Noch besaß er dieselben Schiffe wie seine Gegner. Solange er keinen Vorteil in der Bauart seiner Schiffe hatte, solange brauchte er einen Vorteil in Zahlen. In Männern. In Waffen.

Wenn er diesen Vorteil nicht hatte, würden sie alle im kommenden Winter verhungern. Dann wäre der Verlust von heute nur eine Erinnerung und nichts mehr, worüber am Feuer Trauerlieder angestimmt würden.

„Auf Snisort“, sagte er. Muireann nickte. „Dort übernachten wir und stellen sicher, dass die Schiffe die Heimfahrt überstehen. Morgen früh brechen wir nach Hause auf.“

Seine eigene Erleichterung, als er die Entscheidung getroffen hatte, spiegelte sich auf den Gesichtern der Männer. Kenneth gab Handzeichen zu den anderen Schiffen, damit auch sie wussten, was geplant war.

Somhairle wäre lieber sofort nach Hause aufgebrochen. Er dachte an Ravna. Er dachte daran, wie gut es wäre, die bittere Enttäuschung über die Niederlage in ihren Armen zu vergessen. War das der Grund, weshalb ein Mann sich früher oder später verlieben musste? Um einen Ort der Wärme zu haben, wenn die ganze Welt kalt und voller Feinde schien? Noch nie hatte er sich einen solchen Ort so sehr gewünscht, wie in diesem Moment.

Sie hasste es, ihren Krieger so zu sehen. Geschlagen. Verletzt. Abseits von den anderen saß er, wo der Feuerschein ihn nicht mehr traf, an einen Baum gelehnt, und nagte lustlos an einem Knochen.

Er hatte sich nicht verändert, ihr Krieger. Er war immer noch wild und unbändig. Er war noch immer ein Getriebener. Früher, vor der Zeit der Rabenprinzessin, hätte er auf eine Niederlage genauso reagiert. Nichts war anders.

Und doch war es anders. Weil er dort allein saß und an seine Prinzessin dachte. Weil er nicht hier sein wollte, in der Gemeinschaft der Krieger, sondern zuhause.

Die Kriegerin konnte keine Gedanken lesen. Sie konnte nicht in die Köpfe der Menschen sehen, und oft glaubte sie, dass das gut so war. Denn sie fürchtete sich vor dem, was sie dort erblicken mochte. Vielleicht hätte es all die Jahre an der Seite ihres Unbändigen nie gegeben. All die guten Jahre.

All die Jahre.

Die Prinzessin war weit weg. Ein ganzer Tag auf dem Meer lag zwischen ihrem Krieger und der Königstochter. Er wusste nicht, dass die Rabin ihm einen Sohn schenken würde. Würde er es wissen, hätte er seine Gefolgsleute die ganze Nacht hindurch rudern lassen, um nicht hier im nebelfeuchten Gras schlafen zu müssen, sondern in den Armen der Olavesdatter.

Sie warf ihren eigenen abgenagten Knochen weg und stand auf. Niemand ging zu ihm. Vielleicht fürchteten sie ihn. Wenn er Niederlagen erlitt, konnte er unberechenbar sein. Aber sie hatte ihn nie gefürchtet.

Sie trat zu ihm.

Er blinzelte zu ihr auf. „Muireann."

„Ich möchte mich zu dir setzen."

„Es ist genug Platz." Er nickte mit dem Kopf neben sich. Seine Stimme klang nicht abweisend, und dennoch tat es ihr weh, wie er es sagte. In früheren Zeiten hätten sie sich nach wenigen Atemzügen in diesem Gras gewälzt. Sie hätten sich einen Teufel darum geschert, dass seine Männer ihnen zusahen. In einer solchen Nacht, nach einer solchen Niederlage, hatten sie Callum gezeugt.

Sie setzte sich, fing die Vibrationen seiner Enttäuschung auf. Seine Wut auf sich selbst, auf den anderen, der heute besser gewesen war. Sein Zorn bebte in der Luft, in seinem Blut, seinem Atem. Als er den Knochen wegwarf, rückte sie näher an ihn heran. Sie konnte nicht anders.

„Ich bin hier, mo laoch*", sagte sie.*

Seine Augen schimmerten im Dunkel der Nacht, als er sie ansah. Seine Miene undurchdringlich. Es war kalt hier, weg vom Feuer, und Muireann hob die Decke an, die er über seine Knie gebreitet hatte, um zu ihm darunter zu schlüpfen.

Er sagte nichts. Sie tastete nach seiner Haut. Nach den Ringen an seinen Armen. Nach dem Gürtel, in dem immer noch die Axt steckte. Dies hier war eine dünn besiedelte Gegend, aber es war Feindesland. Ein Ort, an dem kein Mann ohne Waffe an einem Baum gelehnt saß.

Sie atmete ihn. Seine Bitterkeit. Seine Sorge um die Menschen, die sich ihm anvertrauten. Seine Trauer um die Männer, die nicht nach Hause kommen würden. Sie atmete den Duft seines Körpers. Vergrub ihr Gesicht an seiner Brust, spürte an ihren Fingern den Beweis, dass eine Niederlage ihm niemals seine Härte und Kraft nahm. Nimm mich, Geliebter, dachte sie. Ich bin hier, bei dir. Ich will all das mit dir teilen, was in deinem Atem wie gekochtes Pech schmeckt.

„Ich weiß, dass du hier bist, Muireann." Seine Worte waren wenig mehr als ein Hauch an ihrer Wange. „Aber ich bin es nicht. Das weißt du auch."

Sie hob den Kopf und sah ihn an. Sie fühlte sich, als habe er seine Axt in ihren Leib gerammt, mit all der Kraft, die nur er besaß.

Er hielt ihrem Blick stand.

Lange sahen sie einander nur in die Augen.

„Es tut mir leid", sagte er dann. „Ich bin nicht hier. Ich bin bei ihr. Geh zurück ans Feuer, Muireann. An meinem Körper wirst du in dieser Nacht erfrieren."

Als er die Axt aus ihrem Leib herausriss, kam die Hälfte ihrer Eingeweide mit. Sie war ein Schlachtopfer. Sie war nichts. Sie war nur die Mutter seines Sohnes, und der wäre schon bald nicht mehr der Erstgeborene.

Sie hatte ihn ein zweites Mal verloren, und es war ihre eigene Schuld.

Unter Ravnas Messer formten sich die Umrisse eines Drachenkopfes. Sie schenkte dem Ungeheuer das Gesicht eines Löwen, doch direkt hinter den Nüstern begannen Federn. Die Rundung des Hauptes veränderte sich in das riesige Abbild eines Raben. Stachelbewehrte Federn zierten seinen Rumpf, aus dem geöffneten Löwenmaul zuckte eine gespaltene Zunge.

Nur noch der Drachenkopf fehlte, dann wäre ihr Schiff vollendet. Loki war von Acharn nach Drimnin gekommen, um Ravna zu bitten, den Kopf für das größte und schönste der neuen Schiffe zu schnitzen. Unablässig hatte er in den vergangenen Wochen gearbeitet. Seine Wangen glühten, wenn er von den Fortschritten beim Bau erzählte. Wenn er ihr berichtete, wie aufgeschlossen Eoin nach anfänglicher Skepsis gewesen war. Sie brauchte ihren Freund nur anzusehen und wusste, dass er eine neue Heimat gefunden hatte.

„Warum bist du ihm so ergeben?“, fragte sie Loki aus dem Gedanken heraus. „Dem Mormaer, meine ich. Auch wenn er dir das Eisen vom Hals genommen hat, bist du sein Gefangener.“ Sie wusste, dass ihr Gemahl so nicht dachte. Für Somhairle teilten sich die Menschen in zwei Kategorien. Die, die ihm treu waren, und jene, die ihm in den Rücken fielen. Nur wer zur zweiten Sorte gehörte, hatte etwas zu befürchten.

„Wer sagt, dass ich ihm ergeben bin? Vielleicht diene ich Euch, Prinzessin, nicht ihm?“ Er redete normalerweise nicht so förmlich mit ihr. Wenn er es tat, neckte er sie mit ihrem alten Titel. Auch jetzt blitzte ein Funken Schalk in seinen Augen. Doch irgendwas zwickte sie. Sie wollte die Wahrheit wissen.

„Also, wem dienst du?“, bohrte sie deshalb nach. „Ihm oder mir?“Der Regen der vergangenen Nacht hing als Nebel über dem Fluss. Die Wiese hinter den Palisaden war von unzähligen Blumen in Gelb, Rot und Blau gesprenkelt. Der Frühling hielt Kinelvadon in seinem warmen, angenehmen Griff. Was sie bisher jedes Jahr mit Freude erfüllt hatte, hinterließ einen bitteren Beigeschmack. Wie viele Wochen Einsamkeit lagen vor ihr? Wie viele Stunden Zweifel und Furcht?

Unmerklich, aber unaufhaltsam, hatten sich für sie die Dinge in Drimnin geändert. Kein Mensch konnte ewig grollen, wenn alle die gleichen Sorgen plagten. Wenn Ravna dieser Tage abends in die Halle kam, saß sie nicht mehr allein an einem Tisch, sondern fand immer einen Platz, an dem sie sich willkommen fühlte. Sie machte sich nichts vor. Ein Fingerschnippen der Hexe, und das, was Ravna an Vertrauen bei den Burgbewohnern gewonnen hatte, würde sich im Wind verlieren.

Loki nutzte die Zeit, in der sie abgelenkt war, um selbst zu überlegen. Das war eines der Dinge, die sie an ihrem Freund schätzte. Er war nicht schnell oder geschmeidig mit seinen Worten, aber was er sagte, war immer die Wahrheit.

„Ihm“, sagte er schließlich. „Er hätte mich töten können. Töten müssen, wenn man es nüchtern betrachtet. Sein bester Mann hatte schon auf mich angelegt. Aber er hat es nicht zugelassen. Er hat mich mitgenommen. Seinetwegen bin ich hier, sehe diesen Frühling, sehe den Nebel über dem Wasser und habe eine Aufgabe. Er lässt mich die Schiffe bauen, von denen wir früher geträumt haben, Ragnhild. Wir waren Kinder, damals. Er hat uns gezwungen, erwachsen zu werden. Mich, aber auch dich. Hätte ich einen Grund, ihm nicht die Füße zu küssen wie dem verdammten Bischof von Dublin?“

„Du sollst nicht fluchen“, schalt sie ihn. Was er sagte, berührte sie zutiefst.

„Ich bin kein Christ“, erwiderte er.

„Somhairle ist Christ“, erinnerte sie ihn. „Dein Grund, ihm nicht die Füße zu küssen, sollte sein, dass er die Menschen, die denken und glauben wie du, hasst und aus diesem Land vertreiben will. Wenn er sie nicht vertreiben kann, tötet er sie.“

Wieder dachte Loki nach. Der Klang von Hammerschlägen aus der Schmiede drang an Ravnas Ohr. Ein Kind greinte. Callum, der mit Fiadh im Hof spielte, und Ingrid, die die beiden ausschimpfte, weil sie allen im Weg herumstanden. Das war das Leben, wie es sein sollte, dachte sie. Wie lange noch würde Affraic ihr diesen Frieden lassen? Ravna verstand nicht, warum die Hexe seit Wochen still war. Seit Claggan. Seit dem Tod der kleinen Schafe. Affraic musste wissen, dass eines überlebt hatte. Ihr Zauberspiegel würde es ihr zeigen. Dúil gedieh prächtig, und auch wenn die Wolle des Lämmchens langsamer wuchs als das Gras auf der Wiese, wuchs es. Alles, was Ravna brauchte, war Geduld, dann hätte sie das Tuch in der Hand, mit dem sie hoffte, Fiadh zu erlösen. Warum tat Affraic nichts? Wann würde sich das Rad des Schicksals erneut drehen und nichts als Verzweiflung hinterlassen?

„Er lässt mich sein, was ich bin", sagte Loki und brachte ihre Gedanken zurück ins Jetzt. „Alles, was er verlangt, ist Treue. Ob ich an Thor glaube oder an seinen ans Kreuz genagelten Gott, ist ihm egal, solange ich für ihn Schiffe baue und seine Gemahlin beschütze. Olave hat mich gezwungen, zur Beichte zu kriechen, im Büßerhemd auf kaltem Steinfußboden zu liegen, weil ich in seinem Auftrag Menschen das Lebenslicht ausblies. Er wollte, dass ich Thor entsage und dem Bischof die Füße küsse. Somhairle will keine Füße geküsst haben, er will Schiffe gebaut haben." Er hob die Schultern zu den Ohren und ließ sie wieder sinken. „Grund genug."

Ja, dachte Ravna, Grund genug. Sie verzichtete darauf, Loki über die Feinheiten zu belehren zwischen Gott und seinem Sohn am Kreuz. Sie war sicher, dass Loki es wusste und sich nur entschied, es zu ignorieren. Wer war sie, ihn zu belehren?

Hinter ihren Augen brannten Tränen. Lokis Worte hatten ihre Sehnsucht nicht verringert. Warum vermisste sie diesen Mann so sehr, der ohne mit der Wimper zu zucken anderen den Kopf abschlug, ganz gleich, woran sie glaubten? Somhairle diente keinem König. Er diente nur sich selbst. Er sah sich als König. König eines Reiches, das niemand außer ihm anerkannte. Ravna bezweifelte nicht, dass sich dies ändern würde. Denn was Somhairle MacGillebride wollte, wollte er für sich, und gab er keine Ruhe, bis er es hatte. Tief in ihrem Herzen wusste sie, dass er nichts mehr wollte als sie.

Mit dem Handrücken wischte sie sich über die Augenwinkel und wollte ihre Schnitzarbeit wieder aufnehmen, als eine Bewegung am Horizont sie innehalten ließ. Nur eine Ahnung, zuerst. Ein Schatten im Nebel. Ein Hauch von Nichts.

Mehr Schatten gesellten sich zu dem ersten. Zwei, drei. Dann vier. Ihr Herz setzte für einige Schläge aus, stolperte, raste davon. Sie erkannte Segel, dann hallten schon die ersten Rufe durch den Burghof.

„Die Männer kommen!", rief eine Stimme. „Schnell, schnell, der Mormaer ist zurück."

Sie wollte hinunterrennen, doch konnte nicht. Etwas hielt sie auf, hielt sie am Fenster, den Blick auf die Stelle gerichtet, wo die Schiffe sich näherten. Etwas stimmte nicht, und ein Gefühl der Beklemmung drückte ihr die Brust ab, machte ihr das Atmen schwer und jede Bewegung unmöglich.

„Es fehlt eins“, flüsterte Loki, nah neben ihr. Ohne von ihr bemerkt zu werden, war ihr Freund ans Fenster getreten.

Ihr Freund hatte Recht. Mit sechs Schiffen war Somhairle aufgebrochen, mit fünf kam er zurück. Die Beklemmung war nicht mehr nur eine vage Ahnung, sie war real.

Die Krieger hatten ein Schiff verloren. Zwanzig Frauen würden heute vergeblich auf die Rückkehr ihres Mannes, ihres Bruders oder Sohnes warten. Wie konnte sie hoffen, dass nicht sie eine von diesen zwanzig war?

Somhairle stand im Bug seines Schiffs und hielt sich an dem Drachenkopf fest. Mit beiden Beinen fing er das Auf und Ab des Rumpfes auf. Das Rollen der Wellen war ein ewiger Tanz, den er bereits als Kind gelernt hatte. Männer, Frauen und Kinder sammelten sich am Ufer, doch die anfängliche Freude der Daheimgebliebenen über die Heimkehr der Schiffe wich schon bald einer niedergedrückten Stille.

Mit sechs Booten war er losgefahren. Mit fünf kam er zurück.

Er sah hinter sich auf die vier Snekkas. Männer holten die Segel ein, zogen die Ruder aus dem Wasser und machten sich bereit, die Schiffe auf der Sandbank anzulanden. Auch sie waren ruhiger als sonst, redeten gedämpft. Es gab kein Lachen, keine euphorischen Kommandos. Jeder Mann hatte mindestens einen Freund oder Nachbarn verloren.

Somhairles Blick streifte Muireann, die ihn seit der vergangenen Nacht nicht mehr ansah. Auch jetzt wich sie ihm aus.

Er wandte sich zurück nach vorn, überblickte die Menschen, die am Ufer standen und warteten, mit leisen Stimmen aufeinander einredend. Sie stellten Überlegungen an, vermutete er. Wer war auf dem verlorenen Schiff gewesen? Für wen würde der heutige Tag statt mit einem Freudenfest mit einer

Tragödie enden? Hin und wieder warf eine Frau die Hände in Dankbarkeit gen Himmel, wenn sie den Ehemann oder den Geliebten auf einem der Schiffe erkannte.

Die eine, die er sehen wollte, die eine, die er die Hände ringen sehen wollte, war nicht da.

Scharrend rutschte der Kiel des Drachenschiffes auf die Sandbank. Männer sprangen über die Reling ins knietiefe Wasser, wateten ans Ufer. Muireann folgte ihnen, ohne sich nach Somhairle umzusehen. Sie hielt den Kopf gesenkt, ihre Schritte waren ausgreifend und sicher. Als wäre sie auf der Flucht. Der Flucht vor ihm.

Dann sah er Ravna, und alles andere wurde unwichtig. Zusammen mit Loki rannte sie durch das weit offene Tor. Ihr Mund halb geöffnet. Sie stolperte, strauchelte, Loki griff nach ihr, um sie zu stützen, aber sie schüttelte ihn ab und rannte weiter. Bahnte sich einen Weg durch die Reihen der Menschen, durch die ersten Szenen aus Wiedersehensfreude und Erleichterung. Ihr pechglänzendes Haar wehte hinter ihr her.

Als Letzter der Besatzung des Drachenschiffes setzte Somhairle über die Reling hinweg. Platschend kam er im Wasser auf. Er hörte, wie Ravna, keuchend vor Atemlosigkeit, ins Wasser lief, sah ihre rotgefleckten Wangen. Er fing sie auf.

Sie klammerte sich an seine Schultern. Sie weinte und zitterte. Strauchelte. Loki blieb auf dem trockenen Sand stehen und starrte sie beide an. Dann sah Somhairle gar nichts mehr. Nur das bebende Bündel Mensch, das, an seinen Schultern hängend, in die Knie brach.

„Fünf Schiffe", las er mehr von ihren Lippen ab, als dass er die Worte verstand. „Nur fünf Schiffe."

Völlig überrumpelt strauchelte er mit ihr, und sie landeten im flachen, kalten Wasser. Er kam auf die Knie. Ihre Hände glitten von seinen Schultern, über seinen Hals, die Finger gruben sich durch seine Haare, dann legte sie die Handflächen an seine Wangen. Sie starrte ihn an, als sei er ein Geist. Als könne sie es nicht fassen.

Endlich konnte er verstehen, was sie die ganze Zeit flüsterte, atemlos, unter Tränen: „Du bist wieder da. Du bist wieder da."

Er packte sie mit einem Arm um die Taille, die Fingerspitzen der anderen legte er an ihr Gesicht, spürte warme Haut, spürte sie. „Dann nehme ich an, du freust dich, mich zu sehen, Rabenmädchen?" Warme Schauer rieselten über seinen Nacken und ließen ihn die Kälte des Meeres vergessen.

Sie senkte den Kopf, presste die Stirn gegen seinen Brustkorb, ihr ganzer Körper wurde von Schluchzern geschüttelt. Er hielt sie fest.

„Mormaer!"

Er hob den Kopf und sah Ingrid am Ufer stehen, so wild gestikulierend, dass ihr Busen wogte. Nicht einmal Seisyll, der keine fünf Schritte von ihr entfernt an Land watete, konnte sie ablenken. Sie legte die Hände an den Mund, um einen Trichter zu formen. „Bringt sie aus dem kalten Wasser, Herr!", rief sie. „Bei allem, was heilig ist!"

Gute Idee. Er hob Ravna auf die Arme, kam auf die Füße und watete die letzten Schritte, bis seine Stiefel durch trockenes Gras patschten. Er ließ sich nicht aufhalten. Seine Frau an seinem Körper zu spüren, das weckte eine Gier in ihm, die er wochenlang unterdrückt hatte. Als er hochschaute, sah er Muireann mit vor der Brust verschränkten Armen beim Tor stehen. Er lief an ihr vorbei, weiter den Bach hinauf. Der Duft von Frühling, der die Luft schwer und süß wie Wein machte, stieg ihm zu Kopf.

Er wusste, dass er sich aus der Verantwortung stahl. Dass er es sein sollte, der den Witwen und Waisen, den Eltern der Toten die schlimme Nachricht brachte. Dass er es war, der ihnen versichern sollte, dass für sie gesorgt wäre. Doch er rannte davon und überließ die grauenvolle Aufgabe seinen Leuten. Seisyll, der von Gott und dem Heiligen Columcille schwafeln würde, während Aedan, mit der blutigen Kriegsaxt in der Linken, die rechte Hand unbeholfen auf die Locken der Kinder der Toten legen würde.

Somhairle war es egal. Alles war ihm egal. Er wünschte, er wäre nicht der Mormaer. Er wünschte, er wäre ein einfacher Bauer. Für diesen Moment, für dieses Gefühl, seine Frau atmend und lebend in seinem Arm zu halten, würde er dieser Bauer sein.

Noch ehe er die Eiche erreichte, die halb zum Drimnin Bach hinuntergebeugt wuchs und hinter deren breitem Stamm sie vor Blicken geschützt waren, wurde ihm klar, dass es Ravna nicht anders ging. Sie nestelte an den Schnürbändern seiner Léine. Ihre Lippen an seiner Kehle waren heiß und süß.

Er legte sie im Schatten des Baumes ab, auf ein Bett aus weißen und rosafarbenen Anemonen. Sie zerrte ihm das Hemd über die Schultern zurück. Er öffnete die Schnürbänder an den Seiten ihres Kleides. Er wollte es langsam tun und genießen, aber ihre vor Gier zitternden Hände ließen das nicht zu. Schließlich zerrten sie einander gegenseitig gerade genug Stoff vom Leib, dass Haut sich auf Haut presste, dass suchende Finger Wärme und Weichheit fanden. Dass er sie über sich ziehen und fahrig in sie eindringen konnte.

Ihre Lippen auf seinen. Ihre Wimpern, die seine Wangen streiften. Ihr Haar, das seine Schultern kitzelte. Ihr Körper, der sich um seinen schloss. Ihre Augen, als sie den Kopf in den Nacken bog. Sehr langsam senkten sich ihre Lider. Öffneten sich ihre Lippen. Vertiefte sich das Rot ihrer Wangen.

„Somhairle“, flüsterte sie, senkte den Kopf und hob die Lider. Ihre Augen waren blau wie das Meer an einem Frühlingstag. Durchzogen von Silber. Wo eben noch Angst und Sorge gewesen waren, las er jetzt nur Glück.

„Ragnhild“, flüsterte er zurück, der förmliche Name, den ihr Vater ihr gegeben hatte, eine Liebkosung auf seinen Lippen. Respekt und Liebe in einem einzigen Wort. Wochenlang hatte er auf dem Schiff gelebt und darüber nachgedacht, wie er sie in die Arme nehmen würde.

Sie lächelte und bewegte sich sacht auf ihm. Leise stöhnte er. Sie nahm seine Hand in ihre und presste seine Finger gegen ihren Bauch.

„Wir bekommen ein Kind“, sagte sie und lächelte auf ihn herab.

Er starrte sie an. Fühlte, wie sie ihre Finger mit seinen verschränkte. Wie sie seine Handfläche gegen ihren noch flachen Bauch drückte, während sie ihn langsam und bedächtig ritt. Es war, als könnte er jeden Zoll ihres leichten Körpers in sich spüren, dabei war er es, der in sie eingedrungen war. Sie waren einander unter die Haut gegangen, erkannte er.

Gefühle preschten auf ihn ein. Ihre Muskeln, die sich um ihn schlossen, weich und heiß. Trotzdem schossen seine Gedanken davon. Wir bekommen ein Kind, hatte sie gesagt. Wir. Sie waren eine Einheit geworden, genau wie er es sich am Tag ihrer Hochzeit gewünscht hatte. Seine Frau. Sein Kind. Sein Erbe. Was konnte alles passieren? Frauen starben im Kindbett. Was war kostbarer? Seine Frau, oder das Kind, das in ihr lebte? Der künftige Prinz von Kinelvadon? Angst packte ihn, schüttelte ihn, kämpfte gegen den Hunger nach ihrer Umarmung.

Er verwarf seinen Plan, sie unter sich zu begraben und ihr zu zeigen, wer der Herr im Haus war - und der Herr am Fuß der Eiche, auf den Anemonen. Was, wenn er ... Was konnte er zerstören? An seinen Fingern klebte Blut. Er war zu stark, zu schwer, zu ...

„Ich liebe dich“, hörte er sich flüstern, und plötzlich waren all die Gedanken fort. Nur das war wichtig. Es zu fühlen. Es zu sagen. Er legte die Arme um ihren Rücken, hielt sie fest, während sie sich zusammen bewegten, in einem uralten Tanz.

„Ich liebe dich auch“, wisperte ihre Stimme an seinem Ohr, ihr Atem süß.

Auf dem Weg zur Burg erzählte er ihr in kurzen Worten, was passiert war. Sie hielt seine Hand fest. Sagte nichts, hörte zu, und er war dankbar.

In der Halle betete Seisyll, der Mönch, der keiner sein wollte, aber seinen Gott mehr liebte als alles andere, mit den Frauen, die Ehemänner verloren hatten. Mit den Müttern, die ihre Söhne nicht begraben konnten, weil deren tote Körper vor Sgalpaigh im Meer schwammen und von Fischen gefressen wurden. Somhairle wollte sich vorbeistehlen, aber Ravna ließ ihn nicht.

Sie knieten sich zu seinen Untertanen. Sie senkten die Köpfe und beteten für die Seelen, die nicht zurückgekehrt waren, weil sie ihm und seinem Traum gefolgt waren. Als das letzte Totenlied gesungen war, stand er auf und zog Ravna zur Treppe nach oben. Vorbei an Ingrid, die mit Würzwein und Grütze wartete. Die Wikingerin würde lange warten müssen. Er wollte jetzt etwas anderes.

„Möchtest du Callum sehen?“, fragte Ravna.

„Nicht jetzt.“

Sie diskutierte nicht.

Er liebte sie noch einmal, nackt und warm im gemeinsamen Bett, das nach frischem Gras und Kräutern duftete. Er bewunderte ihren Körper, zierlich und so stark. Sie tastete über seine Narben, alte und neue. Sie küsste ihn.

Erst mit einbrechender Dunkelheit fielen sie auseinander. Im Hof war Ruhe eingekehrt. Das Schluchzen verklang. Loki hatte sich mit einigen Männern auf den Weg gemacht, die Schiffe nach Acharn zu bringen. All das bekamen sie nur ganz entfernt mit.

Ravna machte Feuer im Kamin. Somhairle wollte es selbst tun, aber sie scheuchte ihn weg. „Ich bin nicht krank, Mormaer“, wies sie ihn lachend zurecht.

Er sah ihr zu. Sie bewegte sich anders. Eine neue, bestrickende Sicherheit war in ihren Gliedern eingezogen. Er konnte sich nicht an ihr sattsehen.

„Gab es Probleme, während wir weg waren?“, fragte er, als sei es eine Nebensächlichkeit.

„Nein. Bisher ist es ein wunderbarer Frühling. Bald brechen die Veilchen auf. Oben bei Minghasdhail im Wald werden sie wie ein Teppich blühen.“

Hoffnung klang in ihrer Stimme. Lass es uns gemeinsam ansehen, sagte diese Hoffnung. Bring mich dorthin, und wir können uns im Veilchenduft lieben.

Er brachte es nicht übers Herz, ihr zu sagen, dass er nicht lange genug bleiben würde, um das Aufblühen der Veilchen zu sehen. Noch nicht.

Sie setzte sich auf die Bettkante. Er strich über ihr Haar, das im Feuerschein golden glänzte.

„Somhairle?"

„Ragnhild?"

„Wer ist Muireann?"

„Callums Mutter."

„Woher stammt sie? Hier aus Kinelvadon? Woher?"

„Warum fragst du das?" War es nicht gleichgültig? Muireann war Teil seines Hofes, Mutter seines Sohnes, aber nicht länger die Frau an seiner Seite.

Sie seufzte, stand auf und hob den Deckel der Truhe, die ihr am Anfang solche Angst eingejagt hatte. Was sie herausnahm, hatte er beinahe vergessen. Das Seehundfell, das ganz unten am Boden gelegen hatte. Es lag jetzt auf allem anderen.

Leise schloss Ravna die Truhe wieder. „Es sind Märchen aus Alba", sagte sie und strich sacht über das schimmernde Fell. „Märchen von den Inseln, aber wir kennen sie in Dublin auch. Märchen von den Seehundfrauen, die für einen Tag und eine Nacht ihr Seehundfell ablegen und Menschengestalt annehmen. Wenn jemand das abgelegte Fell stiehlt, können sie nicht mehr zurück ins Meer."

Er griff nach dem Fell. „Wie du sagst, Rabenmädchen. Märchen."

„So wie die von Hexen, die das Wasser und den Wind beherrschen, nicht wahr? Oder von Schafen, die nicht größer sind als neugeborene Kinder." Sie senkte den Kopf, unfähig, ihn anzusehen. „Oder von Kindern, die von ihren Stiefmüttern in Tiere verwandelt werden."

„Ravna", sagte er sanft.

„Hast du ihr das Fell gestohlen?", fragte sie.

„Muireann, meinst du?" Er musste an die schuppenartigen Markierungen auf Muireanns Haut denken, an die außergewöhnliche Farbe ihrer Augen, aber auch an ihre Kraft, ihre

Behändigkeit, ihren Mut. Verdrossen schüttelte er den Kopf. Es waren nur Märchen!

„Ich habe es gefunden und mitgenommen, weil ich es schön fand. Außergewöhnlich. Ich war siebzehn Jahre alt und habe nachts gefroren. Mit Muireann hat das nichts zu tun."

Sie hob eine Hand und legte die Finger an seine Wangen. „Wann wirst du aufhören, dir das einzureden?"

„Sie hätte es jederzeit aus der Truhe nehmen können. So wie du. Sie wusste, wo es war. Sie weiß, was in der Truhe ist." Er zog ihre Hand von seiner Wange und küsste ihre Fingerkuppen. „Ich will dich nicht grämen, Rabenmädchen, aber es gab eine Zeit, da war sie es, die mit mir in dieser Kammer gelebt hat. Sie hätte das Fell nehmen und ins Meer zurückgehen können, wenn es stimmt, was du sagst."

Tränen schillerten in Ravnas Augen. Warum sie weinte, begriff er nicht. „Und wenn sie das nicht wollte?"

Im Morgengrauen gestand er ihr, dass er wieder hinausfahren würde, sobald die Schiffe bereit waren. Sie klammerte sich an ihn, aber versuchte nicht, ihn zum Bleiben zu überreden. Sie wusste, dass er eine Verantwortung trug. Als Herrin von Drimnin wusste sie um den desolaten Zustand der Vorräte. Es gab nur einen Weg.

Aber ihr Verständnis bedeutete nicht, dass es einfach für sie war, ihn ziehen zu lassen. Und obwohl ihre Tränen drohten, ihm das Herz zu brechen, fühlte es sich gut an, dass sie um die kurze Zeit, die sie hatten, weinte.

„Ich komme wieder", murmelte er in die Dunkelheit. Im Kamin knackte ein Holzscheit. „Vergiss das nicht, Rabenmädchen. Ich kehre immer zurück. Ich liebe dich."

„Hast du das gemacht?" Das Licht des halb verglühten Kaminfeuers spiegelte sich auf dem blank polierten Holz des Drachenkopfes. Somhairle saß auf der Bettkante ihres gemeinsamen Lagers und drehte und wendete die Schnitzfigur in seinen Händen. Er musste fest zupacken. Der Kopf von der Größe eines neugeborenen Kalbes war schwer. Am Hals lief die Figur in einer langen Spitze aus, die auf eine Aussparung am Bug des neuen Schiffes gesteckt werden würde. Lief das Schiff auf den Hafen eines anderen Fürsten zu, konnte der Drachenkopf abgenommen werden, um eine friedliche Absicht zu signalisieren. Ein Lächeln lag auf Somhairles Gesicht, duckte sich hinter einer Mischung aus Bewunderung und Unglaube.

„Ich habe dir gesagt, dass ich gut mit dem Messer bin", erwiderte sie neckend und stieß ihm den Ellenbogen in die Seite.

Er lachte leise, schob einen Arm um ihre Taille, zog sie an sich. Einen halben Tag lang und die ganze Nacht hatten sie die Finger nicht voneinander lassen können, war er immer und immer wieder zu ihr gekommen. Es war, als würde er in ihrem Körper Absolution von den Dingen, die er tun musste, suchen und finden. Als würde er nur bei ihr den Tod vergessen, der ihm überallhin folgte. Jetzt rebellierte ihr Körper mit träger Schwere und Erschöpfung. Gerade rechtzeitig gelang es ihr, vom Bett aufzuspringen, und zum Erker zu rennen, ehe ihr Magen kapitulierte. Ihr Zwerchfell krampfte und sie würgte in einen Eimer, bis nur noch gelber Schleim kam.

Verlegen wischte sie sich mit dem Handrücken über den Mund. „Es tut mir leid", sagte sie. „Dein Sohn …" Weiter kam sie nicht.

Der Körper ihres Gemahls war schwer und kräftig, aber ihm fehlte es nicht an Wendigkeit. Nackt war er eine ebenso eindrucksvolle Erscheinung wie in voller Rüstung. Ehe sie auch nur einen Gedanken formulieren konnte, sprang er aus dem Bett und war bei ihr. Er küsste ihr den Rest des Satzes aus dem Mund, strich ihr die verschwitzten Strähnen von den Schultern in den Nacken.

„Nicht", sagte er. So sanft, wie sie ihn nie zuvor gehört hatte. „Entschuldige dich nicht, dass du mich zum glücklichsten Mann in Gottes Schöpfung machst. Du trägst die Zukunft unter dem Herzen. Die Zukunft von Argyll."

Argyll, nicht Kinelvadon. Kinelvadon war ein althergebrachtes, kleines Land mit einem Mormaer, Argyll war ein Traum. Sein Traum aus dem Land des Nebels. Sein Königreich. Das Königreich, das die Söhne der Prophezeiung regieren sollten. Ihre Söhne mit dem Prinzen von Cybi. Somhairle sagte es mit einer solchen Sicherheit, dass sie nicht anders konnte, als ihn noch ein wenig mehr zu lieben. Und doch lauerte etwas in ihrem Hinterkopf, eine böse Ahnung, die sie immer dann überfiel, wenn die Übelkeit sie beutelte.

Was wäre, wenn? Wenn das Schicksal sie bestrafen würde, weil sie selbst gewählt hatte, statt eine Vorsehung zu erfüllen? Wieder und wieder nahm sie in langen, einsamen Nächten die Fibel zur Hand, die Teil ihrer Morgengabe gewesen war. Zwei Blüten. Nur zwei. War es ein Omen, dass die dritte Knospe nicht erblühte? War es ein Omen, dass Somhairle nicht siegreich zurückgekehrt war, sondern mit schwerem Herzen? War es ein Omen, dass er von der Zukunft eines Königreiches sprach, das Ravna dem Prinzen von Cybi in den Schoß hätte legen sollen?

Sie fröstelte. Somhairle bemerkte ihr Schaudern, zog sie noch näher an sich und führte sie zurück zur Bettstatt. Fürsorglich legte er ihr ein Fell um die Schultern, stapelte Kissen in ihren Rücken, damit sie bequemer liegen konnte. Beinah brachte er sie damit zum Lachen. Gleichzeitig brannten Tränen hinter ihren Augen. Sie wollte ihm von ihren Sorgen erzählen, doch wagte es nicht. Er spürte die Magie nicht, die durch die Feste waberte wie dicker Nebel und auf die nächste Gelegenheit wartete, sich zu materialisieren. Noch hielt etwas die Zauberkraft zurück. Doch Ravna spürte sie. Sie fühlte eine Entscheidung nahen, und manchmal kamen ihr Zweifel, ob sie dieser Entscheidung gewachsen sein würde.

Dann fiel ihr Blick auf den Drachenkopf, den Somhairle eilig neben das Bett gelegt hatte, und sie verdrängte die plagenden Gedanken.

„Loki hat deine Schiffe gebaut." Mit dem Finger strich sie über das polierte Holz der Figur. All ihre Liebe hatte sie in das Holz eingearbeitet. All ihre guten Wünsche. Drachen waren gefährliche Zauberwesen, doch wem es gelang, sie zu zähmen, der gewann machtvolle Verbündete für die Reise durchs Leben. Möge das Schicksal ihren Herrn beschützen, bei allem, was er vorhatte. Mit diesem Gedanken hatte sie diesen Drachen gezähmt. „Nur auf dem größten von ihnen fehlt noch der Drachenkopf. Sobald der montiert ist, sind sie fertig.“ Und du wirst mich wieder verlassen, fügte sie in Gedanken hinzu. Wäre es beim nächsten Mal sein Schiff, das nicht zurückkehrte?

Die Sorge auf Somhairles Miene verschwand so schnell, wie sie gekommen war. Es brauchte nicht viel mehr als die Erwähnung des Wortes Schiffe.

In Augenblicken wie diesen sah sie nicht den kampferprobten Recken vor sich, dessen zahlreiche Narben von seiner Tapferkeit in der Schlacht erzählten. In solchen Momenten sah sie Callum in Somhairle. Das Kind, voll Übermut, voll unerprobter Waghalsigkeit, voll Vertrauen in seine Fähigkeiten und in seinen Gott. Callum, der mit Fiadh spielte und über dem Spiel die Welt vergaß.

„Sind sie schnell?“, wollte Somhairle wissen. „Sind sie wirklich so viel wendiger, wie du mit Loki überlegt hast? Hat Loki sie bei Wellengang getestet?“

Diesmal war es an Ravna zu lachen. „Du wirst nach Acharn reiten müssen und sie dir selbst ansehen.“

Ihr zog sich das Herz zusammen bei dem Gedanken, dass es ihre Schiffe wären, die ihn erneut von ihr fortrissen. In die nächste Schlacht, den nächsten Kampf. Doch sie biss die Zähne zusammen und griff nach dem Drachenkopf, um ihn Somhairle in die Hände zu legen.

„Hier, Mormaer. Bau deine Schiffe zu Ende und bring sie nach Drimnin. Die Leute brauchen Hoffnung.“

Sie ließ ihn ziehen und fragte sich, wie oft sie das noch tun müsste. Wie oft noch würde sie am Fenster stehen und seiner Silhouette nachstarren, die vom Nebel verschluckt wurde? Schließlich gab sie sich einen Ruck. Die Grübelei half nicht.

Sie ging nach unten in die Halle und aß ein wenig Brei, den Ingrid ihr brachte. Ihr Magen beruhigte sich. Sie sammelte die Kleidungsstücke von den Männern ein, die mit Somhairle zurückgekehrt waren, verteilte sie an Frauen auf der Burg zum Ausbessern. Sie selbst nahm sich die Léine ihres

Gemahls vor. In der Küche dampften die Waschzuber. Vom Bach her erklang das gleichmäßige Schaben und Stampfen der Frauen, die nasses Leinen gegen Steine schlugen.

In der Vorratskammer wickelte sie Trockenfleisch und Salzfisch in Leinensäckchen. Fässer wurden mit frischem Brunnenwasser gefüllt, von der Schmiede klang ständiges Hämmern herüber.

Der Tag verging wie im Flug, und die Abendsonne tauchte die Meerenge zwischen Muile und Drimnin bereits in feuriges Orange, als der Ruf ertönte.

„Schiffe! Der Mormaer bringt neue Schiffe!"

Wie alle anderen auf der Feste, ließ auch Ravna ihre Arbeit fallen, raffte ihre Röcke und rannte den steinigen Weg von der Burg hinunter zur Bucht.

Drei Schiffe waren es. Auf ihren geblähten Segeln prangte die Faust, die das Heft eines erhobenen Schwertes umschloss. Sie waren schneller, als der Wind es erklären konnte, und wendig wie Hasen auf der Flucht vor dem Jäger.

Kaum in der Bucht angekommen, vollzog das größte der Schiffe, das ihren Drachenkopf trug, ein waghalsiges Manöver. Die Draconia legte sich schräg in den Wind, man sah die Finne im Kiel, die ebenso wie der Name Lokis Idee gewesen war. Wasser schäumte, wo das schlanke Schiff sich um sich selbst zu drehen schien und in rasender Geschwindigkeit die Richtung wechselte. Um eines der anderen Boote herum. Rechts, links. Ravna wurde schwindelig vom Zusehen.

Atemlose Stille ergriff die Menschen, dann fassungsloses Raunen, ehe die ersten Jubelrufe ertönten. Wieder reckten sich Hände in die Luft, doch nicht wie gestern in Trauer und Verzweiflung, sondern in Hoffnung und Bewunderung.

Somhairle steuerte das Schiff ans Ufer. Neben ihm im Heck stand Loki, ein breites Grinsen auf dem Gesicht. Direkt vor der Menschentraube lief der Kiel auf den Sand.

Er ist wirklich ein König, dachte Ravna, als er sich vom Steuer löste und vorbei an seinen Ruderern nach vorn ging. Er ging nicht. Er schlenderte. Vollkommene Selbstsicherheit. Wie ein Gott ragte er über den anderen Männern auf, das blonde Haar im Wind wehend, die Schultern breit, der Stand sicher, als er sich mit gespreizten Beinen im Bug aufbaute. Eine Hand legte er auf den Drachenkopf, die andere hob er, um die Menschen zum Verstummen zu bringen.

„Männer!“, sagte er. „Frauen und Kinder von Drimnin. Gestern habe ich Tod und Trauer mitgebracht. Heute bringe ich Hoffnung.“ Mit der freien Hand deutete er auf die anderen beiden Schiffe, die neben ihm auf die Sandbank fuhren. „Ein kluger Mann hat mir einst gesagt, dass wir nur siegen können, wenn wir uns weiterentwickeln. Wenn wir besser werden. Lernen. Wir haben gelernt, besser zu kämpfen als die Nordmänner. Wir haben gelernt, bessere Seeleute zu sein als sie. Und wir haben gelernt, die besseren Menschen zu sein. Nun haben wir gelernt, die besseren Schiffe zu bauen.“

Er machte eine kurze Pause, ließ seine Worte wirken. Wieder brach Jubel aus. Die Rufe hüllten Somhairle ein, ließen ihn noch größer wirken, ehe er sie mit einer weiteren Handbewegung zum Verstummen brachte.

„Ihr habt es gesehen. Diese Schiffe sind schneller. Wendiger. Besser. Was uns vor Sgalpaigh passiert ist, wird uns nicht noch einmal passieren. Kein Nordmann wird entkommen, wenn Somhairle MacGillebride seine tapferen Männer in die Schlacht führt, denn wir sind die Besten!“

Diesmal erstickte er den Beifallssturm, ehe er richtig aufbranden konnte. „Holt eure Sachen, Männer!“, rief er, und das Flattern des Segels im scharfen Wind war wie die Musik, zu der er sein Lied sang. „Morgen Früh holen wir zurück, was uns gehört. Doch heute wollen wir derjenigen danken, die diese Schiffe für uns erdacht hat. Sie hat die neue Form entworfen. Dem Modell, das sie meinem Sohn gemacht hat, sind diese Kunstwerke nachempfunden. Sie trägt den Erben von Argyll unter ihrem Herzen. Ihre Kraft wird uns auf den Wellen tanzen lassen. Mein Herz gehört ihr.“

Sein Blick fand sie, verschlang sie, trug sie zu ihm, noch ehe er die Hand nach ihr ausstreckte in einer Geste, die ihr bedeutete, zu ihm in den Bug des Schiffes zu kommen. Sie folgte seiner Aufforderung, spürte nicht die Kälte des eisigen

Meerwassers an ihren Fesseln, hörte nicht das Raunen der Menschen um sich herum, sah nur ihn.

Hände kamen aus dem Nichts, halfen ihr, trugen sie. Sie blickte sich um und sah in Lokis lachende Augen. Somhairle fing sie auf, nahm ihre Hand. Die Finger ineinander verschränkt, hob er ihre beiden Hände in die Luft.

„Dankt mit mir meiner Frau. Ravna von Kinelvadon, Herrin von Drimnin und Claggan, Königin von Argyll, Bewahrerin meines Herzens: Ich liebe dich!"

Diesmal war der Jubel nicht mehr aufzuhalten. Klatschen, Beifall, Pfiffe, Anfeuerungen. „Argyll! Argyll!", schrien die Menschen, wie ein Schlachtruf. Alles verschwand, als Somhairle sie küsste, und als er von ihr abließ, seine Stirn an ihre legte und leise sagte: „Siehst du, *neamhnaid*, sie lieben dich. Sie sind dir verfallen, ebenso wie ich", da glaubte sie wirklich, dass alles gut werden würde.

KAPITEL 24

Die Schiffe waren so schwer beladen mit Säcken, Fässern und Ballen, dass ihre Kiele viel zu tief im Wasser lagen. Aber es machte nichts, dass sie nur langsam vorankamen. Niemand verfolgte sie. Dazu hatten sie keinem der Jarls die Gelegenheit gegeben, über die sie in den vergangenen Wochen gekommen waren wie eine Seuche. Somhairle stand im Bug der Draconia und starrte auf die näherkommenden Berge von Muile und Kinelvadon, während hinter ihm Aonghas, wachsbleich und abgemagert, den Takt für die Ruderer schlug.

Aonghas war der Einzige von ihnen, der auf dieser Reise abgemagert war. Weil er alles, was er auf Kriegszügen zu sich nahm, sofort wieder auskotzte, sobald die Wellen etwas höher gingen. Vor allem in der Gegend um Vannin herum hatte ein Sturm ihnen zu schaffen gemacht. Wenigstens war Ravna weit weg gewesen, sodass niemand auf die Idee kam, sie erneut der Hexerei zu beschuldigen.

Alle außer Aonghas hatten sich Muskeln und Fett angefressen. Die Stimmung war großartig. Die Ruderer ließen sich vom Kampf gegen die Gezeiten ihre Laune nicht verderben. Jemand rief, dass sie als nächstes Ulster erobern oder vielleicht direkt Vannin angreifen würden, die Kornkammer des Königs von Dublin. Ein anderer lachte, wo bis vor wenigen Wochen Ehrfurcht vor Olaves Übermacht geherrscht hätte.

„Warum sollten wir uns mit Dublin und Vannin zufriedengeben? Wir rudern weiter nach Süden und dringen über Flüsse und Kanäle bis ins Herz von König Heinrichs England ein." Vielstimmiges Johlen belohnte den Vorschlag. Wer sollte sie aufhalten?

Somhairle grinste. Aedan, der das Steuer führte, lenkte das Schiff in die Meerenge ein, an der Muile im Süden, Ard nam Murchain im Norden und Kinelvadon in der Mitte sich trafen. Fast zuhause. Er sah den Rauch der Signalfeuer an den Flanken der Berge von Muile. Kein schwarzer Rauch, sondern weißer. Die Ankunft von Freunden. Jetzt würden die

Leute von Drimnin sich am Ufer zusammenfinden, würden die Lieder anstimmen, die die Helden zuhause begrüßten.

Ravna würde dort sein. Sein Mädchen. Seine Liebe. Sein Herz. Mit seinem Sohn im Bauch. Er würde ihr die goldene Kette um den Hals legen, die er der Mätresse von Jarl Sverre heruntergerissen hatte, ehe er sie in ein Schiff steigen ließ, das sie nach Orkney brachte. Er würde Goldmünzen von seinen Händen in ihre rieseln lassen. Ihre Finger würden über die neuen, reich verzierten Goldreifen an seinen Oberarmen streichen, während sie ihn küsste. Ballenweise und gut verpackt lag Samt in seinem Schiff, nur für sie. Ringe, Geschmeide. Der goldene Kopfschmuck einer Prinzessin. Trinkbecher aus Silber. Die Snekkas waren so angefüllt mit Korn und Trockenfleisch, dass die Ruderer kaum noch Platz für ihre Füße fanden.

Immer näher. Er sah den schmalen Streifen Sand, der die Küste vor Drimnin markierte. Kinder liefen dort herum, winkten, jubelten. Mehr Menschen rannten den Hang herunter. Er setzte einen Fuß auf den Rand des Schiffes und lehnte sich mit beiden Armen auf den Oberschenkel, betrachtete mit Genugtuung, wie seine Untertanen sich sammelten, wie sie sich freuten. Was wollte ein Mann mehr, der erst vierundzwanzig Winter auf dieser Welt war? Er hatte so vieles erreicht. Würde er jemals genug davon bekommen? Das Vertrauen der Menschen in ihn. Ihre Liebe für ihn machte ihm das Herz leicht.

Durch Aonghas‘ Taktschläge und das Pladdern der Wellen an den Seiten des Schiffes konnte er erste Melodiefetzen hören. Die Ruderschläge brachten das Schiff näher. Auch in den Snekkas beschleunigten sich die Taktschläge der Trommel. Sie alle konnten es riechen. Zuhause. Mit fünf Schiffen, drei neuen und zwei reparierten, war Somhairle aufgebrochen, mit fast hundertfünfzig Mann. Ein Tropfen auf dem heißen Stein, gemessen an dem, was der König der Nordinseln und seine Fürsten aufbringen konnten. Was Olave von Dublin, sein Schwiegervater, in die Waagschale werfen würde, wenn er diesen angriff. Mit acht Schiffen und mehr als zweihundert

Mann kehrte er zurück. Mit ganzen Familien, die sich in Kinelvadon niederlassen wollten, im Schutz eines Mannes, der sie ihre Lieder singen und ihre Sprache sprechen ließ. Mit so vielen Vorräten, dass sie noch für den übernächsten Winter reichen würden. Vielleicht auch nicht. Es war egal. Sie waren siegreich gewesen. Sowohl Olave als auch der Jarl von Orkney würden sehr genau abwägen, ob sie sich mit Somhairle, dem König von Argyll, anlegen würden. Somhairle MacGillebride hatte Ravna für sich gewonnen, seither schien ihm alles möglich. Das Blatt hatte sich gewendet, die Leute liebten sie nicht weniger als er selbst.

Wenig später blickte Ravna hinunter auf die Kisten mit Schmuck und Gold, die die Männer vor seinen Füßen abstellten, dann sah sie ihm ins Gesicht. „Du warst erfolgreich", sagte sie, ohne zu lächeln. Er hatte keine Ahnung, was sie dachte. Es machte ihn nervös. Sie war Olaves Tochter, trotz allem, was geschehen war. Die Hoffnung, sie würde ihm um den Hals fallen und ihn bejubeln, wie es jeder Mensch auf dieser Feste heute tat, erfüllte sich nicht. Ihr Gesicht war verschlossen, auch beim Anblick der edlen Wollstoffe in der zweiten Kiste. Selbst als ein paar Halbwüchsige begannen, Hafer und Weizen aus dem Bauch eines Schiffes auf eilig herangeschaffte Karren zu schaufeln, um mit den Vorräten das Lagerhaus zu füllen. Wo man auch hinging, alle sangen ein Loblied auf Somhairle MacGillebride, den König von Argyll, den Befreier der Gälen. Nur eine sang nicht mit. Seine Frau.

„Ich war siegreich", antwortete er vorsichtig, misstrauisch. Er begriff, wie wenig sie einander noch immer kannten. Als er mit leeren Händen und geknicktem Selbstvertrauen zurückgekommen war, hatte sie ihn begrüßt wie einen König. War ihm um den Hals gefallen, hatte ihm ihren Körper geschenkt und ihm das Gefühl gegeben, in ihren Augen könne er niemals etwas falsch machen. Jetzt kam er mit Reichtümern zurück, die selbst den König von England stolz gemacht hätten, und sie musterte ihn wie einen Fremden.

Schließlich hielt er es nicht mehr aus. Er musste versuchen, sie zu verstehen. „Stört es dich? Es sind Menschen vom Volk deines Vaters, denen das gehört hat."

Langsam schüttelte sie den Kopf. „Es sind auch Menschen vom Volk deiner Mutter, Somerled Gillebridesson. Tu nicht, als wüsste ich das nicht. Ich bin lange genug hier. Dein Herz pumpt mehr Wikingerblut durch deine Adern als meins durch meine. Es ist das Leid, das mich traurig macht. Egal, von welchem Volk die Menschen sind, denen Unrecht getan wird."

Trauer. Es war Trauer, nicht Missfallen. Hatte sie dazu nicht das Recht? Sie sah die Menschen, die er beraubt hatte, nicht die Schätze, die er ihr zu Füßen legte. Er verstand sie, aber gefallen musste es ihm nicht. „Wenn sie dorthin zurückkehren, woher sie oder ihre Vorfahren kamen, krümmt niemand ihnen ein Haar. Wenn sie hier leben wollen, auf diesen Inseln, dann ohne diejenigen zu unterdrücken, denen die Inseln seit Alters her gehören."

„Frauen und Kinder unterdrücken nicht. Sie versuchen nur zu überleben." Sie rieb sich mit dem Handrücken über die Stirn. Sie sah blass aus, fand er, und erschöpft. „Bring mich ins Haus, Somhairle", sagte sie, als habe sie beschlossen, dass sie das Thema nicht weiter vertiefen wollte. Eine Wolke aus Unmut und unterdrückter Ungeduld umgab sie wie ein schlechter Geruch. Er wollte sie an sich ziehen und mit ihr verschmelzen, aber sie machte einen Schritt von ihm weg. "Ich muss mich hinlegen. Dein kleiner starker Sohn zwingt mich in die Knie."

Die Menschenmassen teilten sich für sie, als sie an seiner Seite den kurzen Weg hinauf zur Feste zurücklegte. Die wenigen Schritte bergan genügten, um ihr den Atem zu rauben und einen feinen Schweißfilm auf ihr Gesicht zu legen. Besorgte Blicke bohrten sich wie Armbrustbolzen in seine Brust. Vermutlich hatte sich in der Burg längst herumgesprochen, was er selbst gerade erst herauszufinden begann: Die Schwangerschaft nahm die Herrin von Drimnin über die Maßen mit. Sie klammerte sich an seine Hand, als sie eine

Pause einlegen musste. „Versprich mir etwas, *mo chridhe*“, presste sie atemlos hervor.

Er drückte seine Lippen in ihren Nacken. „Alles.“ Sorge ergriff ihn, schreckliche Angst. Einen Feind könnte er für sie erschlagen, doch was konnte er für sie tun, das die Schwangerschaft für sie leichter machte?

„Fahr nicht so bald wieder raus, ja? Bleib bei mir. Ich hab Angst.“

„Vor den Menschen hier? Sie lieben dich.“

„Nicht vor ihnen. Etwas Schlimmes kommt auf mich zu. Ich spüre es. Ich habe Angst vor ...“ Sie brach ab und schwieg eine Weile, setzte störrisch einen Fuß vor den anderen und wehrte ihn ab, als er sie in seine Arme heben wollte. Fiadh galoppierte ihnen entgegen. „Vor dem Alleinsein, Somhairle“, sagte Ravna schließlich, als sie den Wohnturm erreichten, aber Somhairle wurde das Gefühl nicht los, als sei das nicht, was sie eigentlich hatte sagen wollen.

Ravna starrte auf den Fetzen Schafswolle in ihrer Hand. Grobe Wolle, nicht wie der Flaum, den sie aus Dúils Fell gewann. Vor ihren Augen begannen sich Sterne zu drehen. Da war Blut auf der Wolle. Blut, wo sie sich nur hatte säubern wollen. Ihr Herz begann zu rasen. Sie ließ ihre Röcke fallen, stand auf, musste sich an der Wand des Abtritterkers festhalten.

„Nein.“ Niemand war in der Nähe, um sie zu hören. Somhairle war draußen im Hof bei den Männern, um das Verteilen der Beute zu beaufsichtigen. „Nein. Nein, nein!“ Mehr taumelte sie zurück in die Kammer, als dass sie lief. Sie fühlte Feuchtigkeit aus sich herauslaufen, noch mehr Blut. Sie presste die Schenkel zusammen, drückte die Hände auf den Bauch, um ihr Kind dort festzuhalten, wo es hingehörte. Sie wollte nach Somhairle rufen. Doch was hier geschah, war nicht das Geschäft der Männer.

„Ingrid“, rief sie deshalb. Einen Augenblick dachte sie darüber nach, Muireann zu rufen, doch den Gedanken verwarf sie. Seit der Rückkehr der Schiffe hatte sie die Seehundfrau nicht gesehen.

Ravna presste sich die Röcke zwischen die Schenkel, um keine Blutspur zu hinterlassen, krümmte sich, nicht vor Schmerz, sondern aus Angst. Sie ließ sich auf die Knie fallen, dann auf den Rücken, neben der Bettstatt, um das Blut am Weiterlaufen zu hindern. Mit der freien Hand umklammerte sie das Amulett, das sie um den Hals trug. Loki hatte es für sie angefertigt. Ein Kreuz, wie es die Steinmetze auf der Mönchsinsel Iona viermal mannshoch aus Felsen schlugen. Winzige Verzierungen hatte Loki in das kleine Kreuz eingearbeitet, es sah täuschend ähnlich aus. Die Zeichen, hatte er behauptet, hielten bösen Zauber fern, und sie dabei vielsagend angesehen. Jetzt hielt Ravna das Kleinod fest, küsste den Ring in der Mitte, wo die beiden Schenkel sich kreuzten. Der Ring, der die Welt zusammenhielt.

Das durfte nicht geschehen. Eine neue Strafe, weil sie den Falschen liebte? Aber was konnte das Kind dafür? Wieder rief sie um Hilfe und blieb allein.

Ihr Gemahl war schneller als Ingrid. Er fand sie, immer noch auf dem Boden liegend. Seine Pupillen weiteten sich im Schreck. Während er sie mit kraftvollem Griff in seine Arme riss, brüllte er nach der Hebamme.

„Holt Flòraidh aus dem Dorf!“, bellte er. Seine Stimme spiegelte den gleichen Horror, den Ravna empfand. Die Vorstellung, dass er ihren Schmerz fühlte, empfand sie als tröstlich. Sie schmiegte sich an seinen Körper, während er sie hielt. Sie konnte nicht einmal schluchzen, so groß war der Schock über das, was geschah. Schritte polterten die Treppe herauf. Es war Aonghas, der es als Erstes zu ihnen schaffte.

„Was ist hier ...“ Er stockte mitten im Satz. „Bei allen Heiligen“, entfuhr es ihm, als sein Blick auf die Blutlache vor dem Bett fiel. „Ich renn ins Dorf.“

„Wir machen ein Neues“, sagte Somhairle sanft, Worte für Ravna, für niemanden sonst. „Wir machen ein Neues, *neamhnaid.* Alles wird gut.“ Seine Stimme bebte vor ungeweinten Tränen. Er sprach mit so viel Eindringlichkeit, dass es wirkte, als müsse er am meisten sich selbst überzeugen.

Ravna fror und zitterte. Sie hielten einander fest, während sie auf die Hebamme warteten, auf die Wehen, die allem ein Ende bereiten würden. Dem Leben des Prinzen, ihrem Glück, der Hoffnung. Drei Tage lang hatten sie mit den Heimkehrern gefeiert, hatte Ravna versucht, ihr Bestes zu geben, um die zu begrüßen, die jeden Gruß verdienten. Die reich beladen zurückgekommen waren. Somhairle war stolz gewesen wie ein Gockel, als er ihr die Stoffe zeigte, die er für sie erbeutet hatte. Die Aura des Unbesiegbaren hatte ihm angehaftet, die Kraft der Jugend und die Gewissheit, dass sich nichts und niemand ihm in den Weg stellen würde. Ihm, Somhairle MacGillebride, dem König von Argyll, der sich selbst auf den Thron über das Reich im Nebel der Zeit setzte. Wut begann in ihr zu kochen, gemeinsam mit ihrer Verzweiflung. War es am Ende seine Schuld, dass das Schicksal ihr nahm, was sie am meisten ersehnte? Weil kein Mann so viel Glück verdiente? Weil jeder Sieg mit einer Niederlage bezahlt werden musste?

Er öffnete ihre Finger, betrachtete das kleine Holzkreuz, dann drückte er ihre Hand wieder darum und küsste ihren Handrücken. Halb rechnete sie damit, dass er sie für ihren Aberglauben schalt, aber er tat es nicht. Er breitete Decken über sie, doch sie stieß ihn weg, wollte ihn nicht ansehen. Noch immer brachte sie kein Wort über die Lippen.

Zeit verlor ihre Bedeutung. Es waren vielleicht nur Minuten, bis die Hebamme kam, oder es waren Tage. Mit knappen Worten schickte Flòraidh Somhairle aus der Kammer und stellte Ravna Fragen, die ihr Schamesröte ins Gesicht trieben.

„Wann hast du das letzte Mal geblutet?“, wollte die Hebamme wissen. „Wie oft habt ihr das Lager geteilt und wann?“

Ravna wusste nicht, wozu all diese Fragen noch gut sein sollten, doch sie antwortete trotzdem, um das Gefühl zu haben, dass sie etwas taten. Sie protestierte auch nicht, als Flòraidh erst Ravnas Brüste betastete, dann ihren Bauch und zum Schluss die Stelle zwischen ihren Beinen, wo noch immer Blut lief.

Danach wusch Flòraidh sich die Hände, stemmte die Fäuste in die Hüften und sah Ravna mit gerunzelter Stirn an. „So lange du noch keine Wehen hast, ist es nicht vorbei. Schon dich und bleib liegen. Wenn du Glück hast, kommt dein Kind trotz allem im Herbst gesund und munter auf die Welt."

Zuerst meinte Ravna, nicht recht gehört zu haben. „Du meinst ..." Sie musste schlucken, um den Kloß in ihrer Kehle loszuwerden. „Ich bin noch immer schwanger?"

„Vielleicht bist du's, vielleicht auch nicht. Die Zeit wird's zeigen. Entweder du bekommst Wehen und dein Kind wird tot geboren, oder es bleibt in deinem Bauch und wächst weiter, bis es groß genug ist, um zu überleben. Niemand kann dem Schicksal befehlen."

Die Tränen, mit denen Ravna schon viel früher gerechnet hatte, stiegen ihr nun doch in die Augen. Sie schluckte, setzte sich auf, um Flòraidh zu danken. „Lass dir Silbermünzen geben und Essen und was immer du willst. Ich danke dir."

Flòraidh entzog ihr die Hand. „Ich hab nichts gemacht. Dank mir nicht zu früh, Herrin. Es ist noch nichts entschieden. Wenn du deinem Sohn etwas Gutes tun willst, sag dem Herrn, er soll die Hände von dir lassen, solange du blutest. Das Beste, was du für das Kind tun kannst, ist, dir Ruhe gönnen und im Bett zu bleiben. Keine Ausflüge ins Eiswasser, nicht einmal nur mit den Füßen."

Bevor Ravna etwas erwidern konnte, wandte die Hebamme sich ab und verschwand zur Tür hinaus. Ravna hörte, wie sie ihre Worte vor der Tür wiederholte. Nicht laut, aber eindringlich genug, damit sie es bis in die Kammer hörte. Die Stimme, die antwortete, gehörte Somhairle, doch er sprach leiser, sodass seine Antwort ihr verborgen blieb. Gleich darauf ging die Tür auf und der Herr von Drimnin trat ein.

In diesem Moment haftete ihm nichts Herrschaftliches an. Seine breiten Schultern waren nach vorne gesunken, er ließ den Kopf hängen, seinen Schritten fehlte die Kraft, die ihn sonst unfehlbar wirken ließ. Er setzte sich auf den Bettrand wie auf rohe Eier. Vorsichtig küsste er sie auf die Stirn, auf die tränenverklebten Augen, auf die Mundwinkel.

„Ich werd es nicht mehr tun“, versprach er. „Wenn es das ist, was dem Kind das Leben rettet, werde ich bis in den Herbst leben wie ein Mönch.“

Sie wollte nicht glauben, dass dies seine größte Sorge war. Sie schloss die Augen und schüttelte den Kopf. „Das wird Euch ja nicht schwer fallen, Mormaer“, schnappte sie. Sie hatten die erbeuteten Waren noch nicht alle verstaut, da begannen die Männer bereits über die nächste Fahrt zu reden. Der Sieg kribbelte ihnen in den Knochen und verlangte nach mehr, und auch wenn sie gemerkt hatte, dass Somhairle versuchte, sie vor den neuen Plänen zu schützen, hatte sie gespürt, dass er nicht anders war als die anderen. Dass er das Töten, Rauben und Siegen genauso brauchte wie Pflanzen Wasser und Sonne, um zu gedeihen. „Schließlich wirst du nicht hier sein.“

Schweigen legte sich zwischen sie. Sie wusste, dass sie ungerecht war. Seine Raubzüge sollten das Überleben seiner Untertanen sichern, nicht seinen Reichtum mehren. Sie war barsch und reizbar, aber sie konnte nichts dagegen tun. Sie war schwanger, bei allen Heiligen, und sie brauchte ihren Liebsten zuhause. Seine Stärke, seinen Schutz. Mehrmals sah sie, wie er dazu ansetzte, etwas zu sagen, und es dann bleiben ließ. Schließlich hielt sie die Distanz zwischen ihnen nicht mehr aus.

„Werden die Menschen wieder glauben, es sei meine Schuld? Dass ich auch ihren Prinzen verhext habe?“, fragte sie. „Fängt jetzt alles von vorn an?“

Er beugte sich über sie, hob das Kreuz von ihrer Haut, betrachtete es, dann berührte er es mit einem geflüsterten Gebet mit den Lippen. Er legte es zurück auf ihre Brust und legte ihre Hand darauf. „Ich werde jedem die Zunge spalten, der wagt, etwas Böses über dich zu sagen.“ Lange sah er sie an, unschlüssig, ob er weiterreden sollte. Seine Finger zuckten, aber er berührte sie nicht. Er war ein Krieger, ein Kämpfer, ein König. Aber er wusste auch, dass sie ihm die Finger abgebissen hätte, wenn er sie jetzt berührte. „Ich habe einen Boten nach Dublin geschickt, um von deinem Vater meine

Anerkennung als König von Argyll einzufordern", sagte er schließlich sehr leise. „Er sagt, Affraic sei nicht dort. Olave behauptet, sie besucht ihren alten Vater. Doch die Sklaven tuscheln, sie sei in die Berge geflohen. Zusammen mit ihrer Brut. Dorthin, wohin sie gehört."

„Affraic und Fionngula sind aus Dublin geflohen?" Ravna richtete sich auf, weil sie nicht glauben konnte, was Somhairle sagte. „Seit wann weißt du das?"

Angst schloss sich um sie, eisig wie der Odem der Hexe. „Sie wird uns finden, Somhairle. Sie fürchtet um ihre Macht, und sie schmiedet einen Plan, um diese Macht zu sichern. Sie wird einen Weg finden, uns zu schaden. Wie konnte ich nur einen Moment lang hoffen, mit dir glücklich zu werden?"

Somhairle war mit den Männern auf der Jagd.

Sie hatten gestritten, als sie ihn gefragt hatte, warum er das nicht seinen Untertanen überließ. Sie konnte akzeptieren, dass er keine Wahl hatte, als hinauszufahren, um Tribut und Geschenke von denen anzunehmen, die sich ihm unterwarfen, und jene zu zerstören, die es nicht taten. Das war, wozu er sich verpflichtet hatte. Das war, was ein König tat. Und eines war sicher: Somhairle MacGillebride behauptete nicht nur, ein König zu sein. Er war ein König. Herrscher über ein Land, das aus einem See aus Blut, Sturm und Nebel erst noch geboren wurde.

Aber die Jagd? Die verfluchte Jagd in seinen eigenen Bergen, hier, wo niemand wagen würde, die Axt gegen ihn oder die Seinen zu erheben? Er war der Mormaer. Er war der Herr über diese Menschen. Warum konnte er nicht von ihnen verlangen, das Rotwild zu erlegen und ihm und seiner Gemahlin die besten Stücke auf einem Silbertablett zu präsentieren?

Sie dachte nicht daran, wie stolz und glücklich sie wäre, wenn er nach Hause kam: dreckig, blutbesudelt, mit funkelnden Augen und der Begeisterung des erfolgreichen Jägers im Gesicht. Sie horchte in sich hinein, wie sie hier am Fenster der Kammer saß, blickte hinunter ans Ufer der Meerenge, wo

Muireann ihrem Sohn, der schneller wuchs als das Gras auf den Weiden, beibrachte, wie man flache Steine auf dem reglos unter der Sonne glitzernden Wasser hüpfen ließ.

Ravna dachte an die Veilchen in Minghasdhail, einen endlos scheinenden Teppich unter den tausend Jahre alten Eichen, der erblüht war und vermutlich vergehen würde, ohne dass Somhairle die Zeit fand, mit ihr hinzugehen. Loki war mit ihr gegangen.

Sie seufzte. Wenn ich Loki lieben könnte, wäre ich die glücklichste Frau der Welt, dachte sie. Denn Loki bleibt zuhause, Loki baut Schiffe und schlägt niemandem den Kopf ab.

Doch allein das Wissen, dass Somhairle erkannte, wie sehr Loki unter dem Töten leiden würde, sorgte dafür, dass sie ihren Mann mit einer Wildheit liebte, die sie manchmal ängstigte. Er war ein Krieger. Brutal, blutdurstig und hungrig auf Beute. Aber er war auch ein Herr, der jedem eine Gelegenheit gab, sich dort zu beweisen, wo er konnte.

Olave hätte nie verstanden, dass ein Mann wie Loki ihm als Krieger nicht von Nutzen war, aber als Schiffsbauer die Welt verändern konnte.

Ein glockenhelles Lachen hinter ihr erschreckte sie so sehr, dass ihr der Becher aus der Hand fiel. Leise scharrend rollte das Noppenglas über den Boden, eine Spur aus tiefrotem Wein hinterlassend. Sie fuhr herum.

„Ihr seid füreinander gemacht, mein Liebling“, sagte Gita. In ihrem durchscheinenden weißen Kleid, umgeben von einem Sternenregen. Sie war so schön, dass es den Augen wehtat, sie anzusehen.

„Du hast mir einmal gesagt, der Prinz von Cybi und ich seien füreinander gemacht.“

Statt einer Antwort lächelte Gita mit einer Weisheit, wie sie nur Wesen aus der Anderswelt zu eigen sein konnte. Dúil, die beim kalten Kamin saß, starrte den Geist an, und Ravna erschrak. Konnte das Lämmchen Gita ebenfalls sehen? Was bedeutete das?

Mit gütigen Augen blickte Gita das kleine Schaf an. „Sie ist wunderschön, Ravna. Du hast ein gutes Werk vollbracht, als du sie gerettet hast."

„Das Tuch ist noch nicht vollendet", sagte sie mit kratziger Stimme. „Ich habe kaum genug Faden, um einen Fingerhut zu weben. Sie ist noch zu klein."

„Ein Fingerhut?" Wieder lachte Gita. „Was für eine wunderbare Idee. Mach einen Fingerhut, mein Liebling."

„Du sagtest, ich solle ein Tuch machen."

Gita ging auf ihren Einwand nicht ein. „Wo hast du die Brosche, Ravna? Die Fibel, die dein Gemahl dir zur Hochzeit geschenkt hat?"

„Der Gemahl, für den ich nicht bestimmt war?"

„Sei nicht starrköpfig, Liebling. Hast du sie?"

Ravna stand auf und ging zum Kamin, auf dessen Sims das kunstvoll bemalte Holzkästchen mit der Fibel stand. Als sie ganz nah an Gita vorbeiging, spürte sie nichts als einen kühlen Luftzug. Sie wusste, dass sie den Geist ihrer Mutter nicht berühren konnte, und Traurigkeit erfüllte sie. Doch als sie die Fibel von ihrem Bett aus gestohlenem Samt nahm und Gita die Hand danach ausstreckte, stellte sie fest, dass das Schmuckstück auf Gitas Handfläche liegenblieb.

Magie.

„Die erste Blüte", sagte Gita wie zu sich selbst, „als du deine Angst vor deinem Gemahl überwandest und er begann, dich als Partnerin zu sehen. Als ihr angefangen habt, einander zu vertrauen." Ein halb durchsichtiger Finger berührte die Blüte in der Mitte. „Die zweite Knospe sprang auf, als eure Liebe erblühte. Sie ist die schönste, siehst du?"

„Woher weißt du überhaupt von dieser Fibel?", wollte Ravna wissen. „Sie gehörte seiner Mutter."

„Es gibt Dinge zwischen Himmel und Erde, die größer sind als wir, stärker als wir, aber die wir nicht lernen können, nur fühlen." Sie strich mit einer Fingerkuppe über die letzte, noch geschlossene Knospe. „Wenn dein Gemahl die Anderswelt akzeptiert, wird die letzte Blüte aufbrechen. Nur dann wird er tun können, wofür er geboren wurde. Wenn er versteht, dass man nicht alles erklären kann, wenn in ihm sich das Wissen der alten und neuen Welt vereint. Du musst diese Brosche polieren, Ravna." Gita hob den Blick vom Schmuckstück und zwinkerte Ravna zu, als sei diese ein kleines Mädchen und das alles ein Spiel. „Dazu genügt auch ein Tuch in der Größe eines Fingerhuts. Wenn wir es recht betrachten, kommst du mit einem kleinen Fingerhut auch viel besser in all die Kerben und Muster, nicht wahr?"

„Aber Somhairle glaubt nicht an die Anderswelt", erklärte Ravna.

„Wer hat ihm das Fell gezeigt, das er der Seehundfrau gestohlen hat?"

„Hat er nicht." Trotz schlich sich in ihre Stimme. „Sie hätte es jederzeit wieder an sich nehmen können. Aber sie will ihn nicht hergeben."

„Mein Liebling." Als Gita die Fibel wieder auf Ravnas Hand legte, war das Silber kalt wie Eis. Ravna schauderte. „Er gehört nicht ihr, Ravna. Er gehört dir. Die Seehundfrau musste das lernen. Sie war für ihn da, als er sie brauchte, aber sie ist nicht für ihn bestimmt. Sie ist ein Wesen aus dem Meer. Somhairle hat es längst begriffen. Das ist dein Verdienst. Er gibt es nicht zu, weil sein Kopf sich noch dagegen wehrt. Du musst diese Fibel polieren. Die letzte Knospe ist störrisch, weil dein Gemahl störrisch ist, aber sie wird erblühen. Dann wird die Fibel in einem Licht leuchten, das den Vollmond in den Schatten stellt."

„Und Fiadh?", verlangte sie zu wissen. „Was hat das mit Fiadh zu tun?"

„Die Liebe wird Fiadh erlösen." Der Sternenregen, der Gita umgab, begann, himmelwärts zu fließen. Das Zeichen, dass die Erscheinung an Kraft verlor. „Die Liebe zwischen deinem Gemahl und dir."

Wieder einmal musste Ravna sich zusammenreißen, um nicht danach zu greifen. Sie wusste, dass sie es nicht schaffte, und es wirkte unbeholfen und kindisch, es dennoch zu versuchen. Tränen brannten in ihren Augenwinkeln.

„Die Liebe, Ravna. Erinnerst du dich an den Quell, von dem Fiadh trank, als er verwandelt wurde?"

„Ja."

„Kehre an diesen Ort zurück. Den Ort, an dem alles begann. Wirf die Brosche in jenen Quell. Das Licht eurer Liebe wird Affraics Macht brechen und Fiadhs Seele den Weg leuchten. Dein Bruder wird wieder er selbst sein."

„Mutter!" Nur noch ein Glitzern erinnerte an Gita. Panik griff nach Ravna. Die Quelle war so weit weg. Unerreichbar in ihrem Zustand. „Ich kann nicht so weit laufen! Ich werde mein Kind verlieren, wenn ich ..." Und was, wenn es darum geht?, dachte sie plötzlich. Was, wenn ich dieses Kind für Fiadh opfern muss, weil es nicht das Kind von Cybi ist? Aber ich will es nicht verlieren. Krampfend presste sie die Hände unter ihren Bauch. Er ist Somhairles Sohn. Mein Sohn. Ich will ihn nicht verlieren. Ich liebe ihn. Ich liebe Somhairle. Ich liebe Kinelvadon.

Gitas Lachen war ein Echo in der Frühlingsluft, in der eine Ahnung des nahenden Sommers schwang. „Finde einen Weg, mein Liebling. Leb wohl, Ravna NicGithai, leb wohl. Du hast alles richtig gemacht, mein Schatz."

Leb wohl? Was hieß das? Gita war nie mit einem Lebwohl gegangen. Sie war ... Als Ravna begriff, dass dies der letzte Gruß ihrer Mutter war, wurde sie von einer so zerstörerischen Traurigkeit erfasst, dass nur ihre Hand an der Fensteröffnung der Kammer sie davor bewahrte, zu einem Häufchen Elend zusammenzubrechen. Sie starrte aus dem Fenster, als könne sie Gita dort draußen davonfliegen sehen.

Stattdessen sah sie die Schiffe.

Sie kamen nicht von Osten, vom See Aline herauf. Sie kamen von Westen.

Ravnas Lippen öffneten sich zu einem stummen Schrei.

Aedan, Seisyll und Aonghas waren an Somhairles Seite, als er zur Burg zurückritt. Die anderen sechs Männer des Jagdtrupps begleiteten den Karren, der die Kadaver der erlegten

Tiere nach Drimnin brachte. Somhairle wollte nicht warten. Er wollte zurück, so schnell es ging.

Er machte sich Sorgen. Ravnas Übelkeit wurde schlimmer, oft blutete sie, vor allem morgens beim Aufstehen, und er musste sie mit sanfter Gewalt überreden, liegenzubleiben. Er selbst war gereizt und unleidlich, weil er in vielen Gesichtern in seiner Halle das altbekannte Misstrauen wiederzufinden glaubte. Eine Frau, die ihr Kind nicht mit Kraft und Stolz zu tragen vermochte? Hatte der Mormaer nicht Besseres verdient? Muireann hatte noch mit Callum im Bauch das Schwert geschwungen. Bewies das nicht, wer die wahre Herrin von Drimnin war?

Vielleicht redete er sich aber auch etwas ein. Vielleicht sah er Dinge in Gesichtern, die nicht dort waren. Er hatte das Gefühl, als sei seine Haut dünn wie zu oft abgeschabtes Pergament. Überall witterte er Missgunst. Manchmal war er nur Haaresbreite davon entfernt, jemandem, in dessen Augen er böse Gedanken zu lesen glaubte, den Kopf abschlagen zu wollen.

Die Gesellschaft seiner besten, ältesten Freunde beruhigte seine Nerven, aber er wollte nach Hause. Wollte bei Ravna sein. Auf sie achten. Warum war er überhaupt losgeritten zur Jagd? Hätte er nicht die anderen allein ziehen lassen können?

Zu Anfang hatte Ingrid behauptet, dass Ravnas Probleme mit der Schwangerschaft sich mit der Zeit legen würden. Sie hatte gelogen. Ravna trug schwer an seinem Sohn. Sie war oft krank, und selbst wenn es ihr körperlich gut ging, war ihre Laune noch immer unberechenbar. Sie weinte, dann wurde sie wütend und im nächsten Augenblick strahlte sie vor Kampfkraft und Vorfreude. An einem Tag machte es ihr Freude, wenn er Ingrid anwies, gegarte Trockenpflaumen in Ravnas Brei zu geben. Am nächsten Tag bereitete ihr allein der Geruch Übelkeit und sie schwor, Pflaumen noch nie gemocht zu haben. Somhairle versuchte nicht mehr, sie zu verstehen. Einige der Frauen, die viele Kinder geboren hatten, sagten, dass dies an der Schwangerschaft lag und vorbei sein würde, sobald der Säugling an der Brust lag. Somhairle hätte zu gern gewusst, was sie sonst noch sagten. Dann, wenn er sie nicht hören konnte.

Er wusste nicht mehr, was er glauben sollte. Manchmal fragte er sich, ob die Lügen und Fehler schon an jenem Herbsttag begonnen hatten, als Harald und Gita dem acht Jahre alten Somerled eröffneten, dass er die gerade erst geborene Ragnhild Olavesdatter heiraten würde. Ein alternder Mann und eine möglicherweise verwirrte Frau, die einen Entschluss gefasst hatten und ihn als Prophezeiung ausmalten, um wichtiger zu sein, als sie waren. Er schüttelte sich. Was, wenn alles eine Lüge war?

Doch dann dachte er an zwei Wochen Sturm über Kinelvadon, er dachte an die plötzliche Rückkehr der Sonne und daran, dass sie seither verschont geblieben waren. Dass ein Frühling hinter ihnen lag, der warmen Regen und selten Wind gebracht hatte. Er dachte an die Felder in Claggan, die so reiche Ernte bringen würden, dass es für sein ganzes Land reichte, und dass es schwer werden würde, das ganze Korn zu lagern. Von bevorstehenden Raubzügen würde er mehr Gold mitbringen, aber kein Korn mehr, weil er nicht wusste, wohin damit. Er dachte an sein Land, an Argyll, an die Inseln und Landstriche, die ihm gehörten, weil die Menschen wollten, dass er sie beschützte. Er sollte es sein, an den sie Abgaben leisteten, damit seine Schiffe dafür sorgten, dass die Nordmänner nicht wiederkamen.

Im See Aline lagen fünfzig Snekkas, zwei erbeutete Drachenschiffe und seine Draconia, die Loki vom Kiel auf erbaut hatte. Die Gebiete unter seiner Kontrolle umfassten das Doppelte wie noch vor einem Jahr. David, König von Alba, hatte eine Abordnung nach Drimnin geschickt, um Somhairle, dem Herrn von Argyll und den Inseln, seine Wertschätzung entgegenzubringen und ihm dafür zu danken, dass er die Nordmänner zurückdrängte. Er schlug ihm eine Allianz vor. Nicht mit irgendwem. Mit David von Alba, der in seiner Burg in Roxburgh saß und mit Henry von England Schach spielte, wenn sie nicht gerade Krieg führten.

„Somhairle?"

Er wandte sich um, als Aonghas‘ Stimme ihn aus den Gedanken riss. Er blickte den Freund an, aber der schaute an ihm vorbei und hob die Hand. Hinüber nach Muile ging seine Geste, zur Westküste, wo die Berge der Insel in sanft ansteigendem Hügelland ihren Anfang nahmen.

Wo eine fingerdünne Rauchsäule kerzengerade in den Himmel stieg. Einen Augenblick lang starrte Somhairle darauf, unfähig, das, was er sah, einzuordnen. Dunkler Rauch, das Zeichen, dass die Fischer von Muile Feinde ausmachten. Fast kam es ihm vor, als habe er diesen Moment schon einmal erlebt. Eine Erinnerung an den Tag, als Olave gekommen war, um ihm Ravna zu entreißen.

Der Rappe unter Somhairle schnaubte und brach zur Seite aus. Er brachte ihn wieder unter Kontrolle. Muile und Kinelvadon waren das Herz seines Reiches. Hier lagen seine Schiffe, hier zog er seine Männer zusammen, hier übten sich den ganzen Sommer lang junge, starke Männer in der Kriegskunst und darin, die kleinen Snekkas im aufgewühlten Wasser zu manövrieren. Argyll gehörte ihm, unwegsame Berge mit gut bewachten Pässen. Niemand würde es wagen, hier anzugreifen.

Und doch war der aufsteigende Rauch dunkel. Wurde mehr, wurde schwarz.

Er stieß einen Fluch aus und hieb dem Rappen die Fersen in die Flanken. Mit einem Aufheulen machte das Pferd einen Satz, dann galoppierte es durch den festen Sand, der die Flutlinie markierte, und Somhairle war dankbar, dieses Pferd zu besitzen. Seine Freunde schafften es kaum, ihm zu folgen.

KAPITEL 25

Alles, woran er denken konnte, war Ravna. Während aufspritzendes Meerwasser sein Gesicht kühlte und das Pferd unter ihm schnaufte, war er sicher, dass Aonghas an Editha dachte und Seisyll, Gott steh ihm bei, an Ingrid. Dass jeder der Männer, die das Herannahen des Feindes beobachteten, an seine Familie dachte. An die Frauen und Kinder, die sie zurückgelassen hatten. Schutzlos, bis auf die Wachen auf der Feste. Denn das war, was wichtig war, oder? Die Menschen, die einem am Herzen lagen, die der Seele ein Zuhause boten, ganz gleich, wo man war. Dafür kämpften sie. Dass diese Frauen, diese Kinder in einer Welt leben konnten, die ihnen gehörte. Sie kämpften und sie starben dafür.

Sie hasteten vorbei am Caisteal nan Con. Noch eine sanfte Biegung des Ufers. Er kannte jeden Stein, jeden Felsblock, der aus diesem Wasser ragte. Er wusste, wann die Zinnen von Drimnin über den jungen Erlen sichtbar wurden, die in Ufernähe wuchsen.

Doch er sah nur die Schiffe.

Zu weit draußen, um das Emblem zu erkennen. Weit genug draußen, dass ihnen ein wenig Zeit blieb.

Drei Snekkas und ein erbeutetes Drachenschiff lagen vor Drimnin vor Anker. Zuwenig. Somhairle zügelte den Rappen, als er die Außenmauer erreichte, und sprang ab, noch ehe das Pferd stand. Den Zügel warf er Kenneth zu. „Bring ihn hinein, dann komm wieder!“, rief er. Der Junge, bleich und mit roten Flecken auf den Wangen, nickte.

Aonghas, Aedan und Seisyll trafen ein. Aonghas machte sich sofort daran, die Bemannung der Schiffe zu beaufsichtigen. Somhairle schickte Aedan in die Dörfer, um die Männer zu holen, die auf den Heuwiesen arbeiteten. Seisyll rief etwas und wedelte mit dem Arm hinüber nach Muile. Eine breite Wand aus Rauch erhob sich dort, wo das Dorf Barnacarraidh lag. Eine solche Wand entstand nicht durch das Verbrennen einzelner Häuser. Dort brannten Felder. Somhairles Blut begann zu kochen, zu sieden. Wut kroch in jeden Winkel seines Körpers. Wut und Entschlossenheit. Jemand reichte ihm seine Streitaxt, er schaute gar nicht hin, umklammerte den Griff. In seinem Nacken spürte er Ravnas Blicke. Er wollte ihr zurufen, sie solle vom Fenster weggehen, sich in Sicherheit bringen. Er wollte ihr sagen, dass er nicht wollte, dass sie die Hölle mitansah, die hier gleich losbrechen würde. Aber er wusste, dass sie nicht auf ihn hören würde. Er warf die Axt von einer Hand in die andere. Kenneth kam mit seinem Helm und dem gehämmerten Harnisch, half ihm beim Anlegen.

Der Helm bewirkte etwas in ihm. Es war, als würde der Wolf, der in ihm lebte, durch den Helm geweckt. Er knurrte, grollte. Blutdurst züngelte durch sein Bewusstsein. Muireann hatte einmal zu ihm gesagt, dass er der vollkommenste Berserker sei, den sie jemals gesehen hatte.

Aus Somhairle MacGillebride wurde durch Helm und Axt Somerled Gillebridesson, ein Wikinger, der zum Töten geboren war.

Er würde sie beschützen. Sie alle. Seine Frau. Sein Kind. Callum. Muireann. Er würde nicht zulassen, dass irgendwer nahe genug an Drimnin herankam, um ihm zu nehmen, was ihm alles bedeutete. Das hier war, wozu er geboren war. Für die Menschen zu kämpfen, die sich ihm anvertrauten. Für die Frau zu siegen, der er sein Herz in den Schoß gelegt hatte. Die an ihn glaubte, so wie jeder einzelne Kopf hier.

Ehrfurchtsvoll blickte Kenneth zu ihm auf, und Somhairle wünschte sich plötzlich nichts sehnlicher, als auch diesen Kampf zu überleben. Um Callum heranwachsen zu sehen, um zu erleben, wie auch sein Sohn mit Ravna ihn ansah wie Kenneth in diesem Moment. Ehrfürchtig und voller Überzeugung, dass er allein in der Lage war, die Flotte, die sich auf Kinelvadon zuwälzte, aufzuhalten. Selbst wenn jeder seiner Soldaten fiel, Somerled Gillebridesson, Enkel des Jarl von Orkney, würde nicht zulassen, dass ein einziger Wikinger seinen Fuß ungestraft auf den Strand von Drimnin setzte. Das sagten die Augen des Jungen.

Ich bin kein Gott, wollte er Kenneth sagen. Stattdessen lächelte er.

Aedan preschte mit sechs anderen Männern auf den Pferden an ihm vorbei und beendete den Moment. Staub wirbelte unter den Hufen auf. Der bullige Ulstermann würde am Aline die Männer im Hafen kommandieren. Wenige Krieger waren unter ihnen, aber selbst der niedrigste Zimmermann in Acharn wusste, wie man eine Kriegsaxt schwang. In Kinlochaird, Claggan und Acharn würde Aedan vielleicht noch einmal fünfzig oder hundert Männer auftreiben, die Schiffe bemannen und den Hafen decken konnten. Die Wikinger würden versuchen, in den See einzudringen und die Flotte zu zerstören. Wenn es Somhairle und Aonghas nicht gelang, sie schon vor Drimnin aufzuhalten, musste Aedan den See schützen.

Knapp hundertfünfzig Mann brachte Drimnin auf. Mehr kamen aus Minghasdhail und Ackleanan. Genug, um die Snekkas und das Drachenschiff zu besetzen und ein paar Krieger auf dem Strand zu lassen.

Somhairle stapfte hinunter zu Aonghas, der die Krallen in den Schiffen verteilte, die ebenfalls eine Idee von Loki gewesen waren. Gott segne dich, Loki. Oder meinetwegen soll es Thor sein, der dich segnet, dachte Somhairle. Es ist mir gleich, solange jemand, der größer ist als ich, seine schützende Hand über dich hält.

„Geh auf die Draconia“, sagte Somhairle zu Aonghas. Niemandem sonst würde er das Kommando über seinen größten Stolz anvertrauen. Aonghas stand ihm näher als ein Bruder. Ihm hatte er oft genug sein Leben anvertraut. Er würde ihm auch sein Schiff geben.

„Sie ist dein Schiff.“

„Heute gehört sie dir. Lass eine Snekka hier vor Drimnin zur Verteidigung, die anderen nimmst du mit.“ Er legte dem drahtigen Fischerssohn eine Hand auf die Schulter. Vor einem Kampf waren Aonghas‘Augen weit, die Pupillen kaum zu sehen. Blutunterlaufen. Seine Nasenflügel bebten, die Lippen zurückgezogen wie bei einem angriffslustigen Wolf. Auch in Aonghas erkannte Somhairle den Berserker, den Muireann in ihm selbst zu sehen behauptete. „Blut, Aonghas. Lass sie bluten. Bring mir Sverres Kopf."

„Du glaubst, dass das Sverre ist?"

„Sverre ist mit Kolbeinn verbündet. Kein anderer außer Sverre hat den Schneid oder die Dummheit, hier eindringen zu wollen. Kolbeinn kann es nicht auf sich sitzen lassen, dass wir ihm vor Sgalpaigh entwischt sind. Jetzt schickt er Sverre. Bring mir seinen Kopf, hörst du?" Er legte seine Stirn an die des Freudes, legte Aonghas die Hand in den Nacken und sah ihm tief in die Augen. Brüder, dachte er. Brüder im Kampf, geboren in Blut. Wir mögen uns voneinander entfernt haben, aber wenn es drauf ankommt, ist alles, wie es immer war. „Bring mir Langschiffe voller Wikingerblut. Niemand wird uns nehmen, was uns gehört."

Aonghas nickte. Der Moment war vorbei. Seine Stimme klang fest und sicher, als er sprach. „Du bleibst hier?"

Somhairle wies nach Westen. Um die Biegung der Meerenge herum tauchten sie auf. Wo Muile, Kinelvadon und Aird nam Murchain sich im Wasser küssten wie drei Liebende, schälten sich die Umrisse von drei Langschiffen aus dem Horizont. Nur drei, aber vermutlich kamen hinter ihnen mehr. Das vorderste Schiff hatte das Segel gesetzt, die anderen wurden gerudert. Auch wenn der Stoff des Segels in der Windstille schlaff herunterhing, war das Emblem zu erkennen: Ein goldfarbener Fuchskopf. Er hatte Recht behalten. Das war Sverres Emblem.

Aonghas stieß einen Schrei aus, an dem nichts menschlich war. Es war Sverres Vater gewesen, der Aonghas' Familie ausgelöscht hatte. Vor vielen Jahren, in einem anderen Leben, einer anderen Zeit.

Dann sahen sie die Signalfeuer im Osten von Muile, und Somhairles Herz sank in einem brutalen Schlag bis in seine Magengrube. Sie kamen von beiden Seiten. Schwarze Rauchschwaden über Argyll und Lismore. Die drei Schiffe, die von Westen kamen, waren nichts als eine Ablenkung. Wenn Sverre sich die Mühe machte, gleichzeitig von Osten her anzugreifen, würde dort seine Hauptstreitmacht heraufkommen.

Dann würde der See Aline und alles, was darin schwamm, überrannt werden. Dann würde Claggan brennen.

„Segel nach Osten!“, beschwor er Aonghas. „Keine Heldentaten! Kundschafte seine Stärke aus. Greif nicht an, es sei denn, du bist sicher, du bist stärker. Warte ab, lass sie kommen. Schütz unseren Hafen und zerreiß Sverres Flotte, ein Schiff nach dem anderen. Ich bleibe hier.“ Als er aufblickte, sah er die drei Schiffe, die sich von Westen her näherten. Vier kleinere dahinter. Er spürte sein Herz rasen. Wenn er die Augen schloss, sah er Drimnin, an dessen Wänden Blut herablief. So wie damals in Caisteal nan Con. Er verdrängte die Erinnerung, ließ die Augen offen, damit die Schreckensbilder keinen Platz hatten. An ihrer Stelle ließ er den Anblick der Schiffe in seinen Geist sickern und wusste, dass er sie schlagen würde. Ganz gleich, wie wenige Männer er hatte. Ganz gleich, wie viele Schiffe der andere brachte. Er würde siegen.

„Wenn die alle voll bemannt sind, bringt er vierhundert Mann an diesen Strand! Dir bleiben vielleicht hundert, wenn du mich nach Osten schickst.“

„Du rettest für mich die Schiffe im Aline, wenn ich dich nach Osten schicke.“ Er gab Aonghas einen Stoß. „Rudere, Mann! Sie werden glauben, dass wir fliehen, wenn sie dich wegrudern sehen. Sie werden nicht wissen, wieviele noch hier sind.“

Stille kehrte ein, als die beiden Snekkas sich nach Osten wandten und die Stimmen und Takttrommeln verklangen. Im Osten brannten immer mehr Warnfeuer. Auf Muile stieg die Wand aus Rauch von den Feldern auf. Im Angesicht Sverres zu sehen, wie zwei Schiffe, die Drimnin schützen konnten, auch wenn sie noch so klein waren, abdrehten und nach Osten fuhren, trieb so manchem der knapp hundert Mann, die zurückgeblieben waren, Tränen in die Augen.

Somhairle stand am Ufer. Wasser umspülte seine Füße in den leichten Stiefeln, und er wünschte, er könnte sich erinnern, welche Worte Ravna zu ihm gesagt hatte, als er sich das letzte Mal von ihr verabschiedet hatte.

Er drehte sich um. Weg von den Schiffen, hin zu seiner Burg. Zu seinen Männern. Nur noch wenige Herzschläge, und die Langschiffe waren nah genug, dass Armbrustbolzen ihn erreichen würden. Er blieb stehen, dachte nicht darüber nach.

„Sie sind mehr als wir", sagte er, die Stimme klar, sie trug übers Land, übers Wasser. Es war die Stimme eines Königs. „Aber dies ist unser Zuhause. Es ist unser Land. Ist es immer gewesen. Die Zeiten, da wir den Schwanz eingezogen haben, wenn diese Segel am Horizont auftauchten, sind vorbei. Nie mehr werden wir zulassen, dass ein Nordmann uns nimmt, was unser ist." Er hob die Streitaxt und den rot bemalten Holzschild, den Kenneth ihm reichte. „In wenigen Stunden wird dieser Strand rot sein von Blut. Schwört mir das, Männer von Kinelvadon! Wir werden diese Küste mit Wikingerblut tränken, dass die Erde ewig rot sein wird. Lasst die rote Erde das Einzige sein, was von den Nordmännern in unserem Land bleibt! Schwört mir das!"

Die erfahrenen Kämpfer, die in vorderster Reihe standen, waren die Ersten, die mit Äxten und Hämmern gegen ihre Schilde schlugen. Die Rufe und Schreie, die sie ausstießen, waren keine Worte. Sie waren Gebrüll, das aus dem Herzen kam. Sie waren das Erbe des nordischen Blutes, das in jedem von ihnen floss, ganz gleich, vor wie vielen Generationen sie sich vom König von Dänemark abgewandt hatten.

Somhairle blickte an seinem Wohnturm hinauf. Mit eigenen Händen hatte er Steine aufeinandergestapelt, um diese Burg zu bauen. Kein Wikinger würde ihm nehmen, was ihm gehörte. Als sein Blick an der Mauer hinabglitt und das weit offen stehende Tor streifte, das für die herannahenden Schiffe wie eine Einladung wirken musste, sah er Ravna. Den Bauch hoch gerundet, in einer Hand ein Schwert. In der anderen Hand Leinenstreifen. Sie würde nicht weichen, ganz gleich, was er ihr jetzt sagte. Sie würde dort bleiben, bereit, zerschlagene Krieger zusammenzuflicken, und ebenso bereit, sich mit dem Schwert zu verteidigen. Sich und ihren Sohn.

In stillem Respekt neigte er den Kopf zu ihr.

Sie zogen sich bis an die Mauer zurück, die die Burg einfasste. Somhairle positionierte dreißig Schützen mit kurzen keltischen Bögen auf den Zinnen. Sie waren die einzigen, die angriffen, als eines nach dem anderen die Langschiffe auf der Sandbank vor dem Ufer anlandeten. Die dünne, durchbrochene Reihe von Männern entlang der Burgmauer, die sich mit kreisrunden Holzschilden nach nordischem Vorbild schützten, musste den Wikingern wie eine kinderleichte Beute erscheinen.

Sverres Meute nahm sich nicht einmal die Zeit, sich zu formieren. So, wie sie aus ihren Schiffen herunter ins Wasser sprangen, rannten sie los, tief im Schlick einsinkend, viele mit Schwertern, die sie von den gälischen Fürsten auf den Inseln geraubt haben mussten. Einige mit ihren althergebrachten Streitäxten. Dieselben wie die, deren Griff Somhairle hinter seinem Schild umklammerte. Er überschlug im Kopf die Zahlen. Er selbst hatte neben seinen dreißig Bogenschützen noch etwas mehr als fünfzig Mann, die kämpfen konnten.

Aus dem Augenwinkel sah er Muireann, die durchs Tor nach draußen trat. Misstrauisch blickte sie zu ihm herüber, aber er hielt sie nicht auf, als sie sich an der Mauer entlangschob und sich einreihte. Muireann konnte töten. Und ebenso wie er verteidigte sie etwas, das ihr am Herzen lag.

Fast dreihundert Nordmänner ergossen sich auf den Strand. Somhairle erkannte den, der das Kommando hatte. Seine Finger erkalteten am Griff der Axt. Jarl Sverres Cousin, ein Mann namens Haakon Scharfzahn. Als sie Sverre von Tiree vertrieben hatten, hatte Haakon ihm im Zweikampf die Speersitze durch den Oberarm getrieben und war ihm dann entkommen. Sie waren sich erneut begegnet, vor Kurzem erst, in Sleat. Somhairles Atem beschleunigte sich, wurde hart.

Die ersten Schwerter krachten auf Schilde, die ersten Männer brüllten auf. Blut spritzte ihm ins Gesicht, als ein Wikinger den Krieger neben ihm unterlief und diesem ins Messer rannte. Er sah nichts mehr. Nur Haakon.

Der Hüne mit den hüftlangen Haaren und dem roten Bart stolzierte über den Strand von Drimnin, als sei er hier zuhause. Breitbeinig blieb er stehen, brüllte irgendwas, das Somhairle im Schlachtgeschrei nicht verstand. Seine Krieger stießen sich von der Wand ab und warfen sich den Angreifern entgegen. Somhairle vermied den Blick zurück, ob Ravna immer noch beim Tor stand. Er wollte nicht, dass sie da stand. Er wollte, dass sie in der Kammer war, geschützt von dicken Mauern. Aber er konnte ihr nicht befehlen. Das verstand er jetzt.

Sein Atem dröhnte in den Ohren. Der Schild hinderte ihn beim Laufen. Er warf das schwere Teil von sich und schlug mit der Axt ein Schwert beiseite, das einer der Angreifer auf ihn herabsausen ließ. Die Wucht des Aufpralls schickte ihn in die Knie. Er rollte sich ab, fühlte das sommerwarme Gras überdeutlich an seiner Haut. Er dachte an Veilchen. Er rollte über einen Leichnam, wusste nicht ob Freund oder Feind, riss beidhändig die Axt herum und spürte, wie sich die Klinge in den Leib des Schwertschwingers fraß. Als er seine Waffe aus dem Körper des anderen herausriss, ging ein Blutregen auf ihn nieder. Er kam auf die Füße, ehe der Sterbende ihn unter sich begrub. Im Laufen hob er dessen Schwert auf und schob es unter die Schnüre, die sein Wams im Rücken zusammenhielten.

Haakon stand noch immer dort, wo der grüne Hang in den silbergrauen Strand überging, brüllte, wedelte mit den Armen, als würde er seine Männer auf diese Weise anleiten. Seine Krieger fielen wie die Fliegen. Die Gegenwehr, auf die sie stießen, übertraf alles, was sie hatten erwarten können. Als eine von Somhairles Snekkas hinter den Wikingerschiffen auf die Sandbank scharrte, spie sie mehr als dreißig von Rachedurst befeuerte Gälen in den Rücken der Angreifer. Die Bogenschützen auf den Zinnen setzten in Pech getunkte Pfeile in Brand. Mit einem todbringenden Surren zischten die Geschosse über das Schlachtfeld. Zuerst flammte das Segel des größten der Langschiffe auf, dann die hoch im Wasser liegenden Rümpfe der anderen. Ganz verbrennen würden sie nicht, aber sie würden unbrauchbar werden. Somhairle erschlug zwei weitere Wikinger mit der Axt, dann stand er dem, den er suchte, gegenüber.

Ein Pfeil hatte Haakon an der Schläfe gestreift. Blut lief ihm übers Gesicht, tropfte über zu einem Zähnefletschen hochgezogene Lippen.

„Somerled Gillebridesson", röhrte der Rothaarige und lachte wie ein Wahnsinniger.

„Mein Name ist Somhairle Mor MacGillebride, Mormaer von Kinelvadon und Muile, König von Argyll, Herr über Tiree, Coll, Ard nam Murchain und Sleat. Du wirst dein Knie vor mir beugen!", brüllte er zurück in der Sprache, die seine Mutter ihn gelehrt hatte. Blut tropfte von der Schneide der Axt, die er vor sich hielt. Jetzt spürte er auch, dass jemand ihn am Oberschenkel erwischt hatte. Er fühlte keinen Schmerz, nur das Blut, das an seinem Bein hinabrann und in den Stiefel lief.

Haakon gönnte sich ein Lachen. „Ein Dieb und Spitzbube bist du, ein Mörder und ewig Gestriger. Wir werden deine Spuren von diesen Inseln tilgen, bis niemand sich an deinen Namen erinnert. Wir werden deine Leiche verbrennen und mit der Asche die Fische dieser Wasser füttern. Ein Lügner bist du obendrein, denn Sleat gehört mir. Du hattest Glück, letzten Sommer, mehr nicht. Doch kein Glück hält ewig."

Somhairle verlor die Geduld. Seine Hände juckten. Sie wollten töten. „Was willst du? Mich zu Tode schwatzen?"

„Dir Gelegenheit geben, vor mir davonzulaufen, Sohn eines gälischen Feiglings. Wenn ich mein Schwert erstmal hebe, bist du so tot wie der Stein da." Er wies auf einen vom Meer rundgewaschenen Kiesel neben seinem linken Fuß. In dem Augenblick, als Somhairles Blick der Richtung folgte, riss der Wikinger mit atemberaubender Geschwindigkeit sein Schwert aus der Scheide. Das Sirren, mit dem die Klinge die Luft zerschnitt, war für einen Herzschlag das einzige Geräusch, das an Somhairles Ohr drang. Er ging in die Knie. Der Schlag rauschte über seinen Kopf hinweg. Der Griff der Axt war glitschig von Blut. Haakons Fuß, der in einem Stiefel aus steifem Rindsleder steckte, traf ihn in die Seite. Die Fußspitze war mit Eisen verstärkt. Somhairle stürzte, rappelte sich auf, wich einem weiteren Schwerthieb aus und kam mit einer schnellen Drehung hinter den bärenstarken Wikinger. Er riss die Axt hoch. Die Klinge prallte auf einen Widerstand. Einer von Haakons Leibwächtern, junge Ruderer, die nur dafür da waren, auf das Leben ihres Fürsten zu achten, hatte sich dazwischengeworfen und den Hieb mit seinem eisenbeschlagenen Schild abgefangen.

Somhairle sah rot. Seine Hände troffen vor Blut. Seines? Das von anderen? Er spürte keine Schmerzen. Er spürte das Rauschen in seinem Körper, die Mordlust. Niemand nahm ihm Drimnin. Er nahm die Axt in die Linke und drosch mit dem Heft der Waffe den Jungen aus dem Weg, dann zog er das Schwert in seinem Rücken. Ziehen und Schwingen waren eine einzige Bewegung. Wieder warf der Junge sich vor, schrie etwas mit unnatürlich hoher Stimme. Eine Stimme, die abbrach wie abgeschnitten, als Somhairles Schwerthieb ihm den Kopf vom Rumpf abtrennte. Er sah nicht hin. Er sah auf Haakon. Sein Schwert krachte auf die Klinge des Wikingers. Er holte erneut aus, drehte sich, um dem Stoß, den Haakon von unten führte, auszuweichen. Jemand kreischte, ganz nah, dann flog ein Leichnam zwischen ihm und Haakon zu Boden, den Schlaghammer noch zwischen den Händen. Haakon stolperte, fing sich, riss erneut das Schwert von unten hoch, traf Somhairle unterhalb des Knies und fügte ihm einen bösen Schnitt zu.

Somhairle holte mit beiden Armen aus. Die Axt in der Linken, das Schwert in der Rechten. Er schrie. Schmerzen? Oh ja, er fühlte, wie die Kraft aus ihm heraussprudelte zusammen mit seinem Blut. Schlieren gingen vor seinen Augen nieder. Davor Haakons siegessicheres Grinsen.

Die Axt traf zuerst. Traf Haakons Schulter mit einem mörderischen Schlag, der den Wikinger auf die Seite schleuderte. Dort wartete Somhairles Schwert. Die Klinge fraß sich tief in die andere Schulter, durchschlug den Ringpanzer unter dem Wams, eine Blutfontäne spritzte auf. Als er selbst endgültig in die Knie ging, sah Somhairle den Wikinger stürzen. Haakon landete auf dem Gesicht. Das letzte, was Somhairle durch den Blutschleier vor seinen Augen sah, war der ungläubige Blick des Gegners.

Er blieb auf den Knien, sein Atem ein Dröhnen in den Ohren. Er ließ Schwert und Axt fallen und griff nach dem Hammer des Toten, der beinahe auf ihm gelandet wäre. Er holte aus. Sah den rotblonden Hinterkopf, das weibisch hüftlange Haar, in dem Blutstropfen hingen. Er schlug zu. Ein einziger Schlag, mit all seiner Wut. Die Schädelknochen von Haakon Scharfzahn Erlendsson splitterten nicht. Was blieb, war eine breiige Masse aus Blut und Haaren.

Auf dem Strand kehrte Stille ein. Auf dem Wasser klangen Schreie. Überlebende Angreifer retteten sich in das eine ihrer Langschiffe, dessen Rumpf noch nicht brannte. Sie ruderten, so schnell sie es vermochten. Die Hälfte der Ruder waren zerbrochen. Sie würden nicht weit kommen. Somhairles kleine Snekka verfolgte sie, Bogenschützen schussbereit an Bord. Sie würden keinen davonkommen lassen. Keinen Einzigen.

Schwer atmend versuchte Somhairle, auf die Füße zu kommen, doch sein rechtes Bein brach unter ihm weg. Ächzend lag er im Sand. Seine Hand krallte sich zusammen, fasste Erde, fasste Kiesel. Mein Land, dachte er. Das ist mein Land. Niemand nimmt mir, was mir gehört.

Überall um ihn herum stöhnten Verletzte und Sterbende. Er ließ den Kopf hängen. Blut troff ihm von der Stirn, aus den Haaren. Als er das Gesicht hob, weil jemand ihn an der unverletzten Schulter berührte, sah er in ein Paar silberblauer Augen. Er sah eine kleine Hand, die ein Schwert hielt, das einzige Schwert auf diesem Feld, das noch nicht von Blut besudelt war. Er sah das zarte, blasse Gesicht und den gewölbten Bauch, in dem sein Sohn wuchs.

Ravna grub ihre Finger in sein Haar. „Du bist verletzt", sagte sie. Mithilfe eines der Stallburschen drehte sie ihn auf den Rücken. Er ergab sich ihren Händen, schloss die Augen. Das Letzte, was er sah, war die Sonne über Kinelvadon. Als gäbe es keinen Krieg, kein Morden. Nur Sonne, und Leben.

Mit Seisylls Hilfe schafften sie Somhairle in die Halle. Innerhalb kurzer Zeit war hier ein Versehrtenlager entstanden. Seisyll bewies sich als wahrer Segen . Unermüdlich kämpfte er sich mit dem Schwert einen Weg zu den Verletzten frei, rettete, wen es zu retten gab. Er half Ravna, Ingrid, Editha und den anderen Frauen zu entscheiden, wem Verbände noch halfen und bei wem Trost die einzige Hilfe war, die nicht verschwendet schien.

Die Wunde am Bein des Mormaer war tief und blutete stark. Der Geruch machte Ravna krank, doch er versickerte in den anderen Ausdünstungen in der Halle. Sterben war ein dreckiges Geschäft. Kräftige Männer nässten sich die Hosen wie Jungen. Überall hing Weinen in der Luft, Stöhnen und Schreien. Die Hügel von Kinelvadon brannten. Dicker Rauch stieg aus der Richtung auf, wo der See Aline lag, das Herz von Somhairles Reich, seine Flotte, sein ganzer Stolz. Editha, Aonghas' Gemahlin, stand am Fenster und starrte auf die Feuer. Keiner von ihnen musste aussprechen, was die junge Frau in diesem Augenblick dachte. Wenn das Wasser des Aline brannte, brannten auch die kleinen Snekkas, die Somhairle der Flotte Jarl Sverres entgegengeworfen hatte. Dann starben die Menschen dort, wie hier. Aonghas. Aedan. Dann brannte auch Claggan.

Ravna schauderte.

Wofür das Kämpfen, ging es ihr durch den Kopf, während sie auf Editha blickte, auf den kerzengerade durchgedrückten Rücken der jungen Mutter, auf die Anspannung in ihren Schultern. Wofür das Sterben, wenn wir ohnehin verloren sind?

Somhairle regte sich in der Bewusstlosigkeit, als Ravna einen Lappen auf seine tiefste Wunde drückte. Sie nahm Nadel und Faden zur Hand und begann zu nähen.

„Das Drachenschiff!“ Ein Knabe, nicht mehr als sechs Winter alt, stand auf der Schwelle zur Halle und brüllte heraus, was seine schmale Brust zuließ. „Unter dem Segel mit dem erhobenen Schwert. Herr Aonghas kommt zurück! Er kommt zurück!“

Ein Ruck ging durch Editha, sie stieß den Jungen aus dem Weg und stürzte in Richtung Strand. Auch Somhairle schien die Nachricht aufzunehmen. Flatternd öffneten sich seine Lider. Mit zusammengepressten Lippen versuchte er, sich unter Ravnas Griff aufzusetzen. Sie wollte ihn zurückdrücken, doch selbst verletzt war er stärker als sie.

„Die Werft?“, fragte er. „Steht die Werft?“

„Somhairle, du musst ...“ Er ließ sie nicht zu Wort kommen, stieß ihre Hand weg und kam auf die Beine. Mit Grauen beobachtete sie, wie aus der frisch genähten Wunde Blut sickerte. Ehe sie ihn darauf hinweisen konnte, dass sie nicht einmal einen Verband angelegt hatte, war er auf dem Weg aus der Halle. Schwankend, nur halb bei Bewusstsein, aber niemand konnte ihn aufhalten. Sie ignorierte die Schreie und Rufe der anderen Verletzten und folgte ihm.

Im Hof kamen ihnen die ersten Krieger entgegen, die mit Aonghas und Aedan bei der Werft gewesen waren. Kaum einer von ihnen ging noch gerade. Die, die sich aufrecht hielten, schleiften schlimmer Verletzte mit sich.

Neben Somhairle stützte sich Domhnall schwer auf seine Streitaxt. Der alte Recke, den so schnell nichts erschüttern konnte, hielt sich die Seite. Aus einer riesigen Patzwunde auf der Stirn tropfte ihm Blut in die Augen.

„Wir waren zu spät“, ächzte er. Ravna wollte sich daran machen, seine Wunden zu versorgen, doch sie konnte sich nicht rühren. In ihr brannte der Wunsch, zu wissen, was am See Aline geschehen war.

„Sie waren schon an Land. Sie waren schneller als wir, angeführt von Sverre selbst. Als er unser gewahr wurde, hat er uns einen Teil seiner Schiffe entgegengeschickt. Er hat uns aufgehalten, während sein restliches Wikingerpack in den See eindrang. Wir mussten zusehen, wie sie jedes einzelne Schiff zerschlagen haben, das dort lag. Sie sind weitergezogen, zur Werft. Wir konnten sie nicht aufhalten. Wir mussten uns gegen die wehren, die uns entgegengekommen sind.“

Somhairles Blick schweifte zum Strand, schweifte dorthin, wo im Osten die Felder brannten. Dort lagen Claggan und Kinlochaird. Wut verzerrte seine Miene zu einer eiskalten Maske. Ravna wusste, was er dachte, ohne dass er es aussprach. Die, die seine Schiffe zerschlagen und seine Werft niedergebrannt hatten, müssten schon längst hier sein. Dem Schiff, mit dem sich seine Verwundeten hierher gerettet hatten, hätten fremde Boote folgen müssen. Verfolger, die beendeten, was der Vetter des Jarls am Strand vor Drimnin nicht vollendet hatte.

„Wo sind sie?", presste Somhairle zwischen zusammengebissenen Zähnen hervor.

Domhnalls Antwort hörten sie nicht mehr. Zwei Krieger trugen eine Bahre in den Hof. Das Gestell war eilig aus einem Stück Segel und Rudern zusammengebunden.

Auf dem Tuch, den Körper grotesk gekrümmt, lag Aonghas.

Somhairle ließ Domhnall stehen und eilte zu seinem Gefährten. Ravna folgte mit einigen Schritt Abstand. In ihrem Bauch zog und zerrte es, dass sie kaum laufen konnte. Doch die Erschöpfung musste warten. Wenn sie ihr Kind heute verlor, dann starb es gemeinsam mit den tapferen Kriegern des Königs von Argyll. Kein Menschenkind wäre je besser geschützt auf seiner Reise in die Anderswelt.

Die Bahrenträger bemerkten den Mormaer, setzten die Trage vorsichtig auf den Boden ab. Keiner der beiden wagte es, dem Herrn von Kinelvadon ins Gesicht zu blicken.

Ravna verstand sie. Das, was sie auf der Trage sah, nahm auch ihr den Atem. Von dem tapferen Mann voller Tatendrang und Kampfesmut war nichts übrig. Aonghas' Miene war schmerzverzerrt, Blut lief ihm aus so vielen Wunden, dass es unmöglich war, sie zu zählen. Am schlimmsten hatte es ihm am Bauch erwischt. Mit bloßen Händen versuchte er festzuhalten, was ihm aus dem Körper quoll. Verschlungene, weiße Gebilde, blutig und verdreckt. Er stöhnte, als die Bahre den Boden berührte. Dass er lebte, wirkte wie ein grausamer Hohn des Schicksals.

Somhairle kniete sich auf den Boden, griff nach der Hand des Freundes. „*Mo charaid*“, sagte er. Seine Stimme war leise, doch klang nicht schwach, sondern stark, wie es sich für einen König gehörte. „Du hast mir mein Schiff gebracht. Du kehrst als Held zurück nach Hause.“

„Sie sind ... geflohen.“ Bei dem Versuch zu sprechen sickerte Blut aus Aonghas‘ Mund. Seine Augen zuckten glasig ins Nichts, die Pupillen so stark geweitet, dass sie jede Farbe aus seinem Blick tilgten, jedes Anzeichen von Leben. Und doch spielte der Geist eines Lächelns um seine Mundwinkel, als er erkannte, wer neben ihm kniete. „Ein ... Wunder.“

„Schweig“, sagte Somhairle. Zärtlich strich er Aonghas das verklebte Haar aus der Stirn. „Du musst nichts sagen.“

Ravna fragte sich, wohin Editha gerannt war, wenn nicht auf den Hof, um ihrem Mann zu begrüßen. Vielleicht war es besser so, dachte sie. Vielleicht war es ein Gottesgeschenk, dass der Geliebte, den Editha in Erinnerung behalten würde, ein tapferer Krieger war. Jung und stark und schön, kein blutüberströmtes, sterbendes Wrack. Ravna würde nie vergessen können, was sie in diesem Moment sah. Es war kein Anblick, den sie der Frau wünschte, die diesen Mann liebte.

Aonghas versuchte, sich aufzurichten. Zwischen den Fingern seiner Linken quollen die Eingeweide hervor. Er sah an sich hinunter, auf seine Hand, und für die Dauer eines Wimpernschlags lag Staunen in seiner Miene, sogar eine Spur Belustigung. Dann irrte sein Blick weiter, fand Ravna hinter Somhairle, und sein Atem veränderte sich. Beschleunigte sich. Pfeifen und Blubbern in seinen Lungen verrieten seine Anstrengung.

„Herrin“, presste er hervor, so leise, dass sie es kaum verstehen konnte. „Du bist ... die wahre Königin von ... Argyll. Was dir gehört ... schützt Gottes Hand.“

„Er hat Recht.“ Der bärengleiche, einäugige Aedan trat auf das Lager zu. „Es ist, wie der Kommandant sagt. Die Männer des Sverre haben alles niedergebrannt. Nichts und niemand konnte sich ihnen entgegenstellen. Aber als sie nach Claggan kamen, war es, als habe sich das Feuer gegen sie gestellt. Bei

Thor, Somhairle, so etwas habe ich noch nie gesehen. Der Wind drehte und die Flammen von den Feldern haben eine undurchdringliche Wand gebildet. Sverre und seine Mörder kamen keinen Schritt weiter. Funken flogen ihnen ins Gesicht, das Feuer hat sie eingeschlossen. Es sah aus, als würden die Flammen sie verfolgen. Da haben sie es mit der Angst zu tun bekommen. Sie haben die Beine in die Hand genommen und sind geflohen. Nur deshalb konnten wir uns auf den Rückweg machen."

Niemand hörte auf ihn. Alle Augen richteten sich auf Aonghas und seinen Herrn. Somhairle zog den Oberkörper des Freundes auf seine Oberschenkel, stützte ihn, um ihm das Atmen zu erleichtern. Ravna meinte, den Schmerz am eigenen Leib zu fühlen, der bei jedem Atemzug durch Aonghas' Körper brandete. Warum stirbt er nicht, dachte sie verzweifelt. Warum ist es nicht endlich vorbei? Kein Heiler dieser Welt konnte retten, was die Waffen der Nordmänner bei Aonghas angerichtet hatten. Dass das Leben sich in dem zerschlagenen Gefäß festkrallte, schien unnötig grausam.

Somhairle sprach auf seinen Gefährten ein. Seine Stimme war leise, sanft. So zart, dass sie kein Wort verstehen konnte. Ein Band legte sich um ihre Kehle, wurde enger und enger, schnitt ihr die Luft ab. Der Verlust, der in der Luft lag, war unaufhaltsam.

„Es tut weh", hörte sie Aonghas sagen. Seine Lider schlossen sich, flatterten nur noch ab und zu. „Nicht wie in den alten Sagen. In denen es im Tod nur Frieden gibt, und Stolz als Lohn für Tapferkeit. War ich nicht tapfer, Somhairle? Mein König, habe ich dich im Stich gelassen?" Tränen rannen unter seinen geschlossenen Lidern hervor, malten glänzende Spuren auf seine von Dreck und Pein verunstalteten Wangen. „Wohin werden sie mich bringen, Somhairle? Valhalla, oder den Christenhimmel?"

Somhairle schluckte sichtbar, ehe er antworten konnte. Seine Augen glänzten feucht, und er musste sie kurz schließen, um die Tränen wegzublinzeln. „Wo immer sie dich hinbringen, dort will auch ich hingehen, wenn meine Zeit gekommen ist. Du bist der tapferste Krieger von allen, *mo charaid.* Noch in tausend Jahren werden sie Lieder von dir singen. Von Aonghas, dem Tapferen, ohne den Somhairle MacGillebride ein Nichts geblieben wäre. Der Sohn eines blinden Fischers in einer Höhle, sonst nichts."

„Ich würde sie gerne hören, weißt du? Die Lieder über mich." Wieder zitterte ein Lächeln über Aonghas' Miene. So sehnsuchtsvoll diesmal, dass es Ravna nicht gelang, die Tränen länger zurückzuhalten. Sie schluckte dagegen an, räusperte sich, schluckte noch einmal, doch es half nichts. Mit dem Handrücken wischte sie sich Feuchtigkeit von den Wangen, schlang ihre Arme um ihre gewölbte Mitte. Was half es, Leben zu schenken, wenn so das Ende aussah? So voller Leid und Schmerz und Tränen?

Sie sah auf Somhairle und Aonghas, sah die Liebe, die diese beiden Männer verband, und die Qual des Abschieds.

„Wenn du auf die Reise gehst, wirst du sie hören, mein Freund. Die Engel werden sie dir singen." Durch Somhairles Muskeln rann ein Zittern. Er presste Aonghas fester an seine Brust, als könne er ihn damit in dieser Welt festhalten. Plötzlich waren Töne in ihrem Kopf, eine Melodie. Sie begann zu singen, und mit jedem Ton, der ihre Lippen verließ, wurde es ein wenig leichter. Alte Lieder kamen ihr in den Sinn, die sie von ihrer Mutter gehört und längst vergessen hatte. Von Helden aus der Zeit, als es noch keine Christen in Britannien gab, aber auch keinen Thor und keine Freya. Von Männern, die tapfer kämpften und siegreich starben, wenn sie fielen. Von diesen Kämpfern sang sie und von ihrem Leben in der Gemeinschaft der Krieger auf der anderen Seite des Schleiers.

Es wurde ganz ruhig im Hof. Die Welt hielt den Atem an, um Aonghas die letzte Ehre zu erweisen. Die einzigen Töne, die blieben, waren ihr Lied und Aonghas' rasselnder Atem, der langsamer wurde und immer langsamer, bis Somhairles Bruder im Blut ein letztes Mal seufzte und sein Atmen mit ihrem Lied für immer verklang. Sein Seufzen hallte nach, dann wurde die Stille zerschnitten von einem markerschütternden Schrei.

Es war Somhairle, der aufsprang, der in wenigen taumelnden Schritten bei der Burgmauer war, wo er auf die Steine einprügelte, bis seine Knöchel bluteten, und dabei schrie wie eine tödlich verwundete Bestie.

Tief fraß sich die Schneide der Axt ins Holz. Fichtenholz, leicht zu spalten. Es würde seinen Dienst tun. Man benutzte kein im Hochsommer geschlagenes Holz zum Schiffsbau, schon gar nicht, ohne es vorher abzulagern, damit es trocknete, aber es musste gehen.

Somhairle wischte sich mit dem Handrücken über die Stirn, packte den Griff der Behauaxt fester und hieb noch gewalttätiger zu. Sie bauten ja nicht. Sie reparierten nur. Reparierten, was der dreimal verwunschene Höllenhund Sverre Erlendsson zerstört hatte. Er würde den Teufel tun und einen ganzen Winter warten, um Sverre Gelegenheit zu geben, wieder eine Streitmacht zusammenzuziehen.

Das war nicht nur Schweiß, was ihm über das Gesicht lief. Das waren Tränen. Warm und salzig. Den Schmerz in seiner Schulter und in seinem Bein spürte er nicht. Nicht mehr. Dreimal war der Mond zu einer Sichel abgemagert und wieder voll geworden sein Aonghas Tod. Zwölf Wochen, in denen er sich im Fieber gewälzt hatte und Ingrid Ravna verbot, zu ihm zu gehen, aus Sorge um den ungeborenen Prinzen.

Das Bein war fast verheilt. Die Schulter ließ sich wieder bewegen. Er spürte nichts mehr von den schweren Verletzungen. Aber wie sein Herz von innen aufgefressen wurde, das spürte er. Wütend hackte er auf die Planke ein.

Fast die ganze Flotte war in Flammen aufgegangen. Haakons sechs Schiffe zu versenken war zu einem schalen Sieg verkümmert, als Somhairle zum Aline herausgekommen war und das Ausmaß der Zerstörung gesehen hatte. Die Draconia hatte Aonghas gerettet, vier kleine Snekkas konnten repariert werden. Bis zur Werft in Acharn waren Sverres Mordhunde nicht gekommen, weil sie in Claggan plötzlich umgekehrt waren. Aber Somhairle hatte selbst so viele Männer verloren, dass er sich entscheiden musste. Das, was er noch besaß, reparieren, oder Neues bauen. Beides schafften sie nicht. Nicht, wenn sie nicht den Herbst und den Winter abwarten wollten … Und Somhairle wollte nicht warten. Er wollte nach Sleat fahren.

Mit einem Drachenschiff und vier Snekkas. Er hatte den Verstand verloren.

Zusammen mit ihm hockten Aedan, Kenneth und Loki im Rumpf des Zwanzigsitzers, um angekohlte Planken auszutauschen und einen neuen Segelmast aufzurichten. Am Ufer waren Jungen damit beschäftigt, neue Ruder zu hacken. An dieser Snekka musste das Steuer ausgewechselt werden. Auch an den anderen vier kleinen Langschiffen wurde eifrig gebaut. Nur die Draconia schaukelte majestätisch auf den Wellen.

„Wir könnten zwei Masten hineinsetzen." Aedan, der vom Schiffbau am wenigsten verstand, aber Planken hacken konnte wie kein Zweiter, sah in den Himmel. „Zwei Segel machen gut fünf oder sechs Ruderer wett."

„Aber nur, wenn der Wind auch dieser Meinung ist", sagte Loki, ohne von seiner Arbeit aufzublicken.

Somhairle spürte, wie sie ihm immer wieder verstohlene Blicke zuwarfen, aber nicht wagten, ihn anzusprechen. Nicht einmal Loki, der sonst am wenigsten Respekt zeigte. Verbissen arbeitete Somhairle weiter. Der Verband um die dünn vernarbte Beinwunde verrutschte, die Haut platzte in der Sommerhitze auf und Blut rann ihm am Schienbein hinunter. Er kümmerte sich nicht darum. Flach legte er die Schneide der Axt gegen die Planken, um die Flächen zu glätten, dann sprang er ins Wasser hinunter und watete ans Ufer, um dem Achtjährigen, der zum Pechkochen abkommandiert war, den Topf vom Feuer zu ziehen.

„Das ist noch nicht ...", begann der Junge und brach ebenso schnell wieder ab, als er seinem Herrn ins Gesicht sah.

„Das geht schon", sagte Somhairle.

Es war eine verdammte Arbeit in geradezu unerträglicher Hitze. Wahrscheinlich wäre es schneller gegangen, die Schiffe zu zerschlagen und neu zusammenzusetzen, aber nun hatten sie angefangen. Wenn er aufblickte, fiel sein Blick drüben auf die Küste von Muile. Dort hatten sie Aonghas in die Erde gelegt und ein einfaches Holzkreuz auf das Grab gestellt. Seisyll hatte den Segen gesprochen. Seither redeten sie nicht mehr über Aonghas. Alle vermieden das Thema. Das eine Mal, dass jemand gewagt hatte, Aonghas' Namen auszusprechen und in Zweifel zu stellen, ob er richtig gehandelt hatte, hatte Somhairle den Zweifler auspeitschen lassen. Zum ersten Mal, seit er sich als Fünfzehnjähriger über diese Männer erhoben hatte, hatten sie Angst vor ihrem Mormaer. Somhairle sah es in ihren Augen, aber er konnte sich nicht zusammenreißen. Auch nach all den Wochen war der Tod des Bruders noch zu frisch, tat es zu weh, den Namen des Freundes zu hören.

Er verstrich Pech auf den Kanten, wo die Planken aneinander stießen, malte sich aus, wie er die Finger, die den Wollballen ins Pech tunkten, bald in die Kehle des verfluchten Wikingers graben würde. Bald. Sehr bald.

Männer aus den ausgebrannten Dörfern entlang der Küste von Argyll kamen nach Drimnin und brachten ihre Familien mit. Die Häuser in Kinlochaird, die im Gemetzel des Wikingers ihren Besitzer verloren hatten, boten diesen Familien ein neues Zuhause. In Scharen kamen sie zu Somhairle, wollten mittun, wenn er das nächste Mal zum Aufbruch rüstete. Sie hatten nichts mehr zu verlieren, da konnten sie sich auch einem Wahnsinnigen anschließen. Wenigstens kämpfte dieser Wahnsinnige für und nicht gegen sie. Sie füllten die Ränge. Mehr als hundert Krieger hatte er verloren, als Sverre und Haakon ihn angegriffen hatten. Ein paar weitere lebten, aber würden nie mehr eine Axt schwingen oder auch nur einen Schild halten. Fast das Dreifache an Männern war seither danach nach Drimnin gekommen. Sie alle wollten gegen die verdammten Brandschatzer gehen.

Doch niemand wollte in vier kleinen Schiffen gegen eine Übermacht segeln. Was auch immer in Claggan geschehen war, sie würden das Wunder nicht mitnehmen können und wie einen Schutzschild vor sich halten. Etwas war anders in

Claggan. Er mochte nicht daran rühren. Es hatte Aonghas nicht gerettet.

Er spürte Ravna, ehe er sie sah. Spürte ihren Blick, ihre Anwesenheit. Jetzt, wo er Tag und Nacht am See arbeitete, hatte sie sich gemeinsam mit Fiadh und Dúil von ihm nach Claggan bringen lassen. Die fein gewebte Magie des Dorfes, die die Wikinger zur Umkehr bewegt hatte, wirkte auch bei ihr. Sie war nicht mehr krank, sie trug ihr Kind mit Würde und Kraft, und er bewunderte sie. Doch ihr Körper war zart und nicht dafür gemacht, neben seinem Kind noch Kummer und körperliche Anstrengung zu ertragen. Oft genug konnte er selbst von außen sehen, wie ihr Bauch sich zusammenzog und krampfte, sobald sie sich zuviel abverlangte. Er sah es, doch er sagte nie etwas dazu. Die Worte in ihm waren mit Aonghas gestorben.

Er hob den Kopf. Sie hielt den schweren Leib und sah ihn an, Leinenzeug in der Hand. Sie sagte nichts, sah ihn nur an.

„Nicht jetzt", sagte er schroff. Manchmal bereute er es, sie nach Claggan gebracht zu haben. Es war zu nah. Zu einfach für Ravna, ihn aufzusuchen und ihm ein schlechtes Gewissen zu machen. Gleichzeitig war ihm wohler, wenn sie in Claggan war, wo die Magie des Ortes sie schützte.

„Dein Verband ist ab. Du hältst die Schulter schief. Hör endlich auf, Somhairle, du wirst Sverre nicht ..."

„Geh weg!", schrie er sie an. Sofort tat es ihm leid, aber auch wieder nicht. Er wollte tun, was er tat, musste es tun, und sie würde ihn nicht aufhalten.

Sie setzte sich ins Gras. Ächzend, eine Hand ins Kreuz gepresst. Das schlechte Gewissen schlug zu. Nur noch ein Mondwechsel, hatte Flòraidh, die Hebamme aus Minghasdhail, gesagt. Dann würde sein Sohn in ihrem Arm liegen. Er wollte hier sein, musste hier sein. Aber er musste auch Aonghas rächen. Er war es seinem Bruder schuldig.

Er stieg aus dem Schiffsrumpf, brachte den fast leeren Pechtopf zu dem Jungen am Feuer und setzte sich neben Ravna. Wortlos fasste sie nach den Resten des Verbandes an seinem Bein, zog die durchnässten Leinenstreifen ab und legte ein in Kräutersud getränktes Stück Wollgewebe darauf. Er zischte leise.

„Es wird wieder aufbrechen, wenn du dich nicht ausruhst“, sagte sie leise. Kein Vorwurf, eine Feststellung. Sie war anders jetzt. Ruhiger. Ausgeglichener, je näher die Geburt des Kindes rückte.

„Ich kann mich nicht ausruhen. Ich will zur Niederkunft wieder zurück sein.“

„Dann bleib hier. Somhairle.“ Sie sah ihn an. „Er kommt nicht wieder, wenn du das tust. Was du tun willst, ist Selbstmord. Ich habe Angst, dass du nicht zurückkommst. Wenn du so gehst, so unvorbereitet. Wenn du ...“

„Ich werde zurückkommen“, sagte er.

„Das hat Aonghas zu Editha auch gesagt. Er ist zurückgekommen. Und nun kommt er nie mehr, und sie wird für immer mit zwei kleinen Kindern ...“

„Ich werde zurückkommen“, wiederholte er lauter und schob die Hand zur Seite, mit der sie neue Stoffstreifen um sein Bein wickelte. „Ich bin rechtzeitig wieder da.“

„Sverre hatte fünfundzwanzig Schiffe, hat Aedan gesagt“, erinnerte sie ihn. „Mit neunzehn ist er geflohen. Er hat in Sleat ein Massaker an den Menschen verübt, obwohl sie seine Untertanen waren. Er ist ein Monster. Es ist alles verbrannt. Er hat Tiree geplündert. Glaubst du, ich bin taub und blind und bekomme nicht mit ...“

„Wir werden nach Ard nam Murchain rudern und dort mehr Schiffe mitnehmen. Er rechnet nicht mit uns. Nicht so schnell. Wir werden ihn bei Nacht überfallen. Er wird tot sein, ehe er begriffen hat, wer ihn angreift. Wir werden die Menschen, die er tyrannisiert, befreien. Ravna, *mo ghaoil*, beschwer nicht dein Herz mit diesen Dingen. Du bist eine Frau. Krieg ist Handwerk für Männer.“

„Und Muireann?“

„Was?“

„Muireann nimmst du mit.“

„Ich brauche jeden, der eine Axt schwingen kann und keine Angst davor hat, wenn Blut spritzt.“ Es wird spritzen, dachte er. Ich werde Jarl Sverre die Kehle zerdrücken und ihm die Eingeweide rausreißen, wie er es bei meinem besten Freund getan hat. Ich werde sein verfluchtes Blut trinken. Ich werde ...

„Bleib zuhause", sagte sie leise. „Du machst mir Angst, Somhairle, du bist nicht du selbst. Du denkst nur an Rache. Hast du nie gedacht, dass es das ist, was Affraic immer wollte? Das alles ist kein Zufall! Warum gerade jetzt, Somhairle? Warum kam Sverre ausgerechnet jetzt? Warum Aonghas von allen Männern? In deinem Herzen ist nur noch Hass. Es wird dich töten."

Sie hatte Aonghas' Namen ausgesprochen, wie niemand anderer es mehr wagte, und ein Teil von ihm wollte ihr dafür die Zunge herausreißen. Der weitaus größere Teil wusste, dass sie Recht hatte. Aber er würde nicht auf sie hören. Er würde den Jarl besiegen und verjagen. Niemand würde ihn aufhalten, auch Ravna nicht.

Er stand auf. „Morgen segeln wir."

Ravna erhob sich ebenfalls. „Dann bin ich dir egal, ja?"

Ohne sich umzusehen, kehrte er zum Schiff zurück. Die Männer hatten aufgehört zu arbeiten und sahen ihm entgegen. Wütend fuhr er sie an, dass er alle Schiffe bis Einbruch der Dunkelheit segelfertig haben wollte. Drüben hinter Kinlochaird zeigte Seisyll ein paar Jungen von Argyll, wie man eine Kriegsaxt schwang.

„Ich werde dieses Kind zur Welt bringen, Somhairle MacGillebride!", schrie Ravna, als Somhairle ins Schiff einstieg. „Ich werde es zur Welt bringen, ob mit dir oder ohne dich, und am nächsten Tag bin ich auf dem Weg nach Cybi. Das schwöre ich dir. Ich habe Angst um dich, verstehst du? Ich will dich schützen, aber du lässt mich nicht, also kann ich hier nichts mehr tun!"

Cybi. Glaubte sie, dass sie ihn mit Cybi davon abhalten konnte, auszuziehen, um den Mann zu töten, der ihm die rechte Hand abgeschlagen hatte? Sie irrte. Die Drohung, die ihn immer hatte verletzen können, hatte ihren Schrecken verloren. An dem eiskalten Klumpen in seiner Brust prallte sie ab. Zusammen mit Aedan machte er sich daran, den Mast aufzurichten und auf dem Kiel des Schiffes zu verankern.

Ravna saß auf dem Hügel, der in die Meerenge hinausragte. Hoch über der Furt, wo der See Aline in die Wasserstraße floss. Sie blickte hinunter aufs Wasser, wo die fünf Schiffe fächerförmig Wellen hinter sich herzogen. Sie fuhren nach Westen davon. Kein Wind blähte die Segel. Gleichmäßig tauchten die Ruder ein. Sie sahen lustlos aus. Vielleicht, weil die Männer, die ruderten, nicht an den Erfolg dieser Unternehmung glaubten. Niemand wollte sinnlos sterben. Doch im Bug der Draconia stand die Figur, die Ravnas Blick wie keine zweite auf sich zog.

Sein Haar wehte im Fahrtwind. Er hielt sich an dem von ihr geschnitzten Drachenkopf fest und schaute kein einziges Mal zurück. Sie wusste, dass er Schmerzen hatte. Vielleicht konnte er seinen Männern vorspielen, dass alles in Ordnung war. Aber sie war nicht einer seiner Männer. Sie war seine Frau, und sie meinte am eigenen Leib zu spüren, dass ihm alles wehtat. Körperlich. Seelisch. Alles.

Wie konnte sie ihm Vorwürfe machen? Er hatte eine Hälfte seiner Seele verloren. Wie konnte sie ihm vorwerfen, dass er Aonghas rächen musste, um sich wieder ganz zu fühlen?

Sie hatte Angst um ihn, nie zuvor war er so getrieben gewesen wie jetzt. Er riskierte alles für seine Rache, und es gab nichts, das sie sagen oder tun konnte, um ihn aufzuhalten.

Sie wandte den Blick von den Schiffen, die auf den Horizont zusteuerten, und öffnete ihre Finger. Auf ihrer Handfläche lag die Schlangenfibel.

Die letzte Knospe war erblüht.

Wäre Somhairle ansprechbarer gewesen, hätte es auch nur eine winzige Möglichkeit gegeben, zu ihm durchzudringen, hätte sie es ihm gezeigt.

Die letzte Knospe wird erblühen, wenn dein Gemahl akzeptiert, dass es eine zweite Welt hinter dieser gibt, hatte Gita gesagt,

Somhairle hatte die Existenz der Anderswelt anerkannt. Es war nicht Muireanns Seehundfell gewesen und auch nicht das Wissen um Affraic oder Fiadh. Es war ... Aonghas gewesen. Es musste Aonghas gewesen sein, denn als sie am Abend nach dessen Tod in die Kammer kam, war die Knospe erblüht. Sie dachte an Aonghas‘ letzte Worte. An seine Angst, wohin er gehen würde nach dem Tod. Nach Valhalla oder in den Himmel des Christengottes? Oder gab es überhaupt keinen Ort für ihn, an dem er die Ewigkeit verbringen konnte? Weil Aonghas, wie Somhairle und so viele andere hier in Kinelvadon, aus dem Schmelztiegel zwischen Wikingern und Gälen stammte?

Im Nebel des Nichts zu verschwinden, war Aonghas‘ größte Angst gewesen, und Somhairle hatte sie mit ihm geteilt. In der Stunde von Aonghas Tod hatte ihr Gemahl sich nichts mehr gewünscht, als dass es einen Ort gab, an dem Aonghas weiterleben konnte, bis sie wieder vereint waren.

Eine Anderswelt.

Ravna schob einen Fingernagel in die Muster der Fibel und lauschte in sich hinein. Die Schiffe waren verschwunden. Immer noch spürte sie den Schmerz. Ihr Bauch war hart. Das Kind bewegte sich.

Sie hatte Somhairle bitten wollen, zu tun, was Gita gesagt hatte. Die letzte Knospe war erblüht, und wenn Ravna mit dem winzigen Tuch aus der Wolle von Dúil darüberstrich, leuchteten die Blüten wie hinter Licht. Es war Zeit. Höchste Zeit. Doch Somhairle war nicht in der Verfassung, dass sie ihn darum bitten könnte, die Brosche in die Quelle zu werfen. Zuerst hätte er sie nicht gehört, und dann hätte er sie ausgelacht.

Sie musste es allein tun.

Wieder trat das Kind. In ihrem Bauch zog es, ohne wirklich weh zu tun. Sie stand auf. Sie musste die Zeit nutzen, solange Affraic noch im Hintergrund weilte. Es würde nicht mehr lange so sein. Die Vorzeichen mehrten sich. Gestern war Ravna eine schwarze Katze über den Weg gelaufen, letzte Woche hatte eine Magd einen kostbaren Spiegel zerbrochen, und selbst jetzt hörte Ravna das Krächzen von Krähen, direkt über ihrem Kopf. Seit einem Mondlauf träumte sie in jeder Nacht, eine Elster, die Botin der keltischen Todesgöttin, säße neben ihr auf dem Bett. Sie musste zur Quelle, ehe das Kind zur Welt kam. Sie wusste nicht, woher die Gewissheit kam, aber sie wusste, dass es danach zu spät war.

Obwohl die Abende und Nächte schon empfindlich kühl sein konnten, war es tagsüber noch immer heiß und stickig. Jeder Schritt war eine Qual. Bis Claggan war es nicht weit, aber sie kämpfte um Atem, als sie das Dorf erreichte. Sie winkte ab, als eine der Frauen zu ihr kam und sie besorgt anblickte. Sie verlangte, dass ihr ein Päckchen mit Proviant geschnürt wurde, mit Wasser aus der Quelle und ein paar Scheiben Brot und Fisch. Der Bauch zog nach unten, der Schweiß, der Ravna ausbrach, kam nicht von der Hitze, sondern von dem Bewusstsein, schon zu lange gewartet zu haben. Sie würde die Nacht im Wald verbringen müssen, wenn sie jetzt ging, denn es war zu spät, um noch den Rückweg zu finden, wenn sie getan hatte, was sie keinen Tag länger aufschieben durfte.

Sie dachte darüber nach, Loki zu bitten, sie zu begleiten. Aber sie konnte ihren Freund nicht von seiner Arbeit wegzwingen. Ohne Loki würde auf der Werft nur halb soviel gearbeitet werden, und wenn das der Fall war, würde Somhairle beim nächsten Mal auch nicht mehr Schiffe zur Verfügung haben als dieses Mal. Dafür wollte sie nicht verantwortlich sein.

Die Wölfe und die Keiler, von denen die niedrigliegenden Wälder von Kinelvadon im Winter wimmelten, verbrachten die heißen Monate weiter oben in den Bergen und würden kein Problem sein. Von den Wikingern im Norden des Landes war seit Ravnas erster Begegnung mit Somhairle nichts mehr gesehen worden. Sie würde sicher sein, wenn sie allein unterwegs war, auch wenn sie draußen übernachten musste.

Sie schnürte ein Bündel mit dem getrockneten Fisch und dem kalten Fladenbrot, das die Magd ihr brachte, und hängte sich eine Tonflasche mit Brunnenwasser um den Hals. Trotz der Hitze verzichtete sie nicht auf einen Umhang. Beim Schlafen im Freien würde er ihr gute Dienste leisten.

Der Fährmann sah sie zweifelnd an, als sie von ihm verlangte, sie und Fiadh auf die andere Seite des Sees zu bringen. Doch ihr zu widersprechen, wagte er nicht.

Am späten Nachmittag erreichte die Hitze des Tages ihren Höhepunkt, und Ravnas Schritte wurden immer schleppender. Sie spürte keine Schmerzen, nur eine immer schlimmer werdende Schwere. In unregelmäßigen Abständen zog ihr Bauch sich rhythmisch zusammen. Trotzig setzte sie einen Fuß vor den anderen. Wenigstens bis zur Quelle kommen wollte sie heute. Fiadh hüpfte um sie herum. Spürte er, was sie vorhatte? Er kam nahe, um sich den Kopf kraulen zu lassen, dann nagte er am Gras, das sonnenwarm unter Ravnas Füßen war.

Vielleicht war das der Grund, dass sie die Feuchtigkeit an ihren Beinen zuerst nicht merkte. Unter ihren Röcken wurde es warm. Sie stockte und glaubte für einen Augenblick, ihre Blase hätte sie im Stich gelassen. Doch es kam immer mehr Wasser nach und es roch nicht nach Urin, sondern süßlich, ein bisschen wie leicht gegorene Äpfel.

Sie hatte noch nie ein Kind bekommen. Sie war zu klein gewesen, als Fiadh geboren wurde, um zu verstehen, was im Körper der Mutter vorging. Dennoch wusste sie, was hier geschah. Entsetzt starrte sie unter sich.

„Es ist zu früh", flüsterte sie, zu sich, zu Fiadh, an die Welt gerichtet, die sie umgab. An Somhairle, der nicht bei ihr war, der wunderbare, widerliche Sturkopf, den sie so sehr brauchte und der sie verlassen hatte. „Es ist zu früh."

Sie war nicht einmal auf halbem Weg zur Quelle. Wenn sie sich anstrengte, konnte sie den Pfad erkennen, der von Kinlochaird in den Wald führte und sich im Unterholz verlief. Sie zitterte, blickte nach vorn, dorthin, wo die Quelle war. Unerreichbar. Sie musste zurück nach Kinlochaird, wo Hilfe war. Sie machte einen Schritt zurück. Noch einen. Einen dritten Schritt schaffte sie, dann knackte es in ihr und das, was zuvor ein kleines Rinnsal gewesen war, wurde zu einem Sturzbach.

Binnen zweier Wimpernschläge stand sie in einer Pfütze, jede Bewegung trieb einen weiteren Schwall Kindswasser aus ihr heraus.

Sie schrie. Fiadh wimmerte und quiekte. Er starrte sie an, schien unwillig, sie allein zu lassen, aber er war ein Reh, ein verdammtes Reh! Sie brach in die Knie.

Fiadh galoppierte davon in Richtung des Fischerdorfes.

Ravna hielt ihren Bauch, als könne sie so verhindern, dass ihr Kind geboren wurde. Wenn der Herr oder die alten nordischen Götter oder aber die Cailleach Uisge wollten, dass ihr Sohn jetzt kam, würde er kommen. Und war es nicht ihre eigene Schuld? War sie nicht genauso sturköpfig und widerborstig wie ihr Gemahl, den sie dafür hassen wollte, seinen Dickkopf durchgesetzt zu haben? Noch immer war da kein Schmerz, nur das Kindswasser, das aus einer schier unversiegbaren Quelle Schwall für Schwall aus ihrem Leib strömte. Irgendetwas stimmt hier nicht, sagte eine Stimme in ihr. Wo war der Schmerz, unter dem Frauen ihre Kinder gebären mussten? Wo war das Reißen und Zerren? Sie spürte nichts. Nur das Herz in ihrer Brust, das raste, weil sie nicht wusste, ob ihr Kind kam oder ob sie selbst starb. Oder beides. Sie war halb besinnungslos vor Angst, als sie Hände spürte, harte Griffe, als sie Männerstimmen hörte, die aufgeregt durcheinanderredeten. Als sie angehoben wurde. Als die Männer diskutierten, dass die Herrin von Kinelvadon, die Königin von Argyll, es nicht überleben würde, ihr Kind in einer Fischerhütte in Kinlochaird zur Welt bringen zu müssen.

Als jemand den Namen *Loki* sagte, ließ Ravna ihren krampfhaften Griff am Rand des Bewusstseins los und schlitterte ins Niemandsland. Loki. Sie hatte Somhairle nicht. Aber Loki würde nicht zulassen, dass ihr etwas geschah ...

KAPITEL 26

Noch in der Nacht nach dem Aufbruch von Drimnin bewegten sich Somhairles Schiffe in der Dunkelheit auf die unter tiefliegenden Wolken verborgene Küste von Sleat zu. Somhairle stand im Bug des Drachenschiffes und starrte in die Dunkelheit. Keine Lichter, keine Fackeln oder Kerzen, wo seit Menschengedenken kleine Dörfer die Küste markierten. Sie waren ausgelöscht. Verschwunden. Verbrannt. Er meinte, den Geruch der Feuer in der Luft liegen zu spüren. Was Sverre machte, machte er gründlich. Der Plan des Jarls war so offensichtlich wie wirksam. Er hatte Somhairle hierher gelockt. Er wollte dem einzigen der Keltenfürsten, der den Nordmännern gefährlich werden konnte, die Flügel brechen, um dann in aller Seelenruhe neue Territorien an sich zu reißen. Dazu opferte er sogar die Menschen, die ihm, dem Jarl, die Treue geschworen hatten. Ein Monster, hatte Ravna gesagt.

Somhairle würde ihn nicht lassen.

Er hatte nur vier Schiffe, aber genug Blutlust im Bauch, um allein eine Armee niederzumetzeln. Er sehnte sich nach dem Moment, in dem er die Planken von Sverres Schiffen splittern, die Wikingerkrieger sterbend schreien hören würde. Dazu würde er auf das Tageslicht warten. Denn mehr alles andere wollte er Sverre in die brechenden Augen sehen, wenn er das Blut aus dessen Kehle trank.

Er hatte geglaubt, dass die Arbeit an den Schiffen den Schmerz um Aonghas dämpfen würde. Aber das Schlagen der Trommeln, wenn die Männer die Ruder eintauchten, befeuerte die Trauer auf eine Weise, dass er das Gesicht in den Wind halten musste, damit es aussah, als sei es die Kühle der Nachtluft, die ihm Tränen in die Augen trieb. Sie hatten ihm seine rechte Hand genommen, seinen seekranken Gefährten, der so viele Jahre an seiner Seite gewesen war. Was Somhairle gewonnen hatte, war immer auch Aonghas‘ Verdienst gewesen. So hätte es bleiben sollen. Bis zum Schluss.

Zur schwärzesten Stunde der Nacht zogen die Männer die Riemen ein, damit die Schiffe nur auf dem schwachen Ostwind an die felsige Küste schaukelten. Zum Schluss mussten sie darauf achten, dass sie keinen Schiffsrumpf aufrissen, als sie in der felsigen Bucht an der Südküste anlandeten.

Das Fischerdorf, das dort einmal gestanden hatte, gab es nicht mehr. Als Somhairle an Land watete, roch er deutlich Spuren von verbranntem Holz und Torf, mit dem die kleinen Häuser des Dorfes gedeckt gewesen waren. Er strich zwischen den weit verstreuten Ruinen der Häuser entlang, lief in der Dunkelheit durch die von Asche bedeckten Ackerfurchen. Er atmete tief, und mit jedem Atemzug wuchs der Hass in ihm und der Drang, anzugreifen. Ein Ende zu machen.

Somhairle brachte siebzig Männer an diese Küste, Sverre hatte vermutlich mehr als zweihundert. Es ängstigte ihn nicht.

Sein Fuß stieß gegen Körper, kalt und steif, die niemand begraben hatte. Ohne dass er einen Befehl geben musste, sammelten die Krieger die Toten ein und legten sie neben den Rest dessen, was das Haus des Dorfältesten gewesen war. Wenn der Tag anbrach und sie Sverre den Garaus gemacht hatten, würden sie diesen Menschen ein Begräbnis bereiten. Nur diesen Menschen. Nicht Sverre und seinen Mördern.

Somhairle setzte sich auf einen vom stetigen Ansturm der See rund und glatt geschliffenen Felsen in der engen Bucht. Er konnte hören, wie lose Planken aneinanderstießen. Das war alles, was von den Fischerbooten geblieben war. Wieder brodelte der Zorn auf.

Ein Geräusch, das nicht hierher passte, ließ ihn aufhorchen. Ein leises, halb unterdrücktes Schluchzen. Seine Krieger mochten vor Schock und Zorn halb gelähmt sein, aber von ihnen schluchzte keiner.

Er ließ sich vom Felsen hinabgleiten, das Wasser reichte ihm bis über die Knie. Er musste sich auf seine Hände verlassen. Er tastete unter einen flachen Überhang aus grasbewachsenen Steinen. Seine Hand streifte Stoff. Ein erschrockenes Einatmen folgte, dann ein unterdrückter Schrei, als stopfe jemand die Faust in den Mund, um stumm zu bleiben.

Er packte zu, grub die Hand in Stoff und zog. Ein Leichtgewicht, kein erwachsener Mensch. Er nahm die andere Hand zu Hilfe und zog heftiger, bis er den Menschen, der diesen Stoff trug, aus seinem Versteck gezerrt hatte. Ein weiterer Schrei kam von unter dem Überhang, ein Zeichen, dass noch jemand dort war.

„Mein Kind!“ Eine Frauenstimme.

„Aedan!“, brüllte Somhairle, ihm war egal, dass sie keine Aufmerksamkeit hatten erregen wollen, falls Sverre diese Küste bewachen ließ. „Bring mir ein Licht!“

Im unsteten Schein der Fackel saß wenig später eine Frau mit zerzaustem dunklen Haar auf dem Felsen, neben ihr die völlig verängstigte Tochter.

Beitiris war die Ehefrau eines der Fischer, ihre Tochter hieß Seonag. Seit drei Tagen hockten sie in ihrem Versteck in ständiger Angst, die Angreifer würden zurückkehren. Nur langsam schienen sie zu begreifen, wer Somhairle war. Er redete auf die Frau ein. Das junge Mädchen war vor Angst wie weggetreten.

Nein, die Nordmänner waren nicht zurückgekommen. Ja, sie konnte tagsüber von ihrem Versteck die Schiffe sehen, wie sie vorbeisegelten, um die umliegenden Küsten zu plündern. Sie konnten nicht weit sein, aber auch nicht so nah, dass sie sie von ihrem Versteck her hören konnte. Sie mussten in südlicher Richtung sein. Wie er vermutet hatte.

Er ließ Beitiris und Seonag in Decken wickeln und mit Proviant aus den Schiffen versorgen. Somhairle würde die Schiffe hier lassen und mit seinen Männern über Land gehen, um Sverre anzugreifen. Sie konnten die Dunkelheit nutzen, um sich heranzupirschen, und beim ersten Schimmern des Tages die Wikinger im Schlaf überraschen. Sverre hielt Somhairle für einen Vogel mit gebrochenen Flügeln. Er würde seine Meinung bald revidieren.

„Holen wir uns die Schiffe zurück“, schwor er die Männer ein. „In wenigen Stunden haben wir wieder eine starke Flotte, und alles, was Jarl Sverre hat, ist der Anblick der Würmer von unten her. Keine Gnade. Ich will, dass kein Nordmann diese Küste lebendig verlässt.“

Hinter den Läden vor dem Fenster der Schlafkammer im Turm von Drimnin war die Sonne untergegangen. Ravna war es egal, wie sie hierhergekommen war. Vage erinnerte sie sich an die Härte der Planken unter ihrem sich windenden Rücken, an das übelmachende Schaukeln des Schiffes und an Lokis Stimme, die überlegt und selbstbewusst die Ruderer durch die Nacht kommandierte. Das alles schien Tage her zu sein.

Ihre Welt bestand aus Schmerz.

Auf allen Vieren kniete sie nackt auf der Bettstatt, ließ den Kopf zwischen die aufgestützten Arme hängen und betete um Kraft. Hinter ihr kniete Flòraidh, die Hebamme und massierte Ravna das Gesäß und den Rücken mit einer Kräuterölmischung. Ein Teil von Ravna wollte sich dafür schämen, dass sie sich so zeigte, aber Scham war als erstes gestorben während dieser unendlich scheinenden Tortur.

Vielleicht müssen Frauen deshalb lernen, ihren Körper zu verschenken, wenn sie ein Kind empfangen, ging es ihr durch den Kopf. Als Vorbereitung für den entwürdigenden, schmach- und schmerzvollen Ritt. Immer noch floss Kindswasser aus ihr heraus, nicht mehr schwallweise, sondern nur noch ein Tröpfchen hier und dort, das innen an ihren Schenkeln herabrann. Aber auch alle anderen Flüssigkeiten, die ein Körper absondern konnte, tränkten die Laken unter ihr. Schweiß, Blut und Schlimmeres.

Eine neue Wehe rollte an. Ravna verspannte sich. Sie wollte das nicht mehr. Mit der Pein schwoll ein Schrei in ihrer Kehle. Sie riss den Kopf in den Nacken, krampfte die Fäuste ins Laken. Die Laute, die aus ihrem Leib kamen, klangen nicht mehr menschlich. Sie krümmte sich, presste ihr Gesäß in die Hände der Hebamme, zitterte und bebte, aber der Schmerz wollte nicht aufhören. Auf die erste Welle folgte eine zweite, dann eine dritte.

Ravna brach zusammen, kugelte sich auf die Seite, im nächsten Augenblick streckte sie den Rücken durch. Jedes Mal kam der Schmerz zurück, ballte sich ihr ganzer Körper zu einer Faust. Sie konnte nicht mehr. Kaum ließ der Schmerz ein wenig nach, war da nur noch Zittern. Sie schluchzte in ihr Kissen, verschwitzte Haarsträhnen klebten an ihren aufgerissenen Lippen, machten ihr das Atmen zusätzlich schwer. Nicht einmal der Duft von Somhairles Körper in den Laken vermochte sie zu trösten.

„Du musst deine Kraft sparen, Herrin." Flòraidh hielt Ravna eine Tasse mit lauwarmen Kräuteraufguss an die Lippen, versuchte, sie zum Trinken zu nötigen. „Das Kind arbeitet nicht richtig mit. Du bist noch nicht weit genug geöffnet, damit es auf die Welt kommen kann. Wenn du jetzt schon deine Kraft verbrauchst, wirst du es nicht schaffen."

Welche Kraft? Sie schaffte es nicht einmal, sich auf die Ellenbogen zu stützen, um etwas von dem Gebräu zu trinken. Flòraidh stützte sie. Eben benetzte der süße, wohlriechende Aufguss ihre Lippen, da war der Frieden wieder vorbei. Die nächste Wehe rollte an, nahm ihr erst den Atem, dann die Würde und am Schluss das letzte bisschen Kraft, das ihr geblieben war.

Ihre Sinne schwanden. Sie trieb in einem Meer aus Schmerz und Vergessen. Da war nichts mehr um sie her, gar nichts mehr. Am Anfang hatte sie noch nach der Fibel gefragt, nach dem Tuch, das sie in monatelanger Arbeit so mühsam gewebt hatte. Die Fibel lag unbeachtet auf dem Boden. Das Tuch war fort. Sie wusste nicht, wo es war. Hatte sie es verloren, als sie im Wald gewesen war? War Fiadh bei ihr, oder schutzlos im Wald? Er war nach Kinlochaird gelaufen. Ohne ihn wäre Ravna im Wald verreckt. War das von Anfang an Affraics Plan gewesen, Ravna und das Brüderchen zu trennen? In ihrer Brust stach jeder Atemzug, auch in den Wehenpausen konnte sie sich nicht erholen, weil Nachbeben ihren Körper beutelten. Längst konnte sie nicht mehr unterscheiden, was eine Wehe war und was nur die Erinnerung an den Schmerz.

Als der Nebel sich lichtete und den Blick freigab auf die Sonne, die weißgelb und kalt über den Bergen in den Himmel stieg, drehte Somhairle den Körper von Sverre so, dass dieser in die Sonne starrte. Mit brechenden Augen. Wie ein Stück Fleisch hing der stolze Jarl an der Klinge von Somhairles Messer, versuchte zu atmen und spuckte Blut.

„Sieh hin“, zischte Somhairle ihm ins Ohr. „Sieh dir die Sonne noch einmal an. Das ist das Einzige, was ich dir gebe. Du hast diese Gnade Aonghas nicht gewährt. Ich bin ein besserer Mann als du. Hast du es jetzt begriffen?“ Er drehte die Klinge im Leib des Sterbenden und erntete einen Schrei, in dem Blutblasen zerplatzten. „Ich hoffe, dass es wehtut. Ein Schmerzensschrei für jeden einzelnen von meinem Volk, den du getötet hast. Und das ist für den einen, den du mir genommen hast.“ Er riss das Messer aus dem Körper, packte den Jarl bei den blutverschmierten blonden Locken und riss ihm den Kopf in den Nacken. In einer weichen Bewegung zog Somhairle ihm die Klinge über die Kehle.

Er trank nicht. Er hatte sich ausgemalt, wie es sein würde, das warme, pulsierende Blut in seinem Mund. Er tat es nicht. Er stieß den Körper von sich, sah zu, wie Sverre mit dem Gesicht voran in den Dreck stürzte und sich nicht mehr rührte. Die Rache schmeckte schal. Es sollte sich gut anfühlen, aber da war nichts. Um ihn herum starben die überrumpelten Wikinger unter den Händen seiner wütenden Krieger. Sein Plan war aufgegangen. Aonghas war sein Taktiker gewesen, doch in diesem Moment musste Somhairle begreifen, dass das Leben auch ohne seinen besten Freund weiterging. Nicht nur das Leben. Auch er, Somhairle, würde weitermachen. Weiterkämpfen. Weiter siegen.

Noch ehe die Sonne im Zenit stand, brachen sie auf. Mit vier Schiffen waren sie gekommen. Mit fünfzehn Schiffen verließen sie Sleat und ruderten nach Osten, auf die heimatliche Küste zu. Er hatte vierzehn seiner dreiundsechzig Männer verloren. Es war unmöglich, alle Schiffe bis nach Kinelvadon zu bringen. Aber auf Sleat gab es niemanden mehr, den ein Schiff schützen müsste. Er ließ Seile ausgeben, um die Schiffe aneinanderzubinden. Irgendwie schafften sie es bis Sonnenuntergang nach Ard nam Murchain, wo sie die Hälfte ihrer Beute zurückließen.

Aedan drang in ihn, dass die Männer es verdient hatten, sich in Freundesland auszuruhen, aber alles in ihm drängte nach Hause. Nach Kinelvadon. Nach Claggan, zu Ravna. Seine Rache hatte ihm nicht den Seelenfrieden gegeben, nach dem er sich sehnte. Jetzt war alles, an was er denken konnte, die himmlische Ruhe, die er nur in Ravnas Schoß fand.

Wieder stand er im Bug. Starrte auf seine näherkommende Küste. Im Heck der Draconia saßen Beitiris und ihre Tochter. Wie hätte er sie in einem Land voller Leichen zurücklassen können? Er spürte Muireanns Blick auf sich. Sie saß auf dem vordersten Ruderplatz, hatte die Riemen hochgezogen und wandte sich ihm zu. Unwillig bedeutete er ihr mit den Augen, dass sie reden sollte. Dass ihr etwas auf der Zunge lag, war offensichtlich.

„Ich traue ihr nicht“, sagte sie schließlich, als er sich neben ihrem Ruderplatz postiert hatte. Erschöpfung lag in ihren Augen, die nicht von der Schlacht kam. Im Kampf gegen Sverres Mörder hatte sie einmal mehr bewiesen, warum sie einen Platz auf seinen Schiffen verdiente. Es war nicht das Kämpfen, das die Kraft raubte, sondern das Wissen, dass es keinen Platz in seinem Herzen für sie gab. Wenn sie dieser Tage sehnsüchtig aufs Meer blickte, sträubte sich sein Kopf nicht mehr dagegen, anzunehmen, was seine Augen sahen. Muireann kam aus einer anderen Welt. Sie litt unter Heimweh.

„Wem?“, fragte er. Wenn sie Dinge sah, die Menschenaugen nicht erkannten, sollte er ihr zuhören.

„Der Frau von Sleat und ihrer Tochter. Irgendwas passt nicht.“

„Was meinst du?“

„Ich weiß es nicht.“ Unglücklich wandte sie den Blick von ihm ab und starrte in die grauschwarzen Wellen unter ihnen.

Er wusste, sie würde kein Wort mehr sagen, und Unmut regte sich in ihm.

Dann schweig doch, dachte er. Warum legst du noch mehr Last auf meine Schultern, wenn ich schon schreien will von dem Gewicht, das mich niederdrückt? „Ich kann den Finger darauf legen, was nicht passt“, sagte er bissig. „Sie hat ihren Mann und ihre Söhne sterben sehen. Natürlich ist sie im Augenblick nicht sie selbst.“

Muireann schüttelte den Kopf, zuckte mit den Schultern und griff nach den Ruderriemen. Somhairle ging zurück an seinen Platz im Bug des Schiffes und wandte sich nach vorn, wo die Lichter von Drimnin die beginnende Nacht durchbrachen.

Am Ufer, unweit der Außenmauer der Burg, brannte ein Signalfeuer. Somhairle ließ die Ruder hochziehen, als er dort einen Mann stehen und winken sah. Seisyll, der das Steuer bemannte, brachte das Drachenschiff näher heran.

Es war Loki.

Zwei Schläge lang setzte Somhairles Herz aus, dann raste es davon. Seisyll ließ die Draconia auf die Sandbank laufen. Über die Reling sprang Somhairle ins flache Wasser, das unter seinen Stiefeln aufspritzte. Sein Blut pulsierte tosend in den Ohren. *Geh nicht, Somhairle, geh nicht.* Auf einmal erinnerte er sich wieder an die letzten Worte, die Ravna zu ihm gesagt hatte. Er spürte die Blicke der Männer an Bord auf sich, und die Blicke der Wachen auf den Zinnen. Niemand kam ihm entgegen. Es herrschte angespannte Stille. Alle Fensterschlitze der Burg waren erleuchtet. Niemand schien sich zum Schlafen hingelegt zu haben. Im Schatten der Burgmauer versteckten sich ein paar Kinder, ihre Augen ein scheues Blinken. Als hätten sie Angst vor dem, was passieren würde, wenn der Herr begriff, warum Loki ihn ans Ufer gewunken hatte. Loki selbst stand mit hüftbreit gespreizten Beinen und wartete auf ihn, scheinbar ohne Eile.

Dann durchbrach ein heller Schrei aus der Höhe des Turms die atemlose Stille, und Somhairle begann zu rennen.

KAPITEL 27

Die Glut in der Feuerstelle breitete einen roten Schimmer über Menschen und Gegenstände. Der Abzug arbeitete nicht richtig, Rauch erfüllte die Kammer wie mit einem Nebel. Von ganz weit her hörte Ravna das vertraute Knarren, mit dem die Tür geöffnet wurde. Wahrscheinlich eine Magd mit neuen Laken oder feuchten Tüchern für Ravnas Stirn. Sie kümmerte sich nicht mehr darum, wer sie so sah. Sie wimmerte bei dem Versuch, sich auf den Rücken zu rollen. Egal wie oft sie blinzelte, die Schemen an der Tür nahmen keine Gestalt an, so dicht war der Schleier vor ihren Augen.

„Wie ..." Sie versuchte zu sprechen, doch aus ihrer ausgedörrten Kehle kam nur ein Krächzen. Sie leckte sich über die Lippen, schluckte, dann versuchte sie es erneut. „Wie lange schon?"

Aus dem Nebel schälte sich Ingrids Umriss, und Ravna spürte, wie ihr Tränen der Erleichterung übers Gesicht liefen und sich mit dem Schweiß vermischten, in dem sie zu baden schien. Die Wikingerin trat zu ihr ans Bett, presste ihr einen mit Kräutersud getränkten Lappen an die Lippen. Ein wenig Feuchtigkeit rann in Ravnas Kehle, wunderbar erfrischend. Mit Ingrids Hilfe gelang es ihr, sich aufzusetzen. Das Kind in ihrem Leib regte sich, trat ihr schmerzhaft gegen die Rippen. Als wolle es ihr einen Schubs geben, damit sie sich endlich zusammenriss.

„Der Tag ist gekommen und wieder gegangen", sagte Ingrid, zog Ravnas verschwitzten Kopf an ihre Schulter und streichelte ihr das Haar. Mit einem feuchten Tuch wischte die Wikingerin Ravna über die Stirn. „Den zweiten Tag schon kämpfst du wie eine Bärin. Aber das muss aufhören, mein Kleines, das weißt du, nicht wahr? Es wird Zeit, dass du dem dickköpfigen Prinzen in deinem Bauch den Pachtvertrag kündigst und ihn hinaus in die Welt schickst. Er wird erwartet."

In Ravnas Rücken braute sich die nächste Schmerzwelle zusammen. Sie war nicht bereit. Nicht schon wieder. Sie kämpfte dagegen an, wurde in Ingrids Umarmung steif, schnappte nach Luft, doch aus ihrer Kehle kam nur ein heiseres Jammern.

„Wer?“, brachte sie keuchend hervor. „Wer soll schon warten?“ Die Krämpfe wurden stärker, rissen an ihr. Sie krallte ihre Hände in Ingrids Schultern. Mehr Wut packte sie, je schlimmer der Schmerz wurde. Niemand war hier, um ihren Sohn zu empfangen. Weil sein Vater lieber einem verlausten Wikingerjarl den Kopf abschlug, als ihr beizustehen. Es war seine Schuld, dass sie das ertragen musste. Seine ganz allein. Und jetzt verdrückte er sich, um seine Rache zu nehmen, und das hier musste sie allein ertragen. Nie mehr würde sie ihn an ihren Körper lassen. Wenn sie das hier überlebte, würde sie einen Zaun um diese Bettstatt errichten und ihren Schoß mit Schlössern und Eisen schützen, damit er nie wieder Gelegenheit bekäme, ihr so etwas anzutun.

„Na, sein Vater natürlich.“ Ingrid massierte ihr die zitternden Schenkel, presste ihren massigen Leib gegen Ravnas Beine, damit diese etwas hatte, wogegen sie drücken und kämpfen konnte. „Der König von Argyll ist siegreich zurückgekommen. Sein Drachenschiff liegt auf der Sandbank. Die anderen und ein paar erbeutete dazu fahren in aller Seelenruhe unten an der Burg vorbei. Also nehme ich an, unser Herr Somhairle hat die Nordmänner einmal mehr das Fürchten gelehrt, sodass keiner wagt, ihn zu verfolgen. Jetzt gehört es sich, dass er als Lohn seinen Sohn in die Arme nehmen kann.“

„Er soll bleiben, wo der Wind ihn hinträgt!“ Der Druck in Ravnas Innerem veränderte sich, drängte jetzt nach unten. Sie brüllte die Worte hinaus, die ihr den Kopf vernebelten. „Ich hasse ihn! Ich will ihn nie wieder sehen!“ Wieder veränderte sich etwas in ihr. Plötzlich hatte sie es sehr eilig. Zitternd und bebend machte sie sich von Ingrid frei. „Ich muss ...“ Sie versuchte aufzustehen, musste etwas gegen den Druck in ihrem Inneren tun, gegen den Schmerz, der in ihr tobte. „Ich brauche den Abtritt.“

„Dem Himmel sei Dank, endlich." Neben ihr tauchte Flòraidh auf und half Ingrid, Ravna mit sanfter Gewalt zurück auf die Matratze zu schieben. Sie kämpfte, gegen die Hände der Frauen, gegen den Drang, sich erleichtern zu müssen, gegen den Schmerz.

Natürlich verlor sie.

„Pressen, Herrin!", herrschte Flòraidh sie an. „Nach unten. So fest Ihr könnt."

„Sie will Euch nicht sehen, Herr." Resolut trat Ingrid ihm auf halber Treppe entgegen und schob ihn mit ihrer Körperfülle wieder hinunter. „Respektiert das. Eure Gemahlin kämpft seit zwei Tagen mit Eurem Sohn. Selbstverständlich wird der junge Herr am Ende siegen, und wenn er es tut, wird sich der Gemütszustand der Herrin ganz schnell verbessern. Aber gebt ihr Zeit."

„Ich kann nicht nichts tun!", begehrte er auf, noch immer außer Atem vom Rennen.

Sie drängte ihn in der Halle auf einen wackligen Schemel beim Kamin, stellte einen Becher vor ihm auf den Tisch und füllte Wein hinein. „Dies, Mormaer, ist eine Sache, in der Ihr sehr wohl nichts tun könnt. Denn hier nutzt Eure ganze Kampfkraft nichts." Sie baute sich vor ihm auf, breit grinsend, die Hände in die Hüften gestemmt. „Ihr könnt jeden Nordmann erschlagen, der jemals auch nur darüber nachgedacht hat, in diesen Gewässern zu segeln. Aber Euren Sohn bringt die Herrin ganz ohne Eure Axt zur Welt. Euren Beitrag dazu habt ihr längst geleistet, jetzt heißt es warten. Aber wenn es Euch beruhigt, es wird nicht mehr lange dauern."

Heulendes Schreien drang aus dem Turm herab. Somhairle trank den Becher in einem einzigen Zug leer, stand auf und begann, wie ein eingesperrter Wolf in der hell erleuchteten Halle herumzulaufen. Die Männer, Frauen und Kinder, die sich an den Wänden zusammendrängten, beachtete er nicht. Mit der flachen Hand schlug er gegen die Einfassung des Kamins. „Ich rühr sie nie mehr an", schwor er.

„Das hat schon mancher vor Euch gesagt und nie gehalten."

Wieder dieses Schreien, das ihm die Nerven zu zerreißen drohte. Sein Blick fand die Augen eines der Kinder, das sich erschrocken hinter die Röcke seiner Mutter verkroch.

„Warum war das bei Muireann anders?", fragte er ins Leere. Er raufte sich die Haare, wollte sich die Hände auf die Ohren pressen, um nicht hören zu müssen, wie Ravna litt. Er hatte auf so vielen Schlachtfeldern gekämpft, dass er sie nicht mehr zählen konnte, aber ein derart verzweifeltes Schreien hatte er noch nie gehört. „Warum hatte Muireann es so viel leichter? Es ist nicht gerecht." Weil Callums Mutter eine Selkie ist, sagte eine Stimme in seinem Hinterkopf. Du hast es immer gewusst. Aber wieso war Callum ein normales Menschenkind, wenn seine Mutter ein Seehund war? Er dachte darüber nicht gern nach.

„Muireann ist anders gebaut", erklärte Ingrid, in seliger Unwissenheit darüber, was Muireann wirklich war. Wie an jedem anderen Tag hängte sie einen Kessel mit Wein zum Erhitzen übers Feuer. „Eure Gemahlin ist ein zartes Wesen, Gott beschütze sie. Außerdem hängt Ihr an ihr ganz anders als an Muireann. Da empfindet Ihr das, was sie durchmacht, auch anders. Das bedeutet auch, dass Euch Euer Sohn viel mehr bedeuten wird als der Sohn von Muireann."

Das bezweifelte er. Ja, er ließ Callum oft allein, aber er wäre für den kleinen Kerl gestorben, wenn es sein musste. Wieviel mehr konnte er für seinen Sohn mit Ravna tun, wenn es darauf ankam? Für ihn leben, flüsterte die Stimme in seinem Hinterkopf, die er in letzter Zeit immer häufiger zu hören glaubte. Begann er, den Verstand zu verlieren? Nicht einmal der Gedanke schreckte ihn, und die Stimme sprach weiter. Für deinen Sohn mit Ravna kannst du leben, um ihm die Welt zu Füßen zu legen. Ein eigenes, ein gälisches Reich. Die Söhne, die du mit Ravna zeugen wirst, werden die Herren der Inseln sein. Die Stimme wurde lauter, bis sie sich in Ravnas langgezogenem Schrei verlor.

„Oh, da werde ich wohl gebraucht.“ Vergnügt wischte sich Ingrid die Hände am Rock ab und strebte zur Treppe. Als sie an der weit geöffneten Eichentür vorbeikam, blieb sie ruckartig stehen und musterte die Gestalt, die dort aufgetaucht war. Beitiris, erkannte Somhairle.

„Wer bist du?“, fragte Ingrid schroff.

„Sie heißt Beitiris“, erklärte er. „Wir haben sie in Sleat aufgelesen und mitgebracht.“ Er fühlte sich plötzlich sehr müde. Alles, was er wollte, war, noch einen Schluck zu trinken. Dieser Wein war … Er konnte nicht darüber nachdenken. Ingrid wartete auf eine Antwort. „Ihr Dorf wurde ausgelöscht. Gib ihr Arbeit und ein Schlaflager.“

Ingrid runzelte die Stirn, streckte dann aber die Hand aus. „Na komm, Beitiris. Du siehst aus, als habest du ein Paar kräftiger Hände beizusteuern. Du kannst am Lager der Herrin helfen.“ An der Treppe wandte Ingrid sich noch einmal zu Somhairle um. „Wehe, ich sehe Euch da oben“, warnte sie mit erhobenem Zeigefinger. „Die Herrin wird Euch wissen lassen, wann sie bereit ist, Euch zu empfangen.“

Als Somhairle aufstand, um seinen Becher aus dem Kessel nachzufüllen, entdeckte er Seonag, die scheu hinter der Tür wartete. Das Mädchen war vermutlich ein wenig jünger als Ravna. Keine Schönheit, grobschlächtig, mit strähnigem schwarzem Haar und roten Flecken auf den blassen Wangen. Er winkte sie herbei. „Es regnet. Du kannst hier drin auf deine Mutter warten.“

„Danke, Herr“, hauchte sie und drückte sich in eine Ecke der Halle, wo sie mit der dämmrigen Umgebung verschmolz.

Das Schreien im Turm brach ab. Sein Herz raste. Immer wieder starrte er auf die Treppe, rang den Drang nieder, nach oben zu laufen.

Dann, plötzlich, der unvergleichliche Moment, als der erste, noch dünne Schrei des Kindes zu ihm herabwehte. Er hielt den Atem an, der Becher entfiel seiner zitternden Hand, er stand auf. Hielt sich an der Tischkante fest. Sein Blut rauschte in den Ohren. Das ziepende Weinen wurde lauter.

Kam näher. Er starrte die Treppenflucht hinauf. Zwei Füße in verdreckten Schuhen kamen herab.

Es war Beitiris, die das in Tücher gewickelte Bündel die Treppe heruntertrug. Sie lächelte, aber das Lächeln erreichte nicht ihre Augen. „Euer Sohn, Herr“, sagte sie tonlos und hielt ihm das Bündel entgegen. „Eurem Weib geht es nicht gut, die Frauen kümmern sich um sie. Sie haben mir den Auftrag gegeben, Euch das Kind zu zeigen.“

Irgendwas passte nicht. Er konnte seinen Finger nicht darauf legen. Etwas in Beitiris‘ Haltung, in ihrer Stimme. Er wollte nicht darüber nachdenken, denn als er ihr das Bündel abnahm, richteten sich all seine Gedanken, all sein Fühlen auf dieses winzige Wesen.

Sein Sohn.

Ein hochrotes, kleines Gesicht, eingerahmt von roten Händen, zu winzigen Fäusten geballt. Das Kind brüllte wie aufgespießt, der zahnlose Mund, die zusammengekniffenen Augen wie zerbrechliche schwarze Halbmonde in all dem Rot. Somhairle starrte auf das Bündel Mensch. Sein Herz schwoll. Für ihn leben. Gemeinsame Jahre haben. Ein gemeinsames Ziel. In seiner Kehle schwoll ein Knoten. Er schluckte. Ihm wurde bewusst, wie er aussehen musste, besudelt mit Sverres Blut, übernächtig, stinkend vor Schweiß, mit dem Geruch von fauligem Fisch und Seetang in seinen Kleidern und den ungewaschenen Haaren. Er küsste die Stirn seines Sohnes und gab ihn Beitiris zurück.

„Bring ihn zu seiner Mutter.“ Seine Stimme klang, als gehörte sie nicht ihm.

„Natürlich, Herr.“ Sie wandte sich zu der Ecke, in der ihre Tochter kauerte. „Bring dem Herrn mehr Wein, Seonag“, ordnete sie an, die Stimme kühl. Ohne ein weiteres Wort trug Beitiris den schreienden Prinzen von Argyll die Treppe hinauf.

Seonags Hand zitterte, als sie einen neuen Becher vor Somhairle stellte. Er trank in einem Zug. Als die Stimmen oben in der Kammer leiser wurden, leerte er einen zweiten Becher. Die Lage schien sich zu beruhigen. Die Menschen, die in der Halle ausharrten, atmeten erleichtert auf. Frauen legten Kinder zum Schlafen, vergruben sich neben ihnen in Stroh und Decken.

Somhairle wartete darauf, dass Ingrid kam, ihn zu holen. Sie kam nicht. Stattdessen hörte er Stimmen. Von überall flüsterten sie auf ihn ein, ohne dass er ein Wort ausmachen konnte. Tief in ihm war etwas, das um Ravnas Leben fürchtete. Auf seiner Zunge lag ein säuerlicher Geschmack. Aber nein. Die Vorsehung besagte, dass es seine Söhne mit Ravna waren, die die Inseln beherrschen würden. Sie konnte nicht bei dieser Geburt sterben. Er würde sie wieder anfassen. Seine Finger in ihre Haut graben, an ihrem Rabenhaar riechen, sie unter seinen Körper ziehen und sich in sie treiben, bis sie beide auf einer Welle an Glückseligkeit davonschwebten. So wollte es die Vorsehung. So wollte er es, so wollte … Er verlor den Gedanken, aber fühlte sich lächeln, verlangte nach mehr Wein. Seonags Hände zitterten nicht mehr beim Einschenken. Wenn sie lächelte, sah man, dass ihr eines Augenlid herabhing und ihr ein Zahn fehlte. Ihr Lächeln war breit, fast ein Grinsen. Sein Kopf wurde schwer. Zu schwer. Zu dem beständigen Murmeln der Stimmen in seinem Kopf ließ er die Stirn auf die schwere Tischplatte sinken und verlor das Bewusstsein.

Ravna blickte auf das Bündel in ihrem Arm. Ihr Sohn. Er hatte Somhairles Augen, seine Nase und sein Kinn. Nur kleiner. Das Kind in ihrem Arm war das zerbrechliche, kreischende Abbild des Mannes, den sie liebte. Des Mannes, dem mehr am Kampf lag als an seiner Frau. Er hatte ihr den Kampf der Geburt angetan, aber auch das Geschenk ermöglicht, das nun auf ihrer Brust lag.

Sie drückte ihren Sohn an sich, küsste ihm die Stirn. Die kleine Nase zog sich kraus, er sperrte das Mündchen auf, warf den Kopf hin und her, als wäre er auf der Suche nach etwas.

„Der junge Herr gleicht seinem Vater.“ In Ingrids Stimme schwang ein Lächeln. „Kaum zu Hause, schon auf der Suche nach einem ordentlichen Schluck.“ Sie half Ravna, das Hemd auseinanderzuschieben, und zeigte ihr, wie sie das Kind anlegen musste, damit es trinken konnte.

Ravna zuckte zusammen, als sich die winzigen Lippen um die Spitze ihrer Brust schlossen. Nie im Leben hätte sie so einem Winzling einen solchen Zug zugetraut. Sie biss die Zähne zusammen, während der junge Prinz saugte, als hänge sein Leben davon ab. Ihr Lachen über seinen Eifer war schwach, aber begleitet von so viel Liebe, dass sie meinte, ihr Herz müsste platzen.

Auch Ingrid sah auf den gefräßigen Prinzen hinab. „Wisst Ihr bereits, wie er heißen soll?"

„Dougal", antwortete Ravna. Sie erinnerte sich an die Nacht, als sie und Somhairle den Namen ausgesucht hatten. Dunkler Fremder bedeutete das Wort. Weil Somhairle sich wünschte, dass sein Sohn ihr Haar haben würde. Das Haar einer Keltenprinzessin, nicht das einer Wikingertochter.

Von einem Moment auf den anderen zerriss ihr die Sehnsucht nach Somhairle die Brust. Tränen stiegen ihr in die Augen, in ihren Fingern kribbelte der Wunsch, ihren Geliebten zu berühren, gemeinsam mit ihm zu bestaunen, was sie geschaffen hatten. Dieses Kind in ihrem Arm war aus ihnen entstanden. Es war ein Wunder, kaum fassbar. Dass aus Liebe Leben werden konnte, dass Glück von diesem Augenblick an einen Namen trug. Den Namen ihres Sohnes.

„Kannst du den Mormaer holen?", bat sie Ingrid. Nichts wünschte sie sich mehr, als in Somhairles Augen zu sehen, wenn er das erste Mal den Namen ihres Sohnes aussprach.

Ingrid öffnete den Mund, um etwas zu sagen, doch eine Stimme aus dem Dunkel des Flurs unterbrach sie.

„Das Bad für die Herrin ist gerichtet." Etwas an dieser Stimme ließ einen eisigen Schauer über Ravnas Rücken rieseln. Eine böse Erinnerung, fern und nicht greifbar, wie aus einem anderen Leben.

Ingrid nickte und wandte sich wieder Ravna zu. „Kommt, Herrin, machen wir Euch hübsch für Euren Gemahl. Oder wollt Ihr, dass er Euch so sieht? Während Ihr im Bad seid, richte ich mit den Mägden die Kammer. Am Ende denkt der

Mormaer sonst, er steht in einem Albtraum und wäre nicht in seinem Gemach gelandet, sondern stünde erneut im Krieg."

Ravna blickte an sich hinunter. Alles an ihr klebte. Der tagewährende Kampf hatte Spuren hinterlassen. Tatsächlich roch es im Zimmer wie auf einem Schlachtfeld. Ingrids Argument war nichts entgegenzusetzen.

Mühsam setzte Ravna sich auf. Das Hemd, das sich das letzte Mal, als sie gestanden hatte, eng um ihren gewölbten Leib gelegt hatte, fiel lose an ihr herab. Ihr Bauch war weg. Fassungslos starrte sie auf den lockeren Stoff, vergaß darüber beinah das Gefühl, untenherum unvollständig zu sein. Als wäre sie ein Fass, dem der Boden fehlte. Kaum in der Senkrechten, fasste Schwindel nach ihr. Der Boden unter ihren blanken Füßen schwankte, helle Punkte wirbelten im Schwarz vor ihren Augen. Sie musste sich auf Ingrid und Flòraidh stützen, um nicht das Gleichgewicht zu verlieren.

Ravna blinzelte. Gerade eben noch hatte jemand im Türrahmen gestanden. Ganz sicher. Doch jetzt war da nur noch Schwärze.

„Wer war dort?", fragte sie. „Wer hat mir das Bad gerichtet?"

„Ach das", Ingrid winkte ab. „Das war nur Beitiris. Der Mormaer hat sie mitgebracht. Sverres Männer haben ihr Dorf verbrannt und alle getötet." Ingrid seufzte. „Solch eine Verschwendung von Menschenleben." Nur Beitiris. Irgendwas an der Aussage war falsch, doch Ravna konnte den Finger nicht darauf legen.

Der Weg hinunter in die Kammer zwischen der Halle und der Küche, wo der Zuber stand, zog sich. Mehrmals mussten sie anhalten, damit Ravna verschnaufen konnte. Die Anstrengungen der letzten Tage rächten sich. Die Geburt hatte sie so viel Kraft gekostet, dass sie sich kaum auf den Beinen halten konnte.

Flòraidh öffnete die Tür zur Badekammer. Dicker Dampf schlug Ravna entgegen. Wieder griff Schwärze nach ihrem Bewusstsein.

„Das Bad wird Euch helfen, Herrin", sagte eine Stimme ganz weit weg. Eine Stimme, die das einzig Kalte war in der feuchten Hitze der Kammer. Jemand hob sie an, drängte sie in den Zuber. Somhairle, dachte Ravna. Somhairle, wo bist du?

Das Wasser umschloss sie, hüllte sie in feuchte Glut. Sie war zu schwach, um sich zu wehren. Für Somhairle sagte sie sich vor. Damit ich hübsch für ihn bin, damit sein Kampf sich gelohnt hat. Damit er mich wieder will, mindestens so sehr, wie ich mich nach ihm sehne. Mein König mit den Nebelaugen.

Ihr Herz polterte gegen die Brust, als Hitze sie einschloss. Immer weiter weg rutschten die Umrisse ihrer Umgebung.

„Wir sind gleich zurück." Das war Ingrid. Und doch nicht. Die Stimme der Wikingerin klang verzerrt, viel tiefer als sonst, lallend, als hätte sie zu viel Wein getrunken.

Ravna legte den Hinterkopf auf den Zuberrand, versuchte, zu Atem zu kommen. Die Hitze drückte auf ihre Brust, presste ihr den Atem aus den Lungen. Zwischen ihren Beinen brannte das Wasser, sodass sie sich auf die Zunge beißen musste, um Schreie zu verschlucken. Flammen stiegen in ihren Leib, versengten sie von innen her.

„Ingrid!", versuchte sie zu rufen, doch ihr Flehen zerfloss im Dampf. Immer heißer schien das Wasser zu werden, immer undurchdringlicher der Dampf, der nach Kampfer und Rosmarin roch. Doch statt sie zu beruhigen, stieg ihr der Geruch zu Kopf, fachte Panik an. In immer kürzeren Abständen röchelten ihre Atemzüge.

Keine Luft. Nur Dampf. In ihrem Kopf wurde es ganz leicht. Und schwer zur selben Zeit. Die Schwärze verwandelte sich, wurde zu weißem Nebel. Nicht mehr heiß, nur noch warm. Dann kühl und angenehm.

Eine Stimme, die nach ihr rief.

„Mein Mädchen. Mein kleines Mädchen." Da war ein Licht in all dem Weiß. Golden und einladend. Funkenregen, der sie umhüllte. Langsamer schlug Ravnas Herz, ganz ruhig.

Kein Kampf mehr. Eine Hand, die sich ihr entgegenstreckte. Ein Wiedersehen, das nicht sein sollte.

„Komm, Ravna, es ist ganz leicht.“

Sie erhob sich. Die Stimme hatte Recht. Es war ganz leicht. Wie fliegen.

Sie wurde Teil des Nebels, verschmolz mit ihm, und plötzlich umspülte sie unendliche Weisheit. Das Wissen der ganzen Welt, von allen, die gewesen waren und allen, die kommen würden, umschloss sie. Sie blickte sich um, sah die Gestalt im Zuber. Sie erkannte sich selbst, und doch war sie sich fremd. Die Frau im Wasser hatte tiefe Augenränder. Ihre Haut war wächsern und blass. Kein Atem hob und senkte ihre Brust.

Ravna blickte an sich hinab und sah, dass sie schön war. Sternenlicht und Frieden. Bilder umschwirrten sie, wie Libellen einen Waldsee im Sommer. Bilder aus ihrer Kindheit, Bilder aus einer Zukunft, die niemals sein würde. Dann erkannte sie auch die Frau, die mit ihr in der Kammer stand.

„*Mamaidh*?“, fragte sie.

„Ich bin hier. Ganz nah.“ Gita kam auf sie zu, so schön, so echt wie nie zuvor.

„Bin ich tot?“ Die Frage schmerzte nicht. Dort, wo sie jetzt war, gab es keinen Schmerz mehr. Nur Sehnsucht, weil sie Dougal nicht dabei zusehen würde, wie er groß werden würde. Weil sie Somhairle nie wieder in den Arm nehmen und ihm sagen konnte, dass sie ihm verziehen hatte.

„Du bist nicht tot und nicht lebendig“, sagte Gita und streckte die Hand nach ihr aus. Sternenfunken wurden geboren, wo zwei körperlose Gestalten sich trafen. „Du bist in dem Land, wo Legenden geschrieben werden. Im Nebel der Erinnerung, dem Land der Hoffnung. Deine Aufgabe ist noch nicht erfüllt.“

„Wie soll ich Fiadh retten, wenn ich nicht mehr in seiner Welt bin?“, wollte Ravna wissen, doch ehe sie eine Antwort bekam, wurde die Tür zur Kammer aufgerissen.

Ravna stockte der Atem. Atem, den sie nicht mehr brauchte, sondern nur aus Gewohnheit in ihren Körper sog.

Jetzt erkannte sie, was sie in der Erschöpfung und Kraftlosigkeit der Geburt nicht begriffen hatte. „Affraic“, wisperte sie, und Gita nickte.

„Das Kind in deinem Leib hat euch geschützt, aber nur, solange du es unter dem Herzen getragen hast. Deshalb konnte sie euch in den letzten Monaten nichts tun.“

Böse grinsend sah die Hexe auf den leblosen Körper im Wasser hinab. Sie rüttelte die tote Ravna an der Schulter, schlug auf ihre Wange. Kraftlos fiel die zierliche Hand der Toten in die Wanne. Affraics Feixen klang selbst in Ravnas Nebel arglistig und verschlagen.

„Sie darf nicht gewinnen“, hauchte Ravna.

„Nein“, stimmte Gita zu. „Doch nun liegt es an anderen, sie zu besiegen. Nur Somhairle kann ihren Zauber brechen. Er muss durchschauen, was sie getan hat.“

Tatenlos musste Ravna zusehen, wie der Dampf in die Kälte des Flurs gesogen wurde und mit ihm auch ihre eigene körperlose Gestalt. Sie würde wiederkommen, schwor sie sich. Noch war es nicht vorbei.

„Kann ich Somhairle erscheinen wie du mir?“, fragte sie, die Stimme ganz klein.

Traurig schüttelte Gita den Kopf. „Er kann dich nicht sehen, mein Kind. Er muss das allein schaffen. Du hast getan, was du konntest, um es ihm zu ermöglichen. Du hast seine Liebe für dich geweckt. Du hast seine Augen für die Welt hinter dem Schleier geöffnet. Jetzt ist es an ihm, sich dieser Geschenke würdig zu erweisen. Ein wahrer König zu sein, der seine Feinde besiegt, nicht mit dem Schwert, sondern durch Weisheit.“

Das Bewusstsein, dass er sie nie mehr würde sehen können, hätte Ravna das Herz gebrochen. Doch ein Herz aus Sternenregen brach nicht, das lernte sie nun. Es glaubte, weil es glauben wollte.

KAPITEL 28

Somhairles Kopf wog so viel wie ein Ochsenkarren, als er die Augen aufschlug. Neben dem Kamin saß Ingrid auf einem Schemel. Die eiserne Schüssel in ihrem Schoß war zu Boden gefallen, der Lärm musste ihn geweckt haben. Eine halbnackte Hühnerleiche lag zu Ingrids Füßen. Federn umwölkten die Wikingerin, als sei es reiner weißer Schnee. Sie schlief.

Ächzend richtete er sich halb auf. Sein Kopf dröhnte. Mit ihm saßen Aedan, Seisyll, Domhnall und Kenneth an der langen Tafel. Auch ihre Köpfe waren schlafend auf die Tischplatte gesunken. Der Tisch war übersät mit umgekippten Trinkbechern. Keine Gespräche, stattdessen erfüllte vielstimmiges Schnarchen die Burg. Obwohl bereits heller Tag in die Halle hereinschien, schliefen auch die Frauen und Kinder an den Wänden.

Es war eine höllische Nacht, dachte er, lass sie schlafen. Die Männer waren erschöpft vom Kriegszug, die Frauen und Kinder von zwei durchwachten Nächten in Sorge um ihre Herrin.

Ihre Herrin. Ravna!

Er sprang auf, der Stuhl hinter ihm geriet ins Schwanken und kippte um. Somhairle musste sich an der Tischkante festhalten, um nicht hinzustürzen. In seinem Kopf drehte sich alles. Sein Mund fühlte sich trocken und pelzig an. Er griff nach einer Karaffe, die noch aufrecht stand, und trank den letzten Tropfen Wein daraus, ohne sich um einen Becher zu bemühen. Es half gegen den pelzigen Geschmack im Mund, nicht aber gegen das Kreiseln im Kopf.

Schwankend richtete er seine Aufmerksamkeit auf den Treppenaufgang, konzentrierte sich und erreichte den Durchgang ohne Zwischenfall. Langsam stieg er die Stufen hinauf und hörte sich beim Schnaufen zu.

Nie zuvor hatte ihm Wein so zugesetzt. Ich werde alt, dachte er, froh, als am oberen Ende der Treppe die Kammertür auftauchte.

Die Frau, die mit vor der Brust verschränkten Armen dort stand und den Zugang versperrte, meinte er flüchtig zu kennen. Woher? Wer war das?

„Ich will zu meiner Gemahlin“, stieß er hervor. Die Zunge gehorchte ihm nicht, er musste zweimal zu den Worten ansetzen.

„In Eurem Zustand, Mormaer?“, fragte die Fremde und hob eine Augenbraue wie zum Spott. Sie wagte tatsächlich ... Wut braute sich hinter seiner Stirn zusammen, verstärkte das Dröhnen.

„Wer bist du, dass du mir etwas vorwerfen willst?“, knurrte er, aber er fand, dass er wie ein Hündchen auf der Suche nach den Zitzen der Mutter klang, nicht wie ein Wolf. „Ich lasse dir die Hände abschlagen, Weib!“

„Mein Name ist Beitiris, Herr. Ihr habt mich von Sleat hierher gebracht. Eure Burgverwalterin Ingrid hat mich beauftragt, über Eure Gemahlin zu wachen. Damit sie zusammen mit Euch und den anderen Burgbewohnern in der Halle die Ankunft des Prinzen feiern kann. Ich beabsichtige, mich dieser hohen Aufgabe würdig zu erweisen.“

Richtig. Beitiris, er erinnerte sich. An den Rändern seiner Gedanken waberte auch ein Gespräch mit Muireann, in dem diese gesagt hatte, sie traue Beitiris nicht. Doch Ingrid saß in der Halle, und so fest, wie sie und all die anderen schliefen, hatte es tatsächlich eine Feier gegeben. Eine Feier, an die er sich nicht erinnern konnte. Die Burgbewohner waren dem Beispiel ihres Mormaer gefolgt und hatten die Ankunft des Prinzen bejubelt.

Beitiris sah ihn mit einem Blick an, der besagte, dass er sich schämen sollte, ein solches Vorbild zu sein. Und dass er nur über ihre Leiche in das eheliche Schlafgemach Eintritt finden würde.

„Meine Tochter Seonag ist in der Küche“, sagte sie kühl. „Sie wird Euch einen Trank geben, der Euren Kopf klärt. Wenn Ihr es wünscht, wird sie Euch auch ein Bad richten. Danach können wir noch einmal darüber reden, ob ich Euch in dieses Gemach eindringen lasse, Herr.“

Wie ein getretener Köter schlich er die Treppe hinab. Neben der Tür von Muireanns Kammer machte er Halt. Nach kurzem Überlegen entschied er sich, dass er nicht zu zerrauft war, um seinen Erstgeborenen zu besuchen.

Muireann war nicht da. Nur Callum lag in seinem Bett, die Felle bis zur Nase gezogen, und schlief, als wolle er nie wieder aufwachen.

Statt in die Küche, ging Somhairle nach draußen. Die Sonne schien. Das Laub begann sich golden zu verfärben. Der Hof war wie ausgestorben, im Stall schrien ein paar Kühe, die gemolken werden wollten, aber niemanden schien ihr Gejammer zu stören.

Er verließ den Hof, ging wie durch einen Nebel aus einer anderen Welt. Ganz in der Nähe klickerte der Drimnin Bach einladend über Kiesel. Er zog sich Léine und Stiefel aus und kletterte ins Wasser.

Nicht einmal der Bach war in der Lage, seinen Kopf zu klären. Was war das für ein Rausch? Was war das für ein Wein?

Und was, wenn jetzt einer der nordischen Jarls hierher kam und die Burg der schlafenden Männer von Kinelvadon angriff? Sie wären alle verloren.

Er schrak hoch, als ganz in der Nähe Hufe trappelten. Er setzte sich im Bachbett auf, das Wasser perlte über seine Brust, ohne ihn zu erfrischen. Mit den Augen suchte er den Uferstreifen nach Reitern oder auch nach freilaufenden Pferden ab.

Stattdessen blieb sein Blick an dem jungen Reh hängen, das unter einer Eicher in seiner Nähe stand. Es hielt den Kopf gesenkt, und als es drei Schritte näher kam, hinkte es.

„Fiadh", sagte er.

Das Reh ließ sich neben ihm am Ufer des Baches in die Knie sinken, und er hätte schwören mögen, dass aus seinem linken Auge eine Träne rann und ins Wasser des Baches fiel. Somhairle stieg aus dem Bach, hob sich das Reh auf die Schultern und ging zurück zur Burg. Etwas stimmte hier nicht, er würde herausfinden, was.

Mit jedem Schritt wog der kleine Rehkörper auf seinen Schultern mehr, griff eine Schwere nach ihm, die er nicht abschütteln konnte. Bis er das Burgtor erreichte, hatte er vergessen, was er hier hatte tun wollen.

Stille drückte auf die Feste wie Blei. Weit entfernt grollte Donner, zuckten Blitze über die pechschwarze Wasseroberfläche der Meerenge. Wie schön die Welt war, dachte Ravna, selbst dann noch, wenn sie ihre beängstigende Seite zeigte. Das Zischen des Windes war ihr Abschiedslied, das Rollen der Wellen ein ewig währender Tanz. Irgendwo im Sturm wusste sie Muireann. Der Wind trug das Lied der Seehundfrau zu ihr. Erst jetzt, da sie mit Muireann eine Welt teilte, hörte Ravna die Trauer in den Tönen des Liedes, die Schönheit in der Schwermut.

Sie spürte dieselbe Sehnsucht in sich, die in den Klängen des Meeresliedes schwangen. Sie wollte ihre Hand auf das Haar des Geliebten legen. Die Stille lag auch auf ihm, hüllte ihn in einen Mantel, der dem Tod nicht unähnlich war.

Sie fühlte sich leicht. Sie war ein Gedanke in der Nacht, ein Traum zwischen Schlafen und Wachen, eine Erinnerung an bessere Zeiten.

Sie folgte dem Drängen ihres Herzens dorthin, wo sie am meisten gebraucht wurde. Da lag ihr Sohn. Die Wiege hatte Loki gezimmert, die Laken Ravna gesäumt. Am Fuß der Wiege lag Fiadh und hatte das Köpfchen in der Flanke vergraben.

Sie strich dem Knaben über den blonden Flaum, und Dougal schlug die Augen auf. Augen von einem Blau wie der Himmel an einem kalten Wintertag. Er sah ihr direkt ins Gesicht. Kein Lächeln um den kindlichen Mund, kein Weinen, nur eine Frage. *Mamaidh?*, fragten die großen Winteraugen, die so sehr wie die seines Vaters waren. *Mamaidh*, wo bist du?

„Ich bin hier, *Macan*“, antwortete sie, ihr Flüstern nicht mehr als ein Wispern im Wind. „Ich bin bei dir, mein Sohn.“

Sie wollte sich nicht von ihm lösen, wollte bei ihm bleiben, ein Leben lang gemeinsam durch die Zeit reisen. Sie konnte nicht.

„Jetzt komme ich noch zweimal, *Macan*“, sagte sie, während ihr Körper zerfloss und nur noch Liebe blieb. „Dann nimmermehr.“ Und mit dem letzten Ton ihres Versprechens zerfiel ihr Körper in einem Sternenregen, blieb nichts als die Stille in der Nacht.

„Du kannst nicht ewig hier sitzen“, sagte der alte Mann. Sein Fell trocknete auf den Steinen, die unweit des Fischerdorfes Kilninian aus dem Meer vor Muile ragten. Die Sonne war untergegangen, das Lied der Möwen verstummt. Hin und wieder hörte die Krieger in ein Platschen im Wasser. Der Vater war nicht allein gekommen. Doch die anderen blieben in ihrer Seehundgestalt, beobachteten nur.

„Es schmerzt, zurückzugehen“, sagte sie. „Das Kind wird geboren sein.“

„Dein Sohn ist nicht mehr der Erstgeborene.“

„Callum wird immer der Erstgeborene sein. Aber er ist nicht mehr der Erbe. Er wird an der Seite seines Vaters in Kriege ziehen, aber er wird höchstens ein Haus in einem Dorf besitzen und ein paar Kühe und Schweine.“

„Er wird Verantwortung tragen für das, was ihm die Welt bedeutet“, sagte der alte Mann milde und strich sich durch den Bart. „Eine Frau, Kinder, ein Heim. Er wird nicht die Verantwortung tragen, das zu halten und zu mehren, was sein Vater ihm schenkte, ob er es haben wollte oder nicht. Ist das nicht das bessere Leben?“

„Glaubst du, ich wäre glücklich mit ihm geworden, wenn er ein einfacher Mann gewesen wäre? Ein Krieger, ohne die Ambitionen eines Königs?“

Das Mondlicht beschien das weise Lächeln des Alten. „Du bist glücklich mit ihm gewesen. So lange, wie es hatte sein sollen. Es kam eine andere. Das ist der Lauf der Dinge. Für dich gibt es mehr zwischen Himmel und Erde. Für sie gibt es nur diesen Ort.“

„Ich kann Callum nie wiedersehen.“

„Er kann dich nie wiedersehen, Tochter. Aber du? Du kannst ihn sehen, so oft du willst. Du musst nur aufpassen, dass er dich nicht jagt, um aus deiner Haut Kleidung zu machen.“ Er warf Kiesel ins Wasser und griff nach seinem Fell. Zeit, sich zu verabschieden. Wieder einmal.

Er legte eine Hand um ihren Arm. „Du musst dich nicht heute entscheiden, mein Kind."

Sie blickte hinauf zum Mond. Morgen würde er als perfektes Rund am Himmel stehen. Wenn sie die morgige Nacht verstreichen ließ, war sie wieder eine ganze Mondwanderung lang in der Burg gefangen. Mit einem Sohn, der unabhängiger wurde, und einem Geliebten, der nach einer anderen lechzte.

„Ich werde darüber nachdenken, Vater", sagte sie, immer noch an den Mond gewandt. Sie hörte das Platschen, mit dem der alte Seehund ins Wasser glitt und von seinen Freunden empfangen wurde. Die Entscheidung könnte so einfach sein, wäre da nicht die Liebe.

Fionngula lag in Ravnas Bettstatt. Sie hatten ihr Ravnas Kleider angezogen, ihren Schleier. Um den Hals der Stiefschwester hing das Amulett ihrer Morgengabe. Durch Ravnas Seele zog ein Schatten. Neben der Bettstatt, in der sie und Somhairle einander geliebt hatten, mal sanft und langsam, dann wild und überbordend, aber immer voller Leidenschaft, stand die Wiege mit dem Kind.

Sie war hier, um Dougal zu besuchen. Affraic hatte das Kind in die Schlafkammer gebracht, statt es im abgetrennten Gemach zu belassen. Ahnte sie, was vorging? Fürchtete sie, Ravna würde das Kind in die Zwischenwelt ziehen? Wie wenig die Hexe doch von dem verstand, was sie zu beherrschen glaubte.

Kränklich schimmerte das Licht der Rosen, die auf der falschen Brust lagen. Das, was Nichts war, wurde schwer und düster. Wie viele Stunden hatte sie damit verbracht, dieses Kleinod zu polieren?

Eine Knospe für ihre Liebe zu Somhairle.

Eine weitere Knospe für ihr Vertrauen.

Eine letzte für die Welt hinter dem Schleier.

In der Welt, in der Ravna weilte, gab es keinen Schmerz mehr und keine Trauer. Sie war Licht und Liebe, aber das, was sie sah, trieb sie fort von dem Lager. Fort von der Welt. Fort von dem Ort, an dem ihre Liebe wohnte. Mit allem, was ihr geblieben war, klammerte sie sich an die Welt. Dass ihr die

Brust schmerzte vor Trauer, bewies, dass noch immer ein Stück Mensch in ihr war.

„Ich will nicht seine Frau sein. Er ist hässlich und grob. Hast du seine Narben, gesehen, Mutter?“ Fionngulas Stimme war viel zu rau für eine Frau ihres Alters. Sie kreischte wie eine Tür in ungeölten Scharnieren.

„Sei ruhig!“ Eine grobe Backpfeife landete auf Fionngulas Hinterkopf. „Als ob es darum geht. Dann sag ihm, dass du ihn hasst, wegen der Geburt. Lass dir was einfallen. Ich kann ihn nicht länger aufhalten. Zeig ihm nicht dein Gesicht. Der Wein tut den Rest.“

„Aber …“

„Nichts aber!“ Weiter kam Affraic nicht. Im selben Moment wurde die Tür zur Kammer aufgerissen, und Somhairle stolperte herein.

Ihr Gemahl. Ihr Geliebter. Ihr Herr. Er hielt sich am Türrahmen fest, schwankte im Stehen. Zwischen seinen Augenbrauen lag eine tiefe Falte, und er knirschte mit dem Zähnen.

Affraic trat einen Schritt von der Bettstatt zurück, verschmolz mit dem Schatten. Ravna hätte nicht die Weisheit der Anderswelt gebraucht, um zu erahnen, dass es keine Geste der Unterwürfigkeit war, sondern eine Geste der Täuschung.

„Herr“, sagte sie heuchelnd mit gesenktem Kopf. „Ich sagte euch, das ist keine gute Idee.“

„*Neamhnaid.*“ Somhairle ließ sich nicht aufhalten. Er torkelte einen Schritt auf die Bettstatt zu, hielt sich an einem der Pfosten fest. Seine Stimme klang schwer und lallend. „Hör mich an, Rabenmädchen, bitte.“ Erst beim letzten Wort veränderte sich seine Stimme, wurde sanft. Ein Flehen versteckte sich zwischen den Silben.

Das Herz in Ravnas Brust, das nicht mehr schlug, weinte für ihren Gemahl.

„Warum willst du mich nicht sehen? Zwei Tage warte ich schon. Ich habe Dougal gesehen, er ist …“

„Geh weg!“, unterbrach ihn Fionngulas Stimme von hinter den Bettvorhängen. „Ich will dich nicht sehen.“

„Ravna …"

„Nenn mich nicht so!" Fionngula keifte und kreischte, dass es einem in den Ohren wehtat. Auch das Kind in der Wiege regte sich, zog die winzige Stirn kraus, öffnete den Mund zum Schrei. Ravna ging hinüber zu ihrem Sohn, strich über seine Wange. Seine Miene glättete sich. Suchend legte er die Wange in ihre körperlose Berührung. Ein geisterhaftes Lächeln spielte um seine Mundwinkel. Wäre da nicht Fionngulas Gezeter, Ravna hätte sich in dem Augenblick verloren.

„Nenn nie wieder meinen Namen. Ich hasse dich! Wie kannst du es wagen, noch einmal hierher zu kommen? Nach allem, was du mir angetan hast."

Somhairles Miene veränderte sich. Der Schmerz trat deutlicher hervor, grub Furchen aus Zweifel um seine Augen. „Ingrid sagt, wenn du dich wieder erholt hast …"

„Was interessiert mich das schreckliche Wikingerweib?" Fionngulas Schreien hallte von den Wänden in der Kammer wider, füllte den Raum mit Missgunst. In den Schatten grinste Affraic böse.

„Was interessiert mich irgendwer hier? Eine Königin wollte ich werden. Das bin ich nun. Ich hab dir deinen Erben geboren. Sehe ich etwa erholt aus, Nebelkönig? Hier!" Eine hektische Bewegung hinter den Bettvorhängen, ein leises Knirschen, dann warf Fionngula Somhairle die Fibel seiner Mutter vor die Füße. „Nicht einmal Gold und Edelsteine gibst du mir. Nur diesen Dreck. Nimm deinen hässlichen Sohn und komm mir nie wieder zu nahe. Ich hasse dich. Ich hasse dich. Ich … hasse dich!"

Wie in einem bösen Traum bückte sich Somhairle nach dem Schmuckstück. Eine winzige Rosenranke war abgebrochen, als das Kleinod auf dem Boden gelandet war. Er tastete nach der Fibel, schloss die Faust darum. Ravna sah das Zittern seiner Finger.

Ihr Herz brach ein weiteres Mal. Immer noch schwankte er, als er sich aufrichtete, doch diesmal schien das Schwanken nicht vom Wein zu kommen, sondern von Taubheit. Als würde er seinen Körper nicht mehr fühlen. Als wäre die Welt um ihn zerbrochen wie die Brosche seiner Mutter. Wie Ravnas Herz.

Mit steifen Bewegungen hob er Dougal aus der Wiege, drückte das Kind an seine Brust. Er sagte kein Wort, als er die Kammer verließ, rührte keine Miene. Nicht einmal ein Blinzeln gab seinem Gesicht Leben.

Wortlos polterte er in Muireanns Gemach. Die Seehundfrau stand am Fenster und blickte aufs Meer. Callums leiser Atem erfüllte den Raum, er schlief in Muireanns Bett. Neben ihm auf dem Lager lag das Reh.

Bei Somhairles Eintreten blickte Muireann auf, doch Ravna erkannte, dass es nicht ihr Gemahl war, dem sie ins Gesicht sah, sondern sie. Sie, die niemand sehen konnte, nicht einmal Affraic. Muireann blinzelte verstört.

Drei große Schritte brachten Somhairle zur Bettstatt der Seehundfrau. Er legte das Neugeborene neben Callum. „Pass auf ihn auf", sagte er knapp.

Muireann sagte nichts. Nickte nicht einmal. Immer noch fixierte sie Ravna.

Im Vorübergehen strich Ravna Fiadh über die Flanke, dann setzte sie sich auf den Bettrand und streichelte ihren Sohn.

Die Zeit des Abschieds rückte näher, doch sie konnte nicht gehen.

„*Macan, Macan*", sang sie mit der Stimme, die nur er hören konnte. „Jetzt komme ich noch einmal und dann nimmermehr." Sie sang ihren Abschied für ihren Sohn, doch vielleicht auch für Muireann. Denn die Seehundfrau nickte, kaum dass der letzte Ton von Ravnas Lied verklang.

„Ich werde auf ihn achtgeben." Muireanns Antwort konnte ihr gelten oder Somhairle. Es machte keinen Unterschied. Die Faust des Mannes, den sie beide liebten, jede auf ihre Weise mit einer Entschlossenheit, die selbst dem Tod trotzte, schloss sich noch fester um die Fibel, die seiner Mutter gehört hatte. Die Liebe, die Ravna und ihn verband, war nur noch ein winziges Flattern im Nebelgrau der Fassung. Und doch war es dieses Licht, das sie hielt, während ihr Körper sich im Nichts verlor. Auch sie war Licht. Auch sie war Liebe. Noch gab es Hoffnung.

Der Rappe stand mit gesenktem Kopf an seinem Platz im Stall. Ein wenig Normalität war nach Drimnin zurückgekehrt. Mägde schrubbten die Treppe, die zur Halle führte, der Lagerverwalter arbeitete mit seinen Listen, zwei Halbwüchsige misteten den Kuhstall aus.

Aedan wartete im Hof, als Somhairle den gesattelten Rappen aus dem Stall führte und ins Licht der Sonne blinzelte. Der riesige Krieger kaute auf einem Grashalm herum. Er sah übernächtig aus. Wie alle hier. Wie das Gesicht, das Somhairle entgegenstarrte, wenn er sich in klarem Wasser wusch. Wie nach zuvielen Nächten voller Wein und Met.

„Soll ich dich begleiten?", fragte Aedan.

Somhairle klopfte dem Pferd den Hals. Er musste an Aonghas denken, der das ebenfalls angeboten hätte, aber niemals ohne vorher zu fragen, wohin Somhairle wollte.

Er hatte Aonghas verloren. Nun verlor er Ravna. Irgendwann zwischen diesen beiden Verlusten war ihm auch der Verstand abhanden gekommen. Da war etwas in ihm, das sich ans Leben klammerte und an die Hoffnung, dass es irgendwo jemanden gab, sei es der Christengott seines Vaters oder die heidnischen Götter seiner Mutter, der sich bei alldem etwas dachte.

Er hatte einen neuen Sohn, doch wie konnte ein Neugeborenes zusammenhalten, was immer schneller auseinanderbrach? Die Frau, die dieses Kind geboren hatte, war nicht mehr dieselbe.

Nicht mehr dieselbe ...

Eine Ahnung kratzte an ihm, flehte um Einlass, aber sein Kopf war zu voll, zu leer, zu verklebt. Frauen starben im Kindbett. Ravna lebte, aber sie hatte sich verändert. Er hatte sie verloren. Nicht an den Tod, sondern an Hass. Weil es ihm wichtiger gewesen war, Rache zu nehmen. Weil er der war, der er war. War das sein Schicksal? Alles zu verlieren, was ihm lieb und teuer war? Mit dem Schatten dessen leben zu müssen, was einmal Licht gewesen war? War es seine Strafe für die Lüge, die er nie aufgeklärt hatte? Wie oft hatte er gefürchtet, Ravna an den Prinzen in Cybi zu verlieren, den es nicht gab?

Er hatte sich vor den falschen Dingen gefürchtet. Was sie von ihm getrieben hatte, war er selbst. Nun würde er die Lüge nie mehr aufklären können, weil sie es nicht mehr hören wollte.

Wortlos schüttelte er den Kopf zu Aedan und saß schwerfällig auf. Mit einem Zungenschnalzen setzte er den Rappen in Bewegung. Als er durchs Burgtor nach draußen ritt, öffnete er die Faust. Die Fibel hatte ihre Muster in die Haut seiner Handfläche gegraben.

Ravna. Sie hatte ihn verlassen. Sie sank davon. Sie war nicht mehr dieselbe. Er wollte sie, aber sie war so weit weg. Sein Herz wollte zergehen vor Trauer um das, was verloren war. Er trieb das Pferd an, hinunter zum Wasser. Der Rappe pflügte die Hufe durch den festen Sand entlang der Flutlinie. In einem leichten Galopp, der an jedem anderen Tag Somhairles Kopf geklärt, seine Gedanken einfach und deutlich gemacht hätte. Heute geschah nichts davon.

Er passierte die Ruinen von Caisteal nan Con, ohne etwas dabei zu empfinden. Er dachte nicht an seine Eltern, an seine Geschwister, an das Leben, das ihm entrissen worden war, bis er sich ein neues genommen hatte.

Dann war Ravna gekommen, und ohne sie verlor dieses neue Leben seinen Sinn. Aonghas‘ Tod war wie der Verlust einer Hand gewesen. Ravnas Hass fühlte sich an, als hacke jemand ein Loch in seine Rippen, griffe nach seinem Herzen, drehte es zweimal herum und riss es dann heraus, um es in hohem Bogen ins Meer zu schleudern. Ich hasse dich, hatte sie gesagt. Der leuchtenden Mittagssonne zum Trotz war es Somhairle, als würde er niemals mehr Licht in seinem Leben sehen.

Erst als das Dach aus Kiefernästen über ihm dicht und dunkel wurde, bemerkte er, wohin er ritt. Hier war er Ravna zum ersten Mal begegnet. Hier hatte sein neues Leben begonnen. Nicht, als er nach Kinelvadon zurückgekehrt war. Nicht, als er seinen ersten Flecken Land eroberte, als er den ersten Stein zur Erbauung von Drimnin setzte, angeleitet von Seisyll, der, wenn Somhairle ihn nicht gebremst hätte, Drimnin gebaut hätte wie ein Kloster, nicht wie eine Burg.

Vielleicht sollte er Seisyll nach Iona schicken. Sein Freund könnte die alte Abtei wieder errichten. Vielleicht würde er dort seinen Gott wiederfinden. Seinen Gott, von dem Somhairle erst jetzt begriff, wie sehr Seisyll ihn vermisste. Ingrid hätte keinen Platz auf der heiligen Insel. Aber jetzt, mit Ravnas Veränderung, begann Somhairle zu verstehen, warum Seisyll Ingrid nie mehr als einen kleinen Finger zugestand, wenn sie die ganze Hand verlangte. Männer waren berechenbar. Man sah sie an und wusste, woran man war. Frauen? Mit Ravna hatte er geglaubt, einen Ort gefunden zu haben, an dem seine Seele Frieden fand.

Doch sein Rabenmädchen hatte erkannt, was er immer geahnt hatte. Ein Mann wie Somhairle MacGillebride verdiente keinen Frieden. Er lebte im Blut und brachte Tod. Seine Bestimmung war der Krieg. Dafür hatte er Ravna geopfert und am Ende des Tages auch sich selbst.

Er lenkte den Rappen entlang einer Quelle, die hell und klar über Kiesel rann. Etwas Helles auf dem Grün des unberührten Waldbodens erregte seine Aufmerksamkeit. Er ließ sich vom Pferderücken gleiten und beugte sich hinab. An den Zweigen eines halb vertrockneten Farns hing ein aus seidenweicher Schafwolle gewebtes Tuch.

Das Tuch aus der Wolle von Dúil, an dem Ravna so lange gearbeitet hatte. Für nichts.

Ravna war hier gewesen, nur sie konnte das Tuch an diesem Ort verloren haben. Warum war sie hier gewesen? Wo war Dúil? Er hatte das kleine Schaf seit seiner Rückkehr, seit der Nacht von Dougals Geburt, nicht mehr gesehen.

Sein Leben versickerte, und er konnte es nicht festhalten. Er ließ sich auf das Bett aus Tannennadeln sinken, hielt die Brosche in der einen, das Tuch in der anderen Hand. Starrte beides an, rief sich den Anblick von Ravna in Erinnerung, wie sie voller Verzweiflung jammerte, wenn der Faden riss. Wie sie dennoch weitermachte. Immer weiter. Wie sie haderte, dass sie nicht vorankam. Ravna hatte niemals aufgegeben.

Er rieb mit dem Tuch über die Rosen, über das blasse Licht, das sie aussandten. Sah zu, wie sie heller zu leuchten begannen. Was nützte es noch? Es war alles verloren. Ravna hatte nicht geschafft, was sie sich vorgenommen hatte. Sie verlor den Verstand. Er verlor den Verstand. Ihre ganze Welt geriet ins Wanken, ins Taumeln ...

Wut flammte in ihm auf. Ich lass das nicht zu, dachte er. Er starrte auf die beiden Schätze in seiner Hand, die Brosche seiner Mutter, das unbezahlbare Tuch. Es ist alles eine Illusion. Es ist nicht echt. Es kann nicht echt sein. Es ist etwas, das wir uns einreden, um die Welt zu erklären, und jetzt bringt es Ravna um den Verstand und entreißt sie mir. Ich lass das nicht zu.

In hohem Bogen warf er die Brosche in die Quelle, sah zu, wie sie versank. Für einen kurzen Augenblick färbte das rote Licht der Rosenblüten das Wasser hellrot. Wie Blut. Danach war alles wieder wie vorher.

Weil es keine Magie gab.

Die Verzweiflung, die bei dem Gedanken nach ihm trat, zerfetzte ihm die Brust. Er hatte gehofft. Er hätte nicht hoffen dürfen. Niemals. Hoffnung war eine Hure, die einem Mann schöne Augen machte, nur um ihn im nächsten Augenblick zu verraten. Schon als Knabe hatte er das gelernt. Er hatte seine Lektion im Herzen getragen. Bis Ravna gekommen war. Bis Ravna ihm Hoffnung geschenkt hatte. Hoffnung und ... Liebe.

Er zerriss das Tuch und ließ die Fetzen im Wald liegen, als er auf den Rücken des Rappen kletterte. Nicht mehr so schwerfällig wie zuvor machte er sich auf den Heimweg.

Ich werde sie wachrütteln, schwor er sich. Mochte das Schicksal eine Illusion sein, Ravna war seine Frau. Niemand würde sie ihm nehmen, schon gar nicht etwas, das es nicht gab.

Wir haben einander, dachte er, das ist echt. Wir gehören

zusammen, auch das ist echt. Wir haben einen wundervollen Sohn, und der ist ganz besonders echt. Ich werde sie wachrütteln, und sie wird es verstehen.

KAPITEL 29

Körperlos betrat Ravna das Gemach, das Muireann sich mit Callum teilte, nachdem sie Stunden auf den Klippen über der Meerenge verbracht hatte. Sie hatte in die Richtung gestarrt, in die Somhairle verschwunden war.

Die Weisheit der Anderswelt schenkte ihr kein Allwissen. Sie hatte nicht gewusst, dass sie so lange in dieser Welt bleiben würde. Aber vielleicht, dachte sie, hatte derjenige, der entschied, ob ein Wesen in die Zwischenwelt ging oder gleich fort war, ein Einsehen. Wegen ihres Sohnes. Wegen des Mannes, den sie liebte. Wegen Affraic, die am Ende doch gewonnen hatte. Wenigstens ein Abschied war ihr vergönnt.

Sie spürte, wie ihre Kraft nachließ. Wie die Welt hinter dem Schleier mit süßen Versprechen lockte. Wind zerrte an ihr, den sie nicht hätte spüren dürfen.

Der Abschied war nah. Ein Abschied für immer.

Die Vorstellung, Somhairle noch einmal zu sehen, füllte sie mit Hoffnung und Grauen. Wer wusste, wann er wiederkommen würde? Es war gut, wie es war. Sie hatte ihn davongaloppieren sehen, ihren Krieger, ihren König, hatte ihm hinterhergeschaut, dem wilden Haar, dem Umhang, der hinter ihm herwehte. Es war gut, wie es war. So konnte sie ihn in Erinnerung behalten, wenn die Ewigkeit sie verschlang.

Aber ihren Sohn wollte sie noch einmal sehen. Und Fiadh. Dougal, der ohne Mutter aufwachsen musste, und Fiadh, den sie enttäuscht hatte. Sie hatte versagt, und ehe sie in der Unendlichkeit verschwand, wollte sie diese beiden Seelen um Verzeihung bitten.

Deshalb war sie hier.

Ein Teil von ihr fürchtete sich vor Muireann. Die Seehundfrau hatte geschwiegen. Sie hätte Somhairle sagen können, das seine Frau vorangegangen war in eine andere Welt und dass die Falsche im Ehebett lag. Aber Muireann hatte es nicht getan. Nur die Seehundfrau wusste, welchem Ziel ihr Schweigen galt, doch Ravna grollte ihr nicht. Worte hatten dem Tod nichts entgegenzusetzen, und Fionngula aus seinem Bett zu verjagen, war Somhairles Aufgabe, nicht die der Seehundfrau.

Die Welt geriet ins Taumeln.

Ein Zittern rann durch die Luft, ließ sie erschaudern. Ravnas Blick richtete sich auf die Jungen, die auf dem Boden am kalten Kamin saßen.

Hätte Ravna noch ein Herz gehabt, es wäre in ihrer Brust zersprungen, als sie den Jungen erkannte, der neben Callum saß. Er war größer geworden, hatte kräftige Arme, und sein Haar war lang gewachsen. Doch sein Gesicht hätte sie unter zehntausend anderen erkannt.

Der Junge neben Callum war Fiadh.

Sie starrte ihren Bruder an. Sie brachte kein Wort hervor, stand wie festgewachsen und spürte die Kälte des Sternenregens, der sie immer begleitete, auf ihrer Haut.

Dann hob Callum den blondgelockten Kopf, und Ravna erfuhr einen weiteren Schock, als der Sohn des Mormaer ihr direkt in die Augen blickte und sie ansprach. „Ragnhild Olavesdatter", sagte er förmlich.

Callum konnte sie sehen. Der Sohn der Seehundfrau hatte die Fähigkeit seiner Mutter geerbt. Und Fiadh war gerettet.

Sie hockte sich zu den beiden. Fiadh sah seinen Freund mit gerunzelter Stirn an. In Worten, die außer Ravna niemand zu verstehen pflegte, sagte er: „Mit wem sprichst du, Callum MacShomhairle?"

Callum strahlte. „Die Königin ist hier."

Fiadh verzog das Gesicht, seine Lippen bebten, als wolle er in Tränen ausbrechen. Traurig schüttelte er den Kopf. Wie ungerecht die Welt sein konnte, dachte Ravna, als sie begriff. Callum konnte sie sehen, doch Fiadh sah sie nicht. Von ihrem Brüderchen, das stattlich und schön geworden war, würde es für sie keinen Abschied geben.

„Sie ist nicht hier. Affraic hat sie getötet. Im Bett des Königs liegt eine andere."

Ihr Herz blühte auf, und die Last, die ihre Erscheinung mit Schatten zerdrückte, wurde leichter. Sie hatte gesiegt. Fiadh war erlöst. Ihr Ziel war vollbracht.

„Callum“, sagte sie sanft, mit Tränen im Herzen, weil sie nicht erleben würde, wie alles ein gutes Ende nahm.

Der Junge lächelte. Callum lächelte immer. Es war wie Sonne auf der Haut.

„Fiadh kann mich nicht sehen“, sagte Ravna.

Callum schob die Unterlippe vor. „Hast du gewusst, dass Fiadh kein Reh ist, Königin Ragnhild?“, fragte er mit unschuldigem Augenaufschlag, während Fiadhs Blick suchend durch die Kammer irrte. Frustriert warf ihr Bruder Holzstückchen in den Kamin.

„Ich habe all die Zeit, die ich hier lebte, dafür gekämpft, dass er als Junge zurückkommt“, sagte Ravna vorsichtig. „Doch jetzt kann ich nicht mehr auf ihn aufpassen. Versprichst du mir, dass du es tust?“

Callum lachte. „Aber er ist ja viel größer als ich!“

„Doch du bist klüger als er, Callum MacShomhairle, und du bist der Königssohn. Wenn ich Fiadh in deine Obhut gebe, versprichst du mir, dass ihm nichts geschehen wird?“

Callum stand auf, klopfte sich den Staub des Fußbodens von der Hose und machte ein feierliches Gesicht. Fiadh blieb sitzen, noch immer mit einem Gesicht, das halb Ärger über Callums Verhalten ausdrückte und halb Trauer um die Schwester, die er verloren hatte.

„Das verspreche ich ganz fest“, sagte Callum, und Ravna hätte alles gegeben, ihn umarmen zu können. Er hätte nur Kälte gespürt. Sie wusste es aus eigener Erfahrung.

Das Geräusch von Hufgetrappel zerriss den Moment. Callum stürzte ans Fenster und lehnte sich hinaus. „Das ist Vater!“, rief er begeistert. Er blickte über die Schulter zurück und strahlte Fiadh an. „Na, der wird Augen machen, wenn er dich sieht, Rehjunge!“

Fiadh zuckte mit den Schultern und spielte weiter mit den Holzklötzchen. Ravna wollte Somhairle nicht noch einmal sehen. Es würde ihr das gebrochene Herz zerreißen. Sie beugte sich über die Wiege, in der ihr Sohn lag. „Dougal ...", flüsterte sie, doch Geschrei von weiter oben im Turm sprengte den Augenblick. Sie richtete sich auf.

Callum hüpfte aus dem Fenster herunter. Fiadh stand auf und lief zur Tür.

„Nicht!", rief Callum. „Mamaidh hat gesagt, wir sollen die Tür nicht öffnen."

„*Du* sollst die Tür nicht öffnen!", warf Fiadh ihm hin. „Zu *mir* hat sie es nicht gesagt."

„Nur, weil Rehe keine Daumen haben und keine Klinken drücken können." Callum fiel dem stärkeren Fiadh in den Arm, doch der schleuderte ihn mit der neugewonnenen Kraft, die er noch nicht unter Kontrolle hatte, zur Seite.

„Au!", schrie Callum, aber dann war er wieder auf den Füßen.

Beide starrten durch den Türspalt, die Treppe hinauf.

Ravna stand neben der Wiege mit Dougal, als könne sie ihn schützen.

„Das ist *Mamaidh*", flüsterte Callum.

Die Seehundfrau!

„Vielleicht hat sie gesehen, dass nicht meine Schwester in dem Bett liegt", brummte Fiadh. Zum ersten Mal fragte Ravna sich, ob er wirklich in einer eigenen Welt lebte oder doch viel mehr mitbekam, als sie alle immer geglaubt hatten.

„Nein, weil die steht ja hinter uns, neben der Wiege mit dem Kleinen", sagte Callum wichtig.

„Unsinn", sagte Fiadh und drückte die Tür weiter auf, schob sich hindurch und machte sich auf den Weg nach oben.

Nicht!, wollte Ravna ihm nachrufen, aber er konnte sie nicht hören.

Was würde Affraic tun, wenn sie sah, dass der Zauber gebrochen war? Die Kammer befand sich ganz oben im Turm, und wenn Affraic wollte, konnte sie den verhassten Stiefsohn zum Fenster hinauswerfen.

Ravna eilte an Callum vorbei und folgte Fiadh die Treppe hinauf. Ihr Füße berührten nicht den Boden. Sie schwebte.

Ihr Bruder erreichte die schwere Tür und hämmerte dagegen. Ravna hörte, wie Callum unten nach seinem Vater schrie. In der Kammer wurde ebenfalls geschrien, und entweder hörte niemand Fiadhs Hämmern, oder sie wollten es nicht hören. Die Klinke, an die er sich hängte, gab nicht nach.

Dann war es zu spät. Somhairle tauchte wie aus dem Nichts neben ihnen auf. Ravna sah ihn an. Das zerzauste Haar, die hellen, wütenden Augen, die durch sie hindurchblickten. Er konnte sie nicht sehen.

Sie hatte nicht gewusst, dass ein Herz, das nicht mehr schlug, zerbrechen konnte.

Ich liebe dich, wollte sie ihm sagen, ich liebe dich mehr als mein Leben. Und wenn das Schicksal mir mit dem Prinzen von Cybi hundert gemeinsame Jahre gegönnt hätte, bin ich doch froh, dass du einen Sommer lang mein Mann warst. Sie wollte es in seine Seele schreiben, aber er hörte sie nicht. Er drehte sich um, wo Callum die Treppe heraufkletterte.

„Bleib weg!", herrschte er seinen Sohn an, und Callum wich erschrocken zurück. Dann fixierte er Fiadh.

„Wer bist du?", fragte er schroff.

Der Junge schob die Unterlippe vor. „Fiadh Olavesson."

Somhairle taumelte zurück. Dabei wäre er gegen Ravna gefallen, wenn sie aus Fleisch und Blut gewesen wäre. So aber konnte sie genau den Moment benennen, als er die Kälte des für ihn unsichtbaren Sternenregens spürte. Die Haut an seinen nackten Armen zog sich zusammen. Er schauderte.

„Sag das nochmal", verlangte er, die Pupillen so stark geweitet, dass kaum noch Blau in seinen Augen schimmerte.

Fiadh rang um Worte und wies auf die verschlossene Tür. „Da drin liegt die Falsche!", sagte er, deutlicher, als Ravna ihn je gehört hatte. Ihr kleiner Bruder schien vor ihren Augen zu wachsen und den Makel seiner Geburt abzuwerfen wie einen Pelz, der ihm nicht gehörte. „Die in deinem Bett, das ist nicht Ravna. Das ist Fionngula."

Somhairle blinzelte. „Woher weißt du das?"

„Weil ich Augen im Kopf habe! Gehen wir da jetzt rein?"

„Du bist Fiadh?"

Ihr Bruder ballte die Hände zu Fäusten und fletschte die Zähne über so viel Begriffstutzigkeit. „Affraic und Fionngula haben meine Schwester getötet! Willst du sie damit davonkommen lassen?“

Somhairle schluckte schwer, sah sich um, Wildheit im Blick, als müsse Ravna aus dem Nichts auftauchen und die Worte des Jungen Lügen strafen. Sie sah, wie die Wahrheit nach ihm trat, wie er kämpfte und rang und schließlich den Rest des Zaubers abschüttelte, mit dem die Hexe mithilfe des Weins ihn belegt hatte.

Dann schob er Fiadh hinter sich. „Du gehst nirgends hin“, sagte er. „Warte hier.“

Fiadh verschränkte die Arme vor der Brust. Ravna sah ihn an, dann Somhairle, spürte, wie der Sternenregen dünner wurde, immer dünner, aber sie klammerte sich an die Welt, die sich ihr entzog. Nicht jetzt, dachte sie verzweifelt. Ich muss ihm helfen, sie wird ihn töten, ich muss ... ich muss ... Schwärze holte sie ein. Sie schrie, aber ihr Schrei blieb ungehört von denen, die sie liebte.

Er hörte das Rumoren, das von der Halle heraufdrang. Ingrid, die nach oben wollte, Seisyll, der sie zurückhielt. Sie und die Männer, die nach oben drängten. Er hörte, wie Seisyll versuchte, sie zu beruhigen. „Es ist etwas zwischen dem Mormaer und seiner Frau“, sagte er, „das geht niemanden etwas an, nur ihn und sie.“

Zwischen dem Mormaer und seiner Frau. Ravna. Oh Himmel, Ravna, mein Rabenmädchen. Meine Liebe, habe ich dich verraten? Ist wirklich alles vorbei? Ist es wahr, was der Junge sagt, und ich werde ich dich nie mehr in die Arme nehmen können? Bin ich der schlimmsten Täuschung aufgesessen, die man einem Mann antun kann?

Wenn sich zeigte, dass all das der Wahrheit entsprach, was er nie hatte begreifen wollen, gab es keinen Grund für Ravnas Bruder zu lügen. Wenn er wirklich Ravnas verzauberter Bruder war. Somhairles Herz polterte, raste. Seine Augen brannten. Ravna, Geliebte, warum? Warum war ich so blind?

Er umklammerte die Axt, die er auf dem Weg nach oben von der Wand heruntergerissen hatte. Ein Werkzeug, um Bäume zu spalten, doch die einzige Waffe, die greifbar war. Die Tür zur Schlafkammer hatte keine Chance. Er spürte, wie die Kühle, die über seiner linken Schulter gewabert hatte wie ein Mantel, sich zurückzog, als die Hitze einer nie gekannten Wut über ihn hereinbrach.

Drei Schläge mit der Axt, dann gab die Tür nach, ihre dicken Holzbohlen brachen auseinander, und Somhairle drang in die Kammer ein. Die drei Frauen, die sich im Inneren angifteten, spritzten auseinander, als habe er sie mit Säure übergossen.

Muireann, neben der offenen Truhe, ihr Fell in der Hand. Nie in all den Jahren hatte sie danach gefragt. Dass sie es jetzt hielt, mit einem wilden Blitzen in den Augen, sagte ihm, dass sie gehen würde. Das Wissen um Ravnas Tod war so frisch, dass der Gedanke, Callums Mutter würde ebenso unumstößlich aus seinem Leben verschwinden, ihn mit unsäglicher Traurigkeit erfüllte.

Vor Muireann aufgebaut hatte sich die Frau namens Beitiris. Jetzt wusste er, wen er vor sich hatte. Obwohl er Olaves Königin nie gesehen hatte, zweifelte er nicht. Sein Magen drehte sich herum. Nur mit Mühe widerstand er dem Drang, Affraic den Kopf abzuschlagen.

Zuletzt das Mädchen, das sie ihm als seine Frau verkauft hatten. Strähniges Haar, speckige Finger, trübe Augen. Das Mädchen, das die Frau namens Beitiris als ihre Tochter bezeichnet hatte. Das Mädchen, das ihm den Wein eingeschenkt hatte, der ihn zu einem willenlosen Spielzeug ihrer Niedertracht gemacht hatte. Er schüttelte sich.

„Du!“, schrie Affraic, ein gellender, kreischender Ton.

„Wo ist Ravna?“ Er schrie nicht. Er grollte, dass die Läden vor den Fenstern klapperten.

Ihr Gesicht verzerrte sich zu einer faltigen Maske. Das Mädchen, das er als Seonag kannte und dessen eigentlicher Name ihm nicht einfiel, sprang ihn an und versuchte, ihm mit dreckigen Fingernägeln das Gesicht zu zerkratzen. Er schüttelte sie ab wie einen tollwütigen Welpen. Sie flog gegen die Wand. Affraic heulte wie der Sturmwind, der Drimnin im Winter tagelang in Atem gehalten hatte. Schauder rieselten Somhairle über die Haut. Das geht nicht mit rechten Dingen zu, hörte er Aonghas' Stimme. Wie recht du gehabt hast, mein Freund. Hätte ich nur auf dich gehört.

Dann fiel der Blick der Hexe auf den Jungen hinter Somhairle. Sie kreischte, schrie, tobte, wies mit einem knochigen Finger auf Fiadh, dann auf Somhairle. „Das kann nicht sein! Das kann nicht sein!"

Somhairle hörte, wie Fiadh fauchte, spürte, wie das Kind an ihm vorbei wollte, und hielt ihn mit einer Hand auf. „Bleib!", röhrte er, drängte Fiadh zurück, durch die zerbrochene Tür hinaus, in eine Illusion von Sicherheit.

„Sterben soll er!", schrie Affraic. „Sterben sollten sie beide! Der Pfeil eines Jägers sollte ihn treffen! Du machst alles kaputt, Nebelkönig! Du zerstörst die Ordnung der Welt!"

„Welche Ordnung, Wasserhexe? Die dir am genehmsten ist? In der du den König von Dublin unter deinem Pantoffel hast? Diese Ordnung der Welt gibt es nicht mehr. Dougal wird sie neu schreiben!"

Wieder schrie sie, Vogelkreischen, Sturmheulen, alle angstmachenden Töne dieser und der nächsten Welt in einem hohen, ratschenden Ruf.

Feuerzungen loderten aus ihren Augen. Die Luft um ihn wurde heiß und schwer, drang wie Pech in seine Lungen. Knistern und Knacken in seinen Ohren trieben Pfeile aus Schmerz in seinen Kopf. Er schrie, schwankte, doch diesmal gab er dem Zauber nicht nach. Das Mädchen verbarg sich hämisch lachend hinter den Röcken der Mutter. Ihr schien das Gift in der Luft nichts auszumachen.

Durch den Pechschleier vor seinen Augen sah Somhairle, wie sich Affraics Gestalt änderte, wie sie wuchs, wie ihre Hautfarbe zu einem giftigen Grün wurde. Aus ihren Fingern spritzte Flüssigkeit. Fließender Hass, tropfender Zweifel, brodelnde Ausweglosigkeit.

Er drehte sich weg. Tropfen versengtentrafen auf seine Haut. Von den Stellen, wo das Gift der Hexe ihn traf, spürte er, wie Hoffnungslosigkeit sich in seinem Körper ausbreitete. Es ist vorbei, schien eine Stimme ihm einzuflüstern. Wehre dich nicht, dann seid ihr wieder vereint, dein Rabenmädchen und du.

Doch wie aus dem Nichts strich lindernde Kühle über die Stellen, die brannten. Tu es nicht. Kämpfe. Für mich. Für Dougal. Für alles, was wir hätten werden können. Für alles, was wir waren. Es klang wie ein Lied. Ravnas Lied.

Er kämpfte. Die Axt entglitt ihm. Er presste die Hände auf die Ohren, wollte die Stimmen nicht mehr hören. Sie zerrten an ihm. Rissen ihn entzwei. Noch sträubte er sich. Mit allem, was er hatte, stemmte er sich gegen die Macht, mit der Affraic ihn bewarf.

„Nein!“ Das war Muireanns Stimme. Muireann, die das Fell in den Händen hielt. Lauf, wollte er ihr sagen. Seehundmädchen, lauf, damit ich wenigstens dich in Sicherheit weiß. Im nächsten Moment senkte sich etwas wie eine Decke über Somhairles weggeduckte Gestalt.

Keine Decke.

Muireanns Fell.

Somhairle konnte riechen, wie das Gift aus Affraics Fingern das Fell versengte, aber es durchdrang die Hülle nicht. Die Magie im Fell von Muireann schützte ihn vor den Zaubern der Hexe. Sein Atem brannte nicht mehr, der rasende Schmerz hinter seiner Stirn ließ nach.

Er hörte das Mädchen schreien, kein Hexengeheul wie das ihrer Mutter, sondern ein angstvolles, erschrockenes Kreischen. Dann Affraic. Auch sie brüllte wie aufgespießt. Kein Gift mehr.

Somhairle warf das Seehundsfell ab und sah, wie Muireann, Seonag bei den Haaren gepackt, die Treppe nach unten rannte, das kreischende Mädchen hinter sich herziehend. Affraic folgte den beiden. Wo sie lief, begleitete sie ein stinkender Nebel. Immer wieder streckte die Hexe die Hände nach der Tochter aus. Wollte sie sie retten? Aus Liebe? Oder weil sie nur diese eine hatte und als Werkzeug brauchte?

Keine der Frauen interessierte sich für Somhairle, für Fiadh oder gar für den Haufen Männer und Frauen, die in der Halle standen, zurückgehalten von Seisyll.

Sie stoben auseinander, als Muireann wie eine wütende Furie zwischen sie sprang und das zappelnde Mädchen mit sich zerrte. Als Affraic, eine faltige, speichelwerfende Vettel, ihnen folgte, zur Vordertür hinaus, hinunter in den Hof.

Somhairle packte Fiadh beim Kragen. „Bleib bei Callum."

„Ich will es sehen!", protestierte der Junge. „Sie haben meine Schwester getötet! Ich will sehen, wie sie sterben!"

Oh Gott, er wünschte, Fiadh würde aufhören, das zu sagen. Er wünschte, es wäre nicht wahr. Er wünschte ...

Er zog den Jungen mit sich. Niemand sprach ihn an, in der Halle herrschte das Schweigen von Menschen, die keine Ahnung hatten, ob das, was sich vor ihnen abspielte, real war oder ein Albtraum. Als Somhairle mit Fiadh vor das Burgtor trat, hatte Muireann mit Seonag die Klippen erreicht.

„Sie heißt Fionngula", sagte Fiadh.

Somhairle blickte auf ihn hinab. Der Junge konnte Gedanken lesen? Auch das noch.

Affraic griff nach dem Arm ihrer Tochter. Muireann, die die ganze Zeit keinen Ton von sich gab, während die anderen beiden Frauen kreischten und heulten, blickte auf. Weder die Hexe noch ihre Brut hatte mit der Kraft der Seehundfrau gerechnet. Unzählige Male hatte Somhairle Muireann in der Schlacht erlebt. Jetzt wurde ihm klar, dass es immer nur eine gezügelte Version der Frau gewesen war, mit der er das Lager geteilt hatte. Das vor ihm, das war die echte Muireann. Ein Wesen, nicht von dieser Welt. Stark wie zehn Krieger und auf eine Weise schön, die er nie erkannt hatte. Roh und ursprünglich. Wie die Walküren aus den Liedern der Vorfahren seiner Mutter. Auch Muireann umwaberte Macht und Magie, doch ihr Schimmer war nicht böse. Er war auch nicht gut. Er war. Nicht mehr und nicht weniger.

Wie an einem unsichtbaren Band gezogen, machte Somhairle zwei Schritte, als Muireanns Blick sich mit seinem kreuzte. Er sah den Abschied in ihren Augen. Das Unwiederbringliche. Er begann zu laufen.

Ich danke dir, wollte er ihr sagen. Für die Jahre, für deine Gegenwart, für dich. Ich danke dir für Callum und dafür, dass du mich geliebt hast, auch wenn ich dich nie zurücklieben konnte. Er war zu weit weg, um es zu sagen, er rannte, aber es war zu spät. Ein Schrei brach aus seiner Brust, als er mitansah, wie sie sich über den Klippenrand warf, die aneinandergeklammerten Frauen mit sich nehmend.

In dem Moment ging es ihm auf. Sie hatte ihr Fell nicht. Ihr Fell lag in der Kammer, versengt vom Gift der Hexe.

Ein zweites Mal an diesem Tag brach Somhairles Herz.

Knochen krachten, als ihr Körper auf dem Wasser aufschlug. Sie schnappte nach Luft. Ein letztes Mal. Dann schloss sich das kühle Nass um sie. Die Wellen tosten mit dem Puls in ihren Ohren um die Wette. Das Kreischen der Hexe und ihrer Brut brach ab. An seine Stelle trat … Stille.

Eine Ruhe, wie sie sie noch nie erlebt hatte. Eine Ruhe, die aus ihrem Herzen kam und der Gewissheit, das Richtige getan zu haben.

Immer weiter zog das Meer ihren leblosen Körper hinaus. Immer tiefer in seinen feuchten Schoß.

Sie waren gekommen, ihr ein Abschiedslied zu singen. Die Ihren. Ihr Vater, in dessen Lied sie Trauer hörte, aber auch Stolz.

Wie ein Mantel legte sich das Lied der Selkies um ihre Seele, und während sie auf den Schleier zutrieb, wusste sie noch etwas anderes. Mochte ihr Leben nun ein Ende finden, es war ein gutes Leben gewesen. Denn sie hatte die Liebe gekannt. Ihr Krieger hatte sie geliebt. Die Wahrheit hatte sie in seinen Augen gelesen, in dem Moment, als er begriff, was sie tat. Er hatte sie geliebt. Nur liebte er seine Königin noch mehr.

Die Rabenfrau, die dort auf sie wartete. In einem Regen aus Sternen stand sie hinter dem Schleier, sah ihr lächelnd entgegen, streckte die Hand nach ihr aus.

Hinter Ravna, in einer ewigen Reihe aus Gesichtern, standen die anderen. All jene, die die Kriegerin ein Stück des Weges begleitet hatten und schon vorausgegangen waren. Sie lächelten. Manche mit Wehmut in den Augen, andere mit Respekt. Bald wäre sie eine von ihnen.

Sie streckte die Hand nach Ravna aus, sehnte sich nach der Gemeinschaft der Seelen hinter dem Schleier. Das Lächeln der Königin war ein Scherbenteppich aus Traurigkeit.

Die Stille vor dem Tod sang die Antwort auf die Frage, warum Ravna so traurig war. Ihr Platz ist nicht hier, sangen die Wellen. Der Platz der Königin ist an der Seite ihres Königs.

Noch eine Sache gab es, die Muireann tun konnte. Die alten Lieder sangen davon. Es war eine Legende, wie die Geschichte der Menschen mit Seehundsfell, wie Hexen und verwunschene Kinder. Ein letztes Opfer gab es zu bringen, eine letzte gute Tat. Im Land hinter dem Schleier lebten die Helden einer anderen Zeit. Sie war keine Heldin. Sie war eine Frau, die geliebt hatte.

Jetzt, ohne ihren Krieger, war sie nichts. Eine Erinnerung. Das, was von ihr blieb, konnte sie Ravna geben. So lange es von Herzen kam, würde es seinen Zweck erfüllen, auch wenn von ihr dann nichts blieb als Meerschaum. Sie öffnete ihr Herz, ließ los, spürte, wie sie zerging.

Wenn mein Kind ein Krieger ist, wird der Meerschaum ihn begleiten. Dann werde ich sein Schiff umarmen, wie ich seinen Körper nicht mehr umarmen kann, dachte sie noch, dann war es vorbei.

Somhairle stand auf den Klippen und starrte aufs Meer. Hier, in der Wasserstraße zwischen Drimnin und Muile, waren die Wellen auch beim stärksten Sturm erträglich, das Land zu beiden Seiten bot natürlichen Schutz.

Doch jetzt kochte das Meer. Türmten sich die Wellen. War es Affraic, die sich gegen das Schicksal wehrte? War es Muireann, deren Übergang in die andere Welt kein sanftes Gleiten war, sondern ein wütender Kampf? Oder waren es nur die Dutzenden von Seehunden, die im Wasser spielten, dass es aussah wie ein Tanz? Sie begleiteten ihre Schwester, verstand er. Muireann, die ihr Fell und damit ihr Leben geopfert hatte.

Für ihn.

Fiadh ließ sich neben ihm zu Boden sinken, legte seine Arme auf die hochgezogenen Knie und vergrub das Gesicht in der Armbeuge. Sein Körper schüttelte sich und bebte unter heftigen Schluchzern.

Raben kreisten über ihren Köpfen. Doch ein anderer Klang durchbrach ihre Schreie. Die Stimme eines Kindes. Somhairle wandte sich um, zurück zur Burg, sah Callum, der zu den Klippen herabrannte, vergeblich verfolgt von Ingrids fülligem Körper. Immer mehr Männer und Frauen quollen aus dem Tor.

„*Mamaidh*!“, schrie Callum, warf sich den Pfad herab, aber Somhairle gelang es, ihn aufzufangen. Er presste das sich windende Kind an sich. Der Schaum, den das brodelnde Meer gegen die Klippen warf, landete in weichen Flocken auf Callums tränennassem Gesicht.

„Es tut mir leid“, murmelte Somhairle in die Schulter seines Sohnes. „Es tut mir leid, es tut mir leid.“ Callum kämpfte gegen seinen Vater, als wolle er die Klippe erreichen, um seiner Mutter nachzuspringen. Somhairle hielt ihn fest, wandte sich mit ihm zum Wasser, starrte hinaus. In das Tosen, das Brodeln. In den Tanz der Seehunde. In den Schaum, der sich plötzlich golden färbte.

Er rieb sich die Augen. Goldener Meerschaum. Das hatte er noch nie gesehen. Das Schäumen und Brodeln türmte sich, quoll bis auf die Spitze der Klippen herauf, wo Somhairle stand, Callum auf seinem Arm, Fiadh zu seinen Füßen. Der Schaum teilte sich, zerfiel, zerplatzte zu glitzerndem Sternenregen, wirbelte, bis Somhairle allein vom Zusehen schwindelig wurde.

Eine Gestalt formte sich aus dem Sternenregen, flimmerte, verschwand. Er rieb sich die Augen, und als er sie wieder öffnete, stand Ravna vor ihm.

Somhairle stellte Callum auf die Füße, ohne Ravna aus den Augen zu lassen. Sein Herz fühlte sich an, als würde eine Hand es zusammenquetschen. Eine kleine Hand, die zart und sanft streichelte, wenn er sie darum bat, die an ihm riss und nach ihm schlug, wenn er es brauchte. Ihre Hand.

„Ragnhild ..." Seine Stimme schien ihm nicht zu gehören.

Sie lächelte. Somhairle spürte, ohne hinzusehen, wie Fiadh sich auf die Füße kämpfte. Der Junge streckte eine Hand nach ihr aus, und Somhairle bewunderte seinen Mut. Er selbst konnte es nicht. Seine Furcht, die Erscheinung würde zerplatzen, wenn er sie berührte, war zu groß.

„Bist du ein Geist?", fragte Fiadh fassungslos.

„Könntest du mich dann sehen?", fragte sie und hob eine Augenbraue.

„Woher soll ich das wissen?", fragte er mit der Ungezogenheit des Sechsjährigen.

Sie hörte nicht auf zu lächeln. „Vorhin, Fiadh, war ich ein Geist. Callum hat mich gesehen. Hast du mich gesehen?" Sie wandte den Blick auf Somhairle. „Oder du? Hast du mich gesehen?"

Somhairle schüttelte den Kopf und musste an das Gefühl von Kälte denken, das seine Schulter umwabert hatte, kurz bevor er mit der Axt die Tür zertrümmert hatte. War sie das gewesen?

„Sie hat dich geliebt, Somhairle", sagte Ravna, trat den letzten Schritt auf ihn zu und legte eine Hand an seine Wange. Warm, sanft wie Sommerregen. Seine Frau. Sein Herz. Seine Liebe. „Deshalb hat sie mit letzter Kraft möglich gemacht, dass ich zu dir zurückkehren kann. Sie hat ihre Seele geöffnet und mir ihr Leben geschenkt. Es ist ihr Geschenk für dich. Wirf es nicht weg. Das soll ich dich wissen lassen. Wirf es nicht weg, denn es gelingt nur dieses eine Mal."

Er glaubte, nie wieder einen Atemzug machen zu können. Als Ravna ihre Hand von seiner Wange nahm, um sich zu Callum zu knien, spürte er den Verlust wie einen Schlag mit einem Hammer am Hinterkopf.

Sanft grub Ravna ihre Finger in Callums blonden Lockenkopf. „Für dich, kleiner Schatz, hat deine *Mamaidh* auch eine Nachricht. Weine nicht, lässt sie dich wissen. Es ist alles endlich. Du hast eine Aufgabe. Du musst auf deinen Vater aufpassen, damit er aus all seinen Schlachten heimkehren wird. Du bist, was diejenigen, die an den Christengott glauben, einen Schutzengel nennen. Die, die an die alten Götter glauben, nennen einen wie dich *Fylgja*. Sei immer an seiner Seite, denn deine *Mamaidh* kann es nicht mehr."

„Ich bin vier Jahre alt!", protestierte er.

„Dreieinhalb", berichtigte sie ihn mit strenger Miene. „Also sieh zu, dass du groß und stark wirst, bevor dein Vater alt und schwach ist und sein Augenlicht verliert."

Somhairle war überzeugt, dass er es bereits verloren hatte. Das musste ein Traum sein, zu gut, um wahr zu sein. Als Ravna aufstand, um sich an seine Seite zu drücken, als die Wärme ihres Körpers auch den Rest der Kälte aus seinem Herzen vertrieb, begriff er: Es war wahr.

Der erste Schnee fiel wenige Wochen, nachdem Affraic und Fionngula im Meer versunken waren. Normalität kehrte ein auf Drimnin. Tag für Tag ließ die Sonne ein wenig länger auf sich warten, ehe sie träge den Himmel erklomm. Für ein paar Stunden streichelte sie die Bergspitzen hinter der Feste mit orangefarbenem Licht und kehrte dann wieder um.

Es war die Zeit für Geschichten in der Halle, für Lieder und Ruhe. Es war der Winter, in dem die Barden das Lied von Brüderchen und Schwesterchen ersannen, die vor der bösen Stiefmutter flohen, weil es ihnen schlechter ging als dem Hund unterm Tisch. Doch die Stiefmutter war in Wahrheit eine Hexe, und mit ihren Hexenkräften verwandelte sie das Brüderchen in ein Reh. Von Haus zu Haus wanderte die Geschichte, von Land zu Land, und ein jeder, der sie weitererzählte, dichtete etwas hinzu.

Ravna und Somhairle waren in diesem Winter selten in der Halle. Sie kannten die Geschichte, wussten, wie sie endete. In der Abgeschiedenheit ihrer Kammer hielten sie einander fest und versprachen sich mit ihren Körpern, füreinander da zu sein.

Dougal wuchs und gedieh. Kein Mensch, der den wohlgerundeten Säugling ansah, hätte vermutet, dass er mehr als einen Mondlauf zu früh zur Welt gekommen war. Er hatte gelernt zu lächeln, wenn er seine Eltern sah. Doch am liebsten hatte er seinen Onkel mit dem glockenhellen Lachen und seinen Bruder, der ihm Geschichten von Helden erzählte, die Dougal noch nicht verstand. Wenn er trank, sah er Ravna mit großen Augen ins Gesicht, und immer wieder fragte sie sich, wie ein Herz so viel Liebe empfinden konnte. Meist schlief er dann ein, einen letzten Tropfen Milch im Mundwinkel, ein seliges Lächeln im Gesicht.

Somhairle sah ihr über die Schulter, blickte lächelnd auf sie und seinen Sohn und nahm ihr das Kind ab, um es in die Wiege zu legen. Die Wiege war ein Geschenk von König Olave zur Geburt des Erben. Er hatte sie geschickt mit einer Flotte von fünf Langschiffen und dem Versprechen auf gegenseitige Unterstützung. Mit einer Huldigung für den König von Argyll.

„Komm", sagte Somhairle dann, streckte die Hand nach ihr aus, um ihr beim Aufstehen zu helfen. „Lass uns ein paar Schritte gehen. Ingrid kann nach Dougal sehen."

„Es ist mitten in der Nacht." Ravnas Schelte war sanft. Auch sie sehnte sich nach der Klarheit der Nacht, nach der kühlen Luft und dem sterngesprenkelten Himmel, der sie an Gita erinnerte.

„Es ist wunderschön."

Er hatte Recht. Sie hüllten sich in dicke Mäntel und machten sich Hand in Hand auf den Weg. Ohne sich abzusprechen, schlugen sie den Weg zur Küste ein. Sie folgten der Klippenlinie, bis an den Ort, wo auf einer Insel die Reste von Caisteal nan Con aufragten. Dort hielten sie an. Der Ort, wo alles begonnen hatte. Wo sein Schicksal seinen Anfang genommen hatte. Doch jetzt, als er sich hinter sie stellte und die Arme um ihre Mitte schlang, um sie zu wärmen, spürte sie keine Trauer in ihm. Und auch keine Wut.

„Vermisst du sie?", wollte sie wissen. Wellen schäumten um die Burgruine, küssten die altehrwürdigen Steine.

„Meine Familie?“

„Alle“, antwortete sie. „Deine Eltern, Schwestern. Aonghas. Muireann. Die Krieger, die für dich gefallen sind. Die Menschen, die deinem Traum zur Wirklichkeit verhelfen.“

„Ich vermisse sie“, sagte er, und in seiner Stimme klang nichts als Aufrichtigkeit. „Doch es tut nicht mehr weh. Wenn ich jetzt an sie denke, denke ich mit einem Lächeln zurück.“

„Weil du das Land deines Vaters zurückerobert hast.“ Es war eine Frage und doch auch wieder nicht.

Und so schwang auch in seiner Antwort etwas mit, das sie nicht deuten konnte. „Weil ich mein Schicksal erfülle. Das war das Letzte, was meine Mutter zu mir gesagt hat. Sie sagte: Lauf, mein Sohn, und bring dich in Sicherheit. Du musst ein Schicksal erfüllen. Du hast eine Aufgabe.“

Für eine Weile sagten sie nichts. Ihr Herz zog sich zusammen, wenn sie sich vorstellte, dass er nicht älter gewesen war als Callum jetzt, als seine Familie starb. Was für eine Last für ein Kind. Was für eine Verantwortung. Auch Muireann hatte eine letzte Botschaft an Callum gehabt, die der nicht unähnlich war, die Somhairle von seiner Mutter bekommen hatte. Eine Aufgabe. Ein Leben. Ein Schicksal.

„Du hast mir nie gesagt, wohin du gegangen bist, nach dem Überfall. Wer hat dich aufgezogen, nachdem deine Familie gestorben ist?“ Jetzt, als sie es aussprach, konnte sie nicht glauben, dass sie ihn die Frage nie zuvor gestellt hatte.

Sein Atem strich über ihren Scheitel, ein leises Lachen grollte in seiner Brust. „Du willst wissen, wo ich aufgewachsen bin, Rabenmädchen?“ Er löste eine Hand um ihre Mitte, deutete nach Osten, dorthin, wo in einigen Stunden die Sonne aufgehen würde. „Der Wind hat mein Boot nach Osten getragen.“ Seine Hand beschrieb einen Bogen, streifte die Berge von Muile, wies nach Süden. „Und an der Küste von Muile entlang nach Süden. Immer weiter nach Süden, bis nach Cybi. Dort hat ein alter Fischer mich gefunden und bei sich aufgenommen. Er war blind und entmannt, aber Gita, die Prinzessin von Connacht, sagte mir, er sei der Bruder eines Königs. Sein Name war …“

„Harald“, beendete Ravna seinen Satz.

Für die Dauer einiger Herzschläge wurde sie steif in seiner Umarmung. Sie konnte nicht glauben, was sie hörte, und doch hatte sie es immer gewusst. Tief in ihrem Herzen empfand sie keine Überraschung. Sie hatte den Prinzen von Cybi gefunden. Mit einem tiefen Atemzug schmiegte sie sich zurück in Somhairles Umarmung.

„Warum hast du es mir nie gesagt?“, wollte sie wissen.

„Weil ich dich liebe“, sagte er, und sie wusste, was er meinte. Er liebte sie und er wollte wiedergeliebt werden, denn keine Prophezeiung dieser Welt konnte die Liebe ersetzen.

ENDE

GLOSSAR

Achleck	Dorf auf der Insel Muile
Alba	Historischer (gälischer) Name Schottlands
Aline	See in Kinelvadon (gesprochen: Allinn)
Ard nam Murchain	Halbinsel in den schottischen Highlands, heutiger Name Ardnamurchan
Argyll	Historische Provinz in Westschottland
Bearnaraigh	Insel der Äußeren Hebriden, engl. Name Berneray
Berserker	Ein im Rausch kämpfender Krieger (v.a. Wikinger), der keinen Schmerz mehr empfindet
Cailleach Uisge	Wasserhexe der irisch-schottischen Mythologie
Caisteal nan Con	Festung der Wilden Hunde
Caraid, mo charaidh	Gäisch: Freund, mein Freund
Connacht	Die westlichste der vier historischen Provinzen Irlands
Cridhe, mo chridhe	Gälisch: Herz, mein Herz

Crodh Mara	Wasserkalb, das Menschen in sein Reich zieht, Sagengestalt der irisch-schottischen Mythologie
Cù-Sìth	Zauberhund aus der irisch-schottischen Mythologie
dubh	Gälisch: schwarz
Galloway	Historisches Königreich im Südwesten Schottlands
Gaol, mo ghaoil	Gälisch: Liebe, meine Liebe
Kilninian	Dorf auf der Insel Muile
Kinelvadon	Historischer (keltischer) Name des heutigen Morvern in Westschottland
Kinlochaird	Dorf in Kinelvadon
Laoch, mo laoch	Gälisch: Krieger, mein Krieger
Léine	Traditionelles, tunika-artiges Gewand der Gälen
Macan	Gälisch: Sohn
Mamaidh	Gälisch: Mama
Mormaer	Mittelalterlicher Titel für den Herrscher über eine Provinz in Westschottland, etwa vergleichbar mit einem Grafen
Muile	Gälischer Name der Insel Mull

Neamhnaid	Gälisch: Kleinod, Schatz
Selkie	Seehundmenschen, Sagengestalt aus der schottischen Mythologie
Sgalpaigh	Gälischer Name der Insel Scalpay
Sleat	Halbinsel auf der Insel Skye
Snekka	Ein Typ Wikingerschiff. Offen, flachbodig, unterschiedlich groß aber meist kleiner als ein Drachenschiff. Der Name "Snekka" leitet sich von der schneckenhausförmig ausgebildeten Bugfigur ab
Surcot	Mittelalterliche Ärmeltunika, getragen von beiden Geschlechtern
Ulster	Die nördlichste der vier historischen Provinzen Irlands
Vannin	Historischer Name der Isle of Man

KIM HENRY

"DIE ROSE VON SUEZ"

Ägypten 1862.

Ein Jahrhundertbauwerk, eine politische Intrige und zwei Menschen, die unterschiedlicher nicht sein könnten.
Er nennt sie Malak, seinen Engel,
für sie ist er nur ein wilder Barbar.

Nach einem kriegerischen Beduinen-Überfall strandet die junge britische Mathematikerin Hazel Fairchild im Harem von Scheich Djamal. Mit spitzer Zunge und Sarkasmus wehrt sie sich dagegen, zu sehen, dass Djamal und sie womöglich mehr gemeinsam haben, als sie glauben möchte. Doch wie soll sie einem Mann widerstehen, der ihr mit mehr Leidenschaft und Respekt begegnet, als jeder andere Mensch zuvor?

Längst schon ist eine Intrige im Serail im Gange. Wird es ihnen gelingen, ihre Liebe zu retten, oder siegt am Ende die Politik?

CORINNA VEXBORG

"ALS DIE WELT IN FLAMMEN STAND"

Magdeburg, im Mai 1631.
Seit Monaten leidet die Stadt unter der Belagerung durch die kaiserlichen Truppen. Doch die erhoffte Hilfe durch den schwedischen König und sein protestantisches Heer bleibt aus. Die Stadt wird überrannt und dem Erdboden gleichgemacht.
Inmitten des Massakers steht die junge schwedische Adlige Helene von Falkenberg vor den Trümmern ihrer Existenz – und vor der Erkenntnis, dass sie der Tollwut der Landsknechte nicht entkommen kann. Wäre da nicht der Schmied Lukas, dem sie ihr Leben anvertraut.
Zum zweiten Mal in seinem Leben hat Lukas alles verloren. Obwohl ihm das Töten zuwider ist, gibt es für ihn keine Alternative zum Krieg. Er heuert im Heer des schwedischen Königs an, wo er auch Helene wiedersieht. Denn sie ist mit dem Mann verheiratet, dem Lukas unbedingten Gehorsam geschworen hat …

Eine Geschichte über Blut und Feuer, verlorene Hoffnungen und vergessene Menschlichkeit. Eine Geschichte über zwei Menschen, die in sich die Kraft finden, das Töten und Sterben zu überleben.

Ein Roman von den Schlachtfeldern des Dreißigjährigen Krieges.

CHRISTINE MILLMAN

“GEISTERKIND”

Während eines Schneesturms erblickt Inja das Licht der Welt.

Ihre Haut und Haare sind weiß, die Lippen blass und die Augen haben die Farbe von Quellwasser.

Die Menschen nennen sie Geisterkind und begegnen ihr mit Misstrauen und Ablehnung. Trost findet sie nur im Wasser, bei den Geschöpfen der Tiefe, zu denen sie von Kindesbeinen an eine seltsame Verbindung verspürt und bei Ban, ihrem einzigen Freund, der als vaterloser Bastard ebenso geächtet wird wie sie.

Als Söldner das Dorf heimsuchen und Injas halbe Familie töten, geben die Menschen ihr die Schuld an dem Geschehen und verkaufen sie an einen Konvent, der viele Tagesreisen entfernt auf einer einsamen Halbinsel liegt.
Ban schwört, dass er Inja eines Tages befreien wird. An diesem Versprechen hält er fest. Doch die Götter zeigen sich launisch. Bevor er Inja freikaufen kann, wird der Konvent von einer Kriegerhorde überfallen, die sie und andere Mädchen entführen und in ein fernes Land verschleppen.

16960662R00261

Printed in Poland
by Amazon Fulfillment
Poland Sp. z o.o., Wrocław